らんたん

柚木麻子

Lantern

Asako Yuzuki

小学館

らんたん

装画　金子幸代
装丁　bookwall

Contents

第一部

Chapter 1

1

大正最後の年、一色乕児《いっしきとらじ》は渡辺ゆりにプロポーズした。その時、彼女が突きつけてきた前代未聞の条件をすんなりと呑《の》んだのは、その風変わりな名前に理由があった。彼の名付け親は、徳川十三代将軍家定の御台所《みだいどころ》、天璋院篤姫である。

「これからの日本には外からどんどん新しいものが入ってくる。そなたの息子には、西洋でも十分に通用する、力強い名前を与えたい。さて、なんとすべきかな？」

明治八（一八七五）年、おくるみに包まれた赤子を覗《のぞ》き込んで首を傾《かし》げた篤姫は、膨らんだ袖《そで》に裾《すそ》を引きずるようなドレス姿でクッション付きの肘掛《ひじか》け椅子《いす》に腰掛けていた。勝海舟の進講の下、街歩きするようになっていた篤姫は、いち早く時代の風を読み取っていた。

「身にあまる光栄でございます」

赤子を抱えてひれ伏したその母親は元御台所大女中で、当時としては顕要の身分であった。倒幕と同時に大奥は終焉《しゅうえん》を迎え、篤姫は江戸城から千駄ヶ谷の屋敷に移ったが、こうしてよく招かれていた。のちに彼女は、篤姫に授けられた嫁入り道具・徳川家紋入りの長持を乕児に見せながらよく自慢したものだったが、暇《いとま》を出されてからも行く末を気にかけてもらったのは、何も母ばかりではなかった。もともと同性の面倒見が良い篤姫は、最盛期には千人以上いたといわれる、職を失った女中たちの身の振り方にも親身になっていた。

その時、庭の方からにゃあ、という猫の甘えた鳴き声がした。篤姫は、あ、とつぶやいて、咄《とっ》嗟《さ》に膝《ひざ》の上を見つめた。今はもうそこにいない、愛猫のさと姫を思い出したのである。亡くなったのは人間でいえばおよそ八十歳。最期は鳴くこともあまりなく、寝そべっていることがほとんどだった。たった一年九ヶ月で家定との結婚生活を終えた、血の繋《つな》がった子どもを持たない彼女にとって、さと姫は親友であると同時に大事な娘で、アワビの貝殻を模した瀬戸物で餌《えさ》を与えるなど、熱烈な可愛《かわい》がりようだった。小さな逆三角形の虎猫《とらねこ》の顔を思い浮かべるうちに、篤姫の瞳《ひとみ》がパッと輝いた。

「虎か……。よし、そなたの息子の名前は虎児と名付けよう。虎穴に入らずんば、虎児を得ず、のトラジじゃ。つまり、危険や不安があっても決して動ぜず、新しい世界に飛び出す勇気がなければ、一番大切なものには出会えない。つまらない見栄《みえ》を守って閉じこもってばかりの男は畢竟《ひっきょう》、何も得られんからな」

篤姫は椅子から立ちあがり、虎児を母から受け取ると、こう囁《ささや》いた。

「虎児、お前が成長したら、徳川家の子息たちの留学にも付き添って、面倒を見てくれるだろうね。欧米化の波に取り残されるようなら、徳川家はすぐに途絶えてしまうよ。古い体質は、早く一掃しなければいけないからね」

篤姫は全《すべ》てを見通すように微笑《ほほえ》んだ。すでにこの段階で、親代わりを務めていた、十二歳の当主・徳川家達《いえさと》の留学計画が頭にあったのだろう。家達は篤姫の強い勧めから、明治十年イギリスに渡り、名門イートン・カレッジに学んでいる。

さて、五十一歳を迎えた虎児は、大正最後の秋、人生初のお見合いをした。

明治学院の恩師である井深梶之介牧師と、その妻でYWCA理事の花子夫人から並々ならぬ熱意で勧められたのと時をおなじくして、先輩の門野重九郎《かどのちょうくろう》夫妻からも同様の推奨を受けて、しぶしぶ向かった母校の応接室だったが、そこにいた渡辺ゆりという三十八歳の女教師に、虎児は一目惚《ひとめぼ》れした。

細かく波を打った髪型は時代の最先端を行くものだ。聡明《そうめい》そうな大きな茶色の瞳、初対面の人間にも物怖《ものお》じしない堂に入った物腰。彼女の美点は数え切れないほどあったが、何よりも房児の心を射抜いたのは、その話の面白さであった。

「ピーナッツタフィって召し上がったことあります？　女子英学塾時代、よく恩師の津田梅子先生がこっそり寮生に作ってくださったお菓子なんですけどね。津田先生は獅子《しし》のようなこわい方で、英語も本場仕込みでいらっしゃるでしょ？　私、落第しかかって何度泣かされたかしれませんけど、スウィートな部分もあるお方だったんですのよ。でもね、私、この間、久しぶりに見よう見まねでピーナッツタフィを作ってみて大失敗してしまいましたの。お鍋《なべ》で砂糖と水を煮詰めて、甘い香ばしい香りが立ち込めたら、刻んだピーナッツをたっぷり加えるんですけど、とろけたお砂糖が溶岩のように熱いってことと、一瞬で固まることをすっかり忘れて味見してしまって……。歯がピーナッツと一緒に飴《あめ》で固まってしまって、丸一日、口の中にずっとタフィがあるような状態だったんですの」

これまで出会った女性の中で、ゆりは最も話題が豊富だった。教え子のいたずらなど、ちょっとした出来事を講談のように緩急をつけて淀《よど》みなく喋《しゃべ》り、さらにケラケラと笑う。彼女につられるようにして井深夫妻も門野夫妻もたまらず声をあげて笑った。

何しろ、話がつまらないことは生涯にわたる房児のコンプレックスだった。明治学院で先輩だった島崎藤村も、ため息まじりにこう言っていた。

「房児は性格もいいし、家柄も申し分ないし、英語もうまいし、二枚目で身長も高い。なのに、なんでそんなに話がつまらないんだい？」

若い頃、勢いにまかせて恋愛結婚したものの「あの方の話をこれ以上聞くくらいなら、一生独身でかまいませんわ」と、お嬢様育ちの妻がすぐに実家に帰ってしまったくらいだ。それ以来洒《しゃ》脱《だつ》なユーモア小説を読み漁《あさ》り、ジョークを暗記し、話術を磨いたのだが、頑張れば頑張るほど、何故《なぜ》か場を冷ます結果となって、おのずと無口になっていった。そんなわけで出会って二回目、上野精養軒でゆりと食事をした時に、帍児はすぐに結婚を申し込んだ。あなたのような女性がいつも隣にいてくれたら、笑いの絶えない家庭を作ることができる。それが僕の理想だ、と。ゆりはにっこり頷《うなず》いた。窓から見える不忍《しのばず》の池の睡蓮《すいれん》が、後光のように彼女の輪郭を取り巻いて、帍児はしばし見とれた。

「ぜひ、お受けしたく存じます。ただし」

　これだけ愛嬌《あいきょう》のある女性が、この年までひとり身を通したのには、何かわけがあるぞ、という予感はあった。とはいえ、自分は腐っても名門の末裔《まつえい》だ。親から受け継いだ財産だけではなく、つい最近、勤務先の製鉄会社では出世の道筋とされるインド部門を任された。彼女の要求を呑むだけの力なら十分にあるはずだ、と背筋を伸ばしたが、ゆりが続けた言葉は全くの予想外だった。

「私、河井道《みち》先生とシスターフッドの関係にあります。女子英学塾時代の恩師でもあり、親友でもある女性です。結婚しても、これまでどおり、彼女との仲を維持していけるのであれば、お申し込みを承諾します。彼女と一緒に理想の女学校を作り、生涯をともにすることが私の夢なんです。もちろんその学校で教師をするつもりで、仕事を辞めるつもりはございません」

　こっちがあっけにとられているのも意に介さず、ゆりは瞳を輝かせている。帍児はおずおずと尋ねた。

「シスターフッドっていうのは……？」

「イエス・キリストのもとに集う姉妹、つまりは血縁関係を持たない女性同士の絆《きずな》を指します。聖書にもございますでしょう？　聖なる力でキリストを宿したマリアが同じくヨハネを宿した遠い親戚のエリザベトを訪ねて行って、二人で姉妹のように手を取り合って危機を乗り越えようとしたのを覚えていらっしゃいますか？　ああいう、無条件の助け合いや分かち合いを指すのです」

もちろん洗礼は受けたし、聖書を研究しているつもりだったが、正直なところその箇所は印象が薄かった。

「私たち、年齢は一回りは離れておりますが、シェアしてきたんです。いいことも悪いことも。私と家族になるのであれば、道先生も家族ということになります」

河井道の名前なら色々なところで聞いている。女子英学塾にかつて勤めていて、ＹＷＣＡの活動で知られる気鋭の教育家だ。確か井深牧師が彼女の洗礼を受け持ったはずだ。身元や評判は確かな人物だが、だからと言って、この話は容易に受け入れられる範囲を超えている。

「僕とあなたが結婚したら、その道先生とやらも一緒に住むってことなんですか？」

「そうなりますね。今は、私たち、女子英学塾時代の同級生の森久保ひささんのご好意で、彼女の持ち物である牛込神楽町のお屋敷に住んでいるんです。多分、そこにあなたも一緒に住んでいただく形になるのでしょうか」

「家族を分け合うということは、僕自身がその、あなたがた二人の夫になるっていうことなんでしょうか？」

「まあ、はしたない」

ゆりはキッとこちらを睨《にら》みつけた。素朴な疑問を口にしただけなのに、甫児の方が色々想像して赤くなってしまう。

「道先生は恋愛や結婚をなさらない主義なんです。愛よりも家を尊重する、日本の結婚制度に懐疑的でいらっしゃるんです。あなたが道先生の夫だなんてとんでもないことです！」

「すみません。そういうことなら、道先生は相棒のあなたが結婚しても大丈夫なんですか」

「そうです。私たちはなんでも分け合いますが、それぞれ個別の自立した人間ですから。信仰は同じでも、趣味や一つ一つの考え方は違っていていいのです。意見が衝突することも当たり前です。よく勘違いされますが、本来シスターフッドとはそういうものです」

ゆりはたちまち上機嫌になって、胸を張った。

「僕、その道先生にまだ会ったことが……」

「彼女、教育の視察のため、アメリカを出発してヨーロッパを回って、またアメリカに戻ることになっていますの。帰ってくるのは来年の春頃になると思います。会っていただいてから、決めてもらっても全然構わないんですよ」

侑児は内心、頭を抱えた。彼女の帰国を待っていたら、ゆりの気が変わってしまう可能性は極めて高い。この短い時間だけで、彼女に圧倒されている。天真爛漫《てんしんらんまん》な分、こうと決めたら突っ走ってしまう暴走機関車じみた勢いを感じていた。

「一つだけ、教えてください。道先生ってどんな方ですか?」

しばらく考えてから、ゆりは何を思い出したのか、くすくすと笑った。

「楽しい方です。そして何よりも楽しさを周囲に分け与えてくれる方。これだけは言えます。彼女がいれば、私一人と一緒にいるより、よりいっそう、笑いが絶えない家庭になること、間違いなしですわ」

そして、女教師らしく、出来の悪い生徒に、噛《か》んで含めるような調子になった。

「突拍子もない話をしているのは私にだってよくわかってるんですのよ。でも、焦らないでくださいね。あなたの一生の問題ですから、よおくお考えになってください。少しでも引っかかるのであれば、このお話はなかったことにしていただけます? 私、道先生との関係ごと受け入れてくれる方でなければ無理だと、最初から割り切っているんです」

気付けば、ゆりがこちらに結婚を申し込んでいるような、あべこべな会話になっていた。

のちに、ゆりはこの日の印象をこう話している。

「あの時、少しも驚かず、平然としていらしたあなた、とっても素敵だったわ！　ああ、この人なら道先生も気に入るだろうし、対等な結婚生活が送れるだろうな、と嬉《うれ》しくなったのよ」

しかし、生まれつき感情が顔には出ない性分なだけで、実際は動悸《どうき》が治まらず、庯児はどうやって帰宅したのかもよく覚えていなかった。全身が熱くなったり冷たくなったりして、その晩は全く眠れなかった。激しい渦に飲み込まれ、これまでのものの見方が覆されていくこの感覚を、自分はよく知っていると思った。

そうだ、異国で暮らしたあの日々だ。

明治学院を卒業すると、庯児は篤姫の遺言に従って、徳川家の若きプリンスたちのお付きとしてイギリスに渡った。燕尾服《えんびふく》にやんちゃな身体《からだ》を押し込められた彼らは、手のつけられない荒くれものだった。それぞれが不良の集まりを率いて神社を荒らし回り、お稲荷《いなり》さんにイタズラし、どんな家庭教師も三日ともたないほどだった。彼らをマナーと知性を兼ね備えたジェントルマンに仕立てるべく、篤姫が生前計画した留学だった。イートンを卒業した家達の目覚ましい成長にも後押しされたらしい。プリンスたちのお目付に不安を感じないでもなかったけれど、文学でしか知らない英国をこの目で見ることは断然魅力的で、庯児は一も二もなく従った。

長い航海を終えてロンドンに到着するなり、名門寄宿舎に使用人用の別室をあてがわれた。家庭教師として彼らと同じ教室に席を並べることも許された。異国の文化に目を見張る暇もなく、やんちゃなプリンスたちの執事役として息もつけない忙しさだった。朝、昼、晩を問わず、部屋の壁に付けられた呼び鈴がひっきりなしに鳴り続け、身の回りの世話からどうでもいいことまで命じられる日々が続いた。それでも、生活に次第に慣れてくると、庯児は空いた時間でロンドンを歩き回り、カルチャーに触れることができるようになった。ウイスキー、葉巻、ゴルフ、読書会、観劇、アフタヌーンティー。心豊かに暮らすには生活様式の確立が必須《ひっす》であると学んだ。ゴルフに関してはプロ級の腕前となり、後に fb児は日本のゴルフの普及に大きく貢献することになる。英国紳士たちが、みんな当たり前のように自分で身なりを整え、お茶のもてなし役を務めるスマートな姿に、fb児は憧《あこが》れ、自然と真似《まね》るようになった。プリンスたちに手を焼かされるうちに家事にも慣れた。シーツをピンと張らせるベッドメイキング、熱い紅茶に焼きたてのスコーンとジャムを並べたアフタヌーンティーの給仕、女中がつかまらなければ自らプリンスたちの制服やハンカチにアイロンをあてることまでお手の物となった。彼らも彼らで fb児を見習い、語学だけではなく、レディファーストや上品な立ち居振る舞い、手紙を書く習慣を身につけた。

fb児はよく英国女性に話しかけられた。シルクハットや燕尾服が無理なく似合う欧米人のような体格に加え、未知の世界にハラハラしっ放しでも表情には出ないため落ち着いて見えたのだ。何よりその珍しい名前が、彼女たちの目を引いたらしい。

「トラジさんって、何だか、日本の男性のようじゃないわねえ。おどおどしていないし、その割に腰が軽くて、マメでよく動くんだもの」

ズバズバと思ったことを口にする、立派な体格のレディたちとの会話は楽しかったが、少し親しくなると誰しも失望したようにこう言った。

「ただ、話はすごくつまらないわねえ」

とはいえ、自分のことが自分でできるようになると、急に生きることが軽やかになった。結婚の必要性をあまり感じてこなかったのも、そのためである。帰国すると、妻や女家族につきっきりで世話を焼いてもらう日本の男たちの方が、かえってがんじがらめに見えてしまい、fb児は驚いたのだった。

帍児の父親は足利《あしかが》軍に従軍したことで知られる、四職《ししき》のうちの一つ、丹後の守護だった一色家の末裔で、そのことに並々ならぬ矜持《きょうじ》を持っていた。しかし、維新後は仕事もなくなり、ぼんやりと庭いじりをして過ごし、忙しそうな妻相手に拗《す》ねることが多くなった。母は篤姫の意を受け元同僚たちの再就職のために奔走し、ほとんど家にいることはなかった。帍児なりに父にあれこれと提案してみたのだが、いつしかふっつりと心を閉ざされてしまい、早くに亡くなってしまった。

　父が特別、弱い人間だったわけではないのだと思う。篤姫の予言通り、文明開化の日本では、新しい世界を前に立ちすくむ男性が大勢いた。いち早く欧米化に適応していく女たちへの焦りを隠せず、塞《ふさ》ぎこんだり、攻撃的に振る舞う者も多かった。そんな中、機嫌を取ってもらわなくても、生活を整えて楽しく過ごせるという帍児の特質は非凡なものに映ったようだ。だからと言って異性にモテるわけでもないのが、難しいところである。

　帍児は一晩寝ないで、じっくり考えてみた。ゆりという女性は稀有《けう》な存在だ。彼女以上の相手にこの先巡り会えるとは思えない。同性をあんな風に手放しで褒め、事業上の盟友として切磋琢《せっさたく》磨《ま》している関係にも、敬意をおぼえた。彼女が誰よりも大切にする河井道。嫉妬《しっと》を感じないわけではないが、視点を変えてみれば、道がいるからこそゆりの個性が育《はぐく》まれたとも言えるのではないか。そんなわけで、三度目に会った時、帍児の心は決まっていた。

「僕は自分のことは自分でできるから、妻にかかりきりになってもらわなくても大丈夫です。あなたをサポートすることもできます。虎穴に入らずんば虎児を得ず、から僕の名前は来ています。先行きに不安がないと言ったら嘘《うそ》になるけれど、あなたの条件、喜んで受け入れましょう」

　昭和となって六日目の一九二六年十二月三十日。門野夫妻を媒酌人に井深牧師司式で、帍児とゆりは結婚した。お互いにもう若くはないので、明治学院のチャペルで身内だけのささやかな集いにするつもりだったが、ゆりの実家は三島にある旧家で十二人きょうだいであるため、子どもから年寄りまで大勢が祝いに駆けつけ、賑《にぎ》やかな式となった。ハネムーンと琲児の仕事のための視察を兼ねて、二人は英領インドに旅立った。焼けるように暑い気候の中、美しい寺院を見て回り、シュロの葉で扇《あお》がれながら香辛料の利いた煮込み料理や甘い果物を食べ、夕暮れのガンジス川沿いを歩いた。アメリカのアーラム大学に留学経験のあるゆりの英語は流暢《りゅうちょう》で、異文化を前に尻込《しりご》みする様子もないのがますます好ましかった。

すっかり彼女を独り占めしたつもりでいたが、時々前触れなく現実に引き戻された。行く先々に、まるで先回りするように、河井道からの手紙や絵葉書が届いているのだ。消印はその都度、デンバー、フィラデルフィア、そしてニューヨーク、とめまぐるしく変わっている。ゆりはいつも声に出して文面を読み上げた。

「毎日ゆり姫を思っています。アメリカにはまだ少しいます。お二人も楽しい旅を、道より、ですって」

二月に宿泊したホテルで、客室係が部屋まで持ってきたカードはハート型のバレンタイン仕様だった。道がこの甘い生活を破壊するXデーは少しずつ近づいている。そう思うと、琲児は恐ろしくて仕方がないのと同時に、ほんのりとその瞬間を楽しみにしている自分にも気付くのだった。

帰国すると、夫婦は牛込神楽町に居を構えることになった。森久保家は神楽坂と平行に並んでいる軽子坂の中ほどにあって、飯田橋に近かった。黒い長屋門を入り、花崗岩《かこうがん》の敷石が敷いてある歩道を通ると、正面母屋の日本家屋、ペンキ塗りの西洋館、そして離れの日本間があった。大家の森久保一家がゆりと道がこれまで暮らしていた西洋館に移ったので、彼らの住まいだった母屋に落ち着くことになった。廊下伝いの離れを道の住居にするのだと言って、ゆりは大掃除を開始した。琲児もベッドやタンスを運び込むなどして手伝った。ゆりの家事はテキパキとしていて無駄がない。また、料理も上手《うま》く、鶏肉《とりにく》のクリーム煮入りのパイから高野豆腐の煮物、バタークリームのケーキまで和洋中を問わず何でも手早く作った。道さんが食いしん坊なのに料理はからきしダメなので、自然と私が勉強するようになった、と言った。厝児が英国の習慣に従って寝際の彼女にブランデー入りの紅茶を運ぶと、ゆりはとても喜んだ。

帰国が近づくにつれ、妻の話題のほとんどを道が占めるようになった。自宅から坂を下っていったところにある神田川でうなぎを釣ろうと思う、とゆりは言い出した。うなぎとメロンは道の何よりの好物なのだという。日本に戻ってきて最初の食事は、自分が捕まえてさばいたものを故郷の名店から取り寄せた特製のタレで蒲焼《かばやき》にして振る舞いたい、とゆりはうきうきした調子で言った。

「私、実家が三島でしょう。うなぎ料理には慣れてるの。道先生、うちの実家に遊びに来るたびに、うなぎを召し上がっていたの。もともとは伊勢神宮の神職のお嬢様なのよ。亡くなったお父様がよくうなぎを召し上がっていたらしくて、それで大好物なのよ」

敬虔《けいけん》なクリスチャンにしては随分と俗っぽい食の好みだな、と思ったが、もちろん口には出さず、厝児はこう尋ねた。

「神職の娘がどうしてキリスト教に?」

「話すととっても長くなるのよ。本人の口から聞くのがいいと思うわ」

だんだんと後悔が募ってきたのも否定できない。ずっとこの調子だったらどうしよう、自分だけが部外者扱いで、ゆりと道の蜜月《みつげつ》に掠《かす》るだけの人生だったら。夜、畳の上のベッドにゆりと並んで、木造の天井を眺めていると、インドでの日々がもう懐かしかった。

春の日差しが穏やかなその午後、割烹着《かっぽうぎ》にほっかむり姿のゆりは庭に火鉢を出し、鉄串刺し《かなぐしざ》にしたうなぎを焼いていた。タレを刷毛《はけ》でこまめに塗り、うちわで扇ぐ度に、家中《いえじゅう》に香ばしいにおいが流れていく。このところほぼ毎日のように長靴《ながぐつ》と麦わら姿で川釣りに出かけ、ヌルヌルぬめるうなぎの入ったバケツを手に帰ってくる。これで三度目の試作だった。甬児がそれを眺めながら茶の間でゴルフクラブを磨いていると、玄関からよく通る大きな声がした。

「ごめんください。一色ゆりさんと甬児さんはご在宅かしら」

玄関を開けるなり、トランクと日傘を手にした背の高い、四十代くらいの女性が立っていた。運搬人が運び込んだらしい大量の荷物が背後に積み上がっている。甬児が口を開きかけたら、

「あら、このにおい、うなぎじゃないの？　ちょっと失礼！」

彼女は鼻をひくつかせ、かがんでブーツを脱いだ。立ち尽くしている甬児を押しのけんばかりにして女性が家の中に入っていくのと、庭からうちわ片手のゆりが飛び込んできたのは、ほぼ同時だった。

「まあ、先生、予定より一日早い到着ね。せっかく港まで行って、盛大にお迎えしようと思ったのに。でも、ちょうどよかった、今、うなぎが焼き上がるところですのよ」

「やっぱりそうね。一年ぶりの和食がうなぎ！　ゆりさん、あなた、なんて思いやりがある方なのかしら」

二人は抱き合って、再会を喜び合った。この人が道。甬児は無礼にならないようにさりげなく観察した。想像していたより、ずっと体格が良く、背が高い女性だった。つばの広い帽子を斜めに被《かぶ》り、袖と首のつまったチョコレート色のドレスにはシャーリングとレースがあしらわれ、キュッと絞られたウエストの先にスカートはたっぷりと広がっている。大ぶりのネックレスと小鳥のブローチ、懐中時計はピカピカに磨かれていた。長旅の疲れを少しも感じさせない隙《すき》のない身仕舞で、声や動作には活力が漲《みなぎ》っている。角ばった顎《あご》と意志のある目、キュッと結んだ口はいかにも強靱《きょうじん》そうだった。突然、道はトランクを放《ほう》り出すと、その場に跪《ひざまず》いた。腕を大きく伸ばし、

天を仰ぎ、目を閉じた。何が始まるのかと思ったが、眉間《みけん》にシワを寄せ、がっしりと両手を組み合わせると、天井に向かって大きな声で祈り始めた。

「主よ、ああ、長い旅から私を無事に帰還せしめしこと、大切な姉妹のゆりさんとその夫、帍児さんとこうして出会わせてくださったこと、そして美味《おい》しい糧をお与えくださいましたこと、ありがとうございます。全ての貧しき者にも、病める者にも、弱き者にも、光を分け与えたまえ！アーメン！」

体当たりするようなお祈りの仕方に、帍児はぽかんとしていた。道は目を開けると立ち上がって、スカートを手早く直すと、ケロリとした顔を向けた。

「あなたが帍児さんね、お噂《うわさ》は聞いております。わたくし、河井道と申します。これからはあなたも、ゆりさん同様、私の大切な家族です。どうぞよろしくお願いしますね！」

まるで男同士のように手を差し出す。握手すると、こちらの骨が砕けそうで、帍児は思わず身を引いた。四十九歳と聞いているから自分より年下だろうに、ねじ伏せられるような迫力があった。道の荷物は帍児とゆりのための新品のリネンやシーツ、そして、二人がいつか開く予定の学園のための大量の海外の教材だった。そのお喋りは恐ろしく早口の上に二人にしか通じない言語で構成されていて、情報量の多さに帍児はほとんど付いていくことができなかった。

食卓に着くなり、うなぎの丼《どんぶり》を見た道は子どものようにはしゃいだ。先ほどと同じようなポーズを付けると、再び祈り始めた。薄眼《うすめ》を開けて横を見ると、ゆりはその隣で慎ましく指を組み合わせ、長い睫毛《まつげ》を伏せている。考えてみれば、ゆりも帍児同様、祈る時に、声には出さないタイプだった。道は祈りを終えると、またもやすっきりした顔でさっさと箸《はし》をとった。甘辛いタレのしみたご飯と、こってりとした蒲焼を交互に、時に重ねて口に運び、無言のまま顎をわしわし動かし続けた。あまりにも旨《うま》そうに食べるので、帍児もつられて箸を進めた。食後、帍児は紅茶をすすめ、葉巻を取り出しながら、一応マナーとしてこう尋ねた。

「吸ってもよろしいでしょうか？」

「葉巻はやめてください。私の前ではタバコとお酒は絶対慎んでいただきたいわ」

道は表情に何の含みもなくニコニコしている。乕児はすぐに葉巻を仕舞った。

驚いたが、これから始まる三人の暮らしが急に大丈夫な気がしてきた。普通の日本人なら控える要求を彼女のようにどんどん表に出していいのだったら、案外うまくやっていけるのではないか。わずか小一時間のうちに、乕児は道に慣れてしまった。

「あのう、一つ伺ってもよろしいですか？　あなたたちはもともとは女子英学塾の教師と生徒でしたね。どうして立場を超えて、その、今のような関係になったんですか？」

二人は顔を見合わせると小さく笑いあった。女たちの仲が良すぎて孤独を感じたら、素直にそう言えば、ゆりも道もすぐにこちらの居場所を作ってくれる気がした。しばらく囁き声での相談が続いた後で、ゆりが語り出した。

2

——何言ってるのか、全然わからない!!

津田梅子の英語を聞くなり、渡辺ゆりは混乱して、完全に固まってしまった。

十六年分の自信は、木《こ》っ端《ぱ》微塵《みじん》に吹き飛んだ。これでも地元・三島の県立女学校では学年で一番、英語に関しては県知事から優秀賞を授かったくらいである。それなのに、ワッチャナンタラナンナンタラと聞かれて、あまりにも滑らかな発音に頭が真っ白になった。Are you Miss

Watanabe? とゆっくり発音し直してもらい、やっとイエス!! と身を乗り出して叫んだくらいだ。あまりにも元気が良すぎたせいか、面接官を務める津田先生が怖いお顔をかすかに綻《ほころ》ばせた気がして、ゆりは真っ赤になった。

麹町五番町の木造の二階建て日本家屋は、生徒数の増加に伴って出来たばかりの新校舎という触れ込みだったが、期待していたような西洋風の館《やかた》とはほど遠く、ゆりは内心、なんだ、地元の学校とそんなに変わらないわ、と安堵《あんど》してもいた。

ところが、三島の英語教師の発音と津田先生のそれはあまりに違った。無理もない。津田梅子先生といえば、六歳にして岩倉使節団と共に女子留学生五人の一人としてアメリカに派遣され、十一年間も西洋人と同じように暮らしていらっしゃった方だ。ほとんど日本語も忘れてしまったというのに帰国後、こちらの文化や風習を努力で取り戻し、再び渡米して、名門ブリンマー女子大で学んだという超人的な活力の持ち主である。彼女が日本女性の教育を向上させようと創立した女子英学塾は開校四年ですでに全国にその名が轟《とどろ》いている。卒業すれば必ず英語教師の資格をもらえるという触れ込みで、少しでも異国の文化に胸をときめかせたことのある娘なら、夢見る憧れの学校だ。そんなわけで教師や両親に勧められてやる気まんまんで臨んだ入学試験だったが、面接にはなんの手応《てごた》えもなく、その日はうなだれて、付き添いの父と一緒に三島に帰った。旧家を継いで一帯の土地を管理する父だけれど、もともとは慶應出で学問の道に進みたがっていた。ゆりの受験には一緒になって張り切っていた分、慰める言葉が見つからないのか、鬱《ふさ》ぎ込む娘を前にオロオロするばかりだった。

絶対に落ちた、と鬱々《うつうつ》と過ごしていたが、どういうわけか合格通知が届いた。両親は喜んでくれたが、祖母はおめでとうも何もなく、暗い顔でゆりの髪を撫《な》でた。

「あなたはこの髪で女としては大変に苦労するだろうからね。万が一のために、一人でも生きていけるようにしなければなりませんよ。津田先生の言うことをしっかり聞いて、必ず英語教師のお免状を頂くんですよ」

ゆりの髪は生まれつき細かく波打っている。いつもひっつめにして隠しているので、それを知るのは家族だけだ。油なしには櫛《くし》も通らない。髪を梳《す》いてくれる母にも毎日ため息をつかれていたから、ゆりは絶望感もなく、そうか、自分は醜いのか、と受け入れていた。じゃあ、せめて賢い人間にならねばと、きゅうきゅう音が出るほど髪をきつく結わえて、十一人もいる兄弟姉妹の誰にも負けないよう勉強を頑張ってきたのである。

明治三十七（一九〇四）年の九月、家族に見送られて汽車に乗り、女子英学塾にゆりは晴れて入学した。

入学式を終え、教員に案内された寄宿生用の四人部屋に着くなり、ゆりは緊張が解けて、お行儀悪くどさっと腰を下ろした。在籍者に対して寄宿生は三割ほどで、教室と地続きの六畳の日本間が集まった通称「六畳町」にぎゅうぎゅう詰めで寝泊まりする。

「もっと、ハイカラで自由な学園だと思ってたんでしょう？　私、星野あいっていうの。よろしくね」

同室の一人が折りたたんだ布団の上にもたれながら、そう声をかけてきた。同じ新入生だが、もう二十歳は超えていそうに見える。おまけに成績優秀で二年からの編入だという。いかにも聡明そうなきりりとした顔立ちながら、世話好きらしく、ここでのことをあれこれ教えてくれた。

「ミス・ツダは、もともとは武士の娘なの。英語だけじゃなく、礼儀にもとっても厳しいらしいのよ。おしゃれ、遅刻、泣くこと。この三つが本当にお嫌いだって聞くわ。それだけはやっちゃダメ。授業もあの通りぜんぶ英語だし、お怒りのときは教壇をバンバン叩《たた》くんですって。宿題もすごく多いし、抜き打ちの試験もあるのよ。入学した時の人数、卒業までには半分くらいまで減るっていう噂よ」

ひええ、とゆりは黙り込んだ。早くも三島に帰りたくて仕方がない。

「あ、そうだ。一人だけ、西洋人みたいな若い女の先生がいたじゃない？　すごくおしゃれじゃなかった？　ほら、あの背が高い人。ブローチとネックレスつけてた人。あんなおしゃれ、よくミス・ツダが許したわねえ。この九月からの着任だって」

そういえば、外国人の先生に混じって、そんな若い先生もいた気がする。全校生徒を前にした入学式での津田先生のお話が怖すぎて、他《ほか》のことまで気が回らなかったのだ。

――学問をする女性は、今の日本ではまだまだ異端です。みなさんは、一挙一動、日本中から注目されています。だから、全てにおいて謙虚でつつしみ深く、前に出過ぎないことを心がけてください。勉強する女は傲慢《ごうまん》で出たがりだなんて、文句がつけられないように振る舞ってくださいね。皆さんの振る舞い次第で、これからの日本女性たちの生き方が拓《ひら》けるのですから。

確かにそうだ、と頷きつつも、一方でなんだかやる気が吸い取られていくのを感じていた。英語さえ身につければ、まっすぐな髪でなくても、胸を張って生きていけるとばかり思い込んでいたのだが。でも、津田先生のお姿を見たら、それも呑み込まざるをえなかった。清楚《せいそ》な風貌《ふうぼう》で黒髪をきりりとまとめ、ふくよかな身体にきっちり着付けた袴《はかま》姿、形の良いおでこは光っていて大和《やま》撫子《となでしこ》そのもの。立ち居振る舞いも隙がなく、英語なまりは残るけれど調子に乗っている風もない。それに、生徒たちもいかにも欠点のなさそうな賢そうな子ばかりだった。同世代だけではなく落ち着いた人妻風の女性も大勢いた。彼女たちの艶々《つやつや》の髪を憧れまじりに頭に浮かべるうちに、ゆりは祖母との約束を思い出し、はっと立ち上がった。

「ちょっと、どこ行くの！」

夕食までには必ず戻りますから！　ゆりはあいさんたちにそう告げて、学校を飛び出した。

祖母から日本橋の有名な油屋で高価な髪油を買って毎日つけるように言い付かって、お小遣いを渡されていたのを忘れていたのだ。この髪だけは絶対に人にバレてはならない、どこでどう伝わって、将来の縁談に差し障るかわからないから。そう、約束させられていた。独りで生きていけるように、と言いながらも、祖母はどういうわけかゆりに結婚させることを諦《あきら》めてはいないのだ。人力車に乗るお金なんてないから、地図を片手に早足で目指すしかない。

生まれて初めて訪れた日本橋は、異国そのものの街並みだった。越後屋が始めようとしている日本初の百貨店など、二階建ての商店が所狭しとそびえ立ち、洋装姿の男女が行き交っていた。もっと眺めていたかったが、目当ての油屋で、椿《つばき》の絵が愛らしい髪油の小瓶を無事手に入れると、一目散に走り出す。夕日が沈みかけていた。ぽん、と街灯が一斉にともり始めた。あれが、アメリカ製の発電機を使ったアーク灯かあ、と通りをまばゆく照らす白い光に目を奪われ、ついつい歩みをゆるめてしまう。静岡ではまだ街灯といえば、青白く揺れるガスの火がほとんどだった。帰り道の方がなんだか気が楽で、すっかり油断したため夕食には間に合わなかった。廊下に立たされ、みんなの前で津田先生に詰問された。

「一体、あなたどこに行っていたんですか。初日から、なんなんですか」

「ええっと、それは……」

食堂から寄宿生の女の子たちが顔を覗かせて、二人のやりとりを面白そうに見守っている。あいさんの忠告を思い出した。髪のため、なんて言ったら殺される。目がじわっと熱くなり、遅刻、おしゃれ、涙で、もう三つ目、と思うと、絶望的な気持ちになった。

「あのう、あのう、ごめんなさい。二度としません。まだ、こちらの暮らしに慣れていなくて。退学なんてことになったら、母が死にます」

ゆりが真っ青になって震えているので、津田先生もさすがに、心を動かされたようだ。

「今回だけは大目に見ましょう。でも、次に遅れたら、三島のご実家に連絡しますよ。何度も言うように、塾の生徒としてどこから見ても完璧《かんぺき》な行動をしなくては、日本女性全体に迷惑がかかるんですからね」

命びろいしたわね、とあいさんに囁かれながら夕食の席に着いて、絶対に髪のことを知られてはならない、とゆりは決心を固めたのである。翌日から、朝は一番早く、夜はみんなが寝静まった後で、一人で髪を洗うようにした。ある程度乾いたら髪油をたっぷりつけて、きゅうきゅう音がするまでよく伸ばし、ピッチリと櫛を入れた。

入学して一ヶ月が過ぎた頃である。その夜も、誰もいないのを確かめてから、ゆりは浴室の洗面台の前で髪をほどいた。英語の授業には一向に慣れないし、宿題や予習をこなすのもやっとで、その上、何故か日曜日は礼拝という集まりまである。気を抜くと洗面器に頭を突っ込んでうたた寝してしまいそうなほど疲れていた。

「まあ、なんて可愛らしい御髪《おぐし》なんでしょう！」

大きな声にぎょっとして、振り向くとそこに立っていたのは、よりによってこの姿を一番見られたくない相手だった。あの、入学式の日から生徒たちの間で話題になっていた西洋帰りの河井道先生である。

こんなところを誰かに目撃されたら、巻き毛がバレるよりずっと大変なことになる。ゆりは怖いのと、ドキドキするのとで、身じろぎもできなかった。先生は面白そうに目を輝かせて、ぐいぐい近づいてくる。

二十七歳の道先生は背が高く、がっしりとした体つきで、ただでさえ、ものすごく目立つ。着任したのはゆりの入学と同時期なのに、すでに全生徒の憧れの的だった。ミス・ツダと正反対に、アメリカ人そのままのような装いや立ち居振る舞いで、最新流行の膨らんだ袖に豊かなスカートを穿《は》きこなし、必ずブローチかネックレスをつけている。ドレスの裾をちょっとつまんで、廊下を滑るように歩くさまを、真似する女生徒たちが後を絶たなかった。熱狂的な一部の上級生たちは「先生のためなら死んでもいい」と取り巻きの一隊を組織しているので、ゆりのような新入りはとてもじゃないが近づくこともできない。先生が寝泊まりするのもゆりたちと同じ「六畳町」の個室だけれど、そこはお城のように神聖なものとされていた。文学から海外の流行事情まで何でも知っていて、お姉さんのようにお喋りしてくれるから、先生であることを時々忘れそうになるけれど、いずれはミス・ツダの右腕になるだろう、と将来を有望視されている才女なのだ。ミス・ツダでさえ道先生にだけは打ち解けた笑顔を浮かべている。「六畳町」ではお菓子は絶対厳禁で、この間、取り巻きたちが道先生のために好物の落花生を用意していたら、ミス・ツダに見つかり、すぐさま「なんですか、規則違反ですよ」と取り上げられた。でも、「道先生のために買ってきたんです」とおずおず打ち明けたら、「なら、仕方ないですね」と返してくださったというのだ。

「きゃあ、やめて。ご覧にならないでください!!　誰にもおっしゃらないでください!」

半泣きで叫んでも、道先生は首を傾げて、ニコニコ笑っている。

「なぜかしら?　そのままの御髪でとても素敵なのに」

そう言うなり、手を伸ばして、いきなりこちらの髪に触れた。恥ずかしさと緊張で、ゆりは肩をすくめた。

「無理にまっすぐにするのがそもそも、あなたには似合わないんですよ。最初に見た時から、おばあさんみたいな髪型で、変だわ、って気になっていましたの。その巻き毛を生かしたスタイルにすればいいじゃありませんか?　アメリカでは最新流行よ。その髪、あなたにぴったりする風に結って差し上げるわ。今から、私の部屋にいらっしゃいな。きっと綺麗《きれい》にして差し上げてよ」

先生の顔をまじまじと見た。自分なんかに目を留めていたなんて信じられない話だ。最新流行とか、綺麗とか、ゆりにはそぐわない言葉ばかり。何より、こんな時間に先生のお部屋に呼ばれるなんて夢じゃなかろうか。取り巻きの目が怖かったが、廊下の電気ランプの灯《あか》りを頼りに、どんどん先を行く道先生についていった。

そのたくましい背中を見つめていたら、不思議な気持ちになった。未知の世界に導かれているはずなのに、なぜか怖くない。道先生はなにもかも最先端だけれど、こちらに引け目を感じさせるところが一切なかったのだ。そういえば、ミス・ツダに特別扱いされていても、同僚教師たちに嫉妬されるということも全くないようだった。その姿は何かにとてもよく似ていると思った。

突き当たりにあるそのお部屋はゆりたちと同じような間取りで、きちんと片付いていた。タンスの上には留学中のものらしい、欧米人らしき女性たちに囲まれた先生の写真が飾られている。みんな仲が良さそうだ。ほら、見て、と先生は、ブランコを漕《こ》ぐ少女の絵がついたお菓子の缶を取り出した。蓋《ふた》が開くと、舶来の香料の甘いにおいが立ちのぼり、ゆりはわあ、と声をあげた。色とりどりの美しいリボンがぎっしりと詰まっている。キラキラ輝く細いもの、深い艶があるたっぷりと幅広のもの、濃い紅の縁取りがあるもの。だいだい色、薔薇《ばら》色、若草色、褐色。ゆりが三島で夢見た彩り豊かな「西洋」が凝縮されているようだ。先生は鼈甲《べっこう》の櫛を取り出すと、うねる髪を梳いてくださった。母とは全く違う、丁寧にほぐすような手つきが照れ臭くて、身体がふわふわ浮き立った。

「ねえ、どれがお好き？　これなんか、あなたにとても似合いそうじゃなくて？」

そう言って、道先生は花の柄がついた水色のリボンを手にした。

「こんな素敵なリボン、私なんかが、いただくわけには……」

「あら、いいことはなんでもシェアしなければなりません」

「シェア？」

舌にのせたら、しゅわしゅわ泡になって溶けそうなその言葉を、ゆりは味わった。分け合う、という意味を持つ単語だと思い出したのはしばらくしてからである。

「そうです。光はシェアしなければ。光を独り占めしていては、社会は暗いままですわ」

入学式の夜、日本橋で見たアーク灯の光をゆりは不意に思い出した。光はあたりに溢《あふ》れ、道を昼間のように照らしていた。見ず知らずの自分のことを考えてくれる誰かがどこかにいる、そんな確信だけで、安心できた。そうだ、道先生は、あのアーク灯にそっくりだ。惜しみなくて、華やかで、なにより一緒にいると明るい気持ちになれる。

頭の上でリボンがシュッシュッと擦《こす》れる音がした。ハイできた、と手鏡の前に、背中を押し出される。そこには、波打つ髪を半分だけ降ろし、後頭部をふんわりと持ち上げた、西洋人形のような娘が、頬《ほお》を薔薇色に染めて立っていた。自分を醜いと思って過ごしてきた膨大な時間を思うとなんだか悔しい気もするが、すぐに忘れてしまった。ゆりはくるくる回り、自分の姿に見とれながらも、卑屈な言葉が口をついて出る。

「でも、まっすぐな髪じゃないって知られてしまったら、誰もお嫁さんにもらってくれなくなるんじゃないですか？」

「私は結婚も恋愛もするつもりはないけれど」

道先生はさらりと口にした。そんな生き方や考え方があっていいのか、とゆりは目を丸くした。

「男の人の顔色を窺って、自尊心をなくしてビクビク振る舞うのはよくありませんよ。神様のもとでは、女も男もみんな平等なのだから。堂々としていらっしゃい」

「え、女性と男性が平等⁉」

ゆりは目をパチクリさせた。勉強ができようが、性格が良かろうが、女は男に疎まれたらおしまいだと教えこまれて生きてきたのだ。

「そうよ、キリスト教の教えでは、基本的にみんなが平等です。性別も国籍も地位も年齢も関係ないわ。あなたも私も、神様の前では、対等な姉妹なのよ。そもそも神様は女性でも男性でもありません」

へえ、とゆりはつぶやいた。ただ言われるがままにこなしていた日曜日礼拝の時間が、急にとっつきやすいものに感じられた。ほんの少し前までは耶蘇《やそ》と忌み嫌われていた宗教だから、心のどこかで警戒もしていたのだ。

「だからね、先生というより、お姉さんと思ってくれても構わないんですよ。ほーら、ご覧なさい。あなた、とても美しいじゃない？」

先生の言う通りだった。姿見の中のゆりは美しい。でも、隣にいる河井先生は、もっともっと素敵だ。なんだか自分と先生が本当の姉妹のように思えて、うっとりした。先生の側《そば》にいれば、怖いものなんてこの先何もないような気さえする。廊下のランプがさっきまでよりずっと優しくこちらを照らしていた。

3

道は昔から、暗いところがとても苦手だ。幼い頃、父に連れられて行った伊勢神宮の光景がずっと心の底に残っているからかもしれない。

その頃はもう、父は神職から離れていて、一般の人のように参拝していたから、人目につかない夕暮れ時を選んだのだろう。二人の下駄の音がしんとした空間にくっきりとこだました。長い参道を歩くうちに、提灯《ちょうちん》のほのかな明かりがどんどん闇《やみ》に呑み込まれていく。父が奥殿に入っている間、道は一人ぼっちで、ゴツゴツした石垣に座って待っていた。女の子は穢《けが》れがあるとされていて、足を踏み入れてはならない場所がたくさんあったから、こんな風にそこで待っていなさい、と取り残されることはしょっちゅうだった。木々が風でどうどうと鳴り、山猿の甲高い声が、父の柏手《かしわで》を打つ音をかき消した。

いつかみんな死ぬ。ここに来るといつも気付かされる。最後の瞬間は、とっても痛くて、真っ暗闇に落ちていくようで、とんでもなく虚《むな》しいだろうな、と思うと、自然と目の前の提灯がぼやけていく。

神道では、死は穢れとされているので、身体を失って霊になっても神様に戻るまでには、辛《つら》い修行を積まないといけないらしい。別に神様になれなくてもいいのになあ、と道は思う。もともと穢れがない、天皇のような方だけが生きながらにして神様なのだそうだ。

ようやく父が帰ってくると、闇の中を足を縺《もつ》れさせながら駆け寄って、手を摑《つか》んでほっぺに押し当てた。その感触は男のものとは思えないほどフニャフニャしている。

伊勢・山田で道は六歳になった。働き者の明るいお母さん、母親の違うしっかり者のお姉ちゃん、まだ赤ちゃんの弟、近所に住むおじいちゃんは道に甘い。ごくごく普通の賑やかな家族だけれど、お父さんだけ様子が全く違っていた。青白くほっそりした少年のような身体を無地の絹に包み込み、思いつめたような顔をして滅多《めった》に笑うことがない。片足をいつも引きずっていて、耳が聞こえなかった。幼い頃は神職の息子として、外出する時はカゴに乗り、江戸時代には京都で学問、茶道、華道を学んでいたお父さんは、礼儀作法やお花の生け方にもとてもうるさい。

「道、学校はどうだ」

「勉強は嫌い。お友だちも嫌い」

道は正直に答えた。お父さんは唇の動きで、こちらの言葉を読むことができるから、会話は普通にできる。

両親には内緒だが、おじいちゃんの家でかくまってもらい、道はちょくちょく学校をサボっていた。ぼんやりした道には授業は難しすぎるし、何をやっても、お友だちはくすくす笑い、先生には叱《しか》られた。おじいちゃんはそんな道に同情して、美味しいものをこっそり食べさせてくれる。ザラメをまぶしたお煎餅《せんべい》や、鯛《たい》飯、それにタレのかかったうなぎ飯など。そのせいで、道はくいしんぼうで、ぽっちゃり太っていた。おじいちゃんには商売の才覚があったらしく、かつては大きな屋敷に住み、その一部を宿屋にして参拝者からお金を取っていたらしい。お父さんに言わせると、お金のやり取りも穢れているんだそうで、そのせいで、おじいちゃんとはソリが合わないようだ。圧政に苦しむ農民たちの一揆《いっき》を受け、おじいちゃんは現在、元家来の静岡という男の家に身を寄せていた。小さな住まいだけれど、しょっちゅうお客さんを招いてはどんちゃん騒ぎしている。庭にはバナナという果物の立派な木があるが、何故か実はならない。「いつかバナナがなったら、一番に道に食べさせてやろう」とおじいちゃんは胸を張る。白くて甘くて柔らかくて香りがいいとされるその果実を食べるのが、道の夢だった。おじいちゃんに絶対の忠誠を誓う静岡も、道のことをお嬢さまと呼んで大事にしてくれるから、あの家の居心地は最高だ。

「道、周りからどう見られているかということを気にかけて、目に入る全てに感謝をなさい。神様は万物に宿っているのだからね。お前は贅沢《ぜいたく》が過ぎるよ。それに、ちょっと食べすぎじゃないか」

はーい、と返事をしながら、お父さんは細かいことを気にしすぎではないかと思った。道は楽しくて派手なこと、綺麗な物、そして美味しい物が大好きだ。大柄な体格も性格も、おじいちゃんの方に似ていると思う。でも、そういうワクワクするような心持ちは、神様が望まれることではないんだろうな、と一応はわかっている。女子は穢れていて、男子に劣るという神道の教えが、何かにつけて道の心に歯止めをかけるせいか、自然と怠け者になった。どうせ何をやっても一番になれないのなら、おじいちゃんちでぬくぬく甘えて過ごす方がいい。

お父さんが失職したのは、お姉ちゃんを残してそのお母さんが亡くなった頃だ。明治維新の新政府の財政削減で、世襲の官職のほとんどが廃止されてしまったのだ。そして、無職になったにもかかわらず、同じく配偶者を亡くしたばかりだったお母さんと再婚する。

——お仕事がないなら、旅館をやりませんか？　昔、お義父《とう》さまもそういうことをなさっていたそうで。私、おもてなしは得意です。元神官の名があれば、参拝客を大勢呼び込めるでしょう？

切り替えの早いお母さんがいなければ、一家は野垂れ死にしていたかもしれない。道が物心ついた頃、河井家の稼ぎ手はお母さんだった。静岡の助力を得て、お母さんは使っていないお屋敷を手に入れ、かつておじいちゃんが使っていた家具を運び込み、旅館経営を瞬《また》く間に軌道に乗せた。元神職の妻がなんとはしたない、という声もあり、お父さんもむっつりと黙っていたが、ハイハイと軽くあしらいながらいつも手を動かしていた。そもそもお母さんの方のおじいちゃんは、優れた治水計画で知られる牧戸村（今の三重県度会《わたらい》郡度会町）の村長で、その能力を引きついでいたのかもしれない。

ある晩、遅くまで、お父さんとお母さんが話し合っていた。道はお姉ちゃんと一緒に寝床を抜け出して、襖《ふすま》越しにそっと耳をそばだてた。静岡がしくじった、と途絶え途絶えに聞こえてくるほかは、道にはよく理解できなかった。静岡が突然亡くなって、まだ一ヶ月とたたない頃だった。頭の良い姉はだいたい呑み込めたらしい。布団に戻ると、五歳の弟の信三が起きないように声を潜めて、解説してくれた。

「私たち、貧乏になっちゃうんだって。静岡がね、事業で失敗して、保証人だったおじいちゃんとお父さんに大損をさせてしまったの」

「え、ということは、もう、うなぎを食べられないの!?」

「おじいちゃん一人で暮らしていく分ならなんとかなりそう。でもね、もうお父さんはこの町にいたくないみたい。お母さんの故郷の牧戸も、知り合いがいるから嫌だって。お父さん、私たちのことを誰も知らない町に行って、ひっそり暮らしたいみたい」

「でも、しくじったのは静岡なんでしょう？　死んじゃったんだし、もう責めなくてもいいじゃない。なんで、私たちが引っ越さないといけないの？」

学校に未練はないけれど、おじいちゃんと離れ離れになるのは嫌で、道は頬を膨らませた。

「お父さん、恥ずかしいんだって。大事な家を自分の代で潰《つぶ》してしまったからだって」

神道ではご先祖さまが何よりも大事で、代々受け継がれてきたものを守れないのは、一番恥ずかしいことなのだそうだ。でも、恥ずかしいくらいで、どうしてコソコソ逃げなきゃいけないのか、道にはよくわからない。みんな元気なのに、家が潰れた、という言葉からして不思議だった。悲しい別れになるから、とお父さんに言い含められ、おじいちゃんにさよならを言うことは許されなかった。夜逃げ同然にして最小限の荷物で、四日市の港から定期船に乗り込んだ。

おじいちゃんは、その後間もなく亡くなった。最後の別れになるなんて、その時は知らなかったので、結局食べられなかったバナナを思って、道は船の底にある暗い部屋でずっと泣いていた。

甲板に出て外の空気を吸いましょうよ、というお母さんの誘いをはねつけ、道はそれから数日間、船が函館に着くまで、ほとんど横になって過ごした。天井がぐるぐる回って気持ちが悪かった。眠りが浅いせいか真夜中、よく目が覚めた。あたりは真っ暗で、波の揺らぎが直《じか》に身体に伝わってきて、本当に海の底にいるみたいだった。試しにちょっと呼吸を止めてみる。道はすぐにゼイゼイと身を震わせた。船が沈んだら苦しくて辛いだろうな、と想像したらゾッとして、信三を引き寄せて甘いにおいがする柔らかい髪に顔を埋《うず》めた。

こうして、明治十九（一八八六）年、一家は函館に辿《たど》り着いた。

開拓民たちが押し寄せて急成長しているこの町なら、こちらの顔を知る人もいないだろうという、父の思いつきで決まった新天地だった。久しぶりに甲板に出ると空は真っ白で、荒れた海は暗い色をしている。まだ十月なのに耳が痛いくらいに寒い。温暖な気候で育った子どもたちに向かって、お母さんは手をパンパン叩いた。

「みんなー、持ってきた服を全部着て船を下りますよ。その分、荷物が軽くなるでしょ」

ローン、と重たい鐘の音が、肌が切れそうなほどの冷気をかすかに震わせた。ロシアに近いこの地域では「教会」という、大きな鐘がついた建物が多いのだそうだ。荷物を下ろすのを手伝ってくれた若い船員さんの説明を聞いている時、ちらっとお父さんの顔を見上げたら、複雑な表情を浮かべていた。港町に出ると、煉瓦《れんが》造りの家や金色の髪をなびかせた人が視界に飛び込んでくる。なんだか西洋に来たみたい、と道は目を丸くした。その頃、政府は近代化を急ぎ、欧米から教育者や技師を、北海道に積極的に招いていた。アメリカからやってきたクラーク博士が着任した札幌農学校が、次々に俊英を世に送り出し、注目を集めていた時期だった。

道たちが辿り着いたのは小さな村のはずれにある丸太小屋だった。まだ夕方なのに辺りはもう真っ暗で、なんだか気持ちが急《せ》いてしまう。これまで開け放したような作りの平屋でしか暮らしたことがなかったので、恐る恐る中に入った。頑丈そうな作りの扉や小さな窓にもかかわらず、開拓民用のタダ同然の住居のせいか、外にいるのと全く変わらない温度だ。すぐに備え付けの火鉢を囲んだが、いつまでたっても部屋は暖まらず、信三がとうとう泣き出した。仕方なくその晩は家族で身を寄せ合って横になった。ピリピリと骨までしみるような寒さと自分の手のひらさえ確認できない真っ暗闇に全く慣れることができなくて、ろくに眠れず朝を迎えた。みんな青い顔で身を縮めていたが、お母さんだけはこの状況がこたえていないように見えた。

すぐに職探しを開始し、その日のうちに近所のお菓子屋さんで仕事を決めて帰ってきた。開拓民の女の人たちに、南から来た、困っていると訴え、野菜や米、いらない布団をたくさんもらってきたばかりではなく、寒さのしのぎ方や仕事口のことまで聞き込んできた。お父さんは、お母さんの開けっぴろげな姿勢をとても嫌がったが、この辺はみんないい人ばかりよ、何かあったらあなたたちもご近所を頼りなさい、とお母さんに言われて、道たちはようやくほっと息をつけたのだった。お隣に教わった、炭火に布団をかぶせる簡易炬燵《こたつ》をみんなで作って、一斉に足を突っ込み、もらい物の野菜を入れたおつゆで身体もほかほか温まってきた。

「あなた、近くの学校で、先生を募集しているそうですよ。どうですか？　人がとにかく足りないので、耳が不自由でも、明日からでも来てもらったら助かる、とのことです」

お父さんはもごもごと、労働と金銭のやり取りをしたくない、誰かの下で働きたくない、と答えた。すると、お母さんはなじるでもなく簡潔に言いつけた。

「そうですか。じゃ、私、明日から毎日、夜までいません。あなた、うちで道の勉強を見てやってください。お掃除もお願いします。お姉ちゃんにはご飯の支度を任せるわ。わからないことは、お隣のおばさんに聞いてね。道、信三ちゃんのお世話をお願いね」

学校に行かなくていいと聞いて道はほくそ笑んだが、先生役のお父さんはむっつりと元気がなく、学校の授業以上に面白くなかった。これなら、弟と遊んでいる方がずっといい。でも、人なつこい信三はあっという間にご近所の子どもたちと仲良くなってしまい、道は置いてきぼりだった。そんなわけで、お母さんが持ってきてくれる売れのこりのおまんじゅうが、唯一の楽しみとなった。お父さんを観察してみたら、朝晩の日課だった、服を着たまま井戸水を頭からかぶる清めの儀式をここに来てから全くしていないことに気付き、寒さには勝てないな、と道は意地悪くニヤニヤした。

道より早く、爆発したのはお姉ちゃんだった。いつも聞き分けのいい子なだけに、その荒れ方に、家族全員がシーンとした。

「私、もう嫌、こんな生活。何でお父さんのために、何もかも我慢しないといけないの！　山田に帰りたい！」

そう言って、わっと泣き、おまんじゅうを床に投げつけた。道と違って、学校の成績も良く友だちも大勢いたお姉ちゃんは、失ったものがずっと大きかったのだ。だんまりを決め込むお父さんを尻目に、またしてもお母さんがご近所のつてを駆使して、解決策を探し当てた。

隣町に住んでいる裕福な老婦人が、身の回りの世話をしてくれる住み込みの話し相手を探しているというのだ。お裁縫も家事も得意で、誰からも可愛がられるお姉ちゃんにはぴったりだった。お姉ちゃんは、絶対行く！　と叫んだ。それでも、お別れの朝、姉妹は抱き合って泣いた。姉は何でもよくできたから比べられて悲しかったこともある。でも、大好きな自慢の姉だった。

お姉ちゃんがいなくなったことで、家の中はすっかり寂しくなった。お父さんも多少はこの件で、反省したらしい。近所の人たちとようやく言葉を交わすようになり、手紙や役所へ出す書類の代筆を引き受けるようになった。ところが、ちゃんとお金を支払いたいというせっかくの申し出を「お金と労働のやり取りは穢れています」としたり顔で突っぱねてしまったのである。お母さんが「だったら、せめて物で払っていただくのはどうでしょう？」と折衷案を出したおかげで、かろうじて漬物や着物やお米を持ってきてもらえるようにはなった。それでも、道は心底うんざりしていた。女は穢れている、お金は穢れている、と言いながら、お母さんの稼ぐお金がなければ、一日だって生きて行くことができないじゃないか。お父さん一人だけ、上等な絹の着物を着て澄ましているのも、だんだん癪《しゃく》に障るようになった。

お姉ちゃんの抜けた穴は、道が補わねばならない。信三の世話に加えて、苦手な料理もしなければならなくなって、地獄のような忙しさだ。その上、家計を補塡《ほてん》するために、納豆売りの日銭稼ぎまでさせられるようになった。鼻の中まで痛くなるほど寒い朝、納豆の入った籠《かご》を抱えてヨロヨロ歩いていると、男の人に声をかけられた。

「君、道ちゃんかい?」

そう話しかけてきた、外国人のような出《い》で立《た》ちをした大柄な紳士を見上げて、道はあっと叫んだ。お父さんのいとこの治胤《はるたね》おじさんではないか。気前よく舶来のおもちゃのお土産《みやげ》をくれるハイカラな人だが、神職をクビになって東京に行ったきり連絡がつかず、ずっと会っていなかった。おじさんと話していたら、山田での何不自由ない暮らしが蘇り、目頭が熱くなった。すぐさま道は両親の待つ丸太小屋におじさんを連れて帰った。大人たちは再会を喜び合い、久しぶりに家は賑やかになった。ここに辿り着くまでの経緯をお父さんはポツポツと話し出す。全て聞き終わると、おじさんはこう言った。

「にいさんも辛かったよな。だって、俺《おれ》たち、神職に向いてないじゃないか? 代々続いた家業を守れるほど、強い性格でもないしね」

お父さんはしばらく俯《うつむ》いていた。そして、顔を歪《ゆが》め、ワッと泣き出した。おじさんも釣られて泣いた。大の男二人が抱き合ってダラダラ涙を流しているのを、道はぽかんとして見つめた。お父さんが神道に疑問を抱いていたなんて、考えてもいなかった。そもそもおじさんがずっと放浪していたのも、聞けば、実家から距離を置きたかったからなのだという。辿り着いた東京でキリスト教に巡り合い、洗礼というものを受けた。今は牧師となって函館の伝道所に派遣されているそうだ。おじさんは、山田には一生帰らないと断言し、興奮気味にキリスト教の良さを語った。

「初めて、自分らしく生きられるっていう気がしたんだ。キリスト教はすごく僕に合ってるよ。まず、自分も周りも許すことから始まるんだ。穢れを清める、のではなく、まず、己の汚さや弱さを認めるところから始まるんだよ」

その日から、おじさんは難しそうな本を持って遊びに来るようになり、お父さんは目に見えてイキイキし始め、聖書という分厚い本を読むようになった。もともと勉強熱心で読書家なのである。聖書に赤いインクで線を引き、なるほど、と頷いたり、気に入った箇所を別の紙に書き留めたりした。ある朝、とうとうお父さんは言った。

「聞きなさい。道。お父さんは今日からクリスチャンになる。道も今日から、イエス・キリスト様にお祈りしなさい」

「え、今までの神様はどうなっちゃうの?」

こっちを巻き込まないでよ、と呆《あき》れたものの、とりあえず新しいやり方でお祈りするお父さんの真似をして手を組み合わせてみた。

「うん。そうだね。朝一番に南に祈るのはとりあえず続けよう。そのあとに北を向いて、イエス・キリスト様に祈ろうか」

いくらなんでも、変わり身が早すぎやしないだろうか。でも、これまで見たこともないほど、お父さんが無邪気にはしゃいでいるので、道もだんだんと愉快になって、聖書を学び始めた。一方的に教わるのではなく、二人ともゼロから並んでの勉強である。神道にはたくさんの神様がいらっしゃるし、はっきりした教えはないから、なんとなく霧の中を歩いているような気がするのに対して、キリスト教は単純明快だ。神様はただお一人で、破っちゃいけない決まりがある。道が共感を覚えるのは、神様の子どものイエス様がとにかく巡り合わせが悪いところだ。生まれたのは不衛生な馬小屋、裏切られるし、莫迦《ばか》にされるし、話を聞いてもらえない。とっても冴《さ》えない暮らしぶりなのだ。

そのうち、治胤おじさんがこう言いだした。

「にいさん、どうだろう？　この近くにキリスト教の伝道学校があるんだ。道ちゃんもそろそろ学校に行くべきだと思うんだよ」

道は絶対行くもんか、と断固として拒否した。勉強は好きじゃないし、家を離れて知らない人たちと暮らすなんて考えただけで具合が悪くなりそうだ。家族だって今、道がいなくなったら困るだろう。ところが、意外なことに、お母さんはしきりと学校行きを勧めるのだった。

「道には勉強を好きになってもらいたいんだ。お母さんね、女の子だから、おじいちゃんに勉強させてもらえなかったんだよ。もっと色々教えてもらっていたら、どうだったんだろうってよく考えてしまうのよ」

確かに、お母さんが勉強していたら、お父さんの何十倍も偉い人になっていたに違いない。嫌だったら、すぐに帰って来ればいい、と何度もなだめすかされて、道はしぶしぶと、その寄宿舎に入ってみることにした。

丘の傾斜地に位置する西洋風の屋根がツンととがったお屋敷は、そこからこの近所にあるお寺の灯明柱が見えるくらい、家からそばにあった。寂しくなったら、あの灯明柱の明かりをごらん、お母さんも毎日それを見て、道のことを考えるからね——。最後にぎゅっと抱きしめられ、背後で重たげな扉がバタンと閉まった。

風呂敷《ふろしき》包《づつ》みを手に、絨毯《じゅうたん》の敷き詰められた広い廊下で立ちつくしていたら、西洋人の女の人から、意味不明の言葉で怒鳴られ、いきなりつまずいた気分になった。金色の髪や大きな身体、赤い唇を見上げ、果実でつくったお酒のようなにおいにぼうっとなっていると、怖い顔で睨みつけられた。幅の広い階段を追い立てられるようにして昇り、二人部屋に案内されると、そこから先はもうなんの説明もない。同室の加代ちゃんという女の子は、級長をしているとかで、山猿のように厳しい目をしている。彼女に連れて行かれた食堂は広すぎて、自分の席がわからなかった。うろうろしているうちに食事の時間が終わってしまって、お腹《なか》ぺこぺこのまま就寝時刻となった。ベッドという脚のついた寝台が与えられたが、とても幅が狭く、落っこちないか不安で、なかなか寝付くことができない。窓の帳《とばり》の向こうで灯明柱が弱々しい光を放っていた。

翌日は英語の授業から始まったが、案の定さっぱりわからない。横にずらずらと虫のように並ぶアルファベットという文字を、一からちゃんと覚えるところから始めたかったが、そもそも日本語を使うことは許されていないから、そんな要求はできずじまいだった。英語の会話が飛び交う中、道は俯いて落書きし、ひたすら時間をやり過ごすしかなかった。読本に出てくる漢字だけはかろうじて読めたが、先生に指されると、言葉に詰まってしまった。

「ねえ、あなた、なんでお祈りに来ないの？」

加代ちゃんから怪訝《けげん》そうに問われて、初めて、お祈りの会というものが夕方に開かれていることを知った。慌ててその暗い大広間に駆けつけたが、生徒たちに冷ややかな目を向けられた。みんなぼそぼそと何か唱えていて、いかにも辛気臭い。懸命に真似をしたが、もう手遅れである。道は神様を信じていない子と決めつけられてしまった。相変わらず、食堂の座席も全く覚えられない。もう面倒で食事は抜くことにした。お腹が空《す》きすぎて机に突っ伏していたら、先生に無理やり引き離されて、訳のわからない言葉で叱られた。

学校という仕組みが、道は心底自分に向いていないと思った。口では説明されない暗黙の決まりのようなものがあって、質問することはお行儀が悪いとされ、そのくせ足を踏みはずしたが最後、落伍者《らくごしゃ》の烙印《らくいん》を押されるのだ。お父さんのような世捨て人の暮らしこそが、自分の生きる道だと思った。毎晩、部屋から灯明柱のかすかな光をすがるように眺めた。みんないつか闇の中で死ぬ。何をやっても死んだら全部無意味だ。お母さん、起きてるかな、と思ったら、鼻水が垂れてきた。

「道ちゃん、こっちにいらっしゃいよ、お裁縫を手伝ってよ」

一人だけ声をかけてくれるのは、寄宿生の上下関係がよくわかっていない、通学生の花ちゃんだった。いつもおしゃれな着物を纏《まと》っている裕福な家の女の子だ。彼女のお裁縫箱には可愛い端《は》切《ぎ》れやリボンがぎっしり詰まっていて、それを気前よく分けてくれる。花ちゃんいわく、道は趣味が良く、布の色合わせがうまいらしい。「わあ、道ちゃん、上手。上手」と、励ましてくれるので、裁縫だけは頑張るようになった。花ちゃんが学校にいる間は、とにかくぴったり寄り添っていたが、人気者の独占が波紋を呼んでいることには無頓着《むとんちゃく》だった。そんなわけで、花ちゃんの裁縫箱が消えて無くなった時、真っ先に疑われたのは道である。

加代ちゃんが不気味な儀式を執り行うと告げた。

「先生たちになんて、任せておけない。私たちで犯人を捕まえましょう。これから私が、西洋の魔術を使って取り調べします。先生には内緒で、お祈りの部屋にみんな来てください」

女の子たちは真っ暗な部屋に集められ、コップの水を飲まされた。盗みの犯人の歯は必ず黒くなるのだという。暗闇の中で唇に触れるガラスのひやっとした感じが怖くて、道は自分の番が来る前に泣き出した。たちまち部屋は明るくなった。

「ほら、歯が黒くなると思ったら、怖くなったのね。やっぱり、道ちゃんがやったんじゃない」

加代ちゃんは勝ち誇ったように言った。加代ちゃんはそれまで花ちゃんと仲良しだったけれど、道が来たせいでつまはじきにされて寂しがっていた、ということを知るのは退学したずっと後である。その後、花ちゃんのお裁縫箱は物置から出てきたが、道が出入りした直後に見つかったので、確定したようなものだった。学園生活の最後の方は、もう花ちゃんにまで、無視されるようになった。

気温が下がり始めるのと同時に、暖かい着物を持ってきてくれた母に、道は泣きついた。

「わかった。道は偉かったね。もう、このままおうちに帰ろう。ここはやめていいよ」

母はそう言ってくれ、そのまま荷物をまとめて帰宅した。丸太小屋の扉を開けるなり、助かった!!　と叫びたい気分だった。ゴロンと寝そべって、手足を大きく伸ばす。隙間《すきま》風の入る粗末な家であることも全く気にならなかった。お父さんも信三も道を大層いたわってくれた。もう金輪際、学校には行かない、家でお父さんから習うからいい。キリスト教も英語も好きじゃない、と道は言い切った。

短い学校生活で唯一身についたのは花ちゃんから習ったお裁縫だけで、道はそれから家にこもって、バナ奈《な》ちゃんと名付けたお人形の洋服を作り続けた。西洋人の先生たちが着ていた袖の膨らんだドレスや外套《がいとう》を思い浮かべて、最新の流行に仕立てているうちに、だんだんと惨《みじ》めさが薄れていった。家で好きなことだけして年を取っていこう。そう決めたら、さっぱりした気持ちになった。ところが、お父さんは、キリスト教教育というものに興味津々で、まるで子どものように、何を習い、何を見たのか、しつこく聞いてくる。仕方なく賛美歌をいくつか歌ってみせたら、とても喜んだ。道は少しだけ気をよくして、お父さんが上手に歌えるようになるまで、手をとって調子を伝えながら、繰り返しお手本をやってみせた。それを横で見ていたお母さんが妙に感心している。

「道って、物を教えるのに向いてるんじゃなくて?」

「そうかな。勉強はぜーんぜん好きじゃない」

「そうねえ、出来ない子の気持ちがわかる分、きっと辛抱強く教えてあげられるのねえ」

この時、気付くべきだったのだ。大人たちが全く、道の進学を諦めていないことに。そして、道はまんまとその罠《わな》にハマってしまうのである。ある日、治胤おじさんがとても気軽な調子で声をかけてきた。

「道ちゃん、編み物がとても得意だね？　おじさんのお友だちに、お人形の編み物がとても上手な女の人がいるんだ。その人に会ってみない？　外国の毛糸なんかをたくさん持っているから、きっと分けてくれると思うよ」

道は言われるままにおじさんの後をついて、ご近所に足を運んだ。そのお友だちというのが、サラ・クララ・スミスさんという西洋人だなんて思いも寄らなかった。扉が開いて、丸眼鏡をかけた、お母さんと同じくらいの年齢の、白っぽい金髪の女性が現れた。彼女が紫色の目を輝かせ、早口の英語を喋りだすなり、道は回れ右した。でも、部屋の奥から温かく甘いにおいが流れてきて、足を止める。

蔦模様《つたもよう》の壁紙に取り囲まれた明るい部屋に入ると、透かし編みの布がかかった飾り棚が据えられ、そこには草花がふんわりと小山のような形に飾られていた。生姜《しょうが》の辛みのある、人形を模したもっちりとした洋菓子と、茶色の香ばしい熱々の甘い飲みものはこれまで味わったどんなおやつにも似ていなくて、道は夢中で口に運んだ。「ジンジャーブレッド」と「ココア」というのだとおじさんは教えてくれた。身体中がポカポカして、おじさんがすぐに帰ってしまっても全く気にならなかった。サラさんにバナ奈ちゃんを見せると、布や毛糸をお菓子の缶からたくさん出してくれた。見たこともない、派手な色の細かい花柄やキラキラした糸が編みこまれている素材に、道は跳び上がって喜んだ。サラさんは身振り手振りで、アメリカ仕込みのやり方をいろいろ教えてくれた。夕暮れまでにバナ奈ちゃん用の外套と揃《そろ》いの帽子が完成した。

お菓子と手芸の素材目当てに、道はサラさんのお宅に通い続けた。言葉はわからずとも、楽しい時間だった。おじさんが道の家にやってきて、こんなことを言った。

「サラさんは、東京に住んだこともあるけど、気候が合わなくて、こちらに越してきたそうだよ。アメリカのニューヨークの気候と、この町はそっくりなんだって」

慣れてきたとはいえ、ここより寒い町なんてないと思っていたから、道はほんのちょっとだけ外国に興味を持った。彼女が宣教師だとわかった時は、もうサラさんのことがすっかり好きになっていたから、警戒心を抱く暇はなかった。

「サラさん、札幌で学校を作ろうと思っているんだって。この町から数人の女の子を連れて行くそうだ。道ちゃん、どう？　行かないか？」

明治三年以降、日本には女性宣教師による学校が次々に作られた。その中には、フェリス女学院、青山学院、女子学院など、現在も続いているものも少なくない。

「ごめんなさい。私、学校には行かないの。うちにいる」

おじさんは大げさに嘆いてみせた。

「そうかあ。残念だなあ。サラさんの学校では、勉強だけじゃなく、ごっこ遊びをしたりお菓子を食べたり、とても楽しいらしいんだけどなあ」

お菓子と聞いて、ちょっと心が揺れたのは事実だった。他には、近所に住む女の子たちからも何人かが行くのだという。いずれもわんぱくな信三を通じて、よく知っている年齢が比較的近い子たちだった。彼女たちなら道をいじめるはずがないし、英語もキリスト教も、道同様によく知らないはずだ。道が退学した学校からの生徒も来るというのには引っかかったが、開校前ということは、あの理不尽な暗黙の約束事も存在しないのではないか。

「ねえ、道、札幌なんてすぐそばよ。嫌だったら、すぐ戻ればいいじゃないの。前の学校よりは絶対楽しいはずよ」

またしてもお母さんに説き伏せられた。向学心というよりは、ココアやクッキーの味がどうしても忘れられなくて、道は札幌行きを決意した。おじさんとお母さんの口ぶりだと、すぐ隣町に行くような距離らしいので、そこにも励まされた。

とはいえ、不安が勝っていた。それは集められた他の子たちも同じだったようだ。明治二十年、正月が明けてすぐ、通訳の日本人教師、藤尾先生も加わったサラ・クララ・スミスの一行は、船で小樽《おたる》を目指すことになっていたのだが、海が荒れていたせいで三度も取りやめになり、道たちはその度に抱き合って大喜びしたのである。四度目の朝を迎えて、行きたくない、という気持ちはもうごまかしようがないものになっていた。それでも、船に乗り込んだのは、どうせまた取りやめになるだろう、と楽観的に考えていたためだ。ところが、すごい速さで船は港を離れていく。見送りするお母さんたちの顔がどんどん小さくなるので「ええー、本当に行くの？　本当に？」と、道たちは大慌てで身を乗り出した。女の子たちがわっと泣き出した。道は怖いのも忘れて、船室に走った。船長さんが顔を出すなり「すみません、函館に戻ってください。やっぱり私たち、学校に行くのやめます」と真剣に訴えた。「わかった、わかったから、静かにして。良い子にしていれば、明日には函館に戻るから」となだめられ、道はしぶしぶ元いた場所に戻った。

伊勢からの長い旅で道はすっかり船酔いに慣れていたが、女の子たちの多くは初めての経験で、道は一晩中みんなの背中をさすることになった。「大丈夫、明日には函館に戻るって、船長さんが言ってたもの」と、道はしきりに励ました。ところが翌日、船は小樽に到着したのである。

「嘘つき！」

道はカンカンになって、地団駄を踏んだ。自信満々に言い切った手前、面目は丸潰れだ。絶対に下りてなんてやるものか。女の子たちも口々に嫌だ、うちに帰りたい、と悲鳴をあげ始めた。みんなで集まって円陣を組むと、甲板に座り込んだ。船長や船員さんはオロオロしてなだめようとしてくるが、それを無視して頑《かたく》なにその場を動かなかった。暖かそうな外套姿のサラさんは両手にトランクを提げ、まあまあと目を丸くし、何か言った。藤尾先生がにっこりして割って入った。

「スミス先生がこうおっしゃっています。みんな、団結力があって素晴らしいわ」

叱られるものとばかり思っていたので、みんな首を傾げた。

「女性同士が助け合い、協力するのは一番大事なことです、とサラ先生はおっしゃってます。一晩のうちに、みんなすっかり、仲良くなったのね。シスターフッドの絆で結ばれているのね。素晴らしいわ」

藤尾先生が言うには、シスターフッドとは、本当の姉妹ではないけれど魂が結びついた女性同士の関係を指すらしい。神道では血のつながりが重要視されるので、そんな人間関係がいいものとされているのか、と道は驚いた。

「皆さん、船から下りたら、お店で熱々のおかゆを食べましょう。道さん、みんなを先導してちょうだい」

気付いたら、道は生まれて初めて友だちと呼べる存在に取り囲まれていた。

小樽からはそりに乗った。さらに汽車で二時間、一面銀色の札幌の農村は、函館の寒さの比ではなかった。ちかちゃんという女の子は早くも「家に帰りたい」と泣きじゃくっている。足先に雪水が染みて、骨がきしむような感覚だった。

「さあ、見えてきました。あれが私たちの学園です」

藤尾先生が言った。スミス先生の指差す先に、雪が積もった木々に囲まれた馬小屋が見えた。

「馬小屋じゃないですか！」

と誰かが叫ぶと、

「ええ、そうです。私たちは今日からここに住み、学びます。イエス様も馬小屋でお生まれになったのですよ」

藤尾先生が微笑んだので、女の子たちの間から悲鳴が上がった。

真っ白な平原を眺めていたら、あの伊勢神宮でのしんとした情景が心に広がって行く。でも、不思議と今は寂しくなかった。ひょっとしたら、この地に、道は自分だけの色で物語を描けるのかもしれない。ちかちゃんの手を握りしめたら、まるでココアを飲んだように、みぞおちのあたりがふっと熱くなったような気がした。

4

道は畑の反対側にいる、スミス先生に向かって力いっぱい叫んだ。

「先生！　大変、ちかさんが蛇に嚙まれました！」

雪が完全に溶けるのを待って、道たちは少しずつ庭づくりを再開した。数ヶ月に亘《わた》って雪水を吸い込んだ土は甘い香りがする。学校のすぐそばを流れる小川は、どうどうと音をたてていた。明治二十四（一八九一）年、道は十三歳になっていた。ちかちゃんは道に抱かれて、真っ青になって震えている。彼女の腕から離れた小さな蛇は、スルスルと草むらに消えていくところだった。スミス先生がすぐに鍬《くわ》を足元に置いて、こちらにいつもと同じ足取りでやってきた。先生は決して慌てないから、道たちは何があっても取り乱さずにいることができる。春が近くなって、熊《くま》が敷地内に現れた時も、先生と一緒にじっと息を殺して、時が過ぎ去るのを教室で待った。

りんご林に囲まれた古い馬小屋を改装した校舎は、開塾一年目にして生徒が四十名を超えたので新築し、スミス女学校として新たな門出を迎えた。道たち寄宿生は今、出来たばかりの小さな寮で暮らしている。

——道さん、私の隣にいらっしゃい。大きな声で朗読してみなさい。

入学したばかりの頃、道は一人だけ教壇の隣に机を置いて、英語の授業を受けていた。引っ込み思案が治るまでは、ここから離れてはいけませんよ、とスミス先生は紫色の目をいたずらっぽく輝かせていた。最初は目立つのが嫌で、早く去りたい一心だった。やればやるほど舌がもつれ、焦りで声が震えた。でも、しくじるということに慣れたら、いつの間にかすらすらと英文を読めるようになっていた。その時のスミス先生は、本当に感心したような表情で、教室に響き渡るほど大きく手を叩いてくれた。

——すごいわ。そうよ、道さん、素晴らしい発音だわ。あなたはきっと出来ると思っていたのよ。

こんな風にスミス先生は道に限らず、誰でもよく褒めてくれる。大袈裟《おおげさ》だな、とは思っても、やっぱり嬉しかった。規律や時間にはとても厳しいスミス先生だけれど、ピリピリしたあの暗黙の決まりが、この学校には皆無だった。

以前より積極的になったとはいえ、相変わらず道は勉強がそんなに好きではなかった。英語もそれなりに読めるけれど、前置詞でつまずいてから苦手意識を引きずっている。でも、スミス先生が教えてくれるゲームや遊びが楽しみで、いつもワクワクした気持ちで暮らしていた。実家にいた時よりもずっといたずらっ子かもしれない。でも、道がふざけて屋根から落っこちた時も、大事なランプ棚に座って壊した時も、りんご泥棒をした時も、スミス先生は決して怒らなかった。あかぎれや傷ができると、ペアズという外国の石鹼《せっけん》でよく洗って、グリセリンと薔薇水でできた軟膏《なんこう》をつけてくれた。それは先生と同じ良い香りがした。

スミス先生が嚙み傷の周りをハンカチで縛ると、ちかちゃんの顔に徐々に赤みが差し始めた。

「ちかさんは、勇気がありますね。もう大丈夫。何を見たか、よく話してちょうだいね」

蛇が現れた時のことや、覚えている色や形を彼女はかすれた声で話し始めた。スミス先生はみんなを安心させるように見回し、ちかちゃんの頬を撫でた。

「特徴を聞くに、ただのシマヘビですね。皆さん、はい、よく覚えましょう。蛇に嚙まれた時はまず、毒が回らないように、傷の周りをこうしてしっかり縛って、心臓より高い位置にはしないことが大事です。シマヘビに毒はありませんが、念のため今日はラベンダー油で消毒しましょうね」

スミス先生は校舎に戻って、薬箱を手に帰ってきた。

「ラベンダーは、ラテン語のLAVARE、『洗う』という言葉からきています。昔から消毒に使用していたんですよ」

スミス先生はアメリカから持ち込んだ苗木や花の種をせっせと育て、道たちの出会ったことのない珍しい色や香りを教えてくれる。一番のお気に入りのライラックという花はスミス先生の瞳と同じ色をしていた。のちにスミス先生は、札幌に初めてこの花を持ち込んだアメリカ人として名を残す。

「アメリカで毒ヘビに嚙まれたら、とても大変ですよ。その場合は毒が回らないよう応急処置をしたら、できるだけ早く病院に行くことを勧めます」

お庭の真ん中で聞くこんなお話なら、すっと頭に入ってくる。道は勉強よりも農作業が好きだ。水をやり、草を抜いてやれば、手をかけた分だけ伸びていく。学校を訪れた人に花壇を褒めてもらえると、俄然《がぜん》やる気も湧《わ》く。自分で育てた甘酸っぱいいちごを最初に収穫したときの興奮は忘れられない。

足元の草花に、道は目を落とした。かつて父に、雑草にも魂が宿るから殺生《せっしょう》をするな、と言われ、わずらわしく思うこともあったけれど、こんな風に生命の息吹《いぶき》を感じる季節になると、教えがやっと理解できる気がした。

この数年、道を悩ませていたのは、父の具合が日に日に悪くなっていくことだけだった。二年前の冬、母は転んだところを荷馬車にひかれて左腕を骨折し、静養のために弟と一緒に故郷の牧戸に帰った。離れて暮らしていた姉は、靴屋を営む真面目《まじめ》な男と結婚し、札幌で暮らし始めていたので、父を引き取ってくれた。おかげで、道はスミス女学校からしょっちゅう姉夫婦と父に会いに行くことができた。それでも夜になって寄宿舎に帰ると、胸がふさがれた。父はいつもゼイゼイと苦しそうな咳《せき》をしていた。

――主イエスに心から祈れば、きっと応《こた》えてくださいますよ。

スミス先生の言葉を思い出し、目を閉じてお祈りすると、不思議なことに不安が消えていく。まぶたを閉じても、そこにはかすかに白い光が輝いていた。お祈りに慣れてからは、あれだけ苦手だった暗闇がそこまで怖くもなくなった。欲張りだと思っていた自分の願いは案外、多くないということにも驚いた。父には元気でいてほしい。叶《かな》えたいのはそれだけだった。三年前に洗礼を受けた時、自分はまだ何もわかっていなかったのだと思う。

キリスト教では人間は全員弱くてダメなものとされていて、上も下もない。救いを受けるべきところから始まってそれ以上は責められないのが、道にはありがたかった。死んでもなお個人のままでいられるし、修行せずとも天国に行けるという教えにはホッとする。そうでなくても聖書では死者が簡単に息を吹き返し、十字架に張り付けられたはずが三日後には生き返っている。死がまるで通過点のような無頓着な扱われ方をするのだ。空からマナという甘いパンが降ってきたり、美味しそうなものが次々に出てくるのも道の好みだった。そんな素直な感想や、英語の授業について話すと、父はとても喜んだ。スミス先生から借りた日本語の本を綺麗な字で筆写してくれた。本代が浮いた、と道が感謝すると得意そうだった。最期の日も、病床でアルファベットの練習をしていた。

――ああ、道、うなぎが食べたいなあ。

道は吹き出しそうになるのを堪《こら》え、そうだね、私も食べたい、と頷いた。そういう生々しい欲望は、父が穢れとして、とても嫌がるものだったのに。父は照れ臭そうに続けた。

――道はいいね。お父さんのように恥だの家だのにこだわらないで、広い世界を見ないとダメだよ。スミス女学校に入ってから、健康そうに身体も締まって背もスラリと伸びて、とても楽しそうだ。

今までにないほど、明るく喋る父を見ていたら、道はやっとわかった。お父さん、死ぬのが怖いんだ。やり残したことを数えるのが嫌なんだ。だからひっきりなしに、何かしていないと、いられないんだ。

道は賛美歌を教えることにした。いつものように身体を揺らして手をとって歌ってみせ、父にも理解できるように努めた。伊勢に帰りたいな、と父は目を閉じ、最後にぽつりとそう言った。だから、遺骨は伊勢市内の河井家の墓地に送られた。

道にとって、この学校に来て何より嬉しかったのが、とにかく行事が多いことだった。復活祭、感謝祭などの大きなものはもちろん、スミス先生のお部屋で小さなパーティーが、毎週金曜と日曜の夜に開かれる。

遊びに行くと、とうもろこしで作ったポップコーンというバターの香りがするふわふわのお菓子が入った鉢と、卵と牛乳で作ったエッグノッグという甘い飲み物、それにアメリカから送られてきた美しい写真の載った雑誌がどっさり積まれていた。そこでゲームをしたり、スミス先生の弾くオルガンに合わせて歌を歌って過ごす。先生のふんわりしたスカートの中に何人入れるか、みんなで試して、おしくらまんじゅうになった。

先生は雑誌を好きなように切り抜いて、それぞれ雑記帳に貼《は》り付けてもいいと言ってくれた。こうした切り抜き帳《ちょう》をスクラップブックというそうだ。切符や書き付け、お菓子の包装紙などを貼り、そこに記録を書き込めば、好きな時に思い出を振り返れる、世界で一冊の貴重な本になる。道はすっかりこの作業に夢中になり、切り抜きやもらった手紙や包装紙などを、せっせと日記帳に貼り付けるようになった。

こんな風に欧米では、なんでもない日でも普段着で集まってパーティーを開くのが当たり前らしい。いい子にしていた先にハレの日があるのではなく、毎日ハレにしてもいいのだ。英語はきっと身につかないし、船旅は大嫌いだけれど、道は自分が生まれつきアメリカ人だったらいいのになあ、と夢見るようになった。

——私、どんな時も楽しくパーティーして暮らしたいなあ。

そうつぶやいたらスミス先生は、いつか海外で本格的なお呼ばれをした時のために、正式なパーティーマナーを教えましょう、と約束してくれた。次の日、食堂に行くと、ナイフやフォークなど、見たことがない外国の食器がずらりと並んでいた。藤尾先生がこう言った。

——西洋料理は、楽しくお喋りするのが礼儀なんですよ。あ、でも、虫の話題は避けましょうね。おハナをかんでもいけません。

ツルツルした銀食器を落とさないようにして肉を一口大に切るのに四苦八苦しながら、それでも一生懸命話題を途切れさせまいとした道たちを、スミス先生は大変よくできました、これで皆さんも立派なレディね、と褒めてくれた。

——欧米にはたくさんの祝日があって、その都度祝い方は違うのですよ。でも、一番大きなものは、キリストの誕生日のクリスマスです。

金曜日と日曜日が楽しければ楽しいほど、期待は高まった。入学した年の人生最初のクリスマスは道にとって忘れられないものになった。その日の朝、スミス先生に導かれた居間で、ろうそくに照らされたクリスマスツリーを見上げた時の衝撃をはっきり覚えている。世界中の光と素敵なものを集めたようなもみの木。わあ、と叫んだきり、言葉が出てこなかった。大きな星や人形、ジンジャークッキーやキラキラする球やキャンディがびっしりとぶら下がっている。枕《まくら》を積み上げ赤い服と目鼻をつけた、サンタクロースなるおじさんに見立てたぬいぐるみが、部屋の端からみんなを見守っていた。お餅《もち》にポップコーン、オレンジも食べ放題だ。プレゼントでもらったお人形は今も宝物である。もちろん、日本にも祝日はたくさんあるのに何かが大きく違っていた。

それはなんなんだろうと、道はあの日から考え続けている。

季節は巡り、日は長くなった。農作業が終わって、道は鍬を手にりんご林を歩き回り、徐々に柔らかくなっていく風の感触を楽しんでいた。目を閉じて草木の香りを嗅《か》ぎ、今にも花開きそうな蕾《つぼみ》にそっと触れる。

その時、林の向こうのあぜ道で声がした。木々の間から覗き込むと、ステッキを手にした洋装に山高帽子のおじさんが、汚い服を着た大男と口論している。

「待ちなさい。その子をお放しなさい」

おじさんは大男に向かって、声を張り上げた。なんだか激しい言葉で、男はおじさんに食ってかかっている。見れば、その毛むくじゃらの腕は、小さな女の子を乱暴に掴んでいる。彼女の横顔は怯《おび》えて青くなっていた。

「しつこい方ですね。また来たんですか。ちゃんとお金は支払いました。話はつけたはずです」

男はおじさんの首根っこに手を伸ばした。死んだお父さんと同じような、ほっそりとしたなで肩の人である。助けなきゃ、と道は鍬を握り直したが、声が出てこない。すると、おじさんが素早く身を屈《かが》めた。次の瞬間、信じられないことが起きた。大男が吹っ飛んで、りんごの木の根元に叩きつけられたのだ。道は目をしばたたいた。再び男が立ち上がり猛然と向かっていったが、またしてもおじさんがするりと身をかわして、ステッキで宙を切った。男は勢い余ってつんのめって、あぜ道に転がった。おじさんは相手に触れていないし、そもそも全く強そうではない。魔法でも使ったかのように見える。道はやっと我に返って、慌てて駆け寄り、ぼんやりしている女の子の手を掴むと、学校の方向に走った。男がすぐさま追いかけてくる気配がした。「誰か来て!! 助けて! スミス先生!」と大声で叫んだら、舌打ちする音がして、しばらくしてから振り返ると、大きな背中が林の向こうに消えていくのが見えた。道はそのまま女の子を引っ張って、学校の庭まで逃げ込んだ。ここまで来れば安心だ。

「やあ、どうもありがとう。君はサラ・クララ・スミス女学校の生徒かな?」

校舎の陰で女の子と息を整えていると、おじさんが駆け寄ってきた。

「はい。河井道と申します」

ほう、という風におじさんは眉《まゆ》を上げた。綺麗な口ひげを蓄えて丸眼鏡をしているからなんだか偉い人みたいだけど、ツルツルした肌からしてお兄さんと言っていい年齢かもしれない。大男を投げ飛ばしたのに、服装はきちんとしていて、息も全然乱れていない。

「ああ、やっぱり。サラさんから話は聞いていますよ。私と妻は二ヶ月ほど前、アメリカから北海道にやってきました。隣の家に越してきた者です。このあたりは雪が深いもので、ご挨拶《あいさつ》が遅れましたね。ぜひ、この子とも仲良くしてあげてほしい。アヤさんと言うのです」

そう言うと紳士は帽子を取って一礼し、ステッキを一振りすると、女の子を連れてりんご林の向こうに姿を消した。

このちょっとした冒険譚《たん》を、道は級友たちに興奮気味に打ち明けた。

「その方、アンクルニトベかもしれないわ」

小樽の役人の妻である女性がそう教えてくれた。スミス女学校の評判が上がるにつれて、大人の女性が大勢入学し、同級生は年上ばかりになった。最初は緊張したけれど、机を並べるうちにこんな風にごく普通に話せるようになっていた。

「あんくるにとべ？」

「ここのすぐ裏にお屋敷があるでしょう。札幌農学校で教えている先生がこの間越していらしたの。スミス先生ともお知り合いみたいだし、そのうち、うちにも歴史を教えに来るのかもしれないわね」

「へえ、歴史かあ」

覚えることが膨大なので苦手な教科だった。

「でも、歴史の先生が何であんなに強いのかしら？　全然相手に触ってなかったのに？」

やり取りを耳にしたらしいスミス先生が、みんなにも聞こえるように話してくれた。

「新渡戸稲造先生は、大変りっぱな先生です。お父様は武士ですが、ご自身はクエーカー教徒で非暴力主義者でもいらっしゃいます。相手に触れずに、攻撃をかわす方法を習得していらっしゃるんですよ。小さな頃から武道を嗜《たしな》まれているはずです。弱きを助け、悪《あ》しきをくじく。その精神はブシドーというものです」

なんだかちぐはぐな感じがして面白い。元神職の娘が、キリスト教の学校に通っているのに似ているかもしれない。道はたちまちおじさんに親近感を覚えた。

「道さんがかばった女の子は新渡戸先生が札幌の奥地を視察した時、人買いに連れて行かれそうになった貧しい女の子ですよ。新渡戸先生は、お金を払い、彼女を引き取ったんです。人買いは、新渡戸先生がアメリカ帰りの名高い先生と後から知り、しつこくああして家まで訪ねて、お金をせびりに来ているんですよ。新渡戸先生は奥様でアメリカ人のメリーさんと、その子の教育をしていらっしゃるんです」

物のように売られるなんて、どんな感じなんだろう。結局ひとことも言葉を発さなかった、あの子のビクビクした態度や肉のない腕の感触を思い出したら、道はたまらない気持ちになって、跪いて声に出してお祈りをした。

しばらくして、新渡戸先生は本当にスミス女学校に姿を現した。教壇から道を見つけると、笑いかけてくれた。あまり気乗りしないでのぞんだその授業は、これまで父から受けた個人授業とも、途中で辞めた伝道学校のそれとも、スミス先生の教育とも、まるっきり違っていた。新渡戸先生は身振り手振りを交え、表情をくるくる変えながら、十字軍の遠征をまるで物語みたいに話してくれた。おまけに講談師のように、盛り上がったところでトンとステッキで教壇を打つのだ。

「奪還せよ、エルサレムを！『乳と蜜の流れる街カナン』はあなたたちのものだ！ウルバヌス二世のクレルモンでの呼びかけを受けた十字軍を待ち受けているのは、一体なんなのか!? 向こうから、ああ攻めてくる、攻めてくる、たけだけしき男たちの群れ……。ものがたりはいよいよ波乱万丈、奇想天外、面白くなるわけでございますが、なんとなんとお時間でございます。次回乞うご期待！」

道たちは思わず、えーっ！と大きな声で叫んだ。続きを知りたいと口々に言うみんなをはぐらかして、新渡戸先生は澄ました顔でさっさと次の話題に移っている。授業が終わると、先生は道のところにやってきた。

「道さん、この間はありがとう。今日はこの後、我が家に来ませんか。妻が美味しいお菓子を焼いて待っています。アヤさんもお待ちですよ。あなたにあの時のお礼が言いたいそうです」

道はスミス先生の了解を得て、放課後、学校の裏にあるお屋敷に足を運んだ。ドアをノックすると、背の高い、しっかりした体格の欧米人の女性が出迎えてくれた。その眩《まぶ》しい青い目に、道はおもわずうつむいた。

「お待ちしていました。今ちょうど、ストロベリーのパイを焼き上げたところです」

玄関で草履の泥を払うと、うっとりするような甘酸っぱい香りに包まれた。メリーさんというその奥様は、北海道はミルクも卵も肉も手に入るから、アメリカと同じような食事が用意できて嬉しい、と日本語で話してくれた。その立ち居振る舞いはお姫様のように優雅だった。そういえば、誰かが新渡戸夫人はフィラデルフィアの名門の出身だと言っていた。お部屋のあちこちに草花が飾ってあって、色の取り合わせも花瓶の選び方も質素でさりげないのに、これまで見たことがない、洗練された雰囲気だ。あの女の子、アヤさんが熱いパイと紅茶を運んできてくれた。道に小声で何か言い、照れ臭そうに目を伏せる。熱くとろけたいちごがいっぱいのサクサクのパイを頬張りながら、道は新渡戸先生と向かい合った。

「先生のお話、とっても楽しかったです」

おずおずと告げると、新渡戸先生はにっこりした。

「そうですか。それならばよかった。僕はね、生徒に話を聞いてもらいたいから、講談で話術を身につけたんですよ」

講談なら、道も大好きだ。おじいちゃんに何度か寄席に連れて行ってもらったことがある。そう話すと、新渡戸先生は頷いた。

「道さん、学ぶ、とはどういうことだと思いますか」

「ええと、努力とか、我慢みたいなことでしょうか？」

お説教の気配を感じ、道はフォークを寝かせた。

「恐れが減る、ということです。学べば学ぶほど、なんだかよくわからないモヤモヤとした不安は消えていきます。新たな疑問の扉はどんどん増えていくでしょうが、勉強とはそもそも楽しいことなんですよ。話は変わりますが、道さんはどんなことをしている時が楽しいですか」

地道な作業が苦手で、華やかな場が好きだと明かすのは抵抗があった。キリスト教だって犠牲や献身が尊ばれるのだから。でも、道は正直に答えることにした。

「ええと、美味しいものをみんなで食べている時。金曜と日曜の夜のパーティーや、あとクリスマスが大好きです。編み物や雑誌を切り抜くだとかも。一人で勉強しているのは、あまり好きではないです。なんだか、私とっても、飽きっぽくて」

頬を熱くしていると、新渡戸先生が微笑んで、こちらを覗き込んだ。

「そうですか。チアフル、明るいのはとてもいいことですよ。あなたは、頭で考えるより、人に会って、どんどん実践して身につく方なんでしょう」

「私、自分は人見知りだと思ってます」

「そんなことはないですよ。でも、日本よりも欧米での生活が向いていそうだ」

「だけど、英語は……」

「私も英語は最初は苦手でした。アルファベットと言うのは、横に並んでいて、なんだか砂浜を一列で歩く、カニみたいで怖いでしょう」

そう言って、新渡戸先生は両手の中指と人差し指だけを立てて、横に動かして見せた。まさにそう思っていたので、道は吹き出してしまった。

「でも、アメリカでメリーと知り合ってからは、急激に上手になりました。メリーを愛しているからです。彼女と話すのはなによりの喜びですからね。彼女のような威厳ある女性に指導してもらえたら、日本女性にとって有益だと思って、一緒にこっちに来てもらったんですよ」

そう言って、奥様を振り返る。アヤさんの勉強を見ていたメリーさんは、謙遜《けんそん》するでもはにかむでもなく、ごく当たり前のように頷いている。夫が妻を愛していると他人の前で言うなんて!!

道はびっくりして、両親のことを思い出していた。稼ぎ手のお母さんを、お父さんが褒めているところを一度も見たことがなかったし、周りの家族を見ても、それは当たり前だった。

「あなたはあなたの好きなことで、みんなと楽しさを分け合えばいいのですよ。勉強でも人間関係でもまずは、自分が好きなことに引き寄せてみてください。それも立派なキリスト教精神です。飽きっぽいのは、成長欲求が強い、ということでもあるから、長所ですよ。明るくおおらかに、つまりオープンに生きることは、社会にとって大切なことです。これから、毎週土曜日の夜、我が家に来てください。私の日記を英語で口述筆記してもらいます。スミス先生に聞きましたよ。あなた、どうやら、耳はかなりいいようです」

新渡戸先生はその日起きたことを、一語一語ゆっくり発音してくれた。向き合ってお菓子を食べながら、色々お喋りするのは、道にとって楽しいことだった。今の単語、わからなかったです、と告げれば、先生は何度でも繰り返してくれる。

道はそれから年末まで、お喋りとアヤちゃんと焼きたてのお菓子目当てに、先生のうちに通い続けた。メリーさんは気前がよく、道に庭のさくらんぼを好きにとらせたり、草花の育て方を教えてくれたりした。新渡戸先生の英語が早口になるにつれて、一旦《いったん》頭の中で日本語に変換しなくても、そのまますらすら書けるようになった。メリーさんが早くにお休みになった夜は、寝室から軽いいびきの音が聞こえてきた。すると新渡戸先生は、

「なんて素敵な音楽だろうね」

とうっとりしているので、道は感動してしまった。

新渡戸先生のおっしゃったことが道にも次第にわかってきた。確かに札幌に来てから、怖いことが減っている。漠然とした不安が消えたのは、外国での暮らしや、世界の仕組み、聖書が理解できるようになってきたからだ。蛇だってちゃんと毒について知識があれば、さして恐ろしくないように。

その年のスミス女学校のクリスマスパーティーには、新渡戸一家もやってきた。新渡戸先生がサンタクロースの扮装《ふんそう》をして、みんなを盛り上げてくれた。メリーさんのお腹はふっくらと大きく、新年には赤ちゃんが生まれるのだという。手製の洋服を着せた大切なお人形とスクラップブックを、道は真っ先にアヤちゃんに差し出した。

「ねえ、このお人形を、あなたにあげる。私は十分仲良くしたし、来年は十五歳になるから、もういいの。この新しい洋服はね、私が編んだのよ。あとね、このスクラップブックも綺麗なものがいっぱい貼ってあるの」

わあ、とアヤちゃんが目を丸くした。スミス先生もにっこり、頷いている。その年は今までで一番楽しいクリスマスになった。新渡戸家で過ごすうちに、アヤちゃんは明るい女の子になった。来年には新渡戸先生の紹介で、きちんとしたところに就職するのだという。

もらうのもいいけれど、プレゼントをしてあげた方が、道には楽しい。これは大きな発見だった。アヤちゃんのことを考えてかぎ編みしたり、切り貼りしている間、ずっとウキウキしていた。やどりぎともみの木の甘いにおいが、熱いりんごジュースの香りと溶け合っている。

みんなで賛美歌を歌っているうちに、道は心に決めた。神と共に生きよう。これから先、どんなことがあっても、一生クリスマスを続けたいからだ。死ぬ瞬間もこんな風に過ごせたら、全然怖くない。どんなに大変なことがあっても、おばあさんになっても、眩しい光で木を飾り、知っている人全員を招きたい。ご馳走《ちそう》をいっぱい振る舞いたい。お父さんだって最後はうなぎを食べたがっていた。正しい道を目指さなきゃという責任感も、楽しいことを追い求める気持ちも、どちらも一人の人間の中にある本当のことだ。

こんな風に誰かと分け合えるのなら、キラキラしたものを愛する道の心だって、イエス様はきっと許してくれるはずだ。

5

道の手にした提灯は、雪に埋もれる足元しか照らしてはくれない。でも、あたりを見渡せば、海と地続きのような銀世界は星空の輝きを受け、藍《あい》色の闇をほんのりと青く滲《にじ》ませていた。手作りのわら靴にじわじわと冷たい水が染み込んできたが、もう少ししたら辿り着ける寮の暖炉を思い浮かべ、道は硬い雪を踏みしめた。

「ローズ先生、こちらです！　道でーす！　お疲れ様でーす。お帰りなさーい」

駅の方向からこちらに向かってくる人影に向かって叫び、提灯を持っていない方の手を大きく振った。クララ・ヘリック・ローズの黒目がちな瞳と白い息がどんどん近付いてきて、凍《い》てついた夜気を和らげてくれた。

「今夜は、汽車が少し早く着いたのよ。向こうから、あなたの光が見えて、ほっとしたわ。いつも、送り迎え、ありがとう。留守の間は大丈夫だった？」

道が歩いてきたところだけは雪が踏み砕かれ、歩きやすくなっている。二人は手をつなぎ、その場所を律儀に辿った。賛美歌を歌い励まし合いながら、丘の斜面に佇《たたず》む小さな女学校に帰っていく。

月曜の早朝と金曜の夜は、こうしてローズ先生を駅まで送り迎えする。ここに来てすぐ道がひらめいたことだった。真っ暗な雪道を一人で歩く辛さは、道が北海道に来て最初にこたえたことだったから。

ローズ先生がやってきたのは、道が最終学年を迎えた年だった。美術と音楽を受け持つ彼女は新しいものに敏感で、アメリカ文化や流行についてなんでも楽しく教えてくれた。慎み深いスミス先生とは大違いで、お二人の関係はあまり上手くいってないようだったが、瞬く間に生徒には人気となった。ローズ先生はとても寒がりでいつも手足がひんやり冷たい。日本に来る途中に寄ったハワイを恋しがり、白い砂浜やヤシの木の話をしては、みんなを羨《うらや》ましがらせた。ちょうどその頃、スミス女学校は北一条から北四条に移転し、北星女学校と名を改めた。

もっと授業料が安くて入りやすい女学校を小樽に開校するから、道さんに一年間だけ手伝って欲しい、というローズ先生の頼みを承諾し、この地に来てもう半年が過ぎようとしている。ここ数年で小樽の港は急速に発展し、欧米への入り口となっていた。クリスチャンスクールを開校するにはぴったりの場所だし、道さんの良い勉強になるだろう、とスミス先生も快く送り出してくれた。ちなみに、このローズ先生の独り立ちがスミス先生との不仲によるものだと道が知るのは、ローズ先生が亡くなった大正三年のことである。

着いたばかりの頃は緊張の連続だった。まず、八名の少女がこの吹きさらしの粗末な寄宿舎に集まってきた。なにしろ、月曜から金曜まではローズ先生はこれまで通り北星女学校で寝泊まりし、ここで教鞭《きょうべん》を執るのは土曜の実質一日だけ。それ以外は、牧師さまと教会員の方の二人が手伝ってくださるとはいえ、彼女たちの教育はそのときまだ十七歳だった道に任されたのだ。授業はもちろん食事の支度から生活指導まで受け持たねばならない。魚ひとつ満足にさばけない道には、生徒を飢えさせないだけで必死だった。札幌に住む姉がここまで通って助けてくれなければ、どうなっていたかわからない。小さな女の子たちに先生、先生、とまとわりつかれ、てんてこ舞いの道を見るに見かねて、牧師さまのお母さまや近所の産婆《さんば》さんまで駆け付けてくれたが、それでも手が足りない。道は破れかぶれになって、とうとうこう叫んだ。

——みんな、家事を分け合いましょう！　これは楽しいゲームです！

雪かきに水汲《みずく》み、掃除に洗濯、食事の支度。速さや正確さを競うように仕向けたら、女の子たちは率先して取り組むようになってくれた。むしろ最近では、道よりずっと上手いくらいである。

北星女学校でも下級生の指導を任されていたので、数名の通学生を含めても少女たちを教えるのは、そこまで難しくなかった。しかし、ローズ先生の通訳として参加する土曜夜の成人男子クラスとなると、話は違っていた。道よりずっと年上の男たちは、役人に商売人、教師といった社会人ばかりだった。彼らはすらりとした体型の道を粘ついた目でニヤニヤ眺めた。付け文を何通ももらったし、外で会わないか、としつこく誘われたこともある。気持ちが悪い以上に、要求すれば当たり前のように応えてもらえるはずだ、というこちらを見下した態度が不愉快だった。

しかし、恐るるには足らない。攻撃は出来ないが、こちらに襲いかかる者があれば、相手の力をテコのように利用して、投げ飛ばせるまでになっていた。

ここに来る前、女性一人で学校を守るのだから、と新渡戸先生が、りんご林で徹底的に例の反撃方法を指導してくれたのだ。これは一体、何という武術なんですか、と激しい稽古の後に、息を整えながら道が問うと、

——そうですねえ、新渡戸流・普連道《ふれんどう》とでも名付けようかな。君からも、ぜひ女性に広めて欲しいですね。日本は、女性が夜出歩いたり、静かな道を歩くのはまだまだ危険です。このような護身術を身につければ、女性の行動範囲は広がるでしょう。

と、新渡戸先生はいつものように髪も服も乱さず、爽《さわ》やかに微笑まれた。いざとなれば全員完《かん》

膚《ぶ》なきまでにやっつけることができる、という自信が滲み出るのか、いつの間にか男たちも道に大人しく従うようになっている。道よりずっと英語が出来る者もいたのだが、なぜか男たちは発音するのを恥ずかしがり、音読を嫌がるせいで思うように指導が進まない。何のために学校に来ているんだろう、誰でも最初は下手で当たり前なのに。女には付け文を堂々と渡すくらい神経が太いくせして、同性の前での失敗となると何故そんなに恥ずかしがるのか、道にはさっぱり理解できずイライラした。

「ねえ、道はここを終えたら来年、進路はどうするつもりなの?」

校舎の二階にある寄宿舎に戻ると、ミス・ローズはあつあつの紅茶にお砂糖をたっぷり入れて、暖炉の前で桃太郎という名の猫と一緒にアフガンの毛布にくるまった。ねずみ色のちりめんに桃色と淡黄色の花柄が散った着物は、芸者さんが着るような艶《あで》やかなもので、彼女の大のお気に入りらしいが、人前では絶対にダメですと道に釘《くぎ》を刺されてからは、こうして部屋でガウン代わりに羽織るに留《とど》めている。こんなところがスミス先生の怒りを買う原因なのだが、ローズ先生の柔らかな微笑を見ていると、とても咎《とが》める気にはなれない。わら靴を暖炉にあてて乾かしながら道は答えた。

「東京の明治女学校というところに入学できたらな、とずっと考えています。でも、校長先生の巌本善治《いわもとよしはる》さんに反対されまして」

まるで欧米から切り取ってきたような学園生活と授業内容だと、噂で聞いている。新渡戸家で紹介された巌本校長はお髭《ひげ》が素敵な洒落《しゃれ》者の紳士だったが、明治女学校に慌てて入るより、まだまだこの北海道で学ぶことがあるのではないか、と諭された。核心をぼかされたが、理由はもうわかっている。河井家には経済的余裕がないので進学には学費免除か奨学金が必須だが、道の成績がその基準に満たないためだ。ローズ先生の通訳をなんとかこなせるまでにはなったが、紙の試験となるとどうにも緊張して、集中力が途絶えてしまう。他の教科も振るわない。ちかちゃんは、道よりずっと成績優秀で留学を考えていると聞く。北星女学校の仲間たちも、東京に行く準備を着々と始めているらしい。友だちにどんどん抜かされていく。みんなの成長は誇らしいし、普段は平気なふりをしているけれど、こんな静かな夜はふっと焦りで押し潰されそうになる。そんな時、油絵や美術品が華やかに飾られたローズ先生のお部屋でお喋りするのは、慰めになった。

「私、巌本善治先生の奥様の若松賤子《しずこ》様にとても惹《ひ》かれるんです。英語教師であると同時にバーネットの『小公子』や『セイラ・クルーの話』の翻訳者でいらっしゃるんですよ。若松先生も、明治女学校で教えていらっしゃいます」

教え子から「この雑誌、面白いんですよ」と貸してもらった「少年園」に連載していた「セイラ・クルーの話」は若松先生の体調不良とかで休止したままだが、続きが読みたくて仕方がない。ダイヤモンド鉱山を相続するはずの令嬢、セイラが、父の死をきっかけに、寄宿舎の小間使いに転落するが、ボロは着ていても不屈の精神で小公女であろうとするのだ。「小公子」のように早く本にならないかなあ、と心待ちにしている。バーネット作品は勧善懲悪で読んだあともスッキリとする。お姫様のようなドレス、お茶の時間やケーキなどの英国描写にもときめく。どんなに名作と呼ばれるものでも、女の人や子どもが悲惨に描かれたり、読んだ後に自分が前向きになれないものは、道は嫌いだった。日本の大人向きの小説はどうも女の人が死にすぎる気がして、あんまり読む気がしない。翻訳、という仕事に興味を持ち始めてもいる。

「何年か東京で勉強したら、どこかで教師として雇ってもらいたい、とは考えてますけど」

冷え性なのにこの地でずっと暮らしていくローズ先生に言うのは憚《はばか》られたが、できたら温暖で日が長いところがいいな、と考えている。

「そうなの。なんだか勿体無《もったいな》い気がするわ。上手く言えないけど、道さんはもっと大きな仕事をするのが向いている気がするのよ。あなたみたいにどんな場所でも堂々と振る舞える日本人女性って珍しいんですもの」

「それは私が優れているのではなくて、日本の教育がいけないんですよ。新渡戸先生がよくおっしゃってました。日本には妻と母と娘はいても、人間としての女がいない。女は男の付属品としてしか教育されないからだって」

女の子たちやアメリカ人の女教師に囲まれて育ったから、最初に新渡戸先生にそう言われた時は意味がわからなかった。でも、成人男子クラスで侮られた経験からだんだんと納得がいくようになっている。ローズ先生もそれは本当ね、と頷いた。

「きっとアンクルニトベはあなたにぴったりな道を探しているのでしょうね。あなたのことは自分の子どものように思ってらっしゃるもの」

それを聞いて、道は複雑な気持ちになった。新渡戸先生とメリーさんの初めての赤ちゃん、遠益《とおます》くんは生まれて間もなく亡くなった。夫妻の悲しみは深く、特にメリーさんは一時アメリカに戻って静養が必要だったほど、激しく衰弱した。その代わりのように夫妻は道をいっそう可愛がってくれている。優しいほどに喪失感が伝わってきて、道は苦しくなるのだ。

年が明けるなり、明治女学校は不審火による火事で焼け落ち、大騒ぎになった。その五日後、若松賤子先生もお亡くなりになってしまう。てっきり火災によるものとばかり思っていたのだが、育児と翻訳業の板挟みで身体を壊してしまったらしい。どうしてあんなに素晴らしい仕事をされる女性が何の助けも受けられなかったんだろうか、と道は憤った。巌本善治先生がそれで苦手になってしまい、東京への進学の熱もすっかり冷めてしまった。

6

小樽の学校での任期を終え、牧戸村で母や弟とのんびり過ごした夏の終わり、道は久しぶりに札幌に戻った。あまり先のことは考えず、以前のように北星女学校で勉強を続けながら、下級生の授業を受け持つことに決めていた。早速挨拶しようと新渡戸家のドアを叩くなり、こちらを出迎えた面長で青白い顔があまりに整っていたので、道はポカンと見入ってしまった。新渡戸先生とメリーさんが後ろから顔を覗かせた。

「やあやあ、道くん。よく来たね。久しぶりに会えて嬉しいよ。元気にしていたかい。ちょうどよかった。こちら、札幌農学校の学生の有島武郎くんだ。横浜から来たばかりでこちらに知り合いもいないから、僕が引き取っているんだよ。確か、君たちは歳《とし》が近いのじゃなかったかな？」

同世代の男の人とこんな風に向かい合うのは初めてだった。どぎまぎするのを悟られないように、道は礼儀正しく挨拶し、勧められるままに彼の座るソファの隣に腰掛けた。有島さんは随分お坊ちゃんなようだ。学習院中等科を出ていて、お父さまは大蔵省にお勤めだという。あまり身体が丈夫ではないので、空気の良い田舎の学校を色々調べるうちに農業に興味が出てきて、こちらに来たのだ、と新渡戸先生は教えてくれた。

「有島くんは文学と歴史に造詣《ぞうけい》が深いんだよ」

「道さん、君はどんな本が好きなの？」

有島さんがそう聞いてくれたので、たちまち嬉しくなった。北星では一番年長になってしまったし、こんな会話にずっと飢えていたのかもしれない。

「テニスンの詩が大好き！　あ、バーネットの物語も好きよ。先だって、お亡くなりになった若松賤子先生が訳された『セイラ・クルーの話』は一番の愛読書なのよ。あれ、連載が途中なの。最後どうなるのかしらねえ。私、絶対にお隣の小猿を連れたインド人とおじ様が助けてくれるはずだわ、と予想しているのだけど」

有島さんはいきなり莫迦にしたように、フンと鼻を鳴らした。

「へえ、ずいぶん幼いんだね。あれは子どもの読むものじゃないか」

道はたちまち嫌な気持ちになり、言い返した。

「あら、子どもにもわからせるってとっても難しいことよ。児童のための作品って私は一番才能が必要なんじゃないかと思うわよ」

今度は有島さんがムッとする番だった。

「なんだよ！　童話くらい、簡単だよ。僕だって書けるよ。子どもの頃経験したことを土台に、教訓をまじえて書けばいいんだろ」

「だから、それを楽しく書くのが難しいんだってば。お説教くさい読み物なんて子どもは見向きもしないわよ」

宗教について話していても、意見はぶつかった。新渡戸先生は教え子に自分と同じ宗派を勧めることはしないので、有島さんは今、おばあさまの影響で禅宗を学んでいるが、キリスト教にも惹かれているのだという。参考までに君がクリスチャンになった決め手ってなあに、と聞かれたので、道は正直に答えた。

「私、イエス様の誕生日のクリスマスって大好きなの。あのおおらかな精神が好きだわ。あんな風にいいことはなんでも分け合って生きたいなあって思うの」

またしても有島さんは形のいい眉をひそめ、皮肉っぽく口を歪めた。

「そういうのって、偽善的じゃないかな。君は、そうやって、自分の喜びのために他人を利用してるんじゃないの？　いわば愛を与えるフリをして奪っているんだよ。宗教を楽しみのために使ってるだけで本当の霊的な信仰とは呼べないよ。君を支配しているのは、いわば、肉の欲なんだ」

うるさいなあ、霊でも肉でも、どっちだっていいじゃないか、と道は面倒になった。この鬱陶《うっとう》しい気分は、生前の父を相手にしていた時によく似ている。賢そうにペラペラ喋るけど、話が堂々巡りで発展的じゃないから、こっちは疲れる一方なのだ。後で新渡戸先生から、仲良くしてやってくれ給《たま》え、有島くんは学校で友だちがなかなかできないから、とこっそり頼まれ、道はあの性格じゃあねえ、と納得したのである。

こうして、道と有島さんはどこで会ってもお互いが気に食わず、生涯に亘って衝突し続けることになる。

ツンケンしながらも、有島さんはちょくちょく北星女学校に、顔を出すようになった。下級生たちは有島さんの姿を見ると、頰を染め、うっとりしている。彼も澄ました顔をしているものの、まんざらでもなさそうだ。悪影響を振りまかれても困るので、道は畑仕事を手伝わせることにした。カーライルの作品に感銘を受けたとかなんとかで、農業を志したいと言っていたくせに、鍬を振り上げた有島さんはへっぴり腰だ。道がクスクス笑ったら、真っ赤になって怒り出した。彼の足元にシマヘビがのたくっていたので、教えてやると、

「ぎゃっ、蛇だ！　蛇だけはやめてくれ」

そう叫んで尻餅をついたので、道は蛇を手で摑み、取りのけてやった。有島さんは青ざめた顔で、ヒッと呻《うめ》いた。

「大丈夫よ、ただのシマヘビよ。毒はないわ。そんなことでよく、農業したいだなんて言えたわ

ねえ」

新渡戸先生は二人が揉《も》める様子を見るたびに、

「男女が対等に付き合い、意見を交わすのは、とても大切なことだよ」

と、嬉しそうだったが、この時すでに体調を悪くしていたらしい。その頃の先生は、貧しい家の子どもを集めた遠友夜学校を開いたばかりで、道には毎日忙しそうで、充実しているかに見えた。でも本当は、メリーさん同様、子を亡くした悲しみから立ち直れずにいたのだ。

有島さんがやってきて一年が過ぎる頃、先生はいつになく静かな口調でこう切り出した。

「医師に言われたよ。暖かで過ごしやすい土地で、気楽に過ごさないと神経に良くないとね。メリーと一緒に静岡の沼津あたりに行こうと思っている。急に暇になってしまうが、これを機に、何か本でも書いてみようかな」

先生とメリーさんがここからいなくなってしまう――。道が言葉を失い、ぼんやりしていると、先生は予想外の進路をすすめてきたのだった。

「ずっと考えていたんだけどね、君はアメリカのブリンマー女子大に入学しなさい。開校して間もないけれど、フレンド教会が創立した名門校だ。もちろんまだ学力は追いつかないだろうが、二年間現地の予備校に通い、試験にいくらか手心を加えてくれるように働きかければ、必ず合格するだろう。その方が、日本で勉強を続けるよりも君の性格や能力には向いている。ブリンマーの日本人卒業生が在学中に設立した、日本女子のための奨学金を使えば全部タダになるしね」

道は呆気《あっけ》に取られ、つい怒鳴ってしまった。

「新渡戸先生、私、アメリカなんて無理です！　絶対に行かないです！　日本で先生のお世話をします！」

「え、どうしてだい？　君は欧米の文化が好きじゃないか。それに、おいおい英語教師になるんだったら、絶対に留学すべきだよ」

新渡戸先生はキョトンとしているが、道は全身に汗が吹き出し、落ち着かなくなっていた。あくまでも日本での暮らしの中で、海外の文化を学び、「日本はまだまだだなあ」とため息をつきながら、良いところを取り入れるくらいが好きなのだ。強気でいられるのも、いざとなれば家族や仲間に会える環境だからだ。言葉も文化も違う未知の世界にたった一人で飛び込んで、ゼロから学びなおすことを考えたら、面倒くさいやら怖いやらで、泣きそうになった。さすがに正直に打ち明けるのは憚られたので、道は慌てて言いつくろう。

「えーと、えーと、アメリカ帰りの日本人って、なんだか調子に乗ってませんか？　好きになれなくて」

「あはは、僕もアメリカ帰りの日本人だよ。僕も嫌いかね？」

「ええ、と、そうじゃなくて、ええと」

こっちがしどろもどろなのを見てとってか、新渡戸先生は、急に気軽な調子に戻った。

「わかったよ。じゃ、今すぐに決めなくていいよ。一度、東京に出てみて、奨学金を設立したブリンマー女子大の卒業生に会ってみないかな？　つい最近帰国したばかりだから、話を聞いたらいいんじゃないか？　それに僕とメリーと会おうと思えば会える場所に住むのは、反対ではないだろう？　沼津は東京から汽車ですぐだよ」

それから間もなくして、新渡戸夫妻は本当に札幌を離れ、沼津に行ってしまったのだった。学校の裏の新渡戸家がしんと静まると、急にここに来たばかりの頃のように寒さが厳しく感じられた。姉は靴屋の仕事や育児に忙しく、スミス先生も学園の拡大に伴い日夜飛び回っている。顔なじみの生徒はみんなこの地を巣立っていて、話し相手といえばもはや有島さんだけ。農作業や遠友夜学校での授業の手伝いを通して、日焼けしてたくましくなったように見えるけれど、道同様に新渡戸先生がいなくて寂しいのか、よりいっそう神経質になってピリピリしている。有島さんのお父さんは彼の将来を見越して狩太《かりぶと》に九十六万坪もの土地の貸し下げを北海道庁から受け、「有島農場」と名付けているらしい。それが重荷なんだ、君みたいに単純な人には理解できないだろうけど、という自慢なのか愚痴なのかよくわからない話を、道は聞き流した。

この地に愛着がなくなるのに伴って、東京に出る決心はじわじわと固まっていった。新渡戸夫妻にしょっちゅう会えるだけでも、行く価値はあるのではないか。新渡戸先生は道からの承諾の手紙を受けて喜び、すぐにブリンマー卒業生の女性宛《あて》の紹介状を書き、彼女の自宅に下宿できるように取り計らってくれた。

別れの朝、スミス先生や下級生たちと、道は抱き合って泣いた。自分にとってホームと呼べる場所は、世界中でこの学校だけだと思った。

明治三十（一八九七）年の秋、道は船と汽車を乗り継いで、生まれて初めて東京にやってきた。日清戦争後、都心は目まぐるしい速さで工場や学校の建設が進められていると聞いてはいたが、これほどに建物が犇《ひしめ》いているとは思わなかった。北海道と伊勢しか知らない道は、駅に降り立つなり、青空が狭いことに目を見張った。気ぜわしさやほこりっぽさも含めて、大都市の規模と奥行きの深さに引き込まれる。何よりも寒くないし、ぬかるみに足を取られることもない。重しが外されたようで、足取りが軽かった。新渡戸先生の紹介状を片手に、その麴町下二番町のこぢんまりした民家の前で、ごめんください、と叫んだ。

「あなたが河井道さんですか？」

出迎えてくれた一回りは上の女性を見て、道は拍子抜けした。つい最近までアメリカで学んでいたと聞いたから、最先端の流行を身につけた洋装の女性とばかり思っていたのだが、彼女は落ち着いた着物姿で黒髪を平たく結っているのである。

「私、津田梅と申します」

梅さんは新渡戸先生の紹介状に静かに目を落とすと、道を招き入れた。室内には掛け軸が飾られ、よく片付いた寺子屋といった風情だった。道は久しぶりに座布団の上で膝を折りまげて、梅さんと向き合った。

「私、華族女学校で働きながら、ここでお嬢さんたちと暮らし、英語を教えてます。あなたにもここで留学への準備をする傍ら、授業を手伝っていただきたく思います。ブリンマー女子大にはどうして進みたいと思われたんですか？」

何だか試験みたい。道はつい背中が丸くなってしまう。

「えーと、その、まだ、決めているわけじゃないんですの。ブリンマーがどんなところかあなたに色々聞いて、決めようかなと思っています。ほら、アメリカって遠いし、寂しくなりそうだし……」

梅さんはおや、という風に眉を上げ、ニコリともしないで言い放つ。

「私は子どもの時に、日本政府の要請を受けた父の勧めで渡米し、ずっとあちらで育ちました。留学費用は国費でまかなわれたので、寂しいなんて言っている場合じゃありませんでした。あなたも、ブリンマーに行くからには日本婦人の代表として完璧に振る舞い、大勢の後輩たちのために道を切り拓いていただかないといけません。私、何のために奨学金を設立したのかわかりませんわ」

まずいことを言ってしまった、と道は冷や汗をかいた。梅さんはまるでサムライのように真顔でこちらを見据《みす》えている。こんな感じで仲良く暮らしていけるだろうか。おさげの少女がお茶を運んできたので、これ幸いと、道はお土産の風呂敷包みを広げて見せた。

「こちら、北星女学校の生徒たちと一緒に家政科の実習で焼いたバタークッキーと、りんごのジャムです。新渡戸稲造夫人のメリーさんから教わりました。彼女の故郷のペンシルベニア州フィラデルフィアに伝わる作り方でやってみたものなんですよ。ブリンマーも同じ地域ですね？　よろしければ、召し上がってください」

梅さんが、あら、と小さくつぶやいた。少女が行ってしまうと、おもむろにクッキーを手に取り、丈夫そうな歯を当てた。無表情でりんごジャムを塗りつけ、次々に口に運ぶのを見たら嬉しくなって、道はついつい英語で言ってしまう。

「新渡戸夫人はいつも北海道は牛肉や乳製品が豊富なので、アメリカと同じような食事が作れると、喜んでいらっしゃいました。そうそう、北海道はニューヨークに気候が似ている、と恩師、サラ・クララ・スミスもよくおっしゃってました。ニューヨークって随分寒いところなんですねえ」

梅さんは急にパッと顔を輝かせた。取り澄ました表情が崩れ、少女のような印象になる。

「あなた、英語うまいじゃないの！」

そう英語で言いながら大きく身振り手振りを付けて、目を見開いた。

「嬉しい。こっちに戻ってきてから言葉ではすごく苦労してるから……。ここからは英語でいい？　私の日本語、変じゃない？　日本語だと緊張しちゃうのよ。このクッキー、フィラデルフィアと同じバターたっぷりの味がするわ。ブリンマーでは、毎日のようにバターを食べたのよ。大学の名前がスタンプで押された柔らかいバターが、学生食堂でそりゃもう気前よく出てきたのよ」

英語に切り替わるなり、梅さんは別人のようにお喋りになって、粉を散らしてどんどんクッキーを食べた。ほとんどアメリカ人と変わらない発音なので、道は聞き取るのに必死で、自然と頷いてばかりになる。

「日本に戻ってきてからも、ついついお菓子ばっかり食べちゃうの。一緒にアメリカに行った友だちの大山捨松は、あんなにすらっとしているのに。私ったら、太るいっぽうだわ」

本人が言うほど太っていないと思ったが、大山捨松という女性は確か鹿鳴館の花と謳《うた》われた人気者だ。何かで新聞種になっていたのを読んだことがある気がする。彼女と比べたら、そんな風に思うのかもしれない。

「今の勤め先の華族女学校、なんだか花嫁学校みたいで、私、全然、好きじゃないの」

背後で襖がそろりと開いた。

「先生、あのう、試験が終わりました。解答用紙は集めました」

先ほどお茶を運んできた少女が、遠慮がちに顔を出した。梅さんはすぐに姿勢を正し、日本語でこう命じた。

「そうですか。じゃあ、解答用紙は私の席に置いて、続けて、書き取りをしていなさい。今日は自習にしましょう」

彼女が姿を消すと、梅さんはいたずらっぽく向きなおる。

「英語ってね、人前でわからないように悪口を言う時に、もってこいなのよ。日本人には全然、私の発音聞き取れないみたいで」

その日は、夕食の間も、夕食が終わってからも、梅さんはずっと道相手に英語で喋り続けた。生徒たちはほとんど理解ができないらしく、二人を神妙そうに見比べるばかりだった。まさかそのほとんどが愚痴だとは誰も思わなかっただろう。

「本当はね、大山捨松と学校を作ろうと思っていたの。自分たちで動かない限り、仕事なんてないし……。それなのに、あの人、帰国してすぐ結婚しちゃったのよ。それも、お父さんくらいのコブ付きのおじさんとね。大山巌っていう西郷隆盛の親戚の伯爵《はくしやく》なんだけど、とてもお金持ちなのよ。捨松はいい人なんだけど、昔からおしゃれや贅沢には目がなかったの。伯爵夫人は、仕事を持ってはいけない決まりがあるんだそうだから、私はこれでもう一人で学校を作らなきゃいけなくなって、ずっと二人で温めていた計画は白紙になっちまったわ」

溜《た》まりに溜まっていたらしい鬱憤《うっぷん》を梅さんは吐き出し続け、どんどん言葉遣いが悪くなっていく。風呂に入って同じ部屋に布団を並べて、灯りを消しても、彼女はまだ一向に喋り足りないらしい。長旅でへとへとだったが、道はあくびをかみ殺し、目を閉じないようにするので必死だった。

「周りは結婚しろしろとうるさいけど、私、結婚なんて絶対しないつもり。こっちに来てから、男性には幻滅しっぱなしだもの。十八歳の時に伊藤博文さんの家で家庭教師をしていたんだけど、あの人ひどいのよ。昔からとってもいやらしいんだから。政治家としては素晴らしいし、職を紹介してもらった恩はあるけれど……」

「え、伊藤博文ってあの伊藤博文ですか？」

辞任した元内閣総理大臣の名前が出てきて、ギョッとした。梅さんはここだけの話、と声を潜め、彼が、元芸者の妻にどんなにひどい仕打ちをしているか、いかに女癖が悪いか、梅さんにどれほど卑猥《ひわい》な冗談を投げかけたか、をこと細かに報告した。あまりのおぞましさに、道は彼女に深く同情した。なんだかこのままだと、男の人全員に幻滅してしまいそうだ。例外もいるじゃないか、と慌てて思い直し、

「新渡戸先生とメリー夫人の関係って素敵ですね」

そう言うと、梅さんは途端に声を和らげた。

「うん、愛や信頼で結ばれた、アメリカ式の対等な夫婦関係はとても素敵だと思うわ。へえ、私たち気が合うじゃない？」

けれど、何を思い出してかすぐに荒々しい口調に戻った。

「日本は当人同士の気持ちより、家を優先させられるんだもの。結婚したら女は家に吸収されるから、日本では独身の女性と既婚の女性は決して友情を育めないように出来てるの。捨松はお金や家を選んで私を捨てたのよ。そもそも、国のお金で留学させていただいたのに、恩を返さないなんて！」

　その通りですね、と顎を引きながらも、そもそも日本政府が何をしたかったのか、道にはさっぱりわからないのだ。幼い女の子をアメリカで育て、そして日本に連れ帰り、仕事を与えず、平均的な日本女性に戻そうとすることに一体どんな意味があるのだろう。それにしても、梅さん、いくらなんでも捨松さんの話をしすぎである。彼女があぁ言った、こう言った、と一日中、喋り続けていた。梅さんは女性の地位が低いのは女性がそれを覆すくらいの努力をすれば解決できる、という考えを持っているけれど、そこまで頑張れる人は稀《まれ》で、その捨松さんもきっと会ってみたら、薄情でも贅沢好きでもないような気がする。彼女のこと、今も大好きなんだな、と思ったら、道はほんのりと寂しくなった。この人にとってはどんな女性も捨松さんの代わりにはならないのかもしれない。そんな風に感じるのは、彼女を好きになりかけているせいだろうか。

　梅さんは隣で寝息を立て始めた。

　暖かな夜に慣れず、道は何度も寝返りをうった。不意に、梅さんが呻いた。

「ネッコ、ネッコ」

　身体を起こして覗き込んだら、どうやら泣いているようだ。梅さん、と囁いても、返事がないから、寝言だろう。その単語が英語か日本語なのか、判断しかねたが、なんだか苦しそうに思えて、道はつい布団の上から掌《てのひら》で彼女のお腹のあたりをそっと撫でさすった。安心したのか、梅さんはしばらくすると、また静かな寝息を立てた。

翌朝、道が遠慮がちに指摘すると、

「ネッコだから、そりゃ猫、なんじゃないの?」

梅さんは洗いたての顔を真っ赤にし、

「アメリカに連れて行かれたのが六歳だったもんだから、すぐに日本語を忘れてしまったの。覚えていた言葉は、ネコ、だけだったのよ」

と、素っ気なく言った。預けられた家庭の猫を、梅さんはネッコと名付け大層可愛がったが、日本に連れ戻される時、別れ別れになったそうだ。ネッコと大切そうにつぶやいて小さな親友の背中を撫でる少女を思ったら、道は切なくなるのだった。

初めての朝なので、アメリカ式のブレックファーストを、梅さんと生徒たちに振る舞うことにした。スミス先生から教わったポリッジという麦のおかゆとポーチドエッグは、我ながら上手くできたと思う。しかし、梅さんも生徒さんも一口食べるなり、変な顔でスプーンを置いた。

「あなたはもう、食事を作らなくていいわ」

と、梅さんは言った。誰もそれ以上手をつけてくれなかったが、道には何が悪いのかよくわからなかった。

アメリカで洗礼を受けてきたという梅さんは朝晩のお祈りは欠かさなかった。礼拝でのお話を頼まれたので、ルカによる福音書のマリアとエリザベトの絆について道なりに喋ると、梅さんは顔を輝かせ、後で話しかけてきた。

「シスターフッドを知っているのね。ブリンマーでも、よく使う言葉よ。あそこの卒業生は姉妹のような絆で結ばれているの。世界中、どんなところにいても、ブリンマーの卒業生というだけで、協力して助け合えるのよ」

梅さんはいきなり強く、こちらの手を握りしめた。わ、と道は思わず身を引いた。指の骨が折れそうだ。彼女の目は真剣そのものだった。

「あなたとなら、姉妹になって、夢を叶えられそう。あなたは捨松とは違うわ。必ずブリンマーに留学して、帰国したら、私の開く学校で右腕になってね。約束よ！」

梅さんに摑まれた手がいつまでもジンジンと熱かった。この握力の強さがあれば、梅さんはどんな夢だって摑めるのではないか。私もこれから誰かと握手をするときは、ぎゅっと力を込めよう、と道は決めた。

実際、梅さんはとても強い教師だった。これまで道が知っていた、家族のようにあたたかな先生たちとはまるで違っていた。生徒たちも梅さんを怖がっているようだったし、慕われているわけでもないらしい。でも、そこには何が何でも、生徒に英語をたたき込み、仕事を持たせるぞ、という気迫が感じられた。自分がよく思われることより、生徒の将来を優先する梅さんに、道は敬意を抱くようになった。

梅さんのブリンマー留学時代の話を聞くのも、楽しみだった。カエルの卵の研究についてのレポートを褒められ、科学者にならないか、と誘われた。日本に帰国するときは仲間たちに泣きながら引きとめられ、手作りのカレンダーを贈られた――。そんな思い出を語る時、梅さんは生徒の前とは打って変わって、瞳をキラキラさせている。とりわけ彼女が嬉しそうに話すのが、新入生歓迎の儀式だった。

「ブリンマーにはね、ランターンの伝統があるのよ」

「らんたん？」

「うん、上級生が下級生に、一人が一人に一つずつ、ランターンと呼ばれる灯籠《とうろう》を継承するの。そうすると、学生の数だけ灯りがともって、暗い講堂が光の海になるの。それがとっても綺麗なの。あなたもきっと、感動するわよ」

道は目をつぶって、その光景を浮かべようとする。

東京での暮らしに慣れるうちに、ブリンマー大に行くことが道の中で揺るがぬ前途になりつつあった。どうせ将来、先生として誰かに雇われるならば、梅さんの下がいい。ならば、彼女の後輩になるために、ブリンマーには行っておくべきだ。光の海というものをこの目で見てみたかった。


「あなた、成績はそうでもないみたいだけど、若い方に教えるのはとても上手ね」

梅さんもまた、こちらを頼ってくれるようになった。道が授業でモノマネをしたり、ちょっと講談風の節を取り入れるだけで、厳しい授業に慣れた女の子たちは堅苦しさを解いて、みるみる聞き入った。勉強と関係のないアメリカの文化やクリスマスの習慣について話すと、北星女学校に入りたての頃の道のように身を乗り出してくる。失敗しても当たり前という雰囲気を作るように心がけたら誰もがどんどん英語を声に出すようになり、上達していった。休みの日はみんなに東京を案内してもらった。道は少女たちと一緒に講談に夢中になった。

梅さんが道を聞き手にしていつか開く学校の計画を一から練り直している間にも、新設の女学校は次々に開校していった。中でも、誕生に向けて進んでいる日本初の女子高等教育機関である日本女子大学校は話題だった。帝国ホテルでの披露会について書かれた新聞記事を読むなり、梅さんは、写真を指差し、発起人の一人である洋装の実業家夫人に顔をしかめた。

「腹が立つわ。この広岡浅子って人。ただの大阪の金貸しじゃないの。服装も変に目立つだけで、なんだか下品だわ。神聖なる教育事業に携わるべきではないわ」

後ろから新聞を覗き込むと伊藤博文、大隈重信の名もある。まだ幼い梅さんや捨松さんを異国に連れて行きながら、帰国後のことは特に考えていなかった連中で、面白くないのもわかる気がしたが、

「でも、こういう力のある女性が教育に興味を持って、援助してくれるのは頼もしいですね。やっぱりお金は大事ですよ」

お金は穢れ、という考え方にがんじがらめで何も出来なかった父を思い出してそう言ったのだが、ふん、と梅さんは鼻を鳴らし、それっきり黙り込んだ。梅さんは同性への眼差《まなざ》しも厳しい。そして、一度嫌いとなったら最後、どんなことが起きても覆らないらしい。おしゃれで目立つ女性はほぼ全員嫌いなようだった。

そんなわけで、留学中に着る物の準備は、メリーさんに頼むことにした。その頃には週末になると必ず、汽車で沼津に通っていた。青い海と富士山を同時に望むお屋敷は、桃の果樹園に囲まれ、いつも甘い香りが漂っていた。ここに来てから新渡戸先生は書き物をする傍ら、四歳の孝夫《よしお》ちゃんと手作りのすごろくで遊ぶなどして、いつものんびり過ごされている。孝夫ちゃんは新渡戸先生のお姉さんの息子で、養子として引き取られていた。富士山に毎朝、「おはよう、今日もとっても綺麗だね！」と話しかける、ひょうきんなその子は、新渡戸家を明るく照らしていた。

おしゃれなメリーさんが選んでくれたおさがりのブラウスや上着は、黒や紺色の地味な型ばかりなので、道はがっかりした。北星女学校で短い英語劇をする時、道が衣装のドレスを着ると、背が高いからよく似合う、と先生や生徒から褒められたから、密《ひそ》かに洋装するのを楽しみにしていたのだ。もうちょっと華やかなのはないんですか、と恨めしそうに言うと、

「あら、趣味の良い女性ほど、落ち着いたドレスを着るものよ。こういう飾りけのない服装こそ、女性の美を引き立てるのよ」

とメリーさんは自信たっぷりに言った。彼女は留学準備の手伝いが楽しくて仕方がないらしい。故郷のフィラデルフィアにあるブリンマーに興味津々なようだ。

「私がこのドレスを着ると、男の人たちはみんな、こぞって優雅だとか、女王様の風格があると

ほめそやしたものよ。私は昔はいやっていうくらい、モテたんですからね」

メリーさんは娘時代の服をふくよかな身体に合わせ、鏡の前でポーズを決めた。その身に纏う雰囲気や立ち居振る舞いを見ていれば、名門エルキントン家の令嬢として、ほぼ毎日のように求婚されたという伝説も納得できる。でも、だったらどうして、決して裕福とは言えない、それも日本人の新渡戸先生を選んだのだろう。できるだけ失礼にならないようにそう尋ねると、メリーさんは、縁側で孝夫ちゃんと遊ぶ新渡戸先生の方をちらっと振り向きながら、こう言った。

「そりゃ、稲造と一緒にいるのが楽しいからよ。あの人、他の人と全然違っていたの。下手でも英語をどんどん話したし、わからないことは女の私にも質問してきた。笑われることをちっとも怖がっていなくて、チャレンジングだった。道もそういう人を見つけたら、絶対に放しちゃダメよ。お金だとか見てくれを気にするのは愚かだわ。名門のお嬢さんでいるより、あの人と一緒に日本に来て、女子教育に関《かか》わる方がずっとやりがいがあると思った。私、女性の地位を向上させるための研究や活動をしていたの。その中で日本の女性は当たり前の権利を持っていないと学んで、ずっと気になっていたわ。彼と一緒にしてくれなきゃ駆け落ちします、と父や弟に反発して、クリスマスの夜にやっと許しをもらったのよ」

「わあ、なんてロマンチックなんでしょう!」

恋愛の話となると途端に退屈してしまう道も、これにはうっとりした。

「あなたを私の故郷に送り出せるなんて、なんだか、娘がいるみたいで嬉しいわ」

フィラデルフィアに着いたら、エルキントン家に道のサポートをするよう話はしてある、なんでも頼れ、とメリーさんは言ってくれ、道は感謝でいっぱいになった。亡くなった遠益ちゃんの代わりになれるはずはないけれど、メリーさんの心がもし、ほんの少しでもまぎれるのであれば、お言葉に甘えてみようと思った。

淡黄色の地にバラの花が散ったドレスと、頑丈な短靴が届いたのは、出発直前だった。ドレスはブリンマー女子大の卒業生である某夫人が道の噂を聞いて贈ってくれたもので、靴は姉が義兄に頼んで作らせたのだった。梅さんから聞いた、ブリンマーの姉妹の絆の話が蘇《よみがえ》った。今まで見た中で一番美しいドレスと靴だと思った。

7

メリーさんがしきりにアメリカを懐かしがるので、新渡戸先生がこれはいい機会だから、と道の渡米に新渡戸家が付き添い、そのままカリフォルニアで静養することを決めた。

梅さんも、コロラド州デンバーで開かれる万国婦人クラブ大会に日本代表として呼ばれていて渡米したところだった。大会が終わったらひょっとするとあのヘレン・ケラーに紹介してもらえるかもしれない、といつになく楽しんでいる様子が、手紙からも伝わってきた。道が現地に着いたら、すぐに落ち合うことが決まっていた。

初めての長期航海を前に緊張していたので、みんなの気遣いが有り難い。旅券章の保証人は、新渡戸先生が引き受けてくれた。

明治三十一（一八九八）年七月、梅さんの生徒たちに見送られ、横浜から客船エンプレス・オブ・ジャパン号に乗って、道は新渡戸夫妻と孝夫ちゃん、新渡戸家の女中さんとともに北米へと旅立った。最初にその土を踏むのはカナダのバンクーバーだ。

太平洋を渡る二週間、道はとにかく暇だった。船酔いに慣れてしまうと、持ってきた本は全部読んでしまった。いくら新渡戸夫妻とはいえ、毎日会っていれば話題にも限界がある。道以上に退屈したのは孝夫ちゃんのようで、いたずらを繰り返し、とうとう甲板を転げまわって泣き出した。新渡戸先生もついに音を上げ「暇だねえ」と顔を合わせる度に、気だるくぼやくようになった。初めてアメリカに渡ったのは二十二歳の頃で、今の道よりもずっと英語に不慣れだったから、最後の追い込みの勉強をしていて退屈する暇がなかったのだという。

「やることがないというのは、こうも辛いものなんだねえ」

いつになく、ため息まじりに肩を落とす先生を見て、

「新渡戸先生、せっかくだから、何か書いたらどうですか？」

道はそう提案してみた。

「論文やら手紙やらは、日本にいる間にあらかた書き上げてしまったよ」

新渡戸先生が頬を膨らませる。そうすると孝夫ちゃんによく似ていた。

「じゃ、今度は英語で書いてみてはどうでしょう。アメリカ人向けの、日本のことを知ってもらうためのガイドブック、なんてどうでしょうか？」

アメリカ人と親しくなった時に、これさえ読めば日本がわかるわ、と気軽に差し出せる、薄めの書物があればいいな、と思っていたのだ。日本について英語で書かれたものといえば、小泉八雲の本が有名だが、神秘の色合いが濃くて、現実の日本とは大きくかけ離れている。新渡戸先生は、ほう、それはいいね、と頷いて、それからは何かある度にメモを取り出して、いそいそと書き留めるようになった。

毎日変わらない真っ青な大海原を道はぼんやり眺めた。いつか身近な誰かがアメリカに渡ることがあったら、船の上はとてつもなく暇だということを真っ先に教えてあげなければならない、と胸に刻んだのである。

そんなわけで、夏の夕方のバンクーバーの港がようやく見えた時は、ついに来たという感動よ

り、安堵の方がずっと大きかった。港に降り立つと、東京の比ではないほど高い建物が立ち並び、道を見下ろしている。頬をスッと斬《き》りつけるような乾燥した空気で、沈んでいく夕日さえサラサラと白っぽく眩しかった。行き交う人々の多くは背が高く肩幅があり肌は白いけれど、髪と目の色は人によって全く違う。彼らがゆったり振る舞うのに比べ、黒い肌をした男女は貧しい身なりでいつも忙しそうに立ち働いていた。

くらっとするほど強い香水と、焦げた肉と冷えた柑橘類《かんきつるい》が混ざったようなにおいが、どこに行っても漂っている。

その夜、海辺のホテルに着くと、道たちはまず小部屋に通された。背後で扉が閉まるなり、空間全体がガタガタと震え出し、上方に引っ張り上げられていくので、道は孝夫ちゃんを抱きしめて悲鳴をあげた。三階で扉が開くと、道たちは吐き出された。新渡戸家は三人部屋、道はその隣の一人部屋へと、荷物運びに案内された。部屋に着いたら、道は真っ先に窓を大きく開け、そこに広がる夜景に息を呑んだ。光の洪水が海辺の闇を大きく切り開いていたのだ。

「何を見ているんですか」

後ろからそう問いかけられ振り向くと、新渡戸先生が孝夫ちゃん、女中さんと一緒に、道の残りの荷物を部屋に運び入れてくれているところだった。

「綺麗。夜なのに、こんなにも明るいなんて……。まるで魔法です。カナダって、どこもこうなんですか？」

ブリンマーのランターンの光の海もこんな具合なのだろうか、と道は思いを巡らせた。

「どうしてこんなに街が明るいと思いますか？」

新渡戸先生は孝夫ちゃんを連れて、隣にやってきた。道は通りにしばらく視線を落とし、身を乗り出して指差した。

「あ、ガス灯がある。それもこんなにたくさん!!」

道路脇に佇むガス灯の先端には小さなガラス箱が付いていて、青い炎が揺れていた。同じものが等間隔で配置され、海岸線沿いにどこまでも続いている。孝夫ちゃんも、お星様だ、あっちにも！　と叫んだ。もちろん銀座などで目にしたことはあるが、一度にこんなにたくさんのガス灯を見るのは生まれて初めてだった。

「ねえ、道さん、提灯と街灯、どっちが安全だと思いますか？」

いきなり場違いな日本語が出てきて、道は面食らった。

「そうですね、断然、街灯ですね」

「どうしてそう思いますか？」

「提灯は夜道でうっかり転んだ時に、火が燃え広がるし、誰かに奪われる可能性もあるし、紙が破けたりもします。それに片手しか使えないのは、足場の悪いところでは命取りです」

ローズさんを迎えに行ったあの暗い雪道や、父と参拝した伊勢神宮が蘇った。新渡戸先生はにっこりした。

「その通りです。では、提灯がそんなに危険なのに、私たち日本人が手放せないのは、どうしてでしょう」

「うーん……、なんででしょう？」

「それは個人が負わなければならない荷物のとても大きな社会だからです。日本人は全てにおいて、何か問題が起きたら、まず一人でなんとかしなくてはいけない。例えば家族に問題が起きた時は、家族だけで解決しないといけない。そんな風に思い込まされていませんか？」

一族の恥だから――。幼い日によく聞いた父の口癖を思い出し、道は、あ、と声を漏らした。

「だから、みんな暗い夜になると、自分の手元だけは明るくしなければ、と必死に提灯を握りしめるしかないのです。でも、自分と家族だけを照らしているようではまだ充分とはいえない。あんな風に大きな光を街の目立つところにともして、みんなで明るさを分け合わないといけない。日本人は共同で何かを行うということを覚えるべきです。つまり、シェア、ということです」

「シェア……」

もちろん知っている言葉だったが、こうして溢れんばかりの灯りを眺めていると、舌の上から光が広がり、唇からこぼれていくような気がした。新渡戸先生はじっと夜景を見下ろしている。

「提灯のように個人が光を独占するのではなく、大きな街灯をともして社会全体を照らすこと。僕は道さんにそんな指導者になってもらいたいと思って、どうしても欧米の夜景を見て欲しかったのです。日本ではまだ教育や情報は一部の知識層が独占している。でも、それではダメだ。お互いが助け合い、持っているものを分け合わないといけない。学ぶ機会のない人にまで行き渡らないと意味がない。アメリカではごく普通の人たちでさえ、損得抜きでお互いを助け合います。日本でも今、学校がどんどん出来ていますが、学生は成績を競うばかりだ。このシェアの精神が行き渡らない限り、夜はずっと暗いままです」

青白い光を浴びて道行く人々はみんな堂々と、目的地に向かって自信をもって歩いているように見えた。その人工の無数のきらめきは、夜空にまたたく星よりも、道の心を貫き、深いところにまで光を届けた。

どうしてクリスマスがあんなに好きなのか。道はその時、初めて理解した。お盆やお正月とは大きく違う。そうだ、クリスマスは全ての人に開かれたお祝いなのだ。家族だけではなく地域や貧しい人、まだ会ったことのない誰かの方を向いている。クリスマスツリーの輝きは道行く人をも照らし出すから、あんなにも眩しい。そこに根付く精神が、道の心を満たしたのだった。新渡戸先生は急に話を換えた。

「私の授業には批判があるんですよ」

「え、なんで？　とっても面白くてわかりやすいのに！」

「ええ、まさにそこが批判されています。誰にでもわかるような教え方や明快な話し方なんて深みがない、と嫌がる人もいます。チアフル、つまり明るいということを日本人は見くびる傾向にありませんか？　暗いこと、苦しい、悲しいこと、いわば暗闇を一段高く見る傾向が蔓延《まんえん》している。それで、辛い目に遭っている人たちが尊重され、救済される社会ならば僕は構わないんですが、かえって暴力や貧困、無知からくる争いが、変えようがない仕方のないこととして、放置され、我慢が当たり前になっているように思います」

　ほの暗い神社の帰り道、バラバラになった河井家、寄宿舎の暗黙の決まりごと、男たちの無言のニヤニヤ笑い、有島さんが道の前向きさを責めること、梅さんと捨松さんを引き裂いたしきたり。そういえば、これまでの人生で胸に引っかかってきた問題は全て、納得のいかないモヤモヤとした理由で曖昧にぼやかされていた。あれらを全部、道が大きな光を持ち込んで、くっきり照らしてしまったらどうだったのだろう。全部取るに足らないどうでもいいことばかりで、誰かの人生を阻む理由にはならない、とみんな気付いたのではないか。道は物事をやさしく、とっつきやすくすることに関しては昔から長《た》けているのだ。

「道さん、これだけ明るいのですから、どうですか？　メリーも呼んで、みんなで夜の散歩に出かけませんか」

　道は頷き、孝夫ちゃんは躍りあがった。荷ほどきして寝巻きに着替えたら、今日という日はもうおしまいとばかり思っていた。新渡戸先生がステッキを一振りして、孝夫ちゃんの手を引くと、先に部屋を出て行った。

　急に道の中でムクムクと、人生に対する信頼感が膨らんできた。夜がこんなに明るければ、緊張で眠れないことも、異国でひとりぼっちになることも、時々ふと襲ってくる焦りも、怖くはない。

普段ならそろそろ寝ようかという時間なのに、カナダ最初の夜、道はどこまでも歩いて行けそうな気持ちで、ドアを大きく開けたのだった。

8

真紅に色づいたカエデの葉が、目の前に降り注いだ。道は慌てて眼鏡を外し、ハンカチで拭《ふ》いた。黄金色のイチョウ、砂糖を焦がしたような色合いのブナの枯葉を短靴で踏みしめると、濡《ぬ》れた土の香りが立ち上った。ブリンマー駅で下車した道は地図を頼りに、受験の日にどうにか覚えた、お城のような尖《とが》った塔を目指して、先ほどからまっすぐに歩いている。十月のフィラデルフィアの森に漂う、焼きたてのパイに似た香ばしいにおいを胸いっぱいに吸い込んだら、木々が途切れて、視界が開け、石造りの巨大な建物がいくつも現れた。たちまち中世の街並みに迷い込んだような気分になった。

「綺麗でしょ？　ブリンマーの秋は世界で一番美しいと言われているの」

話しかけられて振り向くと、太いおさげ髪を肩に垂らし、先端が網かごになっているステッキを持った、そばかすだらけの女子がニッと笑いかけてきた。堂々たる体格で、身長の高い道も見上げる格好になる。

「でも、同時に、ブリンマーの春も世界一美しいと言われているのよ。どっちが本当なのかしら。来年までわからないわね。でも、とっても素敵」

見渡せば、キャンパスというより、林も丘もある街のような景色がゆったりと広がっている。運動場では、砂埃《すなぼこり》をあげながら女子がボールを追いかけている。そうかと思うと、道たちの真横をすり抜け、森へ向かっていく上級生たちの手には虫眼鏡や小さなピンセットが握られていた。創立して十五年のブリンマー女子大は、学生数は一学年百名程度と聞いていたので、北星女学校の規模を少し大きくしたような環境とは思っていたが、何もかも想像を超えている。

「私、新入生。よろしく。アグネスって呼んでね」

女の子は手を差し出した。梅さんに倣い、道は力一杯握りしめ、名を名乗った。一年生の寮を目指しながら、二人はそれぞれの生い立ちの話をした。

「道、英語上手ねえ。日本人よね？　どこで身につけたの？」

「ジャーマンタウンにある、アイヴィ・ハウスという予備校で二年間受験勉強したの」

ミス・メアリー・イー・スティブンスが校長を務めるアイヴィ・ハウスは、六名の寮生と六名の通学生からなる小さな女子寮だった。その名の通り、石造りの校舎の通りに面した壁には蔦が、他の壁にはスイカズラが絡んでいた。スティブンス先生は六十歳近い灰色の巻き毛の女性で、ご家族を事故で亡くした上、足が不自由だったが、梅さんの比ではないほど激しく気力に満ちていた。

「アメリカに来たばかりの頃、私の英語、ひどいと言われていたのよ」

メリーさんにスミス先生、ローズ先生とも意思疎通はなんの問題もなく出来たし、梅さんにも褒められたくらいだから、語学に自信はあったのだが、スティブンス先生との最初の面談で、すぐに打ち砕かれた。

航海の様子はどうだったか、と聞かれたので、道は即答した。

——船酔いもひどく、とかく手持ち無沙汰《ぶさた》で、地獄のようでした！

スティブンス先生はいきなりキッとこちらを睨み、怒り出した。

――道、アメリカでは「地獄」という言葉は絶対に使ってはなりません。下品な人と見做《みな》されますよ。

毎日のように叱られながらも、道はさほど怖いとは思わなかった。それというのもスティブンス先生の口元にはいつも愉快な雰囲気が漂っていたし、彼女の後ろをついて回るスパニエル犬がパタパタと尻尾《しっぽ》を振っているさまに目を細めたくなったせいもある。

細かい言い回しやアクセントを直される英語はまだいい方で、フランス語に至っては手がつけられない有様だった。名詞に女性と男性がある、という入り口でつまずいてしまって、喋ろうにも単語が全く出てこない。道の語学力を向上させるために、スティブンス先生はフランス語の本格的なお芝居に参加するように命じた。台詞《せりふ》をしょっちゅう忘れ、担任のマドモアゼルに舞台《ぶたい》袖からこっそり教えてもらうことが多かった。モリエールの「いやいやながら医者にされ」「スカパンの悪巧み」「女房学校」で、道は黒い着物に黒い羽織をまとって伊達男《だておとこ》ふうにスカーフをあしらい、男役を演じた。最初は恥ずかしかったが、「素敵」と女の子たちが大いにほめたたえて手を叩くので、だんだんと気分が良くなり、フランス語もなんとか身についたのだった。それにしてもモリエール作品を学ぶと、恋愛で四苦八苦する男の人たちが実におろかに思えてくる。

「へえ、予備校に二年ねえ、やっと存分に羽をのばせるというわけね」

アグネスはステッキを空にかかげてみせた。

「そうでもないわ。この二年、とっても楽しかったの。お友だちもたくさんできたし」

南部出身の快活で冗談の大好きなジーン、ニュージャージー出身のお嬢様のフローレンス。同じくニュージャージー・カムデン出身のアリスはお裁縫が得意で、道の帽子や服をフリルとリボンで派手に飾り立てるのが好きだった。それぞれの実家はもちろん、メリーさんの育ったエルキントン家にも道はしょっちゅう招かれた。

そんな毎日を送る中、出版されたばかりの「女性の聖書」の原書にいち早く触れられたことは貴重な経験だった。女性の視点で聖書を読み直し、研究するという試みは、当時全米規模で広がり始めていた。分け合う喜びに満ちた新しいキリスト教に、やっぱり自分のこれまでの解釈は間違っていなかったのだ、と自信がついた。

ブリンマー受験の朝、スティブンス先生は出かけていく道たちに一セント銅貨をくださり、スリッパを放ってくれた。運が良くなるおまじないだという。試験は年を挟んで二回に分かれていて、道はラテン語とギリシャ語を漢文と国文に変えるという手心を加えてもらった。道なりに頑張って勉強したせいで、視力はすっかり落ちて、眼鏡は手放せなくなっている。

五つある寮から自分の部屋がある建物を見つけると、道はアグネスと別れた。割り振られた数字を頼りに二階の角に辿り着く。ドアを開けると、そこにはロザリーという同室の学生が荷ほどきの最中で、大量の本を床に並べているところだった。いかにも賢そうな鳶色《とびいろ》の大きな目で、同じ色の髪をふさふさと垂らしている。

天井の高い食堂で夕食を一緒にとった後で、今から図書室の回廊で新入生歓迎の儀式があるから行きましょう、と誘われた。石の壁で囲まれた中庭に出ると、もう真っ暗で空気は冷たかった。

「専攻は決まりまして？」

中庭を囲む外廊下を歩きながら、ロザリーはおしとやかにそう尋ねた。先ほどのアグネスとはうって変わって、貴婦人然とした女の子だ。そもそもブリンマーといえば良家の令嬢ばかり集まる名門校だから、アグネスが例外なのかもしれない。

「経済と歴史にしようと思っています。恩人の津田梅さんは、生物学で表彰されたみたいなのだけど、私にはどうもその能力はなさそうなので……」

「へえ、あなた、ミス・ツダの後輩でいらっしゃるの。ここじゃ、あの方、伝説の卒業生と呼ばれていますのよ。優秀なだけじゃなくて、面白くてとってもキュートだったって、上級生たちはみんなそう話してらっしゃるわ。彼女のご友人たちが、庭のどこかに梅の木を植えられたはずですわ」

ロザリーはにわかに興味津々といった様子になった。日本ではカタブツで有名な先生だ、なんて伝えたら、この子、どんな顔をするだろう。梅さんから麹町一番町に小さな家を借り、正式な学校を開いた、というお便りが届いたばかりだ。新渡戸先生、巌本善治さんも協力し、あの大山捨松さんも理事という形で加わったらしい。日本にアテになる人はほとんどおらず、アメリカでの友人の援助を得てこぎつけた、とぼやきながらも、その筆致には嬉しさがにじんでいた。

外廊下に並んで、新入生歓迎委員の在校生から、道はマントとランターンを受け取った。小さな家の形を模したガラス箱の中で揺らめくろうそくの光に見とれながら、道はマントを身につけ長い列に加わった。やがて闇の中に、新入生たちの手にしたランターンの灯りがまるで蛍《ほたる》のように浮かび上がっているのが見えた。みんな、道の知らない歌を歌っている。

「梅さんから聞いていた通り。これが光の海なのね」

胸がいっぱいになって、道はそうつぶくのがやっとだった。後ろを歩くロザリーがそっと耳打ちしてきた。

「ランターンの火を決して消してはだめ」

「そうね、こんなに綺麗なんだものねえ」

上級生から下級生に継承される知識の象徴。道がうっとりしていると、いつの間にか隣に来たアグネスの顔がランターンの光でぼうっと照らし出されている。

「違う。そういう意味じゃない。ランターンの言い伝えって聞いてない？」

道は首を横に振った。

「ランターンの火が最初に消えた女の子は、卒業後すぐにお嫁さんになる、でも、ランターンの火が最後まで消えなかった子は、ドクターになれる、って言われてるの」

「最後まで火が消えなかった方って、本当に成功してらっしゃるのよ」

と、ロザリーも後ろで同意した。

「えっ、じゃあ、絶対に消すわけにはいかないじゃないの！」

思わずそう叫ぶと、周りが一斉に足を止め、振り返った。すると、それぞれの炎が危なげにヒュッと揺れる。道はみんなに睨まれ、ちぢこまる結果になった。ロザリーが小さく笑いながら肩越しに囁いた。

「ほらご覧になって。だから、みなさん緊張して、つま先立ちなんですわ」

しばらくして、回廊のどこからか悲鳴が上がった。この中で最初にお嫁さんになる子が決定したらしい。同情するようなざわめきで場は満ちていき、どうやらその子はみんなに慰められているようだ。「入学早々、幸先《さいさき》の悪いこと」と、遠くでぼやく声がかすかに聞こえたが、その実、かなり本気で嘆いているような調子だった。

お嫁さんが決定した彼女には悪いが、道はここでの生活がにわかに楽しみになってきた。人種は違うけれど、みんな自立を目指しているのだ。道のランターンは今のところあかあかとともっている。この灯りをどうしても消したくなくて、道はつま先だちでランターンを抱くようにして、回廊をゆっくり歩いていく。

こうして明治三十三（一九〇〇）年十月、道はキャンパスでその年、唯一の極東出身の学生として、ブリンマーの門を叩いたのだった。

入学したその翌日から、道はせっせと梅さんに身近なことを手紙で書き送り、意見を求めた。

――大学生活は面喰《めんく》らうことばかりです。まず、アメリカ人の顔と名前が全く覚えられません。向こうは唯一の日本人だから覚えるのは簡単でしょうが、私は四百人もいる仲間の名前をどうしても覚えられないし、まだ仲良くもないのにファーストネームで呼び捨てにするのも、抵抗があります。

最初の大失敗は、歓迎の夜会だった。

「新入生の河井道です」

紋付袴がよほど珍しいのか、みんな振り返って見ていた。例の淡黄色のドレスを着たいところだったが、式典は和服でのぞみなさい、それが祖国を背負って立つ人間の礼儀です、とスティブンス先生からきつく言い渡されていたのだった。

「あなたの入学試験、とてもいい出来でしたわ。なかなか慣れないこともあるでしょうが、頑張ってくださいね」

にこやかな年配の婦人が近づいてきて、ホッとして道は聞き返した。

「ええと、どちら様ですか？」

彼女は苦笑いをして、どこかに行ってしまった。たちまち弾《はじ》けたように笑う女子学生たちに取り囲まれ、道は何が何やらわからず、首を傾げた。アグネスは笑いすぎて、涙まで浮かべている。

「あの人、学長だってば！」

道はぽかんとした。先ほどの女性が学長のマーサ・ケアリー・トーマス。血の気がゆっくり引いていく。

「入学して、もう二週間じゃない！　トーマス学長は朝の礼拝にいつもいるでしょ。何見てたのよ？」

言われてみればそんな気もしたが、新入生の席は一番後ろで、お顔がよく確認できないのだ。

奨学金委員会の時に会ってはいるものの、あの時はキャップとガウンを身につけているから、ドレス姿とは印象がだいぶ違う。いたたまれなくなって、道はテーブルの上にあった赤い飲み物を一息に飲み干した。

「道、それはお酒ですわ！　ジュースじゃありません！」

ロザリーが叫ぶ声がしたのと同時に、喉《のど》が熱くなり、天井がグルグル回り始めた。アメリカにもおんぶというものがあるのだな、とアグネスに背負われて寮まで帰りながら、道はぼんやり思った。翌日になってから、自分がしたたかに酔って、ロザリーとダンスしようとして無理に絡み、かぶさる形でつまずいてしまい、彼女に軽いねんざを負わせたことを知る。ロザリーは、お気になさらず、すぐに治ります、と湿布を貼った足首をさすりながら笑っていたが、道は申し訳なさに生きた心地がしなかった。

道はこれでキャンパス一の有名人となった。

トーマス学長が、女性の全てが結婚する必要はないという考えを通していて、独身のまま女の友人と暮らしていることを知るのは、もう少し学生生活に慣れてからのことである。

――ブリンマーに来て、最初に驚いたのは行事の多さです。

最初のイベント、フレッシュマンラッシュとは五つある寮全部を一階から三階まで、新入生のクラス全員が手をつないで、一列になって走り抜けるというものだった。上級生たちが廊下に積み上げた本やら椅子やらの障害物を、列を崩さないようにして乗り越えるのは大変で、道はすぐに息が切れ、遅れをとった。

「ほら、私のおさげに掴まって」

アグネスは太い三つ編みを道に差し出した。彼女のおさげにぶらさがる形で、なんとか校庭にゴールした。みんなで芝生に笑いながら倒れ込んだ時には、すっかり打ち解け合っていた。イベントに加えて毎日ティーパーティーが開かれた。紅茶やコーヒーを飲みながらバターと卵たっぷりのお菓子を食べ、級友と好きなことを語り合う時間が、道は何より好きだった。

――オナーコードというものに驚きました。日本にはまずない発想です。

新入生案内で図書館に連れていかれた時に、学生たちが自習用の場所でごく気軽に試験を受けているのを見て、道は驚いた。見張りの試験官もおらず、そもそも周りは参考文献だらけではないか。案内係を任された上級生がこう教えてくれた。

「ブリンマーにはオナーコードがあります。その名の通り、名誉ある行動、尊重するべき規範というもの。私たちはオナーコードに基づいて暮らし、学んでいるのです。キャンパス内の規律は全て、学生が話し合って決めています。教師が押し付けたり、見張ったりすることはまずありません。試験も自分の都合に合わせ勝手に受けてもよいのです」

ここに来た時の草原に放たれたような開放感は、キャンパスの広さによるものとばかり思っていたが、そういえば、叱られるということがブリンマーに来てから全くない。

「成績の順位さえ、私たちはお互いに知ることはございません。上位の優秀者が発表されるのは卒業の時だけです」

こうした、専門知識を競うのではなく、幅広い学問を教養として身につける人間教育が目的の学校は、リベラルアーツカレッジと呼ばれているらしい。

考えてみると、クラスで誰が出来て、誰が出来ないか、道は知らなかった。北星は穏やかな校風だったし、梅さんの塾もごく小規模なものだったが、成績は発表されたし、お互いがお互いを比べる空気が全くなかったわけではない。少女時代から、道の真ん中にどっかり腰を下ろしている劣等感は、周囲よりも明らかに点数が劣っているためだった。

「あのう、それでも、もし誰かが答えを見たりしたらどうするんですか？」

と、道が恐る恐る問うと、

「答えを見たら、一番損をするのは、誰でしょう？　学校ではなく、答えを見た当人です。オナーコードとは、自分との約束なんです。もちろん、破るのは個人の自由ですが、破った時、恥を掻《か》くのは自分自身なんですよ」

と、上級生は誇らしそうに言った。道も早速、自主的に一人で試験を受けてみたが、何だかソワソワしてしまい、問題に身が入らず、追試を食らう羽目《はめ》になった。

梅さんは、女子英学塾が軌道に乗り始めたのがよほど嬉しいのか、道が手紙につづったどの失敗にも寛容だった。

――道さん、最初は色々わからなくて当たり前です。留年さえしなければ大丈夫よ。

ところが、学期の終わり、このままだと落第するかもしれないと告げる通知が届いた。

フランス語と体育の成績が良くないらしい。苦手なフランス語はともかく、もともと一番下のCクラスの体育で点数が取れなかったのは、ショックだった。落第が続けば留年するし、日本へ戻らざるを得なくなる。さらに、梅さんの設立した日本人奨学金制度の評判も危うくなるだろう。

道はその日のティーパーティーで不安をぶちまけた。

「そもそも道、運動全然だめじゃない。自分で気付かなかったの？」

アグネスがニヤニヤしながら言う。確かにプールでは溺《おぼ》れるし、バスケットボールでは突き指し、テニスをすれば眼鏡を壊し、スケートをするといつの間にか足をくの字にして氷の上に座り込んでしまう。それでも、道はケシの実をまぶしたケーキを片手に、抗議した。

「でも私、体力はあるわよ。北海道の寒さで持ちこたえられたんだもの。体格だって、みんなに負けないわ。風邪はひかないし、アイヴィ・ハウスではみんなが流感にかかった時も、私だけは無事だったのよ」

「うーん、多分、体力云々《うんぬん》じゃなく、反射神経の問題じゃないかな。号令の時、語学のハンディキャップで、とっさに反応できないし。右向けって言われても、道って、なぜか左を向くじゃない。日本の生活習慣のせいで猫背で筋肉が全然ないのも原因かもしれない」

アグネスが遠慮がちに言うと、ロザリーがきっぱりと宣告した。

「道、実技で点数を稼ぐのはもう諦めるべきですわ。あなたの運動の出来なさはひどいものよ。努力でどうにかなるものじゃありませんわ」

他の学年の学生たちも集まってきて、道のためにあれこれアイデアを出し合ってくれた。ずっと黙っていた、確かバーサという名の隣のクラスの女子がこう言った。

「日本ならではの踊りや何かを私たちに教えることは出来ないかしら？　明確な文化的貢献が出来れば、単位の加算対象になるはずよ。留学生ならではの逃げ道ですわ」

なんだか胸がいっぱいになる。損得抜きで、みんな道が留年しないように、真剣に考えてくれているのだった。道はケーキを頬張りながら、立ち上がった。

「あるわ、一個だけ。一種の護身術なのだけど」

「わあ、素敵。日本の護身術、私たちにも教えてくださらない？」

その次の授業で、道は袴姿で体育館に厳かに登場し、拍手を浴びた。

「みなさん、今日は私から、みなさんに、新渡戸流・普連道をお教えします。日本の夜は真っ暗です。小柄で華奢《きゃしゃ》な日本の婦人は、狙《ねら》われやすいのです。この護身術は、相手の力を利用してテコの原理で突き放す、非暴力主義の武術です。弱きを助け、強きをくじく、日本の心なのです」

「はい、質問です。新渡戸というのは、あの新渡戸稲造のことですか？」

体育担当のルイザ・スミス博士が興奮したように尋ねた。

「そうです。私の日本の先生です」

相棒役のアグネスが道の背後から現れ、忍び寄り、襲いかかろうとすると、道が澄ました顔でさっと身をかわす。それだけで、道よりはるかに体の大きいアグネスがつんのめってマットレスに倒れ込んで大げさに痛がるので、またしても歓声が起きた。

「もしかして、これが武士道なんですか⁉」

スミス博士が叫んだ。

「あれ、博士、武士道をどうしてご存じなんですか？」

道が不思議になって問うと、

「だって今、アメリカで大評判じゃないですか。あなた、新渡戸稲造が出版した『武士道』をまだお読みになってないの⁉」

周りを見渡せば、みんな口々に、あの武士道をこの目で見られるなんて、と感激している。この半年、勉強に付いていくのに必死で、久しく読書なんてしていない。そういえば、新渡戸先生から献本の小包が届いていたかもしれないが、そのまま放っておいていた。

道が特別に単位を取得することが決まると、大きな拍手が湧いた。誰もが道が日本へ帰されずに済んだことを、純粋に喜んでいる。これが新渡戸先生の言う協力の精神なんだ、と胸が熱くなった。ずっと心の奥底に巣くっていた、いじけた気持ちがこの時、吹き飛んだ。それからは、道も他の生徒が評価された時は、自分のことのように喜べるようになった。苦手なフランス語も、試験前、ロザリーと寝ないようにお互いに怖い話をし合って、朝まで目をこじあけて勉強して臨んだら、どうにか及第することができた。

9

仲間の励ましのおかげで無事、最初の春がやってきた。入学式の日にアグネスが言っていたけれど、春も秋に負けないくらい美しい。庭をのんびり歩いていると、梅さんにちなんで植えられた梅の木がぽちっとした紅色の花を慎ましく咲かせているのを見つけた。日本の花の名前は情緒があっていいな、と思った。どれも全部女性の名前のようで、それぞれの個性や佇まいが浮かび上がるようだ。

ちなみに、新渡戸先生の「武士道」はその後も売れに売れて、アメリカにとどまらず、世界的な流行書となり、日本文化を広める役割を担った。後に日露戦争の講和条約でも一役買うことになる。もしかして、あのバンクーバーまでの船の中で書き始めていたのがそうなのだろうかと、道はちらっと思ったが、すぐに忘れてしまった。

一学年を終える頃、一番の仲良し、アグネスは家庭の都合で学校を去るが、その後も交流は続いた。

道が日本人留学生を集めた聖書研究会に呼ばれるようになったのは、その頃である。男子の割合が多いのに、道はリーダーに任命され、通訳を務めることになった。アメリカに来ても、やはり男子はなかなか発言をしたがらず、お互いに牽制《けんせい》し合うため、英語がなかなか上達しないのだった。みんなモゴモゴしているので、久しく忘れていた小樽でのあの苛立《いらだ》ちを思い出した。そんな中、一人だけ下手くそな英語を次から次へと放ち、目を見張るような速さで上手くなっていく青年がいた。

最初から何だか、よく目が合うなあ、とは思っていた。彼の手指は火傷《やけど》でただれている。あまり見ては失礼、と自らに言い聞かせてはいても、道の視線はどうしても引き寄せられた。道より小柄で猫背、髪はいつもボサボサ、身なりも綺麗とは言い難いけれど、どこかはにかみの漂う佇まいが気になっている。

「野口さんて、ペンシルベニア大学でガラガラ蛇の研究をしているの？」

噂を頼りに、自分から話しかけたら、彼の顔が無邪気に輝いた。野口英世というその青年は、会津は猪苗代湖畔、翁島という村の出身で、生まれは貧しく、苦学したらしい。互いに日本の厳しい寒さを知っていることで、たちまち意気投合した。野口さんは小さい頃、火傷で手がただれて指がくっついてしまい、切り離す大手術をした。それがきっかけとなって医学を志すようになった、と教えてくれた。研究所に入り、横浜港でペスト患者を発見した話は、特に面白かった。道が夢中になって聞き入っていると、野口さんは照れた顔になった。

「日本のあの、暗黙の規範みたいなものが僕、とっても苦手なんだ。言行が場違いだとよく言われてね。やりたいことが見つかると、周りの目なんか気にならなくなってしまう。ねえ、僕は、喋りすぎではないかな？」

「わかります。私もよく、前向きにすぎる、猪突猛進にすぎる、ってからかわれたもの」

有島武郎の顔をチラリと思い浮かべながら、道は言った。美男子と騒がれるような有島さんはなんだかツルツルしていて、道には引っかかるところがないが、野口さんのちょっと拗ねたような横顔や、好きなことを語るときの熱っぽさは、しっくり馴染《なじ》む。実験に夢中になると、寝るのも食事も忘れてしまうんだ、と打ち明けられたら、今まで感じたことのない、慈しみが温かなミルクのように広がった。

「恩人の津田梅さんも生物学を専攻していたから、野口さんの研究、私はすごく興味があるわ。

梅さんは、カエルの卵の研究をしていたのだけど」

「よかったら、僕のラボに来てみないかい？　今度」

道はその週末、汽車に乗り、フィラデルフィアの中央駅で、野口さんと待ち合わせをした。鉄道馬車で大学に向かうと、四・四平方キロメートルという、ブリンマーの比ではない広大な敷地に、工学部、芸術学部など、それぞれ独立した校舎がそびえ立っていた。野口さんは、道があればなあに、と聞くたび、得意そうに説明してくれた。四階建ての蔦の絡まるイタリアンゴシック建築が、野口さんが助手として勤める医学部だった。なぜか、一階の玄関周りが騒がしかった。

研究所のドアを叩くのと同時に、年配の博士が飛び出してきた。

「大変だ、ミスター・ノグチ。実験用の毒蛇が今、そこの窓から一匹逃げ出したんだよ。ガラガラ蛇よりは毒性は弱いが……、嚙まれたら事だ」

背中がぞわりとしたが、野口さんは無言のまま、ロッカーから網を探してきて、当たり前のように道にも一つ渡したので、すぐに冷静になった。二人は一緒に建物の正面の植え込みに回った。すでに何人もの学生が青い顔でウロウロしている。そこにラベンダーが植わっていたので、道はとっさに幾つか摘み取って、ポケットにねじ込んだ。野口さんが叫んだ。

「逃げた蛇は夜行性だから暗い所を好むんだ！　そこの小さい森にいるのかもしれない」

野口さんは、木々が作っている暗がりの中に足を踏み入れた。枝を一本折ると、行く手を探っている。

「ねえ、危険よ。研究所のみんなと一緒にいた方がいいんじゃないの？」

道は慌てて後ろについていきながら、声をかけた。

「彼らと僕は違うよ。僕はここで結果を出さなきゃ、もう先がないもの。ただの雇われ助手で終わりたくない」

野口さんは背中を見せたまま、そうつぶやいた。汗でシャツが張り付き、骨が浮き上がっていて、道はどきりとする。森の空気は暗く、湿っていた。手近な岩をどかした野口さんが、ぎゃっと叫んだ瞬間、シュッと何かが飛びかかった。

蛇が長い舌をチロチロさせながら野口さんの腕からゆっくり離れていく。道は無我夢中で網を振り下ろし、そのままぺたんと座り込んだ。なるべく中身を見ないように網袋の口をきつく縛って、高い木の枝にくくりつける。網の中で蛇がうねうねと激しく暴れていて、今にも落ちてきそうだ。野口さんは震えながら片手で腕を押さえ、枯葉の上に腰を落とした。

「ああ、僕、このまま死ぬんだな」

消え入りそうな声を出すので、道は、大丈夫、手当のやり方は知ってるわ、と胸を張り、ドレスの裾をビリビリと引き裂いた。傷は小さいが血が後から後から滲んでくる。恐怖を吹き飛ばしたくて、道はわざと陽気に言った。

「気をしっかり持ってちょうだい。そうだわ、私が好きな詩を暗唱するわ。私、ブラウニングが大好きなのよ。セテボス島の半獣人にしようかしら。それとも、青年騎士ローランドにしようかしら」

「どっちでもいいよ」

野口さんが苦しげに呻いた。

「チャイルドローランド、暗黒の塔に参ったぞ!!」

道は勇ましい口調で詩を暗唱しながら、ポケットから取り出したラベンダーを素早く傷にあてがって、心臓に近い場所を止血した。

「なんだか、ちょっと、日本の民謡に似ているような気がするね」

野口さんはつぶやいた。故郷のお母さんが教えてくれた童歌《わらべうた》に似ているという。彼女に楽な暮らしをさせたくて、勉強を始めた、とボソボソ打ち明けた。道は笑顔を作って、真っ青な野口さんを覗き込んだ。

「はい、出来た。毒が回らないようにラベンダーと一緒に止血しました。北海道時代に、サラ・クララ・スミス先生に習ったの。ラベンダーはラテン語で洗うという意味から来ています。昔から消毒に使われたんですって。手を心臓より低くしておいてね。さ、これで助けを呼びに行けるわ」

「血を洗う……。そうか、血清か」

野口さんが何かブツブツとつぶやいている。立ち上がろうとしたその時、火傷のある方の手で手首を摑まれた。野口さんが真っ赤な目でこちらを見上げているのが、薄暗い森の中でもわかった。

「ずっと気になっていたんだ、君のこと。実は、パーティーで津田梅さんと一緒にいるところを、遠くから見た時から、すごく素敵で、覚えていた。聖書研究会で再会した時はびっくりした。君がいる日はとても嬉しくて、友だちにも手紙を書いたくらいだ。思った通り、君は誰より勇敢で、賢い人だ。僕はあなたのことを愛しています」

火傷のざらつきが道の手首の内側に擦《こす》れ、まるでそこから火がついたように、身体全体が熱くなっていく。真っ先に浮かんだのが、新入生歓迎の夜のランターンだ。道のランターンは、式典の半ばまではなんとか灯っていた。だから、お嫁さんになることはないだろう、と安心していた。でも、野口さんの隣から見る景色というものに、いま強烈に惹かれているのも事実だった。何より、道の心を摑もうと、必死になっている男の眼差しにドキドキした。にわかに蘇ったのは、メリーさんの言葉だ。

――道もそういう人を見つけたら、絶対に放しちゃダメよ。

それなのに、嬉しさよりも恐怖が勝っているのは何故なんだろう。彼を選んだら、二度とこの森からは出られない気がした。道はなんとか気持ちを整え、野口さんの手を振りほどいた。

「何言ってるの。そんなことより今は、死なない方が大事よ。助けを呼んで来ます」

野口さんを残して、道は夢中で走り出した。森から明るい場所に出ると、少しだけホッとする。医学部の建物が見えてくると、顔見知りの女子学生に出くわした。

「あれ、あなた……」

隣のクラスの、アイスケートが得意で、生物学を専攻している物静かで頭のいい人だ。虫眼鏡とピンセットを手にしている。向こうも道を見ると、破れた服や泥だらけの手に驚いている。

何故か彼女は慌てたように言った。

「バーサ・ブラウンよ。ええと、ここの博士と親しくて、よくサイド・ジョブに来ているんです。森に珍しい虫が多くいると聞いて、空いた時間に見学させてもらっているのですわ。どうかなさいまして？」

「聖書研究会で一緒の日本人留学生が、そこで蛇に噛まれたの。助けを呼びたいんだけど」

そこまで話して道は自分が震えていることにやっと気付いた。

「うん、わかったわ。落ち着いてね」

バーサは道の手を取ると研究所まで付き添ってくれ、男子学生や博士たちに声をかけた。蛇は捕獲され、野口さんは彼らの手で、大学構内にある診療所に運び込まれた。ドクターは道の処置をしきりにほめたたえた。

「まあ、ラベンダーはおまじないのようなものだから、効き目はないが、血をしっかり止めておいたおかげで毒は回らずに済んだようだな」

彼が診察を受けている間、道とバーサは待合室のソファに並んで座った。

幸いにも、数日の治療で良くなるとドクターから告げられ、道はほっとして泣き出した。

「彼のこと、好きなの？」

バーサがつぶやく。そして、誰にも言わないでね、と声を潜めた。

「私も、本当は……、この大学にボーイフレンドがいるの。彼、物理を専攻していて。口実を作っては、こうして会いに来ているの」

帰りがけに、お見舞いならば特別に教えてあげよう、と医学部の博士から野口さんの寮の部屋番号を渡された。

梅さんから便りが届いたのは、その直後のことだった。

――アメリカの友人から、連絡をもらいました。聖書研究会で、あなたと野口英世という青年が親しくなっていると。一つ忠告しておきます。彼は婚約しているのですよ。お相手のご実家の支援で留学しているんです。

手紙を受け取った次の日、道は午後の授業が終わると、ブリンマーの庭でラベンダーの花を乱暴に摘み取った。中央駅から鉄道馬車で大学に向かう。男子学生の好奇の視線を撥《は》ね飛ばしながら、教わった部屋を訪ねると、ベッドにいた彼に花束を投げつけた。

「私、お相手がいる方とはもう、金輪際二人きりでお会いしません！」

道は目を吊《つ》り上げた。ほんのちょっとでも、ふわふわ浮き足立っていた自分がみっともなくて、許せなかった。パジャマ姿の野口さんは包帯を巻いた腕と布団の上のラベンダーをじっと見下ろしている。

「ああ、そうか。誰かが余計なことを言ったんだね」

しばらくして、有島さんそっくりの気だるげなため息を一つついた。これでもう、すっかり道の気持ちは冷めてしまった。

「留学費を稼ぐにはそれしか方法がなかったんだ。ハイハイ言うだけの、親の言うなりのつまらない日本の女だよ。僕が好きなのは君だよ。アメリカの婦人のようにはっきり意見が言えて、英語が出来て、賢くて、勇気がある。科学者として成功するには君のようなパートナーが必要なんだ」

「そんなにアメリカ人がよろしければ、その日本の婚約者とお別れになって、アメリカのご婦人とご結婚なされば良いのよ！」

道が怒鳴ると、野口さんが小さくヒッと呻いて、肩を縮こまらせた。

「親の言うままの、ハイハイ言うだけの女がつまらないですって？　つまらないのは、その方が悪いんじゃありません。日本の女子教育が女に意見を言わせないようになっているからいけないのよ。あなた、自分が男っていうだけで、どれほど恵まれているかわからないから、そんな傲慢なことが言えるんだわ」

すると、野口さんはたちまち顔を曇らせて、火傷を見つめた。

「僕が恵まれているだって？　君みたいなお嬢さんにはわからないよ。僕は貧しくて、手はただれている。この手のために、毎日のように人から見下されているんだよ。日本でもアメリカでもね」

「そうね。確かに言いすぎました」

道は謝ったが、それでも、まっすぐに彼を睨みつけた。

「でも、あなたに婚約を破棄されてしまうその方が、日本で見下されないとでも思ってるの？　私に関心を向けるなら、その方の立場、少しでいいから考えてちょうだい」

教室で図書館で、道はぼんやりすることが増えた。野口さんのせいで、勉強に身が入らない。蛇を捕まえた日から随分経《た》つが、バーサはたいへん口が固いようで、道と野口さんのことは全く噂にならなかった。

あれからバーサは採取した虫を標本にして、時々見せてくれるようになった。道は虫があんまり得意ではない。遠慮しいしいそう告げると、

「蛇が大丈夫だから、虫もいいかと思ったのよ」

と、クスクス笑っている。バーサは黙っていつも道の話を聞いてくれた。アグネスやロザリーと違って助言をくれる性質《たち》の人ではないが、不思議と心地よく、彼女と一緒に森を散策するのが日課になった。

あれっきり野口さんとの交流は途絶えた。聖書研究会で会っても、必要最低限の会話しか交わさなかった。

明治三十五（一九〇二）年の夏休み、道はYWCA協議会にブリンマーの日本人留学生として招かれ、ニューヨーク州ジョージ湖畔のシルバーベイに滞在した。湖をのぞむボートハウスで、道は野口さんから届いたばかりの手紙を読んでいた。

河井道様

お元気でいらっしゃいますか？　あの時は命を助けていただき、ありがとうございました。寮でのあなたの言葉には腹も立ち、惨めにもなりました。でも、よくよく考えてみたら、あなたの言っていることもわかります。僕は確かに肉体的、経済的なハンディキャップを負っています。けれど、日本の婦人の地位の低さをこれまで一度も考えたことがなかった。確かに、僕がこの上、女だったら、とても留学まではできなかったと思うのです。日本に残した元許嫁《いいなずけ》への罪滅ぼしとして、僕が多少なりとも恵まれている能力を、人類に貢献するための研究に活《い》かそうと思います。

このままいけば僕は蛇毒の抗血清を作ることに成功しそうです。もし、この実験がうまくいったら、あなたを迎えに行ってもいいですか？　お返事お待ちしています。あなたがあの日、僕の傷口に添えてくれたラベンダー、効力はないにしても、毒の解析のヒントになったのです。いいですか。蛇の毒について説明させていただくと……


道は途中で手紙を読むのをやめた。例えば新渡戸夫妻のような関係のあり方ももちろんあるのだろう。でも、自分にはまだ早い。手紙から視線を上げると、湖は水着姿で泳いだり、ボートを漕《こ》いだり、思い思いに過ごす女子学生たちでいっぱいで、誰もが屈託のない笑顔ではしゃいでいた。三十校から集まった約四百名が、それぞれ自分の大学を改善しようと意見交換し、祈り、それ以外の時間はレクリエーションやスポーツを楽しんでいる姿に、道は魅入《みい》られていた。

「みんな、とても生き生きしているんですね。日本の女子学生と何が違うんでしょう？」

トロント大卒業生のキャロライン・マクドナルドがレモネードの瓶を持ってそばまで来たので、そう問いかけると、彼女は答えた。

「彼女たちが社会人でも子どもでもないヤング・ウーマンとしての時間を満喫しているからでしょう。日本は結婚で少女を強制的に大人にさせますが、ここにいる彼女たちには長い青春時代が与えられています」

それを聞いて、野口さんに好意を打ち明けられた時、不吉に感じた理由がはっきりわかった。異性と親しくなるのが怖いのではない。交際の始まりが自由を終わらせる日本社会の仕組みが嫌なのだ。せっかくアメリカで学んだのだから、道は今もこの先も、誰にも捕まりたくなかった。もし、仮に恋をすることがあるとしたら、道がこの社会を変えた時だ。

道は手紙をちぎってバスケットの底に押し込むと、眼鏡を外した。ガウンを脱いで水着姿になり、湖に飛び込んだ。透き通った水面《みなも》に日差しが差し込んでいる。道は深く潜ると、光の輪でいっぱいの水底すれすれを進んでいく。体育であれほど苦労していたのに、いつの間にかスイスイと泳げるようになっていた。

10

「ゆりちゃん！　道先生がお出かけですって」

小林ひさちゃんが教室に飛び込んでくるなり、そう言い放った。ゆりは「はいっ、ただいま」と返してすぐに席から立ち上がる。ちょっと失礼、と言いながら同級生をかき分け、手近な椅子を壁につけてその上に立った。廊下に面した窓から教室の外へ飛び降りる。運悪くミス・ツダに出くわし、足止めはくらったものの上手くかわせた。そのまま玄関口に常駐している舎監の先生のところまで走り「道先生のお供で外出です」と叫んだ。「どちらへ？」と怪訝な顔をされたので「まだわかりません！」と返していると、道先生と取り巻きたちが現れた。

「あらあら、巻き毛ちゃん。息を切らせていますね。あなたそっくりの子を留学中に見ているわ」

道先生が微笑み、ゆりは嬉しさで真っ赤になって身をよじった。

「まあ、金髪の巻き毛の可愛いお嬢さんですか？」

「いいえ、アイヴィ・ハウスの恩師が大事にしていたスパニエル犬です」

みんなどっと笑って、ゆりは頬を膨らませた。最初は道先生に夢中の様子を揶揄《やゆ》する声もあったのだが、子犬のように無邪気に甘え、邪険にされてもへこたれないゆりに慣れると、みんなやれやれ、と面白がって見守るようになっていた。

門を出てすぐの花壇には、道先生の指導でみんなで手入れをしている自慢のダリアが咲き誇っている。

一足早く辿り着いたひさちゃんも、先生の腕にぶら下がらんばかりだ。岡山出身の彼女は道先生の熱心な取り巻きの一人だった。普段はおしとやかなお嬢様なのに、道先生のお供となると、鉄砲玉のように我先にと飛び出していく。ゆりたちは誰からともなく「小さき弟子たちの群《むれ》」とからかい半分に呼ばれるようになっていた。

入学して最初の夏休み、道先生は田舎からお母様を呼び寄せ、ゆりの地元の三島からそう離れていない御殿場で過ごされた。プロテスタント宣教師や有閑の士に今、人気の避暑地である。ゆりが父とご挨拶に行ったら、歓迎してくれた。お返しに三島にお招きすると、母やきょうだいも道先生が大好きになり、それ以来、休暇ごとに家族ぐるみで過ごすようになった。基本的に人の悪いところばかり見る祖母でさえ、「道先生って楽しい方ね。ゆりも、結婚をせずに女教師になるのもいいかもね」などと澄まして言うようになった。先生がいらっしゃる日は、ゆりの作った「先生歓迎の歌」をきょうだいみんなで歌い、小さなお芝居をするなどしてもてなした。

他の生徒よりもゆりが贔屓《ひいき》されているのは、誰の目にも明らかだったが、不思議と嫉妬されることはなかった。というのも、どういうわけか誰もが「道先生に実は一番可愛がられているのはこの私だ」と確信していたからだ。「六畳町」の女の子たちの誰かが風邪を引けば道先生は夜通し看病し、内緒で美味しいお菓子を振る舞ってくれることもあった。

道は道で、どこに行くにも必ず付いてくるゆりに、最初は苦笑いしていたが、だんだんとその何にも負けない芯の強さを愛《いと》おしく思うようになっていた。

女子英学塾が創立五年目を迎えた明治三十七（一九〇四）年、道はブリンマーを卒業し、日本に帰国した。

――道、さよなら。私のこと、決して忘れないで。手紙を書くわ。ハンカチじゃ間に合わないわ。

最後の夜、滅多に感情をむき出しにしないバーサが泣きじゃくった。彼女のそんな姿を見るのは初めてで、道の目も熱くなり、浴室からバスタオルを持ってきた。二人で端と端を握りしめて、顔に押し当て、鼻をかんだ。四年生になってから道とバーサはルームメイトになった。日本語を学んでいるバーサは、かな文字を使って道の母親にまで手紙を書き、彼女を喜ばせた。道が論文書きで夜遅くまで起きていると、日本風にリンゴを剝《む》いてそっとお皿に載せてくれたこともある。

ロザリーたちクラスメイトも別れを惜しみ、それぞれ手紙を書くことを約束した。花や果物、宝石にドレス。道は抱えきれないほどの贈り物を仲間や恩師から受け取った。

卒業目前になって、有島さんがブリンマーの隣の駅にほど近いハバフォードカレッジ大学院に留学してきた。またもや、しょっちゅう道に会いに来て、気だるそうにグダグダといろんな話をした。道が北海道時代を離れた後、有島さんはクリスチャンになることを決めたそうだ。こっちでもなかなか友だちができず、異国の文化に尻込みすることも多いという。

その分、女性に慰めを見出しているようだった。だいたいが色恋の話で、道は飽きてしまった。北海道から付き合いがあるという、今はこちらで暮らしている友人、森広《ひろし》くんがとんでもない女に騙《だま》されて失恋した、大人の女性はダメだ、穢れている、だから今、僕はフランセスという十三歳の女の子に夢中になっているんだ、と彼は熱っぽく話した。道が、十三歳ですって？　気持ち悪いわ、と顔をしかめると、さすがにまずいと思ったのか、彼女はそういうのじゃないんだ、肉の欲ではない、もっと聖なる存在なんだ、と慌てた調子で長々言い訳し、よりいっそう、道を気持ち悪がらせた。

ただ、日露戦争で日本が勝ち進むにつれて、ハバフォードの同級生たちから当てこすりや皮肉を言われるようになった、と悲しそうに打ち明けられた時はさすがに同情した。道は彼のように一年間の兵役を経験したわけでもない。欧米での日本人への風当たりが強くなっている最中、ブリンマー内で道はそうした空気を一切感じないまま、のどかな学生生活を終えようとしていた。

ハバフォードカレッジとブリンマーの校風の違いというより、ひょっとして、男と女の違いなのではないだろうか。男の集団の威圧するような空気を、道はふと思い出した。

——え、君、周りから何も言われないのかい？　君のいる環境って何なのだろう？　どうして、同じ世界を生きているのに、君だけが、そんなに面白おかしく生きているのかな？

有島さんは絶望したように、低く呻いていた。

六年ぶりに帰国すると、横浜港では母が待っていた。そのまま一緒に牧戸に帰って、村人から大歓迎を受けた。母は故郷で雑貨店を経営し、村のご意見番のような存在を担っていた。揉めごとが起きるたびにすぐに駆けつけるため、店をいつもほぼ無人にしている。それでも、経営は成り立っているという。

「面倒だから、勝手に商品を持ってってもらって、代金は書き付けを置いて行ってもらうことにしたの」

母がケロリとした顔で言うので、道は驚いた。

「え、大丈夫なの。盗まれたりはしない？」

「さあ、今のところは大丈夫よ。このあたりの人はみんないい人だからね」

ふいに、道は母を抱きしめたくなった。

「さすが、お母さん。それはオナーコードだわ！」

四年かけて道がやっと学んだリベラルアーツの規範を、母は牧戸の暮らしの中で自然と身につけている。欧米のシェア精神を最初から宿している女性も、もしかして、日本に大勢いるのではないか。道はこの国を新しい目で見て歩くことが、にわかに楽しみになった。

「梅」を現代風に改名した梅子さんにせっつかれ、麹町五番町に新校舎を建てたばかりの女子英学塾の講師に着任した。歴史と英語を教え始めたのとほぼ同時に、道はYWCAでも活動することになった。シルバーベイで知り合ったキャロライン・マクドナルドが、日本YWCAを組織するために来日し、道に協力を依頼したのだ。正直なところ、教師との両立は不安が大きい。それでも、女子学生たちがのびのびと楽しそうだったあの夏期修養会を、ぜひ日本でも実現したくて引き受けた。

真っ先に取り組んだのは、地方から上京する女子学生のための寄宿舎事業だった。資金繰りに頭を悩ませるうちに思い浮かんだのは、留学前にその新聞で名を知った、実業家夫人である。東京の私邸を訪ねると、広岡浅子さんは恰幅《かっぷく》の良い身体を現した。

「なんでうちが見ず知らずの、あなたにお金貸さなあかんの？」

浅子さんは半ば面白がって、自分とそっくりな洋装の道を上から下まで見つめた。

「日本女子大学校創立前の披露会の様子を新聞で読んだのです。女子教育に関心を強く持っていらっしゃるし、あなたみたいな方が灯す光はきっと大きいと思いましたの。日本でそういう方は稀ですから。浅子さんはキリスト教のシェアの精神を初めから持っていらっしゃるように思います。アメリカでは損得抜きで、光を分け与える方が大勢いるのです」

ブリンマー大三年の夏休み、親しい夫人が資金を募ってくれたおかげで、道がヨーロッパ一周旅行をすることができた話をすると、浅子さんは目を輝かせた。

「そういう景気のいい話はうち、めっちゃ好きや！」

ロンドンやベルリンでの思い出話に、浅子さんは聞き入った。将来のある若者に援助するのは大いに賛成、と頷いてくれた。

「うちの娘時代には、本を読むことも禁じられとってねえ。女に学をつけたら生意気になる言うてね」

「これでダメでも、また伺いますわ。ブリンマーで学んだのです。無謀でも、みっともなくても、口に出すことって、とっても大事です。日本人は遠慮して言葉にすることを控えすぎですわ。下手でも失敗してもやってみることです。笑われたらむしろ、儲《もう》けもの。少なくとも、浅子さんは私のこと、これでもう忘れないでしょう？」

「それは浪速《なにわ》の商売人のやり方やで。ほんまにクリスチャンなん⁉　なんか、あんた、面白《おもろ》い女やね。キリスト教いうもんに興味が出てきたわ」

浅子さんは顎を二重にして、よく笑った。

結局この時、資金援助はしてもらえなかった。今は日本女子大学校の支援で手いっぱいなのだという。梅子さんにその話をすると、そら見たことか、結局あの人は根っからの金貸しよ、と眉をひそめたが、道は全く気にならなかった。


一方、女子英学塾の評判が高まり、日に日に生徒数が増してくるにつれて、今までに会ったこともないような個性ある女の子たちが、ゆりの目の前にも現れるようになった。

「相変わらずその御髪《おぐし》、とても素敵ね」

窓枠に座り、キセルをいなせに傾けながら、囁くように話しかけてきたのは転入組の上級生で通学生のハムさんだ。長い睫毛《まつげ》に縁どられた黒目がちな目とすっと通った鼻筋が印象的な二十歳の女性で、美しい声でとんでもない毒を吐く彼女は、すでに敵と取り巻きとが同じくらい多い。

ハムさんは女子師範に通っていた頃、テニスに熱中して日に焼けていたため、最初は羅漢《らかん》さんと呼ばれていた。羅漢は広東語《カントン》でハムを意味するため、本名の明《はる》をかけ今のあだ名になったらしい。日本女子大学校を卒業しているが、英語を学びたくて、ここに入り直したという。ミス・ツダからほぼ毎日のように呼び出しをくらって、服装や態度を注意されているが、本人は気にする様子もない。一見華やかだけれど、禅の修行を積み、何事にも揺らがないハムさんは、ゆりから見れば立派なレディだ。

「だから、違うんです。これ、地髪なんですってば」

「またまた、そんな嘘ついて。どこでパーマネントをあてているのか、いい加減教えてよ?」

そう言うと、ハムさんはするりと窓枠から降り、こちらに近寄ってきて髪に触れた。抗議しようとしたが、彼女は自分の声が小さいことを自覚してか、近くに頬を寄せるので、ゆりはドキドキして口ごもる。

——ミス・ツダに反抗するなんて見所あるじゃない?

——本当に地髪なんです。道先生が梅子先生に話してくださって、ご理解いただいているんです。

ハムさんから初めて声をかけられた時は緊張したものだ。

——へえ。ミス・カワイ、案外話せるのね。あの人の英語、流暢すぎて何言ってるのか全然わからないし、色々変ちきだなって思ってたけど、いいところもあるのね。

あの時は大好きな先生を褒められて、すっかり気をよくし、油断してしまったのだ。

——女子師範時代の仲間と海賊組っていう会を開いているの。今でも時々会うわ。あなたを入れてあげてもいいわよ。

勢いで頷いたが、すぐ後悔することになった。キャッフェに現れたハムさんの元同級生たちは魅力的だけれど、みんな不良だった。早口で過激なお喋りと大人びた空気にクラクラし、たった一回で降参したのだが、ハムさんはすっかりゆりが気に入ったようで、こうして時々、話しかけてくるようになったのである。

「女子英学塾って規則ばっかりで、子どもっぽくはない？　日本女子大学校にも幻滅し通しだったけど、ここもひどいわ。アメリカ帰りの先生が作ったっていうから、私、もっと進歩的だとばかり思っていた。私は英語を読めるようになればそれでいいのに、やたら声に出せ、声に出せって、子どもじゃないのに気恥ずかしいわよ。だいたい、右を向いても左を向いても、女ばかりなんてつまらない」

そう言って、頰を膨らませていたハムさんの視線がさまよい、ニッと笑うなり、窓辺に走っていく。

「あれ、大山捨松様じゃない？」

見れば学園理事にして侯爵夫人・大山捨松が庭を横切って校舎に入ってくるところだった。ハムさんの声にみんな一斉に窓辺に駆け寄る。四十代とは思えない、透き通るような素肌に冴え冴えとした大きな瞳、裾のふんわり広がったドレスを滑らせて歩くさまは妖精《フエアリー》のようだった。つばの広い帽子を傾けてかぶっている夫人を、女の子たちは鈴なりになってうっとり眺め、口々に言いたいことを言った。

「ミス・ツダの親友なんて信じられないわねえ。まさに正反対よ」

「あら、仲はお悪いって聞いていているわ。捨松様が玉の輿《こし》に乗ったから、妬《や》いてるんでしょ、きっと」

「そうでなくてもあの『不如帰《ほととぎす》』だものねえ。世間体を一番気にされるミス・ツダがお嫌いになるのもわかるわ」

教室の前の戸が開いて、みんな散り散りになった。

みなさん、席につきましょう、今日は随分賑やかですね、と言いながら、道は教室を見渡した。

「『不如帰』の文学的価値について話し合っていたのですわ。徳冨蘆花には会ったことがあるけど、朴訥《ぼくとつ》な文学者って感じでわりあい可愛かったわ」

ハムさんが澄ました顔で囁くと、笑いが起きた。

「不如帰? 鳥の? 存じ上げませんねえ。それ、なんですか?」

道がキョトンとしているので、生徒たちは大喜びし、しきりに教えたがった。

「えー、ご存じないの? 道先生、遅れてらっしゃるわ! アメリカでも出版されているのに」

「『武士道』だったらわかるのですけど」

道は首を傾げた。「武士道」出版後、静養を経て元気になった新渡戸夫妻は、孝夫ちゃんとともに日本に戻った。その後、新渡戸先生は台湾に派遣され、サトウキビの栽培を普及させたかと思えば、再び日本に舞い戻り、京都の大学で教えたり、第一高等学校の校長に就任するなど、忙しそうな日々を送っている。

「面白いって言うより、泣けてくる小説なんです」

「ヒロインが可憐《かれん》でとっても可哀想《かわいそう》なんです!」

ゆりは道先生を助ける大チャンスだと、わざと振り返ってみんなに聞こえるように言った。

「『不如帰』の連載が始まったのは、道先生がアメリカに行かれていた時だったもの。ご存じないはずだわ。アメリカの翻訳版が出たのも、道先生が帰国されてからだし」

すぐに他の生徒が口を挟んだ。

「でも、最近もまた騒がれているわね。大山捨松様のモデルのことで」

「こっちではもう社会現象だったのですよ! 絶対に読むべきです。ほら、貸して差しあげます」
前の席に座っていた生徒の一人から押し付けられる形で、道は「不如帰」を受け取った。一晩で読み終えたが、嫌な気持ちでいっぱいになった。若い人妻が病気になって、一方的に離縁され、死ぬ話である。死の床で悶《もだ》え苦しみながら叫ぶ「もう——、もう婦人《おんな》なんぞに——生まれはしませんよ」という台詞が不愉快だった。

「読みましたわ。どなたが捨松さんなの？」

翌日の授業で早速、道は生徒たちに問うと、すぐに答えが返ってきた。

「あのヒロインの意地悪な若い継母《ままはは》ですよ」

まあ、とつぶやいたきり、言葉が出てこなかった。確かにヒロインの若い継母は洋行帰りだ。これまで捨松さんとじっくり話したことはない。しかし、慈善市でいつも寄付金を集め、YWCAに多額の募金をしてくれる、あの女性が病気の娘に対して冷淡であるわけがない。本を手に職員室に行って梅子さんに相談してみると、彼女はため息をついた。

「あなたの耳に入るようになったなんてねえ。最近も、また学校宛に抗議の手紙が届いたところよ。あんな冷酷な女を理事にしておくなんて教育に悪い、どういうつもりだ、ですって」

「どういうことなんですか。この作者の徳冨蘆花って、捨松さんのお知り合いなんですか？」

「いいえ、全く。徳冨蘆花は彼女の夫、大山巌さんの部下の夫人から話を聞いて、勝手に書いたのよ」

梅子さんは吐き捨てるように言った。

「大山巌さんの前妻との間の娘である信子さんが三島家に嫁いだ後、離縁され、結核で亡くなったのは本当よ。でも、事実は小説とはかなり違うわ。風評を気にした三島家に一方的に離縁を言い渡された時は、私、あんまり腹が立ったから、三島家に怒鳴り込んで、弥太郎を叱り飛ばしてやったのよ！　家を重んじて妻を見捨てるなんて、不甲斐《ふがい》ないにもほどがあるってね！」

その時の怒りが蘇ったのか、梅子さんは頬を紅潮させた。さすが、と道は誇らしい気持ちになった。

「捨松はそんな信子さんを実の娘のように思って必死に看病したの。あの人、ニューヘイブン時代に、看護学校に通ってたくらいだから、医療知識は大したものよ。信子さんも最後の日々は、ついに笑顔を取り戻したわ。亡くなった時の捨松の悲しみ方は見ていてこちらが辛かったくらい」

「私、いいことを思いつきました。『不如帰』の継母はモデルにしただけで、事実とは完全に違うという宣言文を出してもらいましょうよ」

道は意気込んだ。

「それは私も考えたわ。でも、出版社に抗議しても、取り合ってくれなくて」

梅子さんは肩を落としたが、広岡浅子邸に押しかけて彼女とすっかり意気投合したことを思い出し、道は胸を張る。

「徳冨蘆花先生とやらを直《じか》に訪ねましょうよ。誠心誠意話せば、きっとわかってくれますわ」

道の説得に押される形で、梅子さんはしぶしぶ了解した。その週末、青山の徳冨邸を、道は梅子さんとともに訪れた。

夫人の愛子さんに招き入れられ、玄関に入ってすぐの廊下にあった木製のオルガンに、道の視線は吸い寄せられた。雑誌か何かで紹介してあるのを読んだ記憶がある。確かものすごく高価なものだ。家のあちこちには小さな人形や陶器の置物が飾られていた。いずれも趣味がよく、はっとするほどかわいらしいものばかりだ。愛子夫人にいちいち尋ねると、私が集めたものだ、と控えめに答えてくれた。本棚で囲まれた居間で待ち受けていたのは、暑苦しい顔だちの、ひげを生やしたずんぐりとした男で、小説のイメージとは全く違っていた。梅子さんに紹介されて道は名を名乗り、すぐ要求を伝えた。徳冨蘆花は、うーん、と黙り込むと、暖かそうな安楽椅子に背を預けた。愛子さんが良い香りのする紅茶を運んできてくれた。

「大山捨松さんが信子さんを大切にしていたことは、もちろん聞いているよ」

「まあ、さすがご理解が早くていらっしゃるわ。でしたら、せめてこれが作り話だということを公表してくださいませ。捨松さんがお可哀想でしょう？」

道はきっぱりと言った。

「うーん、現実に起きたことから小説家がインスピレーションを受けて物語を紡ぐのは自由だからねえ。そして小説を読んだ読者が何を感じるかも自由なんだよ。結論から言って、僕は捨松さんへの風評をどうすることも出来ないね」

それはそうだ、と納得する。現実が投影されているような小説を読むのはワクワクして道も好きだ。でも、何かがおかしい。

「おっしゃっていることはわかります。でも、どうして女の人が悪者扱いされる必要があるのですか？　三島弥太郎のことは全然悪くお書きになっていらっしゃらないですよね？　悪いのは姑《しゅうとめ》と継母。それは事実とは違います。私、わけがわかりませんわ」

三島弥太郎と思《おぼ》しき「武男」は周囲に無理やりヒロイン「浪子」と引き離される善良な被害者として描かれている。

「ほほう、いいことに気づいたね。河井くんとやら。君、名作文学の条件とは何だと思う？」

蘆花はにわかに目を爛々《らんらん》と輝かせ、身を乗り出してきた。

「そりゃ、心の栄養になるような物語ですわ」

道はテニスンやバーネットを思い浮かべて、にっこりしてみせた。

「違うね。物語の中で女が死ぬことだよ。それも出来るだけ悲惨な形で。だから、女をいじめる女の悪役は絶対に必要だ。そうでなければ、大衆の涙を絞ることは出来ないよ。古今東西の名作と誉《ほま》れ高いものは、必ず、女主人公が非業の死を遂げている。君も教師ならば、勉強したまえ」

「あら、そんなの名作とは言えないと思います」

道は奮然として言い返した。傍らの梅子さんが英語で「静かにして。もうその辺にして」と囁いたが、無視した。

「私は、女の人がやりたいことをやって、恋愛や結婚をしなくても、友だちに恵まれて夢を叶えて、うんと長生きするような幸福な話が読みたいですわ。そういうものが名作だと思います」

「何を言ってるんだね、そんな現実感のない気楽な話なんて文学的な価値はないよ。誤解しているようだから言っておくけれど、僕は女の味方だよ。女の人生は苦しく惨めだ。僕の力でどうすることも出来ないけれど、深く同情している」

さも切なげに眉をひそめる蘆花を見て、なら、あのオルガンを売り払って慈善事業に全額寄付をすればいいのに、と道は苦々しくなった。

「いいかね。社会の真実をしっかり描くことこそが、文学者の務めなんだよ。君が望むお話は夢物語で三文小説もいいところだ。かよわい女性の真っ暗な現実を思うと、もちろん、僕も胸が痛む」

蘆花は目を細め、窓の外を見やってそれきり黙り込んだ。おそらく愛子さんの仕事であろう、よく手入れされたこぢんまりと可愛い庭がカーテン越しに見えた。なんだか知ってる、この感じ……。道は有島さんのいつも深刻そうにうっとりしている様子を思い出して、ついつい叫んでしまった。

「私に言わせれば、あなたの小説こそ、三文小説です！」

蘆花の顔がスーッと色を失った。数秒後、真っ赤になった彼が、窓ガラスがビリビリ震え出すような大声で怒鳴った。

「はあ？　おい、君、今、何て言ったんだ！　私を誰だと思ってる。今すぐに、伏して謝りたまえ」

愛子さんが飛んできて、夫の大きな身体をさすってなだめようとしたが、突き飛ばされた。足元に倒れた愛子さんのか細い手足に無数のあざがあるのを、道は目ざとく見つけた。

「女性に暴力を振るうなんて。もしかして、毎日こんなことされてるの？」

道はカッとなって夫妻の間に割って入った。蘆花が手を振り上げたので、道は素早く身をかわす。前にのめった蘆花が壁に叩きつけられた。本棚がゆっくりと倒れ、中身がぶちまけられる。彼の分厚い身体はその下敷きとなった。道がせいせいしながら衣服を整え、呻いている蘆花を見下ろしていると、愛子さんがこちらの腕を強く引っ張った。

「お帰りください。この人、かっとなると手がつけられないのです。お願いだから、このまま帰って」

「道さん、そうよ。あなたが悪いわ。謝りなさい。いくら何でも言い過ぎよ」

梅子さんも真っ青になって、道の肩に手をかけた。

「いいえ、私は間違ってなどおりません」

本棚の下でもがいている蘆花を見ていたら、言葉がいくらでも出てくる。

「女を悪者にし、女を殺さなきゃ、読者の心も動かせないなんて、三文小説家だと言っているのです!!　私は『不如帰』なんて、ちーっとも面白くありませんでしたわ!!」

愛子さんがとうとう道に飛びかかって、後ろから口を塞いだ。華奢で小柄な身体のどこに潜んでいるのかと思うほどの力で引きずられ、道は門の外に追い出された。ムッとして立ち尽くしていると、後から梅子さんがペコペコ謝りながら現れた。駅までの道のりを引き返しながら、梅子さんはハンカチで汗を拭き拭き、道をなじり続けた。

「ああ、もう、道さんを連れてくるんじゃなかった。後からお詫《わ》びの手紙を書かないと」

「私は何にも悪くありません。あの方、どこかおかしくありませんか？　奥様がお可哀想。ねえ、あの感じだと、常日頃から暴力を振るわれているんじゃないのですか？　あ、そうだわ。矯風会《きょうふうかい》の矢嶋楫子《かじこ》さんにご相談してみようかしら」

七十代の矢嶋楫子は、日本で初めての女性団体「日本基督教婦人矯風会」の初代会頭だ。自身も酒乱の夫から暴力を振るわれた経験をもち、禁酒同盟のメアリー・レビットの講演を聞いたことをきっかけに、同会を発足。男女同権、妾《めかけ》を禁じるための一夫一婦制、公娼の廃止、禁酒運動など精力的に活動し、廓《くるわ》を逃げ出してきた遊女や支援が必要な女性のための施設、慈愛館を設立した。名前を聞くばかりで直接お会いしたことはないが、道は尊敬している。ところが、矢嶋楫子の名を出すなり、梅子さんはものすごくいやな顔をした。

「まあ、徳冨蘆花の暴力を矢嶋楫子に告げ口なんて、これ以上なくひどい決断よ。二人は犬猿の仲の親戚だもの」

「えっ、矢嶋楫子と徳冨蘆花って親戚なのですか？」

「そうよ。あの一族のことはよく知っているの。ここだけの話、徳冨蘆花は矢嶋楫子が大嫌いらしいの。事あるごとに彼女の足を引っ張ろうとしているのよ」

「まあ、聞けば聞くほど徳冨は悪辣《あくらつ》極まりないですね！」

「でもねえ、彼は人気作家よ。前にも言ったでしょう。私たち、日本女性の教育に携わる者は、どこからどう見ても完璧な行動をとり、決して目立つ真似をしてはいけないんです。悪い評判は、後に続く者たちの足を引っ張るわ。学問を身につける女は生意気だって言われたら、迷惑を被るのは彼女たちなのよ」

道は怪訝に思い、足を止めた。少し前までは、梅子さんのこうした主張は、なるほどと思えるものだったから、自分も出しゃばるのはやめようと気を引き締めていた。でも、ああも身勝手な主張を目の当たりにすると、結局、梅子さんが気にしているのは、世間の目というより、男の目ではないかという気がしてくる。

「梅子さんは捨松さんの味方だと思っていました。三島家に怒鳴り込んだっておっしゃってたじゃないですか」

道が詰め寄ると、

「あの頃と今とでは違うわ。背負っている荷物の重さが変わったんです。私も捨松も」

梅子さんはこちらに顔を見せずに短く言った。

しばらくしてから、道は愛子夫人が心配になって徳冨邸を再訪したのだが、引っ越していったばかりだった。北多摩郡千歳村字粕谷に広大な土地を手に入れたらしいと、人づてに聞いた。

道が徳冨蘆花を面罵し、大立ち回りを繰り広げた挙句、つまみ出されたという話はあっという間に広まり、捨松さんの耳に届くのに時間はかからなかった。理事室から呼び出しがかかって道が気の進まぬまま訪れると、そこには梅子さんと、窓辺に佇む捨松さんが待っていた。当然お説教を予感していたのだが、

「気持ちは嬉しいわ。道さん、私のために戦って下さったのね」

とだけ、捨松さんは言って、穏やかに微笑んだ。前髪を優しくカールした髪型が、大きな目をよりいっそう引き立たせている。大山巌との間に連れ子を含めて五人も子どもがいるとは思えない可憐さだ。

「でも、もういいの。嵐《あらし》はいつか過ぎ去るわ。私、ただじっと耐えて、風評が収まるのを待つつつ

もり。幸い一時に比べれば、ずいぶん悪く言われることは減っているの」

「そうね。それがいいわね」

梅子さんも隣で頷いている。道の心は晴れなかった。もっとお互い、言うべきことがあるのではないのか。二人の間に漂う空気はもちろん険悪ではないけれど、ひんやり他人行儀に感じられた。授業があるから、と梅子さんが先に部屋を出てしまうと、道は我慢できずにまくしたてた。

「あんな風に我関せずという顔をしてらっしゃるけど、梅子さん、私と二人の時は捨松さんの話ばかりしてらっしゃいます。あんなに冷静な方が、捨松さんのことになると、いつだってムキになって。あの方にとって捨松さんは特別な存在でいらっしゃるんですわ。私なんて代わりにもならない」

「そんなことないわ。道さんは立派に梅子の右腕を務めているじゃない。私のような凡人とは違うわ。私があの人に出来ることと言えば、せいぜいお金を集めるために、踊ることくらいですわ」

そう言うと、捨松さんはおどけて、軽くターンして見せた。その様子は徳富邸で目にした小さな陶器の西洋人形を思わせ、なぜか道の胸は締めつけられた。

「お聞かせください。梅さんと捨松さんに、一体何があったのですか?」

しつこく食い下がると、捨松さんはため息をひとつ吐《つ》き、話し出した。

11

梅にとって最初の記憶は真冬の暗い太平洋である。

サンフランシスコを目指して横浜港を出発し、もう一週間が過ぎる頃だった。今年もそろそろ終わる。十二月三十一日生まれの梅は船の上で七歳の誕生日を迎えようとしていた。十四歳の吉益亮と上田貞、十一歳の山川捨松、九歳の永井繁《しげ》の中では、しっかり者の梅も自然と末っ子扱いだ。

「どうしたの、何があったの⁉」

さっぱり訳がわからないまま、血相を変えて走っていくおねえさんたちの後を追った。船底から階段を上りきると、深夜の厳しい潮風が吹き付けてきた。眼球がひりひりして自然と涙が流れ出し、寝巻きに綿入れを羽織っただけの身体は凍るようだった。繁も貞も寒そうに肩を寄せている。

甲板を裸足《はだし》で走って行くのは年長の亮だ。船先で行き止まりとなると手を後ろに回し、やっとこちらに振り向いた。寝巻きの裾が一瞬翻り、柔らかそうなふくらはぎと大人の女性みたいなキュッとしまった足首が覗き、梅はどきりとした。いつもは陽気な彼女が別人のように真っ青な顔で震えている。そういえば、寝支度を整えている時から、いや、そのずっと前から亮の様子は変で、ふさぎこんでいた。アメリカ人の女給仕が灯りを落として退室するなり、いきなり跳ね起き、こうして船室を飛び出したのだ。

立ちすくむ梅を、捨松がそっと引き寄せた。愛くるしい外見とは裏腹の大人びた性格で、いつも姉のように繁や梅の体の具合を気遣ってくれる。

「私、ここから飛び降りて死ぬわ‼」

亮は甲板の手すりから身を乗り出すと、黒い波を見下ろし、そう叫んだ。梅たちは途方にくれた。助けを呼ぼうにも、誰に声をかけていいかもわからない。

女給仕も世話役のディロング夫人も日本語が通じないし、百七名の男たちの中心にいるのは岩倉具視、木戸孝允、大久保利通、伊藤博文、山口尚芳らの要職に就くおじさんばかりで、全員なんとなく怖い。そもそも、梅たちはこの岩倉使節団のおまけのような存在だ。アメリカで十年学んでくるという、お国からの重要な任務を授かっているとはいえ、ここでの扱いは一番下である。外国人に日本を印象づける目的で、梅たちは和服を強制されている。おかげで、外国式の厠《かわや》に行く時は、必ず二人で一組になり、一人が用を足す時は、一人が袴を持って外で待たないといけなかった。梅たちはみな士族の娘同士で、同じ船室で寝泊まりするうちにすっかり仲良くなって、自然と五人で固まって、船内を探検したり、船酔いに効くという噂のコンデンスミルクを塗りつけたビスケットを食べたり、ごっこ遊びばかりして過ごしている。

　だから、梅は今もって、亮が遊びの延長でふざけているのかと訝《いぶか》しんで、本気にしていいものかどうか迷っていた。

「あんな恥を受けて、私もう生きていたくないのよ」

　亮は必死の表情で叫んだ。

　おそらく、昼間のことだろうか。二等書記官が先日、亮に何か無礼な振る舞いをしたらしいが、梅は詳しく教えてもらえなかった。顔だけは知っているおにいさんで、いつも軽薄そうな表情を浮かべている。でも、捨松は亮から詳しい話を耳打ちされると、見たこともないほど恐ろしい表情を浮かべた。みんなを引き連れて、大久保利通さんに直談判《じかだんぱん》しに行った。大人を前にしても全くひるまない捨松の勇気に、梅はあっけにとられた。

――いや、ちょっとしたいたずらだよ。彼も十分に反省しているし、許してあげてほしい。

彼はごく気軽な調子で女の子たちに言った。捨松が引き下がらないところを見ると、まあまあ、といなすような態度をとった。

――これだけの長い船旅だからね。男って莫迦なんだよ。まあ、こういった恥は外に漏れると厄介だろう。君たちは日本の代表で来ているんだから、笑われるようなことがあっては日本全体に迷惑がかかるんだよ。この件は内密にしよう。ね、許しておやりなさい。

それでも、捨松は毅然《きぜん》として、彼を罰するべきだ、と主張した。利通さんは迷惑そうにはぐらかすばかりだった。そこに割って入ったのは、伊藤博文さんである。

――いやいや、面白いね。せっかくだし、欧米に倣って模擬裁判をやってみようか。私が裁判官を務めよう。何が起きたか、みんなの前で話して、罰を決めよう。隠しごとはなしだ。男が何をしたか、女は何をされたか、包み隠さず、使節団全員の前でしっかり話すんだよ。いいね。

彼はニヤニヤしながら頬を火照《ほて》らせ、亮の身体を上から下まで見つめた。裁判に参加できたのは亮だけで、梅たちはその一番広いホールのドアに耳を押し当てることしかできなかった。厳粛な会議とばかり思ったが、中からは笑い声や口笛が聞こえて、なんだ、やっぱりごっこ遊びじゃないか、と梅はホッとしたのだ。それが今から半日前の出来事だ。

その時、亮が悲鳴をあげた。捨松が一瞬の隙をついて走り出し、自分よりはるかに身体の大きな亮を羽交い絞めにし、手すりから引きずり下ろして甲板に倒し、馬乗りになったのだ。おっとりした彼女からは想像できない度胸と敏捷《びんしょう》さで、梅たちは目を見張った。船に乗る前、耳に挟んだ大人たちの会話を不意に思い出す。捨松は会津藩の名門藩士の娘で、幼くして籠城に参加し、死を覚悟して家族と一緒に戦っていたくらいだから肝の据わり方が違う――。亮は手足をばたつかせ必死に逃れようとしている。ディロング夫人と女給仕が室内着姿のままあたふたと姿を現し、二人がかりで亮を押さえつけ、捨松はようやく場を離れ甲板に倒れ込んだ。

「もう嫌、死なせてよ！　あんなさらし者になって、この先、生きていけない！」

ディロング夫人の船室に引きずられていく間、亮はずっと泣き叫んでいた。彼女が性的被害を受けたと梅がちゃんと理解できるようになるのは、それからずいぶん後のことだった。

あの夜、捨松は何も映さない目で暗い海を見ていた。

明け方近くになって、ディロング夫人の部屋から漏れ伝わってくる、亮の細い泣き声がようやく聞こえなくなった。貞や繁は寝息を立てているが、梅は全く眠れない。

「大丈夫かな？　亮ちゃん。ねえ、一体何があったの？」

不安になって、傍に横たわる捨松に囁いた。彼女はそれには答えず、布団を掛け直し、お腹のあたりをさすってくれた。

「私の名前、変わってるでしょう？　ついこの間までは、咲子だったのよ」

彼女の手は温かく、夜の潮風でこわばっていた身体の芯が解けていった。捨松は生まれる前に父を失い、会津戦争後は貧乏暮らしを強いられ、宣教師の家に養女に出されたのだという。先に留学した兄がいることもあって、アメリカ行きを決めたらしい。

「お母様がね、私はお前を捨てたつもりでアメリカにやるが、いつか必ず学問を修めて立派になって帰ってくるのを待っていますよ、という気持ちを込めて、名前をつけ直してくださったの」

「捨てて待つ、かあ」

なんだかあの世に送り出されるみたい。梅も捨松も、他のみんなも、日本で暮らす人にしてみたら、今、死んでいるようなものなのだ。海の上を漂っている間は、どこの国の人間でもない。なんだか怖くなってきて、梅は冷たい足を捨松に押し付けた。彼女の柔らかい肌にはとくとくと血が通っていて、ホッとした。大丈夫だ。私たちはみんな、幽霊なんかじゃない。梅は囁いた。

「私はね、お父様が男の子を欲しがっていたのに、女だったから、ものすごくがっかりされて、名前をつけてくださらなかったの。お母様が盆栽の梅を見て、慌てて思いつかれたらしいわ」

梅が留学を決めたのも、お父様に認めてほしかったからだった。アメリカへ渡った経験があり、トマトやアスパラガスなど、西洋の農業を広めようと頑張っている立派な方だ。そんなお父様にどんな優秀な男の子よりも梅がいい、と自慢に思って欲しかった。実際、留学の話を引き受けた時は、初めてといっていいほどの喜びようで、あちこちに梅を連れまわし、いろんな人に引き合わせた。お父様からいただいた小さな英和辞書は宝物だ。急に我が家が恋しくなってきて、いつものように奥歯をぎゅっと嚙んで、涙を引っ込めた。眠れない時にお母様がそうしてくださるように、誰かに髪を撫でて欲しくてたまらなくなった。梅がはにかみながら小さな声でそう頼むと、

「いいわよ。私はあなたのお姉さまだもの。梅と松って、なんだか姉妹みたいじゃない？」

捨松は優しい声でそう言って、梅が眠りにつくまで髪を撫でてくれた。

その夜から、捨松の呼びかけで、女の子たちは、これまで以上に常に固まって行動することにした。だから、サンフランシスコ港に着き、ワシントンで森有礼に迎え入れられ、二手に分かれて仮宿に散り散りで泊まる時は辛かった。

それから一年もしないうちに、亮と貞、年長の二人が日本への帰国を決めた。

「みんな、ごめんね。私が弱いから、いけないの。あんなこと、早く忘れなきゃいけないのに。お国の期待に応えられないなんて、私は日本人失格だわ。だからって、アメリカ人にもなれない」

帰国の意思を打ち明けた時、亮は泣きじゃくった。十三年後、彼女は英語塾を開くが、間もなくコレラで亡くなる。

捨松はニューヘイブンのベイコン家、繁はフェアヘイブンのアボット家、そして梅だけが二人から離れた場所にあるジョージタウンのランマン家に落ち着いた。子どものいないランマン夫妻は梅を実の娘同然に可愛がってくれ、欲しいものは何でも与えてくれたけれど、亮の最後の言葉が引っかかって、時々夜中に目が覚めるようになった。どうして彼女があんな風に自分を責めなきゃいけなかったのだろうか。何も悪いことはしていないのに。考えても考えても答えは出ず、

このままでは勉強にまで支障が出そうだった。仕方なく、梅は亮や貞の分まで頑張ることを決め、晴れることのない疑問を振り切ることにした。アメリカ人になりきろう、と思った。幽霊なんてごめんだ。翌年の春、クリスチャンになることを決めたのも、神様を信じているというより、その方がアメリカの社会に馴染めると思ったからだ。お母様が用意してくださった朱色の地に鶴《つる》が舞う着物を、梅はタンスの奥に仕舞い込んだ。隙を見せたり甘えたりすることは金輪際、許されない。

学校でも家庭でも人一倍頑張る梅にとって、ひょうきんな繁や世話好きの捨松と時たま合流して一緒に過ごすのは、ホッと息をつける時間だった。三人は自分たちのことを「ザ・トリオ」と呼び、なんでも話し合った。

繁ももちろん優秀だが、捨松は本当になんでもできる。勉強だけではなくダンスも水泳も。いつも美しく、楽しく、誰からも愛された。ベイコン家の娘、アリスともすぐに親友同士となり、繁と梅はほんの少しだけ嫉妬した。捨松はどんな時でも余裕がある。万事に敏《さと》く、相手の目を見ただけで、何をやったら喜ばれるか瞬時に察知できるのだ。どう頑張っても梅は捨松にかなわないが、自慢の姉が出来たようで誇らしかった。そう言うと、捨松は首を横に振った。

「梅ちゃん、私から見たら、あなたの方がずっとすごいわ。きっと将来銅像が立つような、偉い人になる。私なんかちょっと要領がいいだけの平凡な人間よ」

「そんなことないわ。私なんてただ、愚直に励むことしかできないだけよ」

ランマン夫妻も学校の教師もみんな、梅の成績やお行儀をしきりにほめそやすけれど、自分は決して優秀ではない。人の五倍やって初めて良い成績が取れる。捨松のようにありのままで受け入れられることは不可能だ。梅が肩をすくめると、捨松は抱きしめてくれた。

「それぞれ違ういいところがあるのね。きっと、私たちは二人で一人の姉妹に違いないわ」

梅がハイスクールに通い始めた年、繁と捨松は名門ヴァッサー女子大に入学する。これまでの人生で一番楽しくて幸せかもしれない、と女だけの大学生活の事細かな報告を捨松から聞くうちに、梅はひらめいた。

「ねえ、そうだわ。捨松、私たち、いつか一緒に日本に女子の学校を作らない？　繁はもちろん、アリスも呼び寄せて、みんなで一緒にやるの」

十一年目の帰国を目前にしたある日、ドキドキしながら夢を打ち明けたら、捨松も目を輝かせた。

「いいわね。素敵。梅ちゃんは英語を、私はダンスやスポーツやお作法を教えてあげられるわ」

二人は会うたびに計画を練った。アメリカに行かずとも、英語や世界に通用する教養を身につけられる学校だ。そこに通う女の子たちは、梅や捨松のような異国の孤独を感じなくていい。自分と違う何者かになろうとしなくても、勉強に没頭できるし、自立できるのだ。

そして、ザ・トリオが日本に帰国して一年が過ぎた。

繁は在米中に知り合った海軍中尉、瓜生外吉と帰国後たった一ヶ月で結婚し、今はピアノを教えている。捨松は塾を開こうとしたが兄の反対に遭い、迷っているそうだ。二人とも梅よりも年かさで渡米した上、近くで暮らし、しょっちゅう日本語で話し合っていたせいか、再び日本文化に溶け込むのにそう時間はかからなかった。一方、日本語が未《いま》だおぼつかない梅は、海岸女学校で少しだけ働いた後は津田家からほとんど出ることもなく、十九歳を迎えようとしていた。やっとの事で日常会話はこなせるようになったが、複雑な表現や読み書きには苦労している。努力しても、十年間のブランクはなかなか埋まらなかった。政府からは何の連絡もない。男たちには梅たちの身の振り方を考える余裕などないようだ。会いに来てくれる人もほとんどおらず、働き口はどんなに探しても見当たらなかった。

半分外国人のような梅を誰もが持て余している。一人でいると不安がこみ上げた。こんなに時間を無駄にして、いいのだろうか。歯を食いしばってアメリカ人になろうとした苦労は、こんな毎日のためだったのだろうか。海外で見聞きしたことを伝えようとすると、女がでしゃばるなんて、としらけた顔をされる。媚《こ》びて適応しようとすれば、誰もが卑屈な笑みを貼り付け、退いていく。あれほど留学を望んだお父様すら、梅と二人きりで向かい合っていると、面倒そうな表情を浮かべるようになった。

焦りでどうにかなりそうな時、梅は夢中でお菓子を頰張った。お腹がいっぱいになって気持ちが悪くなる頃には、胸のざわつきが消えている。日に日に身体が重くなり、肌が荒れ、顎が二重になった。鏡を見るのが嫌になったが、食べることはどうしても止《や》められなかった。

捨松が大山巌陸軍卿と結婚すると言いだしたのはそれから間もなくだった。繁の結婚披露パーティーで彼に見初められプロポーズをされたのだという。梅は震える声で尋ねるのがやっとだった。

「私たちの夢はどうなっちゃうの」

「夢は諦めてないわ。ねえ、梅。日本で若い女が人間として認められるには、結婚するしかないのだと思う。この国では女は十四歳から十六歳の間で結婚するのが普通なんだもの。学校を作るには、まずは日本の規範に則《のっと》って、人間にならないと。お互い夢を叶えるのはそれからよ」

捨松はやけに朗らかな口調でそう言った。

「その人のこと、好きなの？」

梅はどうしてもそこだけが気になっている。そもそも会津出身の捨松にとって、大山卿の薩摩藩は仇敵ではないか。捨松は口角をきゅっと上げてみせた。

「正直、好きではないけど、これから私が努力すれば、好きになれると思う。とっても良い方なの。子どもたちも可愛いわ。何しろあの通りのお金持ちよ。私たちの学校のためにきっと援助してくださるはずだわ」

「結婚しなきゃ人間になれないなら、じゃあ、私は何なの？　幽霊か何かなの？」

そうだった。あの海を渡った日から、梅はずっとあの世にいる人間だった。父も母も姉も、梅を恐ろしそうに見ている。捨松は急に目を細めた。

「ねえ、梅も、誰かいい人を見つければ？　私、紹介しようか。誰か素敵な人。ザ・トリオの中で一人だけ独身なんて、なんだか寂しいじゃない？」

その時、捨松の目にあの暗い海の水面が漂っていることに気付いて、梅はゾッとした。どうして彼女と姉妹だなんて思い込んでいたのだろう。この人はもうとっくに、人間扱いされることを諦めていたのだ。仲間が踏みにじられるのをその目で見た十一歳のあの夜から。捨松が白い手をこちらにかけた。それはひんやりと柔らかく、冷たい海に引きずり込まれる気がして、梅はピシャリとはねつけた。彼女がたじろいだのがわかった。

「金輪際、そんなこと言わないで。たった一人になっても私は絶対に学校を作る。誰かの支えなんていらない。あなたみたいにはならない。結婚もしない。私は私だけの力で、人間になってみせる」

姉妹が傷ついた顔をしていることを、梅は見ないようにしてそう言い放った。

12

「彼女が正しかったわ」

話し終えた捨松さんはしばらくして、つぶやいた。

「あの人はたった一人でこの塾を作ったのよ。あの時は、どうしても、女だけで学校が作れるなんて思えなかったの。私にできるのは、鹿鳴館のおもちゃになって踊ることだけだもの」

大山巌夫人として社交界にデビューしたのと同時期に、外国人接待所の鹿鳴館が建てられた。陸軍卿の妻として、捨松さんは完璧なホステス役を務めた。フランス語、ドイツ語、英語に堪能《たんのう》な上、西洋のレディに引けを取らない洋装姿でワルツを踊り、紳士たちと対等に渡り合えるのは日本中で唯一人、彼女だけだった。

捨松さんの視線の先には出来たばかりの新しい寮が見えた。塾の拡大に伴い、見える景色は毎日変わっていく。道はその横顔に向かって言った。

「教鞭《きょうべん》を執ることが上で、ダンスが下だとか、誰が決めたのですか。捨松さんが基金を集め、理事になってくださらなければ、女子英学塾はここまで発展することはありませんでした」

「あら、どうしてあなたが泣くの」

捨松さんにレースの縁取りのあるハンカチを差し出され、道は自分の目が赤いことに気付き、恥ずかしくなって理事室を飛び出した。悲しいのではない。悔しいのだ。五人の女の子が別れ別れになったことが。捨松さんが自分を殺さねばならなかったことが。ふと前を見ると、廊下の突き当たりに人だかりができている。いつものように、梅子さんとハムさんこと平塚明がやりあっているところだった。

「なんてことですか、学校でキセルを吸うなんて、ふしだらな。あなた一人の振る舞いで、日本の女子全体に迷惑がかかるんですよ！　勉強する同志の道をあなたの勝手で閉ざすつもりですか！」

ふふっと、明は笑って見せ、キセルを吸い込むと、梅子さんの鼻先で煙を吐き出した。

「ミス・ツダも、日本女子大学校の成瀬校長のようなおじさんと、何も変わらないのですね。結局、先生は、社会を変える気はこれっぽっちもないのですわ。西洋で身につけたのは技術としての英語だけよ。父親や男の顔色をビクビク窺い、懸命に期待に応えようとする、これまでの自分を殺す古い女性たちと何も変わらないですわ」

梅子さんの目は怒りで冴え冴えとしている。道は二人の間に割って入ったが、梅子さんが怒鳴るのを止められなかった。

「この学校を今すぐ出て行きなさい！　二度と帰ってこなくてよろしい！」

「ええ、言われなくても。みなさん、ごきげんよう、さようなら」

明は小さな声で言うと、教室から教科書を集めて頭を下げ、立ち去った。ハム様、行かないで、と下級生たちの泣きべそも聞こえてくる。

「平塚さんは優秀で、飛躍の見込める方です。こんな形で、勉強を途絶えさせるのは勿体無《もったいな》く思います」

道は食い下がったが、梅子さんは硬い表情のままだった。

「あの子は、他の生徒に悪影響があります。これで良かったのです」

道の専門は英語と聖書のみ。それ以上、口を挟むことはできなかった。それでも廊下の窓から、校庭を横切っていく明を見て、思わず走って行って声をかけた。

「あなたが何を目指しているかは私、わからないけれど、これからも頑張ってくださいね。あなたは光をシェアできる、社会をより良くしていける女性です」

息を切らせている道をちらりと見ると、明はうんざりしたように肩をすくめた。

「何だかずいぶんと夢見がちというかキリスト教主義的ですね。河井先生のおっしゃることって浮世離れしていて、私にはいつも全く、ピンと来ませんでしたわ」

それでも、色黒の整った顔を初めて綻ばせ、鋭い眼差しをこちらに向けた。

「私は誰かに光を与えようとしたり、光が当たるのを待つのじゃなくて、自分が太陽になりたいわ。そうよ、女は一人一人、本来、もっと強くていいし、自ら世に訴えていいのよ」

平塚明が一度も振り返らず、学校を出て行くのをゆりたちも校舎から無言で見送った。正式に学校から籍を抜くのはもう少し先になるのだが、この日をきっかけに彼女は女子英学塾にほとんど姿を見せなくなった。

彼女がさる小説家と情死未遂事件で世間を騒がし、その美貌《びぼう》が新聞を飾り一躍有名人となるのは、翌々年の三月のことである。梅子さんは学校の名に傷をつけたと激怒し、在校生全員に平塚明とのつながりを一切絶つように通達した。

道が千駄ヶ谷に家を借りることを決めたのは、YWCAの活動の比重が大きくなったせいもあるし、母を東京に呼び寄せたかったためでもあるが、本当は女子英学塾から、少し距離を置いてひとり、自分の道をよくよく見極めてみたかったからだ。新しい家で、ようやく荷解きが終わった夜、思いがけない訪問者が現れた。

「まあ、ゆりさん。どうしたの、こんな夜遅くに」

道は口をぽかんと開けて、大荷物を手に玄関に立ち尽くしているゆりを見つめた。ゆりは青ざめた顔で、ぺこりと頭を下げた。

「道先生、私、ミス・ツダのところを飛び出してきてしまいました。今日からここに置いてください。先生と一緒にここから学校に通います。なんでもやります」

「まあ、何を言っているの。そんなこと出来ないわ」

「置いてください。お願いします」

「遅いから、とにかく入りなさいな」

部屋に入るなり、ゆりは荷物を置くと、道が止めるのも聞かず、猛然と片付けを手伝い始めた。大家族育ちのゆりは家事が得意で、あっという間に新居を住み心地よく整えた。道はうっかり感心してしまったが、いけない、このままでは、この子に居座られてしまう、と我に返り、女中さんにココアとビスケットを用意させて、なんとかゆりに思い直させようとした。

「ねえ、ゆりさん、明日には帰りなさいね」

ゆりはココアを一口飲むと、すぐにカップを置いた。

「私、道先生のおそばに居たいんです。両親は道先生がいいなら、ぜひ置いてもらえとのことでした。誰がなんと言っても、ここで暮らしますので！」

いつもの無邪気な様子が消え、目を大きく見開き、顔を赤くして眉を吊り上げている。くるくるの髪の毛は逆立っているようにも見えた。ゆりの勢いに気圧《けお》された道は、説得は明日に延ばすことにして、その晩は布団を並べて寝た。

しかし、隣のゆりは一睡もできなかったのである。寮を出て行くと宣言した時の、ミス・ツダとのやりとりがいつまでも消えなかった。

——いい加減になさい。道先生のご迷惑でしょう。故郷のご両親がご了承なさっていても、私は許しませんよ。

入学してから初めて、ゆりはミス・ツダと正面切って戦った。目の前にあの獅子のようなお顔があっても、頑として譲らなかった。自分とて、もうすぐ二十歳だし、卒業も目前だ。もちろん「六畳町」の暮らしが嫌なわけではない。でも、道先生の姿がないと、これまでさほど気にならなかった女子英学塾の厳しい規律がこたえるようになった。それに、最近では先生はＹＷＣＡのお仕事にお忙しそうで、このままでは疎遠になってしまうのではないか、という恐れもある。ゆりの頑固さにさすがのミス・ツダも最後は根負けしたのだった。

——はあ、どうしても行くのね。でも、これだけは覚えておいて。

この時、ミス・ツダの顔が厳しいというより、真剣だったことを、ゆりはその後何年も思い返すことになる。

——どんなに今が楽しくても、女同士の関係は永遠じゃないわ。結婚や恋愛で終わってしまうのよ。いつかお別れしなければいけなくなる時、あなたは絶対に傷つきますよ。自分がどんなに欲張りだったか気がついて、恥ずかしくなる日が必ず来ます。

玄関先に道先生が現れた時、ゆりの目にはブワッと熱いものがこみ上げた。自分は確かに欲張りなのかもしれない。道先生のような職業婦人に憧れる。アメリカにも興味がある。いつかは結婚もしてみたい。自分の家庭を持つことは小さい頃から当たり前に思い描いていた将来だった。なにより、子どもを育ててみたい。でも、今は道先生のおそばに居たかった。全部本当の気持ちで、どれ一つとして諦めたくなかった。

翌朝、目が覚めると、隣には道先生の寝顔があった。ゆりは猛然と起き上がり、家庭科の授業で縫った割烹着《かっぽうぎ》を頭からかぶった。先のことを考えても仕方がない、今、自分がやれることをやろうと心に決めた。

ゆりは朝食を作り、拭き掃除をし、小さな庭を手入れし、摘み取った草花を生けた。道先生が極力、お仕事に気力を集中出来る環境を作り出したかった。

「こんな美味しい朝ごはん、初めて食べたわ。あなたは名コックね」

道はお味噌汁《みそしる》を一口飲むなり、教え子の小さな顔をまじまじと見つめた。だしの旨《うま》みが染み入るようだった。正直なところ、道は料理は大の苦手だ。ゆりがいるだけで、どんな場所でも居心地が良く、くつろげるようになるのは本当だった。子どもとばかり思っていたけど、道以上に強情で譲らないところを見て、頼りにするようにもなっていった。おまけに彼女の実家からは次から次へと缶詰や腸詰、名産の小さな焼き鳥など美味しいものが届くので、食いしん坊の道はとうとう笑い出してしまった。

「ゆりさんには負けたわ。好きなだけ、ここに暮らしていいわ」

ゆりは嬉しそうに抱きついてきた。

家を借りたおかげで、道は牧戸の母を頻繁に東京に呼び寄せられるようになった。ずっと一緒に暮らしたいのだが、母は故郷の様子が気になるらしく、特にクリスマスとお正月は絶対に帰ると言い張った。聞けば道の影響で村にクリスマスを広め、大きなお祭りとして根を下ろさせたので、言いだしっぺが参加しないわけにはいかないらしい。プレゼントを配り、ツリーを飾るのが村ではもう当たり前なのだそうだ。そんなわけでちょくちょく帰ってしまうけれど、母も加わり、女中さんとゆりと道、四人の暮らしが始まった。母は娘たちと一緒に東京を出歩くことがとても楽しいらしく、あっと言う間に都会に馴染んだ。道の友人のアメリカ婦人たちの前でも、母は堂々と振る舞い、なんにでも素直に興味を示し、服装を真似たりした。彼女たちにドライブに連れ出された時ははしゃぎっぱなしだった。ようやく実家と呼べる居場所を自力で持てたようで、道は誇らしかった。

13

「ゆりさん、河井道先生と千駄ヶ谷で暮らしているって本当ですか？　ゆりさんは英語とっても上手だけど、もしや、二人でいる時は英語だけで話してるんですか？」

新入生の菊ちゃんこと青山菊栄に話しかけられ、まさか、とゆりは笑った。十八歳とは思えないほど大人びた、英国文学からロシア文学まで読みこなしている読書家の彼女とは話が合い、学年を超えて時おり本を交換するような間柄だ。菊ちゃんは眼鏡を外しながら、

「ミス・カワイの英語は私には全然聞き取れないんです。テニスンの詩の朗読なんてまどろこしいし、かったるくて仕方がありません」

そうぼやくなり、机に突っ伏し目を閉じた。身体があまり丈夫ではなく、貧血気味のせいか、こんな風にだるそうに過ごしていることが多い。麹町の実家からの通学生で、お父様は食肉加工業でかつて有名だったが、事業に失敗してからは借金の取り立てが来るほど家計は苦しく、ここを出たら絶対に手に職をつけて働かないと、と特に辛そうでもなく淡々と語っている。菊ちゃんは平塚明とはまた違う意味での異端児だった。塾の教授内容が物足りないようで、こんな風に居眠りしていることも少なくない。でも名を呼ばれると、誰よりもスラスラと正解を口にするものだから、どの教師も歯が立たなかった。そんな彼女も英語の聞き取りと声に出すことだけは、あまり得意ではないらしい。何だか子どものお遊戯みたいにこっぱずかしくて、やっていられないのだという。

彼女と同じ学年のお貞ちゃんこと宮崎貞子はキッとなって振り返った。

「菊さんたら、そんな言い方失礼よ」

お貞ちゃんは、最近「小さき弟子の群」に入会したばかりの、最年少ながら河井先生を崇拝している優等生で、英語の成績は学年一番だ。菊ちゃんは、

「はいはい、熱心なお弟子さんたち、失礼ございました」

と言い、再び目を閉じた。お貞ちゃんはイライラしたように教科書を乱暴に開いた。

校則に違反しているわけではないのに、菊ちゃんはミス・ツダにもしょっちゅう呼び出しを食らっている。先に卒業したお姉さまの思想が過激であなたにも影響しているのではないか、とか、

入試の作文で「私の抱負は婦人解放のために働くことだ」と書いたことが危険だ、とか。入学前に平塚さんの作っている回覧雑誌にエッセイを寄稿したことがあるのも、問題になったらしい。平塚さんはもはやここでは伝説の人物なので、あの人から声をかけられるなんて菊ちゃんてすごいのね、とゆりも目を丸くする。

「頼まれたから仕方なく書いただけです。私、他の子みたいな平塚さんの崇拝者じゃありませんから。素敵な方だとは思うけど、男と心中未遂なんてこの上なくみっともないと思います」

面倒そうに答えるばかりで、菊ちゃんはこんな風に誰にでも手厳しかった。

「ミス・カワイもミス・ツダも、なんだかずれてますね。今の世の中のことを何もわかっていないし、学ぶつもりもないみたいに見えます。少女のような理想主義者ってところでしょうか」

先生の悪口を聞くと、自分が言われた以上に傷つくのだが、それでも菊ちゃんの話には引き込まれたし、なるほどと思う時もあった。

そんな彼女なので、道先生が十二月に入ってすぐ、

「十二月二十五日、私は救世軍の山室軍平さんと一緒に、紡績工場に慰問に行く予定です。女工さんたちに手作りのプレゼントを配ります。どうですか。どなたか手伝ってくれる方はいらっしゃいませんか」

と呼びかけた時、ゆりよりも早く手を挙げたのには驚いた。

今年もクリスマスがやってくる。女子英学塾ではプレゼント交換は厳禁だったが、道先生のもとにだけは生徒からも学校外からも大量の贈り物が届き、それをミス・ツダに咎《とが》められないのも、もはや恒例のことだった。

「日露戦争後に工場がどんどんできたせいで、貧しい女の子たちがそこで働かされていると聞いてます。ぜひ現場をこの目で見て、学びたいんです。山室さんの公娼調査資料も読みました。素

晴らしかったです」

いつもとは別人のような熱っぽさで菊ちゃんはそう語った。道先生も彼女の参加には大喜びだった。その日から、道先生とゆりと菊ちゃんは、神田の救世軍本部に通い詰め、クリスマスプレゼントを包装したり、宣伝用の小冊子を配布する準備を始めた。道先生はこの慰問のために、日頃からたくさんの手編みの小物を作り貯《た》めていて、どこにそんな時間があったのかと、菊ちゃんさえ驚かせた。

道先生にとってクリスマスは特別な意味を持つらしい。少女時代に出会ったクリスマスツリーやサンタクロースにどんなに衝撃を受け、信仰やアメリカへの興味に目覚めて世界が広がったか、北の国でそれがどれほど温かな記憶になったかを話してくれた。そんな気持ちを味わう女の子が一人でも増えますように。ゆりは贈り物にリボンをかけながら、一つ一つに祈りを込めた。

クリスマスの朝、ゆりたちは、氷のお城のように寒々しい、レンガ造りの巨大な紡績工場にクリスマスツリーやプレゼントを運び込んだ。ゆりよりはるかに年下の女工さんたち五、六十人が、徹夜の仕事を終えたばかりの疲れ切った顔でふらふらと現れ、ゴザの上に倒れ込むようにして座った。山室軍平さんに続き、道先生も、お話をされた。クリスマスの成り立ちについてで、いつにも増してユーモアたっぷりなので、講堂に女の子たちのかすかな笑い声が響いた。イエスも大工の子で皆さんと同じような労働者だった、だから皆さんのことを必ず神様は見ているし、良い行いは必ず報われる、という結びには拍手が起きた。道先生の演奏するオルガンでみんなでクリスマスの歌を歌った。女工さんたちは競い合うようにリボンをほどき、プレゼントを見ては歓声を上げた。菊ちゃんが途中でいなくなってしまったことさえ除けば、慰問は成功だった。

翌日学校で会うと、菊ちゃんはぷいと顔を背けた。なかなか口をきいてくれないので、ゆりが困って何度も話しかけると、彼女はようやく、のろのろと振り向いた。菊ちゃんは、あの後、工場に残り、女工さんたちから話を聞こうとしたが、職員に嫌な顔をされて追い出されたのだという。

「私、道先生って大嫌いです。山室軍平はもっと嫌い。二度と再びあんな人たちと一緒に慰問になんか行くもんですか」

彼女が厳しい顔で言うので、ゆりは戸惑った。

「え、何か、嫌なことでもあった？」

「私、呆れました。昨日のお二人の礼拝でのお話です。彼女たちの置かれた、ひどい状況を美化していいんですか？　あの子たちの労働を神聖視してどうなるの？　彼女たちの劣悪な環境は、ゆりさんも見ればわかるでしょう？　お祈りなんかで良くなるとでも、本気で思っているのですか？」

「それは……」

「だって、慰問が終わるとさっさと帰ってしまったでしょう。本当に可哀想だと思うなら、女工さんたちから聞き取り調査をするべきなのじゃないですか？」

ゆりは言葉に詰まった。反駁《はんばく》が何も出てこなかった。彼女たちの辛い毎日に、菊ちゃんほど思いを馳《は》せなかったことは本当だった。むしろ、良いことをしたと満たされた心地で、昨日はずっといい気分だった。

「光をシェアするという考え方も、人を下に見ていて紳士閥的だわ。河井先生は光の中にいるから、暗いところまで見えないのよ。もちろん、ゆりさんもです」

いつの間にか横で話を聞いていたらしいひさちゃんとお貞ちゃんが、険しい顔で、割って入った。

「菊ちゃん、それはずいぶんじゃない？　道先生は、きっと、そうした可哀想な方たちを救済する方法を、ちゃんと考えていらっしゃるわよ」

「そうよ、神の御言葉をそのまま伝えただけで、見下げてなんていないわ」

「いいえ、私はそんな風には見えませんでした。私は神様やお祈りなんかに逃げたくない。あんなひどい暮らしをしている子たちの声をちゃんと聞いて、どうしたら改善できるのか、真剣に取り組みたいです」

菊ちゃんはサッサと行ってしまった。ひさちゃんは、まあ生意気ね、とお貞ちゃんと眉をひそめていたけれど、ゆりは彼女たちのように突っぱねることが出来なかった。

道先生のおっしゃることなら間違いはない、道先生について行きさえすれば大丈夫。ゆりはずっとそう信じていた。道先生にべったり甘えることが習い性となって、自分の頭で考えるということを、ずっとなまけていたのかもしれない。

年が明け、いつものように道先生と夕食後くつろいでいた時のことだった。

「これあの時の女工さんたちからのお礼のお手紙よ。とても喜んでくださって」

そう言って道先生は、手紙を見せてくださった。下手な字で、力いっぱい、感謝の思いが綴られている。このまま何も言わなくても——。しかし、ゆりは勇気を振り絞った。

「私、菊栄さんと話をしました。菊栄さんは、道先生や山室先生のお考えに批判的でした」

ゆりは言葉を選びながら、菊ちゃんの意見を伝えた。

「でも、私、菊栄さんの言うことがわかる気がするのです。いっときのクリスマス慰問では何も解決しないということ。光をシェアすることは大事です。でも、世界にはどんな光だって届かない場所が、あるのだと思います」

道先生は何も言わなかった。ただ、眼鏡を外し、その夜は一人で静かに過ごされていた。

とはいえ、道先生に誘われた工場慰問が、菊ちゃんの人生観を変えたのは確かなようだった。

授業で居眠りすることはほとんどなくなり、これまで以上に勉強し、学校の外でも取材や聞き取り調査をしているらしい。鋭い質問を投げかけるので、教師はみんなタジタジとなった。シェアを批判する菊ちゃんこそが、誰よりも大きな光を他者に分け与える精神の持ち主でもあるのではないか、とゆりは思うことがあった。けれども、あれきり、菊ちゃんは廊下で目が合っても、冷ややかに顔をそらすばかりだ。

ゆりが故郷三島で洗礼を受けて間もなく、道先生はYWCAから招かれ、ヨーロッパを一年弱巡ることになった。

出発前、二人で静浦海岸に遊びに行った。一緒に泳いでいるうちに、離れ離れになる寂しさがこみ上げてくる。ぼんやり波間を漂っているうちに、浜から遠ざかってしまった。大きな波が来て塩水をがぶりと飲み込み、ゆりは深いところに叩き落とされた。もがいていたら、不意に身体が浮き上がって、呼吸が楽になった。道先生がゆりを背負って犬かきしている。先生の背中は広くてとても温かかった。砂浜に横たえられ、ようやく息が整うと、ずっと胸の奥でくすぶっていた疑問が、飛び出していく。

「あのう、先生。もしかして、このまま女子英学塾をお辞めになるつもりなんじゃないですか？」

「どうしよう。あなただけには話してみようかしら」

しばらくして、道先生は躊躇《ためら》いながら、口を開いた。お互い顔も手足も砂だらけだ。

「私ね、自分だけの学校を作ろうと思い始めているの。今回の出張も、そのための視察も兼ねられればいいなと思っている。女子英学塾も辞めて、YWCAも辞めて、いつか自分だけの、生徒を直接に指導できる学校を作りたいわ。私に出来るシェアとは、梅子さんの元で選ばれた学生にだけ英語を鍛えることではなく、もっと開かれた教育の場を持つことではないか、生徒と密にやりとりできるような場を持つことじゃないか、と考えるようになったの」

菊ちゃんの発言は道先生の胸にも深く根を下ろしたのかもしれない。ゆりはドキドキした。

「それはどんな学校なんですか？」

「そうね、聖書、園芸や世界のことを学べる小さな女子学校を作りたいの。ブリンマーのようにオナーコードに基づいた、規則や競争のない自由なリベラルアーツの校風。授業料は出来るだけ安くしたい。キリスト教主義ではあるけれど、どこにも縛られないし、どこにも属していない、完全な私学にしたいわ」

少女のようなお顔で話される道先生を見て、ゆりはやっと気付いた。もう友だち同士なんだ。こんな風に誰にも話したことがない夢を打ち明けてくれるということは、私たちはもう対等な関係なんだ。塩水のせいか、喉がヒリヒリして、熱くなってきた。

「先生、私、お手伝いしたいです。私も教師になります。姉妹として一緒に学校を作りたいです」

「あ、まだ、ただの夢よ。私、お金は全然ないの」

「きっと、なんとかなりますよ！」

ゆりが力強く叫んだその時、道先生がいつもの眼鏡をしていないことに気付き、お互いあーっと叫んで、勢いよく立ち上がった。さっき、ゆりを助けた時に、海に落としてしまったらしい。おかげで、出発前に眼鏡を大慌てで作り直すことになり、少しもしんみりしない賑やかなお別れとなってしまった。

道先生はそのまま神戸に発《た》ち、シンガポールを経由してドイツ船フォン・ビューローで、上海、コロンボ、アデン、ポートサイドやイタリアのいくつかの港などに停泊しながら、イギリスを目指した。

道先生は頻繁に手紙を送ってくれ、見たこと聞いたこと、なんでも報告してくれた。最後は必ず、私のために祈ってね、巻き毛ちゃん、と結んであった。

道先生がいない毎日も、手紙を読み返したり、返事を書いたり、あの夢の学園のことを思い浮かべるだけで、ゆりの寂しさはだいぶ慰められた。手紙だとなんでも素直に伝えることができた。これまで誰にも話したことのない不安や悩みを打ち明けた。離れているのに、前よりも道先生との距離が縮まっていくような気がした。

ゆりが女子英学塾の寮に舞い戻ると、ミス・ツダは顔を輝かせて喜んだ。あまりにも無邪気に「よかったわ、よかったわ」とおっしゃるので、良心がチクリと痛んだ。この方が厳しいのは、本当は寂しいからなのじゃないか。

道先生からの最新のお便りによれば、アメリカを経由してカナダに辿り着き、ブリンマー時代のルームメイト、バーサ・ブラウンさんに再会したらしい。その間に、ゆりは女子英学塾を卒業し、そのまま研究生となって道先生の帰国を待ち続けた。

14

ついに待ちに待ったその日がやってきた。ゆりは千駄ヶ谷の家に久しぶりに戻り、掃除をし、和食を支度して、ドアが開くその瞬間を今か今かと待ちわびた。

お姿が現れるなり、胸がいっぱいで何も言えなかった。ところが、約一年ぶりの再会となるのに、ただいま、も口にしないうちに、いきなり道先生はこう命令したのだ。

「ゆりさん。あなた、アメリカのインディアナ州のアーラム大学に入学なさい」

久しぶりに会う道先生は日に焼け、声もよく通り、以前よりさらに自信に満ち溢れているように見えた。ゆりは咄嗟のことに、事態が飲み込めない。

「え、なんで、私が⁉」

「これからは男女同権の時代よ。女子大よりも共学で学ぶのがいいわ」

アメリカの大学を見て回った中で、アーラムの学生が一番、真面目で礼儀正しく、学力が高かった、あそこならあなたの留学先として間違いない、と道先生は得意そうに言い、どんどん話を進めていく。旅の疲れを取る間もなく、その日からゆりの留学準備を急ピッチで進めていった。

やっと一緒に居られると思ったのに——。正直なところ、ゆりはガックリして涙が出そうだった。道先生は自分と暮らしたくはないのだろうか。そうだ、こっちの想いが負担になってアメリカに厄介払いするつもりなのだ。厳しい両親が絶対に反対してくれるはず、と期待していたのだが、道先生は自ら三島まで説得に足を運んだだけではなく、箱根に招いたYWCAアメリカ幹事、ミス・モーゼズを家族に会わせ、現地でゆりの面倒を見てくれる人として紹介した。その結果、全員が彼女に魅了されてしまい、父も母もすっかりアメリカ贔屓《びいき》になって、あのような立派なレディがゆりを見守ってくれるのなら、と心が動かされた様子だった。このようにゆりの留学は外堀からじわじわと埋められていった。ミス・ツダも留学には大乗り気で、あれよあれよと言ううちに、出発の日が近づいていた。

「私がブリンマーに留学したのは、ちょうど今のあなたと同じくらいの歳よ。そうそう。たくさんの服を誂《あつら》えなきゃいけないわ」

道先生は二十一歳の頃を思い出してウキウキしているようで、膨大な買い物表を作り始めた。ゆりは道先生に横浜に連れて行かれ、仕立屋で洋服を何着も誂えてもらった。気は進まなかったが、ウエストを絞った憧れのスカート、やわらかなペチコート、リボンやレースにときめくのは否《いな》めない。身体にピタリと張り付くドレスに波打った髪をふんわりと下ろして試着室の鏡を覗き込むと、しっくり調和していて、これこそが本来の自分だという気がしてくる。ありったけの包みや帽子の箱を二人で抱えて汽車に乗り込み、ドレスが仕上がるまでの日数を指折り数えているうちに、憂鬱《ゆううつ》な気持ちをちょっぴり忘れることができた。

「洋服の次に絶対に身につけなければならないのは、ダンスよ」

道先生は唐突に言った。

運動は苦手ではないけれど、音楽に合わせて動けるかといえば自信はない。それより何より、男性の手を取って踊るなんて、自分には出来そうにもなかった。ゆりがぼんやりと車窓の海を眺めていても、道先生は一人でどんどん気持ちを高まらせている。

「ダンスは向こうでは社交に欠かせない、たしなみだもの。私はこの通り、運動神経はひどいものでしょう。入学早々、友だちの足を踏みつけて怪我《けが》をさせ、赤っ恥を掻いたんですもの。ゆりちゃんにはちゃんと踊りを仕込んで、みんなをあっと驚かせてあげたいわ」

話しているうちに、ふさわしいのはあの方しかいない、とつぶやいた道先生の顔にはひらめきが踊り、新橋で降りる時にはもう次のことを考え始めている様子だった。

礼拝が終わった後のガランとした女子英学塾の講堂に、大山捨松さんがゆりの特別講師として現れたのは、その週末である。

「私のダンスが、若い娘さんの役に立つ日が来るなんてねえ」

捨松さんはどこか困惑したように言いながらも、ゆりの後ろに寄り添い、こちらの腕に手を添えて伸ばしたり、後頭部を支えて少しだけ上を向かせたりする。捨松さんのほっそりとした、しなやかな身体や息遣い、鼓動まで伝わってくるようで、ゆりの胸は高鳴った。彼女の後《おく》れ毛からは、花や果物ではない、嗅いだことのない良い香りがする。道先生の演奏するオルガンの音色に身を委《ゆだ》ねて、ゆりがくるくると動けるようになるまで、そう時間は掛からなかった。捨松さんを男性に見立てて、手を取り合う実践には照れてしまったが、こちらが足を前に出せば、さっと退く、よろければさりげなく手を添えてくれる捨松さんに身を任せるうちに、余裕が生まれた。捨松さんが身体を前にすれば一歩引くように心がけ、彼女がリズムに乗ればそれに寄り添うことができるようになった。最初は緊張してろくにお顔を直視できなかったが、目が合うと、そこにはいたずらっぽい輝きがあり、ゆりも自然と微笑んだ。ワルツを踊るゆりを、道先生はオルガン越しに満足そうに見つめている。

「捨松さんの教え方ってすごくわかりやすいです。そうか、相手と呼吸を合わせることが大事なんですね！」

レッスンの後、息を整えながら言うと、道先生が、

「そうね、捨松先生のダンスが誰よりもお上手なのは、相手への思いやりに溢れているからです。運動の能力やリズムを捉《とら》える力よりずっと大切なものね」

と頷いたので、ゆりはニヤッとしてまぜっ返す。

「あれっ、相手の足をすぐに踏んでしまう道先生は優しくない性格っていうことですか⁉」

まあ、巻き毛、言うじゃない、と二人でやりあっていると、捨松さんはその様子をじっと見つめている。道先生が不意に捨松さんに向かって、こう言った。

「人によって戦い方は違いますわ。捨松さんも梅子さんも同様に戦士です。捨松さんは優しさでみんなを包む、そういう戦い方なのですね」

二人のやりとりに、ゆりは意味がわからず首を傾げた。捨松さんがレースで縁取られたハンカチを目に押し当てていたように見えたのは気のせいだろうか。

出発まで残されたわずかな時間、道先生は新渡戸先生から授かったという護身術をゆりに叩き込んだ。不届きな輩《やから》が居たらはね飛ばしてやりなさい、そして新渡戸流の普連道だ、と言ってお

やりなさい、女性でも男性でも、見ず知らずの方からの招待を受けてはなりません。若い娘の将来をダメにしようとする不届きな輩には気をつけるのよ、と、道先生は厳しく言った。こちらは捨松さんのダンスレッスンとは違う、緊張と筋肉の痛みを伴う戦いだった。せめて練習後は、道先生とゆっくり過ごしたいのに、このところは、先に寝なさい、私はやることがあるの、の一点張りで、素っ気なく書斎のドアを閉めてしまう。出発前夜さえ書き物や手仕事に夢中で、こちらを見向きもしない。

翌朝、横浜港に二人は向かった。同じ船に乗り込もうとする人たちに「この女学生をよろしくお願いします」と頼み込む道先生を前にしても、ゆりはむっつりと膨れていた。次に日本に帰れるのは少なくとも五年後だというのに——。

「ゆりさん、行ってらっしゃい。身体は大切に」

聞き覚えのある低い声に振り向くと、見送りにきた友人たちの中に、驚いたことに、菊ちゃんの姿があった。とはいえ、ゆりが感謝を示しても、

「まあ、私はアメリカに行こうとは思わないですけど。この日本でもっともっと社会主義を学び、女性を解放したいわ」

と、冷ややかに付け加えることは忘れなかった。

船が港を離れる、合図のドラが鳴った。道先生はいきなりゆりの手を引っ張って乗船し、船室に行くとバスルームを見せ、早口でまくしたてた。

「身体は湯槽《ゆぶね》の中で洗うんですよ、外には水をこぼしてはいけません。それと、最後に……」

とうとうゆりは、我慢ができなくなって叫んだ。

「道先生は、私と離れ離れになるのに何もお感じにならないのですか？　私が邪魔なのですか？」

道先生はびっくりしたように言葉を切った。

「あらあら、ゆりちゃん、そんなつもりはないのよ。でもね、私が二十一歳でアメリカに行く時、それはもうたくさんの女性が支えてくれたのよ」

ドラの音はどんどん大きく、間隔が短くなる。

「梅子さんやメリーさんや姉、ブリンマーの卒業生の方たち。みんながちょっとずつ力を貸してくれたおかげで、私は太平洋を渡ることができたの。だから、私がしてもらった分は誰かに全部して差し上げたいの。そういうわけで、はい、これ、最後のプレゼントよ。船の中で見てね」

そう言うと先生はこちらに包みを押し付け、背を向けた。

「私があなたと離れて、寂しくないわけ、ないじゃないの」

道先生は顔を見せずにそれだけ言うと、船室を走り出た。彼女の姿が消えてすぐに、因幡丸は港を離れた。

ゆりは早速、ベッドの上に包みを広げた。大型手帳が一冊出てきた。アーラム大学に関する細かな情報、住所や教員の特徴やそれぞれの名前、学長の顔と名は絶対に間違えるな、という太字の注意書き。さらにメリーさんの実家、エルキントン家やバーサ・ブラウンさん、インディアナポリス近郊に住む、道先生のお友だちとYWCA関係者、それぞれの連絡先がびっしりと書き込まれている。シカゴでの宿泊所への行き方、シカゴ駅の時刻表も入っていた。現地でお世話になるアーラム卒の女性にそこから電報を打つようにという指示がある。その文面例や電報の打ち方の記載もあった。

次の包みには、まだ日本では手に入りにくい、洋装用の下着がいくつも入っていた。白地のチヂミ布によるもので、どうやら道先生の手作りのようだった。最後に出てきたのは「船慰めの封書」と記された、封筒の束だった。数えると十七通あって、それぞれ日付が書いてある。

『新渡戸夫妻と初めてアメリカに渡った時、船の中でとっても退屈でした。ゆりちゃん、明日から毎日一通ずつ開封してください。十七日間の航海が楽しいものになりますように　道』
ゆりはその晩、封筒を抱きしめて、眠りについた。翌日から一日に一通ずつ開封していった。おせんべい、チョコレート、小さな人形などが、次々に現れた。それればかりではなく、扇子には「高砂や、この因幡丸に煙出し出し髪黒々となりにけり」という替え歌が、塩豆には、「巻き毛ちゃんはすぐに西洋料理が好きになって、日本のおやつなんて忘れてしまうわね。初めてのゆり姫の洋行に付き添えるなんて、塩豆は光栄でございますわ！」なんていう小話やらが添えられていた。毎日朝が来るのが楽しみで、船酔いや不安もどこかに吹き飛んでいた。
ある日、甲板で封筒を開けたらタフタのリボンが出てきた。「寂しくなったら、私を髪につけてね」という手紙が入っていた。乾いた潮風がゆりの巻き毛を乱す。リボンで一つにまとめながら、最初に「六畳町」で道先生と話したあの夜のことを思い出した。雲の切れ目から白っぽい陽光が差し込んだ。その光は無数の波をほんの一瞬だけ一つにつなぎ、どこまでも広がる海が不意にとても小さく感じられた。リボンからこぼれた後れ毛が頬を優しく撫でた。

15

「まあ、皆さん、楽しそうに何を読んでいるの」

道が教室に入っていくと、前方に座っていた二人の生徒がおでこをくっつけ合うようにして、何かを隠そうとしている。元号が大正に変わった年（一九一二年）の秋のことだった。明治天皇崩御後、世間では諒闇《りょうあん》の空気が続いていたが、新しい時代を感じてか教室の女の子たちはいつにも増して賑やかだった。

「大変よ。早く隠してよ、あきちゃん」

神近市子《かみちかいちこ》と波多野秋子《はたのあきこ》が慌てて机に押し込もうとした雑誌を、道は面白がって覗き込んだ。

「まあ、これは」

話題の「青鞜」ではないか。昨年、平塚明が平塚らいてうという筆名で発行した、同性だけで作った雑誌で、女の新しい生き方を提唱した内容はセンセーションを巻き起こし、日本中から注目が集まっている。しかし、梅子さんは大層毛嫌いしていて、雑誌の購読を禁止するばかりではなく、

――「青鞜」は悪魔の思想です。皆さんは決してあの連中と関わらないように。

と、全校生徒に厳しく言い渡していた。道も最初はその言葉を信じ、悪魔と生徒を絶対に近づけてはならない、と躍起《やっき》になって取り締まっていたのであるが、こんな風に生徒たちが熱狂し、自由に目覚めて活気づいているのを見ると、やっぱり、これも光のシェアの一つの形なのではないかと思うまでになっていた。

もちろん、「青鞜」の主張に諸手《もろて》を挙げて賛同というわけではない。

現在、日米交換教授として渡米中の新渡戸先生も、「新しい女」には難色を示していた。道の場合はちょっと違う。女性を束縛から解き放つのは大いに賛成だが、せっかく手にした自由を、なぜ恋愛に使うのが前提であるのか、ということに首を傾げてしまうのだ。

「元始、女性は太陽であった、か。これはいい言葉ね。梅子さんには内緒にして差し上げます」

そう囁いて人差し指を唇に当てると、二人はホッとしたように胸をなでおろし、道は教壇に向かった。授業が終わると、秋子が恥ずかしそうに歩み寄ってきた。

「先程はありがとうございます。平塚らいてうさんは私の憧れの方なんです」

秋子は派手な装《よそお》いがよく似合う、誰もが振り向くようなおしゃれな女性で、実践女学校を卒業

したあと女子学院英文専科に籍を置いている。正式な生徒ではないけれど、時折りこうして聴講に来ていた。まだ立ち居振る舞いにあどけなさは残るものの実は裕福な人妻で、蛇がまきついたような指輪をいつもはめている。あまり多くの事情を知らないが、海上保険協会で書記をしている十五歳年上の夫との関係はまるで教師と教え子のそれのようで、彼に追いつくためにも外に出て新しいことを身につけたい、と漏らしているのを耳に挟んだことがある。

「『青鞜』で紹介されていた松井須磨子主演の『人形の家』という舞台を去年見たのですが、私のことかと思いました。夫の人形でしかない若い妻が、自分を取り戻そうとして家を出る物語なのです。何か表現できる力が私にあったらいいのですけど、市子さんみたいに頭が良いわけでもないし」

長崎出身の神近市子は梅子さんに目をかけられるほどの秀才である。しかし、本人はどこか自信がなさそうで、大柄で骨太な身体をいつも縮めるようにして歩いている。幼い頃、一家が没落し、苦学したことも影響しているのかもしれない。確か寮を出て母親と暮らして居るはずだ。一人でポツンとしていることが多いが、部外者の秋子とは喋りやすいようだ。そういえば、今年三月に卒業した青山菊栄とも、今なおロシアの小説などを貸し借りし合っていると聞いたことがある。菊栄は現在、自宅で翻訳の内職をしているらしい。

「あら、あなたはあなたで、とても優れた感性を持っているし、華やぎがあるわ。それをシェアすることも立派な能力ですよ。それこそ、平塚さんのように、雑誌を作る仕事が合っているのではないかしら?」

そう言うと、秋子はパッと顔を輝かせて去って行った。

そんな学校での様子を道は、新聞記事の切り抜きと一緒に、ゆりに書き送っている。郵便局関係者でもあるゆりの父がたくさん送ってくれた切手や便箋《びんせん》は、凄《すさ》まじい速さで減っていた。

ゆりはこの一年間で、アーラム大学での暮らしにすっかり慣れたらしい。勉強も大事だけど、存分に遊ぶこと、男子との交流を学ぶこと、という道の教えをゆりは忠実に守っているようだ。頻繁に届く手紙からは、充実した大学生活が伝わってくる。

――幸い、まだ普連道を行使するには至っていません。ここの男性はみんな紳士的です。アーラムは進歩的な学校で何をするにも男女平等です。だけど、女子寮の門限が六時で男子は夜間外出自由なことだけがどうにも納得が行きません。でも、その分、男子たちは私たちにアイスクリームを買ってきてくれ、三階の窓から先端に籠のついた紐《ひも》を下ろせば、必ず入れてくれます。紐をするする手繰《たぐ》り寄せて受け取る、真夜中のアイスの冷たくて美味しいことといったら!

田園に囲まれるアーラム大学は、環境が良いばかりではなく、近隣の農家から届けられる野菜や果物が新鮮で味わい豊からしい。ゆりは土曜日の夜の「キャンプ・サパー」が楽しみで仕方がないのだという。男女混合の八人で、食堂に用意してもらったバスケットを持って歌いながら小川のほとりに向かう。薪を集め、石を積んで、キャンプファイアーをする。熱くなった石の上で、ベーコンをじゅうじゅうと焼いて、ステーキを焼き、最後は卵を落とす。小川で冷やした瓶入りのアップルジュースの味は格別なのだとか。友人も大勢できた。上級生のフローレンスとお喋りなエドナとは毎日のように一緒に過ごし、週末はフットボールの試合を観戦し「E-A-R-L-H-A-Mアーラム!」と声を揃えて応援する。チームの花形選手であるトム・ジョーンズは、時折こちらに手を振ったりウインクしてくれる。エドナも素敵ねえ、なんてうっとりしているけれど、同級生の真面目なピーターソンはそんなエドナに夢中だ。フローレンスとゆりは、エドナが遠い存在にのぼせていないで早く彼の気持ちに気付けばいいのに、と気を揉んでいる。

――女子英学塾では道先生のおそばを蜜蜂《みつばち》のようにブンブン飛び回っているばかりで、私、全然勉強ができていなかったように思います。だから、その分、ここでは学問を頑張りますね。生物でダブルＡをいただいた話はしましたかしら？　フランス文学はとても面白いですね。モリエールの「女房学校」って、道先生はアイヴィ・ハウスでお芝居されたのでしたね。道先生はどの役を演じられたんでしょう？

　アーラム大学にとってアジア人最初の留学生となったゆりは、大いに歓迎された。入学早々特別に眺めの良い二階の一人部屋が与えられ、和服を収納するための特注の衣装棚に加え、机には菊の花がふんだんに活《い》けられていた。初めての朝、腕まくりにほっかむりをして、箒《ほうき》とチリトリを探し回るゆりに、同級生たちは「そんなことしなくていいよ！」と大笑いしたらしい。アメリカでは毎日掃除をしなくていいと知り、びっくりした。なるほど確かに乾燥しているし、窓を大きく開ければ、爽やかな風が入ってきて埃などみんな吹き飛んでしまいそうだった。日本では良くも悪くも目立ちがちな巻き毛の黒髪も、ここでは普通に受け入れられた。

　道が密かに心配していた不埒《ふらち》な男子に誑《たぶら》かされるということは、今のところ聞いていない。入学早々、公式のレセプションで、ゆりがある男子学生のパートナーとして仲睦《なかむつ》まじそうに出席したという噂が人を介して日本まで届いた時、道は大層気を揉んだ。しかし、その男子学生は学外にフィアンセがいるために、ゆりなら留学生だしエスコートが必要なのは誰の目から見てもわかりきっているから無難なお相手だろう、と選ばれただけというのが真相だった。男女対等に、と口では言いながらも、道は自分が案外、古い男女観の人間なのに気付かされ、恥ずかしくなった。ゆりの方がよほど、のびのび振る舞い、新しい物の見方を無理なく身につけている。

　忙しい毎日、ゆりとの手紙のやり取りは、道にとって息を吹き返す時間でもあった。平日は女子英学塾で教え、週末は地方へ伝道、さらに今年に入ってからはＹＷＣＡの日本幹事にも推薦され、責任も業務も増えた。

　そんな中、あの広岡浅子さんが、日本女子大学校が軌道に乗り始めたということで、受洗を経て、YWCAの活動に加わってくれたことは大きな助けになった。浅子さんはYWCA中央委員となり、大阪YWCAの設立にも貢献してくれた。知名度も財力もある人が参加してくれるだけで、こうもトントン拍子にことが進むのかと、道は目を見張ってしまう。海外からの力に頼らず自立しよう、という指針が出たのはいいが、資金がないのが目下の悩みの種だった。せめて道の給料が出るように、塩ピーナッツを販売しようという声が若手から上がった時は、さすがに肩身の狭い思いをしたものだ。

道が感嘆していると浅子さんは、

──うちは、炭鉱に乗り込んだ時、こっそりピストル持って、炭鉱夫をまとめとったおなごや で。こんなことくらいなんでもないわ。

黒光りするピストルを懐からちらりと覗かせてニヤニヤするので、ここは教会だ、と道は慌てて制したものだ。

そこまでを手紙にしたためた時、女中さんが入ってきて、来客を告げた。女子英学塾の学生が訪ねてきたというのだ。時計を見ると、もうとうに夜の八時を回っている。

──ちょっと待って、ゆりさん、今、誰かが来たようです。今日はこの辺で。

道はペンを置いた。戸を開けると、寝巻きにコートを羽織ったYWCAの寄宿生の二人が道の顔を見るなり、口々に叫び始めた。

「舎監の先生が私事《わたくしごと》にまで割り入ってくるのです！　どんな理由があれ、手紙を盗み読むなんて信じられません」

「道先生は私たちの味方でしょう？　いますぐ寮まで来てください。みんなカンカンで、もう、今にも暴動が起きそうです」

二人の不満を聞いているうちに、電車も止まってしまった。明日は伊勢に発つ日だけれど、いたしかたない。舎監の先生には私からよく話すから、と言いながら、道はコートを羽織り、生徒と一緒に外へ出た。小石川安藤坂まで三人は並んで歩いた。

アーク灯の眩しい光が闇をかっきりと切り開いていた。

もし、自分が学園を作ることがあったら、寮に自分が住む部屋を用意しなくてはいけないな、と街灯を見上げながら道はふと思った。こんな風に問題を抱えた生徒が夜中、道の家に押しかけることはしょっちゅうだった。

その時、ゆりはどこにいるだろうか。彼女が自分と同じように一生独身であるとは限らない。道は自分の生き方を決して彼女に強制したくはなかった。何でも言い合えるのに、肝心なことをどうしても手紙に書けないのは、捨松さんと梅子さんのことがいつも頭をよぎるためだった。

ゆりはそんな道の胸のうちなど知るよしもなく、アーラムでの楽しい毎日をせっせと書き送り続けた。

――面白い下級生がいるんです。道先生より、ずっとダンスがへたな男の子ですよ。農家出身のボナ・フェラーズという少年は、壁に背中をくっつけて、ワルツを踊る同級生たちを眺めながら、ずっと黙りこくっていた。

「彼、背は高くてハンサムなのに、なんだか冴えない感じね。さっき女の子と踊ったけど、彼女の足を踏んで恥を掻かせたっきり、ずっとああしているそうよ。それっきり誰も彼を誘わないわ」

と、エドナはゆりに意地悪そうに耳打ちした。真面目なフローレンスまでぷっと吹き出したので、ゆりはまあ、と二人を軽く睨んだ。

「笑っちゃ可哀想よ。それなら、私が助けてあげようっと」

ゆりはスカートを滑らせながら進み出ると、フェラーズの前でちょこんとおじぎをしてみせた。

「わからないことはなんでも聞いて。この大学では上級生が下級生の面倒をみることになっているのよ。よければ、ダンスを教えて差し上げるわ」

そう言うと、ゆりはフェラーズの腕に軽く手をかけ、ダンスの輪に引き入れた。見上げるような大きな身体だが、まっすぐな瞳やはにかみが漂う口元は、故郷の弟たちを思い出させた。

「私が引いたら前に出る。あなたが引いたら私が前に出る。ね、簡単でしょ？」

そう言って、音楽に身を委ねながら、彼のぎこちない動きに寄り添った。ゆりの手引きのおかげで、フェラーズは徐々にステップを踏めるようになった。もともと運動神経は悪くないらしく、曲が切り替わる頃には自然と手足が動くようになり、彼もホッとした様子だった。

「あなたはスペイン人ですか？」

ようやく口を開いたと思ったら、フェラーズがそんなことを言うので、ゆりは笑い出した。

「まさか、日本人よ。ユリ・ワタナベと言います」

彼はたちまち真っ赤になった。

「失礼しました。黒い巻き毛に黒い目をしているし、ダンスがお上手だから……。日本人はみんな、こんなに踊りが上手いんですか？」

「どうもありがとう。日本で一番ダンスの上手い女性にみっちり鍛えられましたから。ダンスに肝心なのは、優しさよ。相手と呼吸を合わせることが大切なの」

フェラーズが呼吸をつかんだのを見届けると、エドナに引き継いでもらい、ゆりは輪をさっと抜けた。

「アーラムハート」と呼ばれる円形の芝生を横切り、蔦の絡まる女子寮を目指した。本当はもっと踊っていたいけれど、フランス語の予習がある。辺りはもう真っ暗で、ダンス会場のきらめきが徐々に遠のき、ふいに異国の寂しさが迫ってきた。

その時、背後に気配を感じた。ゆりの歩みに合わせて、誰かがぴったりと後ろに寄り添っている。息遣いから、男だ、とわかった。ゆりは大きく息を吸うと足を止めた。咄嗟のことにつんのめる格好となった不審者の手首を摑み、芝生に叩きつけた。呼吸を整えながら見下ろすと、アーラムハートに横たわり呻いているのは、さっきのフェラーズだった。

「あなた、何やってるの!?」

「これも、日本で鍛えられたものなんですか」

痛そうに背中をさすりながらも、フェラーズは興味津々といった口ぶりで、こちらを見上げている。せめて一言お礼が言いたくて付いてきたけれど、なかなか声をかける勇気がなかったという。

それ以来、フェラーズはすっかりゆりになついて弟のように後を付いて回るようになった。

「あなたのワンちゃんは元気?」なんてエドナやフローレンスにからかわれるようになって、ゆりはこそばゆい。

「ゆりさんが褒めていた『武士道』、素晴らしかったです。僕、日本についてもっともっと学びたいんですが、何か他にも英語で読めるものはありませんか?」

「そうね、小泉八雲の本がポピュラーね。でも、私はあんまり好きではないのだけれどね」

バーベキューや図書館で交わした何でもない会話までフェラーズはせっせと手帳に書き留めて、次に会うときまでには必ず、ゆりのお勧めを学んで、自分の物にしていた。

大きな身体に素朴な笑みを乗せたフェラーズが小さな少女のようなゆりに付き従っているさまはユーモラスで、キャンパスの名物となっているらしい――。

いつかぜひ、彼に会ってみたい、と返事を書きながら、道は二人の姿を思い浮かべ、くすくす笑った。

16

最終学年の生徒たちが卒業アルバム用の写真を撮り終えてホッと一息ついたのもつかの間、緊急職員会議が開かれた。梅子さんの調査で、神近市子が青鞜に出入りしていることが判明したというのだ。市子の卒業は一旦取り消しとなり、卒業の条件として、青森の弘前高等女学校に赴任することが決まった。

道が問い質《ただ》しに行くと、市子はがっくりとうなだれた。

「はい。私、確かにらいてうさんたちの集まりに参加していました。それだけじゃなくて、ペンネームで寄稿もしていたのです……」

角ばった肩に、道は手を乗せた。

「さすがに梅子さんは厳しすぎると思ったけど、それは校則違反かもしれない。寄稿してお金をもらうのは……。でも、そういえば、あなた、小説好きだったものね」

「はい、私、将来は小説家になりたいのです」

市子は急に姿勢を正し、はっきりした口調になった。

「じゃあ、集まりは楽しかったのね？」

道がそう言うなり、彼女の頬にみるみる赤みが差し、目が見開かれた。

「ええ、すごい方とたくさん友だちになれました。尾竹一枝さんとは親友になりました。それと……、伊藤野枝さんという方と知り合いました。とっても過激で大胆な方。叔父さんの決めた結婚をはねつけて身一つで逃げてきて、大恋愛をしたんです。私の考えなんて古いんだわ、って気付かされました。みんな女子英学塾にいたのでは知り合えないような面白い方ばっかり。初めて居場所を見つけた気がします」

まるで恋するようにうっとり視線を泳がせたが、すぐに肩を落とした。

「でも、平塚さんは私のこと、優等生の八方美人だって、いつも呆れていました。おまけにミス・ツダにも、見切りをつけられたし……」

「違うわ。平塚さんがあなたを気に入っているように、梅子先生はあなたの学力を買ってるわ。退学にしなかったのは、あなたをどうしても引き止めておきたかったからよ。あなたは賢くて才能があるから、引っ張りだこなのよ」

道は市子の手を強く握りしめた。ものを書くというより、草や土が似合うような硬く丈夫そうな手だった。すると、彼女は遠慮がちに口を開いた。

「青鞜のみんなが好きです。でも私、ミス・ツダは、彼女たちが言っているような四角四面の排他主義者には思えないのです。以前、寮を出ようとした時、私、嘘をつきました。母が上京してくるから一緒に住みたいって。本当は寮で孤立していたから、一人で暮らしたかったのです。あからさまな嘘でしたのに、ミス・ツダはお母さんと暮らすのは大いに結構、親孝行しておやりなさい、ととても無邪気に私を応援してくれ、喜んでおられました。あの優しいお顔を思い浮かべると、恨む気にもなれません」

道はふと思い出した。去年の正月、道は渡辺家を一人で訪れたのだった。ゆりの弟たちが三島の停車場まで荷物を運ぶために賑やかに迎えに来てくれたばかりではなく、家に着くなり、うなぎやおせちで大歓迎を受けた。その時、弟の邦夫さんが何気なくこう口にした。数日前に梅子さんが突然、この家を訪れた、と。そして、関係者から伝え聞いたらしい、アメリカでのゆりの様子をこと細かく教えてくれたのだという。大切な塾生を留学に送り出した責任から、その家族まで気にかけて遠方に足を運ぶ梅子さんのきめ細やかさに、あの時、道の胸は熱くなった。

悩んだ末に学長室に向かい、市子の青森行きは取りやめ、卒業させるべきだ、と梅子さんに要求した。

「何わけのわからないことを言っているの。私のやり方に反対なら、道さん、あなたこそ、ここを出て行くべきじゃないの？」

梅子さんはひどく疲れているように見えた。髪に白いものが増え、体重もさらに増したようで、動くことさえ億劫《おっくう》そうだ。最近の彼女は様子がおかしい。この間、校内で泥棒騒ぎがあった時も、決して咎めないから名乗りでなさいと言っておいて、いざ犯人がおずおずと名乗り出ると、即刻退学を申し渡したのだ。

「梅子さんが生徒に厳しいのは、誰かのせいで、誰かの道が絶たれるような不幸をもう見たくないからなのだと思っています。でも、それは……。ご自分が捨松さんに見放されたと思ってらっしゃるからでしょう？　だとしたら、違うと思うんです。捨松さんは今でも梅子さんのこと……」

梅子さんは最後まで言わせず、短く遮った。

「あなたのような理想主義者に学園を運営していくことは無理ね。私の見込みちがいだったわ。今日はもう出て行って」

言うなり、梅子さんは背を向けた。道は後ろ手でドアを閉めながら、初めて彼女の家を訪ねた日のことを思い出していた。あの時からずっと目標で、憧れだった。対等とまでは思わなくても、同志であると見做してくれたのかな、と思い上がっていた時期もある。見切りをつけられたのは市子ではなく、道の方だった。

北に旅立つ市子の見送りに、道も行くことにした。その日の朝、上野の停車場に辿り着くと、女たちの一群が市子を取り巻いていた。垢抜《あかぬ》けした青鞜のメンバーと、袴の襟元をきつく合わせた女子英学塾の生徒で二分されている。その境界線を跨《また》ぐように何故か青山菊栄がすっくと立っていた。すれ違う人々が振り返るほど、それは目を引く集まりだった。

「あーら、ミス・カワイでしたっけ？　お顔をすっかり忘れてましたわ。女子英学塾の皆様から見れば、我々は『悪魔』ですから、こうして話しかけるのも、迷惑なのかしらねえ？」

こちらを見ると顔をしかめて、声をかけてきたのは、控えめながらはっとするほど洗練された色合わせの着物をきた平塚らいてうだった。新聞などでよく写真を見るので、退学を最後にずっと会っていないという気がしない。彼女の周りの女たちの中には、市子が話していた一枝や野枝もいるのだろうか。

場に緊張が走ったが、市子が吹っ切れたように晴れやかな顔で一同を見渡した。

「みなさん、今日は忙しい中、来てくれてありがとう。この度は、お騒がせして申し訳ありません。あの、でも、私、何だか楽しみにもなってきているのです。何か、新しい世界を切り拓くような気持ちだわ。女の子たちを教えるのも楽しそう。河井先生も確か、北海道に居らっしゃったからおわかりでしょう」

彼女はこちらをちらっと見た。無理をしているのではない証拠に、その声にはバネが入っているように張りがあった。

「北の街って、私が好きなロシア小説に出てくる街みたいなんですもの」

「ミス・ツダが大嫌いなトルストイね!!　私、読んでるだけで学長室に呼び出されましたよ」

菊栄がまぜっ返すと、女子英学塾の女子たちと青鞜のメンバーが同時にどっと笑って、ようやく和やかな送り出しとなった。列車に乗り込む市子にみんなで声援を送り、いつまでも手を振った。列車が消えてしまうと、思い思いの解散となった。

道はなんとなく立ち去りがたく、その辺をぶらぶらと歩いた。上野のプラットホームには、上京したばかりらしい貧しい身なりの少女が大勢いる。不安そうな彼女たちの眼差しが気にかかり、しばらくそこに立って様子を見ていた。東北の大飢饉《ききん》により家出人が急増している、と報道されたばかりだった。雑踏の中で、行き交う人に突き飛ばされてふらついたり、行くあてもなさそうにぼんやりと立ちすくんでいる少女たちの姿が目に焼きついた。

盛大に送り出されたものの、市子は一学期限りで、東京に戻ってくることになる。青鞜に載った写真が赴任先で問題となり、解雇されたのだ。帰京後、市子は講師や秘書などの臨時の仕事を経て、尾竹紅吉と名を改めた一枝と雑誌を創刊したのち、新聞社に就職する。

上野の見送りから数日後、道は菊栄の自宅を訪ね、相談を持ちかけた。

「あのね、菊栄さん。YWCAの活動で上野停車場で上京したばかりの女性たちに声かけ運動をしようと思うの。故郷から家出同然で出てきて、悪質な業者に騙され、売春させられたり、劣悪な環境で働くことになる人は多いと聞くわ。未然に防ぐには、東京に到着したばかりの女性に、何か困っていることがないか、直《じか》に聞いてみることだと思う。ぜひ、菊栄さんに助言をもらいたいわ。あなたは誰よりも社会問題に精通しているのだもの」

聞くなり菊栄は嫌そうに鼻にしわを寄せた。

「まあ、自己満足という気もしますけどね。道行く人の足を止めるというのも、迷惑なのじゃないですか？　まず、改善を促すべきなのは、彼女たちを搾取する資本家たち、男性側の意識ですよ。でも、まあ……」

そこで菊栄は言葉を切り、こちらをじっと見つめた。眼鏡の奥には真摯な色が浮かんでいる。

「何もやらないより、ずっとましだとは思います。イエス様のありがたいお説教をかますんじゃなくて、相手の話を聞くことが肝心です。そうですね。停車場で話してハイ終わりじゃなく、彼女たちが寝泊まりできるような場所を近くに設けるというのはどうでしょうか。その場で片付かない問題もあるでしょうし、停車場で夜明かしして、危険な目に遭う少女も大勢いると聞きます」

道はなるほど、と思い、彼女の言うことを全てメモに取って、計画を練った。YWCA「労働婦人部」のみんなに呼びかけ、湯島天神に事務所を借り、簡易宿泊施設にもなるよう、寝具や日用雑貨も調達した。

その年、道たちは胸に「旅行者の友」というバッジをつけ、早朝の上野停車場に立った。大荷物を背負ってキョロキョロと困ったように立ちすくむ女性や、所在なげな少女を見つけると「何かお世話できることはありませんか？」と近づいて行って声をかけた。

ある少女二人組に話しかけた時は、いきなりわっと泣き出されたので、道は身を乗り出した。聞けば、故郷から家出同然に出てきて奉公先を探しているというので、その日は宿泊施設に連れて行き、ご飯と味噌汁、卵焼きを与え、家族に連絡した。翌日、道の知人のつてを探して、住込みつきの就職先を案内した。

この取り組みは新聞で大きく取り上げられ、継続が決定した。

切り抜きをゆりに送ると、彼女はとても喜んだ。

――松岡朝という成績優秀な本科生がいます。一年で塾を去るそうですが、彼女も卒業後はぜひ、アメリカで学んでみたいそうです。しかし、ご両親は結婚をさせたい模様。あなたに一度、会わせてみたいと思っています。

道先生の最新のお手紙にはそう書かれていた。

随分、朝のことが気に入っているらしく、彼女にかなりの行数が割かれている。嫉妬はよくないと思いつつ、ゆりはなんだか胸がざわついてしまい、紅茶を淹《い》れ直し、何度か読み直していたところで、ドアをノックする音がした。掛け時計を見上げると、もう消灯時間が目前だった。エドナかフローレンスかな、と思って寝巻きのままドアを開け、ゆりはあっと声をあげた。そこに立っているのはなんと、たった今姿を思い浮かべていたその人だったのだ。

「道先生！　どうして⁉」

こんなに嬉しいことは、今までの人生で初めてだった。

四年ぶりの再会に、ゆりと道先生はしっかり抱き合った。道先生の髪や洋服からはヒノキと番茶を混ぜたような懐かしい日本のにおいがした。

ベッドに腰掛け、道先生はゆりの淹れたコーヒーを飲み、ああ、おいしい、ゆりちゃんの味ね、と微笑むと話し始めた。YWCA全米幹部養成所で一年間の研修を受けることになり、急遽《きゅうきょ》ニューヨークに派遣が決まった。渡米を告げる手紙がゆりに届くより早く、道先生が到着してしまったというわけだ。

「ここに来る途中にサンフランシスコのエンジェルアイランド移民一時収容所の視察に行って、写真結婚で入国する日本女性たちに会ってきたの」

第一次世界大戦が始まって一年。日英同盟を理由にドイツに宣戦し、どさくさにまぎれて中国進出をもくろむ日本にアメリカは冷たい目を向けている。渡航中も排日感情が高まっているのをひしひしと感じたことを、道先生は打ち明けた。

移民一時収容所は衛生的とは言いがたい、寒々しい空間だった。寄生虫の検査待ちの女性の多くが、現地に住む日本人男性との写真だけのお見合いを経て入国を控え、誰もがこれからの暮らしを思って不安そうだったという。

道先生が声をかけると、ここでの食事が貧しいことを彼女たちは口々に訴えた。道先生は、日本で流行《はや》っている女優髷《まげ》や真っ白な白粉《おしろい》はアメリカにはそぐわないこと、靴とハンカチは清潔にすること、厠や風呂場の使い方について熱心に教えた。たった一時間強の会話だったけれど、建物を去る時に振り向くと、彼女たちが振る無数の白いハンカチが窓にはためいていたそうだ。


道先生がアメリカにいる一年の間ゆりは何かと理由を見つけては会う機会を見逃さず、スケートや観光を一緒に楽しんだ。道先生はしきりに噂のフェラーズに会いたがったが、残念ながら、彼は進学の準備のため飛び回っている真っ最中だった。なんと米国陸軍士官学校、ウエストポイントに入学すると言って、中退を決めたばかりなのである。

「ボナが軍人さんなんて、なんだか全然ピンとこない話だわ。実家の農家を継ぐ方が向いているような気がするんだけど」

すぐにやめてしまいそうだし、出世もしなそうだな、とゆりは不安に思い一応は引き止めたのだが、フェラーズの瞳は希望でキラキラしていた。

「ゆりさんが日本人の精神を教えてくれました。弱きを助け、強きをくじくには、僕にはこれしか道がありません。あなたのおかげで決めることができました。ご恩は一生忘れません。いつか必ず日本に行き、ゆりさんと道先生に会いに行きます」

その後、ゆりは重たい中耳炎にかかり卒業を危ぶまれたが、大学からの配慮を受け最終試験を免除され、全快と同時に優秀賞を授与された。

仲間たちもそれぞれの進む道を決めていた。ゆりがキューピッドを務めたおかげで、エドナとピーターソンは婚約。成績優秀なフローレンスは大学に残るという。みんなの憧れ、上級生のトム・ジョーンズは教師を目指し、なんと日本に旅立ったという情報も流れてきた。「実はゆりの影響じゃないか？」と噂されたが、手の届かないアイドルのような彼が、自分を気にかけていたとは考えにくく、すぐにその可能性を忘れてしまった。仲間たちとは離れ離れになっても連絡を取り合うことを固く誓い合った。

ゆりの卒業と同時に、道先生はYWCA全米幹部養成所で研修を終え、二人は合流して同じ船で帰国することになった。会っていない時間を埋めるお喋りは尽きなかった。

道先生は、カリフォルニアで現地に暮らす日本人女性に聞き取り調査をするうちに、祖国では良しとされている謙虚で控えめな振る舞いが周囲の誤解を生んでいることに気付いたのだという。英語が苦手で恥ずかしくてなかなか口に出来ない、と打ち明けてくれた、かつて教師をしていたというその女性に、道先生は真剣に伝えた。

――発音なんて下手でもいいんです。グッドモーニングがグズモーニとしか言えなくても、そのまま発音していいのです。何を考えているかわからない、主張をしない相手を、アメリカ人は一番信用しないのです。それに声に出さないと英語はなかなか上達しないのは本当なのですよ。

彼女はそんなこと考えてもみなかった、と驚いていたそうだ。道先生はニューヨークに着いてからも、ヨーロッパ移民についての研究を続けて、世界から集まったYWCA幹部婦人たちと情報を共有した。

「私、帰国したら、アメリカに移民として渡る日本婦人たちのための教室を横浜で開こうと思うの。ちょっとした心掛けでアメリカでの暮らしはスムーズに楽しくなるって知ってもらいたい」

「じゃあ、私は、アメリカで学んだ、共学の良さを広めたいです。男女が対等に友として付き合うことは素晴らしいって」

「そうね、いつか学校を作るためにも、今はまだまだ二人で教育の可能性を探る必要があるわねえ」

航海中はそんな風に今後の計画をいつまでも語り合った。一人だと暇なのに一緒だとこんなに船旅って楽しいものなのね、とお互いに驚きっぱなしだった。毎日甲板に出てデッキゴルフやゲームに夢中になっていたせいで、横浜港に着く頃にはゆりはこんがりと日に焼け、迎えに来た弟の邦夫が、六年ぶりとはいえ、姉とはわからなかったほどであった。

17

帰国後、ゆりはＹＷＣＡで働き始めるのと同時に、女子英学塾で非常勤の講師を始めた。入れ替わりに、道は女子英学塾を辞任し、ＹＷＣＡ総幹事として社会教育活動一本に舵《かじ》を切った。女子英学塾最後の日、お世話になりました、と職員室で頭を下げる道に梅子さんは、

――どうしても辞めるのね。

とだけ短く言ったのが、事務仕事をしていたゆりにも、かすかに聞こえてきた。

――あなたも結局、私を一人にするのね。

その時、道が何の反論もせず静かに引き退《さが》ったことが、ゆりはいつまでも胸にひっかかっていた。

すぐに二人で麴町下六番町に家を借りて、新たに女中さんを雇った。ずっと夢見ていた道との暮らしは、毎日がクリスマスのようだった。洋装がすっかり板についたせいで、道と一緒に近所を歩いていると、西洋人の姉妹と間違われることが多々あった。夜、食事を終え、くつろいで熱いお茶やお菓子を食べながら、その日あったことを報告し合うのが二人にとっていちばん好きな

時間だった。この日々がずっと続けばとゆりが願うたびに、梅子さんの言葉が蘇る。女同士の関係は永遠じゃない――。でも、そこに抗う方法が一つもないなんてことが、あるのだろうか。

例えば、捨松さんが大山巌さんに「あなたと結婚はするけれど、梅子さんの学校で教師になりたい」と要求することは出来なかったのだろうか。なんだかゆりには、梅子さんも捨松さんも、男たちに我慢をさせられ、彼らの人生を盛り立てるために離れ離れにされたようにしか思えないのである。アーラム大で男子と対等に付き合い、要求を通すことを学んだ今、ゆりはもし自分が将来結婚することになっても、その相手に「道先生との絆を優先したい」とまっすぐ目をみて、伝えることができそうな気がする。そんな条件をすんなり飲んでくれる相手なんてなかなかいないのだろうけれど、万が一見つけることができたら、それがどんな男だとしても彼を私の夫にするんだ、とゆりは密かに胸に誓った。

ある日、ゆりが女子英学塾に行くと同僚も生徒も騒がしい。朝礼前に緊急職員会議が開かれた。まだ学校に籍のある神近市子が、なんと逮捕されたのだという。相州葉山の日蔭茶屋でアナーキストの愛人、大杉栄を刺したという一大スキャンダルにゆりは絶句した。幸い大杉の命に別条はないが、自首した市子さんは現在、勾留中だそうだ。

「神近市子は今日をもって本校から除籍とします。ここでの在籍記録は抹消します。これで我が校が負う責任は一切ありません」

梅子さんは最初に厳しい口調できっぱりとそう言った。どの教師も黙って頷いている。

「あの、神近さんを私たちは今こそ、姉妹として助けるべきではないでしょうか。彼女はこの事件の、被害者ではないですか？　大杉栄という人の悪い噂は、卒業生の青山菊栄さんからたくさん聞いています」

ゆりがおずおず申し出たら、冷たい視線がいくつも刺さった。ゆりとて、新聞記者として時折学校に出入りしていた神近市子さんとは、言葉を交わしたのも数えるほどだ。でも、道の手紙でその人柄はよく知っているし、佇まいだけで真面目で努力家の女性だということはわかる。

「あの四角関係は全部、大杉栄が悪い。別に素敵でもなんでもない男ですよ。あいつに金がなさすぎるからこんな騒ぎになったんですよ」と、菊ちゃんは苦々しげな表情で伝えた。どういう風のふきまわしか、菊ちゃんは最近「青鞜」に原稿を書くようになったこともあり、社会主義界隈《かいわい》の人間関係に精通していた。大杉には妻がいるばかりではなく、市子さんと同時に彼女がかつて褒めていた伊藤野枝とも付き合っていたのだという。その噂が広まったせいで、市子さんは記者の仕事も失い、仲間も離れ、孤立していた。聞けば、市子さんの翻訳の内職で、他の三人が養われているというような歪《いびつ》な関係だったらしい。優等生の市子さんが遊び人の大杉氏に「これが自由で新しい多角的恋愛関係だ」と丸め込まれ、心や身体が悲鳴をあげるまで無理をしていた、という事情は大いに想像のつくことだった。このゴタゴタのせいで、伊藤野枝がらいてうから編集長を引き継いだ「青鞜」は現在休刊しているのだという。

道は帰宅したゆりから話を聞くなり、彼女を伴ってすぐに横浜監獄に駆け付けた。

「私が莫迦だったんです」

面会室に現れた市子は、青白い顔でそうつぶやいた。ろくに食べていないようで、顔は細くなり、骨ばった体はよりいっそう、硬そうに見える。大杉栄と野枝の旅先に押しかけて口論となったら「ほら、金を返せばいいんだろう」と大杉に札束を叩きつけられ、頭が真っ白になった。自殺するつもりでしのばせていた短刀で彼を刺したのだという。

「あの夜、野枝さん、すごく魅力的で、大杉さんの隣に寄り添っていた。私のこと心底、軽蔑《けいべつ》した顔で見下していた。私が勝てるわけ、なかったのに。大杉さんの言う理想の男女関係って結局のところ、野枝さんとのことだったのよ。彼に、野枝は俺を理解してくれるのに、お前はカタすぎる、っていつも莫迦にされてた。私が背伸びして、二人の関係にちょっとだけ触って、お金を奪われていただけ。野枝さんは私のこと、笑ってたに違いないわ。故郷の母は泣くわ。もうおしまいよ」

彼女が大杉栄ではなく、野枝の話ばかりするのが、道は気にかかった。

「何を言っているの。あなたの人生はまだ、何も終わってないじゃない。ここを出たら、小説家になるのよ。ここでの体験を書けば、必ず有名な小説家になれるし、人は何度でもやりなおせる、ということをみんなに教えられるわ。お母様はどんなに誇りに思うでしょう。それに伊藤野枝さんって、そこまで自由でも新しくもないから安心なさい」

道がそう言うと、市子はぽかんと口をあけた。市子は伊藤野枝をしきりに意識し、彼女に比べて自分は保守的だと卑下するけれど、野枝の大胆さや新しさとは、よくよく見てみれば全て恋愛に関することばかりではないか。

ここに来るまでに道は初めて「青鞜」を熟読した。伊藤野枝の寄稿はどれも首を傾げたくなる内容だった。矯風会の公娼廃止運動を偽善的なエゴと断罪し、娼婦は男性にとって必要な存在だからなくそうとするのは不自然であると息まいているが、細かいところをつっこまれると「知らない」「時間がなくて」と繰り返す。感情だけで書き殴っているに過ぎないとわかるから、キリスト教主義を野枝にこき下ろされても、道はさほど腹も立たず、冷静に読むことができた。ただ、その熱と気迫と何の準備もなくぶつかってくる文章には、眩しいものが感じられた。こういった勢いや自信は、日本女性に一番欠けている部分であるのも事実だ。

その一方、野枝に対する青山菊栄の反論文はさすが、とうならされた。どうして娼婦を買う側の意識は変えられないと諦め男の側に立つのか、と野枝を淡々と批判する。公娼廃止は可能である、と具体例を示しながら訴える。ただし矯風会の運動の一部は評価してはいるものの、キリスト教主義の慈善活動については批判的で、そのいくつかは思い当たる節があり、ぐさりと胸に刺さった。菊栄に真正面から見つめられた時と同様、後ろを振り返りたい気持ちになってくる。

「野枝さんの書いたものを読んだわ。彼女にはむしろ、市子さんが必要だったのだと思った。あなたたち、大杉さんを奪い合うのではなく、二人で何かやるべきだったのよ。目指すのは同じ、女性が我慢しなくていい世界なんでしょう？」

市子は惚《ほう》けたような表情でこちらを見ている。ゆりも驚いているようだ。

「そうよ。市子さんは、私にはわからない野枝さんの良いところをわかっているじゃない？　あなたたち、お互いにないものを補い合えたのではないかしら。議論は大切だけれど、野枝さんと市子さんが敵対する理由なんて本当はどこにもなかったのよ」

ゆりはその時、市子が野枝の話をするとき、梅子さんが捨松さんを語る時と同じ目になっていることに気付いた。市子はぽつりと言った。

「私、彼女に醜い嫉妬をしてました。彼女が羨ましくて、憎くて、消えてしまえばいいと思ったのです」

「でも、野枝さんではなく、あなたは、大杉さんを刺したじゃない。それが答えよ。あなた、賢い人だもの。本当はわかっていたのよ」

道が言うなり、市子は手で顔を覆うこともなくわっと泣き出した。

「女同士が手を取り合えば、男は戦争できなくなるのにねえ」

監獄からの帰り道、道がそうつぶやくと、ゆりは不思議そうな顔を向けた。

「それは聖書の言葉ですか？　初めて聞きます」

「いえね、今、急にそう思ったのよ」

翌年、市子は四年の刑を宣告されたが控訴。控訴審では二年の刑となり、十月から服役した。

それからしばらくの間、女子英学塾では、神近市子の名前を出すことさえ憚られた。梅子さんを尊敬するけれど、彼女とは生徒に対する考え方が違うことが、ようやくゆりにもわかった。おかげで、いつかここを出て、道と二人で作る学校を以前よりもはっきりと思い描けるようになっていた。

18

上京してきた道の母のたっての希望で、ゆりと道も一緒に青山練兵場に足を運んだのは小雨のぱらつく朝だった。新聞社が主催する、来日中の女性パイロット、キャサリン・スティンソンの曲芸飛行を見るのが目的だ。道の母はキャサリンが大好きで、ブロマイドや絵葉書をせっせと集め、新聞で彼女の記事を見つけてはスクラップブックを作っている。道たちが到着し入場券を手に入れた頃には空はからっと晴れ渡り、すでに大勢の見物人たちが練兵場の外まで溢れ出していた。

牽引《けんいん》式複葉機の操縦席に座るキャサリンの顔は遠すぎてよく確認できないが、褐色の長い髪が日差しを受けて輝いている。エンジンの轟音《ごうおん》が響き渡り、どよめきが起こる。しばらく滑走した後、飛行機が離陸し、ふわりと宙に浮き上がると、さらに大きな歓声が湧いた。空をぐんぐんと駆け上り、白い煙がリボンのように伸びていく。あちこちから「万歳」という声があがった。

「女が空を飛ぶなんてねえ、母さんの若い頃には考えられなかったわ」

そう言って道の母は、眩しげに青空を見上げた。雪のようにはらはらと降ってきたのは、キャサリンが空から撒《ま》いた広告だった。道の母は屈んでせっせと集め、持ってきた絹の袋につめこんでクッションのようにふくらませ、ぽんと頼もしげに叩いた。それ、どうするの？　と道が聞くと、持ち帰って牧戸のみんなに見せるのだ、と胸を張った。

「すごいわねえ、道。まるで鳥みたいだったわねえ。私も死ぬ前に一度でいいから飛んでみたいものだわ。あんなに高い所から世界を見てみたい。道、せめて私の代わりにあなたが空を飛んでちょうだいよ」

帰りの市電の中で、道の母は何度も袋からチラシ広告を取り出しては、大切そうに眺めていた。キャサリンの人気はそれに留《とど》まらなかった。翌年の春、道は伝道中に、キャサリンの曲芸飛行を見物に来た女性と汽車で隣り合うことになる。

長崎、熊本、福岡、広島を一人で回った帰り道だった。汽車内は乗客で溢れ、道の利用する三等車両は、何人もの若い男が歯を食いしばって外側の窓枠にへばりつき、気を抜けば線路に振り落とされるような状況だった。道は、隣に座る、赤ん坊を抱えた若い母親が押し潰されないよう、覆いかぶさる姿勢を取って、あやしたり話しかけたりして過ごしていた。

「ありがとうございます。実は私、キャサリン・スティンソンを見たくて神戸に行くところなんです」

その母親は言った。道が東京の青山で興行飛行を見たと話すと、羨ましがって耳を傾けた。

彼女が降りるのを見届けてほっと息をつくまで、道は横に置いていた手提げが消えたことに全く気付かなかった。中身は着古した肌着にお弁当と蜜柑《みかん》、替えのシーツや聖書くらい、いつもそうであるように大した額は入っていない。こういうこともあるだろう、と手提げ自体への諦めはすぐについたが、東京までの切符だけが惜しかった。大阪から東京まで一晩かかる時代である。ひとまず、道は大阪で下車した。

大阪といえば、あの広岡浅子さんが住んでいる。彼女の亡き夫の実家である加島屋は今や、浅子さんの力で有名銀行に成長していた。彼女はよく「嫁いだばかりの十八歳の頃、新撰組の土方歳三が金を借りにきたくらい、地元では有名な高利貸し屋や」と自慢しているくらいだから、誰かに聞けばすぐに場所はわかるだろう。加島屋で帰りの切符代を貸してもらい、出来れば朝ごはんを奢《おご》ってもらおう、と道は決めた。東京に着くまでに食べるつもりだったお弁当も奪われ、お腹はぺこぺこだ。しかし、大阪駅界隈は東京以上に発展していて、道行く人は誰しも足早に目的地に向かってまっしぐらなので、物怖《ものお》じということを知らない道でさえ、何人にも声をかけそびれてしまった。

うろうろしているうちに、女ばかりの行列が向こうからやってくるのが目に入った。何人かが『遊郭反対』と書かれた木板を掲げ、道行く人にビラを配っている者もいる。大阪に遊郭反対の動きが広まっていることは、矯風会の講演会のおかげで、東京でも話題になっていた。

「飛田《とびた》新地の遊郭建設を認めるな！」

「女性への暴力、断固阻止せよ！」

「親や兄弟のために売られた女性たちを助けよう！」

「売る側ではなく買う側を罰せよ！」

先頭で声を響かせているのは、白髪混じりの長い髪を風になびかせた小柄な女性だった。前髪がふわりと持ち上がった時に、彼女の右目が眼帯で覆われていることに気付き、道は釘付けになった。身体が動くままにまかせ、気付けば、夢中で行列を追いかけていた。身なりの悪い男四人が彼女たちを取り囲み、絡み始めた時には、中心地をだいぶ離れ、川沿いの静かな路地に入っていた。

「あんたんとこに、駒って遊女が匿《かくま》われているらしいな。とんだ営業妨害やで」

一番身体の大きな男が眼帯の女性の前に立ちはだかっている。行列は歩みを止めた。

「こないなことしてもなあ、遊郭はなくならへんねん」

「遊郭のおかげで貧しい娘が親孝行できる、社交が盛んになって商売は活気づく、普通の娘の貞操は守られる。良いことづくめやないか。感謝して欲しいくらいや」

「お前んとこの孤児院やらに火をつけたろか？」

男たちは女たちからビラを取り上げ、地面に叩きつけ、足で踏んづけている。あちこちで悲鳴があがった。助けなければ、と道が身を乗り出した瞬間、眼帯の女性がよく通る声でこう言い放った。

「あなたは強いゴリアテです」

「ごりあて？　なんや、意味わからんおばはんやな」

「ゴリアテは巨人、あなたから見れば、私は少年ダビデです。でも、ゴリアテはダビデの投げた石で殺されたのです」

「何言っとんねん？」

「旧約聖書のサムエル記上、第十七章、ですね！」

道は咄嗟にそう叫び、飛び出していった。眼帯の女性の顔がたちまちぱっと輝く。初対面の彼女と背中を預けあう形で、道は男たちに構える姿勢を取った。

「お前、なんやねん」

男が彼女に向かって大きく手を振り上げる。次の瞬間、男の身体が川に突き落とされた。道ははっとした。眼帯の女性はただ、黙って立っている。眼帯がむしろその整った顔立ちを怜悧《れいり》に引き立てていた。すぐさま飛びかかってきた大男を、今度は道が撥ね飛ばした。男たちは地面に尻餅をつき、信じられないといった表情で道たちを見上げている。

「逃げろ！」

行列の女たちが警官を引っ張ってきたのを見て、男の一人が叫び、たちまち彼らは散っていく。警官に事情を説明し、また連中が来ないとも限らないので、ひとまず行列は解散となった。

「もしかして、あなたも新渡戸先生から普連道を継承されているの？」

道が夢中になって尋ねると、眼帯の女性は首を傾げた。

「新渡戸先生ってあの新渡戸稲造？　いいえ、私はこの術を矢嶋楫子先生から伝授されています。先生は夫からの暴力に苦しんできたから、護身術を独学で学ばれて、それを女性たちに教えていらっしゃるの。遊郭の男たちは乱暴でね、言葉で説得しようとしてもこの通り、怪我が増える一方だから。私、キリスト者の無抵抗主義者ですが相手の力をテコにした防御はしていいことにしているんです」

「矢嶋楫子さん？　矯風会の？　私、尊敬していますの」

道がそう言うと、彼女の厳しい表情が崩れた。

「まあ、先週、矢嶋先生もこの行進に参加されたばかりなんですよ。申し遅れました。私、矯風会大阪支部代表で孤児院・博愛社理事の林歌子と申します」

「私はＹＷＣＡ日本総幹事の河井道です。初めまして」

お互いもちろん評判は伝え聞いていたし、話せば共通の知人も多い。歌子さんは渡航経験もあるばかりか、かつて立教女学校で教えていたということもあって、ぴたりと呼吸が合った。行進もお開きだし、すぐそばの中之島で大阪婦人ホームを経営しているので、お茶でもいかが、と言われて、道は誘いを受けることにした。歌子さんの後をついて川沿いを歩いていった。ごく普通の民家の戸を叩くなり、感じのよい若い女性が出迎えてくれた。

「ただいま、帰りました。駒さん。こちらは河井道さん。ＹＷＣＡの方よ」

歌子さんが言うと、駒さんと呼ばれたその娘はすぐにお茶の支度を始めた。応接室はきちんと片付き、質素な家具でも手入れが行き届いていた。中央の机に置かれたガラス瓶の中に、赤や緑の斑点《はんてん》が散ったぐにゃぐにゃとした物体が浮かんでいる。

「これ、なんですの？」

道が怪訝な顔をすると、

「あ、それ死んだ連れ合いの心臓よ」

歌子さんがこともなげに言うので、小さく悲鳴をあげてしまった。歌子さんはガラス瓶を手に取ると、懐かしそうに目を細めた。

「小橋勝之助というの。博愛社を私と一緒にやろうと誘ってくれた人。ほら、見て。ところどころ、変な色になっているでしょう。お酒のせいで、身体を蝕《むしば》まれ、最後はひどい苦しみ方だった。子どもの頃から、親に無理にお酒を飲まされ中毒にさせられた可哀想な人でね。出会った頃はもう、身体はボロボロだったわ。それで私、禁酒活動を始めることにしたのよ。暴力で苦しむ女性のほとんどが、お酒を飲んだ夫や父親から殴られているの。搾取される女性の実情をさらに勉強するうちに、廃娼運動も始めることにしたわ」

十年ほど前、大阪市の北部地区で大火事があり、曾根崎遊郭が焼けた。歌子さんはこれは好機、とすぐに曾根崎遊郭再建反対運動を起こし、矢嶋楫子や救世軍の山室軍平らの力を借りて、成功させる。のちに難波新地乙部遊郭が火事になった時も、同じように再興を阻止した。売られた女性がいかに辛い目に遭っているか。子どものために良い環境を作ることがいかに大切か、優しい佇まいでまっすぐに訴える歌子さんは世論をすっかり味方につけた。

その時から「火事を起こすな。怖いおばはんに潰されんで」というのが遊郭業者の間で合言葉になったそうだ。とはいえ、大阪にはまだまだ多くの廓が残っている。そんな状況だというのに、大阪の中心地にある、飛田という二万坪の広大な空き地に遊郭を建設する計画が現在着々と進んでいるのだという。飛田付近には九つの学校、動物園や公園、美術館まであって、子どもが安心して暮らせる場所でなければならないのに、と住民からも多くの反対の声が集まっている。

「それでも、遊郭設立を阻止できないのは何故ですか？」

道が問うと、歌子さんは眉をひそめた。

「もともと遊郭に出入りするのは、その土地の有力者ばかりなの。そこでまず土地業者と大実業家が結びついた。さらに議員が暗躍して、大阪府庁と内務省を動かしたせいね」

その時、お腹が鳴ってしまい、道は顔を赤らめた。荷物を盗まれたことは言いそびれていた。

「あら、道さん、もしかして、お腹が減っていらっしゃるのね」

歌子さんが声をかけ、駒さんが薄い煎茶と一緒に梅干し入りのおむすびを運んできてくれた。彼女が行ってしまうと、歌子さんは戸の方を見つめながらこう言った。

「あの子はもともとは親に売られ、遊郭で働かされていたの。逃げてからはここで私を手伝ってくれているのよ。売れっ子だったものだから、男たちが何度もあの子を連れ戻しにこようとするの。さっき絡んできた連中もそう。この婦人ホームは、女性の職業指導と職業紹介、身の上相談だけじゃなく、保護や救済も目指しているの。経営はまだまだ苦しいけど」

「歌子さんのお考えは素晴らしいです。彼女たちのその後の人生のことまでちゃんと考えているんですね」

夢中でおむすびを食べ終えた道がため息まじりに言うと、歌子さんは首を振った。

「いえいえ。でも、まだ完璧とは言えない。だって、一晩で高額を稼いできた彼女たちが、お裁縫や家事で生計を立てていくことは厳しいわ。辛うじて暮らしが整っても、虚しくなり、心が折れることは、まず間違いありませんもの。少なくとも、私なら、そうなります。綺麗ごとではなく、長い目で見て自活の道を探らないといけません」

道は落ち着かない気分になっていた。公娼制度にはもちろん反対だ。罰せられるべきは買う側だという菊栄の意見にも納得している。しかし、道に、彼女や歌子さんが持っているような娼婦への共感があるかといえば、自信はない。以前、シンガポールへ寄った船の中で、道はヨーロッパ人の娼婦と同じ船室になった。大人しそうな少女も一緒の部屋だったせいもあるが、彼女の下品な振る舞いや、バナナの皮や脱いだ下着をその辺に散らかすことが我慢ならず、口論になり、両者一歩も譲らず睨み合いとなった。結局、道が船の事務長のところに行って直談判し、部屋を変えてもらったのだった。思い出すだけで彼女の無礼には腹が立ち、自分は正しかったと思う。でも、もし、彼女が娼婦でなければ、道はああもカッとなっただろうか。ちゃんと事を分けて話したうえで、生活態度を改めてもらい、一緒の部屋で船旅を続けたのではないだろうか。

「それはそうと、道さん、大阪で何をされているの？」

歌子さんのような人に、金を借りに広岡浅子の家を探しているとは言いづらく、伝道の途中でお金が足りなくなって、泊まる場所もなくて、ともごもご言い訳した。

「あら、好きなだけここにお泊まりになればいいわ。ここは困っている女性の宿泊施設も兼ねているの。部屋が一つか二つ、空いているはずよ。死んだ連れ合いの弟夫婦に孤児院の博愛社を任せてからは、私も今はほとんどここで暮らしているのよ」

歌子さんの笑顔を見ているうちに道の心は決まった。東京には数日帰りが遅れると、電報を打っておけばいい。なんとかしてここで彼女の力になりたかった。

「あの、歌子さん……。以前、ある生徒がこう言ったらしいのです。光をシェアするには、本当に暗いところにまで行き届かなければ意味がないって。失礼ですけど、あれじゃあ足りません。もっと広い範囲にたくさんビラを撒く必要がありますわ。お金や影響力のある方の力を借りるのも重要です」

道は思い出した。母が大切そうに持ち帰ったあのチラシ広告。

「そう、例えば……。空です！　空からビラを撒きましょう。もっともっと情報を広めるのです」

「空からですって。そんなこと、可能なの？」

歌子さんは眼帯をしていない方の目を見開いている。

「去年の十二月、キャサリン・スティンソンの曲芸飛行を母と見たんです！　その時、空から広告を撒いていました。拾って大事にとっておく人が大勢いたんですよ。彼女ならちょうど今、関西に来ています。今日、見物しに来た客と汽車で乗り合わせたのです。今から会いに行って頼むことは出来ないでしょうか？」

道がみなまで言い終わるのを待たず、歌子さんはすぐに立ち上がって、両手を組み合わせた。

「まあ、遊郭反対の行進やらで忙しくてなかなか行けなかったけど、ぜひ一度、キャサリンをこの目でみたいと思っていたの。与謝野晶子が彼女について、素晴らしい文章を書いているのを読んだことがあるわ。確か、鳴尾の運動場を急場しのぎの飛行場にしているんだけれど、そこでキャサリンが他の飛行士と一緒に取材を受けると昨日、新聞で読んだの。ちょうどいいじゃない！十三《じゅうそう》の博愛社から鳴尾はそんなに離れていないわ」

歌子さんは、近所にある小さな印刷所に行って電話を借り、飛行興行を主催する新聞社に連絡した。博愛社での活動をいつも取り上げてくれる馴染みの記者に取り次いでもらい、これから鳴尾の簡易飛行場を訪ねるつもりなので、見物客を避け裏口から入場させてもらい、キャサリンを紹介してもらえないだろうかと頼んだ。

三十分後、記者と連絡が取れると、道と歌子さんはすぐに阪神電車に飛び乗り、鳴尾に向かった。噂の飛行士たちを一目見ようとする客だらけで車内は混雑していた。運動場の入り口に着くやいなや、歌子さんが係の者に名乗ると、すぐに裏口に回されて中に入れてもらうことができた。

芝生の上で大勢の記者やカメラマンに囲まれ取材を受けていたキャサリンは、海老茶のドレスにカーキ色の帽子、白い靴という粋な出で立ちをしていて、十九歳ということだが写真で見るよりずっと大人のレディに見えた。質問が途切れたところで、歌子さんと道は進み出て、背後から声をかけた。キャサリンは二人の英語を喜び、こちらの計画を聞き終わるより早く、こう叫んだ。

「遊郭反対運動のビラを空から⁉ なんて面白い思いつきなのかしら。私、大賛成だわ！」

鳶色の目は見る見るうちにいたずらっぽく輝きだしたが、すぐに彼女は肩を落とした。

「ただ、残念ね。実は私、もう国へ帰るのよ。飛行機はちょうど解体した後で、荷物も積み終わってる。今夜はオリエンタルホテルで、見送りのパーティーがあるから、そろそろ、ここも出ないといけないの。あ、そうだ。ねえ、アートさん！」

彼女は、離れた場所で取材を受けている男性にふいに声をかけた。アート・スミスというキャサリンと同じくらい人気のある飛行家で、道もよく知っている。ひょろっとした猫背、白っぽいブロンドに、笑うとくしゃくしゃになる顔が印象的だ。

「あなた、あさって、大阪を夜間飛行する予定じゃなくって？ 鳴尾からあっちに向かう間に、この方たちのビラを撒いていただけないかしら」

「え、そんな急に……。無理だよ！」

アート・スミスはぶっきらぼうに言い、記者の方を向くために、こちらに背中を向けた。関わりたくない、という気持ちがありありと表れている。

「あーら、アートさんて日本のお偉方と連日芸者遊びしていらっしゃるじゃない？ これくらいのこと、日本の婦人のためにしてあげてもいいんじゃなくて？」

キャサリンが肩をそびやかすと、アートは横顔を赤らめ何やらぶつぶつつぶやいて、離れていった。

「まあ、アートさんが大阪の仕事に気乗りしないのはわかるわよ。あんな目に遭えば誰だってねえ」

キャサリンは声を潜めた。ちょうど一年前の五月、アートは大阪で初の飛行興行を行った。その時、興奮した見物客に飛行機をめちゃくちゃにされたのだ。以来、大阪で人だかりを見ると、緊張して頭が真っ白になるのだという。

「そうねえ、彼の代理人に、アートさんに頼んでもらうように、話してみる。もし断られた場合に備えて、一つだけ、奥の手があると言えばあるんだけど」

そう言うと、キャサリンは片目をつぶり、こちらに耳打ちした。その計画にびっくりして、道は思わず聞き返した。

「女だって空を飛べるのよ。私だけじゃなく、どんな女でもね」

キャサリンは最後にそう言い残し、飛行用の帽子を脱ぐと、それを道に手渡したのだった。

19

その晩、道は博愛社に泊まり、亡き勝之助さんの弟夫妻と孤児たちに大歓迎を受けた。翌日は歌子さんや孤児らと一緒に追加のビラを刷り、それを持って再び鳴尾運動場を訪れ、アート・スミスの代理人はいないか、と主催者側のテントを訪ねた。すぐに仕立てのいい背広姿の大柄な白人男性が現れた。

「キャサリンさんからお話は伝わっていますでしょうか。このビラを撒いてはいただけませんか？」

アートの日本での活動を支えているという紳士は残念そうに首を横に振った。

「アートからは了解をもらいました。彼は平和主義者ですから、ミス・ハヤシの活動を支持するとのことです」

道と歌子さんは嬉しくなって顔を見合わせたが、彼は申し訳なさそうに続けた。

「ただ……。この興行の性格上、遊郭反対のアピールは不可能です。なんといってもスポンサーはご存じの通り大新聞社ですから、遊郭に出入りする有力者からの圧力で、政治の世界から締め出されて取材できなくなることを恐れています。明日、アートは鳴尾から大阪まで飛び、市内を夜間飛行する予定ですから、そのどこかでビラ撒きするのが最適なのですが」

運動場からの帰り道、歌子さんはがっかりした様子を隠さなかった。

「ああ、せっかく、ここまで来たのに。残念ねえ」

「大丈夫です。昨日キャサリンさんが教えてくださったやり方を実行に移そうと思います」

道は胸を張り、その日は博愛社の家事や雑事を手伝う傍ら、さらにビラを刷り続け、早めに床についた。

翌五月二日、道は何も食べずに、キャサリンからもらった帽子を被ると、朝一番に博愛社を出発し、鳴尾運動場に向かった。顔見知りになった新聞社員に挨拶して裏口から中に入り、グラウンドに停められているアートの愛用するカーチス型複葉機の後部座席に乗り込み、毛布を被って身を隠した。

十一時を少し過ぎた頃、他の飛行機の解体を終えたアートは操縦席に乗り込んできた。歓声の中、凄まじい音を立てて十数メートルを滑走後、離陸した。機体は斜《なな》めに傾き、プロペラは唸《うな》っている。空を上昇するに従って、空気はどんどん冷えていく。もはや歯の根が合わないほどだ。

道がくしゃみをしたら、逆さにかぶった鳥打ち帽の頭がこちらに振り向き、青い目が見開かれた。強い風が真正面から顔にぶつかり、唇と頬の内側がぶるぶる震えた。冷えた歯茎が痛い。

「君、いつからそこにいたんだ！」

「キャサリンさんに、もし、ビラ撒きを拒否されたら、ここに隠れているように言われました。彼女は私が乗っても大丈夫なように人に頼んで燃料も足してくれたそうです。何も食べてないから、宙返りしても吐いたりしません。この帽子は彼女に貸していただきました」

今にも振り落とされそうで、怖くて仕方がなかったが、道はそう言い返し、ビラの束を取り出してみせた。アートはうんざりしたように、前に向き直った。

「参ったなあ。乗ってしまったなら仕方がない。安全ベルトをしっかり締めてくれ。オオサカまでは十分くらいで着くはずだ。スポンサーの新聞社の前で宙返りショーをしたら、城東練兵場に着陸する予定だ。市内まで来たら、四百フィートくだったところで、合図をする。そうしたら、そのビラを撒きたまえ」

耳をつんざくプロペラ音と強い風のすき間から、アートの早口の声が辛うじて聞こえてくる。道は即座に頷き、ベルトを探した。海岸線に沿って飛行機はまっすぐに飛んでいく。はるか下の青い海と大阪の港町が、手のひらを伸ばしたら包めそうなほど小さくなっている。大きく息を吸うと、気持ちがだんだん落ち着いてきた。

「ビラ撒きに賛同してくれたということは、あなたも同志なのね」

「まあねえ。遊郭のような不健全な空間では、僕のような偉大な飛行家や冒険家はとても育たないからねえ」

アートの気取った声が風に紛れて耳に届き、道はがっかりした。でも、空からの眺めや青く澄んだ冷たい風がすぐに心を満たした。寒くて仕方がないことを除けば、快適と言ってもいい。

「なんだかサンタクロースになった気分だわ」

いつかゆりと作る学園のことを、道は久しぶりに思い浮かべた。最近は伝道活動が優先で、後回しになっていた。慌ただしい毎日を送っていると、結局夢でしかないのかな、と感じる時もあったが、準備や資金などどうにでもなる、と急に思えてきた。青空を飛んでいく、このなんでも出来そうな気持ちを、ゆりや未来の生徒たちと分かち合いたい。こんな開放感を少女たちには常に抱いて欲しい。飛行機は大阪の中心街に向かっていく。昨日歌子さんと歩いたかもしれない、川沿いの道や駅周りの雑踏がはるか下に見えた。

アートが「それっ」と叫んだ合図で、道は手にしていたビラを、目の前に放った。白い紙が舞い、ぐるぐる回転しながら、街並みや路地に吸い込まれていく。キャサリンの撒いた広告を大切にしていた母を思い浮かべ、このビラを受け取った誰かに歌子さんの叫びが届けばいい、と強く願った。道は絶え間なく、ビラを撒き続けた。自分が放ったビラが空を舞う様を見ているのは、これまで生きてきた中で、もっとも爽快《そうかい》で、身体の中心がビリビリするほどの高揚感があった。

ところが、しばらくすると、アートは悲鳴のような声をあげた。

「ひどい、煙だらけで、何も見えない。練兵場はどっちだ」

見れば、機体の前方はピンクがかった煙で包まれている。中心地は工場ばかりだったことを道は思い出した。仕方なく、低空飛行で旋回を続ける。煙はどんどん深くなり、もはや空が晴れているかどうかも疑わしくなってきた。その時、パン、とかすかに銃声がした。道ははっとして、音がする方を指差した。こんなことをするのは、あの人しかいない。

「今、音がした方が練兵場です！」

ピストルは、エンジン音に遮られながらも、パン、パン、と鳴り続ける。音のする方を目指しているうちに、煙は晴れていって、ようやく周辺は明るくなった。新聞社のものらしい社旗がはためく高塔が見えてきた時は、胸を撫でおろした。窓や屋上に集まった社員たちがこちらに喝采《かっさい》を送っている。道はほっとして思わず手を振った。

「さあ、スポンサーへのサービスの宙返りだ。しっかり摑まっていて」

アートがそう言うなり、空がひっくり返った。逆さになった街並みが、すぐそばまで迫っている。胃がぐわんと持ち上がり、気管がうっと縮まった。一回、二回、三回。耳が痛くなるようなエンジン音で、道はくらくらしてきた。先ほどまでの晴れやかな気持ちは消え去り、頼むから一刻も早く地面に足をつけたいという願いでいっぱいになる。

城東練兵場が見えてくると、アートはもう一度宙返りをした。着陸するなり、身体が振り落とされるほど激しく機体は上下し、腰を強く打った。わっと群衆がつめかけてくる。大歓声に包まれながら、アートは操縦席を立ち上がり、帽子を脱ぐと、やっとこちらに笑顔で振り向いた。

「君のナビゲートのおかげで助かった。日が暮れたら大阪を夜間飛行するつもりなんだ。よければまた一緒に乗るかい?」

道が降りる時、彼は手を貸してくれた。カメラの閃光《せんこう》で目がちかちかする。記者がつめかけてきて、二人のやりとりを見守っているのだ。震える手をアートに伸ばしながら、もう二度とこんな危ない乗り物に乗るものか、と思った。記者の後ろにいる見物客の中には歌子さんの姿もあった。顔を真っ赤にして、夢中でこちらに手を振っている。

「残念だけれど、私はもう東京に戻らないといけません」

道はなんとか息を整えて、アートに言った。

「そうか。ニューヨークの夜景はアーク灯のおかげで宝石箱のように眩しいけど、大阪の夜は光がぼんやりと滲んでいて、とても美しいと聞いているんだけどね。日本のほの暗い闇や陰影は淡く、優しく儚《はかな》い良さがあるから、好きだなあ」

「今日はどうもありがとうございます。日本の夜景を褒めていただいて嬉しいけど、私はやっぱり、日本もニューヨークと同じ宝石箱のような眩しい夜景になればいいと思う。夜が明るければ明るいほど、女性は自由になれるわ。芸者置屋や遊郭がほの暗くて美しいのは、それは暴力や犯罪を隠すためなんですよ」

アートは少し驚いた顔をしたが、手袋を脱ぐと、こちらに手を差し出した。道はすぐにそれを強く握り返し、飛行機を降りた。すると、群衆の向こうに広岡浅子さんとお付きの男たちの姿が見えた。さすが地元随一の有力者だからだろう、自然と人々は彼女のために道を開けている。

「やっぱり、浅子さんね！」

道は駆け寄った。久しぶりに会う彼女はレースがたっぷりとついた、海外でもなかなかお目にかかれない華やかなドレスを纏っていた。

「ビラが降ってきたんで、ここから双眼鏡で覗いてたら、あんたが見えたような気がしたんや。なんやグルグル同じとこばかり飛んでるから、迷ってるように見えてな。下から合図を送ったつもりなんや」

そう言って、浅子さんはピストルを右手で懐から取り出すと顎の下に構えてみせ、左手でビラをひらひらさせた。

「いや、それにしても、面白《おもろ》い思いつきや。こんな効果的な宣伝を思いついたんは誰や」

「もちろん、林歌子さんですわ！」

道はそう言って、側に来ていた歌子さんの肩を抱き寄せた。浅子さんはいかにも親し気な笑顔で近づいてくる。歌子さんも慣れた調子で手を小さく振ってみせた。

「あれ、お二人はお知り合い？」

道が驚いていると歌子さんは言った。

「あら、ご存じなかったかしら、浅子さんと嬌風会のつながり。あ、そうか、広岡浅子さんは正会員ではなく、会友というお立場だものね。矢嶋先生が特別にお与えになったのよ」

「歌子さん、お久しぶりや。相変わらずあんたの度胸には感服させられるわ。これからも何なりと援助させてもらいましょ」

歌子さんは目を細くし、浅子さんと向かい合っている。道はそれを見て安心し、遠慮がちに浅子さんに申し出た。

「浅子さん、実は私、汽車の中でお財布を盗られてしまって、無一文なんです。お金を貸していただけませんか。それと、遅めの朝ごはんをご馳走していただけたら、助かるんですが。もうお腹ぺこぺこ！」

それを聞いたら、歌子さんは笑い出した。

「まあ、そうだったの。道さん、早く言ってくれたらいいのに。浅子さんのお宅ならもちろん存じております。うちがいかにもお金がなさそうだから、浅子さんみたいな裕福な方のお名前を出すのを遠慮したのね」

「そんなことなら、お安い御用や。今すぐ、我が家に招待するわ。歌子さんも一緒にどうや」

浅子さんの運転手付きの車に乗り込むと、歌子さんが弾んだ口調で外を見ながらこう言った。

「ねえ、私、空にいる道さんを見上げているうちに、ひらめいたんです。遊郭の反対運動だけではダメよ。もっともっと広い範囲まで光を行き渡らせるには、大きくこの社会の根底を変えないと。私たち、婦人参政権を勝ち取るべきじゃない？」

「大賛成や！　そういうでっかい政《まつりごと》はうち、大好きや」

助手席の浅子さんが大きな声で賛同した。

その日の昼過ぎ、ゆりは大学病院で電話を借り、広岡浅子邸にいる道と話をした。社会運動家の山川均と結婚した菊栄は、第一子を身ごもると同時に結核が判明し、鎌倉で療養しながら週に一度注射のために上京し、通院していた。ゆりは菊栄の見舞いがてら、病院から電話をした。そっけない電報を寄越したきり二日間も到着が遅れている道が無事とわかり、ひとまず胸を撫でおろした。

「よかった。道先生は今日の汽車で東京に戻られるそうよ。矯風会の皆さんに助けられ、広岡浅子さんのお宅でお金を借りることが出来たらしいわ。今は浅子さんの家でみんなで朝ごはんを食べているんですって」

ゆりが経過を説明すると、菊栄は大きなお腹をさすりながら呆れたように言い放った。

「全くあなたたちってどこまでもおめでたいのねえ。矯風会の遊郭反対事業、意味がないとまでは思わないけれど、きれいごとすぎて、現実味がないわ。遊女や女工の現実なんてすこしも理解できていないんじゃないの？　林歌子は理想主義すぎるし、矢嶋楫子なんてもうろく婆《ばあ》さんよ」

母になろうとも彼女の精神は少しも変わらないようだ。でもまあ、と菊栄はほんの少しだけ、口元を緩めた。

「あなたたちって、いつも楽しそうね」

第 二 部

Chapter 2

1

夏に御殿場を訪れる時は、花子はアメリカの少女小説「ア・ガール・オブ・ザ・リンバロスト」をトランクに潜ませる。それはきっと、ここ二の岡の深い森が、物語の舞台であるリンバロストの森と少しだけ重なるせいかもしれない。

この地がアメリカ村と呼ばれるようになったのは今から三十年ほど前。米国から来た宣教師たちの手で別荘地が作られた頃だ。クラブハウス、チャペルなど三十軒ほどの家屋が建てられ、音楽会、競泳大会などが開かれるようになった。異国を切り取ったような地区は、どこか母校を思い出させる。

木々が微《かす》かにそよぎ、遠くで聞いたことがない鳥の鳴き声がした。目の前を色鮮やかな蝶々《ちょうちょう》が上下しながらゆっくり通り過ぎ、濡《ぬ》れた土と草の入り混じったむっとするような青い香りが立ち上る。折りたたみ式の椅子《いす》を立てて、腰を落ち着けると、スミレの押し花で作った栞《しおり》を手繰《たぐ》り寄せ、読みさしのページを開いた。

大正七（一九一八）年の夏、二十五歳の花子は休暇を満喫していた。

貧しい茶商人の家に生まれながら名門、東洋英和女学校で給費生として学んだ。家計を助けるために、生まれ故郷の山梨にある姉妹校、山梨英和女学校で教鞭《きょうべん》を執りながら、矯風会の会報誌「婦人新報」に寄稿する日々を送っている。翻訳短編集を出版してから、いつかは翻訳業で身を立てたいという気持ちが強くなっていた。教え子たちは可愛《かわい》いけれど、生徒の親たちから縁談をしつこく持ちかけられるようになり、職場に居づらいと思うようになっている。

頬《ほお》にかかった後れ毛を無造作に払い、花子は夢中でページをめくる。少女時代から、読書していると嫌なことは全部忘れられる。カナダ人の婦人宣教師たちに導かれた西洋風の学園生活は楽しかったが、華族のお嬢様たちに引け目を感じることも多く、成績が落ちれば即座に退学という緊張感は常につきまとっていた。ブロンテ姉妹にサッカレー、ディケンズ、テニスンにミルトン……。解放されるのは、図書室に籠《こも》って辞書を片手に外国小説に没頭するひとときだけだった。

貧しく家族の愛に恵まれない少女エルノラが、不屈の精神で自立を目指す物語。主人公が森で見つけた植物や蛾《が》の標本を売って、学費を稼ぎ出し、持ち前の機転でおしゃれも社交も乗り切って、周囲の信頼を勝ち得るくだりが一番の読みどころだ。ブナの実入りのサンドイッチや青いギンガムのドレスの描写にうっとりする。

「道先生、待ってください、歩くのが速すぎます！」

歌うような声に顔を上げると、くぬぎの木の向こうに、妖精《フェアリー》を思わせる女性がスカートをふんわりとふくらませていた。洋装の普段着がこんなに似合う日本人はまだめずらしい。風になびく真っ黒な巻き毛は、木漏れ日を鏡のように受け止めていた。

「ゆりさん、見てちょうだい、見事なアゲハだわ。まるでリボンがひらひら舞っているみたいよ。あら、てんとう虫がいるわ」

その先を大股《おおまた》で歩く、体格の良い年上の女性もまた洋装がよく似合う。真夏だというのに装飾品をいくつも光らせ、そのくせ、子どものように花かんむりをかぶっている。エルノラが本から飛び出してきたみたい――。花子は、目をしばたたく。

あ、そうだ、あの先を歩く方は河井道さんではないか。東洋英和時代の夏季修養会で、YWCAからお話しにきてくれた先生。彼女と目が合ったような気がしたので慌てて顔を背け、本を胸にその場を立ち去った。午後の意見交換会の開始時刻が迫っていた。

広大な敷地に建てられたヒノキ造りの山荘風の建物は、広岡浅子さんの自慢の別荘だ。ここから歩いてすぐのYMCA東山荘もまた、彼女が設立に携わり、ウィリアム・M・ヴォーリズが設計を担当したことでよく知られている。

矯風会の活動を通して知り合った広岡さんから「これからの社会を変える、あんたのような若いおなごばっかりの集まりや。なんとか、顔を出したってくれへんやろか」と声をかけられた。夏にだけ開かれているこの勉強会は毎年、二十名ほどの若い女性が全国から集められ、二週間近くを一緒に過ごす。講師を務めるのは同志社の教授ばかりという、浅子さんの人脈と財力が発揮された豪華な集いだが、食事や掃除は自分たちで行うため、アットホームな雰囲気に溢《あふ》れていた。花子は客間で髪を整えてうがいをした。いつも持ち歩いているスクラップブックとペンを手に、一階に降りていくと、階段の上から声がした。

「ああ、めまいがするわ。夏になるとねえ、脚気《かっけ》がひどいの」

すぐにこちらに追いついた同い年の房さんは、愛知県在住の新聞記者だ。今回は正式な参加ではなく、午前中にやってきて夕方にはもう汽車で地元に帰るという慌ただしい日程のようだ。目前に迫った上京の準備に追われていて、東京に部屋を探しに来たついでに、ふと思いついて顔を出してみることにしたのだという。房さんは興味のない話の時は、ぼうっとして窓の外を見ていることも多いが、ひとたび関心を抱いたら、別人のように饒舌《じょうぜつ》になる。時代の先頭を行く職に就いているのに、こざっぱりとした髪型に分厚い眼鏡がよく似合う、気取るということを全く知らない彼女は、ここではみんなに好かれていた。

「ああ、東京暮らしが楽しみ。デモクラシーでこんなに面白いことになってるのに、地元に引っ込んでいたら、置いていかれる気がするんだもの。花さんは、これからも山梨で働くつもり?」

「そうねえ、私もね、できたら、東京に行きたいとは思ってるの。ただ、翻訳小説の仕事なんて、そうそう簡単に見つかるものじゃないしねえ」

今にもぴょんと窓から飛び出して、羽ばたいていきそうな房さんに対して、花子は慎重に答えた。

全員が広間に揃《そろ》い、椅子を円形に並べていると、浅子さんが娘の亀子さんに付き添われ、杖《つえ》をつきながら姿を現した。こうして間近で見るとひところより、だいぶ元気がないように思われた。驚異的な体力で結核や乳癌《がん》に打ち勝ってきたとはいえ、なにしろ、もう七十歳になろうとしているのだ。浅子さんに続いて河井道先生とあの巻き毛の女性が現れたので、花子は小さく叫びそうになった。浅子さんはややしゃがれた声でこう言った。

「みなさん、こちら、YWCA日本総幹事にして気鋭の教育者、河井道さんと元教え子で教師の渡辺ゆりさんや。ゆりさんのご実家は三島なんやけど、今、御殿場まで遊びに来られてるっちゅうこって、前からこの勉強会に興味を持ってはるって聞いとったさかい、ちょうどええ思て声かけさせてもろたんや」

浅子さんの隣の椅子に、道さんとゆりさんは並んで腰を下ろし、顔を見合わせうふふ、と笑い合っている。何故《なぜ》かわからないが、花子の胸はざらついた。

「せっかく道さんとゆりさんに来てもろたんで、今日のテーマは、日本のこれからの女子教育や。みなさん、自由に意見出しておくんなはれ」

房さんがいきなり立ち上がり、胸を張った。

「日本の良妻賢母教育は害悪以外の何物でもないです。私は名古屋の師範学校に通っていた頃、ストライキをしてやりましたのよ。女が我慢を覚えるために、硬い木の枕《まくら》で寝ろなんて、校長が莫迦《ばか》な命令をするんです。カッとなっちゃって。みんなで話し合って、不満を二十八ヶ条にして校長に改善要求として突きつけてやりました!」

元気いっぱいな武勇伝に、誰もが夢中で聞き入った。

「今、問題になっている米騒動だって……、社会運動家の山川均がきっかけを作ったとも言われていますが、発端は米の値上がりに怒った富山県の主婦たちの抗議でしょう？　社会運動が広がるにはまず女性の目覚めが必要なのです」

房さんが締めくくり、拍手が起こった。

「あの、これは文学を志すものとしての立場からの話ですが」

自分の番が回ってきたので、花子は考え考え、口を開いた。はっきりした意見を大勢の前で言うのはあまり得意な方ではない。

「日本には、少女にふさわしい健全な読み物が少ないように思います。なにかというと、行き詰まって死ぬ話ばかりでしょう？　ああいったものばかり読んでいたら、本当に自殺というものが横行しそうだし、なんだか死を選ぶことが美しいこととして固着しそうで、私は不安に思います。アメリカやイギリスの少女小説は、困難があっても、必ず打ち勝って、道を切り拓いていく物語ばかりなのに。ただ、最近『赤い鳥』という童話雑誌が創刊されたことは期待すべきことだと思います」

すると道さんが誰よりも大きく頷《うなず》いて、親しみのこもった目をこちらに向けた。

「私も常々、日本の小説は人が死にすぎると思っていました。それも何故か女ばっかりね。例えば、徳冨蘆花の『不如帰』とか」

「まあ――。私も同意見です。『十五少年漂流記』を女の子の話にしたものなら読んでみたいけれど、『不如帰』のようなけしからん小説が売れるなんて世も末ですよ。私、あれ大嫌い」

いきなり房さんが眉《まゆ》をひそめ、身を乗り出した。

「あなた、お名前はなんとおっしゃるの？」

「はい。市川房枝と申します！」

初対面だというのに、房さんと道さんは、瞬《またた》く間に意気投合した様子で、徳冨作品の悪口で話が弾んでいる。

「その点、吉屋信子さんが『少女画報』に連載している『花物語』はすばらしいですよね。死が描かれることがあったとしても、根底にあるのは女同士の深い愛ですもの」

誰かがうっとりした口調で言うと、何人もの賛同者が現れた。花子も、自分と同時期に書き手として登場した彼女は当代一の才能だと思っている。するとゆりさんがこう言った。

「実は、吉屋信子さんはまだ二十二歳で今、神田ＹＷＣＡの寄宿生なんですのよ」

吉屋信子とその親友を名乗る女性が、突然、ゆりさんと道さんが同居する麴町下六番町の家にやって来たのはつい最近のことだという。そんな風に寄宿生が真夜中、急に訪ねてくるのはよくあることらしい。なんでも、信子さんの描く「花物語」が人気になりすぎて、級友たちにも騒がれるようになったとかで、執筆は滞っていた。親友は信子さんの手をぎゅっと握り、あなたの邪魔になるものは私が決して許さない、私があなたを守る、と息巻いた。頼もしげに彼女の横顔を見つめる信子さんは、まるで「花物語」の可憐《かれん》な主人公そのものだったそうだ。

道先生はその時、こう言ったらしい。

——あなた方の関係を、誰かに邪魔させてはいけませんよ。信子さんが執筆を続けていく上で、傍《そば》で支えてくれる相手がいるのはとても重要なことです。

ゆりさんと道さんが、寄宿生たちにも教員たちにも注意を促すと約束すると、二人はほっとした様子で手をつないで帰って行ったそうだ。

道さんは最後に、みんなを見渡しながら、こう言った。

「日本の女性教育には、女同士の結び付きという視点が抜けている気がします。女同士が手を取り合えば、世界平和は必ずや実現するでしょう」

大きな拍手に花子だけが乗り遅れた。

徳冨蘆花の名前が出てから、正直なところ、少し複雑な心持ちだった。もちろん、彼の作品に賛成はできないが、彼の妻、愛子さんは東洋英和の同窓なのだ。といっても当時、花子は十三歳で、彼女は三十二歳だった。蘆花がエルサレム巡礼だったかトルストイに会うためにロシアに旅立ったとかで、日本に一人残されていた愛子さんは、なかば保護されるような形で、東洋英和の寄宿舎にやってきた。夫の不在がこたえるのか、いつも鬱《ふさ》ぎ込んだ様子なので学園では浮いていた。英語が苦手らしく、泣き腫《は》らした目で授業に現れる彼女を、なぐさめようにも女の子たちはなんと口に出せばいいのかわからず、困惑して遠巻きに見つめるばかりだった。そんな中、花子だけは勇気を出して接近を試みた。愛子さんは親子ほども年の離れた少女になつかれて可愛がってはくれたものの、いつも心ここにあらずだった。

愛子さんの伏せた睫毛《まつげ》を思い出したら、この七年できるだけ考えないようにしているあの人のことまで浮かんできた。それを打ち消したくて、自然と強い口調になった。

「あのう、お言葉を返すようですが、女性との友情を存続できる人ばかりじゃないと思います。女同士ならすぐに打ち解けあえるし、ずっと仲良くしていられるなんて、むしろ女への偏見ではないでしょうか」

花子は唇を結んだ。いつになく荒々しい態度にみんなが驚いているのがわかる。会が終わっても、花子は膝《ひざ》の上で拳《こぶし》を丸めて、しばらくの間、立ち上がれなかった。

「あなた、お名前は？」

顔を上げると、道さんがニコニコして、こちらを見下ろしている。

「安中《あんなか》花子と申します」

花子はしぶしぶ答えた。道さんが何か言いたげなので遮るために立ち上がって、広間を後にし、足早に別荘を出た。ぶらぶらと湖まで歩き、水際に腰を下ろす。苔《こけ》と冷たい水のかおりがする甘い風が火照《ほて》った頬を冷ましていく。

「これ、忘れ物よ」

しばらくすると声がした。道さんとゆりさんがすぐ側に立っている。道さんは、花子のスクラップブックを差し出した。慌てて受け取り、もごもごとお礼を言う。

「ねえ、これ、スクラップブックよね。私も子どもの頃からよく作っていたの。差し支《つか》えなければ、見せていただいてもいいかしら」

花子がつい頷いてしまったせいで、スクラップブックはすぐに道さんとゆりさんのもとに舞い戻り、草の上に腰を下ろした二人を大層はしゃがせた。気になった新聞や雑誌の切り抜きや押し花、お菓子の包み紙、写真を気分次第で貼《は》り付け、テニスンの詩や短い文章を書き入れている個人的な雑記帳だが、見られて困るものではないので、されるがままにしていた。

「私は、北星女学校時代に、サラ・クララ・スミスからスクラップブックの作り方をならったの。あなたは？」

夢中でページをめくる道さんに尋ねられ、花子は仕方なく答えた。

「私は東洋英和時代に、校長のイザベラ・ブラックモアから……」

その威厳ある目つきと堂々たる体格を思い出したら、目の前に東洋英和の寄宿舎が広がっていく気がした。ゆりさんが開いているページには本科の卒業式での集合写真が貼られている。慌てて手を伸ばして取り返した。花子と同じ列の右端にあの人が映っているのだ。ゆりさんはこちらの無礼を咎《とが》めるでもなく、

「いいわねえ、東洋英和は。小公女とか小公子の世界ね。なんて可愛い寄宿舎なんでしょう！

寺子屋みたいな女子英学塾とは大違い！」

などと言って、道さんと一緒に笑い合っている。張り詰めていた気持ちがふいに和らいだ。

「先ほどは申し訳ありませんでした。反発するようなことを言ってしまって」

花子は頭を下げた。道さんは穏やかにこう尋ねた。

「いえ、いいの。貴重なご意見だったわ。そんなことより、ちょっとあなたが気がかりだったの。もしかして、今、お友だちのどなたかと離れ離れなんじゃないの？　よかったら、お聞かせ願えないかしら」

そよ風が湖にレースのようなさざなみを立てる。いざ口を開いたら、花子は堰《せき》を切ったように話していた。絶交を言い渡してから七年間、誰にも話したことがなかった燁子《あきこ》との関係を。

四年生の時に寄宿舎に突然やってきた、皇族の血を引くと噂《うわさ》される八歳年上の伯爵令嬢。みんなの憧《あこが》れを一身に集める、ひんやりと孤高の存在だった彼女がどういうわけか、花子にだけは子どものような笑顔を見せてくれた。

「でも、彼女が卒業してすぐ、結婚が決まったんです。お相手は、父親ほども年の離れた九州の大富豪です。愛なんてない、家のためだけの結婚です。彼女は悪くないとわかっていても、私、あの時は悲しくて、悔しくて、勢いで絶交を言い渡してしまって……」

燁子の生い立ちは数奇なものだった。柳原前光伯爵が芸者に生ませた子だったが、生後まもなく正妻の娘として入籍させられた。実母は間も無く病死。燁子は九歳で子爵北小路家に養女に入るも、北小路の長男との政略結婚が水面下で決まっていた。義理の兄とばかり思っていた少年と十五歳にして無理に結婚させられ、妊娠出産。しかし、子を奪われる形で離婚した。彼女が東洋英和にやってきたのは、どこにも行き場所がなかったためだった。花子にとってそのなにもかもが、大富豪との政略結婚が新聞に書き立てられた時に、初めて知ることばかりだった。親友だと思っていたのに、燁子は何一つ話してくれてはいなかったのだ。全《すべ》てを聞き終えると、ゆりさんが遠慮がちにこう言った。

「あの、つまり、燁子さんって、あの歌人の柳原白蓮《びゃくれん》さんのこと?」

花子はのろのろと頷いた。ゆりさんがまあ、と目を見開く。柳原白蓮といえば、九州一の炭鉱王、伊藤伝右衛門の妻にして、三年前に出版した歌集「踏絵」でセンセーションを巻き起こした時の人だ。今年四月から燁子の評伝の新聞連載も始まり、彼女の生い立ちや家のために強制された結婚に加え、九州の社交界でとんでもなくモテているとかいうことが面白おかしく書きたてられている。彼女の作品は、伝右衛門との暮らしからいっとき逃れるための不貞をにおわせているのでは、という見方も強い。

「あの方、伊藤伝右衛門に騙《だま》されたんですわ。彼が出資した地元の女学校の運営に参画させてもらえるなんて話を真に受けて、結婚を承知してしまったんです。彼は単にお金を出しただけですから、その妻が運営に入り込めるわけではなかったんです」

頻繁に連絡を取り合っているわけではないが、新聞連載のおかげで、花子は彼女の近況ならおよそどんなことでも知っていた。

「あなたたちそっくりの、魂の姉妹を知っているんです。私たち」

いきなり、ゆりさんがそう言った。道さんが深く頷き、後を引き継ぐ。

「ええ、そうです。お二人とも誰よりも強く想《おも》い合っているはずなのに、すれ違いが起きてしまったんです。だから、私、花子さんは口に出すべきだと思います。今でも燁子さん……白蓮さんのことをあの頃と変わらず大切に想っているって」

「でも、いくら言葉にしたって……。私たちの道はもう離れ離れです。私に、できることなんて何もないし」

親交が途絶えたわけではない。結婚後、燁子から届いた手紙には、花子と離れてどんなに寂しいか、結婚生活がいかに孤独なものかが、綴《つづ》られていた。でも、あんな風に絶交を言い渡した後では、どんな言葉も空々しく響きそうで、返事を書くのに苦労していた。道さんは優しく言った。

「簡単です。彼女をいつも遠くから見守り、困った時があったら、手を差し伸べればいいんですよ」

「そんなの偽善的です。私、彼女のこと許していない。胸の底では、まだ憎んでいるのかもしれない」

燁子は被害者だ。同情すべき身の上だとわかっているはずなのに、どうして自分はこんなにも腹を立てているのだろう。これでは寄宿舎時代と何も変わらない。勉強はできたが周囲の女の子に比べて幼い花子を、燁子は可愛がり、おしゃれや立ち居振る舞いを教え、励ましてくれた。花子が欧米の小説を原書で読んであらすじを説明すると「なんて惹《ひ》きつけられる語り口なんでしょう。きっと私が英語で読むより、花ちゃんの話を聞いている方がずっと楽しいんだってわかるわ。あなたの翻訳で西洋の小説が全部読めたら、どんなにいいかしら」とさりげなく能力に気付かせてくれた。

本当はわかっている。花子は自分が不甲斐《ふがい》なくてならないのだ。もっと力があれば、翻訳や小説で十分なお金を稼ぐことができたら、伊藤伝右衛門から燁子をさらって、二人で生きて行くことだってできたのだ。お互い好きなことをしながら、年を重ねていくことも。目の前にいる彼女たちみたいに。道さんは首を横に振った。

「憎んだままだってかまわないの。いつもより、ほんの少しだけ優しい気持ちで手紙を書いてみるだけでもいいわ。彼女はきっとあなた以上に、寂しがっているはずです」

今さら、そんなことしても——。花子は肩を落とした。

「……あの方、本当は文学サロンのマドンナだの、情熱的な恋愛だのにあんまり興味がないはずなんです。暇だから、退屈しのぎに男性をからかって憂さ晴らししているにすぎないんですわ。私が知る燁さまはちょっぴりおせっかいな正義の人。年下の女の子に何かを教えるのが大好きな面倒見の良い女性です。きっと本当に、女学校の先生になりたかったんだと思いますよ」

するとと、道さんの顔がぱっと輝いた。

「白蓮さんが、先生になるなんて素敵だわ。彼女が学校で短歌を教えるなんて、こんなにいいことはないわ。生徒たちはどんなにか喜ぶことでしょう。そんな『いつか』が来ればいいわね」

この先、燁子が自由の身になりその上、仕事を持つなんて、ありえない。道さんってば楽天家すぎる、とあきれながらも、花子はふいに思い出した。東洋英和時代、燁子と花子も空想の世界を楽しんでいたではないか。あんな風になりたい、あんな家に住みたい、こんな作品を書きたいね、と図書室の片隅で、時間を気にせず、二人でいつまでも夢のようなことを話し合った。理想を思い描くことさえ、自分に禁じるようになっているのは何故なんだろう。

「それにしても、ゴシップの的が詠む恋の歌なんて道先生はお嫌いで、絶対に読んでいらっしゃらないと思っていました」

ゆりさんがからかうように言うと、道さんはつんと顎《あご》を逸《そ》らした。

「白蓮さんの歌は、恋とか不貞という感じがあんまりしないわ。女性が自由を求める、反逆の歌とでも言うのかしら……て、あらあら。なんて綺麗《きれい》なの。湖が燃えているみたいよ」

道さんが感に堪《た》えぬようにつぶやいた。いつの間にか太陽は沈みかけていて、二の岡の森や湖が、茜《あかね》と朱の濃淡に染め上げられている。三人はしばらく並んで、それを眺めた。道さんの言うように、いつか、を信じていいのなら。いつか、こんな景色を燁さまと並んで見つめ、再び空想の世界で遊ぶことができるような気がした。ひょっとしたら、愛子さんとだっていつかまたどこかで合流し、手を取り合えるのかもしれない。花子はスクラップブックを広げると、赤く染まった空を、卒業写真の煇さまに見せてあげた。

柳原白蓮が河井道の作った学《まな》び舎《や》で実際に教鞭を執るのは、それから三十年近く先のことである。

2

最後のページを読み終えるなり、道は眼鏡をかけ直し、目の前で感想を待っている有島さんに向かってこう言った。

「こんな小説、本気で出版するつもりなの？」

有島さんはあからさまにむっとした顔をして、すっかり冷めた紅茶を一息にすすった。

来月出版する予定の小説の前半部にぜひ目を通して欲しい、と彼が原稿を持って訪ねてきたのが一時間半前。常々、暇ができたら読んでおく、とはぐらかし続けていたのだが、ここで待つから今すぐ読んでくれないか、と強く迫るので、道はしぶしぶ彼を書斎に誘ったのだった。

有島さんは留学を終えた後、札幌農学校改め東北帝国大学農科大学の講師となった。戯曲や童話を発表しつつ、陸軍中将の娘と結婚し三人の子どもに恵まれた。その奥様に対して、有島さんはわがままなところがあり、離婚話は幾度となく持ち上がっていた。それでも奥様が肺結核で亡くなり、同じ年にお父様まで息を引き取った時は、彼は深く沈んでいた。以来、有島さんは悲しみを断ち切るように精力的に作品を発表し続け、日に日に名声は高まっていった。立ち直るのはおおいにけっこうだが、道はその作品がどうにも好きにはなれないのだった。

難しい理屈や比喩《ひゆ》をこねくり回しているけれど、突き詰めると、自分の欲望を何よりも重んじ、日常や人間関係をないがしろにして破滅に向かって突っ走るのは、憧れるべきことなんだ、と読者を焚《た》きつける内容ばかりなのである。彼がキリスト教から離れたことも、作風に影響している気がする。しかし、身近な人の相次ぐ死がきっかけだと思うと、あまり手厳しいことも言えず、感想を述べるのは避けていた。

「何がいけないんだい？　僕の最高傑作だと思っているよ。葉子というヒロインは僕自身でもある。女性があるがままに生きて行くことはこの日本では異端に映る。婦人解放主義者の君も気に入ると思ったのに。どこが悪いか言ってみてくれよ？」

セルの単衣《ひとえ》に草履姿は洗練された雰囲気であるが、唇をとがらせている顔つきは出会った頃の神経質な青年と何も変わらない。

「ええとね、何からご意見したらいいのかしら。まず、これ、実話が下敷きでしょう？」

「或る女」の主人公は、誰が読んでも、あの佐々城信子さんがモデルだとわかる。彼女の亡きお母様、佐々城豊寿さんは貧困女性に自活のための編み物や彫刻などを教えていた方で、矯風会の名付け親とも言われる。信子さんは作家の国木田独歩と結婚したが、彼の束縛に悩んで、家を飛び出した。それでも自由は得られず、周囲が決めた森広氏との結婚のためにしぶしぶアメリカに向かう。しかし、航海中に船の事務長と恋に落ち、そのまま駆け落ちした。矯風会関係者から事情を聞いている道は、真実は世間が騒ぐようなどぎついものではないことをよく理解している。だが、ハバフォード留学時代に友人、森氏の失恋譚《たん》としてこの話を聞いた有島さんは正反対の捉《とら》え方をしているようだ。

信子さんとは似ても似つかない妖艶《ようえん》な女、葉子が、欲望の赴くままに突っ走り、徐々に孤立化していく物語だ。キリスト教が批判的に描かれ、あの矢嶋楫子さんがモデルと思われる女性が、権威主義的なクリスチャンとして描かれるのも、癇《かん》に障る。道はここ数年、林歌子さんたちの導きで、矯風会に出入りするようになっていた。近年はご体調が思わしくないという矢嶋楫子さんとお話をする機会を得たのはまだ数回だが、佇《たたず》まいに慈愛を漂わせる彼女は、作中の雰囲気とは大きくかけ離れている。そのくせ、古藤という一番善良な青年が、有島さん本人だとわかるような書き方をしているのだから、ずるい。

「でも、作家が実際に起きた事件にインスピレーションを受けるのは、当然だろう？」

あの徳冨蘆花とそっくり同じことを言う昔なじみに、道は心底うんざりした。作家は世界で一番偉いんだといわんばかりの態度は、道と同じ、今年で四十一歳の彼を老けてみせた。

「そりゃまあいいけど、どうして女だけ悪く書くの⁉」

ただでさえ、地声のよく通る道なので、その言葉は台所まで轟《とどろ》き、作業台に向かって絹さやの筋取りをしていた女中さんはおっかなびっくり、隣に座るゆりに囁《ささや》いた。

「まあ、どうしましょう」

「いつものこと、いつものこと。有島先生のご本を読むと、道先生はカンカンじゃない？」

ゆりがガラス瓶に貼り付けるラベルにペンを走らせながらそう言うと、彼女は、ああ、そういえば、と頷いた。有島さんが「惜みなく愛は奪う」という評論を文芸誌「新潮」に掲載した時、それを読んだ道は怒り出し、「何言ってるの、愛は惜しみなく与えるものじゃない？　奪ってどうするの」と、彼の自宅にまで乗り込んだほどだ。そうそう、あれはまだ麴町下六番町で暮らしていた頃である。

ゆりと道は二年間暮らした家を引き払い、昨年女中さんと一緒にここ神楽町の軽子坂上に引っ越してきた。

女子英学塾時代の友人、ひさちゃんが結婚し、嫁ぎ先である森久保邸の敷地内にある、この西洋館を貸してくれると申し出てくれたのだ。住み始めると、道はYWCAと並行して近所の富士見町教会学校で教えるようになり、ゆりもすぐ会員になった。以来、この家には教会で知り合った若い女性たちがしょっちゅう遊びに来る。さらに、道に悩みを相談しにくるかつての教え子、欧米からの訪問者も後を絶たない。森久保家の子どもたちばかりではなく、近所の子たちまでが「道先生、道先生」と何の前ぶれもなく、遊びにやってくる。

ゆりは三十代を迎えた。かつての仲間も次々に結婚していくが、こんな賑《にぎ》やかな環境のせいか焦りはなかった。両親がすっかり、ゆりは道と一緒に生きていくものだと安心しきっていて、急《せ》かすようなことを口にしなくなったせいもある。頻繁に持ち込まれた縁談もこのところめっきり聞かなくなって、気が楽だった。

訪問客の誰もが遠慮なくよく食べるので、道とゆりは週の最初に一週間分の献立を女中さんも交えてよく考え、大量の買い出しをする。常備菜や保存食の準備も怠らなかった。道がサラ・クララ・スミスに習ったジャムやプリザーブやピクルス、ゆりがアーラム大学で身につけたキャンプサパーの知識はとても役にたった。瓶詰めをあけて、庭に火を起こし、野菜や肉や卵を焼くだけで、即席パーティーの出来上がりだ。誰かが急に訪ねてきても、楽しくおもてなしが出来る。そんな来るもの拒まずな道の姿勢は、こんな風に望まない客までも寄せ付けてしまう。

書斎では、有島さんがなおも自作を弁護し続けていた。

「おいおい、誤解しないでくれ。僕は女性の味方だよ。婦人解放運動には大賛成だ。でも、女が自由を獲得しても、男性化したら、なんの意味もないと思うよ。肩肘《かたひじ》張らずとも、君たち女性には女性ならではの、しなやかな生き方があるんじゃないかな？」

味方のふりをした敵が、道は一番嫌いだ。その証拠に、葉子は男性からの束縛を嫌う、新しい女として描かれるが、絶対に同性と手を取り合わない。彼女の目指す解放のあり方というのが、恋愛でしかないというのも腑《ふ》に落ちなかった。

「このままじゃ、この葉子さんって人、不幸になる一方じゃない?」

物語はまだ前半だが、道には有島さんがさらに酷《ひど》い展開を用意しているような気がしてならない。

こんな風に、女の自立心や気力を削《そ》ぐ言葉が落とし穴のように張り巡らされている日本の現実をなんとかしなければいけないと道は思っている。昨年の冬、シベリア出兵に伴い現地に在留する日本人の調査旅行に出かけ、異国で売春しなければならなくなった日本女性の生活を知り、その悲惨な暮らしぶりに衝撃を受けた。しかし、林歌子や山川菊栄のようにじっと観察し、手を打つというところまでは到底及ばなかった。売春宿の一軒に案内されるなり、道はすぐに耐え切れなくて、逃げ帰ってしまったのである。次こそはしっかり向き合い、解決法を探らねばなるまい。シベリアで売春で生計を立てている女性の多くが天草出身であったことから、ぜひ、その地に調査に行きたいとも思っている。

「欧米での知識を身につけた女性は、旧態依然とした日本では、苦しくなる一方だろう? 僕はそういう女性の生きづらさに、どうしても自分を重ねちゃうんだなあ」

有島さんがうっとりしているので、道はぴしゃりと遮った。

「そうかしら。進歩的な女性が破滅しなきゃいけないなんて、男性のねじれた願望よ。現実の信子さんはお幸せと聞いているわ」

「とにかくこのまま一気に後半まで書き上げるよ。下巻は夏頃に出版する。読んでくれるね!?」

突っぱねようとしたその時、ゆりが顔色を変えて入ってきた。

「あのう、たった今、大山家から電報がありました。捨松様のご病状がいよいよ悪化しているらしいんです。この数日が峠《とうげ》だそうです。梅子さんへのご連絡をどうすべきか、お弟子さんの道さんにご判断いただきたいとのことでした。梅子さんも今、お元気とは言えませんから……」

身体《からだ》に冷たいものが走った。ここ数年、道もゆりも捨松さんにほとんど会っていない。三年前に大山巌が亡くなり、盛大な国葬が行われて以来、前髪をあげて喪服で通し、公の場には出てこないためだ。昨年末、糖尿病で入退院を繰り返していた梅子さんが倒れ、女子英学塾が混乱すると、捨松さんは久しぶりにその姿を現し、後任探しに奔走した。しかし、塾長代理が就任して間もなく、今度は捨松さんがスペイン風邪で倒れてしまった。

道はしばらく考えを巡らせたが、背筋を伸ばして立ち上がった。

「わかりました。これから御殿山の梅子さんのお宅に伺い、今後の指示を仰ぎましょう。あまりお心の負担になるようなことはしたくなかったのですが、仕方がありません」

女子英学塾を離れてからも、梅子さんから手紙はしょっちゅう届いている。道の動向を気にかけてくださっているようだった。良心が痛みもしたが、自分の夢は彼女の理想とかけ離れた場所にあることを、そのたびに実感させられてもいた。

「よければ、僕の車に乗せていくよ。運転手を外で待たせているんだ」

有島さんが立ち上がったので、遠慮なく彼を頼ることにした。手早く身支度を整え、道はゆりと彼の黒光りする外車に乗り込んだ。

御殿山の木造二階建ては、いかにも梅子さんらしい質実剛健な印象のお屋敷だ。周囲は畑ばかりだが、真後ろには品川の海が広がっている。女中さんの手を借り、杖をつきながら客間に現れた梅子さんは、だるそうで、顔色も思わしくない。

「そう、捨松がね。長くはないだろう、と聞いてはいたけれど」

窓の外に向けられた横顔から何か読み取ろうとやきもきするうちに、道の中で何かが弾《はじ》けた。

「あの、失礼を申し上げるようですが、このままでよろしいのですか、梅子さん。あと数日で永遠のお別れになるかもしれないんですよ。最後に捨松様に一目でも会うべきではないでしょうか。よろしければ、これからお連れしますわ」

「捨松には私と違って、大勢の子どもや孫がいます。私が押しかけても、迷惑なだけかもしれない」

梅子さんはぽつりと言った。女子英学塾の表舞台から退いてたった二年。別人のように物静かな婦人が、海の眩《まぶ》しさに睫毛を伏せている。

「捨松さんが誰よりも愛しているのは、梅子先生、あなたです」

ゆりはきっぱり言って、かつての恩師をまっすぐに見た。

「捨松さんからダンスを習った時にわかりました。捨松さんはご自分の気持ちより、周囲の思いを優先させる方。本当は誰よりも梅子先生の手を取りたかったのに、家族や英学塾のために自分の思いを殺したんです。一緒に理想の学園を作ろうとするなんて、相手によほどの信頼がなければできないことですわ。わかるんです。私も、いつかは道先生の夢のお手伝いをしたいから、あの、その……」

いつの間にか、道への告白のようになってしまい、ゆりは真っ赤になった。

「私は、捨松と踊ったことなどないわ。鹿鳴館時代もそう。私はダンスが飛び切り下手だから、恥ずかしかったのよ」

その視線は、かつて捨松さんと一緒に渡った大海原に向けられていた。

「捨松はよく言っていたわ。ヴァッサー女子大で過ごした日々が生涯で一番楽しかったって」

梅子さんは続けて英語でつぶやいた。道ははっとした。初めて札幌から彼女を訪ねた、あの麹町下二番町時代の潑剌《はつらつ》とした面影がふいに覗《のぞ》いた気がした。

「私は何をやっても捨松にはかなわなかった。あのひとは、飛び込みが上手でね。水着姿でプールに飛び込む彼女は、なんだか人間じゃないみたいに力強かった……」

この人の中にはいつも二人の女性がいる。完璧《かんぺき》な教師の後ろにずっと隠れているあの人を、今こそ引っ張り出さなくてはならない。道はゆりと目を合わせ、小さく頷き合った。

「ゆりさんや道さんのように、自分たちの思いを優先していれば、私たち違っていたのかしらね」

我に返ったように居住まいを正す梅子さんを前に、ゆりと道は口々に言い募った。

「いいえ、お二人はお立場は違えど、常に同じ目標を目指していらっしゃいました。それに、梅子さん、今からだって遅くはありませんわ」

「私たちがこうして協力し合えるのは、捨松さまや梅子先生が手を取り合い、道を切り拓いてくださったおかげですわ」

梅子さんはようやく目の前の二人を見据《みす》えた。厳しい表情を取り戻し、日本語できっぱりと言った。

「道さん、ゆりさん、今から外出するので、付き添いを頼みますよ。有島さんとやら、車を出してちょうだい」

天下の人気作家はあたふたとドアを開け、ゆりと道に支えられた梅子さんを、車寄せへと導いた。

「行き先は青山でしたよね。確か大山巌邸は……」

そう振り向いた運転手に、梅子さんは重々しく命じた。

「今、私が行くべき場所は捨松の家ではありません。向かっていただくのは、北多摩郡千歳村字粕谷の徳冨蘆花邸よ」

恒春園と名付けられた広大な敷地には、どこまでものどかな田園風景が続き、蘆花が理想とする牧歌的なユートピアそのものだった。母屋を訪ねると、愛子さんが現れ、こちらを見るなり目を吊《つ》り上げた。

「あなた、我が家には出入り禁止にしたはずです。お帰りください」

女中さんたちが血相を変えて駆け寄ってきたが、道は動じなかった。

「申し訳ありませんが、大山捨松様がご危篤なのです。梅子さんは徳冨先生にどうしてもお願いしたいことがあるそうです。どうぞ、捨松様のためにお時間を作っていただけないでしょうか」

愛子さんは顔色を変えた。捨松への後ろめたさがありありと浮かんでいる。小部屋に道たちを案内すると、こう言った。

「こちらの待合室で各新聞社の記者や編集者のみなさんとお待ちくださいませ。主人は今、大変体調が悪く、寝室で休んでいるんです」

引き戸に手をかけ足を踏み入れると、道はたちまちむせた。記者らしき男性たちが鮨詰《すしづ》めで、彼らが吸う煙草《タバコ》の煙がもうもうと立ち込め、前が見えない程だった。折しも、デモクラシー運動は最高潮を迎え、相次いで雑誌が創刊されている真っ最中である。

「ちょっと、横入りは困るよ。うちの順番が一番先なんだから」

立ちふさがった髭面《ひげづら》の男性記者が煙草を口から離すと、こちらに向かって同意を求めるようにぼやいた。

「まいっちゃうよな、先生も。第二のアダムとイブになるんだとかで、夫婦で世界一周旅行に出かけるなんて言い出すんだから。大慌てで出発前に原稿を取りに来る、こっちの身にもなってほしいよなあ」

すると、彼を制するように別の誰かが割って入ってきた。

「失礼、そちら河井道先生でいらっしゃいますか？」

煙の向こうから現れたのは、同世代ながら、どことなく少年の雰囲気があるりりしい眉にひきしまった口元の女性だった。

「私、竹中繁《しげ》といいます。東京朝日の記者ですわ。お噂は親友の市川房枝さんから、かねがね伺っております。先生のおっしゃる女子教育のあり方には共感しますわ」

竹中さんは東京朝日新聞で最初の女性記者であり、矯風会に婦人記者クラブを設立したことで知られていた。

「教育といえば、教え子の私をお忘れですか？」

鈴のような声に振り向くと、煙を自然に蹴散《けち》らしてしまうような、最先端の装いの女性が立っていた。一瞬誰かと思ったが、蛇の指輪のきらめきを見てはっとした。

「女子英学塾聴講生の波多野秋子さん？　立派になって、すっかり見違えてしまったわ」

夫の顔色をびくびくと窺う「人形」の気配はどこにもない、自立した職業婦人そのものだ。

「ええ、私、婦人公論で記者をしておりますの。先生がおっしゃるような、私にできるシェアの形を考えてみたんです」

傍の有島さんが秋子さんの美貌《びぼう》にぼんやり見とれているので、道は素早く小突いた。

「まあ、そうなの、夢が叶《かな》ったのね。ゆっくりお喋りしたいけれど事態は一刻を争うのよ。竹中さん、秋子さん、力を貸してくれない？　私たち、なにがなんでも徳冨蘆花に面会しないといけないんだけど」

竹中さんがいたずらっぽく耳打ちしてきた。

「先生なら、どうせ奥の書院でさぼっていらっしゃいますわ。具合が悪くて寝室で横になっているというのは奥様のいつもの嘘《うそ》です」

「まあ、ありがとう！」

万が一に備え、ゆりにこの待合室で待機するように言いつけると、道は再び梅子さんを支え、部屋を後にした。愛子さんの姿が見えない隙《すき》に、磨き込まれた廊下をそのまま突っ切る。突き当たりの戸を断りなく開けると、書き物机に向かってトランプを並べていた蘆花がぎょっとした顔で振り向いた。

「あっ、お前たちか！　誰だ、こいつらを中に入れたのは！　愛子、愛子ォ！」

蘆花は慌てて叫んだが、道は後ろ手で戸を閉め、有島さんに目配せした。彼はすぐ番人のように立ちふさがった。

「恐れ入りますわ。私からお話しいたします」

梅子さんは道を退かせると、杖だけですっと前に進み出た。その姿は生徒を震え上がらせたミス・ツダその人だった。まっすぐに伸びていく高い声が、書院全体を震わせる。

「捨松が危篤でもう長くありません。あなた、今すぐ紙とペンを出しなさい。私が言うままにお書きなさい。そして、あそこにいる記者たちに発表するのです。一刻も早く誌面に載せなければ、捨松の臨終に間に合いません」

蘆花が目を見開く。言葉がうまく出てこないようだ。

「ええと、ええと、そこにいるのは、有島武郎くんだな。君、何か言いたまえ」

有島さんはびっくりしたように自分の鼻を指し、道と梅子さんを見比べながら、もごもごと言った。

「いや、あの僕は、その、どっちの味方でもないです。でも、この人たちに言うことを聞かせるのは無理ですよ。この通り、正しいと思ったらなんでもやり抜く、キリスト教主義の教育者なんで……」

「君、それでも白樺派か⁉」

蘆花を見下ろす梅子さんの額には、うっすらと汗が滲《にじ》んでいた。道は早く決着を付けて、彼女を休ませねば、と焦ったが、梅子さんは落ち着き払った様子を崩さない。

「さあ、早くお書きなさい。捨松のために今、私に出来ることは、『不如帰』の汚名をそそぐことしかありません。書かない限り、私はここを動きません」

「なんで、そんなことしなきゃならないんだ。そんなの俺《おれ》にとって酷い恥じゃないか」

なおもしぶる蘆花を前に、梅子さんは突然、杖を振りかざし、大きな音を立てて床を一突きした。

「あなたの恥など、知ったことではありません！」

ヒッと声をあげ、蘆花は椅子から転げ落ちそうになった。道は泣き出す生徒が続出したあの英語の授業を思い出し、懐かしさでいっぱいになった。

「愛子、人を呼べ！　愛子！　こんなものは乱暴狼藉《ろうぜき》だ！　いいか、女子英学塾の評判はこれで地に落ちるんだぞ！」

どんなに騒がれても、梅子さんは平然としている。かつてあれほど気にした他人の目というものが、今の彼女には何の力も持たないようだ。

「なんと言われてもかまいません。捨松をこの世に悔いを残したまま死なせるのは、この津田梅子が許しません。私を敵に回すのは賢いやり方とは言えませんよ。私が女性教育者として、日本国にどれほど大きく貢献し、政界からも信頼を勝ち得ているかは、よくご存じのはずでしょう？」

結局、蘆花はしぶしぶと宣言文を書いた。「不如帰の小説は姑《しゅうとめ》と継母《ままはは》を悪者にしなければ、人の涙をそそることが出来ぬから誇張して書いてあるので、二人とも現在生存中お気の毒にたえない」と綴った。たったこれだけのことをなんで今までやらなかったのかと思うと、道は半泣きでふてくされている蘆花に対していっそう腹が立った。インクが乾くなり、文書をひらひらさせながら待合室に走って、待ちくたびれているゆりを促し、声を張り上げた。

「さあ、早いもの勝ちよ、徳冨蘆花による、できたてほやほや、の衝撃の告白文ですわ!! 一番早く載せてくれるところに差し上げますわ」

記者たちから歓喜に満ちたどよめきが起き、我こそはと一斉に手を伸ばす。それぞれ一歩も譲らず、相当もめたのち、発売日の関係上、雑誌「婦女界」の男性記者が、うやうやしく両手で原稿を受け取った。竹中さんと秋子さんはその後ろで、大層悔しがっている。

蘆花邸を後にするなり、梅子さんがふらりとよろめいた。道はその肩を素早く受け止め、囁いた。

「さすがでしたわ、梅子さん」

有島さんの車の後部座席に落ち着いても、梅子さんの息は荒く、声は切れ切れだった。

「本当は……わかってるんです、捨松の結婚に愛があったこと。確かに最初は形ばかりでしたが、いつしか心が通った本当の家族になっていたこと。あの人は確かに大山巌を愛していました。彼の連れ子も実の子と同じように大切にしました。夫のことをイワオと呼んで、対等に付き合おうと闘い、ついに彼を変えたんです。ただ、私はどうしてもそれを認めたくなかった。あの人が私と違う世界を持っていることが悲しかった……」

広大な蘆花邸の敷地が後ろに過ぎ去っていくのを眺めながら、ゆりは決意を新たにした。自分は決して、恋愛や結婚を恐れまい。互いに違う世界を持っているからといって、関係が終わるわけではないのだ。別々の自立した女性だからこそ手を取り合えるのではないか。それに本当に愛し合う男女ならば、友情さえも抱き込めるはずだ。本来の家族愛は、女同士を邪魔するものであるはずはない。

「ゆりさん、道さん、私は確かに厳しすぎたかもしれない。でも、日本に私のような女を増やしたくなかったの。友だちと引き裂かれ、恨みを募らせる女をこれ以上増やしたくなかったのよ」

梅子さんを無事に自宅まで送り届け、道とゆりは有島さんの車で帰路についた。

数日後に蘆花の宣言文が載った「婦女界」が発売となった。道とゆりは刷り出しを手に、再び梅子さんのお供をして、青山・穏田《おんでん》にある大山邸を訪れた。約七千坪の敷地に佇む五階建ての西洋館の屋根には、風見鶏《かざみどり》が優雅に回転していた。捨松さんはネグリジェ姿で豪奢《ごうしゃ》なベッドに横たわり、マスクを付けた子どもや孫に囲まれていた。かつての華やぎはほんのりと香るほどで、今は青白く痩《や》せ細り、喉《のど》の奥がからからと鳴るような不穏な咳《せき》を繰り返していた。蘆花の宣言文に目を落とすなり、大きな瞳《ひとみ》に一瞬だけ命の輝きが満ち溢れた。

「ああ、よかった。なんて嬉《うれ》しいことでしょう。これで天国のお信さんを安心させられるわ。私の汚名は晴らされたって。あの子はとても優しい子だから、自分がモデルの小説のせいで私が苦しんだと思って、きっと恐縮しているはずだもの。梅子、本当にありがとう」

次男の妻の武子さんが、ええ、ええ、とつぶやきながら、ハンカチを目頭に押し当てている。まだ幼い孫娘がわっと泣き出し、捨松さんの膝にすがりついた。臨終間近でも、亡くなった娘のことを気にかけている姿に、道とゆりも胸が詰まった。

梅子さんは手を差し出し、捨松さんと目の高さを合わせると、英語でこう言った。

「捨松、愛してるわ。誰よりもあなたが好きよ。初めて会った時から、ずっと。あなたとだから学校を作りたかったのよ」

捨松さんは涙を流し、その手にそっと頬ずりした。

「ああ、私もよ、梅。同じくらい愛してるわ。ずっと後悔していたの。あなたと一緒に教師になれなかったこと、本当にごめんなさい。アメリカであなたと学んでいた時期が、私は一番幸せだった。あんな風に周りを気にせず、のびのびと女だけで暮らしていた日々に戻りたい」

「いいのよ。むしろ、私があなたの手をとって一緒に踊るべきだったのかもしれない。昔、教えてくれたでしょう？　私にダンスを。でも、ちっともうまく踊れなかったじゃない」

捨松さんは微笑《ほほえ》み、ほっそりした長い指を、親友の分厚く逞《たくま》しい手にかぶせた。

道はゆりに目配せして、寝室を後にした。家族も自然とそれに従った。最後に一度だけ振り向き、道は目を細めた。閉まる寸前のドアの隙間《すきま》から、十代の梅と捨松がくるくるとワルツを踊っている姿がふっと覗いた気がした。

梅子の見舞いが彼女を鼓舞したのか、それから捨松の体調はいっとき回復し、医師の予想を裏切って二月十八日まで生きた。満五十九歳だった。

3

大正九（一九二〇）年、十二月に入って初めての雪がマンハッタンを銀色に染めたある朝、ゆりと道はスケート靴をぶらさげ、セントラルパークにやってきた。分厚く凍った貯水池の上では、早くも子どもたちや若者がシューッと小気味良い音をさせながら無数の白い輪を描いている。アーラム大時代に男子学生たちとスケートの腕前を競っていたゆりは、ふらつく道の両手を取り、貯水池の中央を目指そうとした。しかし、道はいつまで経《た》っても、池のほとりを離れることができない。こわごわとほんの少し前に進むだけで両足をくの字に曲げて、ぺたんと座り込んでは照れ笑いを浮かべた。

「さすがねえ。ゆりさんの運動神経には負けるわ。あと、船酔いへの強さと百人一首も敵《かな》わないけれど」

とうとう道はゆりの手を摑《つか》んだまま派手に転び、ゆりまで一緒に氷の上に大の字にひっくり返った。子どもたちが笑いながら、二人を避けて滑り去っていく。

「ああ、痛い。恥ずかしい。でも、なんだか子どもに戻ったみたい」

そうでなくても四十代、三十代になってなお学生になれるとは思わなかったわね、と二人は寝転んだまま、粉雪まみれで笑い合った。見上げると、公園の雪をかぶった木々と摩天楼が青空を取り囲んでいる。

サラ・クララ・スミス先生が言っていた通り、ニューヨークは札幌そっくりの厳しい寒さだ。でも、少しも辛《つら》いと感じないのは、毎日が発見の連続で、いつも身体の中心が熱いためだ。

ゆりはコロンビア大学に、道はユニオン神学校に通っている。今年、米国YWCA年次大会の講演でクリーブランドに招かれた道が、講演後もそのまま米国で勉強する予定を組んだことを受け、ならば自分も、とゆりもかねてから興味を抱いていた大学への留学を決めた、というわけだ。

ゆりは道を抱き起こしながら、

「あともう一滑りしたら、部屋に戻りましょう。さっき市場でお買い得なロブスターがあったじゃないですか。奮発してお昼はえびのてんぷら風にしましょうか。おつゆに西洋大根のおろしをたーっぷり添えて」

と、食欲をそそるような節をつけてみせた。こちらの食品材料を使って和食を作ることはもはやお手のものだ。トマトも卵も生では決して食べない彼女の好みも完璧に把握している。そろそろと立ち上がりながら、道は言った。

「でも、今夜は夕食のご招待を受けているじゃない？　アビーさんとおっしゃったかしら。贅沢《ぜいたく》は明日に回しましょうよ」

ああ、そういえば、とゆりは昨晩の出来事を思い出した。

飛行家のアート・スミスがかつて道に言ったと聞いたが、ニューヨークの夜は宝石箱をひっくり返したようなまばゆさで、二人は毎晩のように出歩いている。昨夜はカーネギーホールでコンサート。カーネギー氏は亡くなって間もない鉄鋼王で、教育や文化に多大な貢献をしたソーシャライトだ。会場内は優雅な夜会服姿の貴婦人ばかりで、安い普段着姿で宝石も身につけていないゆりと道は、恥ずかしくてコートを脱ぐことができなかった。そのため最初のインターミッションが来る頃には、汗びっしょりとなったが、黒人女性の歌声は胸に沁《し》みわたった。ロビーで涼んでいると、こんな会話が耳に飛び込んできた。

——中国の美術は生命がほとばしるようだが、その点、日本の芸術はおくゆかしいねえ。

——ええ、どの水彩画もうっとりするような儚《はかな》げな世界を描いておりますわ。

——あら、日本美術の魅力はそれだけではありませんよ。

不躾《ぶしつけ》と思いつつも、道はついその老紳士と男女の会話に口を挟んでしまった。というのも、三人とも立ち居振る舞いに威圧感がなく、柔らかな雰囲気を纏《まと》っていたのだ。地味な色合いながら仕立ての良い服はそれぞれの肌や目の色に馴染《なじ》むよう選び抜かれているのがわかる。特に女性の方は、どんな人でも惹きつけられずにはいられないような、優しさと知性で顔つきが照り輝いていた。道は彼らに向かって、熱っぽく語り続けた。

——例えば、相阿弥の作品は淡い色彩の中にぞくぞくするような力強さが感じられます。

道の話にすっかり聞き入ったらしく、ぜひ、日本に行ってみたいものだ、伊万里《いまり》の磁器や浮世絵、仏像にも興味がある、と彼らは口々に言った。道たちがクリスチャンとわかるとますます関心を持った様子で、会話が弾んだ。

——異国の楽しい話をありがとう。これはお礼だよ。

老紳士が微笑みながら、道にピカピカの十セント硬貨を親指と人差し指に挟んで差し出した。

慌てて返そうとしたが、第二部が迫っていて、仕方なくお財布に仕舞い込む。閉幕後、あの女性がわざわざこちらまでやってきた。

――先ほどは失礼しました。義父がすぐ人に硬貨を渡すのは挨拶《あいさつ》みたいなものなんですの。どうぞ受け取っていただけませんか？　それから、差し支えなければお二人で明日我が家の夕食にいらっしゃいません？　西五十四丁目十番地です。我が家にはたくさんの美術品があるから、きっと楽しんでいただけるはずですわ。私はアビー、義父はジョン、夫はジョン・ジュニアと呼ばれております。

こうした道の人気者ぶりに、ゆりは目を見張るばかりだった。どんな場所に行っても、すぐに友だちができて、必ず自宅に招待される。パーティーの招待状や観劇のチケットはどんどん舞い込むし、傍のゆりまでがご馳走《ちそう》や贅沢を味わえるのだった。

スケート靴をぶらさげ、道とゆりは通りに出た。あちこちの建物の入り口に金銀に飾られたクリスマスツリーが輝いている。ピカピカのショーウィンドウにはプレゼントにぴったりな手袋やおもちゃ、装飾品が飾り付けられていた。ゆりの旅費と学費のみ父親持ちとはいえ、二人の暮らしは相当切り詰めたものだったが、ニューヨークはブラブラ歩くだけでも十分に楽しめる街だ。碁盤の目のような街並みで、公共の設備や交通機関が整っているから、ちょっと遠くに足を延ばすのも苦ではない。

ニューヨーク公共図書館で借りていた本を返し、かじかんだ指先がほぐれるまで暖を取り、新しい本を借りた。どんな書籍でも揃う、ここの創立に携わったのもカーネギー氏である。「図書館とは普通の人々、庶民のためのものでなければならない」という彼の言葉はまるで新渡戸先生の言葉とそっくりだな、と道は来るたびに思う。

図書館を出ると、屋台で揚げたてのドーナツを買い求めた。顔なじみの女主人は、煮えたぎる油に丸く絞った生地を放《ほう》り込みながら、第一次世界大戦後にひどい不況になった、来年は上向いてくれなきゃ困るよ、とぼやいていた。

「戦後恐慌から立ち直っていない日本に比べれば、すでに景気は良いように思えるわ」

「私たちから見れば、ここは夢みたいな街よ。禁酒法は適用されているし、なにしろ、アメリカ女性は参政権を持っているんだもの」

油の染みた温かな紙袋を受け取りながら、それぞれに彼女を励ました。ニューヨークの道行く女性がみな、堂々と胸を張って大きく見えるのは、動きやすそうな服装や骨格差のためばかりではない、とつくづく道は思った。

今年の六月にジュネーブで開かれた、各国の女性が集まる万国婦人参政権協会の大会に参加した道とゆりは、唯一の日本代表としてやってきた、ガントレット恒子《つねこ》さんという愉快な四十代の女性と親しくなった。英国人宣教師と国際結婚をするために日本で最初の英国籍を取得した彼女は、矢嶋楫子のかつての教え子で、矯風会の中心人物であり、共通の知り合いも多い。

――婦人参政権なんてなんだか過激で怖そうなんて思ってた、私が間違っていたわ。女性全員に与えられなきゃいけない、当たり前の権利なのね。

ガントレット恒子さんはズバズバと思ったままを口にした。三人は「日本女性も早く、この波に乗らなければね！　私たちも闘いましょう」と、手を取り合って誓ったのである。

それから間もなく、アメリカ女性は合衆国憲法修正第十九条により参政権を獲得した。

日本でも、市川房枝さんが平塚らいてうさんと手を結び、新婦人協会を設立、参政権獲得に乗り出していると聞く。チャキチャキとして愛嬌《あいきょう》ある房枝さんと、洗練された言動で女性をみんな夢中にさせてしまうらいてうさん。なにもかも正反対に見える二人のタッグは意外だったが、目指す場所はやはり同じなのだ。

二人はドーナツを胸にアパートへと帰り、ゆりがミルク入りのコーヒーを淹《い》れた。おやつの後で、それぞれ明日の授業の予習をすると、再び出かける準備をした。節約のため、徒歩で出向いたそのお屋敷を前に、二人は立ちすくんだ。

夜空を射抜くような九階建てのビルと、巨大な鉄門がそびえ立っているのだ。

「え、ここがあのアビーさんの家？　住所を間違えていないわよね」

「どうしよう、私たち、入っていいのかしら？」

二人がひそひそと話していると銀髪の執事が現れた。建物の中に入るとさらに仰天せざるを得なかった。屋内にスカッシュコート、診療所、体育館、さらに音楽劇場まで備わっていた。それでも美術品全部を収蔵するには広さが足りないらしく、隣の家を手に入れ、壁を抜いて連絡ドアでつなげている、と執事は説明してくれた。なによりも道とゆりを感嘆させたのは、階段下に飾られたクリスマスツリーだ。これまで見たどのツリーよりも大きく、飾られているおもちゃやお菓子、鈴やガラス細工が豪華で、またその種類が豊富だった。モミの葉と手作りのジンジャークッキーとオレンジのにおいに二人はうっとりと酔いしれた。

「まあ、よくいらっしゃいました」

昨夜よりだいぶくだけたねずみ色のドレスを着たアビーさんが、上はハイティーン、下は四、五歳くらいまでの六人の子どもたちを引き連れて、幅の広い階段の上から姿を現した。

「なんて素晴らしいツリーでしょう。神学校の友人にも見せてあげたいわ」

道が褒めると、

「ありがとうございます。そうですね、公共の場にもツリーを提供するべきですわね。いつか必ず実現させますわ。私たち、クリスマスに息づく社会奉仕の精神をとても大切にしているのです」

　アビーさんは控えめに続けた。

「昨日は慌ただしく、ご挨拶が遅れましたこと、お詫《わ》び申し上げますわ。私はアビー・ロックフェラーと申します。義父はジョン・ロックフェラー、夫はジョン・ジュニア、長女で一人娘のアビー、息子たちは上からジョン三世、ネルソン、ローランス、ウィンスロップ、末っ子のディヴィッドです」

　ロックフェラーといえば現在、世界一の大富豪と言われる石油王にして、カーネギーに並ぶソーシャライトとして知られている。道とゆりはようやく合点がいったのだった。

　アビーさんに建物の中をあちこち案内され、世界各地から集めてきた美術品のコレクションを見せてもらいながら、道は唐突に、野口英世さんのことを二十年ぶりくらいに思い出した。そういえば彼は、ロックフェラーの名を冠した医学研究所に所属しているはずだ。梅毒の研究に成功し、ノーベル賞の候補にもなっていたと思う。あの森でのかすかに甘酸っぱい記憶が蘇《よみがえ》ったが、ジンジャーとオレンジの香りにたちまちかき消されていった。

　それにしても使用人の数が多いのに、仰々しい感じがまるでないのが不思議だった。家具も調度品も贅沢なものばかりだが、どこか懐かしく落ち着いて感じられる。一家全員とお祈りをして囲んだ長いテーブルでの食事も、斬新な材料を使っていたり濃い味つけがしてあるのではなく、新鮮な野菜や果物に溢れ、たんぱく質もたっぷり。あっさりしていて滋養に満ちているから、素直に美味《おい》しいと感じられた。全てがしっくり調和し、心身に馴染んだ。それはきっと彼らの知性によるものではないか、いやいや、それこそが資本というものなのか、などと道とゆりはその後、幾度となく話し合うことになる。

　アビーが優雅にほうれん草を口に運びながら、こちらを見つめた。

「道は日本YWCAの総幹事だとおっしゃっていたわね。ぜひ、詳しく聞かせていただきたいわ」

「ええ、日本女性にシェアの精神を広める素晴らしい活動ですわ。でも、最近では以前とだいぶ事情が変わってきているんです」

一緒にYWCAを盛り上げてきたキャロライン・マクドナルドが道に譲る形で総幹事を辞任して、そろそろ四年が経とうとしていた。彼女が居た頃は道も対等な立場で議論し、自分や会員の意見を運営に反映しているという自信があったが、最近ではそれが揺らぎ始めている。

「私としては日本に合った活動をしたいのですが、アメリカYWCAにはなかなか理解されなくて。時に歯がゆく、総幹事として不甲斐ないと思うこともしばしばです」

こうして一旦《いったん》活動を離れ、再びアメリカで学び始めているのも、自分の行く末をよくよく考えてみたいという思いが強かったからだ。

「まあ、お気持ちはとてもわかる気がするわ。背負っているものが大きくなると、なかなか自分の思うままにというわけにはいかないもの。私もロックフェラー家の妻であり母であるという立場を誇りにしていますが、それとは別に私だけの王国を持ちたいと常々思っているんですよ」

アビーがそう言うと、ジュニアがチキンを取り分けながら、ちょっとだけ皮肉っぽい口調になった。

「アビーは熱心な美術愛好家だけど、ちょっと変わっていてね。古典だけではなく、現代美術にも造詣《ぞうけい》があり、興味の幅が広い。現代美術なんて僕には奇をてらっているようにしか思えないけどねえ。その感性は枠にとらわれないと言うか、なんと言うか……」

「きっと、姉のルーシーのおかげですわ。私たちとても仲が良いんです。ルーシーは美術品を求めて、危険を冒すことも厭《いと》わず世界中を飛び回っていて、滅多《めった》にここに来ることがないんですけど」

アビーの口からルーシー、という名が出ると、ジョン三世たちはぱっと目を輝かせた。

「ルーシー伯母さんはすごいんですよ。いろんな国を大冒険して、珍しい美術品を見つけてくるんだから」

「なにより、独身でとても自由なんです。私の憧れの人！　あんな風にやりたいことは全部やりたいな」

母と同じ名前を持つ長女のアビーが快活に言うと、たちまち父親に「お客様の前だろう。貴婦人らしく振る舞いなさい」とたしなめられ、ふくれっつらとなった。アビーは話を変えようとしてか、こう言った。

「いつか私のセンスで選んだコレクションを一般の人に見てもらえるような場所を設けたいんです。その時は東洋の美術品もぜひ、たくさん展示したいの」

「まあ、そうなったらどんなに素敵なことでしょう。私もお手伝いしたいわ！　日本の美術を世界に伝えたい！」

ＹＷＣＡで味わっている停滞した気持ちを忘れ、思わずそう叫ぶと、

「道もゆりも日本という国をとても愛しているのね」

アビーが感じ入ったようにつぶやいたが、道はやんわりと言った。

「そうですね。でも、自国だけ愛するのは避けるべきだと思っています」

道は三月に招かれたスイス・シャンペリーでのＹＷＣＡ世界常任委員会での出来事を話した。世界中から国籍の異なる女性が百名以上も集まった。大戦中は敵同士だったフランスとドイツの女性参加者が駆け寄って手を取り合い、互いをじっと見つめる姿に、誰もが胸を打たれたものだ。

「シャンペリーでは恩師、新渡戸稲造の奥様にもお会いできて、楽しい時間を過ごせました。そ

うそう、新渡戸稲造は、いつもこう言っていたものです。愛国者とは常に憂国者でもある、と。もちろん私は日本は大好きですが、同時に改善しなければいけない点、反省すべき点が山のようにあることも知っています。隣国の支配や侵略などがその最たるものですわ」

道はナイフとフォークを静かに置いた。抗日の気運が高まり昨年、朝鮮半島で三・一独立運動が、中国では五・四運動が起きたばかりだ。

「差別も偏見も、教育によって正せるものが大きいと、私たちは考えています。日本はこの分野が劣っていますわ。特に女子教育の普及は著しく遅れています」

ゆりも真剣にそう続けた。すると、スープさえもゆっくり咀嚼《そしやく》していたジョン・ロックフェラー氏が顔を上げ、ようやく会話に加わった。

「ああ、私も、大学への支援は最優先にしている。特に南部の黒人のための教育環境を整えることは、今一番熱心に取り組まなければいけない課題だ。教育が誰でも同様に受けられる状況を、当たり前にしなければ」

来年はぜひ、日本に美術品巡りの旅行に行きたい、YWCAにも協力させていただきたい。別れ際、ジュニアもそう声を掛けてくれた。

帰り道、ロックフェラー家が用意した馬車でアパートに戻る間、道はずっと口を閉ざしていた。夜景に見入っていらっしゃるのかしら、とゆりはしばらく黙っていたが、その横顔はどこか寂しげに見えた。

「道先生?」

「あら、ごめんなさいね。いえ、こんな風に資産家が社会に光をシェアする様子を、広岡浅子さんにお見せしたかったたな、と思ったの」

去年の一月、広岡浅子さんは帰らぬ人となった。腎臓炎だった。彼女とこの街を歩けたら、どんなに楽しかっただろう、と道は思う。裕福さを恥じることも誇ることもなく、みんなに分け与えようとした浅子さんが生涯貫いた姿勢を、ニューヨークでは至るところに感じることができるのだから。

夢のような毎日が突然終わりを告げたのは、道の母の乳癌が再発したという電報が日本から届いたためだ。いてもたってもいられず、道はすぐに帰国を決意した。

「ああ、ゆりさん、私、どうしよう。母にもしものことがあったら……」

船に乗っている間、ずっと道はゆりの手を握りしめ、海原を見つめていた。外国で新しいものに出会うたびに、真っ先に思い浮かぶのは母の顔だ。今の自分があるのは、引っ込み思案だった幼い頃、彼女が学校に行くことをあんなにも勧めてくれたからだった。学びたかったのは他《ほか》でもない母自身なのに。自分は決して優秀な人間ではない。でも、どんな時でも肯定してくれる母の存在があったから、少しずつでも前に進んでいくことができた。

「大丈夫です。道先生、お母様はきっとお元気でいらっしゃいますわ」

ゆりは少しでも道の心を紛らわそうと、しきりに遊びやゲームに誘った。スプーンレースに飛び将棋。ゆりが夢中になってみせるので、最初は気乗りしなかった道もつられてのめり込み、勝敗を真剣に競い合ううちに、船は横浜港に到着した。

「道！　こっちよ！　心配かけたわね。私はもうすっかり元気よ」

港で待っていたのは、昔からの親友同士のように寄り添っている、ゆりの母と道の母だった。少し痩せたものの目には力が感じられ、道は安堵《あんど》で涙がこみ上げ、四人は抱き合って喜んだ。

神楽町の軽子坂上の日常に戻っても、道は牧戸にしょっちゅう帰り、母も東海道線に揺られてはやってきた。彼女の滞在に合わせ、ゆりは張り切って演芸会を計画した。お芝居や歌のプログラムを入念に組み、教え子や友人を集め練習を重ねた。ロックフェラー家の自宅音楽劇場を頭に思い描いて、居間の家具を片付けて座布団を並べ、壁際にシーツを張り巡らせ、即席の舞台を作った。

伊勢言葉による替え歌で道の母を出迎えた後は、羽織を着た道が三味線《しゃみせん》を抱いてすまし顔で現れ、世界情勢を女義太夫《おんなぎだゆう》風の節をつけて紹介する。

「ええ、花の都ニューヨーク〜。財布の中身はちょっぴり寂しいが、歩くだけでめくるめくアラビアンナイトの世界〜。道路でヘイと声を掛ければ、オヤ、不思議。タクシーでどこにでもいけること魔法のごとし〜」

ゆりを行司役にして参加者全員が早口言葉対決で盛り上がり、最後はヒゲをつけちゃんちゃんこを着た道がおじいさん、ちょん髷《まげ》頭のゆりが殿様役になって、花咲爺《はなさかじい》さんを熱演し、大喝采《だいかっさい》となった。

その秋、柳原燁子さんの駆け落ち「白蓮事件」が世間を騒がせた。社会運動家の宮崎龍介と恋愛関係になり、伊藤伝右衛門の元から出奔し新聞に彼への絶縁状を掲載した。お相手の宮崎龍介は、道の取り巻きである「小さき弟子たちの群」の一人、女子英学塾の優等生、お貞ちゃんこと宮崎貞子の親戚《しんせき》であり、道とゆりにとっても近しい存在だ。なによりも喜ばしいのが、燁子との友情を取り戻そうと努力していた花子さんからのこんな便りだった。

——道先生のおっしゃっていた、遠くから見守り、いざとなれば手を差し出すことの大切さ、ようやくわかりました。私、燁さまの支えになろうと思います。私自身、彼女の立場がようやく理解できるまでに成長しましたから。

花子さんは上京して出版社に勤めるうち、横浜にある印刷会社の跡取り、村岡儆三《けいぞう》氏と結婚し、男の子を出産していた。実は交際当初、村岡氏には妻子がいて、潔癖な花子さんは随分悩んだらしい。しかし、矯風会メンバーの励ましを得て、彼の手を取る決意をしたのだそうだ。

――燁さまに絶交を申し渡した時の私は思えば、子どもでした。今の私はあの頃のように清廉潔白でも純粋でもありませんが、その分、友情のありがたみがよくわかるようになったと思います。次に会ったらニューヨークでのお土産話《みやげばなし》をぜひ、聞かせてくださいね。お体にお気をつけて。

あなたがたの忠実なる友　村岡花子

母の容態が急変し、道とともに牧戸に帰るのはそれからすぐのことである。一時は体調を持ち直したが、年が明け、道が仕事で大阪に出かけていた間に、静かに息を引き取った。

最後に母と交わした会話は、青山練兵場で見たキャサリン・スティンソンの曲芸飛行についてだった。母はあの時に空から撒《ま》かれた広告を大事に保管していて、横になったまま、指でつまんでは目を細めていた。

「体調が良くなったら、私もニューヨークというところに行きたいわ。そしてキャサリンさんの操縦する飛行機にみっちゃんとゆりさんと乗って、宝石箱のような夜景を眺めるのよ」

「お母さんは、本当に高いところが好きねえ」

道が言うと、母はほんの一瞬、顔を輝かせた。

「そうね、きっと娘時代、富士山に登れなかったからかもしれない。昔、女性は穢《けが》れているという理由で、入山を許されなかったの。でも、私は一度でいいから、あの山の頂上に立って広い景色を眺めてみたかったのよ」

そう口にして、母はまるでその光景を思い浮かべるように目を閉じた。道はようやく気が付いた。教育さえ受けられたなら、世の中を変えられる存在だったに違いない母。理不尽な我慢を強いられてきた彼女に、できるだけ広い世界を見せること。女だってどこにでも行けるんだと身をもって証明すること。それがずっと道の生きがいだったのだ。

彼女が亡くなった今、自分は何を支えにしたらいいのだろう。

あんなにも泣き暮らす道を見るのは、ゆりは後にも先にもこの時だけだった。弟の信三さんが仕切った葬儀を終えた後、東京に戻ってからも、道はずっと大声で泣いていた。身だしなみも構わず、食事もとらず、部屋にこもり、いつまでもお母さん、お母さんと天井に向かって子どものように呼びかけていた。それを聞いていると、ゆりの胸も塞《ふさ》がれるようだった。

「お願いです。どうか一口でいいから、召し上がってください」

好みに合わせたポタージュスープも、彩りの良いサンドイッチも、道は決して手をつけようとしなかった。

道がようやく外に出るようになったのは、第一次世界大戦の終結を祝して、春に上野で開かれる平和博覧会で「婦人と子どものための休憩所」を作って欲しい、とYWCAから要請を受けたためだ。道は別人のように引き締まった表情で、いつものような熱心さで企画を進めていった。髪をなでつけ、おろしたてのワンピース姿でシャキシャキ歩く姿は、これまでの彼女のものだった。

道とゆりは募金を集めるために、大企業の経営者たちを訪ね歩くようになった。

「お約束のお客様でしょうか」

その頭取の妻は、いきなり自宅にやってきた二人に、やや硬さのある微笑を浮かべた。

「いいえ、お約束はしておりませんの。日本YWCAから参りました者です。この春に開催される平和博覧会への寄付のお願いで伺いました。頭取にお取り次ぎ頂けないでしょうか。紹介状はこちらにございます」

道の身元がわかると、彼女の顔からは警戒が解けた様子だった。村井銀行といえば、元は煙草を扱っていた会社だったが、日露戦争の戦費調達のため煙草が専売制となった際に手にした莫大《ばくだい》な補償金を元手に設立され、躍進した大銀行だから、こうした要求は後を絶たないのだろう。玄関には骨董品《こっとうひん》が飾られていて、道もゆりも本当はじっくり眺めたくてたまらなかった。村井家はコレクターとしてもその名を轟かせている。

「夫は今、事務所に出かけております。そちらの住所をお教えしますわ」

さっそくその事務所に行ってみたが頭取はおらず、別の事務所を告げられる。慌ててタクシーに飛び乗って出向くも、数分前に立ち去った後だという。車代を無駄にした焦りも手伝ってか、ゆりはついムキになって叫んだ。

「ならば、銀行の本店に行ってみるしかありません！」

またもやタクシーを探すはめになったが、こんな時も道はひょうひょうとしたものだ。

「ゆりさん、募金を断られても、迷惑だったかなあ、と自分を恥じてはだめよ。ＹＷＣＡ財政部のヘレンさんという方がおっしゃってたの。もし、お友だちに歌を歌ってくださいと頼んで、喉が痛むから無理ですと断られたとしたら、バツが悪くはならないでしょう？　それと同じように相手にもコンディションやご都合があると想像すれば、気も楽です」

タクシーに乗り込みながら、ゆりは用心しつつこう尋ねた。

「あの、道先生」

「なあに」

「少し根をお詰めではないですか？　ご無理なさっているのではないでしょうか？」

母を亡くしてからわずか数ヶ月だというのに、道はこれまで以上に人に会い、駆け回っている。ポキリと彼女が折れてしまいそうな予感を、ゆりはどうしても断ち切ることができない。

「あら、どうしてそんなことを思うの。私はこの通り、ピンピンしていてよ」

道は笑って大きく腕を回してみせた。

「そうだ。せっかくだし、まだお昼前よ。この辺りで降りて、しばらくお散歩しましょうよ」

道の提案するままに車を降りて、二人は束の間、金融街を散策した。村井銀行が見えてきたあたりで、聞き覚えのある声がした。

「お久しぶり。まあ、いつもくっついていて、あなた方は一人では何もできないの？」

振り向くと、大量のビラを抱えた質素な身なりの山川菊栄が立っていた。その手にはまだ幼い男の子がぶらさがっている。博覧会の会場に休憩所を作るための募金集めで、今から頭取に会いに行くのだと打ち明けると、菊栄は顔をしかめた。

「あきれた。よくまあ、資本家に媚《こ》びを売れるものですね。そもそも、予算もないのに、どうしてそんな無謀な計画を立てられるの？」

「先立つものはお金、という世の中はよくありません。まず最初に何が社会に必要か考えることから始めて、その後で人やお金を集めるのが本当というものです」

道がそう言うと、これだから理想主義者は、と菊栄はあきれ顔で天を仰ぎ、小さな男の子までがたどたどしい口調で「やれやれ」と母親を真似《まね》てみせた。ゆりは話の矛先を変えてみることにした。

「菊栄さんは育児をしながら、こうして活動も続けているってすごいのね。執筆もたくさんしていらっしゃるじゃない？」

「仕方がないわよ。うちの夫が警察にしょっちゅう捕まるんだもの。私が稼がないとね」

そう言って菊栄は肩をすくめた。ゆりと道が立派だわ、と褒めると、菊栄は息子をちらりと見てつぶやいた。

「でも、母親を神様のように見てなんでもやれて当たり前とするのも、働く母親に育児は最初から無理と諦《あきら》めるのも、私は両方間違っていると思う。社会全体がもっともっと母子の暮らしを手助けすべきだと思うわ。そうそう、与謝野晶子さんと平塚らいてうさんって、いつも変なところでズレているわ。本当は二人とも対立する必要なんてないのにね」

数年前、与謝野晶子と平塚らいてうは、母親は自立し努力で子どもを育てるべきである、いやいやそれでは母親への負担が大きすぎるから、国が子どもを保護すべきだ、という論争を繰り広げた。その時も菊栄はいつものようにどちらの味方にもならずに、双方の必要性を認め、母子を守るためにまず資本主義を改革すべきだ、という自説を冷静に展開していたのだ。

「そうね、女同士が争ったら男たちの思うツボよ。だって女同士が手を取り合えば……」

「男は戦争ができなくなる、でしたっけ? お弟子さんたちがよく唱えていて、うるさかったわ」

道の言葉を遮ってそう言うと、菊栄はフフンと笑ってみせた。

「珍しく意見が一致したところで、失礼しまーす」

ビラを一枚、道に押し付け、菊栄は息子の手を引っ張ってさっさと行ってしまった。道は母子の後ろ姿をいつまでも黙って見つめていた。午後も結局、頭取には会えずじまいだった。

その夜のことだった。ゆりがそろそろ横になろうとベッド脇《わき》に灯《とも》したろうそくを吹き消そうとしたら、ドアをノックする音がした。

「まあ、どうしたんですか、道先生」

目を真っ赤に泣きはらした道が、寝間着姿で立っていた。

「ごめんなさい、ゆりさん。こんな時間に、私……」

ゆりがその肩を両手で抱きしめると、道はしゃくりあげた。

「とても寂しいの。母が死んで、私はとうとう一人になってしまったのね」

昼間の道の横顔を思い出して、ベッドに腰掛けさせると、ゆりはぴたりと寄り添った。

「まあ、そんなことないです。弟さまもお姉さまもいらっしゃるじゃありませんか」

「でも、あの人たちには、私と違って、家族がいるもの……」

そう言うと、道はこちらの腕に顔を埋《うず》めて、わっと泣き出した。ゆりはそっと背中を撫《な》でた。小刻みな震えがこちらに伝わってきて、それをじっと感じていると、隣にいるのはまだ小さな女の子ではないのか、という気がしてくる。

「恥ずかしいわ。私、結局は古い人間なのね。誰にも言わないでね」

目をこすりながら、無理に笑ってみせる道を見て、ゆりは真剣にこう言った。

「お母様を亡くしてお寂しいのは当然ですわ。古い価値観に縛られているからではありません。それに、道先生は生徒というたくさんの灯火《ともしび》に囲まれています。それは決して消えないし、今後も増え続けるはずです。それにどんな時も、私が隣にいますわ」

ゆりは道の手を硬く握りしめた。手首に彼女の涙がぽたりと落ちて、それはつうっと肘の内側まで流れていく。

「どんなことがあっても私、絶対におそばにいます。約束しますわ」

次の日も、その次の日も、ゆりと道は村井銀行を訪れ、とうとう頭取に接見することが叶った。顔見知りとなった案内係に、金屏風《びょうぶ》とマホガニーで彩られた頭取室に通され、「よかったですね」と囁かれた。

村井氏はなかなか時間を作れなかったことを詫び、道の話に熱心に耳を傾けてくれた。孫娘が可愛くて仕方がなく、女子教育にもともと関心が強いらしい。

「誰かのために良いことをするきっかけを作ってくださって、まことにありがたいことです。おいくら必要ですか」

紳士はにっこりして尋ねた。道が素直に額を申し出ると、なんと千五百円もの寄付を弾んでくれた。このことがきっかけとなって村井家と道との間に交流が生まれ、その付き合いは代々受け継がれていく。

平和博覧会が開幕してまもなく、ゆりのアーラム大時代の後輩、ボナ・フェラーズが来日し、道と初めて顔を合わせることになった。ゆりがしばらく会わないうちに彼はいっそう日本びいきになっていた。二人は有名なすき焼き屋さんを予約し、士官になったばかりでお金のないフェラーズに、お腹《なか》いっぱいご馳走した。鍋《なべ》を囲み、煮えた肉を端から取って食べるという行為は新鮮だったらしく、フェラーズはいちいち興奮して、甘辛い味も気に入ったのかご飯を何杯もお替わりした。

「みんなで同じ鍋をつつくというのは、いいものですね。あっという間に親しくなれるみたいだ」

漬物も味噌汁《みそしる》も抵抗がない様子だったが、生卵だけは気味悪がって箸《はし》でつついて黄身を潰《つぶ》すのみだった。

「小泉八雲は日本で卵をよく食べたそうなんですが、この火を通さない卵というのも好きだったのかな？」

「あら、あなた、小泉八雲が好きなの？」

道が鋭い調子で尋ねると、フェラーズは嬉しそうに頷いた。

「ええ、ゆりさんに勧められたのです。今では一番の愛読書です」

怪訝《けげん》そうな目を道から向けられ、ゆりはもごもごと口にした。

「私はそんなに好きでもないんだけれど、日本を知るにはどんな本を読めばいいかってボナが聞くもんだから……」

フェラーズは小泉八雲を入り口とし、今では神道や天皇制についても熱心に学んでいる様子だった。彼は周囲の客を見回し、その佇まいやマナーをしきりに褒めた。

「日本人の背筋がしゃんと伸び、美意識に溢れているのは、生活の中心に天皇がいるからなんですね。幻想的でほの暗くてミステリアス、まるで八雲作品そのもののような世界です……」

神職の娘である道だったが、その発言はとても危険なものに思え、つい咎める口調になった。

「でもね、ボナさん、日本を神秘的に見すぎるのはよくないわ。天皇は人であって神ではないはずよ。陰影に富んだ美というのは非常にやっかいです。それに、日本の政策には悪いところがたくさんありますよ……。特に隣国への侵略は恥ずべきです」

折しも、朝鮮のクリスチャン女性たちから、朝鮮YWCAを発足したい、日本に所属せず、世界YWCAに直接加盟したいという声があがっていた。道はその意見に賛同を示し、「朝鮮の女性たちの意見を聞いてください」と世界YWCAの幹事に手紙を書き送り、これがきっかけで朝鮮YWCAの創立が決まった。この時の道の判断は議論を呼んだが、今は朝鮮の女性たちの意思を尊重すべきだ、という意見を変えなかった。

道の厳しい顔つきを慎みと取り違えたフェラーズはいたく感動したようだった。

「いやあ、道先生は思ってた通りの方でした。ゆりさんが尊敬するのも納得の素晴らしい方です」

フェラーズはすき焼きを気に入ったらしく、アメリカでも同じものを作ってみたい、と醤油《しょうゆ》と日本酒を大量に土産にして、満足そうに帰っていった。

4

「婦人公論」の波多野秋子が道を訪ねてきたのは、平和博覧会も無事成功した、秋のはじめのことだった。道とゆりは、ある学生国際会議に出席するために訪れた北京から帰国したばかりだった。

「あら、久しぶりね。編集のお仕事はさぞお忙しいでしょう」

客間に迎え入れながら、道はちらりと彼女を見て、おや、と思った。最後に会ったのは徳冨蘆花邸の待合室だった。あの時は生き生きと自信に満ちていたのに、今、目の前で腰掛けている彼女は、げっそりとやつれ、服装の派手さがやけに目立った。仕事がよほど激務なのだろうか、何か滋養のあるものを、と摘みたての葡萄《ぶどう》で作ったジェリーとバター、スコーンと紅茶を女中さんに用意してもらった。

「道先生のせいですわ」

ふっくらと高さを出して焼きあがったスコーンに手をつけず、秋子は突然、そう言った。

「はい？　私、何かしました？」

「有島先生がこのところ、筆が進まないでいらっしゃるのは道先生のせいですわ。道先生が有島先生を天才、と認めてくだされぱいいだけなのに！」

秋子は悲鳴のような声をあげ、道はようやく事態を飲み込んだ。蘆花邸の待合室で顔見知りとなった有島さんと秋子は、その後、作家と編集者として仕事を共にするようになったらしい。道は朗らかに、スコーンを二つに割ってみせた。バターの香りがする湯気がふんわりと鼻をくすぐる。

「何かの誤解だわ。もうかなり長いこと会っていないのよ。私がなんと言ったところで、あの方、気にも留めないわよ。今や国民的な作家じゃない。あ、そうそう、私、有島さんのこと、最近見直したのよ。小作人のために農地を解放するなんて素晴らしいじゃないの。キリスト教を離れても、シェアの精神は忘れていらっしゃらないのね」

自分のようなぬるま湯に浸《つ》かるブルジョワがプロレタリアートに向かって偉そうに物申すのは恥ずかしい、と有島さんが、父から与えられた有島農場を小作人に解放したのはこの夏のことだ。その公明正大な姿勢のせいで、よりいっそう熱狂的な読者を増やしていると聞く。秋子もきっとその一人なのだろう。

「有島先生は誰よりも道先生の評価を気にしていらっしゃるんです。彼のこと、四六時中ずっと考えていれば、わかることですわ」

床に何かが転がる音がした。見下ろすと、彼女のお気に入りである蛇の指輪が落ちている。

「え、彼のこと愛しているの？　作家としてではなく、男性として？」

妻を亡くした有島さんは数々の女性と浮名を流しているそうだが、道にはどうもその魅力がピンとこないのだった。道が指輪をそっと拾い上げても、秋子はまるで気づかないらしく、どこか焦点の定まらない目つきで語り出した。

「私と有島さんは心に同じ暗闇《くらやみ》を飼っているんです。私たちは魂の片割れ、同類です。暗闇でしか生きていけない者もいるんですわ。私たちは今、暗くて狭い場所で小鳥のように身を寄せ合っているのが幸せなんです」

幸せとはほど遠い様子の秋子を見つめ、わずか数年で彼女の目から輝きが消えた理由を知りたいと思った。

「どうしてそんなに暗い場所が落ち着くのかしら？」

道が努めて穏やかに尋ねると、しばらくしてから絞り出すように秋子はつぶやいた。

「だって、どんなに仕事を頑張っても、私は容姿しか評価されない……。編集部では、私が大作家から原稿を取ってこられるのは、色仕掛けじゃないかって噂されてます。結局どんなに頑張っても、夫が庇護者《ひご》であることに変わりはありません。夫と別れる勇気さえないんです。有島先生の素晴らしい才能にくらべたら、私なんて生きるに値しない、くだらない人間です」

不安げにこちらに向けられた眼差《まなざ》しは、かつて女子英学塾で「青鞜」を取り上げられた少女だった頃と何も変わってはいなかった。道は指輪を差し出しながら、彼女をまっすぐに見つめた。

「そんなことないわ。本当のあなたは賢くて強い女性よ。変なことを言う連中がいたら、私が黙らせてやります。夫の春房さんと別れるか別れないかよりも、有島さんから距離を置いてみたらどうかしら。人生は何度だってやり直せるわ。ほら、大杉栄を刺した神近市子さんだって、罪をつぐなって今や有名作家じゃない？」

大正八（一九一九）年十月に出獄した神近市子の再起のきっかけは、東京朝日新聞の竹中繁さんからの原稿依頼だった。

——神近市子さんは稀有《けう》な書き手ですわ。あらゆる立場の女性に同時に届く声を持っています。彼女に依頼したのは、同情や野次馬根性などではなく、記者魂によるものです。

蘆花邸でばったり出会って以来、頻繁に連絡を取るようになった竹中さんは、しきりに市子のものの見方を褒めている。その度に、道は自分のことのように嬉しかった。

しかし、市子の名を聞くなり、秋子はきっと眦《まなじり》を吊り上げ、まるで蛇が乗り移ったような顔つきになった。

「そんな話、聞きたくありません！」

彼女がどうして激昂《げきこう》したのか、その時はわからなかった。有島さんと市子の間に短期間の交際があって、彼がふられたことを道が知るのは、ずっと後である。

指輪が自然に抜けてしまうほど、彼女が急激に痩せたことに、道はやっと気が付いた。秋子は突然立ち上がると、こちらに背を向け、そのまま部屋を出て行った。道は指輪を手に慌てて追いかける。

「そんな指輪、もう必要ありません。先生に差し上げます。有島先生はもともと蛇が大嫌いなんです。お忘れでしょうけど！」

秋子は物を投げつけるような口調で叫んだ。客間に戻ると、手付かずのスコーンからすっかり湯気が消えていた。

道はすぐに有島さんが引っ越したばかりの牛込区原町の借家を訪れた。かつて有島さんが暮らしていた、白塗りの壁やロダンの彫刻がいかにも優雅だった西洋館とは似ても似つかない質素な住まいだ。玄関には靴がびっしり並んでいる。女中さんに案内され、台詞《せりふ》を練習する声が聞こえてくる居間に行ってみると、若い俳優五、六人が有島さんの指示のもと、芝居の稽古《けいこ》の真っ最中だった。

「お取り込み中ね。申し訳なかったわ。出直します」

有島さんはこちらを見るとパッと顔を輝かせて稽古を中断し、道を書斎へと誘った。掃除が行き届き、整理整頓《せいとん》もされているのに、雨戸を閉め切っているせいか、息苦しく感じられた。

「いやいや、今日はもう終えようと思っていたところなんだ。ちょうど良かったよ。知っている？　『死と其《その》前後』って亡くなった妻のことを書いた戯曲なんだ。松井須磨子で舞台化もされたんだけど、すごく評価は高いんだ」

「知らない」

道が言うと、彼はあからさまにがっかりした顔をした。有島さんは亡き妻のことをことあるごとに新聞や雑誌で悲しげに語り、こうして作品のモチーフにしてしまう。生前、彼が決して妻を大事にはしていなかったことを思い出すにつけ、なんだかずるいな、と嫌な気持ちになる。

彼は安楽椅子に背中を預け、けだるそうに書架を見渡した。

「この家、なかなか庶民的でいいだろう。特権的な暮らしを捨てなければ、文学の真髄には辿《たど》り着けないからね」

道は心の底からうんざりした。褒められたいという気持ちではち切れんばかりだ。富を捨てる彼を立派だとは思ったが、そこに広岡浅子さんやアビー・ロックフェラーのようなシェアの精神は感じられない。有島さんの大半を占めているのは、単なる功名心だ。

「『一房の葡萄』は読んでくれた？　これも評判がいいんだ。最近、童話に挑戦しているんだよ。君は昔、言っていただろう。子ども向けのものを書くのが一番難しいって……」

道はすぐにぴしゃりと遮った。

「波多野秋子さんをあなたの暗闇に引き込むのはやめていただきたいわ」

「なんのことだい？」

有島さんは不服そうにこちらを見た。その顔は秋子同様に急激にやつれているように見える。

「なんだ、せっかく来たと思えば秋子くんの話か」

そう言って、いつものように唇をとがらせる。この手にひっかかっては堂々巡り、と道は無視して続けた。

「あなた、葉子さんを殺しておしまいになったのね」

「それの何がいけないんだ。葉子が死ななければ、『或る女』は名作たりえないよ」

あの物語の結末のせいで、娘と自分をモデルにされた佐々城豊寿さんは亡くなってからも誹謗《ひぼう》にさらされ続けたのに、有島さんは吐き捨てるような調子で言った。

「ねえ、あなたたち男性作家は生きている女性を物語の中で殺してしまう。それは何故なの？」

最近、菊池寛が出版した小説「真珠夫人」も白蓮さんをモデルにして書かれたのではないかと噂される。道は真珠夫人が自由を掴みとって幸せになるのだと、途中までワクワクしながら読み進めていたのだが、結局、彼女は死んでしまうのだった。

「いいかい？　文学が誰かを傷つけてしまうのは仕方がないことなんだよ。みんなを喜ばせるだけの読み物なんて、ただの娯楽だ。この世界には光でも闇でもない部分がある。一般的な観念では絶対に裁けない曖昧模糊《あいまいもこ》とした複雑で割り切れない感情や真実がある。その灰色の世界をおそれず、自らの命を削って、他者を犠牲にしてでも、まっすぐに描くのが、文学者というものなんだよ」

これと似たようなことを徳冨蘆花も言っていた。灰色の世界に人間の真実があると口を揃えて彼らは言う。ほんの一瞬、道はひるんだ。それはあたかも伊勢神宮の夕闇のようだ。父に待たされていた、あのしんと静かで心細い時間が周囲を覆っていくのがわかる――。そこまで突き詰めた時、急に疑問が湧《わ》いてくる。

「それでも、私はやっぱり納得がいかないわ。正義じゃ決着のつかない場所があるのはわかるわ。でも、その灰色の世界に、いつも女性の犠牲が必要なのはどうしてなの？　やっぱりあなたたち男性が評価する重厚で陰影に富んだ芸術だの美しい薄闇だのは、都合が悪いことを隠すためにあるんじゃないの？」

道は立ち上がると、有島さんの後ろに回り、雨戸を勢いよく開け放した。清涼な秋風と日差しが肌に心地よい。有島家の三人の男の子たちが弓矢で遊んでいるのが見えたので、道は手を振り大声で冗談を言って、彼らを笑わせた。眩しがって不快そうに顔をしかめる有島さんを横目に、女中さんを呼び、熱いお茶と季節の果物を頼んだ。その勢いで書き物机の上を手早く片付け、安楽椅子のクッションを叩《たた》いて形を整えているうちに、屑籠《くずかご》の中に丸めた原稿用紙がいくつも放り込んであるのが目に入った。

「わかった！　有島さん、あなた、ただ単に小説が書けなくなっているだけなのね。あれこれ御託を並べているけれど、仕事が上手くいかないのを、恋愛で誤魔化しているのよ」

そう言えば、最近の有島さんの仕事といえば評論ばかりで小説の話題をとんと聞かない。彼がさっと青ざめたのはわかったが、道は立ったまま腕組みして彼を見下ろした。

「あなたがどんなに仕事で行き詰まって破滅に惹かれていてもそれは構わない。でも、女性を巻き込むことだけは許さないわ。秋子さんにはハンディキャップがある。どんなに努力しても、あなたほどの社会的地位はどうしたって得られない。それは実力の差じゃないの、わかっているでしょう？　愛しているなら、せめて彼女の立場を理解して、これ以上、追い詰めないであげて」

「そんなの、綺麗ごとだ。そもそも愛は奪うものだよ。現に彼女だって僕から奪っているんだ。大作家の情人として、世間からとれるものはとっているし、特権は利用してるさ。別にそれでいいんだ。男女というものは奪い合いながら、身も心も一つになるんだから」

目はうつろで、乾いた唇の色が紫に近い。有島さんは立ち上がってこちらを一瞥《いちべつ》すると、かまってほしそうな子どもたちを遮るように雨戸を閉めた。再び書斎は闇に沈んだ。それでも道は彼を見据え続けた。

「いいえ。前にも言ったけど、愛は奪うものじゃない、惜しみなく与えるものだわ。愛は決して目減りしません。なぜなら、神が人間に無償で恵んでくれた泉だからよ。与えれば与えるだけ、次から次へと増えていくもの。けちけちしているから、あなたにはいつまでたっても愛がわからないの。それにどんなに愛し合っていても男女は決して一つにはならない。それぞれ独立した人間よ」

「いいや、君は恋愛をしたことがないから、何もわからないんだよ。一度でも真剣に恋愛すればわかることなんだよ。人間の真実というものは……」

有島さんの手がふっとこちらの方に伸びてきたので、道は眉をひそめ素早く避けた。恋愛、恋愛。恋愛こそ至上。自信満々にこちらに考えを押し付ける人間ほど、自分の偏見に鈍感なのは何故なんだろう。道は踵《きびす》を返した。

「わかりました。もう何を言っても無駄ね！」

「君なら、僕を救ってくれると思っていたよ！　神も君も、僕を見放したんだ！」

有島さんはもはや恥も外聞もなくなったように、わめきちらした。何かが著しく奇妙だったが、道はもう一刻も早くこの不健康でじめついた部屋から出て行きたくてたまらなかった。

「信仰も愛も持たないあなたとは、一生わかり合えないわ。さようなら！　金輪際お会いしません!!」

ドアを閉める寸前、有島さんのか細い声が追いかけてきた。

「助けてくれ」

その言葉は背中にべったりとこびりついた。廊下でむきたての白い梨《なし》とお茶を持ってきた女中さんとすれ違った。何か素敵なことを考えて、不愉快な時間を忘れてしまいたかったが、電停までの道のりも、市電に揺られている間も、振り払っても振り払っても、有島さんのあの絶望した顔が思い浮かんできて、胸に墨が広がっていくようだった。

「道先生、遅かったですね。何かあったんですか」

帰宅すると、ゆりが心配そうに出迎えた。柔らかな巻き毛ややや垂れた大きな瞳を見ていたら、ようやく心が和らいだ。短靴を脱いで部屋に上がり、お茶を飲んで、道はひとまず落ち着いた。

「ねえ、ゆりさん。あのね、たった今、私たちの学園の名前を決めたの」

「え、ついに、夢を実現なさるおつもりですか？」

ゆりは声を震わせている。

「ええ、私たち、やはり、女子教育に舵《かじ》を切るべきよ。どこからも干渉されることのない、自由な学びの場を作る必要があるわ。恵む泉、と書いて『恵泉』というのはどうかしら」

口を開いたら、みるみるうちに世界が麗しいもので覆われていくのがわかった。

「まあ、素敵な名前。これ以上ないくらい、道先生の学校にぴったりじゃないですか」

ゆりは嬉しそうに手を打ち合わせた。夕食のストロガノフの香りがここまで流れてくる。

「泉は惜しみなく湧き出るでしょう。神様が私たちになんの代価も求めずお恵みになった愛そのものじゃないかしら。恵む泉になって世を潤していく人間を育てる、そんな学校にしましょうよ」

最後の彼の顔つきを思い出すまい、と道はその夜、ゆり相手にわざとはしゃいでみせた。まさか、これが有島さんと最後の別れになるとは、この時の道は予想だにしていなかった。

5

目の前に手を広げても、その形さえ全く確認できないような濃厚な闇だった。

これほどの暗闇は伊勢神宮でも北海道の開拓村で暮らしていた頃でも経験したことがない。女性や子どものすすり泣き、ＹＷＣＡの幹部委員であるゼセー・メンデルソンのお母様の気管につかえたようなから咳が聞こえてくる。喉が渇いているものの、いつまで水がもつかわからないので、今は我慢した方がよさそうだ。食事といえば、ずいぶん前に梨を一つ食べたきりである。

身体中が汗と泥でべたつき、あちこちを蚊にくわれていた。虫の羽音がうるさくて仕方がないが、払い退《の》ける気力もない。そうしている合間にも、地面はうなり、時折大きく持ち上がった。あちこちで悲鳴があがる。ここにいる誰もが眠っていないことだけははっきりしていた。

地面に敷いたむしろの上では、どんな体勢を取ろうと心身が落ち着くことはない。道は諦めて身を起こすと、両膝を抱き、梨棚に寄りかかった。傍のゆりの息遣いだけが辛うじて、気持ちが折れるのを防いでいた。いつまでここに居ればよいのか、そして他の町は今、どんな状況なのか、皆目見当もつかなかった。


半日前まで、道とゆりはいつものように冗談を言い合っていたのに。ここ大磯にあるゼセーの別荘に泊まり、友人たちと遅めのバケーションを楽しんでいる最中だった。状況が一転したのはちょうど二人がゆりの父に祝電を打つため、郵便局に行こうと足を踏み出した瞬間だった。父は今、三島で郵便局勤務を四十年続けてきたことが評価され東京の表彰式に呼ばれていた。

大正十二（一九二三）年九月一日の出来事を、二人は生涯忘れることはなかった。

昼まで部屋でぼんやり過ごしていたのは湿気がひどく、お互いに身体がだるかったためだ。外に出ると、案の定じっとりと蒸し暑く、重たい雲が垂れ込めていた。ゆりが帽子のリボンを直しながら、

——道先生、お昼どうしましょうか。

そう言いかけた瞬間、地面がどうっと揺れた。

——道先生！　伏せて！

二人は地べたに倒れ込み、それでも必死の思いで手を伸ばし、互いの手を摑んだ。どんな船旅でも経験したことがないような激しい揺れだった。地面が上下左右に波打って、起き上がろうとするたびに、何度も叩きつけられた。それでも道とゆりは、互いの指先と指先だけは決して離すまいと歯を食いしばり精一杯身体を伸ばした。そうこうするうちに、たった今くぐり抜けたばかりのアーチが目の前で崩れていく。もうもうとたちこめる砂埃《すなぼこり》の中、別荘の母屋は崩れ落ち、屋上の水槽が屋根にめり込んでいるのが見えた。ゼセーとそのお母様、友人のエルシーとアリスン、女中さんを助けに戻りたかったけれど、揺れがひどくて近付けない。

――ゆりさん、裏の竹藪《たけやぶ》に逃げましょう！

一向に揺れが収まらない中、道は夢中で叫んだ。サラ・クララ・スミスがかつて教えてくれたことがあった。日本で地震が起きたら、竹のそばにいれば必ず助かる。竹の根は強固に絡み合っているから、どんなに強い地震でも竹藪の地面は割れることはない、と。よろけながらも立ち上がり、二人は手を繋《つな》いで走った。足を離した場所から地面がめりめりと音を立て、その割れ目から背筋がすっと冷えるような深い暗闇が覗いていた。

竹藪の中には、顔に見覚えのある近隣住人たちが三、四十人、すでにうずくまっていた。そのほとんどが裸足《はだし》で、犬や猫を抱いている子ども、赤ん坊を背負っている若い女性、釜《かま》を抱きしめている老人もいた。誰もが怯《おび》えていて、声をあげて泣く者も大勢いた。「南無阿弥陀仏《なむあみだぶつ》」を唱える声が、薄暗い藪の中にこだましている。

しばらくして消防団が駆けつけ、素早く地割れの橋渡しなどをしてくれたが、すぐにいなくなってしまった。揺れは相変わらず収まらず、そのうちにどこからか恐ろしい情報が流れてきた。どこの家の誰が死んだ、汽車が脱線し、死傷者が出た――。そのたびに、悲鳴と泣き声が湧きあがり、念仏を唱える声がいっそう大きくなる。一人の老人が「津波がくるぞ！」と叫ぶと、さらに混乱が広がった。

揺れはその後も断続的に続いた。日が暮れる頃、道は腹を決めてこう言った。

――とにかく、ゆりさん、ゼセーの別荘に一度戻りましょう。みなさんがご無事かどうか確認しなくては。

立ち上がってゆりの手を摑むと、地割れを避けながら来た小径を引き返した。見覚えのある家屋や生垣は無残に崩れ落ち、日用品や着物が通りにぶちまけられている。めちゃくちゃになった庭に恐る恐る入っていくと、全員が松の木の下に避難しているのが見え、二人はようやく胸を撫でおろした。高齢のお母様は毛布で作った簡易テントの中でぐったりと目を閉じていた。女中さんがせっせと立ち働いてくれたおかげだろうか、食料や衣類は十分に運び出されている。道とゆりは水にありついて一息つくと、改めて無事を喜び合った。

――津波が来るかもしれません。ここは危険です。できるだけたくさん荷物を持って暗くなる前に小高いところに逃げましょう。

道は努めて冷静に提案した。歩けないお母様は女中さんが背負うことになった。それぞれが水を汲《く》んだバケツや食料、荷物をありったけ両腕にぶら下げる。山に向かう途中、鉄道のレールがぐにゃりと飴《あめ》のように曲がっているのを目撃した。すぐそばの畑に列車が横倒しになっている。通り過ぎていく人々はみな泥だらけで、何人かは我を失ったように「鎌倉は海の底だ」「横浜も東京も全滅した」「監獄が崩れ、囚人が逃げ出した。女たちを襲うぞ」などと叫んでいる。流言飛語だと思いたかったが、脱線現場を目の当たりにするとあながち否定も出来ない。ゆりは東京にいる父のことを考え、胸がしめつけられるようだった。三島に一人でいる母、全国に散っているきょうだいも心配だ。道はそんな彼女の心情が手に取るようにわかったが、ただ寄り添うことしかできなかった。

高いところを目指し、ひたすら歩いていると、松林に囲まれた、海を見下ろす位置にある豪邸の周りに人だかりができていた。聞けば、避難者のために開放されたのだという。庭では大勢の人がむしろを敷いて身体を横たえていた。道たちは梨棚の下に落ち着き、ややひからびた梨をもいで、喉をうるおした。ぽつぽつとともっていた提灯《ちょうちん》が消えると、とうとう真の暗闇に覆われた。

闇の中から、ふっと有島さんがこちらを見つめている気がしたので、道は目を強く閉じて両手を組み合わせた。この夏以来、灯《あか》りを落とす瞬間、ぼんやりと蘇るのは、いつも亡き友の顔だった。その目はこちらの不安を掻《か》き立て、足をすくませるような冷えきった色を浮かべている。

有島武郎と波多野秋子が心中したのは今年の六月。二人の遺体が軽井沢で見つかったのは、その一ヶ月後のことだった。東京から知らせを受けた時、道はゆりとYWCA夏期修養会に参加するため宮島に来ていた。全国から大勢の女学生たちが集まって和気藹々《わきあいあい》と過ごしている最中に届いた悲報だった。土砂降り続きの梅雨がやっと明けたと思ったら、クラクラするような猛暑となり、今思えばあれも震災の予兆だったのかもしれない。

――有島さんがお亡くなりになりました。波多野秋子さんもご一緒だとのことです。

有島さんの親友と名乗る、末光績《いさお》という男性から連絡を受けて、二人はすぐ東京に引き返した。名の通った人物だけあって、葬儀には六百人以上の弔問客が集まった。成城学園の夏服を着た三人の子どもがたくさんの花に飾られた遺影の傍ですすり泣くのが、よりいっそう人々の涙を誘った。一方、同じ日の午前中に始まった波多野秋子の葬儀は、友人だという、すらりとした女性の他は数人がいるきりで、夫の姿もなく、遺骨さえ到着していなかった。道は遺族に返すつもりで、蛇の指輪を握りしめていた。

――私、石本静枝と申します。秋子さんの親友です。いえ、私がそう思い込んでいただけなのかもしれない。彼女は結局、何も話してはくれなかったから……。

道とゆりが名乗るなり、その女性は涙ぐんだ。

——秋子さんが急に元気がなくなったのは、お母様を亡くされてからですわ。お母様と同じご病気になることをとても恐れていた。信じてください。秋子さんは世間が言うような悪い女性じゃないんです。私には、仕事に真剣で、とても不器用な人に見えました。

道は静枝さんの手に、そっと指輪を握らせた。有島さんの葬儀にも出席しなければならないため、後ろ髪を引かれつつ、その場を離れた。結局、遺骨を抱いた女中さんが弁護士とともに葬儀場に現れたのは、予定より二時間以上も遅れてのことだったそうだ。

人の死が自分によるものだと思い込むなんて傲慢《ごうまん》だとわかっている。でも、もしかすると、秋子さんを救えたのではないか、という気持ちはその後、道から片時も消えることはなかった。彼女は明らかに助けを求めていたのだから。

有島さんだけが本当の彼女を理解していたのだとしたら？　二人には道に批判のしようもない、深い絆《きずな》があったということなのだろうか。恋愛する男と女にしかわかりえない真実が——。そこまで考えた時、湿地に引きずり込まれそうな嫌悪感を覚え、道は勇気を奮って目を見開いた。もちろん何も見えないけれど、まぶたを閉じている時よりは、かすかに明るいような気がした。ゆりの気配がする。梨の香りもした。余震は収まりつつあった。遠くで波の音がする。そうだ、津波は結局、来なかったのだ。

「やっぱり、おかしいわ」

と、道は声に出してみる。この心中事件を、美しくうっとりするようなもの、起きるべくして起きた仕方のないこととして肯定したら、秋子さんの一生はまるで有島さんのささやかな装飾品のようで、それでは彼女があまりに気の毒だ。

だって、秋子さんは死んでなお、日本中から妖婦《ようふ》として激しい誹謗を浴びている。有島さんが不幸な死を遂げた文豪として、生前よりもさらに多くの名声を勝ち得ているのとは正反対だ。それでなくても、秋子さんの夫が有島さんを脅迫したとか、秋子さんの方から心中を持ちかけたとか、有島さんを被害者とする報道は後を絶たない。彼の作家としての価値を高めるために、彼女が巻き添えを食ったというふうに道には見えてしまうし、有島さんがそうなることをうすうす期待していたような気がしてならない。目の前にいたら問い詰めたいところだが、死なれてしまってはもう何も言えないのだった。

有島さんがしつこく言っていた、光でも闇でもない灰色というものが、ようやく道にもわかるような気がした。ただし、それは感情のぶつけどころがないもどかしさに友を亡くした悔しさが入り混じった、混沌《こんとん》とした色合いを帯びた強い怒りだ。

咄嗟《とっさ》に手を伸ばし、すぐ側《そば》にいるゆりのそれを強く握った。案の定、彼女も起きていて、なめらかで冷たい手はこちらを握り返してくる。

「あ、あの、ゆりさん、あのね、何かお話をしてくれないかしら。私、その……」

こちらの恐怖をすでに感じ取っていたのか、ゆりは場違いなほど明るく、歌うように言った。

「じゃあ、恵泉のお話の続きをしましょうか」

地震に遭《あ》う直前、二人は「海水浴に行きたいけど、なんだか空気が重くて行く気がしないわ。ねえねえ、恵泉に水泳の授業はあるのかしら？」などとのんびり話していた。たった半日前なのに随分昔のことのように思われる。

「そうそう、恵泉では、クリスマスだけじゃなくハロウィンや感謝祭、イースターやメーデーも年間行事に入れたいわ。欧米の小説をもとにしたお芝居なんかも恒例にしたい」

言い募るうち、学園の情景が具体的に思い浮かんでくる。

「海外の祝日だけではなく、ひな祭りなんかもいいですね。留学生が喜ぶんじゃないでしょうか」

ゆりは即座に応じてみせた。

「でもねえ、おひな様を見ると、私いつも独身を責められているように思うの」

道が大げさにため息をつくと、ゆりはクスクス笑った。

「ひなあられや桃の花、甘酒は魅力的ですよ。あくまでも、たくさんあるパーティーの中の一つとしませんか。そうだ、お内裏様役は道先生がつとめたらいかがでしょう?」

「あら、それは面白いわね」

そうしてとりとめのない話をしていると、少しだけ闇が和らいでいくような気がした。非常時の空気に呑《の》まれまい。どんな時でも、ゆりとお喋りをする。それが道にとって一番正しいやり方だ。視界が明るくなったのは、気のせいではなかった。松林の間から、いつの間にか光が次々と放射状に連なって差し込んでいた。ゆりが手を叩いて叫んだ。

「道先生、朝が来ましたわ。ああ、良かった。私たち、助かったんだわ」

遠くの海が柔らかな桃色に染まっていく。もう揺れは感じなかった。道は立ちあがった。

「津波の心配はもうないですね。一度、別荘に戻り、対策を立てましょうか」

ゼセーたちを振り返ると、みんな目に隈《くま》を作ってすっかりやつれている。倒壊しているにせよ、ここよりはいい。連絡の拠点になるはずだから——。怯える彼女たちをなんとか説得した。こうして一旦別荘に帰り、瓦礫《がれき》を片付けたりして、できるだけ落ち着くように心がけて過ごした。盗まれているものがないことを確認し、掘り起こした保存食をみんなで食べた。

地震から三日目の夕方になると、道はみんなに計画を伝えた。

「明日から、私は東京まで歩きます。それが今できる一番良い方法です」

「でも、東京も横浜も灰になっているという噂ですし、逃げ出した囚人に襲われるかもわからない……」

女中さんが不安そうに口を挟んだが、道は優しく説き伏せた。

「電信電話の連絡は途絶え、汽車も動かないから、情報を得るには今は歩いて行ってみるしかありません。この目で見るまでは、最悪の可能性は頭からよけておきましょう。もちろん、慎重に行動するのに越したことはありません」

「私も行きます！　道先生と一緒だったら怖くないわ」

ゆりは跳ね上がった。出発すると決めるなり、道もゆりも視界がさっぱりと晴れ渡るようで、不思議なくらい、気力が湧いてきた。ポーチに座り込み、食料や水筒をせっせとカバンに詰めながらあれこれとお喋りした。

「ゆりさんはこうして隣にいるし、よく考えれば本当に幸運だわ。あとはお友だちやそのご家族が無事でさえいれば、言うことないわね」

「そうですね、ひさちゃん、ご無事かしら……」

今年の二月に夫の森久保氏を狭心症で亡くされてから、ひさちゃんは辛い日々を送っている。喘息《ぜんそく》のお舅《しゅうと》さんと五人の子どもを抱え、悲しむ暇《いとま》もないひさちゃんを少しでも手助けしようと、道とゆりは子どもたちを預かって寝かしつけたり、食事を届けたりと協力を惜しまなかった。女子英学塾時代のおしゃまな彼女をよく知っているだけに余計に切ない。ふいに道は言葉を切り、シッと人差し指を唇に当てた。半ば崩れている垣根の方にちらりと視線を向ける。

「ねえ、不審者がいる。こっちを見ている、気付かれないように確認して」

まさか、本当に囚人では――。ゆりが、顔を動かさないようにして同じ方向に恐る恐る目をやったその時だった。

「お父さん‼」

通りからこちらの様子を窺《うかが》っている、土と血で汚れた着物姿の初老の男性。それはおしゃれで有名な父その人だった。父はゆりを見るなり、そのままよろよろと近づいてきて、無言のままばったりと地面に伏してしまった。着物の裾《すそ》を端折《はしょ》っているのでスネは剝《む》き出し、帽子も被《かぶ》っていなかった。髪はボサボサでヒゲも伸び放題だ。こんな身なりの父を見るのは、ゆりは生まれて初めてだった。

「お父さん、東京から私に会いに歩いて来てくれたのね。ああ、無事で良かった」

ゆりは父の身体を起こして力いっぱい抱きしめた。その晩は床に横になるなりピクリともせず眠り続けたが、翌日になると父は少し元気を取り戻し、果物やビスケットを口にした。そして、東京の様子やここまでの道中で見たことについて詳細に話してくれた。東京で大規模な火災が発生して丸二日間燃え続け、焼け野原だというのは残念ながら本当らしい。

現状を把握すると、俄然《がぜん》心配になってくるのが、一人残されたゆりの母のことだ。ゆりと道が相談して、東京行きを急遽《きゅうきょ》変更して三島に向かう旨をみんなに告げると、

「お父さんも、お母さんが心配だ。もう一度、歩こう。連れていってくれ」

ゆりの父はそう言い募った。衰弱状態を脱しきれていないので心配だったが、彼は頑として言うことを聞かない。仕方なく父を連れてメンデルソン家の別荘を後にして、西に向かう避難者の列に加わった。相変わらずの猛暑の中で、地面は火傷《やけど》するほどに熱く、その上、ほとんどの家が倒壊し、地震で山から転がり落ちた岩が道を阻《はば》んでいた。午後にやっとのことで到着した小田原は火事で焼け、ほとんど何も残っていなかった。それでも、ゆりの父が今、目の前で生きていることが二人に前を向かせていた。ただ、疲労が激しい彼は歩みが遅いうえ、しばしばへたり込んでしまうのだった。

「もう、私のことは構わず、二人は先に行きなさい」

何度言われたかわからないが、ゆりはそれを聞き入れず、木陰に父を連れて行って水筒の水を飲ませたり、賛美歌で励ましたりしながら、回復するまで辛抱強く横で待った。箱根の麓《ふもと》の湯本村では雷雨に見舞われ、びしょ濡れとなって避難所になっているお寺に駆け込んだ。僧侶《そうりょ》たちに温かく迎え入れられ、そのお連れ合いたちに新しい着物を借り、濡れた服を乾かしてもらった。物資は欠乏している様子なのに、おむすびやパンやミルクが存分に与えられ、一晩泊まらせてもらった。普段あまり接することがない仏教徒の精神に触れ、道は自分の視野がいかに狭かったかを反省した。違う宗教を持つ者に理解を及ばせる努力をこれからはもっとしていかねば、と密《ひそ》かに誓った。

「箱根の町からは、西の方面への電信連絡がまだ通じておりますよ。ご実家に無事だと電信を打ってはどうですか。町まで行くには上り坂が大変ですから、人を雇うと良いでしょう」

僧侶たちの助言を受け、ゆりの父が箱根から実家近くの郵便局宛《あて》に電信を打ち、渡辺家にこれから向かうと伝えることにした。母にどうか、こちらが生きていると届きますように――。ゆりは心の中で祈った。

「さあ、箱根峠を越えたら、一気に楽になりますよ。なにしろ、麓には救援団が到着していて、避難者には食事や手当が十分に与えられるとのことです。三島は幸い被害も少ない。あとひとふんばり、頑張って下さい」

僧侶たちに送り出され、道たちは再び歩き出した。

峠から下るにつれ、僧侶の言った通り、あちこちにテントが設けられ、避難民が列をなしている。父も見慣れた風景が広がり始めたので元気が出たのか、早足になった。心なしか、周りの者たちの足取りも軽やかになっているように感じられる。そんな中、少し前を行く、左足を引きずる男性がいて一行の目を引いた。周囲がひそひそと「脱獄した囚人ではないか」「囚人は足に重い鎖を長いこと付けられてきたから、足を悪くしているんだ」などと噂している。

「私、話しかけてみるわ」

ゆりが必死に止めるのも聞かず、道はそう言ってさっさと男性に追いつき、親しげに声をかけた。しばらくすると、ニコニコしながら、二人のもとに引き返してきた。

「大丈夫よ、怖い人じゃないわ。本当に足がお悪いだけ。囚人だと間違われて、どの避難所でも受け入れてもらえなくて、配給をもらえなかったみたい」

もうすぐ三島に辿り着くからいいわよね、と道は三人が持っていた食べ物を全てこの男性にあげてしまった。彼はパンやおむすびを夢中で頬張り、涙を滲ませながら、道に感謝を伝えた。それを見て、ゆりは、もう二度と不確かな情報で目を曇らせまい、と強く決意した。

実際、関東大震災直後こういった流言は後を絶たなかった。「朝鮮人が放火した」という噂が流れ、新聞や警察、軍までがこれを煽《あお》ったせいで、一般市民が朝鮮人や中国人を差別し、虐殺する事件も相次いで起きた。大杉栄、伊藤野枝の二人が、アナーキストという理由だけで政府打倒をたくらむ者と目をつけられ、憲兵隊からなぶり殺しにされたのも、それからわずか二週間後に起きたことである。大杉の甥《おい》の六歳の少年まで巻き込まれた悲惨な事件だった。

山の麓では、当時まだ珍しい外国製バスが、道たちを待ち受けていた。足の悪い男性も、道の誘いで一緒に乗り込んだ。座席に身を預けると、一同から安堵のため息がこぼれた。車窓からは消防団や警察、在郷軍人がバリケードを作っているのが見える。戦時下のような光景に、ゆりは慄然《りつぜん》とした。三島入りする時は、全員車を降ろされ、厳しい検問を受けた。

実家にやっと辿り着いたのは夜遅くだった。母が玄関まで走り出してきて、ゆりと父を見るなり、泣き崩れた。

「ゆり、てっきりあなたは死んだとばかり思ったのよ。でも、愛する道先生と一緒なら、あの子は幸せだと無理に思い込もうとしてたの。ああ、本当に良かった」

いつも物静かな母が、ここまで感情をさらけ出すことは初めてだった。ゆりは泣きながら、両親と強く抱き合った。

しばらく三島を離れることはできなかった。この未曾有《みぞう》の災害のため国民の自由を軍が制限する「戒厳令」が敷かれ、東京、横浜が封鎖されたのだ。通信さえままならず、しびれを切らしたゆりと道は、周囲の反対を押し切って清水まで行って船に乗り、汐留から軽子坂に戻った。ゆりの父の証言通り、見慣れた風景が焼け崩れていることにショックを受けたが、幸い、森久保家は西洋館を含めみな無事で、ひさちゃんたちと再会を喜び合った。この三島での数日間の足止めは、道にとって得難い休息の時間となった。帰京してからというもの救護活動はもちろん、被害状況を中国YWCAに伝えるための出張などに追われ、多忙な日々を送ることになったからだ。

海外からの救援物資は大きな助けになった。中国の一般市民からの食糧援助品は東京湾頭の汐留貨物駅に真っ先に届いた。東京YWCAの建物は火事で焼けてしまったが、アメリカから派遣された人々が再建を手助けしてくれた。女子英学塾も同様の被害に遭ったが、その復興を大きく推し進めたのは、ロックフェラー財団からの寄付だった。のちに道がアビーにお礼の手紙を書くと「ウメコ・ツダの功績はよく聞いているわ。それに彼女のアメリカのお仲間が我々の寄付の条件を満たすために、頑張ってくれたの。だから、当然のことをしたまでよ」との返事が届いた。

女性たちの救援活動の中心となったのは矯風会だった。赤坂矯風会本部が焼けたため、婦人の救済所になっていた大久保百人町「慈愛館」が拠点となり、東京の婦人団体のほとんどがそこに集結した。本部から長椅子で救い出された九十歳の矢嶋楫子はすでに寝たきりではあったけれど、気丈に身体を起こし、指示を出し続けた。迷子に食事を支給し、火災で焼け死んだ吉原の娼婦たちのために追悼会を開いた。乳幼児のいる家庭への練乳缶配達部隊が組織されたばかりか、無料の母子静養施設も設営された。

震災時の救援活動は東京連合婦人会の発足に結びつき、道は初代議長に就任した。この時の連帯から婦人参政権獲得期成同盟会（のちに婦選獲得同盟と改名）も生まれ、そこでも道は会員に名を連ねた。

しかし、リーダーとしての矢嶋楫子に道が接したのは、それが最後となった。彼女が息を引き取ったのは二年後、ようやく東京が復興に染まり始めた頃だった。

6

目が覚めると、お姫様が眠るような天蓋《てんがい》付きのベッドに、道は横たわっていた。豪奢なカーテンを開ければ、窓からは鏡のようなレマン湖と偉容を誇る名峰モンブランが目に入る。一瞬どこに居るのか戸惑ったが、そう、ここはスイスのジュネーブ、新渡戸夫妻の現在の住まいだ。フランス語で「アーモンドの木々」を意味する「レザマンドリエ」と呼ばれたこの邸宅は、のちに高級腕時計メーカーのフランク・ミュラー本社となることでも知られている。

「おはよう、ゆりさん」

道はここにはいない姉妹を思ってつぶやくと、勢いよく起き上がる。顔を洗い、身支度をてきぱきと整え、朝食の席に向かった。大正最後の年、一九二六年九月のことだった。

国際連盟事務次長に任命され、ここ本拠地ジュネーブに派遣された新渡戸先生は、オーランド諸島の紛争を解決してスウェーデンとフィンランドを和解に導いたり、国際知的協力委員会を軌道に乗せるなどの活躍を評価されている。たっぷりの新鮮な野菜と果物、チーズ、オートミール、トースト、ベーコン、ミルク入りのコーヒーの朝食を和やかに終えると、新渡戸先生は真面目《まじめ》な顔でこう問うた。

「それで話というのは？」

待ってました、とばかりに道は背筋を伸ばした。昨晩遅くに到着したため、夫妻とは再会を喜び合ううちに夜が更けていき、本題を切り出せず仕舞いのまま、床についたのである。

「はい。私、いよいよ渡辺ゆりさんと本格的に学校を作るつもりなんですの。ぜひ、新渡戸先生にお力を貸していただきたいんです」

「YWCAの仕事はどうするんだね。君がいなければ、とても立ちゆかないだろう？」

新渡戸先生が、やや怪訝そうな顔をする。道はきっぱりと言った。

「YWCAの総幹事は日本を離れる前に辞任しました。渡辺ゆりさんもこの夏の修養会を見届けたら、追ってやめるつもりです。やるだけのことはやりました。これからは、自分でイニシアチブを取れる場所で頑張りたいんです」

メリーさんが悲鳴に似たため息をもらす。道が辞任を決めた後のYWCAの混乱は凄まじく、引き止める声はもちろん、一緒に辞めたいと申し出る者も後を絶たなかった。一方で、道が目指す学校設立は荒唐無稽《こうとうむけい》の夢物語だ、とあきれる声も多く寄せられた。あまりの騒動の大きさに、さすがに道の心も揺らいでしまった。見かねたゆりに「あとは私にお任せください!! 道先生はほとぼりが冷めるまで、ここを離れるべきです」と促され、日本を後にしたのだった。任せ切りにして逃げ出すようで彼女には申し訳なかったが、ホノルル、サンフランシスコを経てワシントンに辿り着くと、バーサに再会した。ブリンマー時代に付き合っていた、ペンシルベニア大学で物理学を専攻していた恋人と結婚し、今はランバートの姓となった彼女の元に身を寄せ、しばらく休養を取ることにした。近年、耳が遠くなりつつあるバーサは、道の滞在をとても喜んでくれた。

ゆりの成長は目覚ましい。御殿場YWCAのキャンプ場・富士岡荘の建設では、時には道以上のリーダーシップを発揮した。官庁と交渉し、募金を集め、頑固な大工たちを一つにまとめ上げて、完成にこぎつけたのだった。今回の旅行にあたっても、アーラム大留学時に道が彼女にしてあげた以上の入念な準備を整えてくれた。

学校を作りたいという気持ちは固かったが、自分の決断は間違っているのではないかと迷う瞬間も訪れる。そんな時、絶え間なく届くゆりからの手紙は、道を励まし、前を向かせてくれた。どんな場所にいてもお互い二日置きに手紙を書き、やりとりが途絶えることはなかった。

ニューヨークではアビー・ロックフェラーに再会した。未曾有の好景気を迎えたアメリカは、かつて道とゆりが過ごした時代とは比べものにならない絢爛《けんらん》豪華さだった。教会の社交室だというのに、短いスカートで激しくジャズを歌い踊る女性歌手に道はどぎまぎして、汗びっしょりになった。それでも自国の移民規制法案を恥じ、激しく国策を非難するアビーやその仲間たちの姿に、強く励まされる思いだった。その後、ブリンマーの同窓会に出席してから、ヨーロッパに移動した。恩師との再会が近づくにつれ、道の中で作られるべき学校のイメージは確固たるものになった。

「完全なる私学なのだね。宣教師団体の支援を受けられるミッションスクールではない……。だとすると、資金はどうするんだい」

新渡戸先生の口調はあくまでも慎重だ。

「私に財産はありません。ゆりさんが私の教え子たちと組織した『小さき弟子たちの群』が募金を集めてくれます」

しばらく沈黙したあとで、新渡戸先生はこう言った。

「僕は反対だね」

目を転じれば、隣のメリーさんも、難しい顔で口を閉ざしている。思いがけない反応に、道は戸惑った。

「いいかい？　震災復興の途上で日本の経済状況は最悪だ。知っての通り日米関係も日に日に悪化している。そんな時、君が目指す国際主義やリベラリズムを基礎とした女子学校が受け入れられるとは思えない。少なくとも時期は今ではないよ」

あのりんご林で出会って以来、道のどんな失敗やひらめきも、面白がって受け入れてくれた新渡戸先生だ。今回もてっきり応援してくれるものとばかり思い込んでいた。自分の見通しの甘さや依存心を突きつけられたようで、道は恥ずかしかった。

朝食後、紙とペンだけ手にして、レマン湖まで散歩した。畔《ほとり》に座り込んで、しょんぼりと水面を眺める。便箋《びんせん》を膝の上に載せ、ゆりに気持ちを綴った。

――やはり人に頼ってはダメなんだわ。私は愚かでした。ゆりさん、私とあなた、もう二人だけね。

ふと、キリストの生涯について考えた。誰からの理解も得られず、仲間には裏切られる。そもそも話すら聞いてもらえない。なんて寂しい人生なんだろう。使命感だけでは、とても奮い立たない日もあったのではないか。

湖の周囲を散歩すると、少しだけ気持ちが穏やかになったので、道はレザマンドリエに戻った。客間に帰る途中、お手伝いさんにたった今届いたばかりだという手紙を渡された。ゆりからだった。

ベッドに腰掛け、ペーパーナイフで封を切ると、それは思いがけない知らせだった。

——道先生、私、前々から話していたお見合いをいたしましたの。井深梶之介牧師と妻の花子さん、門野重九郎夫妻が仲人になってくださって、一色乕児《とらじ》さんという男性にお会いしました。製鉄会社にお勤めの、とてもお優しい方です。私はプロポーズを承諾するつもりです。

ついにこの時が来た、という思いで、一瞬、何も見えなくなった。時が時だけに、彼女が連れ去られてしまう情景がはっきりと浮かび、喉の奥が塞がれたような気持ちになる。ベッドに仰向《あおむ》けに横たわり、道はしばらく両手で顔を覆った。指の間から、青空がちらちらと見え隠れする。

なんとか身を起こすと、窓を開けて大きく深呼吸した。モンブランとレマン湖を眺め、清涼な空気を胸いっぱいに吸い込んでは吐く、をゆっくりと繰り返す。いつか二人で歩いた御殿場の森によく似た薄荷《はっか》の香りがした。大丈夫だ。こんなことでゆりと自分の関係は揺らがない——。彼女とのこれまでの約束や時間をひとつひとつ思い返した。そんなことより、ゆりの婚約を喜ぶべきではないか。彼女がずっと子育てに憧れてきたことは、傍で見ていた道が一番わかっている。

落ち着いて手紙を読み進めると、ゆりも道と同様の考えであることがわかった。

——私は仕事を辞めるつもりはなく、道先生を姉妹として支えていく。結婚の条件として、これらを認めることを挙げました。乕児さんはクリスチャンですし、英国留学経験もある方で、すんなりと受け入れてくれました。乕児さんもこれからは私たちシスターフッドの仲間です。きっと道先生も気に入っていただける方だと思います。

一瞬、自分の存在など夫婦には迷惑なのではないか、という懸念も湧いたが、それは乕児さんの目を見てから判断すればいいことだ。遠く離れた地で、なんの確証もない他人の感情を読み取ろうとして心ここにあらずで暮らしていても、時間がもったいない。ゆりが選ぶほどの男性だ。少なくとも悪い人であるはずがない。急に活力がむくむくと湧いてくる。ペンを取ると、先ほどの手紙の続きを書いた。

——今お便りをいただきました。心からおめでとう。ゆりさんが見込んだお相手なら、きっと私にとっても素晴らしい家族になるに違いないわ。私、クヨクヨするのはやめて、せっかくのヨーロッパなのだからもう少し、外に出てあちこち見て回ることにする。後ろ盾がなくても、資金がなくても、良い学校が作れるヒントが転がっているかもしれないもの。

翌日から、道は知識人が出入りする地元のサロンに足繁《あししげ》く通うようになった。顔見知りが増えるうちに、「サフラジェット」と呼ばれた婦人参政権獲得運動のために投獄された経験を持つ、イギリス人のレオノラと親しくなった。彼女が受けた想像を絶する拷問に道は震え上がって、詳細を聞くたびに吐き気がこみ上げてきてしまい、朝食のおかゆがしばらく食べられなくなったほどだ。しかし、本人は落ち着いたもので「死ぬ気でやらなければ自由は勝ち取れないわ。取り調べに負けないコツは、仲間の顔を思い浮かべること、そして向こうのやり口に飲まれないことよ」と教えてくれた。この時の道は、レオノラのアドバイスがのちに自分を救うことになるとは思いもよらず、とてもそんな胆力はないわ、あなたは勇敢ね、とため息をついた。

ドイツが国際連盟に加盟した瞬間は、会場にレオノラと駆けつけ、手のひらが痛くなるほど拍手を送った。そうしているうちに、アメリカのYWCAから国際親善の仕事を手伝ってほしいという要請を受けた。色々な学校事業を見学できる良いチャンスではないかと見込んで、レオノラと名残《なごり》を惜しみつつ、アメリカに向かうことにした。

新渡戸先生は結局、別れの瞬間もいい顔はしてくれなかったが、道は自分の意志を押し通すことを決めた。むしろ今の日本でこそ、教育の種を蒔《ま》く必要があるのではないか。

ニューヨークへの移動中にも、ゆりを知るアメリカの友人たちに、道はせっせと手紙を書いて彼女の結婚を報告した。そのせいもあってか、会う人会う人が道の身をしきりに心配してくれた。ゆりが家庭を持ったのでは、道とのパートナーシップが終わるのではないか、と懸念する者ばかりだった。胸がちくりとする瞬間もあるにはあったが、道はにっこりして「私は母親の気持ちでゆりの門出を楽しみにしているから大丈夫よ」とその都度、言って回った。

7

昭和二（一九二七）年四月、道は日本に帰国した。

一年ぶりにタクシーで軽子坂をのぼり、甘辛く香ばしいにおいに引っ張られるようにして、花《か》崗岩《こうがん》を敷き詰めた小径を辿っていくと、ゆりが好物のうなぎを焼いて待ってくれていた。

ゆりと道がこれまで暮らしていた西洋館に森久保家が移り、新婚夫婦は母屋の日本家屋に暮らしていた。廊下伝いの離れが、道の住まいとして居心地よく整えられていた。ゆりの傍に寄り添う背の高いハンサムな男性は、道と握手を交わした。物静かな人だな、と思いながら、不躾にならない程度にちらちらと観察する。食後になって、彼が葉巻を吸いたい、と口にした。煙草と酒はやめてくれ、と道が告げると、彿児は一旦承諾したのちに、こう切り出した。

「わかりました。葉巻はやめましょう。しかし、お酒は許してもらえないでしょうか。今後一生、晩酌ができないのはさすがに辛いですよ」

その口調は大真面目で、一歩も譲らぬ姿勢が見て取れた。さりとて、道も酒飲みと同席したくはない。二人はしばらく黙したまま見つめ合った。喧嘩《けんか》がしたいのではない。ゆりを取り合いたいのでもない。だからといって、何もかも譲っていたのでは、関係が続かないだろう。ゆりは慌てるでもハラハラするでもなく、面白そうに二人を見つめている。先に口を開いたのは道だった。

「わかりましたわ。じゃあ、あなたがお酒を飲んでいる間は、同じテーブルでもそっぽを向いていますわ。それでよろしいかしら」

「ええ、それで、その、講和条約としましょうか」

辛うじて聞き取れるくらいのボソボソ声に、道は思わず、あ、と声を漏らした。この人、本当は愉快な人なんじゃないだろうか。彼のユーモアはどっと笑いを呼ぶ種類のものではなく、しばらくして、ジワジワと笑みがこぼれる類《たぐい》のものなのだろう。無口で取り澄まして見えるけれど、柔軟な人だ。なにより、乕児さんと一緒にいる時のゆりは、深いところで満たされているように思える。それでも、乕児がウイスキーの瓶を抱えてやってくると、道は慌てて上半身をひねり、プイとあらぬ方向を向いてしまった。

テーブルの反対側でウイスキーをなめている乕児の気配を感じながら、苦しい体勢でお茶をすする。乕児とゆりなら、新渡戸夫妻のように対等な関係を作れるかもしれない。ともあれ線引きは必要だ。二人の邪魔者になっては元も子もないし、自分だけの時間も欲しかった。道は必ず、どんなに夫妻に引きとめられても、夕食後にお風呂《ふろ》に入ると、さっさと自室に引き上げた。その習慣は生涯、変わることはなかった。

すぐにでも学校を作りたかったが、新渡戸先生の言葉が頭から離れない。キリスト教団体や所属する教会で、奉仕活動をしたり、専門学校で臨時講師をしながら、道はしばらく日本の様子を見極めることにした。欧米での旅は知見を広めることに努め、構想をふくらませていくだけでよかったが、帰国後は一つ一つ可能性を検討しては潰していくという、つまらなくて苦手な作業が続き、正直気が滅入《めい》った。デンマークで目にした地方の教育普及率は眩しく、ぜひ農村部に女子の学校を作りたいという気持ちが強かったが、経験のある東京で始めるのが無難だろうな、と考えて、見送ることにした。

この年、大蔵大臣の失言から取り付け騒ぎが起こって銀行の休業が続出し、有名な商社も経営破綻《はたん》した。昭和金融恐慌である。ある日、新聞記事を眺めていたら、平和博覧会で多額の寄付をしてくれた村井銀行の名が目に飛び込んできた。道は心配になって、久しぶりに村井家を訪問した。

頭取の妻、薫子さんはすっかりやつれ果て、去年、夫が亡くなったことを涙声で告げた。あの堂々とした風貌《ふうぼう》を思い出し、咄嗟に言葉が出てこなかった。日本を離れていたため全く知らなかったことを、道は彼女に心から詫びた。

「夫が亡くなってから、次から次へと問題が起きて……。従業員に最低限の退職金を払うのがやっとでした。我が家に財産はもうほとんど残っていません。孫娘がそろそろ学校に上がる時期だというのに……」

薫子さんはそう言って、目頭を押さえた。

「待ってください。おたくの美術品、これはどうするおつもりですか？」

道は客間に飾られた壺《つぼ》や屏風を見遣《みや》った。初めて寄付を求めてここを訪ねた時から、じっくり眺めたいと思っていたものばかりだった。その中でもひときわ目を惹くのが、相阿弥の二つ続きの屏風である。霧でけぶったような静かな山並みが描かれている。そこには燃えるような生命が渦巻いていて、あたりに土と緑の入りまじった青いにおいが漂うかのようだった。灰色の濃淡の世界なのに、これまで味わってきた、たくさんの鮮やかな感情が一度に呼び起こされるのが不思議に思えた。

「ええ、こちらでしたら欲しいと言う方にお譲りするつもりです。この家も抵当に入り、小さな借家に引っ越さねばならないですから」

「まあ、でしたら私にお任せいただけますか？　日本の美術品をどこよりも高く買ってくれそうなつてがありますのよ」

道は勢い込んで立ちあがった。そして、村井家の所蔵する美術品を見て回ってリストを作成すると、アビー・ロックフェラーに手紙を書いた。

――あなたが以前、興味を示していた相阿弥筆山水の屛風一双、お買い求めできる機会があるの。お気の毒なご家族を救うことにもなるわ。他にもたくさんの素晴らしい美術品がいっぱいよ。ぜひ、お力を貸していただけないかしら。

アビーがすぐに反応したのは言うまでもない。村井家所蔵の美術品は全て買い取るという返事と同時に、莫大な金額の小切手が村井家に送られた。これで路頭に迷わずに済む、と薫子さんは大変な感激ようだった。道はアビーにこう綴った。

――そうそう、女子英学塾の教え子、松岡朝さんは今、メトロポリタン美術館の武器・鎧《よろい》部門のお手伝いをしているはずよ。彼女に連絡をとってみて。美術品を整理する時に、必ず助けになるはずです。

相阿弥の屛風はその後、メトロポリタン美術館が落札し、現在もなお展示されている。


道はほどなくして、大連の長老派教会と南満州鉄道の招きを受けて、海を渡った。その帰途、京城（ソウル）で淵沢能恵さんという日本人の教育者と知り合った。岩手出身の能恵さんは東洋英和で教鞭を執るなどベテランの教師だったが、五十五歳の時に京城に渡り、女学校の創設に携わったのだという。以来、七十歳を過ぎた今でも学監として現場に立ち続けていた。その情熱に、道は圧倒された。

「この地に女子教育を根付かせることが私の使命だと思い、長年頑張ってきました。教育のためなら命を捨ててもいいとさえ思っています。道さん、学校を作るのに早い遅いは関係ありません。私が京城に来た時、あなたより年上でしたよ」

帰国する頃には、もう道の気持ちは決まっていた。母屋の戸を開けるなり、力いっぱい叫んだ。

「ゆりさん、学校を作りましょう！　私、もう待ちきれない！　今すぐ動かなくちゃ。支援者を募る必要があるわ」

ゆりや乕児と久しぶりの食卓を囲みながら、道はこれまで温めてきた計画を夢中になって話した。

「あの、でも、まだ恵泉創立の募金は十分ではありません。私たち『小さき弟子たちの群』も、この不況でお金を集められなくて……」

青ざめた顔で、ゆりは言いにくそうにつぶやいた。ほんの少し会わないうちに、ゆりの頬はこけ、足元がふらついているように見える。どこか悪いの、と道が心配しても、言葉を濁すばかりだ。乕児は一応妻を労《いたわ》ってはいるけれど、心ここにあらずといった印象だ。この人は大丈夫なのだろうか、と道は少し腹が立った。

「あなたたちはよくやってくれたわ。ええと、現在の募金総額は二千円、ドル換算だと一千ドルだったかしら。もう十分な額よ。学校だけどね、この家と離れを校舎にして開校するんで、もういいじゃないの!?」

ゆりはあっけにとられた顔をして室内を見回したが、すぐになるほど、と頷いた。女子学校というと東洋英和や女子英学塾を思い描いていた。やるからには大規模で立派な設備が必要だと思い込んでいたのだ。でも、それは今の道とゆりには無理な話だった。ならば潔く諦めた方がいい。まずは五年制の普通部（現在の中学・高校に相当）を設け、軌道に乗り次第、さらに進んだ教育を受けられる二年制の高等部を始めればよい。

「あの、でも道先生。私、お役に立てるかどうか、そのう……自信がないんです」

ゆりが申し訳なさそうに返すので、道は首を傾《かし》げた。

「あら、なんてこと言うの⁉　私は、あなたが隣にいてくれるだけでいいのに」

「そのう、実は……妊娠したみたいなんです」

「まあ、赤ちゃん……」

　厮児とゆりを見比べているうちに、道の頬が紅潮する。目はたちまち涙でいっぱいになった。咄嗟に跪《ひざまず》いて、大声で天を仰《あお》ぎ、神に感謝を述べても興奮は収まらない。

「もちろん、嬉しいです。年齢も年齢だし、無理かもしれないと思っていたから……。でも、せっかく道先生と学校を作るという時になって……お役に立てないだなんて」

　ゆりが肩をすぼめるので、道は激しく首を振った。

「そんなことないわよ。私たちの学校は逃げないわ。今は赤ちゃんを産むことだけに専念して。足を決して冷やしちゃだめよ。明治女学校の若松賤子先生は、育児と仕事の両立で苦しんで、早くにお亡くなりになったけど、あなたは絶対にそんなことがあっちゃだめ！」

「そうだよ。僕も君が必ず道さんの隣に復帰できるようにする。親として一緒に頑張ろう。何一つ諦めないでくれ。僕も恵泉のためなら、なんでもするよ」

　厮児が真剣な顔で言うのを聞いて、道は感激のあまりこう叫んでしまった。

「さすがだわ、厮児さん。とても進んだ、唯一無二の感覚をお持ちの方なのね」

「そんなこと、誰かに言われたのは初めてです。ずっとつまらない人間だって言われてきて、それが引け目だったから……」

　彼ははにかんだように目を伏せた。

「まあ、そんなことあるわけないわ！　厮児さんはとても面白い方よ！」

　そんなやりとりをする二人を、ゆりは嬉しそうに眺めている。この家に小さな子どもがやってくると想像しただけで、見慣れた畳や障子の一つ一つが、次々に生まれ変わっていくように、道には感じられた。これも、目の届く範囲で着実にことを進めていくべき時が来たということなのかもしれない。

8

翌年の昭和三(一九二八)年三月八日、雪の降る夜、ゆりは元気な女の子を出産した。あまりにもお産が長丁場だったので、ゆりの母も俥児も仮眠をとるため自宅に引き上げる中、道はたった一人、凍るような外廊下でいつまでも待っていた。柔らかい手足に、ゆりそっくりの眩しいほどに大きな目。初めてその子を抱くなり、愛《いと》しさでいっぱいになった。彼女は義子《よしこ》と名付けられた。

「あなたに最初に会ったのは、この私よ。もちろん、お医者様を除いてね」

のちに道は、そう義子に自慢することになる。

大家の森久保家が喜多見(現在の世田谷区)に邸宅を新築し、移り住むことになったのはそれからしばらくしてからのことだ。ひさちゃんは道たちと過ごした毎日を振り返り、別れを惜しみながらも、ぜひ、この西洋館を学校に使ってくれと言い残して去っていった。

こんな偶然があってもよいものだろうか、とゆりは口にはしなかったが、義子を抱いて森久保家を見送りながら、不思議な感覚を味わっていた。もちろん、新しい家の建築が始まったのはずっと前だし、ひさちゃんは常々、亡き夫との思い出が深いこの家を離れ、新天地で人生をやり直したいと口にしていた。でも、見方によっては、ひさちゃんが自ら自宅を差し出したようでもある。そう思いたくなるほど、あまりにも好都合な出来事だった。ゆりは傍らの道をちらりと見たが、その顔には一点の曇りもなく感謝に満ちていた。

ジュネーブでの任期を終え、無事帰国したばかりの新渡戸先生が、心配して様子を見に来たのもその頃だった。相変わらずお金はない、私にあるのは開拓精神だけですわ、と胸を張る道にあきれた様子だったが、「引受書」を書くと申し出てくれたのだ。

「財産のない女性がたった一人、大事業に乗り出すんだ。僕の名が少しでも役に立つのなら、力にならない手はないよ。何かあった時は、全て僕が責任を持つからね」

道は身体中に熱が駆け巡るのを感じ、お礼を述べた。学校設立を反対された時から、自信は揺らいでいた。今日まで必死に自分を鼓舞してきたのは否定できない。なんの後ろ盾もない道にとって、この時の署名は心の拠《よ》り所になった。新渡戸先生はそればかりではなく、教え子を介して資金を提供してくれたのだった。

続いて道は、義子に授乳中のゆりと相談しながら、時間割を組んだ。

国語、数学、地理歴史、理科、英語、和裁、歌および遊戯、図画、聖書及び修身、国際、園芸。一週間で合計三十一時間の授業を設けることにした。

「聖書、国際、英語は私が教えるとして……。そうね、ゆりさんはいきなり何日もの勤務は荷が重いだろうから、お作法と英語を少しだけお願いするわ」

「事務には専任の方を別に一人雇った方がいいですね。いずれにしても、どの先生も担当の教科の時間だけ来ていただくしかなさそうです。職員室の余地などないし……」

「十人は必要ね。女子英学塾やＹＷＣＡの仲間や北海道時代の知り合いから探しましょう。そんなにお給料も出せないし、ご好意に頼るしかないわ」

梅子さんの後継者と目される、ゆりの元ルームメイト、星野あいさんが女子英学塾に呼び寄せたフローレンス・ウェルズ先生が英語を教えてくれることが決まった。新渡戸先生が、彼はどうかと推薦したのは、末光績先生である。どこかで聞き覚えがある声だと思ったら、有島さんの訃報を電話で知らせてくれた男性だった。札幌農学校で新渡戸稲造に学んだ彼は、農学士と英米文学士の資格を持ち、経歴上はなんの問題もない。ただし、有島さんと大の仲良しだったというのがやや気になった。しかし、ヤギのような白い髭をたくわえているためか年齢より老けて見える彼は、有島さんとは違い熱心なクリスチャンで、おっとりのんびりして見える。登山、絵画、スケート、スキーと趣味も豊富だ。

「有島は、しょっちゅう道先生の話をしていましたよ。彼は結局、あなたに褒めてもらいたかったんでしょうな」

懐かしそうに語る彼の調子に乗せられ、道もつい昔話に興じてしまう。いつの間にか打ち解けていて、採用の運びとなった。続いて、北星女学校の関係者から紹介されたのが、本郷新《しん》という二十代前半の眼鏡にベレー帽姿の物静かな彫刻家だった。作品を何点か見せられて道は感激した。教育者というより、彼の芸術の才能に得難いものを感じて、採用を決めた。

昭和四年一月、新渡戸先生の作成した「引受書」とともに、学校設立の申請書を文部省に提出した。担当官は資金も設備も乏しい小規模な運営に難色を示したが、道は「私たちの校舎を見に来てください」と食い下がり、周囲も静かで高い塀があることをアピールした。

道と俑児は協力して西洋館をなんとか学校のかたちに整えていった。節約のために、大工、庭師、ペンキ屋、表具屋は、最小限の人数を頼んだ。外観は白く塗り直し、ドアと窓枠は緑にした。もらいものの中古のピアノ、黒板が二枚に本箱が三つ。十五脚のベンチと長机、応接用の椅子も運び込まれた。本箱だけは大きすぎて玄関から入らず、釣り上げて二階の日本窓から入れた。宙でゆらゆら揺れる本箱を見て、ゆりに抱かれた義子はきゃっきゃと笑い声をあげた。英国での暮らしが長い俑児は腰が軽く、ちょっとした骨折りも億劫《おっくう》がらないので、作業はどんどん進んでいった。

「運動場はどうしましょうか」

手拭《てぬぐ》いで首を拭きながら乕児が問うた。普段は身だしなみの良い乕児も、今日ばかりはおがくずとペンキにまみれ、髪が汗で濡れて張りついている。ほっかむりをした道は狭い庭を見回しながら、こう言った。

「そうね、すぐそばのお堀に行って、散歩するのでよしとしましょう」

三月になってようやく認可が下り、道は喜び勇んで、御殿山の梅子さんのお宅まで報告に行った。

「そう。とうとう学校を作るのね、道さん」

その日は梅子さんのお加減が良く、二人は庭に出て東京湾を見ながら話した。

「女子英学塾とは比べものにならない、小さな学校です」

道が笑うと、梅子さんは首をゆっくりと横に振った。折しも女子英学塾は東京の西郊、小平に新しいキャンパスを建設中だという。

「いいのよ、あなたとゆりさん、二人が揃うことが重要なの。それは、私と捨松がどうしても出来なかったこと。本当に羨《うらや》ましいわ。土地やお金なんて二の次で構わないのよ」

「ありがとうございます。そうおっしゃっていただけると元気が出ますわ」

「脳出血のせいで、やり残したことはたくさんあるわ。でも、教師になったことに悔いはないの。道さん、教師はね、素晴らしい仕事よ」

梅子さんは何年かぶりに英語に切り替えた。その目には、かつてのきらめきが浮かんでいた。

「誰かの心に灯《ひ》をともせる。私が死んでも、それは決して途絶えることがないの」

「ブリンマーのランターンナイトですね」

道も英語で応じた。目の前で微笑んでいるのは遥《はる》か昔、最初に出会った時の、天真爛漫《てんしんらんまん》で怖い物知らずの梅さんだった。

「ええ、そうよ。私、あの儀式がとても好きだった」

梅子さんはそう言って目を細めた。海があの光で埋め尽くされていくような気がして、二人はしばらく黙って、景色を眺めていた。

「誰かが必ず、私の意志を引き継いで、私の失敗や悲しみも糧にしてくれると信じている。そして、私がともした光より、もっと大きな光にして、それをまた新しい世代に継承するの。学校が運営される限りね。だから、灯りを決して消してはだめ。道さん、大変なこともあるだろうけど、学校を閉鎖してはだめよ。これから日本がどんな社会になっても、知恵を振り絞って存続させてちょうだい。約束よ」

真剣な梅子さんを見て、道は彼女の両手を握りしめた。

「ええ、絶対に守ります。どんなことがあっても、恵泉を続けます。私、梅子さんが導いてくれなければ、アメリカに留学することはなかった。今の私がいるのは梅子さんのおかげですね。梅子さんが私に灯をともしてくださったんですわ」

「あなたとゆりさんが、私と捨松の夢を引き継いでくれれば、もう思い残すことは何もないわ」

その目には日本人でもアメリカ人でもない、津田梅子という一つの魂が光り輝いていた。これが梅子さんと道の最後の時間だった。女子英学塾が津田英学塾と名を変えたのは、梅子さんの没後四年のことだった。

昭和四年四月。こうして恵泉女学園は、軽子坂の民家からスタートした。道は五十一歳になっていた。少しも歳《とし》を重ねたという気持ちはせず、むしろ小樽の学校で初めて教壇に立った時のような、みずみずしい気持ちでいっぱいだった。ゆりと並んで自分たちの小さな王国を見渡してみる。たくさんのお花とお菓子が朝からひっきりなしに届いて甘い香りが漂っていた。中でも一番大きなお花は広岡浅子さんの娘、亀子さんからだ。開校にあたって寄付も弾んでくれた。十一名の教職員と入学が決まった九名の少女とその父母、道の友人たちが詰めかけ、西洋館一階の応接間は立錐《りっすい》の余地もない。いずれもクリスチャンや道の教育理念に共鳴した家庭ばかりだった。おっとりと優雅な、村井禎子の姿もあった。村井頭取の孫娘である。

やりましたね、道先生、とゆりは囁いた。声には出さず、道も頷く。どちらも欠けることなく、二人は夢を叶えたのだ。届けられた春の花々がどんなに優しい色をしていたか、まだ幼さの残る女の子たちの面持ちがどれほど凛々《りり》しかったか。民家そのものという校舎、備品はもらいものばかり。生徒よりも教師の数の方が多い、というちぐはぐな光景だったが、二人はその何もかもを一つ残らず目に焼き付けた。この瞬間のことを好きな時に好きなだけ思い出せるという財産を得た今、これから先の人生にこわいものなど何もないように感じられた。

道はゆっくりと生徒たちの顔を見回した。

「恵泉は、世界平和を目指した国際的な女性教育、女性の自立を一番の目標としています。みなさん、うんと楽しんでお勉強しましょうね」

道が奏でるピアノで声を合わせて賛美歌を歌い、入学式は締めくくられた。

翌日、初めての授業の直前、道は日本間でぐったりうなだれているゆりを見つけた。青白い顔に隈ができている。なかなか寝付かない義子に添い寝をしていたので、明け方やっと眠りについたのだという。一歳になったばかりの義子はチョコチョコと歩き回り、ゆりそっくりの大きな瞳はいつも面白そうに動いている。じっとしているということがない子で、灯りを落として布団を掛けても、ずっとケタケタ笑っているので、ゆりはほとほと手を焼いていた。

「ゆりさん、少し寝てなさいな。私が義子ちゃんを預かってあげるわよ」

道が言うと、

「大丈夫です。だって、もうすぐ授業じゃないですか」

初めは遠慮していたものの、道の手に義子が渡るなり、ゆりはほっとして目を閉じ、そのまま死んだように眠り込んでしまった。道は大きなベルの柄を両手で摑んで左右に振り、始業を告げた。義子を抱えて教室に入っていくと、生徒たちの目が小さな女の子に釘付《くぎづ》けになった。一番前の席に座っている京子という生徒が真っ先に手をあげて、こう尋ねた。

「先生、その子はどこの子ですか？」

「えーとね、この子は、先生の孫よ。それとね、この子もみなさんと同じ生徒です。もう少し大きくなったら、恵泉に入るのよ」

どっと笑いが起きた。みんな道が独身で孫などいないことを知っている。義子がきゃっきゃと声をあげるうちにずり落ちてきたので、道は腰を落としてぐいっと抱き直した。

「いいですか、みなさん。赤ちゃんの声が決してしない、させてはいけない場所というのは、立派に見えても不自然で排他的ですよ。イエス様も馬小屋でたくさんの人に誕生を祝福されました。赤ちゃんはお母さん一人ではなく、社会みんなで助け合って育てるものです。みなさんも義子ちゃんのお姉さんになってあげてくださいね」

はーい、と声が上がる。その日から少女たちはこぞって義子の面倒を見るようになった。おかげで、ゆりも次第に業務に携われる時間が増えた。義子もお姉さんたちにたくさん遊んでもらえるためか、夜になると自然とぐっすり眠るようになった。

こうして始まった学園生活だったが、一番困ったのは、隣家からの苦情だった。それほどに恵泉は毎日賑やかだったのだ。義子の泣き声、道の英語の発音、ピアノの音色、少女たちの大笑い、そして高らかな歌声は、軽子坂に絶え間なくこだました。

「いい加減にしてください。琴のお稽古に集中できません！　なんて騒々しい学校なの。女の子ばかりだなんて信じられないわ」

隣家で三味線と琴を教えている、道と同世代の女師匠は、毎日のように血相を変えて怒鳴り込んできた。

「ごめんなさい。気をつけます」

謝りながらも、道の悪いくせで、そっちだって結構うるさいじゃないか、と反発する気持ちをどうしても抑えきれない。静かにするように心掛けてみたが、今度は絵描《えか》きをしている師匠の弟が「おい、今日はボールが飛んできたぞ。おたくがうるさくて、作品に集中できないじゃないか」と苦情を言いにくる。道がうっかり「三味線やお琴の音だってそれなりによく聞こえますがね!?」と言い返してしまったことで戦いが勃発《ぼっぱつ》し、姉弟《きょうだい》と道は通りで会えば、睨《にら》み合って口論するようになった。

「いいですか。英語は喋れなければ、なんの意味もないんです。どんどん口に出して発音しましょうね」

まずは文化に親しむことが肝心だった。フローレンス・ウェルズ先生の指導で、生徒たちにはそれぞれ英語の名前が与えられ、ポリーやアニーと呼ばれて、みんなくすぐったそうだった。少女たちが何よりも楽しみにしていたのは、道が話す欧米の愉快なエピソードだ。英語を身につければ自分たちも同じような体験ができるのだと思うと、勉強するのがさほど苦ではなくなっていった。ブリンマーのオナーコードや校風にならい、道は明確な規則や制服は設けなかった。成績の順位も貼り出さず、点数より取り組む姿勢を重視し、さらに完全なる生徒の自治に任せた。ただ、涙が出そうなことがあれば、ここを使いなさい、と二階の小部屋に少女たちを案内し、梅子さんが何より嫌った泣き虫だけは、やんわりと封じたのだった。

教師たちもまた、個性豊かだった。道の見込んだ通り、末光先生は生徒たちの人気者になり、白いヒゲからオジッチャンとあだ名された。先生の影響で、みんな詩や文章を書くことに積極的になり、特に誰かに見せるわけでもなく、日常的に思いや記録をノートに書き留めるようになった。本郷先生は学校の前の路地でラジオ体操やボール遊びを教えたばかりではなく、近郊の森に連れて行って好きなものを描かせた。先生の指示で西洋館の屋根に登って軽子坂をスケッチしていた時は、またもや姉弟から「危ない」と文句をつけられた。

「お金を使わなくても、まず、その場にあるもので何ができるか考えてみましょうね」

道は学校が貧乏なことを恥じなかった。自ら率先してガラスも廊下もピカピカに磨き上げ、生徒たちもそれに倣った。お弁当の時は必ず温かい味噌汁やスープが提供され、よく見れば具がほとんどないことも多かったが、それだけでも生徒は豊かな気持ちになった。お弁当を忘れた子には、道が自分の昼ごはんをあげるということもあった。校舎が狭いため、近所の神社を校庭代わりにするのはもちろん、しょっちゅう校外に出かけた。お堀の周りを散策したり、大使館や帝国ホテルを見学した。小日向の新渡戸稲造邸まで歩いていってお茶をご馳走になったり、今は亡き大山捨松の屋敷にお呼ばれされたりもした。

「みなさん、一番身につけていただきたいのは、ありがとう、ごめんなさい、イエス、ノーを相手の目を見てはっきり言えるようになることですよ。我々日本人は、言葉に出して感謝すること、間違った時に自分の非を素直に認めて、学ぶ心が足りません。そして女性は、相手が誰であれ、こちらの意に沿わない時は、ノーと言う勇気が大切です」

学園の方針を、道は幾度となく口にした。女の子たちは「そんなの簡単だわ」と囁き合っていたが、道はこの四つを率直に言うことは状況によってはとても難しい、逆にこれさえ出来れば、立派な国際人であり自立した女性たりえる、と強調した。

バレンタインデー、イースター、ハロウィン、感謝祭。もちろんクリスマスも学校行事に組み入れられた。ハートのカードを渡したり、卵に色を塗ったり、どの女の子も初めて知る行事ばかりで、いちいち目を丸くした。中でも大きなかぼちゃをくりぬいて、目鼻をつける作業には誰もが夢中になった。ろうそくを据え灯籠《とうろう》にすると、ジャックオランタンから漏れるやわらかな明かりの中で、それぞれの家庭から持ち寄った古着で仮装をし、ダンスを踊った夜は忘れられないものになった。

翌年になると、新入生は二十名に増えた。すっかり大人びた顔つきになった上級生が、妹たちの胸に花のコサージュをつけてやるのはこの時から伝統の儀式になった。最初の年の花はラッパずいせんだった。

この頃から、学園創立認可の条件を満たす新しい校舎を求めて、道とゆりはあちこちの土地を見て歩くようになった。

ボナ・フェラーズが二度目の来日をしたのは、そんな昭和五年の夏のことだった。湘南・片瀬の小さな別荘は、道がくつろいで過ごせるように、と一児とゆりがそれぞれアイデアを出し合って親戚の建築家に作らせた和洋折衷の凝った建築だった。義子が生まれ、学園がスタートしてからというもの毎日がめまぐるしい忙しさで、一家にとっても久しぶりにのんびりとした時間になった。

この別荘の最初の客として、万年中尉のフェラーズと結婚したばかりの妻、ドロシーを迎えた。手作りのすき焼きでもてなすと、彼は義子を膝に載せたまま、あの頃のようにたくさんおかわりした。

「道さんとゆりさんにご馳走になったあの味がずっと忘れられませんでした。ドロシーにも食べてもらいたくて、アメリカでもしょっちゅう作ってみたんだけど、なかなかこうはならないんですよ」

食事が進むうちに、彼はぎょっとすることを言い出した。

「来日の目的はもちろん、小泉八雲ことラフカディオ・ハーンの研究をさらに深めることにあります。妻の節子さんにお会いする手はずも整っています。彼が亡くなったのはもう二十五年も前ですが、今でも書斎をそのまま残しているそうで、ぜひ見てみたくて」

「えっ、まだ好きだったの？」

道は心底びっくりしたのだが、フェラーズは熱っぽく作品論を語り続け、内心うんざりしているらしいドロシーが彼にわからないようにこちらに軽く目配せしてきた。それで彼女とは初対面にもかかわらず、すっかり心が通い合った。フェラーズの日本人観は八雲の作品世界でほぼ固まっているようだった。相変わらず、先祖崇拝や天皇崇拝について聞きたがり、明治天皇崩御後の乃木将軍夫妻の自刃にはとりわけ関心を持っていた。そんな話題は良くないと道がたしなめかけた時だった。

「小泉八雲は僕も大好きですよ!!　明治学院では文学を専攻していたんです」

ずっと黙っていた鬨児が、瞳を輝かせて遮った。

「あなた、小泉八雲なんて好きだったの」

ゆりは驚いたが、鬨児は見たこともないほど生き生きとした顔で、フェラーズに向かい合った。

「そうそう、武士の切腹のやり方なら、僕、父からよく聞いておりますよ。一色家は父の代までは武家だったんです。いいですか。切腹の前はまず沐浴《もくよく》します。そして髷をいつもと逆向きに結います……」

細かく説明する席児に、おお、こわい、と女たちは顔を背けたが、フェラーズは興味津々で身を乗り出し、メモ帳まで取り出す始末だった。

「まあ、席児さんがこんなによく喋るところ、初めて見たわ」

「普段は私たちがお喋りするばっかりで、聞き役ですもんねえ」

別人のように活気づく席児を見て、ゆりも道もちょっと白けてしまった。席児は自分の話を面白がって聞いてくれるフェラーズのことが好きでたまらないらしく、それからというもの彼の来訪を心待ちにし、さまざまなもてなしを用意するようになった。

食後、道はアメリカからの小包を自室に運び、ゆりの前で開封した。中には、洋服の型紙が小さく折りたたまれていた。縫製に入る前にまずは身体に合わせてみてくれという、バーサ・ランバートからの手紙が入っている。彼女がぜひ、道のサマードレスを手作りしたいと言い出したのは、去年の半ばくらいのことだ。まずは様々な柄の端切《はぎ》れがたくさん送られてきて、布を選ぶところから始まった。続いてボタン選び、採寸、型紙作り。やりとりはこんな風に海を越え何度も行われていて、一向に終わる気配を見せない。

「出来上がる頃には、秋どころかクリスマスになっちゃうかもしれませんねえ。着られるのは来年の夏でしょうか」

ベッドに座りながらゆりが苦笑すると、鏡の前で紙を合わせていた道はくるりと振り返った。

「いいのよ、ゆりさん。バーサは、私にドレスが作りたいんだもの。その気持ちが嬉しいわ。完成を楽しみに待ちましょうよ」

ゆりは不思議な気持ちで道を見つめた。なんだかこの空間が、ブリンマー大学の道が使っていた部屋のようで、今にもルームメイトのバーサが裁ちばさみと裁縫箱を手にドアから入ってくるのではないか、と思えるほどだ。道といると、年齢だの性別だの距離だのが、なんの意味も持たない気がしてくる。老若男女を問わず、誰もが道にこぞって手を差し伸べる。彼女の願いを叶えてやりたいとやっきになる。自分こそがその代表者だというのに、道の人となりにぼうっと魅《み》せられていて、今までじっくり考えてみたことがなかった。その謎《なぞ》が今、わかりかけたように思えたのだが、階下からフェラーズの声が聞こえてきて、ゆりはすぐにそのことを忘れてしまった。

夏季休暇で英気を養うと、ゆりと道の新校舎探しはますます本格的なものになった。都心からの行き来がしやすくて、地代もあまり高くない、水と土が良質で、周りに他の学校がない、となると見合うような場所は相当絞られてくる。開通して四年目の小田原急行鉄道沿線はまだ開拓されておらず、案外狙《ねら》いどころなのではないか。そう考え、畑やレンゲの揺れる野原ばかりの地区を歩き回り、業者を訪ねるうちに、ついにここぞという場所に巡り合った。

経堂駅から商店街を歩くこと十二分、北多摩郡千歳村にある、周囲を畑に囲まれた六ヘクタールのその土地に、いささか粗雑な造りで傷んでもいるが十分に大きな校舎があった。そればかりではなく椅子も机も備わっている。前の持ち主が、女子の商業学校を始める予定だったところが開校直前になって事業に失敗し、手放すことになったというのだ。

「校舎付きなんて、渡りに船じゃないの。もうここで決まりね!!」

道とゆりは飛び上がって喜んだ。ここなら生徒たちが思う存分、走り回れるし、花や木もすくすく育つだろう。大きな声で英文を読むことも、お芝居やボール遊びも自由に出来る。

しかし、いざ契約の段階になると、土地見学に同行した、こけた頬に鋭い目つきをした信託会社の男性社員から、道たちに本当に資金があるのかどうかを危ぶむ様子があからさまに感じられた。

「寄付金が二万円ほどあります」

道は正直に告げて、ひとまず持っているだけを支払い、残りは割賦とすることにした。その日は、満ち足りた気持ちで帰路につき、二人は乕児に報告した。近日、住み慣れた借家を引き払い、千歳村に学校と住居を移すことになるだろう、とうっとり新しい生活を思い浮かべた。こうなるとお隣のガミガミ姉弟までもが急に名残惜しくなってくる。

　ところが、である。

「追加ですぐに三千円いただけませんか？　土地の持ち主がそう申しております」

　売買契約書類にハンコを押す時になって、信託会社社員はこともなげにそう言い放った。そのせいで、道は血相を変えて、金策に走る羽目になった。今度ばかりは新渡戸先生も容赦なかった。

「本当に大丈夫なのか？　その業者は怪しくはないか？　ちゃんと契約書に目を通したのか？　なんで君はそう向こう見ずというか、賭《か》けみたいな不確かなことばかりするんだい？」

　さすがに恥ずかしかったが、それでも道とゆりはあちこちに頭を下げ続けて、なんとか入金にこぎつけた。しかし、最終段階まで来たところで、彼はまたしてもこう言った。

「登記料とその手数料として、さらに七百円、明日の正午までにお持ち下さい」

　現在の額にして百七十万円というところだろうか。女だからと舐《な》めているんじゃないか、と道がようやく不信をあらわにすると、用意できなければ、もうこの話はなかったことにしてくれ、とにべもない。もう借りられるところには全て顔を出した。新渡戸先生のあきれた表情を思い浮かべ、いたたまれない気持ちになった。あまりにも理想的な条件で目が眩んでいたのかもしれない。こうなると、全部詐欺なんじゃないか、という疑いすら芽生えてくる。二人が肩を落として帰宅すると、アメリカから郵便が届いていた。

「あら、バーサからのお手紙よ。今度はなにかしらね？　裾のレース選びだったりして？」

　気を紛らわせたくて、わざと陽気に笑って封を開けた道がぴたりと口を閉ざした。何ごとかとゆりが覗き込むと、封筒から半分だけ覗いているのは小切手だった。道が声を震わせている。

「学園の土地を買うための御用にお役立てくださいい、ですって!! 千五百円もあるじゃない……。ああ、ゆりさん、これぞ、神のご加護よ。バーサの友情に祈りましょう」

その場で跪いてお祈りする道を見て、ゆりは開校当時、森久保家が屋敷をちょうどよい時に明け渡して去っていったことを思い出し、あっ、と声が出そうになった。

偶然でもないし、神の力でもないのではないか。

全ては、道の一つ一つの行動が招き寄せた必然なのだ。バーサが道になにかしてやりたいという姿勢を見せた時、道は決してそれを遠慮したり、迷惑がる素振りをしなかった。実際、サマードレスは涼しくなった今も、完成していないのである。「小さき弟子たちの群」だったひさちゃんにしても自分にしてもそうだ。ゆりが最初に女子英学塾を飛び出して道の家に押しかけた時も、彼女は帰りなさいと口にしながらも、朝食を作りたいというこちらの申し出を断らなかった。

道は基本的に自分に何かしてあげたいと言う人々を拒絶しない。ささやかな親切でも、自分でやった方がずっと早いことでも、ややおせっかいが過ぎる申し出も、全部受けてしまう。そして、小さなことでも心から喜んでみせる。だから、誰もが、次はもっとできる、もっと道に役に立つことをしてあげたいと望むようになり、どんどん寄付の額や親切の規模は大きくなっていく。恐ろしいのは、道がそれに無自覚なことだった。

「ゆりさん、どうしたの?」

「いいえ、なんでもないです。本当に良かった……」

ただ、ゆりはそうつぶやいた。善意をなんでも引き受ける道の姿勢、持ち物を全て分け与える指針は、望むと望まざるとにかかわらず、今に世界を大きく変えてしまうのではないか。そう思ったら、こわくなってしまったのだ。

年末、現在の世田谷区船橋に恵泉女学園は引っ越すことになった。教師も生徒も新年までとても待ちきれなかったのだ。運送費を少しでも浮かせるために、生徒たちはそれぞれ手で持てる荷物を何日かに分けて移動させていった。十二月二十六日、新校舎に知り合いの男爵から寄付されたストーブを運び込み、クリスマスと感謝祭と移転の三つを同時に祝った。教室の中央にクリスマスツリーを設《しつら》え、父母たちと教師でささやかながらご馳走を準備したが、生徒たちはそれどころではなかった。みんなからの信頼を一身に集めている優等生の高橋たね子までが、待ちきれなくて、わざわざ前もって校舎を見に来たというくらいの張り切りようだった。

誰もが野に放たれた兎《うさぎ》のようにキャーキャー騒ぎながら、夕暮れ時の校庭を駆け回っている。チョコチョコと彼女たちの後を追う義子の姿もあった。

「みなさん、もう寒いわ。中にお入りなさい。ココアとポップコーンが冷めてしまうわよ!」

道は窓から叫んだが、生徒たちが振り向く気配はなかった。ゆりは隣に顔を出して、微笑んだ。

「今まで窮屈な思いをしてきたんですもの。はしゃぐのも、仕方ないですわ」

ちらほらと粉雪が降り始めた。校庭のあの子たちから見たこの部屋の明かりは何色に見えるのだろうか。何があってもこの校舎から光を絶やさず、生徒たちにとっての灯台になろう。道がそう決意したのは、満州事変勃発のわずか九ヶ月前のことだった。

9

土曜日の朝になると、寮の女の子たちはとりわけ賑やかで、道は自然と目が醒《さ》めてしまう。半年前に出来たこの「河井寮」は、友人の加地屋寿さんから寄付されたイギリス人宣教師の古い洋館を解体し、この地まで運んでから建て直したものだ。窓を大きく開けると、冷たい空気が部屋いっぱいに吹き込んできて、北海道時代を道に思い起こさせた。こんな風に空が真っ白な冬の朝は、あれもしよう、これもしようと絵を描き始める前のようにワクワクした。そうした気持ちはあの頃と何も変わっていないのに、自分が五十四歳で学園長の立場だということが不思議な気がした。

見渡す景色は、どこか北星女学校のようでもあり、女子英学塾のようでもあり、そしてブリンマーのようでもある。でも、ここはどこことも違う、道とゆりとで作った世界でたった一つの学園だった。

運動場にはテニスコートが出来た。去年の四月に植樹祭が行われ、来賓がそれぞれ好きな植物を持ち寄ってきてくれた。果樹園、花壇、菜園が作られ、ぐっと彩り豊かになった。週に二時間、園芸の授業が設けられ、植物の育て方から堆肥《たいひ》の作り方まで学ばせた。収穫した野菜や果物はリヤカーで経堂の町まで運び売り歩いた。もちろん、ブリンマーの壮大な庭園には遠く及ばないが、道はおおいに満足している。去年の入学者は三十名。小さな歩みではあるけれど、学園は着実に成長していた。渋谷からのバス路線が開通し、終点がたまたま「恵泉女学園」になったことで知名度もぐっと増した。

――あの野菜畑をどうにかして手に入れられたら、学園はもっと大きくなるんだけどねえ。

野心に満ちた目でお隣の広々とした農家を眺めていると、どこかでパリンと何かが壊れる音がした。キャッという悲鳴がかぶさり、道は我に返る。誰かがまた窓ガラスを割ったのだ。ピカピカに磨き上げようと、みんなせっせと雑巾《ぞうきん》に力を込めるのだが、安物の薄いガラスのため、しょっちゅう割れてしまう。来週の「信和会」の議題は「窓が割れることを防ぐためにガラスに分厚くゼラチンを塗り、磨きが必要ない磨《す》りガラス風に仕立てるか否か」に決まっていた。少女たちは窓拭きから解放されたくて仕方がないらしく、事前投票では磨りガラス派が圧勝していた。道としては生徒に家事能力を身につけさせたいので、日頃から自ら上っ張りを着て掃除、洗濯、アイロン掛けにも取り組み、雑巾の絞り方から蛇口の締め方まで指導している。しかし、生徒による自治を目指しているため、生徒会に相当する「信和会」の決議が全てだった。そういうわけで、残念ながら、この音ともお別れになりそうだ。

ここからきっかり二百五十歩のところにある、ゆりたちが暮らす一色邸もこの部屋からはよく見えた。昨夜も夕食とお風呂は、道はいつものようにそこで済ませている。

——せっかく近所に建てるんだから、一部を校舎としても利用できるような家にしようよ。

周児のアイデアでシェイクスピアの生家を模した和洋折衷の新居は、英国風庭園が広がっていて文学好きな一色夫妻にぴったりだったが、一風変わった建築だった。まず、十畳以上ある当時としては大きな台所は、慈善市（バザー）でのお菓子作りや留学生たちが講師を務める料理教室としての利用を見越して作られたものだった。書院造の棟や茶室は、外国人宿泊客を想定していた。応接室と食堂の間の大扉を開け放てば、舞踏会でも出来そうなひと続きの広々とした空間が生まれ、維持会や卒業のお祝いパーティーばかりではなく、学園に寄付を申し出る人をもてなすのにももってこいだった。

道はよそ行きのワンピースにカメオのブローチとネックレス、少し考えてからその上に羽織を合わせてみた。お手伝いのおりんさんの焼く香ばしいマフィンのにおいが二階まで流れてきた。髪を整え、生徒たちの揃う食堂へと下りていった。

「道先生、今日はとっても斬新《ざんしん》な装いですね。お出かけですか？」

英語でそう尋ねてきたのは、ホノルル生まれの日系米人二世、アリス・スズキだ。十六名の寮生たちは地方出身の生徒に加え、海外で育った者もいる。耳が不自由な少女、嗣子さんもここで暮らしていた。料理上手なおりんさんがそれぞれの好物を順に作ってくれるので、食卓に向かうだけで、まるで世界旅行をしているような気分になれた。今日はアリス・スズキの好物だというマフィンと炒《い》り卵にソーセージ、ミルク入りのコーヒーだった。昼食とおやつは生徒たちが協力して作ることになっているので、時たま怪しげなメニューが登場することがあり、道はできるだけ朝食をたっぷりとるようにしていた。道は「食事中はみんなが楽しくするように心がけましょう」としながらも、銀製のナイフとフォーク、リングでまとめたナプキンを並べた食卓で、かつてサラ・クララ・スミス先生がそうしてくれたように日々、少女たちにマナーを教えている。食堂の中央に置かれたテーブルは横浜YWCAから譲り受けたもの。学園の設備のほとんどが、新渡戸家や道の友人たちがもう使わなくなった家具や調度品を譲ってくれたものだった。まるで古道具屋のような学校じゃない？　とゆりと道はよく冗談のタネにしている。年代物のストーブの上では、りんごのジャムがぐつぐつと煮えていた。

「新渡戸先生のお見舞いで、築地の聖路加病院に行くつもりなの」

道はコーヒーをすすりながら言った。持病の神経痛を悪くした新渡戸先生は、宣教師が始めた聖人の名を冠した病院に入院中だった。

昭和七（一九三二）年二月の出来事である。

「でしたら、とっておきのクロッカスがあります！　病室がパッと明るくなりますよ」

アリス・スズキが手を打ち合わせると、みんな口々に叫んだ。

「今すぐ走って果樹園から、美味しいみかんをとってこなくちゃ！」

「そうだ、このマフィンも持って行っては？」

少女たちは朝食が終わるなり、たちまち散り散りになった。アンクル新渡戸はしょっちゅう学園にやってきては愉快な授業をしてくれるので、昔と変わらず女の子たちに大人気だった。お菓子やお花でいっぱいになったバスケットがたちまち出来上がる。行ってらっしゃーい、と窓から鈴なりになって見送られ、道はお見舞いの品を抱えて病院を訪れた。ところが、である。病室に足を踏み入れると、粗暴な雰囲気の男が六人、新渡戸先生の横たわるベッドを取り巻いているではないか。

「お前、アメリカの手先の自由主義者か」

「外国人経営の病院に逃げ込むとはやっぱり非国民だな」

「今すぐ松山での発言を撤回しろ！　愛国者として断じて許せない」

「お帰りください！　病人になんてことを言うんですか！」

道がかっとなって割って入ると、男たちはうるさそうにこちらを見た。道の洋服と羽織を組み合わせた出《い》で立《た》ちやバスケットを汚いものでも見るようにじろじろ睨みつける。道はひるまずに食ってかかった。

「私は河井道。新渡戸先生の一番弟子です。恩師には指一本触れさせません。人を呼びますよ、無礼者！　誰か来て！　ここにテロリストがいるわ!!」

患者や看護人たちが何人も駆けつけて病室を覗き込んだ。男たちの一人が慌てて道を羽交い締めにしようとしたが、道がさっと低くかがんだせいで、つんのめった男は別の男にぶつかり、もつれ合って転んでしまった。新たに襲いかかろうとした男の口に、道はバスケットから掴み取ったマフィンを無理やり喉の奥までねじ込み、息をできなくしてやる。へたり込む男たちには目もくれず、道は廊下まで聞こえるように声を張り上げた。

「高齢の病人への粗暴な振る舞い、女性への乱暴狼藉。みなさん、ご覧になりまして？　何が愛国者でしょうか!?」

野次馬はみんな、顔を見合わせて頷き合っている。警備員が駆け付けてきたので、男たちはそそくさと病室を後にする格好になった。

「先生、お怪我《けが》はありませんか？」

道は慌てて、ベッドにかがみこんだ。

「大丈夫だ。道くん。僕はなんともないよ」

新渡戸先生がか細い声でそう言った。初めて出会ってからもう四十年以上の年月が流れている。あの時はりんご林で大男を一人で倒していたのに、今は道よりずっと小さな身体にしぼんでいることにどきりとしてしまう。

「彼らは国粋主義者だよ。松山での発言がまだ尾を引いているんだ。こうして病院まで押しかけてくる。このままではメリーや家族も危ないかもしれない……」

「でも、先生、何も間違ったことはおっしゃっていないじゃないの」

愛媛の松山で行った講演会のあとで、新渡戸先生は満州事変後の時勢を批判して「日本を滅ぼすのは軍閥だ」という趣旨の発言をした。そのことが問題となり、愛国主義者たちは激怒していた。誰からも尊敬されていた新渡戸先生の国内での評価がこの「事件」をもって一転するほど、時勢は右傾化していた。道は枕元の椅子に腰を下ろすと、みかんをむきながら、気分を変えようと明るく話しかけた。

「暴力での建国なんて誇れません。あんな連中の言うことに耳を貸してはいけませんわ。それより、私の計画を聞いてくださいませんか？　だいぶ気は早いんですが、今年のクリスマスパーティーのことなんです」

「ええと、その、あの、今のやりとりは聞いていたの？　新聞は読んでいるのかい……？」

おっかなびっくり、といった調子で新渡戸先生が尋ねる。道は笑みを浮かべて続けた。

「覚えていらっしゃいます？　サラ・クララ・スミス先生の女学校でのクリスマスパーティーで、新渡戸先生がサンタクロースの出で立ちで現れたのが、私は今でも忘れられなくて。お身体の調子さえ良ければぜひ、今年のクリスマスもあの格好で参加していただきたいんですの。みんな、どんなに喜ぶことでしょう」

びっくりしたような顔をした後で、新渡戸先生ははっはと笑い出した。

「君も懲りないなあ。こんな社会になっても何ら自分を変えるつもりはないんだね。ああ、なんだか気分が明るくなったよ」

道は内心むっとした。これでは自分が大層気楽な人間のようではないか。

結局、このあと新渡戸先生は在郷軍人会評議会で軍閥批判を謝罪させられた。非を認めたことでよりいっそう世間の反発を受けることになる。

「暗夜に飛び込むような気持ちだが、このままだと日米関係はあぶない。私はできることをしようと思う」

その年、新渡戸先生のサンタクロース姿を見ることは叶わなかった。先生はそれから間もなく、フーバー大統領と会談するためアメリカに旅立ち、その後、世界で地に堕《お》ちた日本の印象を少しでも良くしようと、一年以上かけて各地を巡りラジオ出演や講演を行ったのだった。

自分にも出来ることはないか。道は所属している婦人平和協会の面々に声をかけ、陸軍省や文部省に出向いて話を聞き、自ら勉強し、署名活動を始めることを決めた。そして、軍備縮小の嘆願書と集まった署名を犬養毅首相に渡すために首相公邸まで持っていくことにした。

「ごめんくださーい」

大声で訪《おとな》いを問うと、玄関に眼鏡をかけた身だしなみの良い若い女性と小さな女の子が、慌てた様子でばたばたと現れた。眼鏡の女性はすまなそうにこう言った。

「使用人の者が今、全員てんてこまいで手が離せずにおりまして……。数日後にチャーリー・チャップリンが夕食に来る予定なんです」

世界的な喜劇俳優の名を聞いて、流行《はや》り物が大好きな道は興奮した。

「私は文藝春秋社からこちらの書庫の整理でお手伝いに来ている、石井と申します。こちら、首相のお孫さんの道子さんです」

「桃子おねえさん、ねえねえ、早く、これを訳して読んでちょうだいよ」

道子さんと呼ばれた女の子は道には目もくれず、どこかで見覚えのある挿絵の英語の絵本を、嬉しそうに差し出してみせた。

「まあ、あなた、英語がお出来になるの？　この絵本なら、イギリスで見たことがあるわ！」

道が目を輝かせると、桃子さんは視線をこちらに向けた。

「欧米の児童文学はどれも面白いですわね。女の子が意味もなく死んだりしないし、とても生き生きしていて」

ついついそう言うと、桃子さんは我が意を得たり、といった様子で大きく頷いた。きりりとした表情がたちまち人懐こいものになる。

「ええ、もっともっと日本語に翻訳されればいいのに、と思いますわ。道子さんはお父様やそのお友だちに色々な英国の本を買っていただいているから、本当に恵まれているわねえ」

三人はしばらく、玄関脇のソファに座り込んで、あれこれと児童文学について話をした。

散々待たされた末、真っ白なヒゲをもしゃもしゃに生やした犬養首相と道が会談したのはわずか数分程度だったが、嘆願書と署名は無事渡すことができた。

しかし、この訪問からわずか数日後、五・一五事件が起き、海軍青年将校たちによって犬養首相は首相官邸で暗殺された。桃子さんと道子ちゃんの身を案じて、しばらくの間、道は気が気ではなかった。

　ちなみに翌年のクリスマスイブに石井桃子は、惨劇から立ち直りかけた犬養家のパーティーで、ある一冊の児童書と運命的な出会いを果たす。くまのプーさんと仲間たちの活躍を描いた「プー横丁にたった家」である。それを翻訳したことがきっかけとなって、桃子は日本を代表する児童文学の翻訳家になるのだが、道がそれを詳しく知るのはもう少し先の話である。


　校誌「恵泉」の発行が始まったのは、秋口の出来事だった。発行部数は一千部。タブロイド判六ページ程度というささやかな代物だが、道は巻頭文を書くのに苦労し、学園長室の机に向かってウンウン唸《うな》ってばかりいた。

「好きなことを好きなように書けばいいんですわ」

　ゆりは励ましてくれたが、生徒ばかりではなく学園外の人も読むとなるとどうにも緊張して、ついしゃちほこばった硬い表現になってしまう。末光先生の詩や文芸部の作品なども掲載され、生徒に人気を博した。

　在来の十五区に五郡八十二町村が合併され、東京市三十五区が誕生したのも丁度この頃だ。大編成に伴い、十月一日から経堂の一色邸は東京市の仲間入りを果たしたが、千歳村の恵泉女学園は依然市外のままだった。これでは、まるで引き裂かれたロミオとジュリエットではないか。一色邸から学校までの二百五十歩の移動が急に苦痛に感じられるようになって、義子をお風呂に入れた後、濡れた髪のまま歩く夜道が、やけに遠く思われた。朝起きてすぐに窓を開けても、しばらくの間は、学園の前の通りをいじいじと見つめて過ごすことが増えた。

　――ああ、これさえなければ、恵泉は東京市の女学校ということになるのになあ――。

　よりによって、この道路は東京市と市外を分ける境界線なのである。郵便配達員も通りの向こうには日に何度も来るのに、こちらには一度だけなのも気に障るようになった。

しかし、道の不機嫌はそう長くは続かなかった。バーサ・ランバートが来日して長期滞在することになり、もてなしの準備に追われるようになったからだ。

校門に彼女が到着すると、生徒と教師総出で全員二列に並び、道が作詞した歓迎の歌で出迎えた。何しろ彼女の小切手のおかげで誕生した学園なのである。常磐木《ときわぎ》と竹の枝で作ったアーチをくぐりながら、バーサはあまりの歓待ぶりにちょっと驚いていたようだが、その日から十ヶ月に亘って、河井寮で暮らし、すっかり生徒たちの人気者になった。

「アメリカ人って、みんなこんなにいい方なんですか?」

生徒たちがブリンマー時代の道はどんなふうだったかをしきりに聞きたがるのでヒヤヒヤしたが、バーサは決して、道にとって不名誉な話は漏らさないでいてくれた。英語を知らないお手伝いのおりんさんまでがバーサを大好きになった。

一方、新渡戸先生のアメリカでの奔走は結局、徒労に終わった。翌昭和八年の三月、日本は中国侵略を非難され、とうとう国際連盟を脱退。その上、先生はなぜ軍国主義の日本の味方をするのかとアメリカでも批判の的となり、かつての人気ぶりが嘘のように嫌われたまま帰国した。げっそり痩せこけた新渡戸先生と再会し、道は少しでも日本とアメリカを近づける方法はないものかと考えあぐねた。その夏は東北の湖畔《こはん》に家を借りて、バーサと二人で過ごした。彼女に助けてもらいながら「Japanese Women Speak」という伝道の研究書を書き上げた。「恵泉」誌の巻頭文を書き続けていた成果もあってか、執筆にはさほど苦労しなかった。本はその翌年、ニューヨークで出版され、日本に関心を寄せるクリスチャンの間で話題になる。

そんな中、新渡戸先生はカナダで開かれる太平洋問題調査会の日本代表に選ばれた。先生はこれが日本の国際的孤立を食い止める最後のチャンスと考え、主治医が止めるのも聞かず、渡航を決めた。出発が近づいたある夜、道とゆりは新渡戸邸で開かれた、ささやかなお別れパーティーに招待された。会が終盤に差し掛かった時、ご覧なさい、と先生に促されて、道はカーテン越しに窓の外を見た。通りはまるで昼のような明るさだった。

「街灯で夜はかように明るくなったが、日本人の精神はまだ利己的なままだ。現在の国際的な四面楚歌《しめんそか》の状況は、全て日本人が悪い。我々があまりにも無口で、あまりも非社交的で、あまりにも意思の疎通を怠ったのだよ」

先生の口調は寂しげで、その薄い身体は今にも通りの明かりを透かしてしまいそうだった。

「先生、バンクーバーでそうおっしゃっていましたよね。日本人は光のシェアを覚えないとだめだって」

「君が恵泉女学園を作ろうとした時、僕は反対したね。今ならはっきりと言える。僕の方が、間違っていたよ。日本にはたくさんの教育者がいるけれど、君の右に出る者はいないよ」

新渡戸先生は弱々しい笑みとは正反対に、懸命に声に力を込めた。

「何があっても学園を存続してくれ。教育の光は荒廃した社会で最後の砦《とりで》になる。たとえ戦時下であっても、クリスマスもメイポールもどんどんおやりなさい。シェアの精神を学べる場は、今の日本では救いだ。絶対に怯《ひる》むな。誰になんと言われても、その自信を貫きなさい」

あの日の梅子さんと同じことを言うんだな、と道は思った。もしかして、新渡戸先生と過ごせる時間はそう長くはないのかもしれないと予感し、身体の奥がキリリときしんだ。道は無理に明るい声を出した。

「ええ、必ずそうします！　私も学園も変わりません！　全て先生が私に与えてくださった財産ですわ」

その年の冬、横浜港に新渡戸先生は遺灰になって帰ってきた。死因は出血性膵臓炎《すいぞうえん》で、遺体を解剖した医師に「よくこの身体で仕事をしていたものだ」と驚かれたと聞いた。

「稲造はあなたのことを最後までずっと心配して……。まるで実の娘みたいに……」

妻のメリーさんは骨壺を抱きしめたまま泣き崩れ、道はその足元に取りすがって泣いた。今はもう不惑を過ぎた養子の孝夫さんも息子や娘の肩を抱いてすすり泣いている。初めて夫妻と一緒に太平洋を渡った二十一歳のあの日とそっくりな、穏やかな晴れ間が海原《うなばら》を輝かせていた。

10

義子は、その朝、応接間で彨児の手によって念入りにおめかしされていた。

母譲りのウェーブのかかった髪をつげ櫛《ぐし》でとかれて、一番上等のワンピースの背中のボタンを留めてもらう。道が仕上げに水色のリボンを丁寧に結んでやると、義子は満足げに鏡の中の自分に見とれて、くるくると回ってみせた。六歳になったばかりだが、その姿は初めて女子英学塾で出会った夜のゆりそっくりで、道は思わず目を細めた。

「そのおリボンね、昔、ママがつけていたのによく似ているわ。義子ちゃんもとっても素敵《すてき》よ」

「義子、道先生がだーい好き。パパも好きだけど、パパよりもも一っと、好き!」

そう言って、道のスカートに小さな顔を擦り付けた。道はひやひやして後ろでネクタイを締めている彨児の反応を盗み見たが、彼のすごいところは娘のこんな発言を聞いても、これといってガッカリした様子もなく、

「そりゃ、そうだよなあ。ママも道先生が一番好きだもんなあ。母娘《おやこ》って似るよなあ」

などと、感心しているところだ。会社の重役となり、動物愛護協会会長や、徳川家ゆかりの葵《あおい》

の会の取り仕切り、海外からの要人のゴルフでの接待と、日々忙しそうな中、こんな風に家族と過ごす時間をなにより大切にしていた。

道は義子と毎晩、一緒に夕食を食べ、欠かさず一緒にお風呂に入っている。最近では昼食も一色家でとることが増えたから、義子にとって道は家族同然だ。義子は道が寝る前にしてくれる海外や聖書のお話が大好きで、今の一番のお願いごとはなあに、と聞かれて「せかいへいわ!」と無邪気に叫び、両親をびっくりさせている。

それぞれ支度を整えると、道は一色夫妻や義子と一緒に、いつもの二百五十歩を並んで進んだ。徐々に近づいてくる学園は今、大規模な増築の真っ最中だった。昭和九(一九三四)年四月十日。記念すべき恵泉女学園普通部第一回の卒業式である。体育館に刺繡《ししゅう》を施した黒いビロードのカーテンを張り巡らし、花を飾って屏風を立てた手作りの会場は、父母ばかりではなく、道の友人や「小さき弟子たちの群」の仲間たちも訪れて満員だった。

やがて卒業生が入場してきた。亡き村井頭取の孫娘、村井禎子の姿もあった。転入生を迎えて全員で十名となった一期生。五年前のあどけない女の子たちが今や立派なレディになって、卒業制作として各自家庭科で縫った淡い珊瑚《さんご》色の富士絹の長いドレスを着こなしている姿に、道の目頭は早くも熱くなる。賛美礼拝、卒業生によるコーラスに続き、いよいよ道とゆり、念願の儀式が執り行われた。

「それでは、卒業生代表から在校生代表へ、ランターンを継承します」

ブリンマーの入学式のような光の海には憧れた。でも毎年毎年、生徒の数だけランターンを用意する予算はないので、蟬《せみ》の飾りがついた六角形の吊り灯籠を一つ購入し、卒業生代表が在校生代表に継承するスタイルで固定することにした。卒業生代表から、在校生代表の高橋たね子が明かりのともった灯籠を受け取ると、学園の伝統をますます輝かせます、ときらきらした目で宣言し、優秀なたね子に憧れる下級生たちはそれをうっとりと眺めた。最上級生は「ビッグシスター」と呼ばれ下級生の世話をする習慣があるので、学年を超えた交流はさかんだった。

「ひかりよ　やみをさらせ　まひるのうちに　住ませたまえ」

道が訳詞した「光よ」をみんなで合唱しながら、卒業生たちを先頭にして全校生徒が退場した。その夜、道は寮のベッドに横たわり、昼間の光景を何度も何度も思い返していた。旅立っていく彼女たちは必ずや社会に種を蒔《ま》き、花園を作っていくだろう。瞼《まぶた》を閉じると、灯籠の輝きがふんわり浮かび上がる。この世界から闇を追い払う日まで、あのランターンは燃え続ける。そんな想念が絶え間なく沸き起こり、眠りに落ちるのが惜しいくらいだった。

二日後の入学式では五十名が入学し、生徒数はとうとう百六十五名にまで増えた。

普通部の上に設けた二年制の高等部も新たに発足し、教員は入れ替わりや増員があって二十五名になった。

女子英学塾時代のゆりの学友で、白蓮の夫の親族にあたる、お貞ちゃんこと宮崎貞子も教師としてやってきたが、他人にも自分にも厳しい完璧主義は学生時代から変わらず、生徒に早くも恐れられている。

そんな中でも一番個性的なのは、財団法人設立が許可されて侢児が初代学園理事に就任すると同時に、監事としてやってきた樺山《かばやま》愛輔伯爵だろう。新渡戸先生の友人であり、欧米で学び、貴族院議員を務めあげた優雅そのものの紳士だが、着任そうそう少女たちの度肝《どぎも》を抜くプレゼントを持ってきた。

「初めまして、お嬢さんたち。今日はみなさんに台湾からお友だちを連れてきたよ」

礼拝の後、伯爵がそう言って、若い教師たちの手で運ばれてきた木箱の蓋《ふた》を開けると、そこには全長一メートル五十センチほどのワニが横たわっていた。てっきり剥製《はくせい》かと思って、生徒たちがくっつき合って覗き込んでいると、かさぶたのようにごつごつした緑がかった灰色の皮膚が波打ち、目玉がぎょろりとこちらに向けられた。前足の爪《つめ》も木板に深く食い込んでいる。

「わ、このワニ、生きてる!!」

いくつもの悲鳴があがったが、伯爵はいたって平然としている。

「見た目は怖そうだけどね、とても穏やかで優しい性質のワニくんだ。今日からみんなでお世話してくれたまえ。ワニは餌《えさ》をやる必要がほとんどないから、とても育てやすいんだよ」

その日から樺山伯爵はワニ伯爵、ワニは亡きアンクル新渡戸にちなんでイナゾウと呼ばれるようになった。全校生徒が週替わりで三人組の当番となり、散歩や餌やりを受け持った。少女たちが散歩ひもをつけて連れ歩くワニは、さっそく地元・経堂の名物になった。伯爵の教えてくれた通り、一週間にたった一回、生の鶏肉《とりにく》を与えてよく撫でてやれば、イナゾウはとても良い子でおとなしい。

相変わらず生徒に制服は設けていなかった。制服姿はどこか軍隊を思わせるし、道は生徒たちに着こなしのセンスを早くから自然に身につけさせたかったのだ。それでも、なにか恵泉生の目印になるものが欲しい、という声が信和会からあがり、バッジを作ることになった。美術の本郷新先生の意匠による、泉にかがみ、両手で水を掬《すく》い上げる乙女の鈍く光る銀色のレリーフが、ほどなくして完成した。

「跪いている姿がちょっとわかりにくいですかね？　土に種を蒔いているようにも見えるかな」

短期間で仕上げたため、本郷先生は作品の出来にやや不満を持っているようだったが、道は顔をほころばせた。

「素晴らしいわ。ペンダントとバッジと両方作りましょう。これが生徒の目印になるのね」

以来、恵泉生のセーターやブラウスには、泉の乙女がきらりと光るようになった。

学園の運営もようやく軌道に乗った。何かあっても後はゆりたちに十分任せられる。そんな安心感もあって道はその夏、米国キリスト教伝道協議会の招きで渡米し、各地を講演して回った。カンザスシティ滞在中には、近所の学校に通うフェラーズがわざわざ会いに来てくれた。まだ中尉にもかかわらず陸軍司令官・参謀のための上級学校に推薦入学し、小泉八雲研究が役に立ったのか、「日本兵の心理」という論文が評価されていると嬉しげに報告した。娘のナンシーも四歳になり、可愛くて仕方がないらしく、しきりに写真を見せてくれた。

農園を営む日系一世の男性が、娘の教育についての相談で道の滞在するホテルまで訪ねてきたのはこの時だった。

「高校生の娘は悩んでいます。自分がアメリカ人にもなりきれず、日本という国も直《じか》に知らないということを……」

かつてアメリカに写真結婚で渡った日本人女性たちの相談に乗った経験を持つ道には、二世の少女たちには格別な思い入れがあった。しかし、必死の思いでアメリカに居場所を作ってきた両親と、二つの文化の間で揺れ動く彼女たちには、コミュニケーションの溝が生じている。差別に耐えかねて日本に戻った家族も大勢いると聞いていた。

「私と妻が農場を手放して帰国するわけにもいかないので、娘だけ、日本で学ばせることはできないでしょうか。恵泉で受け入れていただけたら、こんないいことはないのですが……」

そんな希望を伝えにくるのは、彼一人だけではなかった。この時から、道の中で留学生科設置への具体的なイメージが膨らんでいった。

一方、道の留守中に学園では事件が起きていた。近衛師団の演習の統監部として恵泉が選定されたのだ。師団長が某宮殿下とあって、とても断れるような状況ではなかったのだという。

――私は、米国にて平和の講演をしております。また、世界平和、日米親善を力説していますので、妙な感じがいたしました。

道はゆりに宛《あ》てた手紙にだけは、素直な思いを書き綴った。

もはや時勢の悪化は学園に暗い影を落とし始めている。大きな流れに飲み込まれないよう、生徒たちに物事を多面的に捉える視野を養わせねばならない。翌年、帰国した道は、久しぶりの国際の授業に、アメリカで買い集めてきた大量の雑誌や新聞を用いた。

「スクラップブックで平和を学びましょう。はい、今日の朝刊を読んだ人！」

ほとんどの生徒の手が上がったので、道は満足して頷いてみせた。

「国の軍事費が発表されましたね。あのお金をそのまま教育に回せば、どんなにいい国になることでしょう。みなさん、アメリカと日本の新聞では同じニュースでも全く捉え方が違います。自国のみに目を向けるようではいけません。先生が持ってきた新聞や雑誌を自由に切り取って、ノートに貼り付けて、他の国の人になったつもりで最近の日本の情勢を見ていきましょう」

みんなでせっせと切り貼りして意見を交わし合った。生徒たちにとっては堅苦しくなく面白い授業だったし、自然と新聞などの読み方が身についた。

「リメンバーアザーズ。他人のことを考えましょう。自分の考えを過信しないように、他者の立場や意見も考慮して、一番公平で一番正しい道を探ること。これが民主主義の基本ですね」

学園はぐんぐん発展していった。文部省からの高等部併設の許可を見込んで、家庭科室と高等部の教室を増築し、体育館も拡張した。資金はアメリカでの講演の謝礼、恵泉生が日比谷公会堂で開催したコンサートの収益と寄付金を使った。この時の成功体験がその後、各クラスが歌声を競い合う、校内合唱コンクールの伝統を作った。順位が振るわず、泣いているクラスを見て、道はこう言った。

「みなさん、喜ぶ者と共に喜べないのはよくありませんね」

一位になったクラスをともに祝福しましょう、という主張に、生徒たちは「悲しむ者と共に悲しんでくれてもいいじゃない」と恨めしそうだったが、沈んでいるよりも一緒にはしゃいだ方が楽しい、とすぐに気付き、発表後は順位に関係なく、みんなで大騒ぎするのがコンクールにつきものの光景となった。

森久保ひさちゃんの好意により、神楽町時代に校舎として使った、一期生九人が学んだ日本間が解体されて運びこまれ、構内の片隅に再建された。ここは生け花やお茶、お作法を習うのにちょうどいい場所となった。

そんなある日。梅雨の合間のよく晴れた午後、イナゾウの散歩中、道はこの世にいないはずの人間に遭遇した。里子、節子、はつ子という当番の生徒三人と一緒にイナゾウを引いて経堂商店街を歩いていたら、有島武郎その人が、通りの向こうからやってくるではないか。肩を落とし、悲しげに眉をひそめ、離れた場所からもそうとわかるほど、あのいかにも同情や注視を浴びたがるような雰囲気を全身からぷんぷん漂わせていた。

「幽霊!!」

道は大声をあげた。幽霊もその言葉に敏感に反応し、まじまじとこちらを見つめながら距離を縮める。

「やだ、道先生、太宰治を知らないんですか？　今、すごく注目されている作家じゃないですか」

里子が素早く耳打ちしてきた。

「太宰治？」

聞いたことがあるような、ないようなその名前に、道は首を傾げた。陰鬱《いんうつ》な雰囲気も俳優のようにやけに整った外見も、有島さんとよく似ているが、言われてみれば、目の前にいる男の方が断然若いし、顔立ちも違う。そもそも、ちゃんと二本足で歩行しているから生きている人間に決まっている。一瞬であれ、どうして死者の霊を信じてしまったのだろうか。咄嗟に口走ったことはいえ、道は自分を深く恥じた。

「すぐそこの経堂病院に入院しているっていう噂ですよ。新進気鋭の作家です」

経堂病院（現・児玉経堂病院）はこのあたりでは一番ハイカラな造りの建物で、アーチ型の玄関ポーチがまるでヨーロッパのお城を思わせた。

言われてみれば、太宰の出で立ちは寝巻きに軽い羽織りものをずるずる引きずっている、だらしのないものだった。向こうは向こうで、ワニに驚いているようだ。すれ違った後も何度も振り向いては、こちらを見ている。国語の成績が抜群に良い、文芸部所属のはつ子が興奮気味だ。

「うわあ、幽霊は不謹慎だけど、言いえて妙かもしれない。あの方、この間も失踪《しっそう》騒ぎを起こした後、自殺未遂したんですけど、その前は、女性と一緒に心中しようとしたんですよ。彼だけが助かって、カフェーで働いていたという相手の女性は亡くなったんです。彼があんなに苦悩しているのは、自分のせいで人が死んでしまったからなんだと思います。彼の心は半分、この世にはないのかもしれない」

生徒たちは何やらうっとりした様子だが、道はきっと眦を吊り上げた。

「男性作家のやることは明治・大正から何も変わらないのねえ。なんて身勝手で横暴なんでしょう」

ところが、生徒たちは頬を染めて、口々に太宰を讃《たた》え始めた。

「でも、太宰治なら仕方ないですよお。あの通り、才能があるだけじゃなく、とってもハンサムなんだもの。その心中事件を描いた『道化の華』って小説がまた、素晴らしかった！　私も彼とだったら、心中してみたいなあ」

口にしてすぐにまずいと気付いたのか、はつ子が肩をすくめて、上目遣いで道を窺った。

「まあ、なんてことを言うんでしょう。命を粗末にするなんて、先生は許しませんよ。才能があろうがなかろうが、そんなの関係ありません！」

道はカンカンになって、まだ遠くからこちらを見ている太宰を睨みつけた。波多野秋子の蛇の指輪がふと脳裡《のうり》に蘇り、それは目の前のワニの顔に重なった。

「不届きな輩《やから》はイナゾウの餌になってもらいましょう！　イナゾウ、やっておしまいなさい！」

「やめて、道先生！」

本気でイナゾウを放とうとしている道を、生徒たちは必死で押しとどめたのだった。

「もう、先生も読んでみたらいいのに！」

「読むもんですか！　自分のせいで亡くなった女性を書いた小説なんて!!」

しかし、生徒たちは道の言うことなど全く聞いてはいなかったのである。経堂の街をウロウロしている太宰を見てはきゃあきゃあ騒ぎ、付いていこうとする生徒たちは後を絶たなかった。太宰の方もそれを重々承知していてか、思わせぶりにゆっくり歩いたり、ため息をついたり、立ち止まってさも切なげに遠くを見つめたりして、女の子たちをますます熱狂させた。

道はそれを苦々しく思い、すれ違う度に鋭い目で威嚇してやったが、太宰の方はかえって道への興味を深めているようで、何か言いたげにじっとこちらを見つめてくる。この鬱陶しい感じは、本当に有島さんによく似ていると思った。

そんなある日、学園の正門の前に太宰が立っていた。

「何かご用？」

と、道が突慳貪《つっけんどん》に声をかけると、

「あの……、その……、お祈りを……、礼拝に……」

と小さな声で言い、それっきり黙り込んでいる。もしかして、自分のせいで亡くなった女性のことを神に懺悔《ざんげ》しに来たのかな、とちらりと道は思った。それだったら学園に招き入れようかと思いかけたその時、背後でキャーッと声がした。振り向くと、生徒たちが二人のやりとりを遠巻きに眺めていて、太宰と視線が合うと、ワッと叫んで顔を赤らめている。道は慌てて彼の姿が生徒たちから隠れるように、わざと足を大きく開いて立ちはだかってみせた。太宰がすがるようにこちらを覗き込んできた。それを見て、悟った。最後に会った有島さんそっくりな目をしているではないか。どうせ彼と同じで、犠牲になった女性よりも自分のことで頭がいっぱいなのだろう。

「もうここには来ちゃだめ。あなたにウロウロされると生徒に悪影響が出るの」

名残惜しそうな彼の背中をぐいぐい押した。太宰は捨て犬のような顔をして、通りに出てからも何度も何度もこちらを振り返るので、そのたびに追い払うように睨みつけた。まもなく、太宰は退院し、そのまま姿を見せなくなった。

その夏の終わり、故広岡浅子の娘婿の妹にあたる一柳満喜子さんの夫、建築家のウィリアム・メレル・ヴォーリズがいそいそと学園にやってきた。道の顔を見るなり広げたのは、十月に着工を予定している、留学生用の新しい寮の図面だ。建設のために、外務省から助成金も下りている。

「食堂には暖炉もあるのね。お風呂も広くていいわ。ヒーターの設備も整っているし」

道がうきうきしながらそう言うと、メレルは自慢そうに二階部分を指差した。

「洋式の部屋と和式の部屋、両方を用意しました。我ながらいいアイデアでしょう？　いや、こんなにユニークな依頼はなかなかないから、腕が鳴りましたよ」

子どものように無邪気なメレルを見て、広岡浅子さんが目をかけて、周囲に反対されていた満喜子さんとの結婚を後押ししたのも納得だな、と道は密かに思った。

「そうね。日本の暮らしに慣れてもらいながら、かといってホームシックや不便も感じないように、留学生たちには交代で、両方を使ってもらうのがいいと思うわ」

翌年三月、第一寮とよばれるこの建物は完成し、日系二世の留学生たちと地方からやってきた普通部・高等部の生徒たち、あわせて二十三名が生活を共にすることになった。

留学生たちは、日本語はまるっきり話せない者、英語と日本語を操る者、とアメリカ育ちといってもそれぞれ事情は異なっていた。それでも、自身のルーツとなる文化を学ぶために日本に来たことは共通していた。二年間のカリキュラムには、日本語の習得だけではなく離れの日本間でお茶やお花を習ったり、着物をきたりという時間も設けられていた。

朝は五時半に起床。掃除と礼拝のあとに六時半に朝食を取り、八時十五分に登校。三時に学校が終わると、みんな戻ってきて一緒におやつを食べる。五時半から夕食があって、夕拝のあとはそれぞれ二時間自習する。消灯は九時半だった。

大きな声で英語が飛び交う寮はいつも賑やかだったが、とりわけ郵便屋さんの姿を窓から見た時の騒ぎといったらなかった。留学生たちは即座に第一寮の玄関に殺到した。太平洋を越えて届く両親からの手紙はもちろん、友人からの便りは彼女たちにとって一番の楽しみだった。手紙が来なかった者も、来た仲間と同じくらい喜んだ。異性の友人からの手紙を屈託なく読み上げる留学生たちに、内部生たちは目を丸くした。

「あら、あなたたち男友だちはいないの？　一人も⁉」

ナンシー・タカハシというロサンゼルス育ちの生徒はぎょっとしたように言った。

「そんな、異性とおつきあいなんて！」

女の子たちは顔を真っ赤にして、一斉に首を振った。

「あら、パーティーに行けば自然と知り合いになれるじゃない」

「パーティーって、ええと、ひな祭りとか盆踊りみたいな……？」

「わあ、なんて可愛いの！」

留学生たちはドッと笑い出した。

「日系二世の女の子たちって、みんな大人みたいだわ……」

もともと留学生たちはすでにアメリカで高等学校か大学を終えている者がほとんどの上、口紅を塗ったりマニキュアをしたり、パーマネントをあてたりと、おしゃれな女の子が多かった。

「世界的な水準で見たら、もしかして、私たちがすごく子どもっぽいのかもしれない……」

彼女たちと我が身を比べ、気持ちを沈ませている内部生たちであった。

留学生たちは留学生たちで、まるで幼い妹のような彼女たちが自分たちを珍しがって、やたらとべたべたつきまとうことに閉口していた。裸になって一緒にお風呂に入ることも気恥ずかしく、靴を脱ぎ、床で寝る文化に慣れずにいた。第一寮の人間関係がギクシャクし始めたのを見てとると、さっそく道は彼女たちを集めて話をした。

「みなさん、いいですか。たとえば、日本で真夏にお客様が見えたとします。女主人は、『ようこそいらっしゃいました。さあ、お湯を沸かしておきましたから、一風呂いかがですか』と言います。みなさん、どう思いますか」

「とっても素敵なおもてなしだわ」

内部生が弾んだ声で言うと、留学生の一人がすぐに顔をしかめた。

「あら、私はそうは思わない。自分が汚く見えたのかなあ、って不安になっちゃうわ」

少女たちがたちまち乗ってきたので、道は内心にんまりする。

「では、逆にアメリカでお客様が見えた時に出迎えた女主人が、寝室に案内して、『さあ、しばらくお休みください。それからあとでゆっくりお話ししましょうね』と言ったらどうでしょう」

「スマートなホスピタリティだと思います。身支度を整えたり、しばらく一人で静かにしていたり、お食事の前にお昼寝できたら申し分ないわ」

留学生がにっこりすれば、別の内部生が手を挙げて、おずおずと反論した。

「私は、なんだか気になるわ。到着するなり休んでください、だなんて。疲れているように見えて失礼だったかしら、顔色が悪かったのかしら、とくよくよしちゃう」

道は一度頷き、みんなを見回した。

「どちらのおもてなしも正解なんですよ。日本の夏はむしむしと暑いので、汗を流すことをすすめるのは親切です。アメリカは国土が大きいですからね、旅行者は長旅で疲れているものと考えて、まずその場に馴染んで楽にしてもらうことが優先されるんです。文化が違うだけで、それぞれの思いやりに溢れています。その違いを楽しむこと、そして相手の良いところを味わおうとする理解の心があれば、国籍や環境の差は必ず乗り越えられます」

みんな、その時は半信半疑といった顔つきだったが、それでも土曜日が来るたびに、少しずつその意味がわかるようになった。その日だけは持ち回りで、内部生と留学生が力を合わせて夕食とデザートのお菓子を作ることになっていたのだ。

ある土曜日の午後、五人の生徒がイナゾウを散歩させるついでに買い物に出かけた。その日のデザート当番はタエ・ワタナベという留学生だった。

「わあ、どのお店も小さくておままごとみたい。日本の人は毎日お買い物するのね。あのね、アメリカにはどの家庭にも冷蔵庫があって、何日も食べ物を生のままとっておけるの」

商店を覗き込みながら、英語まじりで、いちいち身振り手振りを交えて感嘆するタエを見て、買い物客の何人もが振り返った。彼女はなんでもなさそうに振る舞っていたが、帰り道、学校が見えてくるとぽつりと言った。

「みんな、私のこと、外国人じゃないか、いや、日本人じゃないか、とコソコソ話していたわね。

私ってやっぱり、変なのね」

「タエじゃないわよ。イナゾウを見ていたのよ、きっと」

一人が慌ててとりなしたが、タエはゆっくり首を横に振った。

「いいのよ。私が気にしすぎなだけなのかもしれない。留学生の中には、こんな風に日本でじろじろ見られるのが、それほど気にならないという人も、少数だけどいるにはいるわ」

「……そうなの?」

「ええ、本当に人それぞれよ。アメリカの方が色々あるけど、やっぱり日本より自分らしくいられると思う人もいるし、アメリカで受ける差別にどうしても耐えられない人もいる。異国で居場所をつくり上げた両親を誇りに思う人もいれば、両親が貧しくて無学なことを恥じている人もいるの」

「日系二世でも百人いれば百通りの感じ方があるのね。決めつけてはダメだったのね……」

内部生たちは嘆息した。二世の少女たちはアメリカより日本での暮らしの方が楽に違いない、だから無条件でこちらの好意をありがたがるとどこかで思い込んでいたのだ。日本を出たことがない者の無知からくる驕《おご》りがあったかもしれない。

「ええ。でも、なんだか時々私の居場所なんてどこにもないような気がする時もあるの……」

タエはそうつぶやいて、ぼんやりと学園の木立を見上げる。

「それって、タエが二つの国の板挟みにあっているみたい。タエはなにも悪くないのに」

「そうよ、第一寮が今のタエの居場所になれないかな。あそこがとりあえずのホームよ」

少女たちは口々に言い募った。しばらくは沈んでいたタエだったが、台所に入って買ってきたデザートの材料を広げると、徐々に元気を取り戻していった。内部生たちに手伝わせて、くるみを刻み、鍋でチョコレートや牛乳、お砂糖を練り上げていく。

「すごく美味しい。ほろほろって口の中で崩れて、すぐに消えて、とっても甘くて、風味があって」

冷めて固まったファッジの欠片《かけら》をつまみ食いした生徒は、目を丸くした。

「チョコレートファッジよ。アメリカではポピュラーなおやつなのよ」

タエは得意そうに言って、それを一口大に切り分けていく。

「あとで作り方を書いたものもらえないかしら」

「喜んで！」

木ベラを手に、女の子たちは口の周りをチョコレートだらけにして笑い合った。ファッジを前にすると留学生たちもまだまだあどけなく、競うようにして頬張った。こんな風に料理を通じて内部生たちとの境界線は次第に消えていった。留学生たちが土曜日に教えてくれた味はその後、創立感謝祭「恵泉デー」のチャリティの売店で目玉になった。

「チョコレートファッジはいかがですか？」

「しぼりたてのグレープジュースはいかがですか？」

「グレープフルーツの皮で作ったママレードもありますよ」

「サンドイッチにホットドッグ、お紅茶もございまーす」

留学生も内部生も一緒になって屋台に立ち、声を張り上げる。珍しくて美味しそうなにおいにつられて、生徒や保護者はもちろん、訪問客もたちまち集まってきた。お菓子や軽食が飛ぶように売れた。留学生たちのタップダンス発表会も大喝采を浴びた。これは資金集めに使えるのでは、と留学生たちはひらめいた。軽食を学内で販売してお金を稼げば、日本にいるうちに好きなことを研究する資金になるのでは——。そんなことを話し合っていると、内部生がこんな提案をした。

「日系二世といっても、いろいろな考え方や意見があるんだなってタエさんと話していて思ったの。だから、出来るだけ多くの、日本在住の二世の声を集めたらいいんじゃない？　私たちみたいに、そういう事情に無知な者にとっての格好の教材にもなるわ」

二年のカリキュラムを終えた留学生科第一期生の卒業式では、日本語劇「竹取物語」で勉強の成果を披露し、太平洋を越えて娘たちの晴れ舞台に駆けつけた両親たちの目を見張らせた。道は式の結びに卒業生たちを見回して、こう言った。

「みなさんの謙虚さ、熱心に勉強した姿は、敬服に値します。みなさんが将来、どの国を選ぶか、どんな道に進むのかはわかりません。でも、どんな場所でも日本とアメリカの架け橋となるような存在になって平和を実現して欲しい。先駆者であったご両親がされてきたご苦労を理解して、喜びも悲しみも世代を超えてシェアしていただきたいと思うのです」

その言葉に、両親たちはハンカチを目頭に押し当てた。式の後、留学生と第一寮の生徒たちは抱き合って、別れを惜しんだ。

「ありがとう、あなたたちのこと忘れないわ。船の中でぜひ、これを食べてね」

そう言って進み出た第一寮代表の高等部生が差し出したのは、みんなで力を合わせて作ったチョコレートファッジの包みだった。

その後も、留学生と内部生が一緒に学内で手作りお菓子を販売し、売り上げを研究費に充てる伝統は第一寮で受け継がれた。のちに三期生は資金をもとに横浜に赴いて日系二世の生活や意識に関する地道な調査を続け、関東在住の二世千五百人に手作りの調査用紙を送って記録した。直接会いに行ってインタビューすることもあった。留学生全員でそれぞれの考えをまとめながら、「第二世調査」という長いレポートを書き上げ、英文で印字されたそれは、移民に関する貴重な資料として読み継がれることになる。

学園にとって天からのプレゼントが降ってきたのも、ちょうどこの頃だった。千歳村が大東京に合併されることになったのである。

「これで私たちも東京の学校の仲間入りをしたのね!!」

道とゆりは大喜びした。東京市世田谷区船橋町一〇九〇。それが恵泉の新しい住所表示となった。

生徒数が一気に増えたのを機に、クラスの名称を植物の名前にするという道の夢もやっと実現した。数字の番号やABCはどうも序列をつけているようで好きになれない。梅、桜、百合、紫《し》苑《おん》、菊、菫《すみれ》、松、竹、芙蓉《ふよう》、藤《ふじ》……。新学期になると女の子たちは照れくさそうに、良い香りが漂うような名のついた教室に割り振られていった。

年末、文部省から「時局柄、派手な行事は自粛して地味に」との通達があったが、道はこれを逆手にとり、「今年のクリスマスは白と銀の飾りだけのホワイトクリスマスにしましょう」と提案した。

「昔、王様が白いものを捧《ささ》げるように、とお触れを出した時、お金持ちは銀や真珠を、お金のない人は一握りのお米を捧げたといいます。今年はもらうクリスマスではなく、与えるクリスマスにしましょうね」

みんなで力を合わせて白と銀で学園を飾り付け、ふんわりと静かに光っているような聖夜を祝った。

11

「あなたの髪はパーマネント？　こんなご時勢に贅沢ですねえ」

道と一緒に銀座を歩いていたゆりが、タスキをかけた見知らぬ女性たちに声をかけられたのは、昭和十三（一九三八）年七月のことだった。梅雨が明け、強い日差しが通りを照りつけていた。

三越の手前で屋台を出しているバナナの叩き売りの軽妙な掛け声と爽《さわ》やかな甘い香りに惹かれ、道とゆりは足を止めた。道にとって、亡き祖父の家の庭に植わっていたのに、ついに食べることがかなわなかったバナナには思い入れがあり、こんな風に気軽に輸入物を買えるようになってからは、メロンと並んで大好きな果物となっていた。道は叩き売りの口上をその場で真似てみせた。学園長に就任してからは、大好きなエノケンやロッパも見ていないし、寄席通いも控えているものの、自ら芸を披露するのはお手の物だ。そんな道を見てゆりがクスクス笑い出し、豊かな巻き毛を揺らして太陽の光にきらめかせているところだった。

「違います。これは地髪なんです」

ゆりは慌てて唇を引き締めると、髪を手でかばって弁解した。まさか五十歳にもなって、髪のことで誰かに咎められるなんて思いもしなかった。

日支事変（日中戦争）が始まってそろそろ一年。この四月に国家総動員法が公布されてからは、こんな風に日常のいたるところで監視の目が光り節約を強制される場面が、当たり前になりつつある。

「そんなわけはないでしょう。自然にこんなウェーブがつくものですか」

探るようになおも目を光らせる女性の後ろで、聞き覚えのある声がした。

「放しておやりなさい。この方の地髪は本当にくせ毛でいらっしゃるわ」

背後から現れたのは、よく見知った顔ばかりだ。タスキがけした友人たちの姿に、道とゆりは目を丸くした。

「ガントレットさん！　まあ、市川房枝さん。落実《おちみ》さんも……」

一瞬、亡き矢嶋楫子が蘇ったのかと思い、道は狼狽《うろた》える。それくらい楫子の姪《めい》の娘である久布《くぶ》白《しろ》落実はよく似てきていた。通称「廃娼の火の玉」と呼ばれる彼女は、現在、矯風会のリーダー的存在である。

「みなさん、お隣にいらっしゃる河井道先生は元YWCA総幹事、現在も婦人平和協会のメンバーでいらっしゃるわ。我々の同志よ。本来なら今日参加してもらっても何もおかしくないのよ」

落実がそう言うと、ゆりを取り囲んでいた女性たちはさっと退き、申し訳なさそうに目を伏せた。

「道先生、ゆりさん、お久しぶりです。相変わらず仲良しでいらっしゃるのね」

市川房枝は、若い頃よりさらに質素な身なりだったが、かえってその顔つきを引き立てていた。新婦人協会を設立した平塚らいてうとは結局すぐに仲違いしたのに、婦選獲得のために合流した矯風会の面々とはとことんウマが合うようだ。和ませようとしてか、ガントレット恒子だけはちらりとこちらにいたずらっぽい視線を投げかけた。恵泉で平和に関する講演をしてもらったりと、今もガントレット恒子との付き合いは深い。主義を共有できる仲間は今、とても貴重だった。

開戦を目前にした昨年五月、道はたった一人の婦人代表として中国に渡った。両国協調のために各地を回って講演し、いつものように多くの友だちを作り、共に祈った。しかし、いざ開戦となると、恵泉とて全く時勢を無視するわけにもいかなくなった。ただでさえ、キリスト教の学校は目をつけられやすく、最悪の場合、閉校に追い込まれかねない。日本基督教団の皇軍慰問事業に賛同し、生徒たちには看護婦のための靴下や兵士への慰問袋を作らせた。出兵者家族への奉仕活動を実施して、献金も行った。南京《ナンキン》が陥落し、東京府下全ての中等学校の生徒に祝賀行列への強制参加が言い渡された時は、全校で練習もしたが、定期試験の日程とたまたま重なったため、どこかホッとしながら不参加を表明した。

「今日は矯風会としてではなく、日本婦人団体連盟の会長として、徹底的に盛り場の『女の眼《め》から見た』無駄を探しているのよ。今日の私のワンピースも十年前に作ったものなんですの。会長として、みなさんの節約のお手本にならなければいけないので」

ガントレット恒子が朗らかに言ってみせた。

「でもねえ、なんだか、こういう活動、みなさんらしくないような気がするわ……」

道は思わず口をすべらせた。礼拝では毎朝のように、中国のみなさんの立場にたちましょう、日本の「進出」のせいで財産がたちまちなくなり、着のみ着のままで避難した中国のお友だちのために祈りましょう、と呼びかけているが、教師の間からは、慰問か奉仕をさせている時点で建て前に過ぎないのではないかとの声も上がっている。社会運動家の一族で育った宮崎貞子はとりわけ強く反対の意を示した。

――道先生、学校の存続は大切ですが、時勢に飲まれて国家主義の側に付いては元も子もないんじゃないですか？

貞子に厳しく指摘されるまでもなく、道とて時として妥協しているな、という忸怩《じくじ》たる思いはある。

それでも、落実たちの活動はなにか行き過ぎのようにも感じられた。こちらの戸惑いを見て取ったのか、房枝が熱っぽい口調で語り出した。

「もちろん、戦争には反対です。でも、始まった以上、一刻も早く終わらせるべきだし、被害は最小限に留めるべきでしょう？　戦争でもっとも大きな被害を受けるのはいつだって女性ですもの」

ここで彼女は周囲を見渡して、声をスッと落とした。

「ようやく国が女性の力を認め始めたんです。これを利用しない手はないじゃないですか？　ここで女性が活躍すれば、婦人参政権獲得のための大切な一歩になります」

「それはどういうことなんですか？」

「イギリスでもアメリカでも女性が参政権を手にしたのは、それぞれ戦争に勝利した直後でしたよね？　戦争中、参政権運動に関《かか》わる女性たちはみんな積極的に国策に協力した。それが認められた成果なのはわかり切ってますよ。だから、今が頑張り時なんです」

それは御殿場で知り合った頃の彼女と全く変わらない、ひたむきな眼差しで、一瞬納得しそうになる。

「でも……。それじゃあ、女性たちに銃後を支えるよう、後押ししていることにならない……？」

道はつぶやいた。

自分たちは実際に起きていることの半分も知らされてはいない、という疑いは、道の中で日に日に強くなっていた。というのも、さる宣教師が南京事件の一部を記録したフィルムをオーバーコートの裏地に縫い付けて日本に持ち込み、恵泉の英語教師、エリザベス・キルバン先生がそれを学園にこっそり運んできた。道は関係者や数人の教師とともに極秘上映会を開いたのだった。戦地で何が起きているのか、一端を垣間《かいま》見《み》ることがようやく叶ったのである。

「これから外を歩く時は、その髪は元からくせ毛であるという証明書を持って歩いた方がいいわ。目立つ行動は慎んでね」

落実は最後にゆりにそう告げると、女性たちを引き連れて去っていった。道とゆりは顔を見合わせた。なんだか気を削がれ、久しぶりの銀ブラなのに、その日は何も買わずに帰路についた。

しかし、変わり始めたのは彼女たちばかりではなかった。

翌年の九月にはドイツがポーランドに侵攻を開始し、第二次世界大戦が始まっていたが、恵泉は創立十周年でおおいに賑わった。生徒九名でスタートした学校はついに四百名を越す大所帯となっていた。それでも道は少女一人一人の名前や個性を正確に覚えて、分け隔てなく声をかけた。まるで魔法のようだな、と教師たちは感心していたが、ゆりだけはその裏側を知っていた。

学園長室の壁には新入生および転入生の写真がぐるりと貼り付けられ、その下には名前、それぞれの得意科目や趣味、個性、あだ名まで書かれていた。道は完全にそれらを頭に入れるまで、写真を壁から剥がさなかった。

「こうしていないと、全員を覚えるのが難しいのよ。私も年かしらねえ」

と、彼女は照れ笑いしたものだ。その甲斐あって、道は生徒それぞれの良い部分を人前で褒め、自信をつけさせることに長《た》けていた。

「あなたは歌が上手だったわね。ああ、あなたは良い絵を描《か》くわね。みなさん、どんどん発表なさい。みんな神様から頂いたタレントを世のために使わなくてはなりませんよ。舞台に上がりなさい、と言われた時、やらないうちから出来ないと拒否するのは良くないですよ」

それぞれの能力がいかんなく発揮された十一月三日の恵泉デーは、例年にも増して大盛況だった。バザー、展覧会、劇などプログラムは盛りだくさんで、朝から少女たちの笑い声が絶えなかった。道が常々、野心に満ちた目で眺めていた隣接の畑地も募金を元手に買い取ることができて、校庭もぐんと広くなった。海の向こうからの生徒も多く、戦争が嘘のような雰囲気だった。

道はつねづね友人たちから書くようにとせっつかれていた全文英語の自叙伝の執筆にとりかかることにした。上手く書けなくたっていい。きっと恵泉がこの後も続けば、今に卒業生の誰かがこの作品を土台にしてさらに面白く、正確に書いてくれるはずだ。これも光の継承だ、と腹を決めたら、のびのびと筆を進めることができた。こうして、自分の生い立ちや学校の歴史を記した海外向けの自叙伝「My Lantern」をあっという間に完成させたのである。

学園は活気に満ちていた。その一方で、国際情勢は悪化の一途を辿っていた。日本での暮らしを不安視した両親の要請で帰国を決めた留学生のために、道とゆりは横浜港まで見送りに行くことが増えた。

「身体を大事にね。いつかまた、必ず会いましょうね。離れていても私たちは姉妹ですよ」

泣きじゃくる生徒を道はぎゅっと抱きしめた。彼女はまだカリキュラムの途中なのに、と思うと悔しくてならなかった。ようやく軌道に乗り始めた留学生科にこんな邪魔が入るなんて。

港から離れていく船に手を振るうちに、昨年初めに訪れたインドのマドラスでのキリスト教世界宣教大会を思い出していた。日本代表の男性の一人が、いかにも被害者の顔で、自国を弁護した。あの時の恥ずかしさが急に蘇り、道は奥歯を噛みしめる。

——何をおっしゃっているんですか。日本のやり方は間違っています。悔い改めて祈るべきです。

あっけにとられている各国代表の前で、道は同胞をぴしゃりと制したのだった。

目の前の海は寂しい色をしている。小さくて人口過剰で排他的で貧乏で自由がなくて、世界中から憎まれている日本——。それでも、ここが道の生きる国であることは変えられないのだ。

「あら、道先生。ゆりさん。お見送りでいらっしゃるの？」

船に向かって隣でハンカチを振っていた女性から、ふいに声をかけられたのはその時だ。村岡花子だった。

「教文館の同僚で宣教師のロレッタ・ショーさんが、この時勢で帰国することになって、その見送りなの。奇遇ですね」

翻訳家として多忙な彼女とゆっくり喋るのは久しぶりだ。せっかくなので、山下公園通りに面した喫茶店で一休みすることになった。

「ロレッタさんから別れ際に、このカナダの少女小説の原書を託されたの。いつか平和になったら必ず日本で出版してほしいって」

周囲の目を気にしてか、花子がキョロキョロしながら風呂敷からその本を取り出してくれたのはほんの一瞬だった。「アン・オブ・グリーン・ゲイブルス」というタイトルだけは、辛うじて二人にも読み取れた。

「どんな物語なのかしら」

欧米の少女小説に目がない道は、自然と気を惹かれた。

「道先生もゆりさんもきっとお気に召すはずよ。まだ読んでないけど、可愛いわけでも、いい子なわけでもない個性的な女の子が、お友だちに恵まれて幸せになるお話だって、ロレッタさんがさっきおっしゃってたわ。ああ、読むのが楽しみよ」

「まあ。今の日本の少女に、一番必要な物語じゃありませんか!! 私もすぐにでも読みたいわ」

道はつい大声をあげてしまい、ゆりにシーッと人差し指で制された。それでも道は内容が気になって仕方がなく、目の前の原書を奪い取りたい気分だった。花子は頬を紅潮させている。

「でしょう? ああ、早く訳したいわ。すぐに平和な時代が来ればいい。そうすれば、この小説を出版できるのに」

そうつぶやいた横顔は、視線の先の窓の外に広がる海よりもずっとずっと遠くを見ているように思われた。

「ねえ、花子さん、最近はなんだか世の中がおかしいと思わない? 女性の真面目さが国に利用されているみたいだわ。落実さんや房枝さんは、逆にこれをチャンスと見ているようだけれど……」

慨嘆する道に、花子はいつものように用心深く口を開いた。

「あら、私も落実さんたちの意見に賛成。女性の活躍を国が認め始めたことは、房枝さんのおっしゃるように社会進出の一歩よ。女性に参政権がなければ、男たちはまたすぐ戦争を繰り返すわ。少女がのびのびできる社会を作ることは、私たちの次の世代への責任じゃないかしら」

花子は熱っぽい目でそう語った。彼女が最愛の息子、道雄ちゃんを疫痢で亡くしてから十年以上が経つ。花子のあまりの憔悴《しょうすい》ぶりに、道は彼女の顔を見るのが辛かったのを覚えている。今、彼女は欧米の児童小説の普及や翻訳に一層熱心になっている。その原動力のありかがわかるだけに、道は反論できなかった。

ゆりが話を変えようと、白蓮様はお元気？　と尋ねたが、花子は、やんわりとその話題を避けた。

「燁さまとは時々、時勢のことで意見が合わないこともあるのよ。なんせ、夫の龍介さんは社会運動家でいらっしゃるでしょう？　あら、ごめんなさい。ご親戚の貞子さんは恵泉の教師でしたっけ……」

道の傍らで、じっと押し黙っていたゆりだったが、こんな時こそあの人の意見を聞いてみなければと思って、密かに遠出することを決めた。

次の週末、ゆりは学園で仕入れている肥料をかばんに入れ、小田急線に乗って藤沢を訪れた。小さな民家の菜園に屈《かが》みこんでいた山川菊栄はこちらに気付くと腰を伸ばし、眼鏡の奥の目を細めた。もんぺにほっかむり姿は、鋭い視点で時事に切り込んでいく姿勢が嘘のように、田園風景に馴染んでいた。よく太ったチャボがとさかを揺らしながらゆりの足元までやってきて、ココココ、と鳴き、収穫を終えたばかりのじゃがいも畑をつついた。

「まあ、ありがたい。今はこういうものが一番助かるわ」

菊栄は軍手をはめた手で肥料を受けとると、珍しく顔をほころばせた。

夫の均さんが二年近く前、人民戦線事件で検挙されて留置場暮らしになってからというもの、菊栄が農業と養禽《ようきん》で家族を支えていた。

昨年まではうずら園を経営していたが、物資不足で餌が買えず、閉園に追い込まれた。今は自分で育てられる程度のうずらだけを飼っているという。息子の振作さんが東京帝国大学に通い始め、均さんが保釈されて帰ってきたことで、ようやく一家にも平穏が戻ってきたところだった。縁側で向かい合い、ゆりにお茶をすすめながら、菊栄は言った。

「植民地主義や帝国主義を真っ向から批判するような文章は書けなくなったわね。でも私、こういう暮らしもなかなか向いているみたいなの。生きものを育てるのってワクワクするし、張り合いがあるわ」

「そうね。食べ物を育《はぐく》む力は今の時代、女性が自立するために必要な技能だわ。道先生とも学校を作る前から、必ず園芸だけはカリキュラムに入れましょうって、決めていたのよ」

「へえー、キリスト教の女学校でもたまには役に立つことを教えるのね」

菊栄は可愛いでしょ、と両手にうずらを乗せ、得意そうな顔をして差し出した。この子の卵ね、三越デパートが買い取ってくれるのよ。あそこの食堂の上品なおすましの中に三つ葉と一緒にちんまり浮いているのがうちの卵なの、と得意そうに語った。しかし、ゆりの口からこのところの周囲の変容を聞くと、みるみる表情が曇り、黙り込んでしまった。しばらくすると、彼女はこちらを厳しく見据えながら口を開いた。

「久しぶりに会ったかと思えば、あなたたち教育者は本当にのんきでズレているわね。結局、矯風会も国策に絡めとられていく。戦争協力に疑問を抱こうともしないのね」

うずらは人慣れしている様子で、菊栄の腕をつたって肩へと移動していく。彼女は気にも留めず、手ぬぐいで首の泥を拭《ぬぐ》い、鼻を鳴らした。

「米国で学んでいらしたあなたがたが結局、日本を変えることができないのは、キリスト教に潜む家父長制度に慣らされているからよ。天皇制にも植民地政策にも疑問がない。長いものに巻かれるのが慣れっこだから、それはブルジョワ知識人の集まりにしかならない。本当に困っている無産階級に目が向いていない。ねえ、国策に加担してまで婦人参政権を獲得したところで、本当に貧しい女性たちの暮らしは楽になるのかしら？」

「神は女でも男でもないはず……」

そうつぶやくのが、ゆりにはやっとだった。

「でも、『父なる』神さまでしょう？　あなたたちの言うシスターフッドも結局は、家父長制度の延長にあるものなんじゃないの？　正義のために命がけで権力と戦うことができないのは、そのせいよ。国の顔色を窺いながら行う教育なんて、私にしてみれば無意味だわ」

ゆりは何も言葉を返せなかった。自分とて、考えることを手放してしまう瞬間がないとは言えないのだ。菊栄は勢いよく立ち上がり、うずらは慌てて飛び立った。

「さようなら。もうお帰りになって。きっと金輪際、お会いすることはないわね。そうでなくても、この時局では、私たちのような者は表に出られない。当分は引っ込んでいることになるわ」

ゆりは何も言わずに縁側を降りた。門を出てしばらくしてから振り向くと、菊栄が再びうずらを肩に乗せ、畑に立ち、肥料を乱暴に振り撒いているところだった。

菊栄との音信はそれきり途絶えてしまった。しかし、太平洋戦争終結後に道とゆりは意外なところで彼女と再会を果たすことになる。

かつて結婚によって引き裂かれようとしてなんとか持ちこたえてきた女たちが、今度は戦争によって離別させられようとしていく――。ゆりはそんな予感に捕《と》らわれ、どうしても道を問いつめたくなった。

「道先生、あの……。シスターフッドも家父長制度の産物なんでしょうか。だから私たちは、大きなものには結局は逆らえないんでしょうか？　私たちが育んできたものなど、戦争を前にしてはなんの力にもならないんでしょうか？」

いつものように一色家で晩餐《ばんさん》を共にしたあと、ゆりは道と二人きりになり、おずおずそう尋ねた。道の答えは予想しないものだった。

「そうね……。確かにキリスト教にその側面があるのは否定できません。なにしろ、聖書を書いたのは男性ですからね。聖書が誕生した時代、字を書くことを学べたのは男性しかいなかったんですから。神のことばを男性がところどころ伝え間違えた可能性はあります」

それは、ゆりにとって初めて聞く話ばかりだった。

「私たちが女性の視点で聖書を一から学び、読み直す必要は大いにあると思いますよ。でも、神は女性でも男性でもありません。私たちが父を持たない、姉妹であることに変わりはありませんよ」

「でも、私たちって結局、大きな力には逆らわないように信じ込まされているだけではないでしょうか……」

「ゆりさん、いいですか。私たちの役目はランターンを決して消さないこと、受け継ぐことです。そのためには、どんな時局でも学校を閉めるわけにはいかないんです。時に不本意な道を選んだとしてもです。もし、私たちが平和を守ることに失敗したとしても、教育の火さえ消さなければ、必ず次の世代がもっとうまくやってくれます。彼女たちは私たちより、ずっとすぐれた人々であろうと信じています」

その声は真剣だったが、ゆりは少し考えた後で、小さな声で言った。

「私には……。なにか言い訳というか、不徹底なように思われます……」

道が大きく目を見開いた。傷ついていることがありありとわかる。ゆりはそのまま退出して、寝室に行った。しばらくすると、玄関の戸が開く音がして、道がいつものように屋敷を出て、寮に戻っていくのがわかった。窓から覗くと、街灯の明かりに照らされて、一人で歩いていく道の背中が見えた。

ゆりだってわかっている。自分とて何かができるわけではない。先日、銀座で巻き毛を咎められた時でさえ、震え上がったほどの弱虫だ。安全な立場から、道にばかり期待をかけている自覚はある。でも、どんな難局でも常に真正面から乗り切ってきた彼女が、どうして、という気持ちは、その夜いつまでも消えなかった。

しかし、それからたった二年後。その時の自分からは到底信じられないような言葉をゆりは口にするのである。

12

昭和十六（一九四一）年七月。日米間の緊張が高まる中、遣米平和使節団の唯一の女性代表としてアメリカに渡り、四ヶ月ぶりに大量のお土産とともに日本に帰ってきた道に対して、ゆりは横浜港で再会するなり、強い調子でこう言った。

「道先生、お願いです。ここから先は決して『平和』という言葉はお使いにならないで。先生がアメリカに行っている間に時勢はすっかり変わってしまったんです。目立つ言動をすれば、すぐに憲兵に連行されてしまいます。言論統制はますます厳しくなってます」

道は一瞬戸惑ったが、これはよほどのことだと理解し、頷いた。

「わかりました、わかりました。うまくやりますね！『平和』は絶対使わない！」

その声がびっくりするほど大きいので、ゆりは慌てて彼女の口を塞いだ。

しかし、アメリカの婦人たちとの交流にいまなお感動し通しの道は、ただ立っているだけでもやたらと目を引いた。六十四歳とは思えないほどのピンと伸びた背筋に、地味な仕立てながら洗練されたスーツ姿。軽やかな足取りで港町を歩くと、それだけで通行人が何人も振り向いて、咎めるような顔で立ち止まる。ゆりはあたふたと荷物を両手に後を追い、留守の間に学園で何が起きたのか、東京行きの汽車の中で、一つ一つ道に話してきかせた。

まずは悪い知らせから。教科書統制が厳しくなり、岩波の教科書から「皇国女子国語読本」に強制的に変更させられた。恵泉の生徒たちは新学期に配られた本に目を通すなり、悲鳴をあげた。

——おかしいわ。教科書の内容が変わってしまっている、これって女性蔑視よ。

——女子だけが簡単な教科書を使わなければならないなんて！　これじゃあ、弟がやっている授業と変わらないじゃない。

恵泉ではこれまで男子と同じ教科書を使っていたため、すでに習った内容が繰り返されることに誰もが憤慨した。ゆりはこの話を職員会議に持ちかけ、副読本を取り寄せるなどして不足分を秘密裏に補うことで話は一旦落ち着いた。

さらに文部省の要請により、各学校に「報国団」の設置が義務づけられた。これは、教師同士が結託し「すでに我が校には信和会という組織がありますので……」と屁理屈《へりくつ》をこねた。結局、変更はさせられたものの「信和」の名を冠した「恵泉女学園信和報国団」として、従来の運営も続けることが許された。「信和」という言葉の曖昧さに助けられた格好となった。

最後に一つ。道の出国直前にまとまった、御殿場の別荘街、通称「アメリカ村」を恵泉が譲り受ける件がどうなったのか、ゆりはその後の経緯を説明した。帰国を余儀なくされた米国人宣教師たちがぜひどうぞというので、御殿場のクラブハウス、別荘四軒を夏のキャンプ場として購入し、その際、用心深く「アメリカ村」から「二ノ岡荘」と改名した。クリスチャン・コミュニティのスピリットを密かに受け継げる人材として、靑児が初代村長を務めることとなった。

日本を去っていった仲間たちを惜しみつつも、道は前向きな姿勢を崩さなかった。渡米中は感動的な体験ばかりだったそうだ。カリフォルニアの名門校ミルズ女子大学から、日米友好の証《あか》しとして名誉人文博士の学位を授与された。ロサンゼルス、サンフランシスコ、ホノルルを旅し、すでに帰国した留学生たちを次々訪ねて、それぞれの無事を喜び合った。パサデナでは九十歳を超えた恩師、サラ・クララ・スミスと再会し、北海道時代の思い出話に花が咲いた。どの女性も日米の争いを回避したいと考え、真剣に方策を練っている、と道は語った。

「ゆりさん、留守の間はご苦労さまだったわ。それにしても、他のキリスト教の学校が心配だわ。自分たちだけ無事ならいいというわけにはいかないわよ。こんな時こそ、助け合わなければ」

神道国家主義一色となった今、国内のミッションスクールは、外国の伝道局から独立するか、閉校するかの二者択一を迫られていた。恵泉は、キリスト教主義ではあるがどこにも所属していない私学なので、ひとまずは安心だ。だからこそ、同胞が困っていたら絶対に手を差し伸べよう、生徒を受け入れよう、と道は提案した。

学園に戻ると、全校生徒と教師たちが盛大に道を出迎えた。統制下であっても少女たちは全員自由服。つい最近、生徒主導で、身につけていいのは自宅に眠っている古着だけ、というルールを設けてみんなで披露する会を開いたばかりである。憲兵に目をつけられないギリギリの範囲の服装で、おのおの個性的な装いをしている。その中心に立つのはゆりの娘、義子だった。

「道先生、お帰りなさいませ!!」

昨年の四月、義子は恵泉に入学した。義子の意気込みは、元気いっぱいのクラスメイトたちの中でも群を抜いていた。なにしろ、幼い頃から間近で見ていた学校の生徒にやっとなれたのだ。

――よっちゃんたら、学校ではまるで他人のように澄ました顔をしているのね。私が『よく来ましたね』と言って、沈丁花《じんちょうげ》の花飾りを胸にさしてあげても、ウンともスンとも言わないんですもの。おかしいわねえ。

入学したばかりの頃、一色家で顔を合わせるたびに、道はからかったものだが、義子は至って大真面目だった。道先生や母にひいきされていると周囲に思われたくなかったので、家では甘ったれていても、学校では他の生徒と同じようにかしこまって行動した。

――道先生、おかえりなさいの歌を歌います。いち、に、のさん、はい。

手作りの歓迎の歌を、生徒たちは声を合わせて高らかに歌い、道はまあ、と目を輝かせ、曲に合わせて身体を左右に揺らした。

その中に、四歳の佐久間よし子ちゃんの姿もあった。大好きな姉貴分の義子の手にぶら下がり、可愛い声を張り上げている。中国人の父と日本人の母を持つ彼女は、視覚障害があり、横浜の訓盲院に引き取られている。人づてに彼女を紹介された道はすぐ信和会で、芳子ちゃんの養育費を生徒たちの献金から賄うことを提案した。そして全校一致で、芳子ちゃんを学園の「妹」とすることが決まったのだった。

その夜、ゆりがいくら口を酸っぱくしても、道の楽観的な態度は変わらなかった。京都で開かれる平和使節団の帰朝報告会が数日後に迫っているというのに、こんな調子だった。

「まあまあ。心配してくれてありがとう。でもね、ゆりさん、大丈夫。私たちが手を取り合う勇気さえ持てば『平和』は必ずやってきますよ」

道は友人たちからもらった缶詰や洋服などの贈り物をテーブルに並べては、ジョークをまじえて逸話を披露し、甫児と義子を感心させたり大笑いさせたりした。さらに別便のお土産であるピアノやオルガンが、次から次へと横浜から送られてくるのだった。

一人で京都に行かせては大騒動になるのではないか——。ゆりはハラハラし通しで何も手につかなくなった。

結局、道はゆりをなだめて、意気揚々と一人で京都へ向かった。九時間の汽車旅を経て、まずはホテルで宿泊手続きをし、荷物を預けた。宿からそう離れていない場所にある教会は、アメリカ訪問の報告を待つクリスチャンですでに満員だった。道が壇上に立つと、係の女性が進み出て、一片のメモをそっと握らせた。

『道先生、今日はこの中にお客様があります』

とだけ書かれていた。「憲兵が来ているから、発言に気をつけよ」という意味であるとはすぐにわかった。しかし、壇上から大勢の聴衆を見下ろしているうちに、道の胸は急にじわじわと熱くなってきた。それは怒りによく似た感情だった。アメリカの姉妹たちの想いを伝えなければ、ここまで来た意味などない。彼女たちから示された友情は、今なお道の心を照らしている。それを独り占めしていいわけはない。日本に帰ってきてから、あれはダメ、これはダメと注意されてばかりでずっと息苦しい。汽車の中で一緒になった人も街を行く人も、みんな表情が暗く、ぐったりして見えた。耐え忍ぶことが美徳とされ、そこに疑問を挟むことは一切許されない。個人的な思い出を蘇らせてウキウキと歩いているだけでも罰せられかねなかった。帰国してほんの数日だけでこれだけの重圧を感じるということは、ずっとここで暮らす人たちの我慢はいかほどだろうか。事実、集まっている人たちは皆、緊張した顔つきをしている。

道は場内を見渡し、にっこりすると、大きな声で呼びかけた。

「みなさま、ごきげんよう。主はひとつ。信仰はひとつ。バプテスマ（洗礼）はひとつ。会ったことはなくても、アメリカ人と私たちはイエス・キリストによって強い絆で結ばれています。私たちは『平和』が来るよう、共に祈らねばなりません。アメリカの姉妹たちは自らも悔い改め、私たちのために祈ってくれました。同じように、私たち日本人も悔い改めなければなりません」

アメリカでどんなに歓迎されたか、道がユーモアたっぷりに生き生きと話すと、みんな安堵に満ちた表情を浮かべ、時には笑い声もあがり、最後には大きな拍手が湧き起こった。

せいせいとした気持ちで、道は壇から降りた。次の瞬間、会場にいた憲兵が立ち上がり、つかつかとやってきて腕を乱暴に掴んだ時も、やるだけやったという達成感で少しも怖くなかった。

「あら、一人でも歩けるわ。大丈夫よ」

道はやんわりと憲兵の手を払いのけると、そのまま京都市憲兵司令部まで素直に連行されたのだった。


数時間後、一色邸にこの事態を知らせる電話が入り、ゆりはたちまちむせび泣いた。

「私のせいよ。どうしよう……。絶対にこうなるとわかっていたのに。昼過ぎに連行されてから、道先生の尋問はまだ終わってないの。このまま逮捕ということもあるかもしれないわ」

乕児は今にも倒れそうな妻を後ろから抱きしめた。タキシード姿の乕児は、東京クラブという女人禁制の集まりから帰ったばかりだった。時勢が厳しくなってもなお、英国紳士然とした出で立ちは変わらない。

「しっかりするんだ。君まで取り乱しちゃ、どうにもならないだろう」

「お母さま、泣かないで。道先生はきっとご無事よ」

義子も慌てて駆け寄ってきた。

「不徹底なのは私の方だったのよ。道先生を矢面に立たせるばかり。私、これから京都に行かなきゃ。道先生を救い出さないと」

ゆりは泣き濡れた顔をハンカチで拭うと、眦を吊り上げた。

「よく、わかった。もう汽車はないし、明日の朝いちばんで一緒に京都に向かおう。義子くん、君はもう大きいのだから、お手伝いさんたちと一緒にお留守番できるね」

そう諭す父に義子が緊張した面持ちで頷いたその頃、道はまだ京都で取り調べを受けており、将校たちから詰問されていた。命令されて自ら調書を書き始めたが、あまりにも時間がかかるので道の方から、「質問した方が早いんじゃないですか？」と提案したためである。面喰《めんく》らわされた分、彼らの態度は厳しかった。

「お前は、皇軍の行為を批判したのか」

「私には世界中にお友だちが大勢おります。彼女たちのために祈り、悔い改めようと言っただけですわ」

矢継ぎ早に質問を浴びせられたが、道はだんだんと落ち着いていた。ジュネーブで知り合ったレオノラから聞いた、サフラジェットに対する拷問の話をふいに思い出したのだ。あの残虐さに比べればどうということはない。相手に合わせなければいいだけの話だ。見れば、将校たちは道の孫くらいの年齢なのだ。

「天皇ではなくキリストを重んじるというのか。天皇を神と思わないということか」

「私はクリスチャンですが、もとは伊勢神宮の神職の娘でした。神道にはあなた方よりも通じているつもりですわ」

道はきっぱりと言った。神職の娘と聞いて、将校たちがわけがわからないといった様子で互いに顔を見合わせた。年かさの将校が咳払いした。

「とにかく、あんたの思想は危険だ。アメリカをどうしてかばうんだ？　女学校の教師だそうだな。今、学校で少女に教えるべきは天皇を敬い、銃後を支え、子どもをたくさん産むのが女の務め、ということではないのか？」

「いいえ、違います。女に務めがもしあるとすれば、国際社会に関心を持ち、環境や人種の違いを超えて、手を取り合うことです。どんなに子どもが増えようと、女同士が手を取り合わない社会は早晩滅びてしまいますよ」

「何を言ってるんだ。お前は一体、どんな授業をやっているんだ」

「どんな授業……？　あ、そうだ。みなさん、『養老の滝』という物語はご存じですか？」

一同はびっくりしたように目を見開き、やがて質問してきた将校が自信なげに答えた。

「修身の教科書で読んだはずだ。孝行息子が……。山で泉を見つけて水を舐めてみたら、それが美味しい酒で、酒好きの親にたくさん飲ませて喜ばせた話だったような……」

将校たちは明らかに道の話に引き込まれている。道は澄まして続けた。

「そうです。さあ、ここで問題です。このお話は親孝行の物語として日本で有名ですが、実は落とし穴が潜んでいます。この子どもがしたことは本当に親のためになるでしょうか？　間違っているとしたら、どこでしょう？」

「ええと、酒をたくさん親に飲ませるのは身体に良く……ない？」

一番若い将校がおずおずと答えると、道はにっこりして頷いてみせた。

「はい、正解。その通り!!　いくら親の望みだからといって、ハイハイと言うことを聞くばかりでは、親のためにはなりません。たとえ、親でもいけないと思うことがあれば、それに否《いな》と言うべきです。私たち日本人は命じられたことに対して、はいと素直に従う教育はされていますが、目上の人に意見を言うことは教わらず、そのためなんにつけても臆病《おくびょう》で、まず自分で考えるという習慣を持っていません。恵泉では否が言える教育を目指しているんですよ。それにしても、あなた、ご理解が早くていらっしゃるわ。さすがね！」

正解を口にした将校ははにかんだように目を伏せた。道はこの流れを断ち切るまい、と背筋を伸ばした。

「みなさんにキリスト教のシェアの精神のお話をしてもよいでしょうか？　みなさんにも守りたい家族がいらっしゃるのでしょう？　でも、家族の責任を家族内だけで担うのは間違っていますよ。当人たちばかりに責任を負わせる社会はいわば『提灯』ですから」

「提灯？」

「そうです。私は恩師の新渡戸稲造先生に教わりました」

「お前、あの非国民の教え子なのか」

この中では中堅らしき将校が席を蹴って立ち上がったが、道は彼を鋭く睨みつけた。

「お黙りなさい！　話の途中です。講義中に席を立つのは無礼にあたります！」

もはや授業と同じ厳しさで、道は将校を叱りとばした。その迫力に彼は席に座り直した。

「日本は個人に多くの負担を背負わせる一方で、一人一人は自分の足もとを照らすことしかできない提灯型の社会です。欧米は大きな光が社会を守る街灯型です。あなたたち、お辛いのではないですか。提灯型社会の犠牲になってはおられませんか」

いきなり話の矛先が自分たちに向いたので、将校たちは言葉を失った。

「自分や家族を守ることで毎日が精一杯なのではないですか。男性一人の肩に全ての責任がのしかかるこの社会制度そのものが間違っているんです」

先ほどの若い将校がおずおずと言った。

「お国に不満などあるわけがない。お国に不満を持つなんて皇国の臣民とは呼べないから……」

道は彼を見つめ、優しく微笑んだ。

「皇国の臣民とは愛国者にほかなりませんね。真の愛国者とは憂国者だと私は教わりました。国を愛するのならば、まずは国策に厳しい目を向けねばなりません。愛国者は決して政治を甘やかしてはならないのです。政策に全く疑問がないなんて、私の見方からすればむしろ、非国民です」

非国民、という言葉が出た瞬間、男たちはたじろいだ。道の口調は柔らかくなった。

「ねえ、みなさん。私の話なんてどうでもいいんですよ。今度はあなたのご家族やお仕事のこと、お聞かせ願いたいわ」

道に促されて、彼らがぽつりぽつりと話し始める。それぞれの妻や子ども、年老いた両親、過酷な職場環境をじっくり聞いているうちに、夜が更けてきた。道は助言せず、ただ彼らが語ることに真剣に耳を傾けた。

「あなたがたは私の目を開かせてくれましたわ。似たような考え方や境遇の人とばかり話しているのはダメね。どうもありがとう。私が学ばせていただいたわ。不勉強を恥じますわ」

道はそう言って立ち上がると、静かに頭を下げた。

「いえ、いいんです。私たちの方こそ、勉強になりました」

将校たちが礼儀正しくそう返した。京都市憲兵隊司令部を出ると、辺りは真っ暗で、提灯を手にした教会関係者たちが心配そうに道を待ちわびていた。

「まあ、来てくれたの。ありがとう。大丈夫よ。明日の朝七時にもう一度来るようにと言われたけど、将校さんたちはいい人たちよ」

道はそう言って、みんなを安心させた。彼らの案内でホテルの部屋に帰りつくと、ベッドに倒れこんで数時間だけ眠った。翌朝、お風呂に入って身支度をさっぱりと整えると、再び憲兵隊司令部を一人で訪れたのだった。

ゆりと祐児が道の泊まるホテルに駆け付けたのはその日の夕方だった。道はすでにたっぷり休んで活力を取り戻していた。そろそろ次の報告会で行く大阪行きの切符でも手配しようかと考えながら、部屋で手紙を書いているところだった。

「ああ、よかった。道先生、ご無事で」

ゆりは部屋に駆け込むと道に飛び付いて、頬や手に触れた。怪我もなさそうで、まずは胸をなでおろしたのだった。

「ああ、よかったです。道先生はお腹が空《す》いていませんか？　ゆりさんも長旅で喉が渇いたでしょう。何か軽いものを一階のレストランで作らせますね」

そう言うと、in児は素早くドアの向こうに姿を消した。

「私が以前、あんなことを言ったせいで、道先生は、こんな危険な目に……」

ゆりは言葉を詰まらせた。

「えっ、なんのこと？」

「かつて、私は道先生の態度を不徹底だと……」

道はきょとんとした顔つきでしばらく考えを巡らせた後、笑い出した。

「ああ、そんなことあったかしら。いいのよ。私がどっちつかずだったのは本当よ。いざという時は、勇気を持って、権力に対しても主張しなくてはいけないわ。あなたが私にそれを教えてくれたから、今回は頑張れたのだと思うの。それがねえ、ゆりさん、なんて言ったらいいのかわからないんだけど……、ちょっと驚いたことがあって」

急に道が声を小さくしたので、ゆりはドキドキした。聞けば今朝、別れ際に一番年かさの将校から、

――一つ、我々からお願いがあるんです。

と、照れたように囁かれたそうなのである。

「取り調べにあたった将校さんたちがぜひ、一度恵泉を見学したいって申し出があったの。東京に行く機会があったら、訪ねて行ってもいいですか、って。どうしましょう？」

あっけにとられた後で、ゆりは吹き出してしまった。気付くと、泣きながら大笑いしていた。

「もちろん、喜んで!!」

ゆりは涙を拭った。キリスト教こそが女性を縛る家父長制――。菊栄の言うことはもっともかもしれない。しかし、明治時代から、神の名の下に女性たちは安心して集う場を得て、欧米の文化にアクセスし、知識を分け合うことができた。だから、ゆりは道に出会えたのだ。全てが正解とは言えないだろう。だからこそ、良い部分を次世代に受け継ぎ、決してこの流れを断ち切ってはならない。そのために、ゆりができることは一つだけだ。

「ねえ、ゆりさん、私たち……」

道はこちらの心を読み取ったように微笑んだ。

「学園だけは楽しくしましょうよ。どんな時でも、そこだけは守りましょうよ。それが私たちにできる真剣な戦いのやり方です。今回のことで、それがよくわかった気がするわ」

「そうですね。そうしましょう。女の子たちにとって、明るく楽しい学校であることを最優先としましょう。それだったら、どんな局面になっても、必ず勝てる気がするわ」

「そうね。もう夏休みね。せっかく宣教師の方々からいただいた山の家ですもの。今年はサマーキャンプをうんと盛り上げないと!! そうだわ。ゆりさん、良い機会だから、お得意のバーベキューを生徒たちに教えてあげて頂戴な」

「ええ、キャンプファイアーをみんなで囲む絶好のチャンスですわ」

サンドイッチと冷たい紅茶の瓶を手にした甬児がドアのところに立って、あきれた顔で笑っている。数時間前まで憲兵隊司令部で尋問されていたのが嘘のように、道はゆり相手にこの夏の計画をいつまでも話し続けた。

第三部

Chapter 3

1

この学校やっぱり、変じゃないか。

編入した日から感じていた違和感が、日を追うごとに松長《まつなが》邦子《くにこ》の中で大きくなっていった。

「なんで、恵泉には御真影がないの？」

疑問を口にしたら、クラスメイトたちはきょとんとした後で、そういえばそうだね、と顔を見合わせあっている。たまたまそれを耳に挟んだらしい、担任の宮崎貞子先生が澄ました調子でこう言った。

「道先生は、こうおっしゃっています。こんな古く汚く狭い学校に、御真影を置くのは、天皇陛下に失礼にあたります、と。謙遜《けんそん》されていらっしゃるのですよ」

みんなはそうなんだ、と納得していたが、生徒たちに怖がられている貞子先生の口元に、ほんのり笑みが浮かぶのを邦子は見逃さなかった。校庭の片隅の小さな家屋に年老いたお母様と暮らしている、社会運動家の一族で育ったと聞くこの先生を、邦子は最初から信用していない。

邦子がここにやってきて最初の一ヶ月間だけでも、恵泉は創立祭、感謝祭、合唱コンクールと行事が続き、絶え間なく沸き立っていた。創立祭では、もう配給制になって貴重品だというのに、砂糖を大さじ一杯ずつ、全校生徒が各家庭から持ち寄って、二千枚ものクッキーが焼かれた。感謝祭では校内の至るところに、果物や野菜をたっぷり盛り上げた籠《かご》や着飾ったカカシが置かれ、邦子も物珍しくてしげしげと眺めていたが、考えてみれば敵国の行事ではないか。

討論の授業では、

「日本人はどうして隣の家のお座敷にずうずうしく座っているの？　今すぐ立ち去るべきじゃない？」

と、大東亜共栄圏を批判している同級生までいる。校庭はいつも花だらけ。花壇なんて潰《つぶ》して食べられるものを植えるべきなのに。教室のカーテンはアップリケで彩られ、ヘンデルやシベリウスの奏楽がいつもどこかから聴こえて来る、時局を顧みない環境だった。

嫌悪感がはっきりとした反発に変わったのは、昭和十六（一九四一）年十二月八日だ。霧が深く、身体《からだ》の芯《しん》まで硬くなるような空気の冷え切った朝だったが、花壇にはシクラメンと寒牡丹《かんぼたん》が鮮やかに咲きみだれていた。

「みなさん、本当に悲しむべきことが起こりました。戦争はどんな時にも、すべきではありません。避けるべきでした」

真珠湾攻撃と日米英開戦で、街は奉祝の気で溢《あふ》れているというのに、学園長の河井道先生は朝の礼拝で悲しげな顔でそう告げたのだ。その態度にひっぱられたのか、礼拝堂のあちこちから、すすり泣きが聞こえてくる。留学生科の日系米人二世たちが「日本が悪い！」と騒いでいるのを、誰も止めようとしない。それどころか、みんな申し訳なさそうに目を伏せているではないか。なんて不謹慎なのかしら、と邦子は憤慨した。そもそも、どうして敵国で育った女の子たちと机を並べねばならないのだろう。それどころか、この学園には青い目をした宣教師までもが普通の顔で出入りしているのだ。

「お父さん、あの学校、絶対におかしい。私、今すぐにやめたい。そもそも、キリスト教の学校なのに、どうして閉鎖されないの？」

その日、邦子は三軒茶屋の自宅に帰り着くなり、すぐさま父に訴えた。

「いいかい？　これまでの学校とは違うかもしれないし、お父さんも完全にはあの校風を理解しているというわけではない。でも、叔父さんのような死をこれ以上、許してはいけないんだよ。あの学校は平和教育で有名だ。学園長の河井道先生は、戦争を回避するため、日本基督教連盟平和使節団の紅一点としてアメリカに渡った方だと聞く。邦子もお父さんと一緒に学んでいこうな」

困った顔で諭されてしまった。自宅で診療所を開業している父は、年が離れた叔父を小さい頃からとても可愛《かわい》がっていた。邦子にはほぼ面識がないその叔父が今年、満州で戦死してからというもの、父は生き方を見直したい、と物思いに耽《ふけ》るようになった。邦子までが、女学校二年の途中だというのに、強制的に学校を替えさせられた。最初は恵泉の方針に戸惑っていた母まで「父母会」で同級生の親たちと親しくなるなり、みんないい人ばかりだ、いろいろな目新しい行事を手伝えて面白い、とこちらを置き去りで新生活に馴染《なじ》み始めている。でも、邦子は、まだ何にも染まっていない、三歳になったばかりの弟とは違うのだ。

これまで通っていた女学校では、良妻賢母や婦徳について学んだ。朝礼では国旗掲揚をし、奉安殿に最敬礼した。「鬼畜米英」とクラス全員で声を揃《そろ》え、天皇は神である、神国日本は必ず勝つ、と教わってきた。仲良しだった真知子さんや深谷さんが恋しい。担任の津島幸吉先生は、若くて穏やかな印象ながら、立派な日本男児たるべくいつも懸命に背筋を伸ばして、邦子たちを引っ張って行ってくれた。共に学んだ日々は、緊張感もあったが充実していた。

――松長、離れていても皇国を思う気持ちは一つだ。新しい環境でも、立派に銃後を支え、婦徳の手本になってくれ。

津島先生の挨拶《あいさつ》に同級生たちは涙ぐんだ。成績優秀な邦子は級長を任されていたし、みんなから慕われている自覚はあった。

最近の邦子は登下校中、前の学校の友だちにばったり会ってしまったら、と思うと気が気ではない。今はどんな女の子でも標準服を着ているというのに、恵泉では自由服が許されていて、そうでないとむしろ浮いてしまうくらいだった。邦子が今、どんな教育を受けているかを知ったら、真知子さんたちはきっと軽蔑《けいべつ》するだろう。

なにしろ、英語の授業は開戦後もなお、続けられているのだ。

「世界でみれば英語を使う人口はとても多いのです。戦争が終わった時、世界に羽ばたく女性になりましょうね」

道先生のこんな物言いも腹立たしいが、これまで英語を教わってこなかった邦子は、週に五時間もある授業にほとんどついていけていない。もちろん、敵国の語学など学びたくはないけれど、ここの子たちに見下されたくないという負けず嫌いも手伝って、必死で予習復習に励んでいる。

それだけではない。戦意高揚への協力も一応あるにはあるのだが、真剣味に著しく欠けていた。教育勅語を道先生は読もうとしない。「女性の私が読むのは失礼に当たりますね」と、いつも大げさに詫《わ》びてみせ、男の先生方に後を任せる。ごくたまに読む時でも、咳払《せきばら》いをしたり、読み間違えたりして、なかなか先に進まない。あまりにゆっくりしているので、生徒達がざわめいたりして、邦子はやきもきした。そうかと思うと国家に指定された「援護精神昂揚《こうよう》の日」なのに、何故《なぜ》かアイヌ民族の歴史を学んだり、北京医療セッツルメントの話を聞くという勝手な解釈がなされてしまう。

お国のために必死で戦ってくれる方がいるからこうして暮らせているのに、この人たちはなんて暢気《のんき》で世間知らずなんだろう。誰かが辛《つら》い思いをしている時に、笑っているなんてどうかしている。同じ日本人が苦しんでいる時は、同じようにみんなも苦しむべきだ、と邦子は思う。ここに通う女の子は環境に恵まれている。だったら、少なくとも、楽しいことくらい控えなくてはいけない。邦子だって、人と人が殺し合うのはよくないということはもちろん、わかっている。でも、非は敵国にあるのだし、無益な死をなくすためにも、一日も早く戦争に勝たなければいけないのだ。こんな学校、早く閉校されてしまえばいい。

出兵した兵士さんたちへの慰問袋を作る日だけは、せめて愛国心を発揮しようと、布に一針一針、心を込めて刺繍《ししゅう》をし、ありったけの敬意を手紙に綴《つづ》った。しかし、同時に中国人と親善を図るための手紙書きだの、宣教師や横浜訓盲院、児童施設の子どもたちへのクリスマスプレゼントまで作らねばならないので、それにばかり集中できるわけではない。そうでなくても、宿題や小さな試験が膨大にある。

その日も、クリスマス会で披露する芝居の配役を決めるせいで、学級会は長引いた。邦子は早く帰って宿題を済ませたくて、イライラしていた。

「はい、立候補する人、手を挙げて。他薦でも構いません」

キリスト誕生の物語を母マリアの目から捉《とら》えなおしたお芝居だとかで、脚本を担当した加奈子という眼鏡の生徒が、ながながと嬉《うれ》しそうにその趣旨を説明している。マリア、ヨセフ、大天使ガブリエル、東方の三賢人という主要な役柄は目立ちたがりの生徒たちが名乗りをあげ、すぐに決まったが、宿屋の主人や羊飼いといった脇役《わきやく》となるとあまり手が挙がらない。

「私、エリザベトの役は邦子さんがいいと思う。背も高いし、大人びて見えるから、マリアを励ます年上の役にすごくぴったりじゃない？」

そう言ったのは、後ろの方の席に座る一色義子だった。目尻《めじり》が下がり気味の大きな瞳《ひとみ》をした彼女は、クラスで一番絵が得意だ。世界地図に墨を塗らされるのは恵泉とて例外ではないので、「国際」の授業となると、義子が進み出て、自身の記憶だけを頼りに黒板いっぱいにチョークで諸外国を描《か》き、いつも拍手喝采《かっさい》を浴びている。周囲に一目置かれているのは、英語の一色ゆり先生と一色乕児《とらじ》学園理事の一人娘だからだ。なんでも、ゆり先生と道先生は昔からの親友同士だそうで、学園と目と鼻の先にある一色邸には道先生も毎日顔を出しているから、義子とも家族同然の仲と噂《うわさ》で聞いた。

「外国のお芝居なんて不謹慎だから、私はやりたくないです」

邦子はきっぱり言い、他《ほか》の生徒たちを睨《にら》みつけた。すると、加奈子は眼鏡の奥を光らせ、こう言った。

「あら、お芝居じゃなくてこれは『対話』の授業の一環よ。私たちはお互いに向かい合って意図を正しく伝え合う訓練をしているのよ。少しも不謹慎じゃないわ」

加奈子と義子が視線を合わせて微笑《ほほえ》み合うのを見て、邦子はうんざりした。ああ、まただ。生徒まで、先生を真似《まね》て、この非常時に、屁理屈《へりくつ》を捏《こ》ねくりまわして浮ついた遊びを強行しようとする。義子もすかさず口を挟む。

「わかった。エリザベト役が嫌なら、私と一緒に大道具を作らない？　絵や工作が得意な子たちはみんな舞台美術を担当することになってるの。放課後、私の家でみんなでおやつを食べながら会議をする予定。ぜひ、加わっていただきたいな」

一色邸に出入りするなんて一番避けたい事態だ。邦子は慌ててエリザベト役を引き受けた。

翌日から放課後になると、芝居の稽古《けいこ》が始まった。邦子たち出演者が読み合わせをする横で、義子たち美術班はイエスが生まれた馬小屋を組み立て、書き割りに夜空や砂漠の下書きをしては、せっせとペンキを塗りつけている。

加奈子による台本はこうだ。大天使ガブリエルにより受胎告知されたマリアは最初は戸惑うが運命を受け入れ、同じく聖霊の子を宿した年上の親族エリザベトのもとを訪ねる。エリザベトは長年子どもができないと言われていたのに、突然妊娠したせいで、マリアと同様に周囲から奇異の視線を向けられていた。マリアとエリザベトは手を取り合い、この危機をともに乗り越えようと誓い合う。マリアは様々な冒険を経て、イエス・キリストを馬小屋で出産し、遠方からたくさんの客が生誕を祝いに駆けつける。

　台本の一回目の読み合わせが終わると、邦子は自分の台詞《せりふ》に赤い線を引きながら、つぶやいた。

「なんでマリアはわざわざエリザベトに会いに行ったのかしら。別に仲良しというわけでもないし、家も遠いし、妊娠中なんて動くのもおっくうじゃないのかな」

　弟が生まれる少し前、母はいつもぼんやりしていて、なにをするにも辛そうだった。義子はわざわざこちらの机まで来てしゃがむと、邦子を下から覗《のぞ》き込んだ。てっきり、それがキリストが育《はぐく》んだ愛というものよ、などと説教されるのかと身構えたが、

「きっと自分のためよ。マリア自身が寂しくて、不安だったからなんじゃないのかな。だって、聖霊の力で赤ちゃんを授かった人なんて、他に誰もいないでしょう。そんな時は同じ立場の女性と話すだけで気持ちが安らいだんじゃない？」

　普段なら聞き流すところだが、その日の邦子は妙に納得してしまい、つい本音を漏らしてしまった。

「道理で私も孤独なわけね。ここの学校では余計者だもの。ついこの間まで、全く違う教育を受けていたのなんて私くらいじゃないかしら」

　すると、台本の読み合わせをしていた子も、かなづちを握りしめていた子も一斉に持ち場を離れ、わらわらと集まってきた。

「私もよ！　近所の道場で薙刀《なぎなた》をずっと習わされてきたの。私、こう見えて薙刀得意よ」

　クラスで一番おしゃれで華やかなマリア役の小沢さんがそんなことを言うので、邦子は驚いた。書き割りにペンキで星を描いていた、島根さんという子も頷《うなず》いている。

「うちはお父様は恵泉の教育に反対なの。女が意見を持つものではない、という考えで。でも、

婿養子だから、おばあさまの意見に逆らえなかったみたいね」

どの子も、てっきり生まれた時から、キリスト教に親しみ、欧米に感化されているものとばかり思い込んでいたので、邦子はまじまじと同級生たちを見つめた。

「この学校、御真影も奉安殿もなくて、変わってるよね。一年の時は驚いた」

「私は父の仕事の都合で北京《ペキン》で生まれ育ったのだけれど、アメリカとの戦争が始まりそうになって引き揚げてきたの。文化が全然違うので驚いた」

「留学生の子たちもそれぞれ背景は全然違うよね。アメリカからだけじゃなく、中国や朝鮮がルーツの子もいるもの。親の方針で留学してきたけど、日本を全然好きになれないって子も多いわ」

「じゃあ、みんな、どうして恵泉に馴染んでるの？」

どの子も心の中まではわからないが、学園生活を嫌がっているようには見えない。日米英開戦の知らせを聞いた時、泣き叫んでいた日系米人二世たちは、ついさっき、クリスマスの歌を口ずさみながら、この教室にバケツで石炭を運んだだけでなく、銀紙の星かざりまで分けてくれたばかりだった。

「どうしてって、それは楽しいからじゃないの？」

そんな答えが返ってきて、邦子は拍子抜けした。女の子たちは、うん、うんと頷き合っている。

「恵泉って行事がたくさんあるから、力を合わせてみんなでこなしているうちに、あっという間に時間が過ぎていっちゃうのね」

「私には日常に流されて問題と向き合っていないように見えるわ」

邦子はそう言うのがやっとだったが、みんな、ふうん、そうか、確かにバタバタしてるもんね、うちの学校、などと言っている。

誰かが言い返してくれさえすれば、邦子は徹底的に戦い、勝利を収める自信はあるのに——。こうもすんなり受け入れられると、なんだか調子が狂ってしまう。彼女たちの独特な態度は、「討論」の授業で身につけたものなのだろう、と邦子は気が付いた。それぞれが思っていることならなんでも自由に発表していい「感話」というものもある。ここの子たちは、自分と反対の意見というものに慣れているのだ。邦子は天皇陛下は絶対だと信じて、犠牲者を減らすためにもこの戦争には何としても勝ちたい、だから敵国の文化を受け入れない、という姿勢を変えるつもりはない。でも、そういった発言をしても、糾弾されたり、仲間はずれにされたことなどなかった。邦子はそういう感じなのか、とみんなが認識するだけだった。

相手を頭ごなしに否定しない代わりに、疑問は持っていいし、主張もしていい。考えてみれば、邦子自身、そうした校風のおかげで、恵泉に通うことへの罪悪感が減っているのは事実だ。教師の中にも、慰問袋や献金活動さえ「反平和教育的だ」と批判する人がいると聞いてびっくりしたが、邦子はどこか安心してもいた。全員が道先生の絶対的な信奉者でなくてもいいのだ。

クリスマス会当日、化学室の窓には暗幕が張り巡らされ、留学生たちが分けてくれた銀紙の星できらめいた。実験台はシーツで覆われ、ひいらぎの枝やまつぼっくりで飾ったろうそくの光がゆらめく。「ビッグシスター」と呼ばれる上級生から一人一つずつもらったプレゼントは山茶花《さざんか》のブローチとサンタの顔を描いたマッチ箱だった。中身を引き出したら、ビーズの指輪や綺麗《きれい》な色を塗った小石が出てきた。

客席には先生たちや上級生、下級生、同学年の顔がずらりと並び、邦子も自然と、絶対に成功させねば、と奮い立った。

しかし、いざ幕が上がり、ガブリエルによる単独の語りが始まると、舞台袖《そで》で、

「どうしよう、台詞を急に忘れちゃった」

ベールをかぶったマリア役の小沢さんがこちらの衣装を引っ張って、声を震わせている。

「大丈夫、私が全部、あなたの分も台詞を覚えているわ。赤ちゃんができたばかりで具合が悪いからということにして、私によりかかってみて。台詞を耳打ちするわ。すぐに思い出すわよ。あんなに練習したじゃない？　大丈夫よ。私が先に始めるね」

邦子は囁《ささや》き返した。前の学校では、みんなのお姉さん役だったので、こんな風に頼られるのは慣れっこだった。邦子は舞台の中央に進み出ると、小沢さんを招き入れるような仕草をし、ボールを入れてふくらませたお腹《なか》をさすりながら、声を張り上げた。

「マリアさま、ああ、遠くからよくいらっしゃいました。お加減はいかがですか。顔色があまり良くないようですが。実は私、妊娠しているんですの。こちらにお座りになって」

おずおずと現れた小沢さんだったが、邦子が肩を抱く振りをしてそっと台詞を耳打ちすると、徐々に調子を取り戻していった。

「実は私も子を身籠《みごも》っているんです。あなたと同じで、大天使ガブリエルからお告げを受けたんです。聖霊の子を宿した、と」

小沢さんの口から台本通りの台詞が次々に引き出されると、舞台袖で心配そうにこちらの様子を窺《うかが》っていた宮崎先生、加奈子と義子もほっとした表情を浮かべた。

「まあ、あなたは祝福された方ですわ。私たちは姉妹です。手を取り合って、この危機を乗り越えましょうね」

客席にちらりと目をやると、義子にそっくりな顔立ちのゆり先生、その隣に寄り添う道先生も満足そうに頷いている。マリアの大冒険は、生徒たちを熱狂させ、拍手喝采のうちに幕は下りた。演者も大道具係も一緒になって舞台装置を廊下に出し、積み上げた。控え室に集まると、輪になって手を握り合い、互いの頑張りを讃《たた》え合った。衣装を脱いで、後片付けをしていると、道先生が現れた。

「エリザベト役の松長邦子さん、堂々としていてよかったわ。主役を支えていて、とても立派でしたよ」

道先生にいきなり名指しされ、邦子は動揺した。目立つ役しか褒められないものとばかり思っていたが、道先生は主役はもちろん、脇役から裏方の一人一人にまで言葉をかけて回っている。

「美術さんも大道具さんも、みなさん素晴らしい感覚を発揮してくれました。さあ、あとはみんなで、ご馳走《ちそう》を好きなだけ食べましょうね」

化学室に戻ると、テーブルクロスの上には、父母会が用意してくれた、竹の皮に包まれた熱々のちまきと熟した柿《かき》、蒸《ふ》かしたてのサツマイモが並んでいた。道先生は「さ、どんどん食べましょう。そうじゃないと私が先に食べてしまいますよ」と口をびっくりするくらい大きくあけてお芋を頬張《ほおば》るので、邦子もついついみんなと一緒に笑ってしまった。久しぶりの甘みが身体に沁《し》み渡るようだった。クリスマスの賛美歌を歌って、会は幕を閉じた。

クリスマス月間はそれだけに終わらず、邦子はクラスメイトたちと共に日本聾話《ろうわ》学校や横浜訓盲院を慰問し、障害のある小さな子どもたちに手作りのプレゼントを配った。自分の編んだ靴下を履いて走り回る、弟くらいの歳《とし》の男の子を見て、慰問袋以外にも、こんな風に自分の力を役立てる方法があったのか、と邦子はほんの少しだけ、視界が明るくなったような気がした。

ところが、冬休みが明け、登校すると、みんなが怯《おび》えた顔を寄せ合っている。どうしたの、と聞くと一人が振り向いた。

「高沢先生が去年の暮れ、憲兵隊本部に呼び出されたんだって。学校誌『恵泉』の発行責任者だからって……」

物静かな歴史の男の先生を思い浮かべながら、邦子はさも心配しているふうに続きを促した。

義子が眉《まゆ》を曇らせた。

「『恵泉』に道先生が書いた〝薔薇《ばら》とクリスマス〟という文章が問題になったらしいわ。反戦思想だって。このままだと回収になるかもしれない。道先生に何ごともないといいけれど」

やった、うまくいけば閉校かも――。邦子は内容が気になって、すぐに図書館に向かった。

「恵泉」の棚を探し、問題となった先月号を読んでみることにした。石炭ストーブのそばに椅子《いす》を引き寄せ、ページをめくる。道先生の文章は要約すると、クリスマスなのだから争いをやめましょう、というような内容だった。

――前の欧州大戦の某年、クリスマス当日だけは、なんの申し合わせもなくとも敵味方の間に戦いが中止され、前日まで銃丸を飛ばしていた間柄が煙草《タバコ》やキャンデーを塹壕《ざんごう》中に放射してきたなどは、なんて涙ぐましい美談であろう。戦争の一年中に一日でも戦いをせずいるとは、それ自体クリスマスは平和の表徴であるからで、幾百年か知らないが、ついには主により世界平和が来るとの約束を思い、今年もこの非常時に謹んで天使の歌を心より歌おうではないか……。

え、こんなことで憲兵に呼び出し？　というのが邦子の正直な感想だった。

天皇陛下を侮辱しているわけでも、戦争をやめろと言っているわけでもない。そんな風に思うのは、この学園に毒され始めている証拠だろうか。それどころか、クリスマス会の高揚感がまだ身体に残っているせいか、道先生の言葉に邦子は納得してさえいる。戦争に勝つためにも、クリスマスくらいは一時休戦してもいいのではないか、と思う。戦地で銃弾が飛び交っていない日が一日でもあれば、どんなにいいだろう。兵隊さんたちはもちろん、邦子たちもその間にほっと息をつけるし、翌日から新たな気持ちで銃後を支えられる気がする。そこまで考えて、こうしている瞬間も誰かが殺されていることが、自分にとっていかに重圧になっていたかに初めて気が付き、邦子は慌てて「恵泉」を棚に戻した。皇国のために命をかけてくれる兵隊さんに対して後ろめたい気持ちになった。

「恵泉」は回収命令と三ヶ月の発行禁止処分を受けたが、回収は徹底されず、翌月には何ごともなかったように発行された。しかし、道先生は東京憲兵隊本部や警察署にまで連行された。道先生はすでに特高（特別高等警察）では要注意人物と目されているようだ。そもそも憲兵隊に尋問されることもこれが初めてではないと聞く。相当怖い目に遭《あ》ったのでは、と邦子は推測したが、その後も、学校で見かける道先生は朗らかそのもの、いつもと変わらぬ大きな声で笑っていて、心配して損をしたような気がした。

こうなると全部、生徒たちの作り話であるようにさえ思えてしまう。やがて、邦子がそのことすら忘れかけていたある日、新学期早々の学級会で、加奈子が呼びかけた。

「今月末の父母感謝会のためにそれぞれのクラスで出し物をすることになりました。クリスマスの発表が好評だったので、うちのクラスも引き続きお芝居にしたいと思います。次の出し物は『あしながおじさん』。来月はバレンタインデーがありますから、ぴったりなラブレターのお話を選びました。こんなこともあろうかと冬休み中かけて台本を仕上げていたのよ！」

「え、また外国のお芝居？」

ラブレターと聞いてクラス中が頬を染めてはしゃぐ中、邦子が鼻に皺《しわ》を寄せても、加奈子はもはや慣れたものだった。

「あら、不謹慎じゃないわ。『あしながおじさん』のテーマは『自分が持つものを惜しみなく与える』ことにあると思うの。銃後を支える精神にも通じると思わない？」

「そんなこと言ったら、ほとんどの物語が銃後を支える精神に通じることにならない？」

邦子が冷静に指摘すると、周囲の女の子たちの何人かが吹き出した。加奈子はこちらにやってきて、肩に手を回した。

「あなたにはぜひ、あしながおじさんを演じてほしいの。エリザベト役、とてもよかったわ。邦子さんは脚がスラリと長いし、背も高いでしょ。ぴったりだと思うの」

誰もが口々に賛意を示した。邦子も主要登場人物を演じられるとあっては、拒否はできなかった。前回の舞台で演技する喜びを知ってしまったせいもある。加奈子に無理やり原作の「あしながおじさん」を押し付けられたので、しぶしぶ開いたら、あっという間に物語に引き込まれてしまった。自宅でも読みふけっていると、父も母も内容を知りたがり、説明することになった。娘が重要な役で舞台に立つと聞き、二人は父母感謝会をますます楽しみにしている様子だった。

そんな最中、通学路で見知らぬ男に呼び止められたのは、持ち回りの当番でワニのイナゾウの散歩をしている時のことだった。

この学校では随分前から、ワニが飼われている。物資が乏しくなってからは、餌《えさ》の鶏肉《とりにく》は生徒が捕まえてくるネズミに変わったらしい。それでも、こんなご時勢にペットを飼うなんて贅沢《ぜいたく》ではないかとも思ったが、ワニの贈り主が樺山《かばやま》愛輔伯爵と聞いて、邦子も文句を言えなくなった。

「ワニって、ほとんど食事しなくても大丈夫なんですって」

同じクラスの櫻子が言うと、大柄な令以子が宙を仰《あお》いだ。

「私なんていつもお腹ぺこぺこなのに。イナゾウちゃんはいいわねえ」

さも切なげな言い方がおかしくて、邦子はクスッと笑ってしまった。

「ちょっと、そこの生徒たち」

道端で突然、声を掛けられ、邦子たちは足を止めて振り向いた。

「お前たちの学校の、河井道という教師が皇国を批判しているというのは本当か。敵国の文化を良いものとして教えていると聞いている。英語で話しているという噂もあるぞ」

父と同じくらいの年齢のその男は、目つきが鋭く、口調には威圧感があった。おそらくは私服姿の特高なのかもしれない。櫻子と令以子は青ざめ、うつむいている。

「あの、ええと……」

邦子は最初、その通りです、と言うつもりだった。だけど、あしながおじさん役が決まっていることを思い出した。両親が期待しているのだから、父母感謝会を成功させたい。来月中旬にあるバレンタインデーというのがどんなものなのかも気になっている。いつか時が来たら密告するつもりではあるけれど、それは今じゃないな、と思った。嘘《うそ》はつきたくない。それに、クラスメイトの手前、卑怯《ひきょう》な真似もしたくはなかった。邦子は腹を決め、男を見上げた。

「道先生はそういった『強いお言葉』はお使いになりません。なにしろ、女の校長だから、ご謙遜なさっているのではないでしょうか。生徒たちを自己主張の強い生意気な女性にしては、国を支える良き母を育てられないから、あえて口を閉ざしていらっしゃるんだと思います。私としても婦徳を守るためにも、殿方にこれ以上の意見を申し上げるのは控えようと思います。他の生徒も同じだと思います」

自分でもびっくりするくらい、スラスラと言葉が出てきた。男は目を見開くと、咳払いを何回かした。

「何かあったら、必ず報告するように。また、来るからな」

早口でそう告げて、去っていった。私は非国民だろうか、とふいに不安が襲ってくる。我ながら恵泉の先生や生徒たちの「ずるい」言い回しそっくりではないか。

「邦子さんて、なんて頭がいいの。それに勇敢だわ」

振り向くと、櫻子も令以子も目を輝かせていた。

「ねえ、あなた、将来なりたいものある?」

令以子にいきなりそう問われて、邦子は面喰《めんく》らった。女性は二十一歳までに結婚し、五人以上の子どもを産むことを奨励されている。将来、何になりたいかなんて考えるまでもなく、良妻賢母と初めから決められている。口ごもっていると、櫻子がこちらを覗き込んだ。

「道先生は、女性も仕事を持つように、とおっしゃってるじゃない？　私は、邦子さんは弁護士になったらいいと思うの！」

「とってもしっかりしていて、ひるまないんですもの」

邦子が男を煙《けむ》に巻いた話はあっという間に広まり、さながら英雄扱いになった。正直なところ、悪い気はしなかった。

その事件以来、特高の私服の刑事が週に一度、朝の礼拝で後ろの席に座るようになった。最初はみんな緊張していたが、壇上の道先生の態度は彼がいてもいなくてもあまり変わらないので、すぐに慣れてしまった。そのせいもあってか、いつの間にか刑事の姿も見なくなった。

父母感謝会は大成功のうちに終わった。作文朗読、即席絵画、コーラス、紙芝居、体操。どれも好評だったが、「あしながおじさん」はとりわけ喝采を浴びた。厚紙で作ったシルクハットをかぶった背広姿の邦子に、父も母も最前列から声援を送り、誰よりも大きな拍手をしてくれた。みんなで食べたおしるこは熱々で、贅沢だと思いつつ、やっぱり舌がじんとするような甘さが嬉しかった。

二月になると義子は、アメリカ人の幼なじみのナンシー・フェラーズという女の子からこれまで贈られてきたという、たくさんのバレンタインデーのカードを教室に持ってきた。ハートや天使を象《かたど》った色とりどりのカードがあまりにも可愛いので、邦子もついついうっとりと指で触れてしまう。

「二月十四日のバレンタインデーには、アメリカでは小さなプレゼントやカードを仲良しで交換し合うのが当たり前なのよ。私たちも真似して作ってみない？」

義子が器用な手つきで赤い紙をハートの形に切り抜き、リボン、天使やお花の絵、雑誌の切り抜きと一緒にペタペタ貼《は》り付けていくのを、クラスじゅう、輪になって見守った。舶来品となんの遜色《そんしょく》もないおしゃれなカードがたちまち出来上がり、歓声があがった。義子を真似てみんなで同じものを作ってみる。お世話になっているビッグシスターにあげよう、それとも家族にあげようか——。どの子もそれぞれ、贈る相手を思い浮かべては、うきうきとハサミを操っている。

「邦子さんも、前の学校のお友だちにカードを書いてみたらいいじゃない?」

義子がふいにこちらに水を向ける。

「そうだね……。そうしようかな」

真知子さんと深谷さんの顔が思い浮かんだ。会えなくなって寂しい、と二人に伝える良い機会かもしれない。敵国の行事だから嫌がるだろうか。シンガポール攻略は間近に迫っていると言われて、気を引き締めねばならない時期だった。そうだ。カードを渡す時に、欧米の習慣うんぬん、というのは伏せればいい。

「ねえねえ、カード交換だけじゃもったいないわ。私たち、バレンタインデーは教室をたくさんのハートの切り絵で飾らない?」

小沢さんがそう口にすると、「さんせーい」と教室のあちこちから声があがった。

「いい考えね。せっかくだし、二月十四日は家からお菓子を持ち寄って、みんなで食べようよ。バレンタインパーティーね」

そう言うと、義子は邦子に楽しそうに耳打ちした。

「バレンタインが終わったら次はひな祭りね。ひなあられを食べて、道先生がお内裏さまになるのよ。若い女の先生がおひなさま役。道先生が澄ましたお顔で烏帽子《えぼし》をかぶっているのが、すごくおかしいのよ。それが済んだら、今度は春のイースターが来るわ。ゆで卵に絵を描いて、学校のいろんなところに隠して、みんなで探すの」

改めて、この学校、行事が多すぎるのではないか。目の前のことをこなしていくだけで日々が賑《にぎ》やかに過ぎてしまうことに、邦子の気持ちは落ち着かなくなる。世の中が戦争一色であることを忘れてしまわないだろうか。そう考え出したら、真知子さんと深谷さんに会いたくてたまらなくなった。義子に手伝ってもらってカードを二枚仕上げると、それぞれに今、自分がどんな気持ちで暮らしているのかを、戸惑いを含め正直に綴った。

放課後、数ヶ月ぶりに以前通っていた女学校に行き、門の前で待つことにした。自由服を着ている邦子は目立ってしまい、下校中の女の子たちからジロリと睨まれては、その度に身を縮こまらせた。随分長いこと居心地の悪い思いをしたあげく、ようやく懐かしい顔を見つけたので、邦子は飛び上がってしまった。真知子さんと深谷さんが目を丸くして、足を止める。

「あれ、邦子さん。久しぶり！　どうしたの？」

「ええと、図画の授業で作ったの。とても可愛いのができたから……。二人にどうしてもあげたくて。あとで読んでね」

そう言って、それぞれにカードを差し出した。真っ赤なハートや天使の絵を目にするなり、二人は不安そうに周囲を見回した。

「ありがとう。へえ、華やかだね」

真知子さんは素早くカードを受け取ると鞄《かばん》にしまった。深谷さんも、やや乱暴にポケットにねじ込むと、なんと言うべきか考えあぐねているようだった。

「邦子さん、あのね……。津島先生に召集令状が届いたの。きょう発表があって」

邦子はその時、やっと二人の目が赤く腫《は》れていることに気付いた。戦場であの弱虫な先生が生き残れるはずがない。ずっと一緒にいたのだから、それくらいはわかる。理想の日本男児からはほど遠いはずなのに、懸命に強くあろうといつも努力していたから、邦子たちは津島先生のことが大好きだった。真知子さんは無理に顔をくしゃくしゃにして笑ってみせた。

「先生は嬉しいんだって。皇国のために戦うのが、ずっと夢だったんだって。私たちも喜ばなきゃね」

そう言って二人は納得するように頷き合い、邦子に別れを告げた。一緒に帰ろうとは、ついに言ってもらえなかった。

翌朝、教室の戸を開けるなり、邦子は早くも教室を彩る浮ついた飾りを睨みつけていた。

「邦子さん、どうしたの」

義子が止めるのも聞かずに、黒板の枠を囲むように留められたハートの切り絵の画鋲《がびょう》をどんどんペンチで外していく。

「こんな非常時に、楽しんじゃいけないの！」

もうここの子たちに嫌われてもいいし、退学になったって構わない。大小のハートを胸に抱え、みんなを見据《みす》えたまま、邦子は後ずさるようにして教室から出て行こうとする。廊下に出るなり、走り出す。こんなもの全部、焼却炉で焼いてしまえばいい。その時、誰かにぶつかった。

「まあ、どうしたの」

目の前に道先生のお顔があった。こざっぱりと地味な出で立ちながら洋装がよく似合い、大柄な上に背筋がぴんと伸びているせいか、いつもながら敵国の女性そのものといった雰囲気だ。今一番向き合いたくない存在に、邦子は視線を逸らした。

「みなさん、大丈夫ですよ。邦子さんと少しお話をします。宮崎先生にはそう伝えて」

道先生は義子たちにそう告げると、こちらの肩を強く抱き、学園長室へと誘った。二人きりになると、先生は石炭ストーブにやかんを載せた。

「本当はこんな時間をもっと早く設けるべきだったのよ。あなたがしっかりしているから、後回しになってしまった。ごめんなさいね。学校に慣れたか、一度ちゃんと聞こうと思っていたのよ」

椅子に座り、出された紅茶を受け取った。一口すすったら、罪悪感が口の中いっぱいに広がり、咄嗟《とっさ》にうつむいた。

「安心して。そんなにお砂糖は使ってないわ。塩をほんの少し入れて、甘さを引き立ててあるだけ。贅沢ではないわ」

道先生はこちらの意を察してか、優しくそう言った。カップを両手で包みながら、美味しい、甘い、あったかい——。そんな風に思うことさえ、今の邦子には申し訳なさがある。

「私、誰かが苦しんでいる時は、同じように全員苦しまなきゃいけないと思います……」

邦子がつぶやくと、道先生はこう言った。

「私はそうは思わないわ。どんな人間でも、幸せに満ち足りて暮らすべきです。特にあなた方みたいな若い人たちは。そうでなければ、苦しんでいる人にシェアができないでしょう。明るく生きるということを低く見るべきではありません」

普段の愉快な道先生とは別人のような真剣な口調だった。

「シェア……。分け与える、分かち合う、という意味ですね？」

今の自分に分けられるような何かがあるとは到底思えず、邦子は肩を落とした。結局、自分なんて何も出来ない。婦徳を守り、銃後を支えたところで、死ぬ人が減るわけではない。どんなに今ここで頑張ったとしても、津島先生を救えるわけでもない。

「あなたはきっと優しい子なのね。それに責任感も強い。今、戦地で誰かが苦しんでいたり、どこかで誰かが殺されているのは、胸の痛むことですが、あなたのせいではないのよ。日本人だからといって、国民が全員同時に同じことを感じる必要はないんです。それでは全《すべ》ての光が消えてしまうでしょう?」

ずっと滞っていた何かがほろっと解けていくのがわかった。目が熱くなり、泣いちゃだめ、と思った次の瞬間、頬が濡《ぬ》れていた。道先生は黙っていいにおいのするハンカチを差し出した。気付いたら全部を打ち明けていた。

「私、もう、何を信じればいいのか、わからない。この間まで習っていたことと、何もかも違う……。お父さんの勝手のせいで転校させられて」

「わかる。わかるわ。というのも、私も昔、あなたと同じだったのよ」

顔を上げると、そこにはいたずらっぽい道先生の目が輝いていた。

「父は伊勢神宮の神職でね。明治維新で仕事がなくなり、逃げるようにして函館に連れてこられたと思ったら、いきなりクリスチャンになるなんて言うんですもの。当時は腹も立ったし、びっくりしたわ」

「神職からクリスチャンに?」

邦子はあっけにとられた。道先生がクスクス笑っている。

「ねえ、変わっているでしょう? それまでは神棚に向かって手を合わせ、天皇は神様だったのに、いきなり主キリストに祈ろう、となったのよ。伊勢のある南に祈った後で、次は北に祈れ、と本気で言われたんだから」

道先生は北国での暮らしに戸惑ったこと、それでも頑《かたく》なに働こうとしなかったお父さんのことを、面白おかしく話してくれた。

「私たち家族は振り回されて、寒い家で身を寄せ合って暮らす羽目になったの。私、納豆売りの仕事もしたわ」

紅茶を飲み終わる頃には、身体に血が巡り、呼吸が楽になっていた。マリアがエリザベトにどうして会いに行ったのか、邦子は今、初めてわかった気がする。お礼を言ってハンカチを返すと、道先生は最後にこう言った。

「やり方はそれぞれ違っていていいのよ。私にできるシェアとは、学校を続けることだと思っているの。邦子さんには邦子さんのやり方があるはずです。ゆっくりでいいから、それを探してみてね」

私にできるシェアとは——。教室に戻ると、みんなが遠慮がちに集まってきて「大丈夫？」と労《いたわ》ってくれた。

「邦子さん、前の学校と何もかも違うって言ってたもんね。私たち、無神経なことをしちゃった？」

加奈子がおずおずと顔を覗き込む。

「そんなことないわ。ごめんね」

ハートをみんなに返し、邦子はぺこりと頭を下げた。

その日の午後は慰問袋作りに当てられた。津島先生の顔が思い浮かぶせいか、いつものように兵隊さんの戦意を高揚させる文章がすらすら出てこない。今日だけは、正直になることにして、邦子は鉛筆を握り直した。

「お互いに殺し合うことを早くやめてください」

手紙にそう綴った。そして、しばらく考えてから小さなハートのマークを書き入れたのである。

2

一秒でも早く暗闇《くらやみ》に慣れるために、道は恐怖に抗《あらが》って、無理に目をこじあけていた。でも、何時間経《た》っても、独房の中は変わらず暗いままだった。暖房器具などない、二月の留置場の冷たい壁と石の床が、六十四歳となった道を芯から痛めつけた。壁の向こうでは、男女どちらかはわからないが、誰かがすすり泣き、呻く声がする。

——道、ここで待ってなさい。女の子は穢《けが》れた存在だから、ここから先には入ってはいけないよ。

暗い場所にいると必ずそうであるように、伊勢神宮での父の言葉が蘇《よみがえ》った。富士山に登ることがついに叶《かな》わなかった、と最期につぶやいた母の、痩《や》せた顔が続いて浮かぶ。

慰問袋の中に恵泉普通部二年の生徒が入れた手紙が、反戦思想だと大問題となった。

寮で生徒たちとくつろいでいた道が特高の刑事に連行され、世田谷署で長い取り調べを受けた末に留置場に放《ほう》り込まれてから、もう半日が経つ。少なくとも朝まではここで過ごすことになりそうだ。尋問はもはや慣れっこでどうということもなかったが、独房に入るのは初めての経験で、精神よりも先に、身体の節々が悲鳴をあげている。残された生徒やゆりがさぞ悲しんでいるだろう、と想像するだけで心が折れてしまいそうだった。

道は冷え切った手を組み合わせ、硬い床に跪《ひざまず》くと、集中して祈ろうと目を閉じ、手に力を込めた。努めて平常通りに振る舞っているけれど、「閉校」の二文字が頭を過《よぎ》らない日は一日もない。時局はいよいよ、学園生活を脅《おびや》かしはじめていた。今日だって連行されていなければ、職員会議で留学生科の廃止を公表しているところだったのだ。金銭面での困窮も極まっている。去年の秋から、銀行や郵便局から一定額以上の預金を引き出すことがかなわなくなった。外国為替《かわせ》は凍結され、自著「My Lantern」のアメリカでの印税も、道には使うことができなかった。あまりにも顔が冷たいので、組み合わせた手をしかたなく解き、夢中で頬をこすった。とうとう祈ることを諦《あきら》め、氷のような床にぺたりと座り込む。

結局、何をしても、もう手遅れなのではないか——。限界は最初から決まっている。道たちがどんなに戦っても、この世界は問答無用の強権を持つ者たちが支配していて、大きな流れは決して変えられない。亡くなった父のことは愛しているし、自然や植物を大切にするのは全て彼の影響だ。しかし、生涯のほとんどを神道に捧《ささ》げた父との思い出は、こんな風に深い闇と常に隣り合わせだった。目を開いても何も見えない。

その時だった。視界の片隅がぼんやり光っている。先客がいるだなんて気付かなかったが、あの男だということは、すぐにわかった。幽霊であるはずはない。いつか、太宰治とばったり出会った時のことを思い出し、道は目をしばたたく。疲れ切っているから幻影を見ているのか。夢の可能性も高い。

「有島さん。あなた、そんなところで何してるの?」

この状況を少しも恐れていないことを自らに証明したくて、無理にでも声に出してみる。彼はゆっくりと振り向いた。約二十年ぶりに会うセルの着物姿の有島武郎は、亡くなった頃より若く見えた。

「久しぶりだね、道くん。相変わらず、暗いところが苦手なようだね」

彼はごく淡々と言い、道を真っ向から見つめた。

「ぜーんぜん。ちっとも、怖くないわ。蛇を見て泣き出すような弱虫のあなたとは違うのよ」

道は勇ましく言ってみせた。北海道の新渡戸邸で初めて出会った日が蘇る。聞きたいことが溢れて、道は胸がいっぱいになった。どうして死んでしまったの？　なんで罪のない秋子さんを巻き込んだの？　あなたの望みはそれで満たされたの？　有島さんは、あの頃のように皮肉っぽく笑った。

「あれからずいぶん経つなあ。で、君の夢は叶ったのかい？　そんな年齢になっても、こんなところに一人きりで居るなんて、とても上手《うま》く行っているようには見えないけども」

道は慌てて髪を撫《な》でつけて服を直すと、眼鏡をかけ直し、背筋をしゃんと伸ばした。

「もちろんよ。ゆりさんに支えられて、夢の学園を作り上げたのよ。女子の平和教育を掲げたキリスト教主義の学校。私学だから、戦争が始まっても閉校しないで済んだの。とにかく好調よ！」

「でも、不思議だなあ。平和平和と言いながら、君は天皇制を土台にした植民地支配に疑問がないようだね」

道は言葉に詰まった。天皇の話をされると、道はいつも二つに引き裂かれるような気持ちになる。神宮の暗闇に怯える自分と、クリスマスに出会ってからの明快な自分。整理をつけたくて、道は自分に言い聞かせるようにこう述べた。

「新渡戸先生だって、そりゃ植民地事業の一環ではあったけど、台湾に砂糖作りを広め、現地を豊かに潤し、感謝されました。武力で他国を支配するのは良くないし、こんな戦争は早く日本がアメリカに負けて終わるべきですよ。でも、東亜全体に日本の力で女子教育が普及されることは良いことだと思う。もちろん、天皇は神ではないけれど、一人の人間としてお慕いしています。今回の戦争は全て側近たちの判断が悪いのよ。そうに決まっている」

キリスト教主義に基づいた女子教育を世界中に行き渡らせるべきだ、と道は思っている。サラ・クララ・スミス先生と出会えなければ、道はあの北の地で、家事を手伝いながら一生を終えているはずだった。淵沢能恵さんの偉業然《しか》り、日本が中国や朝鮮の女性と手を取り合い、女子教育をともに広めることは決して間違ってはいないはずだ――。

道がこんな認識しか持てなかったのは、この時、報道機関が国家の統制を受けていて、日本軍が各地でどんな行為を働いているかということを、十分には知らされていなかったせいもある。

有島さんは何も映さない目でこう言い返した。

「手を取り合う？　日本は近隣諸国を武力で押さえつけているんだよ？　対等な立場で手を取り合えるはずがないだろう。淵沢さんの教育だって、植民地支配であることに変わりはないんじゃないか？　彼らの生活や文化を我々が力で侵すことに、なんの疑問もないのかい？　君の頭には日本が加害者だということが抜けているよ」

「でも、教育を普及させることで、平和は……」

道の声は次第にか細くなっていく。目の前の男は本当に有島さんなんだろうか。道の知る彼は、常に自分のことで頭がいっぱいだったはずだ。こんな風に事象を冷静に見極めて、指摘するような鋭さはおよそ持ち得ていなかった。

「大局のためには、罪のない人間を踏みにじっても仕方がない、と言うのか？　だとしたら、最近の恵泉は君が思い描いた学園と随分違うことになるね。惜しみなく愛を与える、恵みの泉の学園、とあの日、君は言っていなかったかい？」

道は言葉に詰まった。慰問袋や献金だけではもう軍部は許さなくなっている。生徒出動の要請は無視できない。そろそろ上級学年を勤労奉仕に送り出さねばならないのだ。できるだけ平和的な場所を選ばなければ、とそのことでずっと頭を悩ませていた。

「仕方ないでしょう！　どんなことがあっても、学校を閉めるわけにはいかないの。新渡戸先生や梅子さんと誓ったんだから。だったら、常にぎりぎりの線を見極めるしかないわ。いつだって正しい道ばかり選べるわけでは……」

言いかけて道ははっとした。有島さんは冷たく微笑んでいる。

「おや、光でも闇でもない、灰色というわけか。君がなによりも嫌った考え、そのものではないのかい？」

今度こそ、道は何も言い返せず、口をつぐんだ。我に返ったのは突然、扉が開き、辺りが真っ白に照らされたからだ。

「河井道。出ろ。迎えも来ている」

看守がこちらをろくに見もせずに、短く命じた。いつの間にか有島さんは消えていた。看守に続いて、道は独房が連なる長い廊下をふらつく足で渡った。窓からは、朝日が差し込んでいる。世田谷署の玄関には、ゆりと俙児が心配そうな顔で待ち受けていた。安心するのと同時に、なんだか自分が二人の幼い子どもになったみたいで、情けなくもあった。たった一晩で夫妻はげっそりとやつれ、急に年を重ねたように見えた。

「ああ、良かった。道先生、ご無事で……。お顔が真っ青です。早く我が家に帰って、温まりましょうね」

ゆりはそう言って分厚いショールで道を包み、表に待たせている車を示した。

去り際、担当刑事から「次にここに来ることになったら、最後と思え。あんたの学園は終わりだ」と低い声で耳打ちされたが、道は二人を心配させないために、なんでもない顔をして後部座席にそそくさと乗り込んだ。ゆりの白い手やショールの暖かさ、椅子の背のふかふかした感触、助手席に座る俙児の後ろ姿を見て、ようやくほっと息をついた。さっき目にしたものを誰に対しても口にしてはならない。特にゆりには。全ては自分の弱さが生み出した幻想に違いないのだ。

「二人とも、どうもありがとう。心配をかけて悪かったわ。こんなことがもう起きないように、私も言動に注意するわね」

ゆりはなおも不安そうに道を見つめていた。

一色邸でお風呂《ふろ》に入り、暖かい食事をとってから少しだけ眠ると、背中や腰はまだ痛むものの、心持ちは随分と持ち直した。道が身支度を整えて熱いお茶を飲んでいると、訪問者が現れた。

「先生、ごめんなさい。先生に迷惑がかかるとは思わなくて」

転入生の松長邦子が泣きながら、義子に肩を抱かれて応接間にやってきた。慰問袋に手紙を入れたのは彼女だという。道はにこにこして、邦子の顔を覗き込んだ。背が高く大人びて見えるけれど、まだほんの子どもだということがわかる。

「あらあら、どうして泣いているの。いいの、いいのよ。あなたは少しも間違っていないわ。正しいことをしたのです。私は教師としてあなたの行為を誇りに思いますよ。刑事さんたちはとても紳士的だったから、ちっとも嫌な思いなんてしていないし、留置場といってもストーブが燃えていて暖かく、布団はふんわり柔らかくて、居心地も最高だったのよ。ただ、ちょっと注意を受けただけよ」

邦子を落ち着かせ、一緒にお茶を飲んで送り出す頃には、道の気持ちは固まっていた。時局に寄り添うふりをすることも今は致し方がない。ゆりたちや生徒を怖がらせないためにも、まずは自分がリーダーとしてしっかり立ち、学園を守ることを最優先しよう。

留学生科は閉鎖されたものの、海外からやってくる生徒はその後もあとを絶たず、トルコ、ドイツ、モンゴルと出身も様々でいずれも普通部に編入することになった。留学生を一箇所だけに固めてしまうよりも、どのクラスにも外国生まれの生徒がいるのは、むしろ良いことなのではないか。道は前向きに考え直すことにした。とりわけ、トルコ人のミリー・バグダシキンとズムラ・ヤクシーは学園中の人気者で、クラスメイトは「あの子たちと同じ教室なの？」と周りから羨ましがられた。一方、家庭の事情で、今なお日本に留まっている日系米人二世は、経堂界隈から出るためには通行証明書が必要となって、窮屈な暮らしを強いられるようになった。ただ歩いているだけでも私服刑事に咎められることも多い彼女たちを、せめて寮にいる間はのびのび過ごさせるために、道は英語での会話を推奨し、ティーパーティーやゲーム大会など様々な場を作った。

　そんな中、なによりも道を励ましたのは、三月の卒業式に駆けつけてくれた林歌子の存在だ。今は日本基督教婦人矯風会第五代会頭である彼女を生徒たちに紹介する時、道はきりりとした顔でこう述べた。

「シンガポールに続き、ビルマ、スマトラ、クリスマス島も占領し、日本は勢いを増すばかりでございます。私たちも、気持ちを新たに銃後を支えねばなりません。そのためには、どんなことにもくじけない、強い精神が必要です。そんなお話にぴったりな、私の昔からのお友だちを紹介します。歌子さんは逆境に負けず禁酒運動や廃娼《はいしょう》運動に尽力されている女性ですよ」

　歌子は場を譲られるや、澄まして話し出した。

「みなさん、こんにちは。道先生と私は、かつて闘いを共にした同志だったんですよ。あらくれ者の牛太郎たちが束になってかかってきても、私たちはひるみませんでした」

　女の子たちはきゃあきゃあと声を上げ、手を叩《たた》き、立ち上がる者までいた。道はハラハラしたが、事実なので止めることができない。

「巨人ゴリアテは少年ダビデの放った石で倒されたということを、みなさんは決して忘れてはなりませんよ。敵がどんなに強大であれ、恐れずに力を合わせて立ち向かうことが大切です」

　巧みな語り口に生徒たちがみるみる引き込まれていく様子を、道は舞台袖から見守った。

「道さん、お互いに頑張りましょうね。こんな時代であれ、あなたが教育で子どもたちを照らしている様子は私も励みになりますよ。私たちはいつまでもダビデの仲間ですね」

式の後、道は歌子と握手した。彼女の力強さを手のひらに感じると、大阪で大暴れした日がつい昨日のことのように思われた。

それが道と歌子がきちんと言葉を交わした最後となった。戦後間もなく、歌子は大阪・阿倍野《あべの》の「憩いの家」で家族に見守られながら、八十二歳で人生を終える。その時の彼女が「ばんざーい！」と嬉し泣きをし、全く苦しむことなく息を引き取ったのは、アメリカ占領軍が公娼廃止の覚書を発したという一報を耳にしたからだった。それを道が知るのはもう少し先の話である。

恵泉のシンボルでもあった自由服は、とうとう廃止となった。一年生は全国共通のへちま衿《えり》の上下、上級生は標準服着用での通学となった新学期は、空襲警報でものものしく幕を開けた。

「ねえ、あれ見て!!　なんかピカピカしてない？」

サイレンの後、生徒の一人が窓から身を乗り出すと、青空を指差した。爆音が頭上をよぎり、飛行機がはるか彼方《かなた》で光っている。何もかもが初めてのことで、怖いというよりも、生徒たちは興奮して、しばらくは授業どころではなかった。そのあとすぐ、生徒総出で校舎の窓ガラスに紙貼りをして、どの教室もすっかり暗くなった。上級生たちが世田谷区役所に勤労奉仕に出かける日は、普段は賑やかな学園もしんと静まり返った。それでも行事は例年通りだった。国際善意デーでは中国の病院に献金し、花の日礼拝では選ばれたメイクィーンが他四名の生徒とともに、妖《よう》精《せい》の扮装《ふんそう》で、道に大きなブーケを渡した。道がうやうやしく跪き、花に顔を埋《うず》めて胸いっぱいに甘い香りを吸い込んでみせると、全校生徒は喜びで床を踏み鳴らした。

「さーて、いよいよ、あなたたちの日頃のお勉強が試される時が来ましたよ！　なんでもいいから、ご挨拶《あいさつ》してみなさいね。英語は使わない限り、決して上達しないんですからね」

道が生徒たちにそう耳打ちし、上北沢に送り出すようになったのは、御殿場・二の岡でキャンプファイヤーを囲んだ夏の終わりからだった。パンやジャム、お菓子、日用品を籠に詰めて持たせると、学校から歩いて約二十分、緩やかな坂の途中に佇《たたず》む三階建ての洋館、タッピング邸に生徒たちを向かわせた。

その洋館に今は一人で暮らす、アメリカ人のジュネヴィーヴ・タッピングは道とYWCA時代からの付き合いで、この夏、宣教師の夫、ヘンリーを亡くしたばかりだった。子どもたちは幸いにもアメリカに帰国できたが、彼女は高齢のため、仕方なく日本に留まっていた。生活は官憲に見張られ、買い物さえもままならない。しかし、そんな事情を詳しく知らない生徒たちにとって、見張りの目をかいくぐり籠を届けるというのは、奉仕というより、どこかわくわくするものだった。洋館の周りに誰もいないのを確認すると、勝手口にまわり込み、木戸に付いたベルを素早く鳴らす。しばらくすると、上品な老婦人が小さくドアを開け、生徒たちをこっそり招じ入れた。

「まあまあ、ありがとう。美味《おい》しそうなジャムね。それにクッキーまで。道にどうぞよろしく伝えてね。よければ、お茶を飲んでいってちょうだいな」

生徒たちにとって、一生懸命学んだところで披露するアテがない英語を話せる喜びも大きかった。この時すでに、文部省から英語の授業時間短縮を命じる通達が出ていたが、恵泉では、強制されるまでは変更しない方針をとっていた。

「鬼畜米英なんて、やっぱり嘘だね。ジュネヴィーヴさんて、すごく優しい方じゃない?」

帰り道、みんなはひそひそと囁き合った。恵泉生ばかりではなく、近所の人々もまた、ジュネヴィーヴにパンやバターを密《ひそ》かに届けていた。この坂道は今も桜上水に「タッピング坂」として残っている。

在留する外国人たちへ向けられる目はますます厳しくなっていた。九月になると、恵泉ゆかりのアメリカ人女教師たちも相次いで連行され、敵性外国人の抑留施設である玉川田園調布「菫キャンプ」に強制収容された。恵泉に南京《ナンキン》フィルムを持ち込んだエリザベス・キルバン先生、学園の初期を支えたフローレンス・ウェルズ先生は終戦までここに閉じ込められた。道とゆりは面会を求めたり差し入れをしようと何度も訪れたが、その都度、憲兵に大目玉を喰《く》らった。

キルバン先生たちが去った悲しみに沈む中、高橋たね子、山口美智子という若い教師たちが学園にやってきたのは、恵泉にとっては久しぶりの明るいニュースだった。二人ともアメリカで学んでいたが、南アフリカ・ケープタウンを経由し交換船で帰国したのである。恵泉の卒業生で在学中から絶大な人気を誇っていた、華やぎと威厳を兼ね備えたたね子は英語教師に、ペンシルベニア州アンブラーの女子園芸学校で学んだ、茶目っ気あふれる美智子は園芸教育専門教師となった。

たね子が帰国の船中で、憲兵に日記を没収され取り調べを受けたという噂は生徒たちの間でたちまち広まった。日記には何が書いてあったの？　たね子先生ってスパイなのかしら？　そんな風に話題になって、かえって彼女の人気を高めた。美智子が留学先で経験し、恵泉に持ち込んだ「ピーナッツ・ウィーク」という催しは、十二月をおおいに盛り上げた。生徒に一人一粒ずつピーナッツが配られ、殻の中から級友たちの名前を書いた紙が出てくる。その相手に気づかれないようにこっそり優しくしたり、小さな贈り物を届けたりしながら二週間を過ごし、最終日に誰が誰の「ピーさん」だったのか、明かされるというゲームだった。生徒たちはそれぞれまだ見ぬ誰かに支えられていることを意識し、同時に誰かを思いやりながら、ホリデーシーズンをウキウキした気持ちで終えたのである。さらに美智子はアケビのつるを器用にしならせて、アメリカ仕込みのリースを作ってみせた。みんな、クリスマスツリーを見たことがあってもリースは初めてで、「両手に収まる小さなクリスマスね。なんて可愛いの！」と熱狂した。これがクリスマスリースが日本に広まっていくきっかけとなった。

そして迎えたクリスマスイブの朝。道とゆりは大勢の生徒を連れて「菫キャンプ」を再び訪れた。籠いっぱいに詰め込んだのはキルバン先生とウェルズ先生への花と果物、ひいらぎと松ぼっくりのリース、みんなで少しずつ粉や砂糖を持ち寄って焼いたフルーツケーキだ。予想通り憲兵が恐ろしい目つきで飛び出してきた。

「在留外国人は家族以外の面会は禁じられている。何度言ったらわかるんだ！」

「クリスマスくらい、いいじゃないですか。会えなくてもいいのです。このバスケットをキルバン先生とウェルズ先生に届けていただけないでしょうか」

道は食い下がったが、強引に門の外に押しやられてしまった。しばらく籠の中身を見つめていたゆりが、ぱっと表情を明るくした。

「そうだ。食べ物や花はだめでも、今からお二人に歌をプレゼントしませんか。大きな声で英語で歌えば、他の拘留されているみなさんも励まされるわ」

生徒たちも手を叩いた。みんなで施設の裏手に回って、キルバン先生やウェルズ先生を思い浮かべながら、横一列になって手をつなぎ、砂色の壁に向かって力いっぱいクリスマスキャロルを歌った。

「Noel, noel, noel, noel,born is the King of Israel」

この一年で父兄のうち、五名が戦死している。今ここにいる生徒の中にも家族を亡くした者がいた。来年のクリスマスは一体どうなっているんだろう――。不安が道の胸をよぎったが、まるでこちらの気持ちを察したように、ゆりが手袋越しに、ぎゅっと手を握りしめてくる。ゆりはゆりで、もう道が長いこと、陽気な顔しか見せていないことをずっと気にしていたのである。灰色の空からひとひら、雪が降ってきたような気がした。

3

昭和十八（一九四三）年五月十一日は快晴となり、道は全校生徒と教員を引き連れて、五時間かけて東京郊外の東村山貯水池に辿《たど》り着いた。青空を飲み込む水面《みなも》がどこまでも広がるさまは、かつてジュネーブの新渡戸先生を訪ねた時に見たレマン湖を思い出させた。

「これも、軍事教練なの？　それとも遠足なのかしら？」

一人の生徒のつぶやきをさっそく聞きつけたゆりは、しとやかな口調で、

「もちろん、教練としての強歩《きようほ》ですよ。ねえ、岩井先生？」

横に座っていた岩井文男先生に声をかけた。

「そうですとも。心身を鍛える、立派に銃後を支える行為です」

岩井先生はにっこり笑って頷いた。恵泉では軍事教練とレクリエーションの境界線が曖昧《あいまい》だった。それは、去年から月に二、三回、教練指導のために来校するようになったこの先生によるところが大きい。なにしろ、岩井先生は退役軍人であると同時に、渋谷教会の牧師でもあるという、道が苦労して探し出した異色の経歴の持ち主なのだ。鍛え抜かれた身体に似合わないのんびりした雰囲気を持つ彼は、軍隊での厳しい暮らしを語ったかと思えば「足腰を鍛えるのも立派な国防ですよ。良いお天気ですから、みんなでおやつと飲み物を持って豪徳寺まで歩きましょう」などと、朗らかに提案したりもする。岩井先生には配属将校としての指導資格があるわけではない。「もし、国から査察が入ることがあったら、その日はお腹が痛いとでも言って学校を休めばいいわ」などと、道は気楽なことを口にしていた。

「軍事教練でも遠足でも、どっちでもいいね。それよりなんていい気持ちなのかしら」

先ほどの生徒がそう言って、ごろりと草の上に寝転ぶと、次々にみんなも横になった。昨年末、生徒だけではなく、教師ももんぺを強制されるようになっていた。道はもんぺだけは嫌だと言って、ズボンを着用していた。最初は野暮ったいだけの出で立ちが気になって「まるで熊《くま》みたいね」と嘆いてみせ、四つん這《ば》いになって床を這《は》い回り、ゆりと義子を大笑いさせたのだった。でも、ズボンに慣れたおかげで今は、道も子どものように大の字になって、何ものにも遮られない青空を見上げることができた。全員同じへちま衿がついた標準服を着ていても、生徒によっては、肩にタックを取ったり、丈を工夫したり、ウエストをしぼったりと、憲兵に咎められない範囲で、個性を出している。

「一休みしたら、みんなでお弁当を食べましょうね」

どの弁当箱も芋やカボチャや豆ばかりの乏しい中身だったが、みんな一緒に草の上で食べると格別に美味しく感じられ、忘れられない一日となった。

今年に入ってから戦局は一転して厳しくなっていたが、生徒数も教職員数も増え、恵泉は活気に満ちていた。時節柄、安心して学ぶ場がなかなか見つからない外国生まれの入寮志願者が殺到したため、寮がただちに満員となったほどだ。そのため、せっかく合格した少女たちに入学を断らねばならなくなり、道にはそれが申し訳なかった。悩みに悩んだ末、さらに土地を買い、新しい寮を作ることを決意した。加えて、その夏、文化学院が閉鎖され、行き場を失った大勢の編入生が恵泉にやって来ることになった。創立者の西村伊作が反戦を主張し、不敬罪により投獄されたためだった。男女平等、自由主義を標榜《ひょうぼう》する文化学院は当時としては非常に珍しい男女共学で、恵泉と同じく制服を定めず、道はつねづねそのカリキュラムには尊敬や共感を覚えていたので、こんな時こそ手を差し伸べるべきだと意気込んだ。この年は八月のうちに二学期が始まった。

「これからは弾圧を受けた学校が次々に閉校し、生徒たちが行き場を失うでしょう。だからこそ迎え入れる場が必要です。この時代に平和主義を掲げる学校を運営する以上、絶対に潰してはいけませんね」

一クラスにつき、三、四人ずつ編入することになった新入生たちを全校生徒に紹介した礼拝の後、道はゆり相手にそう誓った。ゆりは道先生とはいえ、いくらなんでも、これは荷が重すぎるのではないかと感じていた。

「お疲れですよね。そうだ、授業が始まる前に、ご気分を変えてみませんか？　今日は涼しいですから、調理室に行って、ココアを淹《い》れてきますわ」

ゆりは疑問を飲み込み、代わりに笑顔を作ってみせる。

「ココア？　今、そんなものが作れるの？」

道が目を丸くすると、ゆりはちょっと得意そうに言った。

「そうです。米ぬかを長い時間かけてゆっくり炒《い》るとココアパウダーのような色と香りになるんですよ。たくさん作って瓶に保存してあるんです。ミルクの代わりに豆乳をつかいます。婦人雑誌で読んだんですけど、騙《だま》されたと思って、ぜひ、試してみてくださいね。お砂糖をほんの少ししか入れなくても、甘みがあって、なかなか美味しいんですよ」

そう言うと、軽やかな足取りでゆりは学園長室を出て行った。道は椅子に腰を下ろすと、ほうっと息をついた。窓からは、運動場に防空壕を掘る上級生たちの姿が見えた。もうそれぞれの胸まで隠れるほど穴は深くなり、周囲に積み上げられる土はどんどん高くなっていた。

「西村伊作は勇気があるなあ。君とは大違いの戦士だね。本物の平和主義者と偽者の差、か」

顔を上げると、向かいの椅子に有島武郎がステッキを手に優雅に脚を組んで座っていた。

「懐かしいなあ、文化学院。僕も文学を教えたことがあるんだ。そうそう、与謝野鉄幹、晶子夫妻も創立に関《かか》わっていたんだ。晶子くんと僕は思えば、あそこで親しくなったんだよ。今だから言うけど、晶子くんと僕は、それはもう情熱的な……」

「やめて、やめて！　聞きたくないわ、あなたのそういう話」

道は慌てて顔の前で手を振った。有島さんがいつものように唇をとがらせる。道は咳払いすると、きっぱり言った。

「どちらが上も下もない。それぞれの立場でやれることをやるしかないんです。文化学院と恵泉は同胞よ。だからこそ、生徒たちの親はうちへの編入を決めたのよ」

「へえ。そのためには、宮城《きゅうじょう》（皇居）に向かって祈るのも致し方がない、というわけかな？」

有島さんはからかうように言って、道の目を覗き込んだ。礼拝時に特高が必ず来るようになったため、宮城遥拝《ようはい》を導入するようになってかれこれ四ヶ月が経とうとしている。道自身、最初は抵抗があったのに、すっかり慣れてしまっていた。

「道先生……。どうかなさいましたか」

ゆりの声がして、我に返った。心配そうな彼女がココアの載ったお盆を手に立っている。有島さんの姿はいつしか消えていた。

「大丈夫よ。なんでもないわ」

慌てて言い、立ち上がってココアを受け取る。一口飲むと、香ばしさとほのかな甘みがいっぱいに広がった。

「でも……、さっきからずっと、一人で喋《しゃべ》っていらっしゃるから。お疲れなんじゃないでしょうか……」

怯えた様子のゆりを見て、背中がひやりとする。自分はいよいよ変になってしまっているのではないか——。たった今、すぐに何か目標を持たないと、このまま倒れて二度と起き上がれなくなりそうだった。

「ゆりさん、私、決めたわ。新たにもう一つ学校を作りましょう」

口にするのは初めてだったが、実はもうずっと考えていたことだった。ただ、あまりにも荒唐《こうとう》無稽《むけい》な話なので、打ち明ける勇気がなかっただけだ。案の定、彼女は動揺を隠さなかった。

「こんな時分に学校設立ですか？　戦局は厳しいし、生徒数は増える一方……。お金だって全然ないのに、一体なにをどうすると言うんですか？　せめて、戦争が終わるまで待つわけにはいかないんですか？」

「わかってるわ。でもね、ゆりさん、そうじゃないと、私……。学園長として、しゃんとするためにも、希望が、光が必要なの……」

最後は絞り出すような声になった。ゆりは全てを察したのかこちらに駆け寄り、安心させるように肩を抱いた。

「わかりました。道先生。でも……。それはどんな学校なんですか？」

「女性だけの園芸専門のカレッジ！」

道はきっぱりと言った。ゆりの顔に困惑の色を見て、先回りして説明した。

「勝算はあるわ。日本にはつねづね女性のためのカレッジが必要だと思っていたの」

ゆりは、あ、と思わず声を上げた。アーラム大に留学していた頃、アメリカには大学だけではない、カレッジと呼ばれる高等教育機関に様々なバリエーションがあったのを思い出したのだ。それは学ぶ期間も規模も多種多様だった。若者ばかりではなく、もっと成長したいという意欲を持つ社会人までもが通っていた。

「もちろん、本当は女も全員が大学で学び、自立する力を得るのが理想です。でも、いい？　娘を学ばせたくても、まだそこまで教育費を割ける家庭は少ないわ。だけど、それが二年制や三年制の大学だとしたら、どうかしら？　おまけに食糧増産は今、女性に必要な能力だと国が推奨している。『園芸』という言葉には、果物や野菜を育てるという意味だけではなく、化学や植物学、設計学など様々な知識と技術が含まれているわよね？　日本では造園技術も他の学問同様、男性が独占しているけど、これを女性にシェアする大義名分を得ることができるとは思わない？　実は、山口美智子さんにアメリカの園芸学校で学んでもらったのは、このプランの一環だったの。彼女にはこの考えを前もって話してあるわ。実現したら中心になってもらうつもり」

この春、高等部に山口美智子の主導で園芸科を新設したところだ。作業用の土地を購入する目《め》処《ど》も立っている。果物や野菜を育てる技術の習得だけではなく、千葉で農村生活を十日間体験することで、農家の女性の労働状況を学び、子育てと労働の両立に悩む彼女たちの立場から改良すべき点はないかを話し合ったりもしている。花壇設計も習得するなど、その授業内容は多岐に亘っていた。クリスマスリースを学園で流行らせた時と同様に、アメリカ仕込みの最新技術を取っ付きやすく教える美智子の指導は、早くも生徒のやる気を引き出している。

「なるほど、園芸だったら……。銃後を支える活動、と言えますね。もしかしたら、官僚も納得して、国から助成金が出るかもしれない」

ゆりはほうっと息を漏らした。こんな局面でも常に朗らかに振る舞う彼女のことが心配だった。こうした道を見るのは、初めてではない。母を亡くした時も、彼女は無理を続けていた。それでも、闇雲に前に進むことが彼女の精神に安定をもたらすのだとしたら、自分はいくらでも支えよう。そう決意を新たにしたのだった。

十月、道はたった一人で文部省を訪れた。すでにブラックリスト入りしている人物の意気揚々とした来訪に、担当の官僚は警戒した様子を隠さなかった。

「失礼ですが、気は確かですか？」

道が夢中で仕上げた企画書に目を通すなり、彼はあきれたように尋ねた。

「いまだかつて女子のためのこんな学校は日本にも、いや東亜全体を見回してもありません。それを聖戦下の今、作ろうというんですか？」

「ええ。でも、食糧増産の手段を女性に教えることは、立派な国策への協力でしょう？」

「資金は？」

「ございません」

想定していた質問に、道はにっこりする。

「土地や建物はあるんですか」

ここぞとばかりに道は胸を張った。

「なんにもありません。あるのは私の希望と信念と熱意だけ」

「何を言ってるんですか？　同僚たちが言っていた通りだ。やっぱり河井道という女の頭はどうかしている……」

担当官僚が恐れをなしたようにつぶやいたが、道はまるっきり動じなかった。

「じゃあ、わかりやすく言いましょう。私を突き動かすのは、負けん気です。今、この状況だからといって、女子教育の普及を諦めたくないんですの」

「失礼ですが、おいくつですか？」

「六十六歳ですけど？」

女性に年齢を聞くなんて無礼な。むっとしてそう答えると、官僚はじろじろと道を眺めた。

「そんな高齢だなんて……。僕の母よりずっと年上じゃないですか。あなたがこの計画の途中でパッタリ死んでしまわないとも限りませんよ」

「たとえそうなっても、私の姉妹たちが、私の遺志を継いで、この学校を作ってくれるはずです。

女性同士の結び付きというものはいつだって次の世代――」

彼は大きなため息で話を遮ると、頼むからもう帰ってください、と力なく言った。まだまだ伝えたいことは山ほどあるのに。道は頬を膨らませたまま、門の外に追いやられた。

しかし、意外な形で追い風が吹いた。それから間もなくして、「教育ニ関スル戦時非常措置方策」が閣議決定され、農業学校の拡充が推奨されたのである。

その年の秋、神宮球場で出陣学徒壮行大会が開かれ、東京中の女学校は日の丸を手に参加を促されたが、恵泉はその年末に特別礼拝をするにとどめた。

十一月になると、文部省の別の部署から、一通の招待状が道のもとに届いた。

「文部省女子農芸専門学校設立可否非公式協議会……？　錚々《そうそう》たる面々による座談会のお誘いじゃないですか！」

ゆりは文面に目を通すなり、椅子から跳ね上がった。

「なんとしてでも、農芸専門の女子学校は今の日本に必要だということを知らしめてくるわ。きっと女の教職者たちが多く集まるはず。味方をうんと増やしてくるわね」

喜び勇んで文部省に出向いた道だったが、協議会の顔ぶれを見回すなり落胆した。女性は道を入れて二人だけ。残りは男性の大学教授や役人ばかりだった。道が立ち上がったまま、女子が農業を学ぶ場の大切さを熱っぽく訴え続けても、あまり良い反応は得られなかった。ところが、議論がほとんど終わりかけた頃、千葉にある農業学校の校長がおもむろに手を挙げたのである。

「実を言うと、僕もうちに女子部を作りたかったんですよ。でも、国会が法案を通してくれなかった。うちは国立の学校ですから、国から予算が出なければ諦めるしかないんです」

予想外の方向からの意見に、道は目を見開いた。

「でも、河井道先生の学校は、私学でしょう？　つまり、我々が資金を提供すれば、成功するかもしれない。どうですか？　僕の志半ばで潰《つい》えた夢を、あなたが実現してくれませんか」

「いや、ちょっと待ってください。あなただけならともかく、何故、我々まで金を出さなきゃならんのですか。費用節減でカツカツだというのに」

有名な大学教授がすぐさま反論したが、その校長は少しもひるまず、厳しい口調でこう言った。

「女子に食糧を増産する技術を教えるのは、皇国への立派な奉仕。道先生の新事業は、誰もが喜んで推奨し、応援すべきですよ。そんなこともできない教育者は非国民と後ろ指を指されても仕方がないのでは？」

彼の有無を言わせぬ勢いに、座はしんと静まった。道は慌てて「どうか、みなさん、この計画を応援してほしい。失敗しても責任は私が負いますので」と付け足した。議会が終わると、彼はそっと道のところにやってきた。

「実は僕も東京帝大で、新渡戸先生に学んでいるんです。河井道さん、あなたのことはかねがね新渡戸先生から聞いておりましたよ。僕は小池満二と申します」

そう言って誰にもわからないように片目をつぶってみせたのを見て、道はやっと得心が行ったのだった。

強力な支援者を得たおかげで、道は再び最初に会った文部省官僚を訪ねることができた。彼はしぶしぶといった様子で口を開いた。

「懲りない方ですね。では、三十万円用意してください。話はそれから聞くとしましょう」

道は小躍りした。いよいよ動き出したのである。それ以降も文部省には足繁《あししげ》く通った。官僚たちはうんざりした素振りを隠さなかったが、だんだんと道の話に耳を傾けるようになった。

「本当に君は愚かだなあ。年齢を考えたことはあるの？　みんな、この計画は荒唐無稽だと思っているよ。賭《か》けてもいいけど、成功しないよ。もはやシェアじゃなくて、君のエゴでしかないんじゃないかな。そもそも、学校誌の『恵泉』だって、休刊するほどの資源不足だっていうのに」

昭和十九年二月。石炭の配給事情が厳しいため凍えるように寒い学園長室で予算計画表作りを進める道に、書き物机の端に腰掛けた有島武郎は、さっきから気を削《そ》ぐようなことばかり言い続けている。道はそれでもペンを執る手を止めなかった。土地、家畜、備品、教師の数……。膨大な予算を全て自分の采配で組み立てていくのは、身体の芯がカッと熱くなるほど楽しい。そろばんを小気味よく弾《はじ》いていると、東京での空襲が急激に増えた恐怖も吹き飛んでしまう気がした。

「なんと言われても構わないわ。私の魂を健全にしておくためにも、必要なことなのよ。あなたなんかの幻影に悩まされないためにもね。もう開校までの道筋は見えてきたの。今月の理事会で、そのための決議は取れた。少なくとも恵泉関係者はみんな賛成しているのよ」

「でも、今は他にやることがあるだろう。生徒たちの工場動員も避けられなくなっているじゃないか」

「わかってるわ。もちろん手を回してある。上級生が短期間働くのは、もう避けられない。でも、武器や弾薬を作る工場は絶対なしよ。実はもう工場を見学して、いくつかいいな、と思うところを見つけてあるの」

道は得意気にペンをくるくる回して見せた。

「あのう、河井先生」

遠慮がちな末光先生の声がして、書類から顔を上げる。普段なら有島さんは誰かが現れたらすぐに姿を消すところだが、大親友だった末光先生がよほど恋しいのか、彼の周りをうれしそうにうろうろしては、「老けたなあ、末光くん」などとつぶやいて、白い髭《ひげ》をそっと撫でたりしている。末光先生にはそれがまるっきり見えないようだった。

「お任せいただいた三年制の農芸専門学校設立の申請手続き、進んでおります。それと……、この事業に寄付をしたいという声が早速あがっているんですよ。ブリンマー女子大でのご友人からです。大口の一万円です」

思わず手を叩いた。今はおおっぴらに寄付を募ることはできないから、一人一人に訴えるしか方法がなく、道は週末ごとに昔の友人たちを訪ね歩いている。

「あの、末光先生。何か、この部屋で変わったことありませんか?」

去り際に道がそう尋ねても、末光先生はさあ、と困惑したように首を傾《かし》げるばかりだ。道は迷ったが、小さな声で言った。

「変だと思わないで、聞いてくださいね。私は幽霊など決して信じていませんが、末光先生は、有島武郎さんの死後、彼に会ったことはありませんか。例えば、声が聞こえたとか」

末光先生はしばらく道をじっと見つめた。有島さんは末光先生を構うのに飽きたように、ふらふらと離れていって、火の気がないストーブを覗き込んでいる。

「もし、もしもですよ。有島の声が聞こえるとしたら、それは……」

末光先生は言い淀《よど》んだ後で、こう言った。

「道先生ご自身の声なんじゃないでしょうか」

どうやって、彼を部屋から送り出したのか覚えていない。

気付くと、暗い部屋の真ん中に、道は一人きりで座り込んでいた。慌てて冷え切った手で顔をパンパンと乱暴に叩くと、立ち上がり、そのまま講堂を目指した。日はとっくに沈んでいた。人気《ひとけ》のない校舎に、道の足音だけが響いた。

有島さんはここ数ヶ月、頻繁に道の前に現れた。農芸専門学校設立に没頭すれば、幻に悩まされることはないと思っていたが、夢が形になるのに比例して、むしろどんどん彼の姿や言葉は現実味を帯び始めている。

末光先生の指摘が正しいのならば――。理由はわかっている。

開戦後、朝日新聞が軍用機献納の広告を打ち、献金を呼びかけた。恵泉もさっそく寄付した上で、昨年の恵泉デーではそれぞれの学年で、飛行機の種類や歴史についての研究結果を発表したり、航空隊を見学しに行ったりした。ここまで積極的に参加するのは、日本基督教団がこの計画に賛同し、「軍用機献納の決議」を各教会やキリスト教の学校に通達したことが大きい。

「学園一同火の玉となって金一万円の軍用機献納金を作り出そうじゃありませんか！　一ヶ月後、おひな様までに目標を達成しましょう」

二週間前、海軍中将の講演会の後、道がそう力強く叫ぶと、生徒たちはわっと声をあげたのだった。娯楽に飢えていたせいもあり、共通の目標を目指して、全校生徒が気持ちを一つにしている。少女たちはそれぞれ、裁縫や靴磨き、劇でお金を得るたびに、廊下に設置された献金箱にゲームのように放り込むのが日課となっていた。

講堂に貼られた手作りの成果表には百円ごとに小さな色紙が貼り付けられ、一万円分が集まれば、大きな飛行機のモザイク画として完成する趣向だ。道が無言で表を見上げていると、有島さんがいつの間にか隣に立っていた。

「君も学校も、どんどん悪い方に行くね。自覚はあるだろう」

「何を言われても仕方がないわね」

道は静かに言った。こうした批判は初めてではない。

――私、今回ばかりは協力できません。他にも反対する教師がいます。私が少女時代、恵泉で教わってきたことと何もかも違います。軍用機献納なんて、いくらなんでも国策に加担しすぎなのではないでしょうか。

厳しい口調で最初に言い出したのは、高橋たね子だった。

――わかりました。反対の方は、参加しなくても構いません。

と、道が認めたため、たね子を始めとする何人かの教師は不参加となった。ゆりまでも「ここまでする必要はあるんでしょうか。日本基督教団の意向に賛同しなければいけないのはわかるんですが……」などと疑問を呈していた。

道は低い声で、続けた。

「悪い人が悪いから、戦争が起きたんじゃないわね。良い人が十分に良い人ではなかったから、勇気を持たなかったから、こんな世の中になったのね……」

アメリカで学んでから四十年、自分なりに権力や男社会と戦ってきたつもりだった。学園を閉じないことが何よりの使命と思い、ぎりぎりの中で、妥協を重ねながらも運営してきた。しかし、気付いたら、大きなものに飲み込まれることに、慣れっこになっている。

「君のような高い理想を持つ人間こそが、もっと戦うべきだった、ということだね」

有島さんはいつになく優しい口調で言い、消えていった。色とりどりの紙で作られた飛行機は、目標の三月三日を待たずに、そろそろ全貌《ぜんぼう》をあらわそうとしていた。

4

「ちょっと！　生徒にそんなことをさせられません。今すぐやめてください！」

道はそう叫びながら、校庭の真ん中まで大股《おおまた》で進んで行くと、整列している普通部一年生の一番端にいた種子島芳子から薙刀を力ずくで奪った。

「えー⁉　なんでいけないんですか？」

芳子は不満そうな声を上げた。目がぱっちりしていてくせっ毛、何をするにも飲み込みの早い彼女は、薙刀捌きを褒められていたところだったのだ。

「そうは言っても、薙刀はもはや、日本女子全員にとっての義務ですよ。恵泉だけがやらないというわけにはいかないでしょう」

そう言って顔をしかめたのは、武道のため今日一日だけ東京府から派遣されている白澤先生だ。彼女が「御真影に敬礼」と号令をかけると、生徒たちは見えない御真影に向かって従順に頭を下げ、薙刀を構え、今度は架空の敵の急所めがけて、ぐさりと突き刺してみせる。女の子たちはおのおのが、目一杯身体を動かすことに夢中になっていたため、道に邪魔され、不服そうに顔を見合わせている。

どの子も興奮で目は輝いているものの、芋や豆でかさ増しした雑炊ばかりの食生活のせいで、ひょろひょろに痩せて、頬はこけていた。道自身、味気ない少ない食事をできるだけよく嚙《か》み、水をがぶがぶ飲んで、必死で空腹をごまかしている毎日である。生徒の健康管理は今、一番頭を悩ませていることだ。独自のルートで手に入れたピーナッツバター、ハムやソーセージはたとえ少量になろうとも、全校生徒に行き渡るように注意して配っている。

「明日まで時間をください。代案を出します」

道は短く言い、生徒たちから薙刀を順々に取り上げて回った。ええーっ、とあちこちで声があがる。みんな、それほどまでに気を紛らわす何かに飢えていたのだ。

昭和十九（一九四四）年四月の終わりのことである。ただでさえ、新学期に入ってからの、追い立てられるような日々が続いていた。空襲警報のサイレンが鳴れば授業は中断となり、徒歩で帰れる者はすぐに下校。そうでない者は防空壕に隠れ、警報が解除されるまではそこを動けない。

学徒勤労動員令も発令され、徴用はもうそこまで迫っている。国は今や、子どもたちに学業よりも勤労を要求していた。一秒でも長く生徒たちの勉強時間を確保しなければ。焦る気持ちは、どの教師も同じだった。道は考えた末、その晩、ゆりと義子の手も借りて、古いカーテンやブラウス、木の枝を使って朝までかかって一クラス分の旗を作った。

「薙刀は昨日で終わりです。今日からは手旗信号を学びましょう」

翌日、岩井先生が薙刀の代わりに、手製の赤と白の旗を生徒たちに配ってまわった。

「ええっ、手旗信号なんて、戦争の役に立つのかしら？　こんなの、敵をやっつける力なんてなさそうよ」

種子島芳子がそう言って旗をひらひら振って見せると、みんな不満げに、そうだそうだ、と頷いた。すると、岩井先生はいつものように穏やかに言った。

「そんなことはありません。海上の通信手段として絶大な力を発揮します。手旗信号を習得することは、立派な御奉公ですよ」

最初はつまらなそうにしていた生徒たちだったが、号令に合わせて小気味良く旗振りするうち、だんだんと面白くなっていったらしい。授業が終わっても、校舎の窓から校庭に向かって旗を振るなど、離れた場所で通信の真似事をするのが、ちょっとした流行になった。

下級生は辛うじてこんなふうに学校での時間を過ごせたが、上級生は、一週間単位での被服工場やベークライト工場での勤労作業がすでに始まっていた。トルコ人のミリー・バグダシキンとズムラ・ヤクシーの二人は外国人であることを理由に工場勤務を許されず、やむなく学園を去った。外国人収容所で過ごすことになった彼女たちと恵泉生が再会するのは、終戦後のことである。それでも、道は海の向こうとのつながりは絶やすまいとした。台湾の女学校が火災で焼けた時は、恵泉は募金活動でそれを助けた。

夏が近づくと、いよいよ本格的な工場動員が始まり、表立っての授業は停止となった。学園の一番広い洋裁室は学校工場に作り変えられた。一、二年生は学園で畑仕事に従事し、最高学年から順番に校外へ出動することになった。サイパン島の玉砕に続き、グアムでも守備隊が壊滅し、もはや日本軍の劣勢は報道機関も隠しきれないところまで来ていた。

「四年生の工場動員は渋谷にある白洋舎に行かせようと思うの。社長の五十嵐さんはクリスチャンで戦争には反対だし、うちの子たちものびのびやれるんじゃないのかしら」

一色家の朝食の席で、道がうきうきと計画を切り出すと、義子がシッと、人差し指を唇にあてた。ゆりも爲児も、しまった、というふうに姿勢を正し、ちらりと天井を見つめて、サツマイモや干からびた干し柿を齧《かじ》った。

外務省で働く爲児の友人のたっての頼みで、一色邸の二階の客間は、一時的な機密資料の保管場所となっていた。それればかりではなく、書庫の番人までが大量の資料と一緒に屋敷にやってきて、女中部屋に住むようになってもう数ヶ月が経つ。番人はいつも書庫の前に座っているか、書棚を整理しているため、一体どんな内容のものが保管されているのか、爲児をはじめ道たちにはさっぱり知ることができない。

黒ずくめで仏頂面の番人は、名も名乗らなければ、食事も自室に一人こもって済ませている。一色家の面々とは打ち解けようともしないし、最低限の言葉さえ発することのない彼は、こうして意識していないと、二階にいることさえ忘れてしまいそうだった。彼の思想信条がどんなものなのかわからないので、自然と家庭内での発言には気を遣わざるを得ない。

義子が慌てて立ち上がり、食堂のドアを閉めに行き、

「道先生、もう少し小さなお声でお願いできますか？」

と促した。今年の春、成績優秀賞を授かり恵泉を四年で卒業した義子は、日本女子大学校国文

科に入学した。ゆりや道の前ではいっぱしのレディらしく振る舞っているが、内心は焦りでいっぱいだった。学校では同級生に「え、義子さんて、まだ恋したこともないの？」と驚かれる毎日である。恵泉とは何もかも違う外の世界が眩《まぶ》しくて、慌てて恋愛小説を読んでみたり、紅を引いて背伸びをするもこれは違うとすぐに落としてみたりと、自分らしさと格闘していた。大人たちに囲まれて反抗期もなく無邪気に生きてきたはずが、いつのまにか高齢になっている両親と道を前にして、言葉を失うこともある。この戦時下、自分がしっかりして家族を支えなければ、と気を引き締める局面が増えていた。

道はひそひそ声でこう続けた。

「アイロンがけは重労働だから、少しでも楽な仕事を割り当ててもらえるように、五十嵐社長に掛け合ってみる。五年生は東洋化学の工場、三年生はアルマイト工場でしょ。高等部二年は陸軍燃料本部の配属に決まったわ。どの動員先でも、礼拝の時間は取ってもらうつもりだし、教師も付き添わせる。上手くいけば、工場にいる間でも少しなら授業も出来そうなのよ。週に一度の電休日には、学園で授業も行うわ」

電力不足のため工場の操業をストップする休日を「電休日」と呼んでいた。

しかし、戦時下での全員揃っての朝食は、この日が最後になった。恵泉が二学期に入る前に、義子は大学を休学し、御殿場に疎開したのである。畑仕事に従事して、道や両親に自分が育てた野菜を送りたかったことも理由だった。一色家は急にしんと静まり返ってしまった。ゆりは娘のいない寂しさに耐え切れず、毎晩、寝室で倆児の胸に顔を埋めて泣いた。

そんな中、書庫の番人の人間らしさに図らずも触れることがあった。それは、ゆりがたった一人で、神風特攻隊が一面を飾った新聞をクシャクシャに丸めて、応接間で泣きじゃくっていた時だった。

「こんな記事、私読みたくないわ。こんなの亡国よ……」

うなだれて鼻をすすっていると、腕置きのところにスッとハンカチが差し出された。振り向くと、書庫の番人が部屋から出て行こうとするところだった。慌てて「どうもありがとう」と声をかけたが、ドアが閉まる音で遮られた。アイロンはかかっていないが、上質なガーゼのハンカチだった。彼がここに来る前にどんな暮らしを送ってきたのか、ゆりはしばらく思いを馳《は》せた。

日に日に空襲が激しくなる。道は変わらず農芸専門学校設立を目指して、鉄兜を被っては弁当を携え、文部省や厚生省、さらには募金集めのために個人宅にせっせと通い続けていた。外出は危険だと止めるゆりに対して、道はこともなげに笑って言った。

「だって学校にいても、寮にいても、外を歩いていても、死ぬ時は死ぬわけじゃない?」

その一言はゆりを震え上がらせた。そもそもサイレンが鳴っても道は「ブーブーうるさい」と面倒くさがるだけだった。暗い防空壕が好きではないので、避難時に一色邸の客間で寝たふりを決め込んでいたこともある。

ある日、道は東京からそう離れていない温泉地を訪れていた折りに警報が鳴り、地元の住人と一緒に防空壕に逃げ込んでいた。暗闇も、周囲の人々の不安をかきたてるようなヒソヒソした噂話も、全く恐ろしくはなかった。

「やっぱり、お金は穢《けが》れなんかじゃないわね。お父さん」

道は一人でくすくす笑った。誰からいくら寄付があったか、目標まであといくらか、というメモを読んでいると、不思議なくらい心が落ち着いてくる。文部省の廊下でサイレンが流れて官僚たちが恐慌をきたしていた時も、厚生省の門前でB29の編隊が夕空を切り裂いているのを見上げた時も、道は慌てなかった。最近、めっきり有島さんも現れなくなった。理由は単純で、目標額の三十万円が達成目前となったせいだ。

壕の中は真っ暗だ。こうしている今、生徒たちは動員先で元気に過ごせているだろう？　授業は今年に入ってからほとんど進んでいない。一体いつになったら再開できるのだろうか？　そういった焦りも、寄付金を上積みしていくだけで不思議と和らいでいく。

道が通学路で彼女を発見したのは、そんな募金集めの帰り道、サイレンが再び鳴り響くさなかだった。くせっ毛とぱっちりした目には見覚えがあった。

「せんせーい!!　お帰りなさーい!!」

B29が埋め尽くす赤黒い空にはまるっきりそぐわないおどけた笑顔で、彼女はこちらに走り寄ってきた。

「あなた、種子島芳子ちゃんね。お気をつけなさい。今は出歩くべきじゃないわ。すぐそばのゆり先生のお宅のお庭の防空壕に一緒に入っていましょう」

「私の家はすぐそこの国民学校の裏なんです。走れば大丈夫ですよ」

彼女は照れたように身をよじったが、道はその腕を摑み、一色邸の庭へと半ば強引に引っ張っていった。馬児とゆりの好みに合わせてつくられた英国式庭園は跡形もなく切り崩され、今は野菜畑の畝《うね》の間に大きな壕が一つ、ぽっかりと空いているだけだ。すでに書庫の番人と馬児、ゆりが中に入って闇の中で身を縮めていた。

「道先生、お帰りなさい。よかった、ご無事で。あらまあ、いらっしゃい。あなた、確か普通部一年の芳子ちゃんね」

娘と同じ音の名を持つ少女に、ゆりは目を細め、その小さな肩を抱き寄せた。一同は声を殺した。爆撃機は世田谷上空を何ごともなく過ぎ去ったようだ。それぞれがほっと息をつく。しばらくはここで動かずにいよう、とゆりが手製の黒い覆いを巻いた防空壕用の電灯をそっとともした。壕の中が照らされると、芳子は待ってましたと言わんばかりに、カバンから例の旗を取り出して小さく振ってみせた。

「みなさーん、問題です。私が今、なんて伝えているか、わかります？」

「ごめんなさいね。わからないわ。あなた方のほうがよほど学んでいるのねえ」

道とゆりは壕の中で寄り添い、芳子の小気味よい動きを見守った。

「なんだろうな。そろそろ、教えて欲しいなあ」

彫児まで首を傾げるので、芳子は得意でならないのか、くすくす笑いながらも先延ばしにする。

するとその時、背後で声がした。これまで一度も言葉を発したことがない番人が、壕の片隅で堪《こら》えきれないようにくすくす笑ったのである。

「わあ、おじさん、手旗信号わかるの？」

そう言って、芳子は人懐こく番人のそばに近づいていった。

「そうだね、おじさんも、久しぶりに甘いものが食べたいよ」

番人は思いがけないほど柔らかな声で言った後で、しまったというように口を塞《ふさ》いだ。

「どういうことですか？　芳子ちゃんはなんて伝えたのかしら？」

「お、し、る、こ、た、べ、た、い」

芳子はそう一音一音、くっきり声を出しながら、旗をパタパタと上下させて、最後にポーズを決めてみせた。たった今、爆撃機が去ったばかりだというのに、壕の中はどっと笑いに満ちた。

番人も和やかな調子に飲まれたのか、

「息子が国民学校で手旗信号を習っていて、それで自然と覚えたんです。この任務についてから、ずっと会っておりませんが……。疎開先で元気にやっているのかどうかも、わかりません」

照れくさそうに言って、手旗信号にそっと手を触れた。もともとは一色邸の客間のカーテンだった白い布である。

「まあ、それはご心配ね」

道が思わずそう言うと、番人は初めてこちらを見つめた。もじゃもじゃの眉毛の下に隠れていたのは、つぶらな澄んだ目だった。

「河井先生は、軍事協力と教育の間で、実によく考えていらっしゃる。もし、うちの子が女の子だったら、ぜひ、あなたの学校に通わせたかった。失礼しました。外務省の上司には決して、私事に関するお喋りをするな、と言われておりますので」

防空壕から出るなり、番人はまた元の仏頂面に戻り、唇を固く引き締めた。しかし、この日を境に、ゆりも道も爺児も、彼との暮らしにしっくりと馴染んだのである。言葉は交わさずとも、同志だというほのかな連帯感でつながっている気がした。それでも、任務終了の日まで彼が再び口を開くことはなかった。

その年のクリスマスは、道が各工場長に熱心に掛け合ったおかげで、全校生徒が恵泉に戻ることができた。たった一日だけだったけれど、上級生は久しぶりに会う妹たちを夢中で抱きしめ、下級生はこれまで気を張って学園を守ってきた分、安堵《あんど》のあまり泣き出す子が続出した。みんなが揃ったクリスマス礼拝と祝会は、星飾りもツリーもプレゼントもない簡素なものだった。けれど、それぞれ工場の休み時間に少しずつ練習したコーラスを発表したり、持ち寄った野菜でシチューを作ったり、恵泉が始まってからもっとも満ち足りた一日となった。

年が明けて、男性教師の出征が相次いだ。本郷新先生とともに彫刻部を組織した美術教師の明田川孝先生も、鉄道兵として召集され、学園を去ることになった一人だった。

「みなさん、また会う日まで。私にもしものことがあった時は、オカリーナをどうぞよろしくお願いします」

学園の正門まで見送りに来た生徒たちを前に、自らの手で素焼きしたオカリーナを奏でてみせた。どこかすっとぼけている朗らかな音色は、こんな悲しいお別れの場面にふさわしくなく、誰からともなくクスクス笑い声が上がった。

「おかしいなあ。低音域が出せないせいで、なんだか明るい感じになってしまうのかなあ」

と、先生は首を振り振り、去っていった。生徒たちがようやく寂しさを感じたのは、学園からオカリーナの音色がさっぱり消えたことに気づいてからである。

ちょうどその頃、農芸専門学校設立の基金が目標の三十万円に達し、文部省による実地調査が行われることが決まった。

「監査員が来たとしても、この景色ですからねえ」

山口美智子がため息まじりに辺りを見回した。学園の一角をなす土地は、汚れたような色の枯れた畑が広がるばかりだ。十二月から雨が降っていないし、肥料も不足している。

「仕方ないですよ。ありのままを見ていただくしかありません。でも、せめて校内だけは綺麗に掃除をしましょうか。出来ることだけ、頑張りましょうね」

道は普段通りの態度を崩さず、さらにこんな提案をした。

「監査員のみなさんを、ありったけのご馳走でおもてなししませんか？　このご時世、どんな人でも、食べ物には敵《かな》わないはずよ。園芸科が収穫した野菜で、欧米で出るようなコース料理は作れないかしら？」

美智子は、あっと目を見開いた。

「そうですね。素材は少なくても、彩りを豊かにして、品数さえ増やせば、目も舌も満足してもらえることでしょう。なにしろ我々の学園の表向きの目的は『食糧増産』なんですから」

美智子と道は生徒たちの力を借りて校内を清掃し、メニュー制作に精を出した。こうして迎えた二月二日、奇跡が起きたのである。

「やった！　雪です！」

そう叫んで、美智子が河井寮に駆け込んでくる。広間は女の子たちでごった返していた。それぞれの家族が疎開したせいで、平和な時代より寮生はさらに増えていた。道は満足そうに、テーブルから窓の外を見つめていた。粉雪が音もなく庭に降り積もっている。

「雪が全部を隠してくれるわ。やっぱり、神様は私たちを守ってくださるのね。それにこう寒くちゃ、監査員さんたちはここに来るまでに手指が凍えているはず。熱い食事を出せば、それだけで十分満たされるはずよ。お通しする部屋だけは、ありったけの燃料で暖かくしましょう」

道の読み通り、冷えた手指を擦《こす》り合わせて恵泉に辿り着いた五人の監査員たちは、学園の応接室に通されるなり、感嘆の声をあげた。カボチャのマッシュ、青菜のソテー、サツマイモの甘煮。ジャガイモ団子、豆のコロッケ、カブのコンソメ煮。六皿もの温かな野菜料理に、新鮮な卵でつくったとろとろのオムレツ、ババロアにケーキ、果物までが並んでいた。彼らはしばし無言で、ご馳走を口に詰め込むことに夢中になった。

「いや、戦争が始まってから、こんなに美味しい食事をしたのは初めてです。一体どんな魔法を使ったのですか？」

監査員の一人が、食事の途中でフォークを置き、ようやく感に堪えぬように言った。美智子はすかさず答える。

「保存していたものもあるし、収穫したばかりの野菜もあります。我々の学校では、こうした非常時の乗り切り方も教えようと思っているんです」

満腹した男たちが熱心にこちらの話に耳を傾ける様子を見て、十分な手応《てごた》えが感じられた。

しかし、その後もいっこうに許可は下りなかった。それどころか、文部省から五万円の納付を新たに要求され、一同の血の気は引いた。これは、森久保ひさちゃんが大切なダイヤの指輪を政府に供出して得たお金を寄付してくれたおかげでなんとか間に合わせることができた。

ひさちゃんは、夫を亡くした喪失感からやっと立ち直ったと思った矢先、長男を戦争で失ってしまった。悲しみに沈んでいても、彼女のシェアの精神は女子英学塾時代から少しも変わらないようだった。

「ひささんのおかげで助かりました。こうなったら、あとは神に任せましょう。やれることはやったのだから、天に祈るのみ、です」

道は全く自信を揺るがせることはなく、おかげで美智子や他の教師も落ち着いて過ごすことができた。

その日は急に気温が上がり、四月の半ばのような一日だった。道が空襲警報の中、文部省から帰宅すると、何やら学園が騒がしい。昼過ぎに、すぐそばの国民学校の裏手に爆弾が三発落ちたのだという。

「一年生の種子島芳子さんがその時、倒れた木の下敷きになって……。今、病院に運ばれたんです。意識不明の重体です」

ゆりが真っ青な顔で告げた。道はすぐに病院に向かった。爆風で木が根こそぎ倒れ、芳子の頭は土に埋まったのだという。ベッドの上の芳子は頭に包帯を巻き、長い睫毛《まつげ》を伏せていた。その横では、両親が跪いて必死に祈っている。道はそっと病室を出た。

防空壕の中で手旗信号を楽しそうに振っていた芳子。賛美歌を歌うのが大好きだった芳子。

――悪い事をした時は、必ず神様が見ています。

入試の面接で、はきはきとそう答えた芳子。廊下のベンチに座って彼女のことを考え、手を固く組み合わせた。いつの間にか、隣に現れた有島さんが囁いた。

「君のせいなんじゃないのか。もっと早くに疎開していたら、助かったんだから」

「今は勤労動員が最優先だから、学校単位での疎開はできない。東京中の女学校がみんなそうよ……」

道は掠《かす》れた声でつぶやいた。

「大きなものには逆らえない。君はずっとそういう人間だね」

翌日、芳子は父母に見守られて息を引き取った。文部省から農芸専門学校設置の認可が下りる、二週間前の出来事だった。

5

昭和二十年（一九四五）年五月。

生徒たちの間では小説「風と共に去りぬ」が大流行していた。日に三度は警戒警報が鳴る毎日でも、分厚い上中下巻がものすごい速さで読み回された。

「ああ、こんなに美しい私を、アシュレーはどうして愛さないのかしら？」

物真似上手の珠子が、腰に巻尺を巻きつけ、芝居がかった調子で嘆いてみせると、黒人奴隷のマミー役をみずから買って出た、お調子者の稜子が調子を合わせる。

「スカーレットお嬢様。やみくもに殿方を追い回すのは、はしたない行為でございますよ。ああ、お嬢様のウエストの細さはタラでは一番だというのに！」

取り囲む女の子たちはやんやの大喝采。休み時間はこんな風に海外文学の話題で盛り上がることもあるし、花札や百人一首に興じることもある。恵泉の教室であるかのように錯覚してしまうが、ここは渋谷にあるクリーニング工場、白洋舎である。

まだまだあどけないな――。

少し離れた場所で、ボタン穴を作るかがり縫いをしながらその様子を見守っていた二十七歳の教師、高橋たね子はくすりと笑い、糸を嚙み切った。でも、カーキ色の工場着を着た五十四人は、本当なら普通部五年の女子生徒なのだ。戦局の悪化により、女子は強制的に四年で学業を終えさせられた上、工場労働することを推奨されている。彼女たちは先月、まるで国から追いたてられるようにして恵泉を卒業させられていた。

たね子が彼女たちくらいの歳の頃は、学園でのんきに歌を歌っていたのに。

普通部二回生だったたね子は、神楽町時代のこぢんまりとした恵泉をよく覚えている。今の船橋町に新校舎を購入したと聞きつけた冬、いち早く同級生たちと見に行った。面白半分に校舎を探検して、先生方にたしなめられたことを昨日のことのように思い出す。そうでなくとも目の前の女の子たちの折れそうなか細い手足と、アメリカで出会ったティーンエイジャーたちのしっかりした体軀《たいく》をつい比べてしまう。食糧事情が厳しくなっても、向こうでの暮らしの長い自分だけは健康体型のままなのが後ろめたい。

「ミス・グリーンも絶対、読んでください! 最高に面白い本なんですよ。私、スカーレットとメラニーが手を取り合って、戦争を乗り越える描写にいつも勇気をもらっているんです」

読書好きの中山玲子がおさげ髪を揺らしながら、こちらに上巻を押し付けてきた。緑が好きでよく身につけているたね子を、生徒たちは「ミス・グリーン」と呼び、慕ってくれている。

「どうしよう……。私は遠慮しようかしら。実はアメリカにいた時、先に映画を観ているの。その印象が強くて、どうにも楽しめそうにないのよ」

たね子は正直に言った。今更原作を読んでも、主演の二人、ビビアン・リーとクラーク・ゲーブルに合わせて書かれたように感じられ、あまり文字の世界に入り込めそうにない。しかし、女の子たちは詰め掛けてきた。

「え、『風と共に去りぬ』って映画になっているんですか？」

「どんな人がスカーレットを演じているのかしら？　気になる！」

「アトランタから逃げる場面、どうやって撮影したのかしら？」

映画「風と共に去りぬ」が米国で封切られて社会現象となったのは確か一九三九年で、なんだかずいぶん昔のことのように思える。同級生たちに誘われ、劇場に足を運んだ。たね子が恵泉を卒業し、奨学金でアメリカに渡り、ウェスタン・メリランド大学に通っていた頃だ。卒業後に別の学校に移ったが、戦争が始まると、まだまだ学びたいことはたくさんあったのに、山口美智子と一緒に日本に強制送還された。途中、船に乗りこんできた日本の憲兵に、たね子は日記を没収され、後日呼び出しを受けた。そこまで怖いとは思わなかったのは、若く上品なたね子に、憲兵たちが甘かったせいもある。

——あちらでは親切な扱いを受けるばかり。アメリカに敵意などありません。

たね子がきっぱり言い切ると、憲兵はニヤニヤしながらこちらを上から下まで眺めた。

——でもね、平和主義者のあなたのようなお嬢さんが教壇に立ったら、騒ぎになりますよ。なにも言わなくても、あなたの存在そのものが、女の子たちに影響を与えるんだから。

そんな言葉で注意を促されたのだった。

——私は教師を辞めるべきでしょうか？　恵泉に迷惑がかかるかもしれない。

学園に帰り着くなり、道先生にありのままを報告すると、彼女は大きな声をあげて笑い出した。

——そんなの無視すればいいわ。だって、私もあなたと同じ、居るだけで「悪影響」を与えかねない人間だもの。

たね子にとって道先生は目標とする教師だった。ただし、その全てに大賛成というわけではないのだが――。

就業時刻を告げる拍子木がぶつかる音がして、たね子は顔を上げた。

「休憩を終わります。みなさん、持ち場に戻ってください」

ドアの外で、工場長の小川さんの低い声がすると、みんな小さく叫んだり、顔を赤らめたりしながら次々に立ち上がった。小川さんはハンサムな三十代の男性で、女の子たちはみんな、ほのかな憧《あこが》れを抱いている。そのため工場長が主催する「洗濯の歴史」という講義は大人気だった。アシュレーってあんな感じかしら、いやいや、あれはレッド・バトラーじゃないの？　などと、ひそひそ囁き合っている。たね子は女の子たちを促しながら、自分も畳敷きの休憩室をあとにした。

彼女たちはそれぞれ、もしもの時のための血液型と住所・氏名が裏に書かれた「恵泉女学園勤労報国隊」の腕章をはめている。朝七時半に点呼、礼拝をして八時から就業。昼休みと十五時の休憩を挟んで十七時に終業となるが、警戒警報が鳴り次第、帰宅することになっているから、なかなか予定通りに作業は進まない。

鼓膜がビリビリ鳴るような轟音を立てて、遠心洗濯機が回転している。

女の子たちは三角巾をきりりと結び直すと、洗い場、乾かし場、仕上げ室、仕分け、梱包《こんぽう》室、工員たちの子どもを預かっている託児所に、素早く分かれていく。それぞれの体力や資質に合わせて、持ち場は決められていた。一番楽なのは仕分け担当で、座ったままでも作業できるため、虚弱な生徒が受け持つことが多かった。洗い場の前を通過する時、早くも持ち場に就いた女の子たちのお喋りが聞こえてきた。

「どうせ洗うなら、海軍のネイビーブルーの軍服がよかったな。今月はなんでだか民間人の背広ばっかりなんだね」

「今の時期に、背広を洗濯に出すなんて贅沢ね。一体、どんな仕事をしている人なのかしらねえ」

みんな、前掛けに長靴姿で、水浸しの床に立ちっぱなしで働いている。ささらと呼ばれる竹を束ねて作った洗浄器具で粉石鹸《こなせっけん》を泡立て、汚れものをこすり洗いするのが主な役割だ。最初は、目の前の練兵場から運ばれてくる、血がついた軍服を見るたびに卒倒しかけていた少女たちだが、半年以上も経つともう慣れたものである。

明治三十九年に創業した白洋舎は、日本で初めてのドライクリーニングを行った会社として知られている。お洒落着を新品同様にパリッと仕上げることを売り文句にしてきたが、日米開戦後の民間需要はほとんどなくなってしまった。現在では海軍の白い軍服をカーキに染めたり、軍で使う毛布や衣料の洗濯なども請け負っている。創業者の五十嵐さんがクリスチャンということもあって、敵性国を話題にしたり、英語が飛び交っていても工員たちは嫌な顔をしなかった。

もちろん、生徒たちが比較的緊張せずに働けるのは、道先生の采配によるところが大きい。週三回、たね子が動員先に付き添うこと。少女たちに無理な労働をさせないこと。就業前には必ず礼拝。月一回は必ず学園に帰ってきて正式な授業を受けさせること。希望する生徒があれば終業後に勉強をみてやること。細切れでいいから英語を学習させること。これらをぜひ守って欲しい、とたね子は道先生から約束させられている。

――作業中のアイロンが重すぎるように感じます。あと休憩時間をもう少し、増やせないでしょうか。

そんな風にたね子が相談すると、道先生はすぐに工場長に掛け合い、改善を促してくれるのだった。

たね子は玲子を始めとする仕上げ班とともに長靴を履くと、北向きの部屋に足を踏み入れて、さっそく十台の蒸気アイロンを熱し始めた。珠子が熟練工のような手つきで、アイロンから伸びているニクロム線の接続を直している。

しばらくすると小川工場長が入ってきて、仕事の進捗《しんちょく》状況をチェックし始めた。一人一人の手元を覗き込み、去り際にこう言った。

「もはや生徒のみなさん、ベテランにひけをとらない腕前ですね。みなさん、将来、旦那《だんな》様を持つようになったら、ぜひ、白洋舎式のアイロンがけで家族のシャツをパリッと仕上げてくださいね」

彼が行ってしまうと、女の子たちは、旦那様ですって、とつぶやき、とろけるような笑顔になった。

「玲子さんはこの中でも一番頑張り屋だから、きっといい奥様になるに違いないわね」

自分の頭ほどもあるアイロンを両手で摑んで、軍服に滑らせている玲子に向かって、珠子がからかうように声をかけると、

「奥様かあ」

玲子は額の汗を片手で拭いながら、窓の外に目をやった。日当たりの悪い部屋だが、青空の色がどんどん濃く変化していくことだけは、ここからでもわかった。

「奥様といえば、私、ドストエフスキー本人より、その奥様が書いた本の方がずっと好き。『夫ドストエーフスキイの回想』という本なの」

歌うような調子で玲子は急にそんな話を始めた。

「奥様はドストエフスキーの口述筆記も務めているのよ。もしかして、本当に文才があるのは、

奥様の方なんじゃないのかしら。私、そんな気がするの。……あれ、なんだろう。この美味しそうなにおいは？」

ボイラーの蒸気に混じって、なんだか香ばしい海のにおいが広がっている。みんな、くんくんと鼻をうごめかし、辺りをきょろきょろ見回した。

「きゃ、見つかっちゃった」

俊子がすぐに舌を出し、アイロンの下からするめを素早く引き出し、作業着の下に隠した。アイロンをするめに押し当て、熱くパリパリしたせんべいにするのが、このところ生徒の間で流行っている。たね子は笑って、

「さっきお昼を食べ終えたばかりでしょ。おやつにはまだ早いわ」

と一応たしなめたが、見なかったふりを決め込んだ。俊子が恥ずかしそうにアイロン台の下にしゃがみこんで、するめをかじっている。甘いお菓子が手に入らなくなっても、女の子たちはあの手この手でおやつになる素材を探しては、少しでも美味しく食べるための情報を交換し合っていた。

こんな風に和やかに笑い合っている瞬間、ふいに、ここにいない他の生徒たちへの後ろめたい気持ちが込み上げてくる。自分の受け持つクラスが白洋舎に動員決定となった時、たね子は胸をなでおろした。同僚の中には、戦闘機の部品を作る工場に配置されたクラスを受け持つ者もいる。彼女たちの顔を思い浮かべていると、もともと石のようなアイロンがさらに重く感じられる。

熱い蒸気が舞い上がり、見えない埃《ほこり》に女の子たちは一斉にむせた。

「大丈夫？　あなたの身体では重いんじゃないの？　代わりましょうか。仕分け係に変わった方がいいんじゃないのかしら」

たね子は玲子に囁いた。小柄な上に痩せ細っている玲子は、腰の周りに肉がほとんどないせい

で、畳に膝を抱えて座る時でさえ痛そうに見えた。

「いえ、大丈夫です。お国のために少しでも自分を役立てたいんです」

玲子のこうした物言いを咎めていいものかどうか、たね子はいつも悩んでしまう。別に、本人がそれを周囲に強制するわけでは決してないし、彼女の家庭環境を思えば、そうした考えに至るのも納得せざるを得なかった。父を亡くしている上、二人の兄までが戦死している玲子は熱心なクリスチャンであると同時に、報国の思いに篤い少女でもあった。

――たね子先生、生徒たちの心が荒《すさ》まないように、できるだけ心がけてやってくださいね。

道先生の言葉はたね子の指針だった。明日死ぬかもしれない毎日の中で、少女たちがどうやったら投げやりにならずに暮らしていけるのか自分に問い続けている。

「ねえ、先生。あの方、寂しそうに見えませんか？　行って話しかけてもいいですか？」

たね子が考え込んでいるうちに、玲子の方が先に、工員の一人を示して問うてきた。こちらが気を揉《も》む必要はなく、世話焼きの彼女は、いつも誰かのためにちょこまかと動いていて、あまり極端な考えに陥ることはなかった。男性工員との接触を禁止されているわけではないので「そうね、あなたが元気づけておあげなさい」と、たね子は送り出した。玲子が小走りで飛んで行った先には、いつも片足を引きずっている、気難しそうな初老の男性工員がいた。

父が生きていたら、あの人くらいかな？――ごま塩頭や深い皺が刻まれた横顔を見ながら、ふと思った。三歳の頃に亡くなった父の顔をたね子はほとんど覚えていない。プリンストン大学に学び、衆議院議員として日本移民排斥法案の立法化を阻止しようとして、志半ばでアメリカで客死したと聞かされている。

いつも黙りこくっているその工員に玲子はしきりに話しかけ、最初は面倒そうにあしらわれていたものの、ついには微笑らしきものを浮かべさせることに成功した。

「良い方でしたわ。私と同じでご家族を戦争で亡くして、ご苦労をなさっているみたい。今度、私たちに関東大震災の頃の話を聞かせてくれるっておっしゃってました」

玲子は満足そうな顔でこちらに戻ってきた。

こんな些細《ささい》なやりとりが、たわいもない冗談が、約束とも呼べない小さな約束が、彼女たちの心を潤しているのを、ここに来てからこの目でずっと見てきた。友人からは猪突《ちょとつ》猛進で冗談が通じない、と評されることも多いたね子だが、女の子たちがほんの少しでも微笑み合えるように、ちょっとした刺激をといつも考え続けている。生徒たちに毎日短くてもいいから日記をつけるように、と言い渡してあるのも、そんな工夫のひとつだった。

蒸れた空気と埃で息苦しくなり始めたので、たね子は生徒たちを促し、深呼吸するために、外へと連れ出すことにした。そのまま各部屋を覗き込んでは、

「三時の休憩時間には、イノック・アーデンの朗読をしますね。時間がある人は休憩室に集合してください」

と、次々に声をかけて回ることも忘れない。外に出ると、洗濯石鹸の香りがする風が吹き抜け、火照《ほて》った頬を冷ましてくれる。少女たちを引き連れて、外階段を音を立てて昇っていった。

隙間《すきま》の時間を見つけては英語を読み上げているが、時折こんなことをしても、と虚しく思う日もある。それでも、何もしないよりはやった方がまし、と自分に言い聞かせた。それに、たね子にできることはごくささやかでも、ドイツでプリマドンナとして活躍した音楽指導の佐藤良子先生が週に一回工場にやって来る日は、飢えも不安もどこかに吹き飛んでしまう。丸い頬に笑窪《えくぼ》をへこませて、メゾソプラノを響かせる良子先生と歌声を揃えれば、どんな生徒も熱狂した。たね子自身にも、もうすぐ音楽コンクールが迫っていて寸暇を惜しんで練習している時のような気持ちが蘇る。工員たちまでもが、楽しそうにメロディに身体を委《ゆだ》ねていた。

干し場に上がると、乾かし担当の生徒たちが屋根の上で洗濯物を叩いて、皺を伸ばしているところだった。そのまばゆい白さが腹立たしかった。彼女たちが青春時代をすり減らしてまで清潔に仕上げても、またすぐに泥や血で汚されてしまうのだ。軍服がすごい速さで彼女たちの時間を吸い上げていくように感じられた。

「まさに、『はるすぎて　なつきにけらし　しろたえの　ころもほすてふ　あまのかぐやま』ね」

たね子は思わずつぶやいた。女の子たちは、わあ、と感嘆の声をあげた。

「持統天皇ですね！」

「春が過ぎて、夏がもうやってきたらしい。真っ白な衣を干すという天の香具山……。本当だ、それじゃあ、ここは香具山ね」

玲子がはしゃいで、たなびく軍服越しの街並みを見下ろした。代々木練兵場の正面にあるこの工場は、小高い丘の上にあるせいで、崩れかけたトタン屋根やひしゃげた欄干がどこまでも連なっているのが一望できた。三月十日の大空襲で、周辺には焼夷弾《しょういだん》がたくさん落とされた。渋谷駅周辺には、家を失った人たちの暮らしているバラックが犇《ひし》めいている。山手線沿線もほとんどが焼けたという。白洋舎もこの工場を残して、ほとんどの支社の建物は焼失してしまった。

「そろそろ夏は来るんだね。忘れてたね。そういえば、そういうにおいがするね」

俊子がそう言って目を細め、大きく息を吸い込んだ。周囲に緑など見当たらないが、言われてみれば、どこからか青臭さが漂ってくる気がする。大半が焼けてしまったとされる明治神宮の、かろうじて生き残った木々から早くも新芽が吹き出し、その香りが風で運ばれてくるのだろうか。

「学校だとすぐにわかるんだけどね。夏が来る気配って」

誰かがそう言うと、しんと静まった。全員が学園の花壇や畑を思い浮かべ、今すぐにでも帰りたがっていることが、たね子にはわかった。みんなでしばらく、初夏にさしかかった青空とはためく軍服に見入っていた。平和な時代は特に心にかけることもなかった、雲や青空の濃淡に吸い込まれそうになる。その時、風もないのに軍服が大きく翻ったかと思うと、警戒警報が鳴り響いた。たね子は我に返って、手を叩いた。

「今日はもう自宅に帰りましょう。みなさん、支度をして。方向が同じ人は班になってくださ い」

目を凝らすと、遠くの青空に赤く錆《さ》びた色がかすかに滲《にじ》んでいる気がする。この分だと、B29の編隊が間もなくこちら側にもやって来る。外階段を駆け下り、それぞれの持ち場に戻ると、防空頭巾を被った。

工員たちも次々に帰宅を開始し、たね子たちを追い越していった。電車が運休となったので、恵泉のある世田谷方面に帰る生徒たちは、渋谷駅から東急井の頭線の線路の上を歩くことになった。神泉のトンネルに消えていく生徒たちを、たね子は手を振って見送った。三月の大空襲のあとに、この暗がりの中にいくつもの遺体が転がっていたことを思い出す。闇に飲み込まれていく彼女たちを見送るうちに、ふいに全員が奪われて、二度と会えないという思いに囚《とら》われた。

「待って。先生も途中まで行くわ」

夢中で線路の上を走って、彼女たちに追いついた。

「一緒に行きたいのよ。なんだか心配なの」

トンネルの中は涼しく、しんと静まり返っていた。最初はかすかだった爆撃機の飛行音がどんどん大きくなっている。壁面や線路が細かく震え始めた。足元から振動が伝わってきて、それはみぞおちの辺りでせき止められ、溜《た》まり続ける。ちゃんと息を吸おうにも、その空気には空襲で死んでいった人たちの血のにおいが溶け込んでいて、身体中に鉄の味が広がっていく気がした。その時、誰かがか細い声で賛美歌を歌い始めた。生徒たちは最初はおずおずと、やがて自信を持って、まるで線路を震わせる爆音に対抗するかのように明るく声を揃えた。たね子も両手で二人の生徒の手を強く握りしめながら、歌声を響かせた。トンネル上空を爆撃機が通過したのか、震動は次第に弱まり、暗闇にはやがて歌だけが響くようになった。ようやく、遠くの方からも光が差し込み、みんなでほっと息をついた。先ほど嗅《か》いだ夏の始まりの香りがどっと流れ込んでくる。日が暮れるのが遅くなったので、夕方といえど周辺は日差しに輝いていた。

「明日もまた、元気で会えますように」

トンネルの出口のところで口々に、近くの相手と抱き合った。いつものようにその姿が見えなくなるまで手を振り続ける。たね子はしばらくそこに佇んだのち、トンネルを一人で引き返していった。本当は工場での事務作業が残っている。帰り道は、コツコツという自分の足音だけがやけに大きく響いた。

土曜の登校日には、工場に動員されている生徒たちも堂々と学園に戻り、行事や授業に参加することができる。

たね子が礼拝の直後、学園長室に行くと、道先生は机に突っ伏し、大笑いをしていた。たね子に気付くと、笑い泣きの涙を拭いながら、一枚の紙を差し出してきた。それが「紙の爆弾」と呼ばれる、B29から撒《ま》かれた日本語のビラであることはすぐにわかった。拾ったら警察にすぐ届けることを義務づけられている。

「『髪の毛を虎刈《とらが》りに刈って申し訳ありません。まあ、待っておいでなさい。そのうち、あなたがたの頭をそれこそ、きれいにくりくり坊主にしてあげますから』ですって」

友人からからかい半分に「ストレートたね子」とも呼ばれていたたね子は、先日のトンネルでの恐怖を思い出し、つい眦《まなじり》を吊り上げてしまう。

「道先生、こんなの笑えませんよ」

この方のユーモアのセンスは独特というか尖《とが》りすぎていて、時々付いていけない時がある。道先生の政治的な立場がよくわからなくて混乱することも、多々あった。

軍用機献納事業の際、道先生は生徒以上に張り切っていて、子どもがゲームで勝ち進んでいくかのように、献金額が上がるたびに無邪気に万歳をしていた。今朝の礼拝で、全校生徒を前にしての「特攻隊の犠牲はなんと尊いんでしょうか！」という感極まった話しぶりを見ていると、最初は強制されてしぶしぶ型通りにこなしていただけの国策協力が、ある瞬間から本物になってきた感じさえある。なにより、欧米のリベラルアーツで学んだはずなのに、天皇崇拝に対しての危機感が薄いのではないか。昔から、たね子は天皇に敬意はあれど、その制度には不信を抱いている。大学教授を務めていた叔父が、国家が建国思想として定めた神話を疑う研究を発表していたせいで、皇室の尊厳を冒瀆《ぼうとく》したとして大学を追われた経緯をこの目で見て育ったのが大きかった。

この時のたね子はまさか翌年、自分が皇室で働くようになるとは知る由もない。

「いえね、アメリカ人ってどんな時でもユーモアを忘れないんだなあと思ったら、おかしくて」

そう言って、道先生はハンカチを取り出し、目頭を軽く押さえてみせた。そうしていると、今年で六十八歳の女性にはとても思えない。痩せて頬がこけていても、がっしりした骨格のおかげか、誰よりもしゃんとして見える。ズボン姿でもどこか瀟洒《しょうしゃ》な雰囲気を醸していて、この人だけはいつも平和な時代の空気を纏っていた。

「私のアメリカのお友だちに、日本人の心理に精通している軍人さんがいるのよ。といっても、のんびり屋でちっとも軍人さんらしくなくて、いつまでたっても中尉なんだけどね。天皇制や神道にも詳しいの。小泉八雲の愛読者でね。私は八雲は嫌いだけど、あの軍人さんだったらこんな文章を書くかもしれないわね。武器を使わずに、こちらの戦意を喪失させようなんて、いかにも平和主義者の彼らしいなあと思って」

そう言うと、道はたくましい喉《のど》をのけぞらせ、頭上を仰いだ。天井には大きな穴が空いていて、そこからぽっかりと青空が覗いていた。連日の空襲で、爆弾の破片が飛び散った木造校舎はあちこちが破損し、爆風を防ぐために丁寧に紙を貼ったガラス窓までその多くが割れている。

たね子にはアメリカに大勢の友人がいる。だからといって、B29に親しみを感じたことなどもちろんなかった。知らず知らずのうちに、爆撃機に乗っているのが同じ人間だという意識が薄れていることに気付き、愕然《がくぜん》としてしまう。

「彼、フェラーズさんといって、ゆりさんと私の昔からのお友だちなの」

ゆり、と発音する時、道先生は少しだけ、寂しそうだった。御殿場に疎開した娘の義子さんを追いかけるようにして、ゆり先生と甫児理事もこの春、東京を離れていた。ゆり先生と道先生がどんな時でも一緒に歩んできたことは、たね子もよく知っている。生徒と教師の大多数が工場に動員され、すっかり人の気配が消えた学園を守るかのように、道先生はこの場を頑なに動こうとしない。今は、工場ごと生徒たちを地方に疎開させられないか、東京都との交渉に忙しいと聞いている。

こんなに大変な時期だというのに、ゆりさんは一体何を考えているのかしら。ずっと不可解に思っていたので、たね子は素直にそれを口にした。道先生はなんでもないことのように言う。

「私たちはいつも一緒にいる必要もないのですよ。今のゆりさんはご家族と一緒にいるのが何より大事です。義子さんを思って毎晩泣いているゆりさんを、私は知っていましたからね。学園から最後の一人が去るまで、私はここにいます。私さえいれば、閉校したことにはなりません」

だけど、ゆり先生には義子さんも甫児理事もいる。やっぱりたね子にはなんだか、道先生が割を食っているような気がしてならない。生徒の頃から、ゆり先生と道先生の関係に憧れを抱いていただけに、なおさらそう感じるのかもしれない。

学園長室を出ると、たね子は運動場に面した廊下を渡った。四月にようやく発足したばかりの農芸専門学校の新入生と、園芸科の生徒たちが力を合わせ、運動場を切り開いた菜園をせっせと耕しているのが目に入った。彼女たちは食糧増産という大義名分のおかげで動員を逃れている。校舎内は静まり返っていた。もはやここに残っているのは七、八十人程度だった。一、二年生は今もここで畑仕事に従事したり、校内に作った簡易工場で航空計器の仕上げ加工などをする傍ら、授業を受けているが、家族と一緒に疎開を開始した者も多いと聞いている。男性教諭の多くは、外地に派遣されるか出征してしまった。

教室に入ると、生徒たちが普段は空っぽの教室に机を運び入れていて、たね子を待ち構えていた。どの生徒も工場で見るより、ずっと幼く無防備に見える。いまや、彼女たちにとって登校は一大行事だった。

その日は「家なき子」の英語訳をみんなで朗読し、一節一節、丁寧に翻訳していった。工場でも細々とだが授業をしている成果なのか、それぞれの学力はさほど衰えてはいなかった。

「井の頭線の車中で『家なき子』を読んでいたら男の人にいきなり殴られたのよ。敵国の本を読んでいるなんて愛国心が足りない、不謹慎だって」

授業が終わると、俊子がしょんぼりと打ち明け、みんなに慰められていた。たね子は俊子の顔を覗き込んだ。

「それは怖かったわね。でも、英語を学んでいるからって、日本を憎んでいるわけではないわ。その人がおかしいんですよ」

たね子が言うと、一番前の席に座っていた稜子が、級友たちを振り返っておどけた声でこう言った。

「そうよ。外国のものが好きなのと愛国心って関係ないんじゃない？　だって、面白いものってだいたいアメリカのものだもんね？『風と共に去りぬ』の映画、私、早く観てみたいな」

「そうよね。いつか平和な時代が来たら、きっと日本でも上映されるよね。そうしたら、ここにいるみんなで一緒に映画を観に行こうよ」

　珠子が叫ぶと、さんせーい、映画を観ながらあられをどっさり食べようよ、とあちこちから声があがった。

「そのためには何がなんでも、この戦争に勝たなくちゃならないわ。道先生も今朝のお話では、日本が勝ち進むことをお喜びだったじゃない」

　ずっと黙っていた玲子が厳かに言い、沸き立っていた教室は急に静まった。

「そうかしら。負けたっていいじゃない。早く終わればもうなんでもいい。自由に遊びに行けるようになれば、私はそれでいい」

　俊子が唇をとがらせると、他の女の子も、うんうん、と肯き合っている。

「いいえ、やっぱり、勝たないとだめ」

　玲子はそう言ったきり、黙り込んでモンペの膝頭を見つめた。猫背がどんどんひどくなっている気がするのは、やはりアイロン作業が彼女には向いていないということだろうか。空気を変えようと、たね子は慌てて言った。

「みなさん、学生はこうして学問や運動をするのが本当です。そもそもあなた方が労働しなくてはならない、今の状況が異常なんです。それを忘れないようにしましょう。みなさんが望めば、先生はいつでもどこでも授業をしますよ」

　少女たちが学園を後にする時、学園長室の罅《ひび》の入った窓ガラスが横に勢いよく引かれ、道先生が顔を出した。門の方に手を振って、大きな声でこう叫んでいる。

「先生はいつもここにいますよ！　みなさんが工場で働いている間も、必ずここを開けています！　恵泉がある限り、みなさんはまだ学生です！」

みんなが立ち止まって、道先生と叫びながら手を振り返した。たね子は教室の窓から、両者のやりとりを無言で見守っていた。ふいに、けやきの葉先に浮かんだ光の輪や花壇の桔梗の紫がぐんと目の前に迫って感じられた。花を育てることは今、眉を顰められるような贅沢だった。

「みんな、気をつけてね！　また、必ず、元気で会いましょうね！　次の登校日もみなさんに会うのを楽しみにしていますよ」

道先生は繰り返し、窓から落ちそうになるほど身を乗り出し、少女たちの姿が見えなくなるまで、手を振り続けた。夏が始まる時にだけ漂う、あの緑と日向《ひなた》と土のにおいが、この学園には惜しげもなく立ち込めている。

「こうしている今も、日本は近隣の国で略奪や残虐行為を働いているとも聞いています。同時にB29に乗っている兵士は、もしかしたら、私のアメリカでのお友だちかもしれないの。ジムかもしれないし、ボブかもしれない。みなさん、それを忘れてはいけません」

白洋舎の休憩室で、たね子は道先生の発言を思い出しながら、生徒たちに真面目な顔でこう言ってみた。

どんな国でもそこに暮らすのは私たちと同じような人間、と意識して欲しかったのだが、生徒たちは目を丸くした後で、クスクス笑いながら赤くなってお互いの肩を叩き合っている。話の内容というより、たね子の口から男性の名前が出たことで、すっかり興奮してしまったらしい。

「わが最愛のミス・グリーン」なるロマンス小説が瞬《またた》く間に書き上げられ、女の子たちの間で回し読みされるようになるのは、それから数日後のことである。

「ミス・グリーンに恋い焦がれていた青年ボブは、彼女が日本に帰ってしまうというので、港に見送りにやって来ました。遠ざかっていくミス・グリーンの揺れる緑のスカーフ。なんて美しく寂しい色なんでしょう。ボブは気付くと、走り出していました。彼女を乗せた船を夢中で追いかけているうちに、ボブは海にドボンと落っこちてしまったのです！」

文章を書くのが大の得意な俊子が芝居がかった調子でそう朗読すると、女の子たちは畳に手足をバタバタぶつけて、大喜びした。

「先生、よければ、読んでみてくださいね。われながらすごくうまく書けたんです」

休憩が終わると、たね子は俊子に一方的に紙束を押し付けられた。

こんな時、いつも圧倒されてしまう。どんな些細なことでも娯楽に変えてしまう彼女たちのエネルギーに、学ぶことの多さといったらどうだろう。あれだけの情報でよくこんなことを思いつくな、と感心せざるを得ない。

たね子とて恋愛に全く興味がないわけではないが、今はこの子たちの安全や健康の方が遥かに心を占める比率が高い。

「ミス・グリーン。あの……、私は愛国者じゃないんでしょうか」

その日のアイロンがけのさなか、玲子がふいにそう言って、珍しく作業の手を止めた。

「私、敵の国を憎むことができないんです。ボブやジムにも家族や好きな人がいるんだものね。俊子ちゃんの『わが最愛のミス・グリーン』面白かった……」

「それで、いいのよ。あなたは何も間違っていない」

たね子はそう言って、玲子のなおも浮かない顔を覗き込んだ。彼女はいっそう背中を丸め、アイロンを見下ろしている。彼女の姿をずっと隣で見ているはずなのに、急にひと回り身体が小さくなったように感じられた。

「ミス・グリーン、でもね。かといって平和だけを願うのも無理なの。私のお兄様を殺したのはアメリカ人だもの。矛盾を持って生きることって難しいんですね。なんだか二つの道を行ったり来たりしているみたいで、時々疲れて、何もかも嫌になっちゃう……」

そう言ってため息をついた玲子は、本当に顔色が悪く、ぐったりしているようだった。何故か、道先生が彼女の横顔に重なって見えた。たね子からすると、平和主義と軍国主義をその時々で使い分けているように見える道先生。どんな状況でもいつも笑っている道先生。

彼女の本音はもしかすると、ゆり先生でさえ、知らないのではないだろうか。

たね子はなんと言っていいのか迷ってしまう。玲子の家庭の事情を慮《おもんぱか》ると、迂闊《うかつ》なことは口にはできない。こちらの困惑は彼女にも伝わったらしい。先に口を開いたのは、いつものように玲子の方だった。

「変な話しちゃった。ごめんなさい。迷っている分、私はみんなよりもうんと働かないといけませんね！」

玲子は目を見開いて、アイロンを摑む痩せた手に血管を浮かせた。また、生徒に気を遣わせてしまった。たね子は自分が嫌になる。

その晩、ベッドで読んだ「わが最愛のミス・グリーン」は、文章は拙《つたな》いながらも、俊子が一度も見たことがないであろうアメリカを隅々まで描写しているので、気付くとストーリーに引き込まれていた。眠りに落ちる寸前、留学時代にもらった何通ものラブレター、そして、開戦によってうやむやになったデートの約束をぼんやりと思い出していた。自分がいつか何にも捉われることなく、誰かに恋をする日は来るのだろうか。

「心を荒ませない方法は、むしろ、私より、あの子たちの方が知っているのかもしれません」

その週の宿直の日、道先生にたね子はそう打ち明けた。

「そうですよ。次の世代は、前の世代より常に優れているに決まっているんですから。私より、あなたの考えがずっと正しいように」

道先生はそう言いながら頷いた。まるでこちらの奥底まで見透かされたようで、たね子は身体を小さな稲妻が走り抜けた気がした。道先生は壁に飾られた、アメリカの女子学生に囲まれた若かりし日の自分の写真に目をやった。しっかりした顎《あご》を持つ眼鏡の少女は今の道先生と風貌《ふうぼう》も雰囲気もほとんど変わっていない。

「私は明治時代にブリンマー女子大に通っている頃、アメリカの女子学生を見て、驚いたんです。あまりにも楽しそうでのびのびとしていたから。あんな光景を目指して学校を作ったんですが、今は戦争によって、彼女たちの時間が奪われていくのは悲しいですね」

どちらからともなく、天井を見た。室内に突如出現した格好の青空は、のほほんとしていて、地上で起きていることとは無関係を決め込んでいるようだ。道先生は真面目な顔でこちらを見据えた。

「一秒でも長く、ティーンとしての充実した時間を過ごさせてやりたい。それが私にできる戦いなんです。そのためには、時に納得がいかない方法を選ぶこともあるとしても。たね子先生、協力してくれますね」

たね子は頷いた。二人はしばらくの間、丸く切り取られた青空を見つめていた。

四月以来の大空襲があったのは、それからたった数日後のことだった。さいわい死者は出なかったが、恵泉生の多くが被災した。白洋舎渋谷本社はこの時、燃えてしまった。社員や近隣の人たちが消火活動に当たってくれたため、工場だけは無事だったものの、さらに二日後の空襲でこれも焼失してしまった。

ほとんどが灰になった工場の後片付けに、たね子たちのクラスは駆り出された。代々木まで広がる赤い焼け跡を、小川工場長はただ無言で見つめていた。工場の前を走る小さな川が汚れた水で溢れ返っている。そこを流れてくる丸太を燃料にするため、素手で引き上げるのは、少女たちの仕事になった。汚水まみれになって、重い丸太を肩に載せて運び、焼け野原に積み上げていく。手足に引っかき傷を作りながら、錆びたトタン屋根も回収した。全員、すっかり疲れ果てて、いつものようなお喋りもほとんど出来なくなった。俊子がぽつりとつぶやいたのは、そんな時だった。

「でも、工場が焼けてしまったということは、私たち、恵泉に帰れるかもしれないね」

「そうよ。道先生に直談判してみようよ」

玲子はそう言って真っ黒に汚れた顔をほころばせた。

しかし、それが元気な彼女を見た最後だった。その日を境に彼女は家から出られなくなった。正確には、寝床から起き上がれなくなったのである。

玲子が入院した慶應病院で、すずらんの花を手に駆け付けたたね子は、医師から淡々と告げられた。

「全身不随症です。ビタミンB不足と疲労もひどいですが、一番の原因は、工場の重いアイロンがけのせいと思われます。長時間の労働で、脊椎《せきつい》の一部が損傷しています。助かる見込みは薄いです」

具合が悪そうなのは、ずっと気にはなっていたが、彼女からアイロンを取り上げることまでは考えが至らなかった。

「私の責任です。本当に申し訳ありません」

たね子は、言葉もなくベッド脇で娘を見つめている、憔悴《しょうすい》しきった様子の母親に頭を下げた。妹だろうか、小さな女の子が、泣きはらした目で玲子の枕元《まくらもと》に寄り添っていた。

暇《いとま》を告げると、ずっと睫毛を伏せていた玲子は、いきなりたね子の手首を摑んだ。脊椎を損傷しているとは思えない強い力だった。

「私を可哀想だなんて、絶対に思わないでくださいね、先生。私、楽しかったんですから。お母さんがいて、友だちがいて、先生がいて、面白い本をたくさん読んで、一日だって退屈な日なんてなかったんですから。毎日に感謝しているくらいなんですよ。クラスのみんなにもそう伝えて」

何か言おうとするたね子を封じるように、玲子は強く光る目でこう言った。

「私は本当に悲しくなんかないんです。すごく幸せだったんです。十八だけど、いろんなものを見ました。人の何倍も私は生きたんです。神さまの元に行けるんですもの。死ぬのも怖くありません」

彼女のキリスト信仰の深さに、医師は驚嘆していた。

たね子はそのまま、黙って病室を出た。違う、違うのだ——。ああでも思わなければ、怒りで息が止まってしまうからだ。たね子は廊下にあったベンチにそのまま腰を下ろし、額を押さえた。自分は結局、何にもわかってなかった。女の子たちがいつもかしましいのも、元気なのも、よく笑うのも、一度でも沈黙がやってきたら、死の恐怖で立ちすくんでしまうからだ。悔しくて立ち上がれなくなるからだ。

七月二十五日、中山玲子は息を引き取った。

「今すぐ山に行きましょう」

やつれた顔で声を詰まらせているたね子に対して、道先生は表情を変えず、短く命じた。

「もう学校の花壇に花はほとんどありません。野生の山百合《やまゆり》を集めるくらいしか、葬儀を花でいっぱいにする方法はありません」

農芸専門学校の生徒たちの案内で、たね子のクラスの少女たちは生田《いくた》の山に登り、泣きながら花を摘んだ。途中でたまらなくなって、たね子は膝を地面についた。生徒たちに涙を見られないように木陰で膝を抱えた。人の気配を感じて視線を上げると、道先生が無言で立っていた。

「結局、私は何も出来なかった。私たちが身につけてきたものなんて、なんの意味も……」

言葉が続かず、たね子は道先生の膝にすがりついた。道先生はこちらの肩を強く抱きながら、こう言った。

「意味がなかったとしても、今は続けましょう」

たね子は驚いて、その顔をまじまじと見上げた。

「戦争が終わるまで」

二人は花摘みを再開した。山百合を両手一杯に抱えている道先生の何も映さない横顔を見つめるうちに、この人もまた、動けなくなることを恐れているから立ち止まれないのかもしれない、とたね子は思った。

学園で行われた八月五日の告別式では、玲子の遺影は甘い香りでむせるほどの大量の山百合に囲まれた。

その翌日に広島、九日には長崎に原爆が投下された。

6

「道先生!!」

ゆりは大声で叫んだ。びしょ濡れになるのも構わず、疎開先の農家の玄関から駆け出していった。カエルの鳴き声と激しい雨音が競い合っているかのような、真夏の夜だった。

「なんて無鉄砲なんですか。お荷物くらい、預ければいいのに……」

背中にゆり手製のリュックサックを背負い、両手が荷物で塞がっていた道は、濡れた髪と服を身体に張り付かせるがままにしていた。足元もふらついていたが、雫《しずく》が光る眼鏡の奥の目は闇の中で強い輝きを放っていた。

「お手紙にもう、雑草しか食べてないって書いてたでしょう？　一刻も早く、あなたがたに食べ物を届けてあげたくて……」

ゆりは慌てて道を家へと誘い、驚いている義子に着替えと手拭いを取ってくるように言いつけた。

身体を拭《ふ》き、ゆりの服に着替えてさっぱりすると、道はいろりの前に座って、手品師のように食料を取り出し始めた。どんなルートを使ったら入手できるのか、パイナップルの缶詰やブドウ糖、ウイスキーの小瓶が次々に現れたのだ。

「道先生、なんとお礼を言っていいのかわかりません。私たちは今、何にもシェアできないのに……」

ゆりは何も言えなくなった。傍らの帍児と義子もうつむいている。こっちに来い、とゆりと帍児がどんなに勧めても、道は決して学園を離れようとはしなかった。一人でも生徒がいる限りはここに残ります、の一点ばりだった。

一色家の三人が御殿場に疎開して、もう三ヶ月が過ぎた。道の母が亡くなった時、ゆりはどんな時でもあなたのそばにいると誓ったのに、結局それを守れなかった。

「それがいいわ。今は家族と一緒にいるべきよ」

道は手紙を書き送り、恨み言ひとつ口にしなかった。義子と離れていることにゆりはどうしても耐えられなかったのだ。七十代の雨児の栄養状態も気になっていた。食料が少しでも確保できそうな農村に住んだ方がいい、という判断も後悔してはいない。でも、道にとって、自分の選択はどれほど冷酷なものに映っただろうか。

「いいのよ。あなた方にシェアすることで、私は活力を取り戻しているのよ。それが離れていてよくわかった。昔は母がそうだったの。母がいるから頑張れた。今はあなた方が私のファミリーね」

その言葉が嘘ではない証拠に、道はゆりたちが缶詰を夢中で食べるのを見て、嬉しくて仕方がないように、声をあげて笑った。それに釣られたのか、雨児も久しぶりに屈託のない笑顔を見せている。趣味人で好事家《こうずか》の夫は、農作業となると全く役に立たなかった。疎開先で彼が肩身の狭い思いをしていることは、ゆりが一番よくわかっていた。結婚当初は、年の離れた夫を頼っていたが、気付けば立場は反転し、五十代のゆりが一家の司令塔の役割を果たすようになっていた。だからといって、夫への愛情は何も変わらず、むしろ、軍国主義一色の日常の中で、素直に弱音を吐き、かといって卑屈になるわけでもない雨児に救われることは多かった。

「政府はポツダム宣言を無条件に受け入れるしかなくなっている。もうこの状態は長くはない。また、みんなで一緒に経堂で暮らせる日はそんなに遠くないですよ」

久しぶりにウイスキーを飲んだせいか、すっかり陽気になった雨児は赤い顔でそんなことを言った。

その晩、ゆりと道は久しぶりに並んで眠った。雷が近くで鳴り、横殴りの雨が戸板に叩きつけられているというのに、道は横になるなりすぐ軽いいびきをかき始めた。稲光が走り、一瞬だけ部屋全体が明るくなると、その寝顔が照らし出された。ゆりは半身を起こし、彼女を見つめた。初めて道の家に転がり込んだ女子英学塾時代が突然、思い出された。ゆりはなかなか寝付けなかった。この人には、自分にさえ決して見せない弱さがあるのかもしれない――。ふと、そんなことを思った。予感は薄々あったが、何故かその瞬間、それは確信に変わった。おそらく、その本音をさらけ出してくれることは、親友のゆりにさえ生涯ないのではないか。

道はゆりたちが必死で引き止めるのも聞かず、朝一番の汽車でさっさと東京に帰ってしまった。

この日以降、道とゆりはかなり長いこと会うことができなかった。八月十五日、日本が降伏するのと同時に、関東大震災の時と同様、自由な移動が禁じられたのである。せっかく戦争が終わったというのに！　一刻も早く恵泉に戻りたくても、東京入りすることがどうしてもできない。八月十七日に道から届いた「日本が生まれ変わる時ね。私たち、命がけで頑張りましょうね」という手紙を何度も読み返し、焦げつくような思いを必死でなだめた。

玉音放送の間、道はできるだけ俯いていた。

というのも、窓の横に出来た暗がりに有島武郎が立っていて、ニヤニヤした顔でこちらを眺めていたからだ。真夏だというのに、ラジオの流れている廊下の一角は薄暗く、十人足らずの生徒と数名の教師のすすり泣きがよりいっそう、空気を沈ませていた。

放送が終了するなり、道は有島さんをできるだけ見ないようにして、生徒たちにテキパキとこう告げた。

「これでよかったんです。私たちは負けてよかったんですよ。私たちはこれから他国にした残虐行為や利己主義を懺悔《ざんげ》しなければならないんです。さ、私たちが最初にやるべきことは、窓ガラスから貼り紙を剝《は》がすことですよ。少なくとも、これからはもう爆撃される心配はありませんから、必要ないでしょう」

道は立ち上がると、あっけにとられている生徒たちの前で、割れずに残っていたガラスから紙を勢いよく音を立てて破りとった。まるで待ちわびていたように、新たな光が次々と廊下を貫いていく。その空間の中をキラキラと細かい埃が舞っている。道は構わず、どんどん紙を取り去っていった。

紙を剝ぎ取るたびに、生徒たちから感嘆のため息がこぼれる。彼女たちは競うようにして作業に加わった。午前中いっぱいかかって、学園に残っている生徒総出で校内の窓ガラスから全ての紙を取り去った。校舎の損壊も気にならないほど、眩しい光で学園は満ち溢れた。お腹はぺこぺこでふらついても、かつての呼吸はそれぞれの手の中に戻りつつあった。教室の後ろに立っている有島さんは光の中、どんどん薄くなっていき、やがて見えなくなった。さようなら、と道は声に出さずに言った。彼も微笑んだような気がする。

これからはひたすら、まっすぐに突き進むのみ。答えの出ない問いに眠れなくなる日々は、これで終わった。そう考えたら、どんなことだって出来そうな気がして、腹の底からむくむくと力が湧いてくる。

少なくとも、この時の道は確かにそう信じていたのである。

夏の終わりには、エリザベス・キルバンらアメリカ人教師たちが、強制収容所を数年ぶりに出て、来校した。勤労動員もなくなり、強制的に卒業させられた四年卒の生徒、さらに新潟に疎開していた三年生も学園に帰ってくることができた。食料も資材も揃ってはいないが、二学期を迎える恵泉は何年ぶりかの賑やかさで満たされた、生徒たちの顔はみんな一様に生き生きとしていた。

一人の若い女性が大きな包みを手に道のもとを訪れたのは、始業式を迎えたそんな九月三日のことだった。

「私はＧＨＱの使いの者です。こちらの送り主は、あなた様に一刻も早くお目にかかりたいとおっしゃっています。今は横浜のホテルニューグランドに泊まっていらっしゃいますわ。父はそこで働いておりますの。母は昔、道先生をアメリカでお世話したことをよく自慢していますわ」

その夫人ならよく覚えている。使いに来てくれた女性は中山三都と名乗った。そして、差出人のサインを見て道はあっと声を上げた。「ボナ・フェラーズ」と書かれていたのだ。

「ボナ・フェラーズさんは今、准将です。マッカーサーの最高の側近と、GHQでも慕われています」

パイプをくわえている洒落た帽子の軍人の写真が新聞に掲載されるたびに、近くに彼の姿はないものかと必死に目を凝らしていたのだが、やっぱり今、彼は日本にいるのだ。まさか、あののんびり屋がそんなに出世していただなんて！　紙の爆弾作戦がフェラーズのものであるという予感も、この分だと間違っていないのかもしれない。

三都が去ってしまうと、荷物を前にして、道は開封するのを長いこと躊躇《ちゅうちょ》した。もちろん、彼が自分を覚えていてくれたことは嬉しい。しかし、あの平和だった頃、フェラーズを弟のようにあしらっていた道と今の自分はほぼ別人といっていい。むこうは戦勝国軍の最高幹部の参謀。こっちは敗戦国の年老いた教師。卑屈な気持ちがどうしても拭い切れない。ここ数年の自分は、フェラーズが聞いたらとても信じてはもらえなそうな、軍国主義への協力も積極的に行っていた。加えて道にはちゃんとした服も今はなく、栄養不足で容色が衰えたことも恥ずかしかった。会ったところで、どんな態度で接すればいいのか。

しかし、封を破るなり、そんなためらいはたちまち吹き飛んだのだった。

「まあ、竜宮城のご馳走みたい！」

そこに入っていたのは「朝食」「昼食」「夕食」と記された三つの箱だった。その中には、クラクラするほど眩しい色合いの缶詰や瓶詰がぎっしりと詰まっていた。コンビーフにソーセージ、ピクルス、ビスケット。主食になるものばかりではなく、タバコにチューインガム、チョコレート・バー、葉巻まで入っている。なくても生きていける嗜好品《しこうひん》――。涙が出そうになった。こんなささやかだからこそ力強い楽しさを感じることを、自分はもうずっと禁じて暮らしてきた。はやる気持ちを抑えて、チョコレート・バーをほんのひとかけ、口に含んでみる。表面を覆うチョコレートコーティングが舌の熱で溶けていくと、柔らかなヌガーが歯と歯の間をネバつかせた。ひと噛みすれば、香ばしいナッツが溢れ出す。約四年ぶりの甘さとコクが舌をしびれさせ、ゆっくりと身体中に染み渡って、指先までをもカッと燃やした。

「そりゃ、私たち戦争に負けるわけねえ」

道は一人、ため息をついた。すると、周囲にとろけるような香りが広がった。このままだと一人で全て平らげてしまいそうなので、道は慌てて箱を閉じ、栄養失調の友人たちにせっせと分けて回った。全員、道と同じように、アメリカの圧倒的な豊かさを前にして敗北感を覚えるというより、これから始まる生活へのときめきを隠せないようだった。

九月上旬、マッカーサー一行が横浜から東京入りした。宮城の正面にある第一生命ビルを総司令部、開戦以来閉鎖中の赤坂のアメリカ大使館を宿舎に定めた。道は再びフェラーズから手紙を受けとり、面会を促された。

チョコレート・バーが道を前向きにしたのかもしれない。ようやくゆりが東京入りを強行し、再会できたことも大きかった。

「二人でフェラーズさんに会うのなら、恥ずかしくないでしょう？　おしゃれ出来ないのは、私だって同じだもの！」

ゆりは相変わらず、堂々としたものだった。とはいえ、お互いにもんぺ姿というわけにもいかない。二人は庭から行李を掘り出して、辛うじて身につけられそうな着物を引っ張り出した。夏物の帯に冬の着物というちぐはぐな出で立ちだったが、髪を整え、ほんの少しだけ瓶に残っていた精油を大切に手のひらの熱で暖め、肌にすり込んだ。たったそれだけのことで、ゆりも道も、ここ数年で染み付いた緊張感がほどけていくようだった。

約束の当日、GHQから差し向けられた巨大なカーキ色のリムジンが、学園の正門前に停《と》まった。運転席から降り立ったのは、なんと軍服に身を包んだ若いアメリカ人女性だった。

「フェラーズ准将から仰せつかりました。アメリカ大使館まで無事、お送りさせていただきます」

生徒たちが大騒ぎとなって車を取り巻いたせいで、なかなか発進できないほどだった。背中と腰が溶けていくような後部座席に身を委ねる。外は猛暑だというのに車内はひんやり涼しく、走行音が何故か全く聞こえなかった。リムジンは相当目立つようで、汗だくの通行人が何人も驚いた顔で振り返る。裸同然の子どもたちが目を輝かせて駆け寄ってくる様子、爆風でぐにゃりとゆがんだ看板、しんと静まり返ったかつて馴染みの商店などが、車窓越しにすごい速さで過ぎ去っていく。

「それにしても、驚いた。女性の兵隊さんなんて……」

ゆりが目を丸くしている。女性兵士は運転席と後部座席の仕切り越しにこう答えた。

「GHQには女性の将校が全部で十九人いますよ。日本占領チームに入るのは大変な倍率です。応募は千人以上来たといいますから、全員優秀です。まだ地位は高いとは言えませんが、私たちの声は日本の占領政策に大きく反映されます」

「まあ、なんて心強いの……」

道とゆりの英語が堪能《たんのう》なせいか、彼女は心を許したようで、口調が滑らかになった。

「国家に女性の力を認めさせるには、有事の際に戦力となるしか方法はありませんからね。私が、

WAC（アメリカ陸軍婦人部隊）に志願したのも、そのためです」

　それを聞いて、もうしばらく会っていない、市川房枝や矯風会員らの顔を、道は次々に思い出していた。女性参政権獲得のためには戦争協力もやむなし、としていた彼女たち。あの頃は、反発を覚えもしたが、今の道にはその必死さを一蹴《いっしゅう》することなど、とてもできない。敗戦からたった十日で市川房枝、久布白落実《くぶしろおちみ》、村岡花子らが「戦後対策婦人委員会」を設立した、と新聞で読んだ。それだけでも、彼女たちの目指す世界のイメージが、どんな状況であっても揺らいでいないことが伝わってくる。

　赤坂のアメリカ大使館は、荒廃した周囲の風景に全く馴染まない輝くように真っ白な三階建ての大邸宅だった。門の前では、二人組のMPが剣つきの銃をクロスさせている。女性兵士から道とゆりを紹介されるなり敬礼し、恭しく中に招き入れた。道とゆりは、アメリカ大使館に足を踏み入れた戦後最初の民間人となった。

　案内されたのは大使館の敷地の奥にあるマンション二階の個人宅だった。ふかふかの絨毯《じゅうたん》に履き古した下駄が沈んでいく。室内を隅々まで照らし出すシャンデリアに目が眩んだ。そこに充満する香りは昔、初めて降り立ったカナダで道が嗅いだものとよく似ていた。くらっとするほど強い香水と、焦げた肉と冷えた柑橘類《かんきつるい》が混ざったような何か。クリーム色の壁紙、オーク材のテーブル中央に飾られた山盛りの鬼百合の花。湿度が低く空気は涼やかで、さっきまで道とゆりがいた敗戦後の東京こそが、作り物のようにさえ感じられた。部下らしき男たちを大勢従えて現れたフェラーズは、確かに准将の肩章つきの軍服姿だった。道の記憶の中の青年よりもずっと逞しい体つきで、目を見張るほどに血色が良かった。ほんの一瞬だけ道はひるんだが、目が合うなり、フェラーズの威厳に満ちた顔つきはたちまち崩れた。

「ああ、ゆりさん、道先生。ご無事でなによりです。お二人にもしものことがあったら、と妻もナンシーも、そのことをずっと心配していたんですよ」

フェラーズはそう言って瞳を潤ませた。はにかみ屋で文学好きな昔の彼と何も変わっていない――。ゆりはアーラム大での日々を思い出し、頬がほころんだ。

「幸い、義子と夫も元気ですわ。まだ、疎開先から動くことはできませんが」

「ああ、次はぜひ、爾児と義子を連れてきてください。さ、立たせっぱなしで申し訳ない。お座りください。夕食の準備があります。材料が集まらず、簡単なもので恐縮ですが、召し上がっていただければ幸いです」

部下たちはさっと退いた。隣室から運ばれてきたのは、瓶入りのコーラと輝く銀食器に盛り付けられた湯気を立てるハンバーガーだった。ニューヨーク時代に、何度か口にしたことのあるポピュラーな軽食だったが、今の道とゆりにとって、こんなに新鮮で心ときめく組み合わせはなかった。口の中に唾《つば》が湧き、何年かぶりの牛肉の香ばしいかおりにクラクラした。ふっくらした焦げ茶色のバンズと食べ応えのある挽き肉の塊を一度に頬張れば、肉汁が溢れ出す。それを甘苦くてコクのある炭酸水でしゅわしゅわと流し込む快感といったら!! 食事の間中、フェラーズは、日本の食糧事情はどうか、生活で困っていることはないか、としきりに心配し、援助を惜しまないと言った。

「お二人を探し出したのは他でもありません」

二人が食事を終えてすっかり場に馴染んだ様子を見せると、フェラーズはおもむろに切りだした。

「マッカーサー元帥は、女性解放をまず第一に考えていらっしゃいます。日本の民主化を進めるには女性に参政権を与えなくてはならない、と。マニラから厚木に向かう飛行機の中で断言していらっしゃいました。そのことをまず、お二人にお伝えしたくて」

油まみれの指と唇をナフキンで拭いながら、道の胸はたちまち熱くなっていった。この瞬間、GHQへの協力は惜しまないという道の決意は揺るぎのないものになった。

「それから」

フェラーズが朗らかな口調を、がらりと変えた。

「天皇の処遇について、道先生はどうお考えですか？　僕は小泉八雲を研究したおかげで、神道と天皇がいかに日本人にとって大切な存在なのかを学びました。天皇は責任を問われるべきではない、とマッカーサー元帥に進言するつもりなんですが……」

道が頷きかけた、その時だ。

「それで本当にいいのかい？」

もう二度と聞くことはないと思っていたあの声がふいに耳朶《じだ》を打つ。部屋を見渡すと、フェラーズもゆりも、皿もコーラ瓶も、肉のにおいさえ消えていた。長いテーブルを挟んだ向かいの椅子にはセルの着物姿の有島武郎が座り、真剣な目でこちらを見つめている。

「天皇制がなくならない限り、日本の女性は本当の意味での自由を獲得できないのではないか？天皇制こそがこの国の家父長制を強化し、他国への侵略や残虐行為を正当化したんじゃないのか？」

道は考え考え、答えた。

「でも、今、陛下が刑に処されたらどうなるかしら？　……日本ではおそらく暴動が起きるでしょう。アメリカ主導で女性を解放するどころの話じゃなくなるわ。日本人のほとんどは天皇以外の神を持たないのよ……」

口の中に残っている肉やチーズの味が、話している内容にそぐわず、なんだか落ち着かなくなる。自分の主張が正しいのか、急速に自信がなくなっていった。

「そうか、わかった。じゃ、もう君と話すことはない」

有島さんはそう言うと、表情を読み取れない顔つきになって立ち上がった。

「今、この瞬間を切り拓くためには、次世代の女性たちにとても大きな課題を残す、ということで君はいいんだね？」

「なによ、偉そうに。神への信仰を持たないあなたには、何を言っても、わからないわよ！」

思わずそう叫んだ瞬間、ゆりにさっと手を触れられ、道は我に返った。部屋は先ほどの状態に戻っている。ゆりは心配そうに覗き込んでいる。フェラーズも怪訝そうにこちらを見つめているので、道は一度咳払いをして居住まいを正した。

「ごめんなさい。ちょっと考えごとをしていたもので。なんでもありません」

フェラーズはようやく、安心したように微笑んだ。

「僕はマッカーサー元帥に天皇に関する意見書を書くつもりです。出来上がったら、道さんに目を通していただきたいんです」

道は頷いた。

食事の後、フェラーズは自分の住まいを案内してくれた。リビングルームのサイドテーブルに置かれていた何枚もの写真が、道の足を止めた。

「これはフィリピンで、日本軍が破壊した教会の写真です」

フェラーズは静かに答えた。滅茶苦茶になった教会に遺体がいくつも転がっている。その中にはまだ幼い子どもの姿もあった。日本軍がアジアでどれほどの残虐行為を働いていたか、道とゆりはこの瞬間まで、はっきりとは理解していなかった。

道は送りのリムジンからぼんやりと焼け野原を見つめていた。フェラーズが第一生命ビルに二人をどうしても連れて行きたいと主張したので、彼の案内で司令部を一通り見学してからの帰宅となった。車はお堀に沿ってカーブを描き、坂を登っていく。宮城だけが周辺に全く影響されないように、豊かな緑に守られていた。蟬が誇らしそうに鳴き声を響かせている。夕焼けが辺りを淡いピンクに染め始めた。振り向くと、お堀端に佇む、第一生命ビルは要塞のようだった。その光景はほんの一瞬、この地で起きたことを全て忘れさせた。

汚れた服を着た小さな女の子が何か叫びながら、しばらくリムジンを追いかけていたが、やがて視界から消えた。ゆりは黙って道の手をぎゅっと握りしめた。それでやっと道は理解した。ゆりにはわかるのだ。道がもう長い間、他の人には見えないもう一人の自分と対峙《たいじ》していることが。口の中にはまだハンバーガーとコーラの味わいが残っていた。

有島さんはその日から、二度と道の前に現れなくなった。

7

その日、道がいつものように第一生命ビルのアールデコ調のロビーに足を踏み入れるなり、いきなり受付の女性に呼び止められた。敗戦からわずか一ヶ月半。道にとってGHQ関係者との交流は日常に馴染んでいた。而児と義子も疎開先から帰って来た。先週日曜日は一色家の三人と連れ立ってフェラーズのマンションを訪問し、夕食を共にしたばかりだ。

「ミス・カワイ。一色家からただいまお電話が入りました。ミスター・イッシキが倒れたということです」

すっかり栄養状態が良くなっていた道だったが、それを聞いて久々にめまいを覚えた。来た道を駆け足に引き返し、窓ガラスの割れた電車に再び乗り込んで、一色家に駆けつけた。

ゆりと義子がそばにいたため、主治医をすぐに呼んで一命は取り留めたものの、大きな身体をベッドに横たえ、甬児はずっと目をつぶったままだ。脳梗塞だという。

「大丈夫よ。ゆりさん。甬児さんはちょっと疲れただけ。きっとすぐに目を覚ましますよ」

道とゆりは一晩中、甬児の横に付いていた。ゆりは彼の頭を動かさないように、細い腕でずっと抱きしめた。

なんとそれから二十日も目を覚まさないことになろうとは、その時は誰も思わなかった。それでも、彼の全快を何ひとつ疑わない道の一貫した態度のおかげで、ゆりはなんとか心が折れずに、夫に寄り添うことができた。

初めて出会った時は、なんて背が高い人なんだろうと、眩しく見上げた夫がいつの間にか、自分よりずっと弱々しい存在になっている。夫の寝顔を見つめているうちにプロポーズされたあの日のことを、ゆりは克明に思い出していた。もし、甬児が陰になって支えてくれなければ、自分のような凡人は、道という精力的な女性の隣に居続けることはとてもできなかったと思う。

なんの後遺症も残さず甬児が突然目を開けたのは、十月も半ばのことだった。

「なにからなにまで、あなたたちの足手まといで申し訳ないね。せっかく学園も元に戻り始めたという時に……」

ろれつの回らない声で甬児が囁くと、道は励ますように言った。

「そんなことないわ。甬児さんが見守ってくれるから、私たちは強い気持ちで活動できるのよ。栄養をつければ、すぐに回復するわ。幸い、食料はたっぷりあるのよ」

「バチが当たったんだな。僕は戦わなかった。あなたたちのようには」

甬児はぽつりとつぶやいた。重役を務めている国内最大の製鉄会社は、戦争中、軍用機を製造していた。彼自身はここ数年ほとんど現場から退いていたものの、責任を問われることになるはずだ。公職追放は免れないだろう。

そんな彿児のことを誰よりも心配し、せっせと保存食や寝具を届けてくれたのはフェラーズだった。GHQの軍医を差し向けるとまで言ってくれたが、

――夫が目を覚ました時、アメリカ人がいたら驚くかもしれないから。

と、ゆりは言葉を選びながらも遠慮した。フェラーズはある日、皮を剥いだばかりの鴨をぶらさげて一色邸を訪ね、二人をびっくりさせた。

「きょう鴨場で、皇室とGHQの交流を図るために天皇がハンティングした鴨を使って鴨すきパーティーが開催されたんです。そのお裾分けです。銃で仕留めるのではなく、網を使うというのが平和的で良いイメージになりましたよ。彿児さんは以前から、宮内省とGHQは早く打ち解けるべきだと話していらっしゃったから、まずお見せしたくて」

フェラーズは誇らしそうに話してくれた。

道とゆりの前だと聞き役に回るしかない彿児だが、思い返してみれば、フェラーズと一緒にいる時はいつもお喋りで、生き生きとした顔を見せた。二人の間にいつの間にか生まれていた友情を、ゆりは眩しい気持ちで眺めていた。


「もしかして、あなた、以前どこかでお会いしたことがあったかしら？」

GHQ・CIE情報課女性情報室に一人の日本人女性が入室してきた。とびきりおしゃれなスーツ姿の彼女の顔を認めるなり、道はそう尋ねた。十月末の出来事だった。

「あら、ミチ、知り合いなの？」

エセル・ウィード少尉が不思議そうに首を傾《かし》げた。三十歳近くも年下のエセルだが、フェラーズによってアメリカ大使館で引き合わされるなり、たちまち意気投合した。後頭部をふんわりさ

せた最新流行の髪型、大柄な身体ぴったりに誂《あつら》えた水玉のワンピースが爽《さわ》やかで、身体を揺すって豪快に笑う彼女は、とても軍人には見えない。もともとはオハイオ州クリーヴランドの小さな新聞社で働いていた記者だったそうだ。ひょんなことから、陸軍婦人補助部隊募集のための広報事業に関《かか》わることになり、やがて自らも志願したという異色の経歴の持ち主である。

エセルは道の目指す女子教育のあり方について熱心に耳を傾けてくれた。女子大学の設立や男女共学化が急務、というエセルの見識には道も強く賛同している。しかし、こうして向き合ってココアを飲んでいると、ついつい日常生活の話が中心になってしまう。現に今も、日本でクリスマスを祝うとしたら、リースやツリーはどこで調達すればいいの？　というエセルの相談に、ならば我が農芸専門学校が協力いたしますわ、と自信満々で請け負ったばかりである。

「こちらのシヅエは私の右腕。日本の婦人問題非公式顧問よ。彼女が出版した『ふたつの文化のはざまから』という本は、アメリカでとても有名なの」

エセルは誇らしそうに言い、そのシヅエと呼ばれた女性を引き寄せて、自分の隣に座らせた。彼女の指にきらりと光る蛇の指輪を見て、道はあっと声をあげた。

「あなたは、あの時の!!　確か関東大震災の年。波多野秋子さんの葬儀にいらした、お友だちだという……、ええと石、石本……」

シヅエさんも驚いたように目を見開く。秋子のような凝った化粧をしているわけではないが、そんな表情のひとつひとつが実に華やかだ。

「ええ。あなたは教育者の河井道さんですね！　そうです。あの時は石本の姓でしたが、今は再婚し、加藤シヅエと申します。道さんが葬儀に持ってきてくださった、親友の形見はこうして肌身離さず身につけていますわ。秋子さんが亡くなった時に抱いた悔しさは私の活動を支えていますの！」

シヅエさんは気負い立ったように、これまでの自分の人生について熱く語り出した。最初の夫である石本男爵に付いて渡ったアメリカで、産児制限活動家のマーガレット・サンガーに出会い、女性が自由に生きるには、望まない妊娠や堕胎を避けることが重要だ、という気付きを得た。それからというもの、日本に避妊法を広めるためにずっと尽力してきた。波多野秋子の葬儀で道と言葉を交わした時は、まさに運動を始めたばかりの頃だったという。その後、日本産児調節婦人連盟会長を務め、危険思想と見做《みな》されながらも、自ら大鍋をかきまわして手作りした殺精子ゼリーを女性に配るなどした。人民戦線事件に関わって投獄されたこともあったそうだ。

「警察の厄介になったのは私も同じ！　私たち気が合いそうね」

道が身を乗り出すと、シヅエさんもくりくりした目を輝かせ、小さく拍手してみせた。それだけで二人の間に横たわっていた長い年月は一瞬にして溶けていった。

「あなたがた日本女性の直面する問題に関して、恥ずかしながら私は何も知らないわ。だから、女性の権利獲得に向けて戦前から努力していた女性たちを、ぜひ紹介してほしいの」

エセルのどこまでも謙虚な、一から学ぼうとする姿勢に、道もシヅエも感動した。

「ええ、もちろん。我々と志をともにする姉妹が大勢います！　みんな協力するに違いありません！」

そう言って胸を張ったシヅエの呼びかけで、女性指導者たちがエセルのもとに結集するのに時間はかからなかった。

その中にはもちろん、「新日本婦人同盟」を設立したばかりの市川房枝もいた。道との思いがけない場での再会を大いに喜んだ彼女だが、ＧＨＱへの協力に対してはあくまでも慎重な姿勢を崩さなかった。

「お気持ちは嬉しいのですが……。日本女性はＧＨＱによって解放されたとは私たちは思っていません。婦人参政権も私たちが戦争協力と引き換えに自らの手でもぎとったものですわ」

そう言うと、房枝は怒りを含んだ強い眼差《まなざ》しでエセルを見据えた。先月、彼女は成立したばかりの幣原内閣に素早く働きかけ、戦時中の協力の見返りとして、女性に参政権を与えることを確約させた。それは、マッカーサーが婦人参政権を含む「五大改革」を発表するわずか一日前のことである。

「占領軍の力で自由を授けられた、と女性たちが思い込んでしまったら、それは悲しいことですわ。なんのために我々は今まで頑張ってきたのか……」

五年ぶりに会う房枝はすっかり痩せこけ、ひとまわり小さな身体になっていた。戦時中は、婦人問題の資料が焼失することを恐れ、八王子郊外に疎開し、野草を食べるなどして生き延びていたという。エセルは大きく頷いた。

「もちろんです。参政権獲得は、あなた方の戦前からの努力があってこそです。それに、こんなことを言うべきではないのですが、マッカーサー元帥は日本女性の地位向上を目指してはいますが、ここだけの話、女性たちが連帯し、力を持つことは社会の脅威になるのではないか、と不安視もしています」

「まあ、そう……」

道は思わずため息をついた。敗戦直後、フェラーズからマッカーサーの日本女性への理解ある姿勢を聞いて以来、すっかり心酔しきっていたのだった。エセルの淡々とした口調にふと、冷たいけれど新鮮な風が胸に吹き込んだような気持ちになった。

「もちろん、元帥を尊敬していますが、そこが私とは相容れない部分でもあります。私の目標は全ての日本女性がエンパワメントされ、手を取り合い、自由に生きること。そのためにはあなたがた日本人女性とのネットワークがどうしても必要なんです。どうか、力を貸していただけませんか？」

　半信半疑だった房枝にようやく、ほっとしたような笑顔が浮かんだ。この日をきっかけに、エセルは房枝と週に一度の打ち合わせを重ねるようになり、やがて「女性政策推進ネットワーク」を形成していく。

　村岡花子、柳原白蓮の二人と道が日比谷で会ったのは、そんな風にかつての仲間たちが一人、また一人と、焼け跡から女たちの集いに姿を現し始めた頃だった。

「さすがだわ。戦争中も、道先生は学校を閉校せず、平和主義を貫かれたんですね。私は戦意高揚のための活動に随分協力しましたが……」

　花子が自嘲《じちよう》気味にそう言ったので、道は慌てて遮った。

「いいえ、いいえ、そんなに褒められたものでもないのよ。それよりも、村岡さんは、あの例の少女小説を翻訳し終えたのかしら？」

　そう尋ねると、彼女はたちまち御殿場で出会った頃のようなあどけない輝きでいっぱいになった。

「ええ、もちろん！　空襲で逃げている間も原稿だけは守ったんですよ。赤毛の少女と黒髪の腹心の友との素晴らしい友情と成長の物語なんです。お二人にも早く読んでいただきたいわ」

「腹心の友か……。本当に友はなによりも大切ね。花さんがいなければ、こうして外に出ることもままならなかったわ」

　白蓮がぽつりとつぶやいた。九月に息子の香織さんの戦死を知ったばかりだという彼女はげっそりと痩せ細り、美しかった黒髪は真っ白に変わっている。花子は何も言わずに、ただ寄り添っていた。彼女自身、かつて亡くした息子を思い出しているのかもしれない。白蓮は宮城の森に目をやった。

「私は皇族の血を引く人間ですが……。若者の命が無下にされるなんて、この国のやり方は間違っているわ」

言葉が胸にぐさりと突き刺さって、道は何も言えなくなった。彼女は力なく微笑んだ。

「それにしても本当に羨ましいわ。お二人とも夢を叶えたのね。私は奪われてばかりの人生なのに……」

「ねえ、白蓮さん、少しも遅くはないわ。あなたを邪魔するものはもう誰もいない。今からだって、夢を叶えてみてはどうですか？」

首を傾げる二人を前に、道は勢い込んでこう言った。

「もう少しして学園が元に戻ったら、恵泉で短歌を教えていただけないでしょうか？」

白蓮は信じられないとでも言うように目を見開き、やがて一粒、涙をこぼした。花子はまあ、とつぶやいたきり、無言で白蓮の肩を抱きしめた。


戦争が終わって初めてのクリスマスが近づいてきた。道は両手いっぱいの玩具やリースを抱え、エセルのもとへせっせと通っていた。アメリカの家族に贈るクリスマスプレゼントに悩んでいた彼女のために、義子が描いたクリスマスカードや恵泉生が作ったお人形を持っていった。エセルは大喜びし、もっと欲しい、次はお金を払うと言い出したのだった。それがきっかけで、恵泉生の手作りの品がＧＨＱ内で口伝《くちづ》てで広がり、飛ぶように売れ始めた。平和になって最初の恵泉デーでのバザーが無事成功し、罹災《りさい》者に売り上げを寄付したばかりで、生徒たちにようやく手作りを楽しむ余裕が戻り始めたところだった。この時、道は生徒に日本の責任の重みを知ってもらうためにも、こうした売り上げを戦争賠償金に充てることをひらめく。翌年から恵泉は献金活動を開始し、チャリティなどで集めたお金を東京都民生局に届けている。

クリスマス当日。日比谷公会堂に集まった恵泉生はこのひと月、ずっと練習をしてきたメサイアを、GHQスタッフや津田塾生とともに合唱した。その間にも道は客席を歩き回り、せっせと恵泉生らの手作りの品々を売った。この売上金も戦争で被災した学校の支援に充てるつもりだった。

「そのカード、一枚いただけないでしょうか？」

豊かな栗《くり》色の髪と同じ色の大きな目をした白人女性が、日本語で声をかけてきた。

「まあ、なんて上手な日本語なんでしょう。どこかで専門的に学んだんですか？」

道はカードを差し出しながら、思わずそう尋ねた。彼女は懐かしそうにカードに目を落としていた。義子が得意な日本画の技法で描いた、優しくけぶるような東京の雪景色と小さな家の絵だった。

「私、東京の乃木坂で長く暮らしていたんです。そのあとアメリカの大学で学んでいたんですが、戦争が始まってずっと入国できなかったんです。日本で暮らす両親にどうしても会いたくて、急《きゅう》遽《きょ》GHQの職員になりました。こんなカードをあげたら、両親はきっと喜ぶはずですわ」

彼女は民間出身のようだ。どことなく他の女性兵士たちと雰囲気が異なっている。

「実は昨日着任したばかりなんです。まだ職場のことは、右も左もわからないの。私はなんだか場違いって気がする」

お釣りを受け取りながら、周囲を見渡し、肩をすくめてみせた。

「でも、こんな素敵なカードが手に入るなんて幸先《さいさき》がよさそう。それじゃあ、メリークリスマス」

そう言って立ち上がると、彼女は公会堂をあとにした。

「メリークリスマス！　よい一日を」

この挨拶を公共の場で大っぴらに交わせるのは、五年ぶりのことだ。彼女の輝くロングヘアーを見送りながら、道は身体の先端まで温まっていくような思いがした。

この女性はベアテ・シロタという名で、道が名誉人文博士号を受けたカリフォルニアのミルズ女子大の卒業生である。わずか二十二歳の彼女はこの直後、GHQ民政局に配属された。そして翌年、日本国憲法に「男女平等」を記すという偉業を果たすことになる。のちに、ベアテと恵泉女学園には深い繋《つな》がりが出来るのだが、残念ながら、それは道の死後の話である。

その夜、道が一色邸に顔を出すと、フェラーズからの贈り物である缶詰やビスケット、クラッカーのディナーが待ち受けていた。テーブルの中心には柊《ひいらぎ》で飾られた短いろうそくが灯《とも》っている。ハワイの友人が教会の祭壇で使っていたものを送ってくれたのだ。健康を取り戻しつつある乕児が義子とゆりに支えられて、暖かそうなガウン姿で現れた。大柄な彼の移動だけでも、母娘には大仕事だった。

「みんなと一緒にこの家で過ごせるんだもの。それだけで本当に幸せよ」

お祈りの後、道はそう言って一同を見回し、缶詰をどんどん開けていった。サーディンの油っぽいにおいが食卓に広がり、ハムやチーズを載せて頬張る塩味のクラッカーの香ばしさがたまらない。ゆりがしみじみと言った。

「そうね、去年の今頃からは考えられないことですね」

ハレルヤ、ハレルヤという歌声がどこからか聞こえてきて、ゆりと道は顔を見合わせる。義子がぱっと目を輝かせ、窓辺に駆け寄った。屋敷の前には、恵泉の生徒たちがずらりと並び、メサイアを歌っていた。

「これまで過ごした中で最高のクリスマスだわ。みんな、ありがとう！」

義子はたまらなくなったように後輩たちに向かって叫び、大きく手を振った。その横顔を見て、ゆりはどきりとした。若さと可能性に照り輝いている。戦争が終わり、義子は日本女子大学校に復学したものの、父の看病のために再び休学していた。でも、彼女の奪われた時間は、今ここからやっと再開するのだ。

天皇が人間宣言を出す、一週間前の出来事である。

8

「ちょっと、そこのあなた、女性に無礼な振る舞いをするのはやめなさい！」

道の英語が井の頭線の車内の隅々にまで響いた。ＧＩと呼ばれる米兵は傍《そば》にいた連れらしき日本人女性相手に大声で下品な冗談を言うのをやめ、驚いたようにこちらを見上げた。真っ白な肌と青く澄んだ瞳が鏡の役割を果たし、道にほんの一瞬、おのれの老いや脆弱《ぜいじゃく》さを突きつけた。乗客たちは固唾《かたず》を飲んで成り行きを見守っている。関わり合いになっては大変、と車両をそそくさと離れる人も視界の片隅にぼんやり入った。右目の視力がこの数年、急激に落ちている。しかし、道は腹に力を込めた。

「ここは公共の交通機関ですよ。あなたの故郷にいる人たちはどうお思いでしょうね。敗戦国でこのような振る舞いをするなんて！　私たちは敗戦国民ですが、尊厳を踏みにじられる謂《い》われはありません」

道はそう叫ぶと、自分の倍は大きい体軀のその若い白人男性を、キッと見下ろした。胸を張りつつも、内心ドキドキしっ放しだった。新渡戸先生に伝授された普連道を行使できる自信はもはやない。

なにしろ、この昭和二十一（一九四六）年三月、道はそろそろ六十代最後の一年を迎えようとしていたのである。道がＧＩに食ってかかるのは、これが初めてではなかった。街で占領軍の粗暴な振る舞いを目にするたびに、周囲が止めるのも構わず、大声で叱《しか》りつけては行動を改めさせてきた。道の流暢《りゅうちょう》な英語とあまりの迫力に、若い兵士たちはみんなたじたじとなり、謝罪に至る光景は、経堂の街ではすでに見慣れたものとなっていた。

今日の道は教育調査使節団との初顔合わせのために、古い帽子に造花を付け直し、何年ぶりかの洋風のおしゃれをしていた。ＧＨＱがアメリカから教育専門家二十七名を呼び寄せ、教育勅語に代わる今後の教育指針について日本側の代表者たちと話し合うために設けた会合だった。こうしてＧＨＱ主導の民主化政策に協力するのと、米兵の無礼に抗うのとは、道の中では全く矛盾しない。

ＧＩはしばらくぽかんとして道を見上げた後で、

「わかりました。そうしましょう。あなたの毅然《きぜん》とした態度とその素晴らしい英語に免じて、ね」

真面目な顔つきでそう言うと、隣の女性を構うのをやめ、彼女と一緒に立ち上がり、そのまま道に席を譲ったのである。よかった――。道はツンとした表情を維持したまま背筋を伸ばして座席に座り、ほっとしていた。その時、電車が停車した。道はここで乗り換えねばならないことを急に思い出し、腰を浮かす。しかし、一足早くドアが開き、乗客がどっとなだれ込んできたので、道の身体はたちまち、反対側のドアに押し付けられた。先ほどのＧＩと女性はとうに電車からホームに降り立っている。

「待って！　私、降りますよ！」

そう叫び、乗客を押しのけながら開いている方のドアを目指していると、電車がホーム側に大きく傾いた。道はふらついた。摑まるところを見つけられず、両手を宙に泳がせる。外気を頰に受けたと思った瞬間、身体がふわっと浮いた。そのままホームと電車の隙間に落下し、頭を強く打った。視界がぼやけ、何が起きたのか咄嗟にはわからない。気が付くと、背中と腰がズキズキ痛み、片頰にべったりと血がついている。せっかく飾り付けた帽子も花もぺちゃんこで、涙がこぼれかけた。鼻先をかすめるように電車が走り出す。オーバーコートとスカートを車輪に巻き込まれないように引き寄せるのがやっとだった。

電車が過ぎ去り、ホームにいる人々は騒然として、線路を見下ろした。道が駅員たちの手で引っ張り上げられる。血だらけの老婦人が突然現れたせいで、あちこちから悲鳴が上がった。

「大丈夫ですか。ガラスがない窓から転落したんですよ。痛かったでしょう。私が背負います」

先ほどのGIがそう言ってしゃがみこみ、大きな背中を向けてくる。道は懸命になって断った。恥ずかしくて仕方がなかった。駅員たちに抱えられた道は、近所の病院に運ばれ、手当を受けた。顔も頭も包帯で何重にも巻かれたため、駆けつけたゆりは最初、誰だかわからなかったほどだった。

「道先生、電車はいい加減、やめてください。今はまだ、遅れもひどいし、設備も整っていないから危険です。迎えの車だってあるのに」

ゆりは心配のあまり、いつになく眦を吊り上げ、きつい口調で言い放った。

「でも、今はこういう時でしょ。私一人だけ、楽をするというのは、その……」

道は口ごもった。敗戦直後、GHQの用意したリムジンで焼け野原の東京を疾走した時の、あの目の前が明るくなるような爽快《そうかい》さ。しかし、直後に芽生えた罪悪感。それが今もいっこうに消えないのだった。

「なにを理に適わないことをおっしゃっているんですか。いいですか。次に移動が必要になれば、必ず先方が用意した車に乗っていただきますからね」

「わかったわ。次からはそうする。でも、私、今からでも、行かなくちゃ」

「何言っているんですか。今日は絶対だめです」

ゆりの剣幕に負け、その日の会合は泣く泣く出席を断念した。

翌日、頭も顔も身体も包帯だらけで辛うじて片目がのぞく程度という有様で、杖《つえ》を突いて現れた道を見て、津田塾塾長の星野あいは仰天し、恐る恐る声をかけた。

「道先生、どうされたんですか？」

あいはかつて女子英学塾で、道から教えを受けており、今でも生徒の立場を崩さない。今日の会合で日本側五十人の教育者のうち、女性は道とあいの二人だけだった。

「なんでもないわよ。大丈夫よ」

道は周囲の視線を気にすまいと、毅然とした態度を貫いた。この時、道が二十七人のアメリカ人教育者にした報告は次のようなものだった。

「日本の女学校はこれまで良妻賢母教育に終始していました。女子の能力は男子に劣ると決めつけられてきたから、教科書まで違うんです。これからは女性と男性がともに家事をし、働けるようにならなければいけません。男女が協力を学ぶという意味で私は共学に大賛成です。そもそも、日本の家族観というものは危険で、偏狭です。これこそが戦争を生んだといっても過言ではありません。そんな家の中に閉じ込めておくために、日本の少女はとにかく笑われたり批判されることを幼い頃から、恥と叩き込まれます。そのせいで、考えたことを発表する機会を与えられず、楽しむことにいたってはほとんど何も知らないのです！」

話すうちに色々な怒りが蘇ってきたせいで、道の口調も顔つきもどんどん険しくなり、その異様な風貌とも相まって会場はしんと静まり返った。

「楽しむ、ですか」

一人の女性大学長が興味深そうに身を乗り出し、その言葉をノートに書き留めた。アメリカ側二十七人のうち女性は彼女を入れてもわずか四人。アメリカといえども、まだまだ男女平等はこの程度のものなのだ。道は大きく頷いた。

「ええ、そうです。日本では女性が楽しむことを軽くみられる傾向があります。いわば、女性が耐え忍ぶこと、辛そうにすること、苦しむこと……。暗いことが、美徳とされているのが、この日本という国なんです。でも、まあ……」

道は顔を赤らめ、小さく咳払いした。

「アメリカ人の少女のように、授業中にガムやキャンデーを食べるほど楽しむことに寛容になってしまっては困る、と教育者としては思いますが……」

誰かがぷっと吹き出した。それをきっかけとして、場はようやく和んだ。この時の道の発言は、日本の女子教育は遅れているというアメリカ側の認識を決定的なものとした。

教育使節団の視察はその後、一ヶ月に及んだ。

彼らは帰国前に、天皇から「十二歳の皇太子に国際感覚と英語を学ばせたい。アメリカから家庭教師を連れて来てもらえないか」という依頼を受け、このやりとりが、のちに高橋たね子の運命を大きく変えることになるのだが、それはほんの少し先の話だ。

この時の教育使節団の報告書をもとに、第一次吉田茂内閣はその夏「教育刷新委員会」を発足させ、道は委員に選出された。

電車から落ちた時の怪我《けが》もようやく治り始めた。恵泉は平和を取り戻して初めての新年度を迎え、この頃、日本初の男女普通選挙が行われた。

ゆりと道はその日、古い帽子にすみれを飾り、世田谷区指定の投票所に出かけて行った。

「いいなあ。ママも道先生も選挙に行けるなんて。私はあと二年待たないと……」

玄関まで送りに来た義子は、羨ましくて仕方がない様子だった。父親の具合が徐々に回復しつつあるので、義子は恵泉高等部の聴講生となって、遅ればせながらの青春をようやく取り戻しているところである。その間に子ども向けの小説をせっせと書き溜めていて、そろそろ最初の本が出版されるところまで漕ぎ付けていた。

「落実さん、勝つといいわね！　頑張れー！　フレー、フレー！　落実！」

義子はそう叫んで、二人の背中を見送った。

久布白落実は矯風会会頭を退き、戦争中に夫婦で帰化した岸登恒《がんとつね》ことガントレット恒子にその座を譲って衆議院議員選挙に立候補していた。今日が、初の選挙に挑む運命の日である。恵泉でも学園をあげて落実の応援をしていた。

全国を五十四の選挙区に分けた大選挙区制で、三人分の名前を書くことができた。道とゆりは、それぞれ落実に一票を投じた。当落が判明したその日、千駄ヶ谷に出来たばかりの婦選会館に、すみれの花束を持っていくことにした。自分たちの意思が政治にそのまま反映されるという高揚で、足取りは軽かった。

この土地の提供者は、ライスカレーで有名な新宿中村屋の創業者、相馬黒光である。資金は足りず、竣工《しゅんこう》に漕ぎ付けるのはまだまだずっと先だそうだ。棟上げだけを済ませた建物は壁も窓もまだないが、これから全て手に入れていくぞという会員たちの熱気が小さな空間に漲っている。

しかし、二人が到着した時、真っ先に目に入ったのは椅子にへたりこむ、落実の姿だった。

「頑張ったのに……。なんでかしら。やっぱり、この名前のせいかしらねえ」

涙声でがっくりうなだれていた。ちなみに落実はこの後も選挙に落ち続け、結局古巣の矯風会に戻ることになるのだが、「廃娼ひとすじ」という立場は生涯変わることはなかった。

しかし、女たちの関心は今、そんな落実にはない。

「大変なの。市川房枝さんだけ今回、投票ができなかったのよ」

道とゆりの姿を認めるなり、恒子が走り寄ってきた。久しぶりに会う恒子はげっそり痩せて、かつての陽気さはなりを潜めていた。戦争中、恒子と夫は常に特高に見張られていて、気が休まることがなかったそうだ。

――私はそんな時でも戦争反対だなんて言う勇気はなかったの……。

そう自嘲気味につぶやく恒子だが、のちに元気を取り戻し、残りの人生を平和運動に捧げていく。

「まあ、どうしてそんなことになったんですか」

「わけがわからないの。婦人参政権のために誰よりも尽くしてきた房枝さんが……。よりによって」

久しぶりの再会となる神近市子も困惑している様子だ。候補者らの応援のために彼女は尽力し、その堂々たる話しっぷりは誰をも魅了した。しかし、本人にしてみれば、若い頃から常にそうであるように、周囲に乞《こ》われたから表に出ているに過ぎない。市子はのちに平塚らいてうらに強く勧められ、左派社会党から立候補し、初当選を果たすのだが、残念ながらそれは道の死後のことである。

婦選会館に集まった全員が房枝を前に、腑《ふ》に落ちない顔を並べている。

「まだなにもかも初めてだもの。手違いがあったのよ。いいの。私は気にしないわ。たくさんの女性が投票できたんだから、これでいいのよ。参政権獲得に公娼制度廃止。私たちの夢はどんどん叶っているじゃない？」

房枝はわざとのように声をあげて笑い、決して暗い顔を見せなかった。しかし、思えば、これが彼女の人生が暗転する予兆だったのである。彼女は以後五年にわたり、被選挙権を失う。戦中の国策協力を追及され、公職を追放されたためだ。

この婦人参政権が認められて初めての衆議院選挙で三十九名の婦人議員が誕生した。

目を見張るほどピカピカのロールスロイスが恵泉女学園に横付けされたのは、道がいよいよ「教育刷新委員会」に出席することになった、残暑厳しい九月のある日のことだった。総会で議論された内容をさらにテーマ分けして検討するために設けられたその「第一特別委員会」で、道はたった一人の女性委員を務めていた。

「文部省からお迎えにあがりましたよ、河井道先生」

そう言って運転席から顔を出したのは、顔立ちが整った精悍《せいかん》な印象の男性だった。外国製の背広は、乕児の戦前の愛用品のように硬い生地で仕立てが良いもので、よく似たヘアワックスの香りまで漂わせている。

「ああ、あれがお義父《とう》さんがよく話している、台湾から連れてきたワニくんですか」

彼の視線の先には、生徒に紐《ひも》で引かれて散歩に出かけようとしているイナゾウの姿があった。

道が訳がわからず眉をひそめていると、男性は改めてこちらを向いた。

「僕は、終戦連絡事務局の白洲次郎と申します。義父の樺山愛輔から道先生のご活躍ぶりを聞いております。このような形でお知り合いになれてよかった」

「ああ、そうですか。でも、迎えの車はいらないと申し上げたはずです。私、電車で行きますので。特別扱いされたくないの」

道が無視してスタスタ歩き出すと、車はゆっくり並走してきた。白洲次郎は片手でハンドルを操りながら、愉快そうに窓から顔を突き出している。

「そうは言いましても、吉田茂総理から直々のお達しを受けているのですよ。今は電車での移動は時間がかかるし、確実とは言いかねるでしょう。たった一人の女性委員が遅刻されてはこちらが困ります。義父からも、以前、電車から落ちて大怪我したと聞いておりますよ」

道は足を止め、仕方なくロールスロイスの涼しい後部座席に乗り込むことにした。道行く人はみな汗びっしょりで、蟬《せみ》が猛《たけ》り狂ったように鳴いている。屋外との落差に、早くも後ろめたさでいっぱいだ。

「奇遇だなあ。経堂には友だちが住んでいて、よく遊びに来ていたんですよ。それにしてもあなたほどの公人であれば、専用車を雇えばいいのに」

彼は前を向いたまま、しきりにこちらに喋りかけてくる。白洲次郎という男の存在だけがこの敗戦国から切り離されて、キラキラ光っているみたいだ。

「私が歩かないですむようになったら、そのまま動けなくなってしまいますよ。せっかく神様から丈夫な脚と体を頂いたんですからね」

そっけなく応答したつもりだが、白洲次郎はそんな道を「プリンシプルがあるお方ですね」と言って気に入った様子だった。

同じ月に、恵泉女子農芸専門学校が小平に移転した。もともとは旧陸軍経理学校だった土地を、フェラーズの口添えもあって安く払い下げてもらうことができたのだった。一万五千坪の土地には、古くはあるが六棟の建物まで付いている。おかげで全寮制という形でのスタートを切ることができた。しかし、問題が起きた。山口美智子が顔色を変えて、道に助けを求めに来たのは、開校式目前のことだった。

「道先生、大変です」

朝鮮から引き揚げてきた六家族が既存の建物のうちの一棟に今なお暮らしていて、そこを離れようとしないというのだ。彼らと約束を交わした立ち退きの期限は、とうに過ぎている。おまけに野菜や備品、燃料が盗まれることも日常茶飯事のようだ。

「強制的に出ていってもらいましょうか」

「いいえ、それは良いやり方とは言えませんね。それでは戦争中、我々が陥っていた利己主義となんら変わりはないですよ。そうだ。そのご家族たちを開校式にお招きしませんか。何に困っていて、何が必要なのか、生徒たちに直《じか》に聞いてもらいましょう。『善きサマリア人』としての行動を学ぶ良いチャンスではないでしょうか」

道の熱心な訴えにより、生徒たちは住み着いた家族らとの交流を図ることとなった。彼らの代表者一人を招いての開校式を迎え、両者が共存する形で学園生活がスタートした。彼らがお金はもちろん仕事もなく、いつもお腹を空かせていると知ると、生徒たちは、果物や野菜を進んで分けるようになった。向こうも徐々に態度を軟化させ、草取りを申し出たり、拾った栗を分けてくれるようになった。持ちつ持たれつの暮らしが当たり前になった頃、彼らは「親類の工場で働くことになった」と告げて、学園の敷地から去っていった。

「さすが、道先生ですわ。戦いを避けるやり方を提示されるなんて」

ゆりが感嘆すると、道はゆっくり首を横に振った。

「私が今やるべきことは、まずなによりも懺悔《ざんげ》だと思っています。戦争中の私はおろかにも、日本の罪について無頓着《むとんちゃく》だったんですから。奪うより前に、相手をよく知り、学ばなければなりません。争いはどんな状況でも肯定すべきではありませんから」

しかし、新渡戸稲造が創立に関わった普連土女学院で長らく教鞭《きょうべん》を執っていたエスター・ローズが学園を突然訪ねてきたある日、道はこの主義をすっかり忘れてしまうことになる。

「天皇陛下じきじきに使節団にご依頼なさった皇太子の家庭教師が、元司書で作家のエリザベス・ヴァイニングさんに内定しました。フィラデルフィア出身でブリンマー女子大の卒業生だから、道さんの後輩ということになるわね」

エスターは頬を紅潮させ、このとびきりのニュースを伝えることが嬉しくてたまらない様子だった。

「ヴァイニングさんは日本語が喋れないので、早急に通訳兼秘書が必要になるわ。おたくの英語教師、高橋たね子さんにお願いしたいと思っているんですが、いかがかしら」

道はたちまち眉を吊り上げ、なだめようとするゆりを制して言い募った。

「そんなことは絶対に無理です。たね子さんは我が校になくてはならない人材ですもの。たとえ皇室といえども、お譲りすることは絶対にできません」

せっかく平和になったのに、これでは、強大な権力に抗しきれずにいた、あの頃に逆戻りではないか。てっきり教え子の抜擢《ばってき》を喜ぶものと思い込んでいたエスターは、道の剣幕に言葉を失った。

「わかりましたわ。ではまず、ご当人に聞いてみましょう」

エスターがこう提案すると、道は安堵して胸を張った。

「ええ、それがいいわ。絶対に断るに決まっているわ」

ところが、たね子の答えは予想外なものだった。しばらく考えさせてくれ、と返事を保留にしたその翌日、学園長室に来て、道にこう告げた。

「私、ヴァイニングさんの通訳兼秘書をお引き受けすることに致しました。恵泉は辞めさせていただきます」

「どういうこと？　あなた、天皇制の在り方に懐疑的だったじゃないの……。そんなあなたが皇室で働くの？」

道はクラクラしながら、たね子の目の奥を必死に覗き込んだ。

「ええ、だからこそ、お受けしたいと思いました」

軍用機献納事業に反対した時と全く同じ、まっすぐな瞳でたね子は道を見返した。

「因習にとらわれた皇室を内側から変えていく力があるとしたら、それは戦勝国アメリカの、それも女性の指導者であるという考えには大いに賛成します。そのお手伝いができるとしたら、私は本望です」

半泣きになって引きとめる道とゆりを振り切って、たね子は恵泉を去っていった。少女の頃からよく知る、ずっと可愛がっていた彼女があっさりいなくなってしまったことで、道はしばらくの間、立ち直ることが出来なかった。ゆりが薔薇模様の招待状をひらひらさせながら学園長室に駆け込んだのは、そんなある日のことである。

「エリザベス・ヴァイニングさんのお宅に遊びに来ませんか、というお誘いがたね子さんから届きました。私や義子も一緒にお邪魔しても構わないようですよ」

「そう……。たね子さんの様子も心配だし、行くだけ行こうかしら。皇室でうまくやれているのかも気になるし……」

秘蔵《ひぞ》っ子《こ》をさらわれた悔しさやら戦時下に逆戻りしたような不安やらが入り混じり、カーネーションの花束を抱えてうきうきしているゆりと義子の後ろを、道はのろのろとついていった。

学習院のすぐそばにある、黄色いレンガ造りの洋館は、ＧＨＱが接収していたものを、皇太子の家庭教師用の住居として日本政府に譲渡したものらしい。家具も調度品も、赤坂離宮から運んできたという。そうしたことをたね子からの手紙で事前に知らされていただけに、館《やかた》に通されてしばらくの間、道は室内の様子が気になって仕方がなかった。

エリザベス・ヴァイニングはがっしりと背が高く、目鼻立ちのくっきりした隙《すき》のない身なりの四十代女性で、くだけた態度で道たちを迎え入れてくれた。彼女の後ろから顔を出したたね子が、カーネーションの花束を目を細めて受け取った。ほんの少し会わないうちに、広い世界の風を受け、すっかり洗練された雰囲気を身に付けていて、道は少し寂しくなった。まあ、お誕生日みたい、と言いながら、エリザベスは花に顔を埋めるなり、はっとしたようにこう言った。

「そうだ、すっかり忘れていたけれど、今月は私の誕生月じゃないの！」

「まあ、そうだったんですか。全く気が付かなくて申し訳ないことですわ」

たね子の表情が途端に曇る。

「でしたら、プレゼントを持ってくればよかったわ。花束だけで失礼いたしました」

ゆりはすっかりくだけた調子でそう詫びた。エリザベスとゆりは不思議とよく似た空気をまとっていて、初対面から互いに魅せられているのが、道にはありありとわかった。

「いいえ、いいんです。私にとって、お誕生日はもう嬉しいものじゃないの。夫を交通事故で亡くしてからは……」

ため息混じりにそう言うと、エリザベスは、安楽椅子にどさりと凭《もた》れかかった。彼女の視線の先にはテラスを挟んで、手入れの行き届いた庭が広がっていた。彫りの深いその横顔には、異国での心細さが滲んでいる。

お手伝いさんが運んできたのは、ローストビーフのサンドイッチと紅茶と果物だった。

フェラーズの自宅で食べたものとはまた違う、皇室ならではの、さりげない贅の尽くし方だと、道は密かに目を見張る。

「なんだか、エリザベスさんは皇室から、とても大切にされていらっしゃるんですね」

お手伝いさんがいなくなったのを見計らって、道が言葉を選びながらそう告げると、エリザベスはあっさり認めた。

「ええ、私にはもったいないような環境ですわ。私の役目は、週に一回一時間、皇太子の授業を受け持つことと、学習院および学習院女子で、皇族がいるクラスに英語を教えるだけですのに。こんなにしていただいていいのかしら？」

雑談が進み、ずっともじもじしていた義子が、本を書いている、と小さな声で打ち明けると、エリザベスは目を輝かせた。

「私も児童小説を何冊も書いているの。ぜひ今度、あなたの本を読んでみたいわ」

そう微笑まれ、義子は照れ臭そうにしている。素直で気取りのない女性だ。このままでは自分も含めて全員彼女を大好きになってしまいそうだ。

「皇室には古い慣習が多く残っていて、侍従たちがそれを命がけで守ろうとしているんです。たね子さんがいなければ、私の心は折れてしまいそうですわ」

そう言うと、エリザベスは頼りきった視線をたね子に向けた。わずかな時間で二人はすっかり仲睦《なかむつ》まじくなったようだ。

「しょうもない石頭の人たちなんですね。これでは、また同じ時代を繰り返すだけだわ」

道も強く同意を示してみせる。「天皇制こそがこの国の家父長制を強化し、他国への侵略や残虐行為を正当化したんじゃないのか？」という有島さんが残した言葉を思い出したのだ。

「ええ、そうなんです。道先生、お知恵を貸していただけませんか。私は皇太子に、英語だけではなく、民主主義とはなんたるか、を学んで欲しいんです。たね子さんから伺っています。道先生は日本随一の教育者だって」

道は咳払いすると、しばらく考えてから、こう答えた。

「そうですね。もし、私だったら、プリンスとしてではなく、ごく普通の十二歳の少年としての経験をお与えしたいと思いますね」

「ごく普通の少年として、ですか……」

エリザベスは小さな声でそう繰り返し、再び庭に目をやって物思いに耽った。

それから数日後、学習院中等科での最初の授業で、エリザベスは男子生徒全員に英語の名前をつけた。そして授業の間は、その名前で呼び合うようにと指導した。

「僕はプリンスです」

困惑してつぶやく皇太子の目をエリザベスはじっと見つめ、

「いいえ、あなたの名前はジミーです。私のクラスにいる間はみんな平等。みんなと同じただの男の子です」

彼女の型破りな教育は、皇室にセンセーションを巻き起こした。エリザベスとたね子の二人三脚の奮闘は四年に及び、彼女が日本を去った後も、皇太子との間に培われた信頼関係は続くのだった。


毎週金曜日の「第一特別委員会」はその後も続いた。

「やはり憲法と読み合わせましても、『教育の目的』には初めに『平和』ということを出していただきたいと思います」

教育基本法の条文作成の審議の場で、道は居並ぶ全男性委員を見渡しながらそう言い放った。

少し前まで天皇のために命を落とすのが大義とされていた国民に、民主主義や人権、男女平等、個人という概念をどう飲み込ませるのか、どの委員も頭を悩ませていた。反発を呼ばないためには極力強い文言は避けようとする動きの中、道だけがこのストレートな主張を変えず、以下のような提案をした。

「教育は人格の完成をめざす、と入れるお積もりですか？　私は反対です。人格の完成なんてことはありえませんよ。向上はあるとは思いますが」

「ライティアスネスというような、正義という言葉が欲しいと思います」

「世界平和といっても、まずは正義感に立たなければなりません」

その猪突猛進な姿勢に、冷やかすような声が飛んでくることもしばしばだった。クリスチャンの委員、芦田均は肩をすくめてこう反論した。

「でもね、民主主義なんて百年経ったって、日本でできるかどうかわからないのだから、そんなに簡単に口に出すべきではありませんよ、ヨーロッパのように長い歴史があるのならともかくとして。日本人はすぐにわかったふりをするけれど、そんなに簡単なことじゃないですよ」

道は全くひるむことなく、芦田を見据えた。

「そうやって民族を差別することが、そもそも反民主主義的ではないでしょうか？　日本に民主主義が出来るとか出来ないとか、そのような決めつけを神様は決してなさいませんよ」

たとえ、今は無理でも、十年後、二十年後の日本は、もっと進んでいるはずだ。そうであれ、と道は声に出さずに祈った。妥協とここだけは譲れないという線のせめぎ合いは、戦争中の学校経営を思い出させた。審議を重ねた末「教育の目的」の文言には、道の主張通り、「平和」と「正義」というキーワードが組み込まれた。

その年の終わり、乾燥した冷たい風が吹き荒れる中、十二回目となった第一特別委員会に出席した道は、配られた冊子を見るなり、首を傾げざるを得なかった。教育機会均等の中に女子教育が含まれておらず、独立した項目が設けられている。これでは、女子教育が全く別のこと、おまけに一段低いことのように思われるのではないか。道は手を挙げるなり、こう意見した。

「教育機会均等と女子教育の項目を分けるのなら、男子教育や児童教育も別立てで作っていただけませんか？」

くすくすという遠慮がちな笑い声が広がった。

「文部省が女子教育を別立てにしたのはちゃんとしたわけがあるんですよ」

幹事の関口隆克がやんわりと口を挟んだ。

「決して女子教育を低く見ているわけではありません。むしろ逆です。文部省内で、母性を持つ女性は本能的に平和を愛するため、女子教育は重視されなければいけないという意見があったんですよ。これまで扱いがあまりにも低かったのだから、むしろ、ここにはっきり謳《うた》った方が良いのではないかと……」

彼が言い終わるより早く、道はキッと睨みつけて言葉を返す。

「母性？　女性だからといって全員、母性があるわけではありませんし、平和を愛するわけでもありません。女子も男子と同じように良いところもあれば悪いところもある人間です！　まずはその認識を徹底していただかないと！」

道が息を整えている間に、一人の委員の口から出たひと言で、議論は急展開を見せていく。

「ふむ。女子教育というから角が立つのであれば、これからの時代は、男女の共学とした方がいいのかもしれませんね。女子女子と言うから何だか別格のものという感じがするのかもしれません」

「うん、いっそ『男女共学』という見出しにするべきかもしれない」

道はぱっと顔を輝かせた。GHQの女性将校たちはもちろんのこと、この夏、学校教育局と社会教育局の嘱託となった村岡花子も、男女共学には賛成を示している。女子の学校で学び、女学園を創設したことを道は誇りとしてきた。でも、時代はどんどん新しくなる。その都度、刷新していかないと、教育はただの画餅《がべい》で終わってしまうだろう。

「ええ、そうです。どうしても女だけの学校を作りたいのであれば、うちのように私立で自由にやればいいと思います。欧米では共学は当たり前ですが、そんな女だけの学校もいくらでもあるんですよ」

道のこの時の発言により、男女共学化が急速に具体性を帯びていくことになり、翌年三月に施行された教育基本法には、「男女は、互いに敬重し、協力し合わなければならないものであって、教育上男女の共学は、認められなければならない」という条文が入ることになる。

その日の帰り道、白洲次郎がロールスロイスのハンドルを切りながら、半ば呆れたように言った。

「道先生、あなたはお疲れになるということはないんですか？　超人的な体力だな、といつも感心しているんですが……。あれ？　道先生？」

道は返事をしなかった。議論に疲弊したのか、すっかり眠り込んでいたのである。

夢の中で、道は少女に戻って母と一緒に富士山に登っていた。頂上からの薄靄《うすもや》のかかった景色に母は感嘆し、「ずっとここに来たかったのよ。ありがとう」と、道を何度も何度も抱きしめて、大切でたまらないというように頬ずりしてくれた。

9

「へえ、これが十二穴式のオカリーナの音色なのね。初めてなのに、なんとなく懐かしいような気がするわ。故郷のオハイオのお祭りで聴いたことがあるような」

エセルがうっとりと目を細めた。道はオカリーナの穴から唇を離すと、

「情感が感じられるようになったのは、明田川先生が低音が出るように改良しているおかげですわ」

と説明した。終戦間際に、鉄道兵として召集されていた明田川孝先生は無事復員した。さっそく戦前から熱心に取り組んでいたオカリーナの開発に再度着手し、念願だった音階の幅を広げることに成功しつつある。一段落したら、ぜひ、また美術教師として復帰してくれないか、と道は熱心に交渉中だった。

学園の物資はまだまだ不足しているが、この春の学制改革により、普通部一年から三年は「中学校」に改まった。高等部は移行中でまだ「普通部」だが、英文科は農芸専門学校と合わせて文理二科の「専門学校」と名称変更した。この英文科は学生数十七名から始まり、一色義子は二年次に編入した。終戦後、信和報国団から元の名称に戻った信和会では、立候補による総選挙方式が取り入れられるようになった。そんな学園にのどかに流れるオカリーナは、復興を告げる幸せの音色だった。

「明田川先生いわく、満足するというところまではまだまだらしいんですが、荻窪にあるアトリエの窯で新しく焼き上げるたびに、格段にいい音になっているようです」

ゆりも弾んだ声で付け加えた。

「あなた方の学園には個性豊かな教師がたくさんいるのね。完成したらぜひ、たくさん購入したいわ。何かサポートが必要だったら、遠慮なくおっしゃって」

エセルがそう言った時だった。

「相変わらずの理想主義ね」

聞き覚えのある声がして道とゆりは振り向いた。入室してきたスーツ姿の眼鏡の女性を見て、同時に声をあげてしまう。

「……菊栄さん？」

二人が驚くのも無理はない。なにしろここは第一生命ビル内のＧＨＱ総本部ＣＩＥ情報課である。昭和二十二（一九四七）年九月も末の出来事だった。

「こんな場所で笛を吹いているなんて、浮世離れしていて暢気《のんき》ですこと。女性や子どもの多くが家や食べ物を求め、明日死ぬかもわからないような時だっていうのに」

彼女は皮肉っぽく言うと、二人から離れた場所にすとんと腰を下ろし、道とゆりは少し恥ずかしくなり、手にしていたオカリーナを鞄にしまった。

いつもなら、ＧＨＱ関係者との仕事と関係ない雑談や物々交換は、学園の寮での集まりか一色邸で開かれる「日本文化紹介の会」で行っている。ジープで乗りつけてくる在米軍夫人や女性将校たちがお茶やお花や盆栽、舞踏などを学ぶ場に、和洋折衷のあの家はぴったりだった。

女子英学塾時代から道を支えていた「小さき弟子たちの群」は今では「維持会」に名称を変え、こうした会合を主導していた。ひさちゃんは森久保会長としてその中心に座っている。その場で学園への寄付を申し出たり、恵泉で自ら英会話やアメリカ式家事を教えてみたいと名乗り出る女性があとを絶たない。甫児はＧＨＱの接収を避けるために、外国人教師を客間に長期宿泊させては、一色邸をゲストハウスとして機能させることも忘れてはいなかった。

今日は新作のオカリーナの出来があまりにも良いため、会の日程を待ちきれず押しかけてしまったのだった。

「あら、彼女ともお友だちなのね。日本のフェミニストのネットワークは本当に素晴らしいわ。みんなが手を取り合って、いつも志を一つにしているのね」

エセルがそれぞれを眩しげに見比べるが、山川菊栄はつんとしてこちらから顔を逸《そ》らした。

「いえ、別に仲なんて良くないんですのよ。今月エセルさんの後押しで、政府が新設した労働局婦人少年局長に就任しました。加藤シヅエさんがエセルさんに、私を推薦してくださったのよ。私なら婦人問題に詳しいし、実行力も交渉力もあるってね」

菊栄は、素っ気なく頭を下げ、鞄から資料を取り出すと、こちらにお構いなくテーブルいっぱいに広げ始めた。

ゆりが最後に彼女に会ったのは昭和十四年のことだった。まだ日米開戦前で、菊栄はもんぺ姿で菜園を耕し、肩にうずらを乗せていた。エセルが暇を告げて席を外すやいなや、道とゆりは立ち上がり、彼女を挟んで、口々に言い募った。

「あなたが占領軍主導で、政府の要職に就くなんてなんだか信じられない」

「ええ、そういう権威は、嫌いなのだとばかり思ってました」

菊栄はさもうるさそうに、手で払う仕草をしてみせた。

「あら、私は主義主張を変えたつもりなんて毛頭ないわよ。これまでの社会運動の延長のつもりよ。女性ひいては労働者の地位を向上させるためにいつものように、やれることをやるだけ。出足はみなさんから、すっかり遅れたけどねえ」

そう言って菊栄は女子英学塾時代と変わらない調子で、フンと鼻を鳴らし、鉛筆を回転させてみせた。

「そうよ、あなた、そもそも今までずっと、何していらしたの？　最初の選挙の時だって、どこにもいなかったじゃない。あなたほどの人が……」

道が思わずなじると、菊栄は資料から目を離さず、面倒そうに続けた。

「大変だったのよ。終戦と同時に疎開先で災害に見舞われてそれどころじゃなかったんだから。何もやってないわけじゃないわよ。この間は民主婦人協会を作ったわ。まあ、こうして官職に就いた以上、運営は誰かに委ねるしかなくなるけれどね」

菊栄はドアの辺りにちらりと目をやると、ふいに声を低くした。

「あなたがたキリスト教主義者たちのしたこと、今でも、全然いいとは思っていないけど、体制側に付いたふりをしてでも主義を貫こうとしたのは、あっぱれだったわね。私も今回ばかりは、その腹芸、見習うことにするわ」

ゆりが咄嗟に傍を見ると、道はただ曖昧に微笑むだけで、ふいにどきりとしてしまう。

宮城の聖書講義に呼ばれた道が、なんと皇后に「奥様」と呼びかけてしまい、その場にいた全員が凍りついたという話を思い出していた。神職の娘である道の天皇崇拝は揺るぎないものであることは隣に居てもよくわかる。しかし、こうしてよくよく思い返してみると、本当にそうなのだろうか、と首を傾げてしまう場面も多々あるのだった。

腹芸を見習うというその言葉通り、それから一切、菊栄は口を噤《つぐ》み続けた。GHQに関する批判や疑問を、彼女は述べなかったし、生涯それをどこかに書くことも決してなかった。

GHQ総本部を後にすると、道とゆりはどちらからともなく顔を見合わせた。お互い、何を考えているかはわかっていた。

「これじゃまるで……」

ゆりはそう言ったきり言葉を濁したが、道がその先を口にした。

「房枝さんと菊栄さんの人生が入れ替わったみたい、ね」

「ええ、あひると、うずら……。それも、なんだか、皮肉な気がします」

ゆりも道も、ついこのあいだ訪問したばかりの、婦選会館の向かいにできた小さな市川宅を思い浮かべていた。

二人が行くと、房枝は秘書兼住み込みの助手である、ミサオさんとともに農作業に精を出している最中だった。道たちが土産として持ってきた、恵泉で作った肥料を見ると、房枝は顔をくしゃくしゃにして喜んでくれた。

——なかなか可愛いでしょう？

よちよち歩きしている太った五羽のあひるへ愛《いと》おしそうに目をやった。

——鶏に比べると、ちょっと味にクセはあるけど、大きくて良い卵を産むのよ。あっちはナス、こっちではキュウリを育てているの。

小さな畑を一通り案内し終えると、房枝は縁側で二人にお茶を勧めてくれた。庭には早咲きのコスモスが揺れていた。まるでこちらの考えていることを読み取ったかのように房枝は言った。

——私は別に焦ってはいない。むしろ、こうなって良かったとさえ思ってるの。色々なことがよく見えるようになってきたわ。

言葉が嘘ではない証拠に、晴れ晴れしたその顔を見て、ゆりは甫児を思い浮かべずにはいられなかった。九月二十五日、名ばかりとはいえ製鉄会社の重役を務めてきた甫児も、房枝同様に公職追放となり、学園の理事を辞任した。あれから毎日、庭いじりや家事をして過ごしている。でも、その姿はどこかほっとしているようにも見えた。

——昔、平塚らいてうさんと新婦人協会を始めた時、あの方、会館を作りたいと言って、自ら図面を引いて持ってきたの。あの時はなんてブルジョワ的で計画性のない貴族みたいな人なんだろう、とうんざりしたものだけど……。

そう言いながら、房枝はあひるを赤子のように抱き上げてあやし、向かいの会館に目をやった。

——あの婦選会館を建てた時に、はじめて平塚らいてうさんの考えていたことがわかったのよ。まず、屋根がある場所を、女たちが安心して集える場所を作ろうとしたあの人は正しかった。道先生が前におっしゃっていた通りだったわね。女同士は結び付くべきだって。御殿場の勉強会で。

——ええ、そうです。女性たちはみんなあなたの味方。誰もが復帰を待ちわびてますわ。

と、道はやんちゃな少女のようだったかつての房枝を思い浮かべ、力強く言った。

市川房枝が平塚らいてうと再び手を取り合ったのは、それから間もなくのことだ。三年半の隠《いん》遁《とん》生活の後に房枝は追放令を解かれ、「新日本婦人同盟」改め「日本婦人有権者同盟」の会長に復帰。のちに議員として表舞台に返り咲く。

ちなみに、菊栄が局長のポストに就いていたのも、同じく四年に満たない期間だった。就任するなり「男子を一人も採用してはならない！」と宣言し、各都道府県に設置する局の職員室全ての職員を女性で固め、「山川人事」と呼ばれた。子どもや女性の労働状況を綿密に調査し、数々の画期的な政策を打ち出すが、官界からの風当たりは強く、不当な形で追放されてしまう。しかし、その後、欧米視察のために六十代にして、菊栄はとうとう初めて海外に飛び出すのだった。

都電に向かう道すがら、道がふいにオカリーナを唇に当てた。聴くたびに奥行きを増していく音色が夕焼けに溶けていくのに身を委ねていると、ゆりにはなんだか、人生における勝ち負けや、何かを始めるのに早いか遅いかなどと気にするのが、なんの意味も持たないように感じられるのだった。

しかし、道が同性と仲良く微笑んでばかりもいられなくなる事態は、すぐそこにまで迫っていた。

「私は、今の日本に必要なのはアメリカのジュニア・カレッジのような高等教育機関だと思います。二年制か三年制の大学です」

教育刷新委員会総会で、道がそう発言したのはその年の終わりのことである。それは戦争中からずっと考えていたことだった。男たちの間で、ざわめきが広がった。道はこう続けた。

「まだ、日本では女子に四年制の大学に通わせるだけの学費を割ける家庭も、また、通える女子も多くはありません。それだと、教育は特権階級の独占になりはしませんか？」

「でも、道先生」

その時、口を挟んだのは星野あいだった。

「男女平等のためにも、女子には四年制大学が早急に必要なのではないでしょうか。専門学校以上のもっとリベラルな教育を受けられる、男子と同等のチャンスが日本女性には与えられるべきだと思います」

道はすぐに頷いた。

「ええ、私も全く同意見です。ただ、今はできるだけ広く教育をシェアする方策を考えるべきです。一人でも多くの女子に高等教育の機会を保証する確実な道を取りませんか？　もちろん出来るだけ早く四年制がスタンダードになるべきです。今はそのための土台を作るべき時期だと考えます。もっと間口を広げて、高等卒業後さらに勉強を重ねるのが女子であれ、当然の権利だという考え方を、スタンダードなものにするべきではないでしょうか？」

「でも、短期の大学が作られてしまったら……。四年制大学の設立は遅れてしまいます。それでは、日本の女子教育はいつまでたっても男子並みにはなりません」

あいと道はしばらくの間、互いを見つめあった。彼女もブリンマー女子大に留学している。教え子であると同時に可愛い後輩でもあった。

女子が学ぶ道を切り拓きたいという志は彼女と何も変わらない。対立するつもりも毛頭なかった。彼女も正しい。彼女と道のやり方の違いは、そのまま津田梅子との違いを思い出させた。優秀な女子を見出《みいだ》しリーダーとして育成する技術に長けた梅子先生と、なるべくわかりやすく広く教育を行き渡らせたいという道。

この議論はその後も続いた。一度は道の提案は却下され、あいの意見が通ったが、最後には珍しく、男性委員たちは道を支持した。とはいっても、

「そうそう、女子には二年程度で十分ですよね」

などと頷き合っていて、全くこちらの意図は伝わっていない。ここで怒りを爆発させては、元も子もないと、道は歯を食いしばってやり過ごしたのだった。

あいも、最後には、ほうと息をついた。

「わかりました。暫定的な処置として、ジュニア・カレッジを私も支持します。旧制の高等教育機関の昇格問題も残っておりますし……」

一瞬、その表情に影が差したものの、あいは気丈に前を向いた。

「いきなり四年制の女子大学を置くということが、非常に困難であるということは、私も日々実感しておりますから……」

会議が終わり、文部省の階段を下りていく道に、あいは背後からぽつりと声をかけた。

「残念です。あなたと対立する立場になるなんて」

階段の下にいた道は、自然と元教え子を見上げる格好になった。

「道先生はいつも、女同士は手を取り合うべきだとおっしゃっていたって、ミス・ツダはよく話していましたのに……」

道はすぐに早足で階段を昇って行って、彼女と目の高さを合わせた。

「対立したなんて思っていません。私とあなたは同志です。あの中での本当の仲間はあなただけでしたよ。いつか全ての女性が四年制大学を選択肢にできる道筋を、一緒に模索しましょう」

しばらくして、あいはほんのりと微笑んだ。そのはにかみを含んだ顔つきは、やはり亡き先代、津田梅子の面影を彷彿《ほうふつ》とさせた。あいはその後も粘り強く方法を探り、翌年、津田塾含む五校を女子四年制大学に昇格させたのだった。

10

昭和二十三（一九四八）年、春のことだった。恵泉女学園専門学校英文科三年生となった一色義子は、無言のまま白蓮先生に抗議の目を向けていた。自分はまだ学生の身分ではあるが、駆け出しとはいえ、すでに童話を二冊出版している。それなのに短歌の成績がクラスで最下位なのは、納得がいかない。

「義子さん、あなたの短歌にはなにか、本音というものが、感じられませんね」

白蓮先生に静かにそう告げられ、義子は泣きそうになって、うなだれた。

たぶん、それは自分が恋愛をしたことがないからかもしれない――。そもそも、義子の短歌への苦手意識が止まらないのは、白蓮というと駆け落ちというイメージが強いせいかもしれなかった。実際、クラスメイトたちの人気上位の歌は、恋人との淡い関係や胸に芽生えた情熱をにおわせているものが多い。

柳原白蓮が、発足したばかりのここ英文科の教師として着任した日は大騒ぎだった。その分、校舎の窓から鈴なりになって彼女を待ち構えていた生徒たちの、ショックは大きかった。門の前に立ってこちらを見据えていたのは、和服姿で真っ白な髪の小柄な老婦人だったのである。

「激しい愛に生きた大正三大美人はどこに？」

「えー、ただのおばあさんじゃないの!?」

誰もが落胆の色を隠さなかった。そればかりではなく、ずっと昔から教師だったかのように白蓮の授業は厳しいものだった。他の先生よりも課題も多い。加えて彼女の授業では、それぞれが作った短歌に投票し、上位を発表するという方法がとられ、点数が振るわない者は全員の前で容赦ない添削を受けた。義子は下位組の常連だった。いくらなんでも過酷すぎる……。そんなことを、義子が家に帰って、道先生と母の前で愚痴にすると、二人はきょとんとした顔をした。

「あらあら、白蓮さんが、こわいなんてことあるわけないわ。お友だちの花子さんがとても優雅で楽しい方だっていつもおっしゃっているのよ」

「それに白蓮さん、恋の歌ばかり詠まれているわけでもないわ。そうそう、恋愛といえばね。もしボーイフレンドができても、義子ちゃん、『キミと結婚できなかったら自殺しちゃう』なんていう男と絶対に結婚しちゃだめよ。命で人を脅迫する男なんて碌《ろく》なもんじゃないんだから」

道先生は何かを思い出してか、途端に不機嫌になった。

「教師になることは白蓮さんの長年の夢だったの。きっとその分、張り切っていらっしゃるから、厳しいのよ」

母はとりなしたが、あれほど才女と騒がれていた人が教師という現実的な仕事に就けなかったのが解せず、義子は首を傾げた。母は白蓮さんが戦争で息子さんを亡くしてから、ラジオ出演をきっかけに「悲母の会」を結成し、同じ立場の女性たちと連帯し平和運動を展開していることを教えてくれた。

「白蓮さんは、今までの奪われていた時間を取り戻そうとしているの。いわば、彼女の人生の本番はこれから始まるのよ」

確かにそう言われてみれば、義子やクラスメイトたちも、柳原白蓮のイメージは彼女が若い頃のもののままで止まっている。伊藤伝右衛門のもとから出奔し、宮崎貞子先生の従兄弟だという社会運動家の男性と結婚したところで、なんとなく彼女の人生は完結したような気になっていて、その後については特に考えたこともなかった。

でも、そんな見方はなんだかとても失礼なことのような気がする――。

「道先生はいつも本番ね。むしろお年を取るごとに、どんどんお忙しくなる気がするわ」

母の言う通りで、道先生は戦後、ほぼ毎日のように学園の外を飛び回っている。たまに帰ってきても、英文科の生徒たちとお弁当を食べながら、その時々で夢中になっていることを早口でまくしたてている。すぐに胃に収まるものがいいと、口にするのもサツマイモ、トウモロコシ、おむすびばかりだ。

「何かを始めるのに、いくつになっても遅いということはないし、若いからといってすぐに結果を出さなくてはいけないというのも、愚かなことですわ」

と、道先生は言った。一向にお喋りを終えそうにない母たちを居間に残し、義子は寝室に行って、ベッドに横たわった。

自分の身に置き換えてみたら、実はこういうことなのではないだろうか。

――戦争もようやく終わり、義子さんは女性として今が一番幸せな時ね。お若くて、自由で、なんて美しく輝いているんでしょう。

一色家に出入りする年配の女性たちから羨ましそうに言われることが多いが、実のところ、かなり抵抗がある。もちろん、向こうは善意で言っているのだろうが、それではあと数年で自分の人生は終了してしまうみたいで、焦燥感が芽生えてくる。まだ何かを摑めている手応えもないし、そもそも将来どうするかを見定めている段階だった。でも、そんな風にふわふわ漂っていられるのは、自分が恵まれた環境にある証拠なのかもしれない。

義子はそんな、うまく言葉にならない苛立《いらだ》ちを思い切って詠んでみることにした。

「野蒜《のびる》咲く　我咲かずとも歌うたう　ここよここよと土の中」

それは戦時中に家族でよく食べた五月の花とその球根のことだった。発表の日、白蓮先生は初めて優しく微笑んでこちらを見てくれた。

「荒削りですが、いい歌です。あなたのエネルギーや反骨精神がよく表れています」

拍手が湧いた。下位組から脱出できて、義子はひとまず胸をなでおろした。白蓮先生がみんなを見渡す。

「みなさんも、上手い歌を作ろうとするより、まずは一色さんのように、気持ちを表現してみることから始めてくださいね。どんな感情だって歌になるんです。私は、昔、閉じ込められたような暮らしで、言葉をどこにもぶつけられない時、短歌に救われましたから」

そう言うと、白蓮さんは当時作ったという歌を、澄んだ声で読み上げた。

「誰か似る　鳴けようたへとあやさるる　緋房《ひぶさ》の籠の美しき鳥」

ほうっと小さな竜巻のようなため息が教室を過ぎ去っていった。

なんだか、その日から、白蓮先生の作品に対する見方が義子たちの中で変わっていった。勝手に不義の歌と決めつけていたけれど、必ずしも恋愛賛歌ではない。思うようにならない現状への苛立ちや爆発するような怒りを詠んだものも多い。

授業を重ねるうちに、伝説の美女などではない、自分たちのその先を生きる、一人の女性としての白蓮先生が現れた。先生は教師になることが若い頃からの夢だったのだ、と自身でも打ち明けてくれた。

「夢は叶うものですよ。でもそれは今すぐではなく、何十年も先かもしれません。私たちには戦うことと同時に、待つことも大切です」

先生は無駄なことがお嫌いで、テキパキしたその口調はやや冷たく感じられるが、よく見れば、その目にはいつも茶目っ気がたたえられている。

「野蒜の球根のように土に潜って辛抱強く待つことですよ」

そう言って、フフッと微笑する。義子が「えっ、やめてください」と赤くなって叫ぶと、どっと笑いが起きた。

年末の教育刷新委員会総会で、道の尽力もあり、日本に二年制大学を設置する必要性が認められた。さすがに体力は限界に来ていたし、学園の業務をほとんど顧みていないという焦りもあった。道は惜しまれながら、教育刷新委員会を去ることを決意した。その際、吉田茂からは以下のような手紙を受け取っている。

拝啓

初冬の候　ますます御清栄のことと心からお喜び申上げます。

さて教育刷新のことは、わが国を平和国家・文化国家として再建するために、何をおいてもまず完遂すべき最も緊要な仕事と存じます。

貴殿には多年教育刷新審議会委員として、終始絶大な御尽力を賜わり、おかげをもって審議会も御承知のごとき幾多の成果をあげることができましたことはまことに感謝のいたりに存じます。

しかるにこのたび一身上の御都合にて御辞任されるのやむを得ざるに至りましたことは甚だ残念に存じます。

つきましては、いままでのひとかたならぬ御尽力に対し、重ねて深い感謝の意を表しますとともに、教育刷新のことにつきましては、今後も自由なお立場からいっそうの御援助を　賜りますよう心からお願い申し上げる次第であります。

敬具

昭和二十四年十二月五日

内閣総理大臣　吉田茂

河井道殿

翌年、二年制大学に対し「短期大学」という正式名称が決定した。恵泉女学園創立二十周年という節目で、道は国際基督教大学理事と文部省大学設置審議会委員に選ばれ、短期大学設置基準のために討議をさらに重ねた。日本の学制が変わり、全国の旧制高等学校や旧制専門学校が、次々に大学へと編成されていった。

一色義子が英専を卒業し、四年制の共学に様変わりしたばかりの学習院大学に第一回生として、二年次に編入するのも、ちょうどこの年のことである。

11

「飛行機なんて私、絶対に乗りませんよ！」

昭和二十六（一九五一）年一月二十五日の朝、羽田の軍用飛行場に着いても道はまだ、駆け付けたゆりと義子相手に渋っていた。

短期大学制度が成立するや、専門学校の名称だった恵泉の英文科と園芸科も短大として申請し、昨年許可されていた。道は日本私立短期大学協会の理事に就任した。

今回は文部省の依頼で、アメリカで開かれる短期大学協会総会出席と現地の短大視察のため、日本教育者代表チームの唯一の女性として、人生初の飛行機による長距離旅行が予定に組まれている。そうした海外渡航のかたちは日本ではまだ珍しいものだった。恵泉でも、学園総出で、道の乗り込んだ自動車を人垣のアーチで挟んで送り出すほどだった。

「ずっと会っていなかった、アメリカのお友だちに大勢会うチャンスじゃないですか」

そう、ゆりに諭されても、かつてアート・スミスの小型飛行機にこっそり乗り込んでビラを撒いた時の恐怖の宙返りを思い出して、道は半泣きで拒み続けた。

「ねえ、今からでも、船じゃだめかしら？　私、飛行機と注射と暗いところは大嫌いよ」

「三ヶ月間、予定はびっしり詰まっているんですよ。先生にはアメリカで出来るだけ多くの短大を視察していただかないと。船だったらこの何十倍という時間がかかります」

ラジオ出演、新聞のインタビュー、ニューヨークではマッカーサーとの会見も予定されている。秘書としてゆりも同行したいくらいだった。

「あの時と、なんだか逆ですね。ほら、私がアーラム大に行く時ですよ」

道の気分を逸らそうと、ゆりは朗らかな調子でこう言った。

「私、本当は行きたくなかったんです。道先生に厄介払いされるような気がして。だからね、飛行機の中でこれを読んでください。あの時、道先生が私にくれた封筒は今でも宝物ですよ。真似して作ってみました」

ゆりが大きな茶封筒を渡して寄越す。道はためらいながらもそれを両手で受け取った。

「それに……。お母様が生きてらしたら、きっと羨ましがったと思いますよ」

その言葉に観念したのか、道はため息まじりに頷いた。

「そうね。母は飛行機があんなに好きだったものね。今生きていたらきっと乗りたがるに違いないわね。わかりました。もう平気よ」

道は搭乗口に続くタラップをのろのろ昇るとそこで、ゆり母娘に手を振った。

座席に腰を落ち着ける。長い助走ののちに、大きく揺れたかと思うと、そのまま機体は地を離れた。身体中の臓器がふわっと揺れる感覚に、道の背中は冷たくなる。ただし、思ったより振動は少ない。隣に座っていた米軍人が、

「飛行機旅行は初めてですか？　今は高度一万二千フィート。真下は太平洋。雲の間を飛んでいるところですね」

とやけに親しげに、今あまり考えたくないことをご丁寧に伝えてくれた。

気を紛らわすために、道は茶封筒をすぐに開けてみることにした。中には数字が割り振られた七通の封筒が入っている。さっそく一番目の手紙に目を落とした。

――道先生、飛行機の旅はいかがですか？　上昇気流に乗る前に、耳がキンとしないようにガムをよく噛むといいですよ。

見れば、封筒の中には板状のガムが何枚も入っている。包み紙を開いた。口の中に甘い味がいっぱいに広がると、少しだけ心が落ち着いてくる。義子の弥次喜多道中風の漫画も添えられていた。道が風船ガムを大きく膨らませ、その力で空にぷかぷか浮かんでいる。思わずくすっと笑いながら二通目を開けると、今度は手紙とちり紙が何枚か出てきた。

――道先生、飛行機では、万年筆は気圧の変化でインクが漏れるそうですよ。気が付いたら、よく拭いてくださいね。ナンシー・フェラーズが、そう教えてくれたんです。

慌ててカバンの中から筆入れを取り出して確認する。こちらの漫画では、万年筆が爆発してインクが飛び散り、目を白黒させている道が描かれている。三通目にはこうあった。

――足がむくんで、そろそろ靴がきつくなるはずです。手荷物に入れたスリッパに履き替えてください。これはエセルさんが教えてくれました。

足がパンパンで、靴を一生懸命脱ごうとしている道の漫画が添えられている。

ゆりとて飛行機に乗ったことなどないだろうに。一色家に出入りする女性将校や米国軍人の妻たちから話をよく聞いて、準備を整えてくれたらしい。細々したことに手を動かしていると、なんだか隣にゆりが居て世話を焼いてくれている気がした。

ようやく機内を観察する余裕が生まれた。道と同じ視察団のメンバー三、四名を除けば、乗客のほとんどはアメリカ人だ。軍服姿の男が多く、その家族らしき女性や子どもの姿も目に入る。赤ちゃんの泣き声も聞こえて来た。なんだか大きなバスに乗っているみたいだ。そして、バスよりも揺れは少ない。大きく深呼吸をする。七十三歳、これが最後のアメリカ旅行になるかもしれない。だからこそ、ここから始まる時間をできるだけ実り多いものにしたい。

ふと、足元に目を転じると、大きな紙袋が置かれている。なんだろうと中を覗いてみたら、乗客一人一人に配られている昼食だった。サンドイッチにクッキー、スティック状のセロリ、ゆで卵、それにかける塩胡椒《しおこしょう》まである。殻をむいた卵に味付けしてかぶりついていると、ぴったりした服装の若い女性がやってきて、すかさず飲み物を注《つ》いでくれた。いつの間にか、雲の上にいるという感覚が薄れていった。

隣に母が居たら、どれほど面白がっただろう。娘時代に憧れた富士山、そして夢中で追ったキャサリン・スティンソンの鮮やかな機影。そのもっともっと上を道は飛んでいるのだった。目を閉じたら、睡魔と同時に母の笑顔が現れた。

日本時間にして夕方四時に太平洋のど真ん中に浮かぶウェーク島に到着。あたりは真っ暗だった。こんなに早くアメリカ圏に着いたことに道は驚いていたが、周囲をじっくり観察する間もなく、再び飛行機に乗り込み、今度はオアフ島に着陸した。暖かく、からりと乾燥した空気には、潮風と強い香水、ココナツの甘い香りが混じっている。ホノルル空港で待ち受けていた面々の中に見知った顔を発見して、道は仰天した。

「まあ、あなたたち！」

戦前に別れ別れになっていた日系二世の生徒たちが、花束を抱えて立っていたのだ。最後に会った時に比べ、みんなすっかり大人びた。この数年どのように過ごしていたのかをそれぞれ夢中で語り合った。収容所での暮らしを余儀なくされていたが、ようやく平和な暮らしが戻ってきた。彼女たちはそう目を赤くして話した。

「道先生の大好きなお花で作りました」

赤いカーネーションで作ったレイを、道は首にかけてもらった。そんなふうに再会を喜んでいると、彼女たちと河井寮の花壇を耕した時の土のにおいや手作りのチョコレートファッジの香りがあたりに漂うような気がした。

「それにしても、私が着く時間をよくお判《わか》りでしたね」

道が驚いていると、生徒たちは口々にこう言った。

「羽田飛行場からミセス・ユリ・イッシキが電報を打ってくださったんですよ！」

道はこまめに連絡することの大切さをつくづく実感した。飛行機旅行もこの先、きっとすぐに当たり前になる。もし、お互いの状況を正確に素早く伝える通信手段さえあれば、世界はすごい速さで狭くなっていくだろう。さっそく、空港でゆりに宛《あ》てた手紙を投函した。

――あなたの全ての愛の奉仕にお礼申し上げます。おかげで、飛行機はちっとも怖くなくて、まるでバスに乗っているみたいでした。なにごとも試してみないとだめね。

ワシントンに着いてからは、講演会や視察でお茶を飲む暇もないほどの忙しさだったが、道は毎晩欠かさず手紙を書き、恵泉の式典に合わせて祝電を打つことも忘れなかった。正直なところ、事務作業が得意でない道にとっては楽なことではなかった。今更ながら、ゆりの働きがいかに大きなものだったかを痛感した。郵便物を一人で捌くのが面倒すぎて、時々全部放り出して、帰国したくなるほどだった。

視察先でも一番印象に残ったのは、雪降るなか訪れた、コロンビアのキリスト教主義の短期大学である。建築物は荘厳に輝き、校庭は広々としていた。

「こんな広い校舎に学生数たったの百五十人！　なんて贅沢なんでしょう」

道は白銀に染まったキャンパスを子どものように走り回った。アメリカに来るのはもう八回目なのに、初めてブリンマーに通った時のような新鮮な驚きだった。

「こんなに広い場所で学べたら、女の子たちはどんなにのびのび羽を伸ばせることでしょうね」

日本に蔓延《まんえん》する閉塞《へいそく》感とは家父長制のせいばかりではない。貧しさと国土の狭さにも問題がある。少しでも学校の敷地を広くしたい。自分たちの国でもやるべきことがまだまだある。新しく見るものは全て学園に持ち帰りたいような気持ちになった。

四月にはニューヨークに滞在し、マッカーサーから大歓迎を受けた。昨年、道が書き上げた二冊目の英語の自伝は、講演会のせいもあってか、アメリカでよく売れていた。

「スライディング・ドアー？　変わったタイトルだね。一体、何を象徴しているんだ？」

差し出された本の表紙を見て、マッカーサーは首を傾げた。

「日本にある、ふすま、つまり紙と木で出来た戸ですわ。鍵がかからず、世界に大きく開かれたドアという意味です」

大戦中の反省を込め、道はより広くシェアできるような生き方を模索していると話した。東京で月に一回通っている女性刑務所での慰問活動もその一つだった。そこで出会う女性たちの自信がなさそうな眼差しやおどおどした仕草は、神近市子の昔の姿を思い出させた。彼女たちと道は何も変わらない。教育の機会に恵まれたかそうでないか、の違いだけだ。それは本人の努力となんら関係がない。

カナダで新渡戸先生から街灯の話を聞かされた時、自分はまだ何もわかっていなかったのだと思う。

文部省から託された任務を完了すると、道は二ヶ月の滞在延期を申し出た。国際基督教大学基金に募金を募る一方、恵泉への寄付金も増やすために、道は勢力的に取材を受けて、PR活動を欠かさなかった。残りの滞在中、道はバーサをはじめとする友人たちや教え子たちに会い続けた。贅沢は慎んだが、こちらでは比較的安価なメロンだけは、ほぼ毎日好きなだけ食べた。

六月二十六日、道はようやく帰国の途に着いた。疲労は限界に達し、出発直前に倒れ、飛行場内の医務室に運ばれたほどだった。しかし、帰りの飛行機はすっかり慣れたもので、ぐっすり眠ることが出来た。生徒たちが待ち構える経堂の通りまで着くと、道はすぐに自動車から降りた。乗り継ぎのハワイで再び顔を合わせた留学生たちからの生花のレイが何重にも首にかかっている。花で顎が埋もれた道とそれに従って歩く生徒たちの様子は、まるで王様の行進のようだった。街行く人が次々に振り返る。でも、少しも恥ずかしくなかった。見慣れた街並みが、アメリカと比べると何もかも小さく、貧しげに見えた。道はそれを悲しいことだとは思わなかった。何もかも、これから変わっていけばいい。

「アメリカはすごいのよ。洗濯を自分でやる必要がないの。みんな機械がやってくれるの。蛇口から熱いお湯も出るし、なにもかも衛生的で合理的なのよ」

見てきたことを話すたびに、生徒たちは目を丸くした。正門までの道のりは、在校生徒・教員総出の賑やかな出迎えだった。ゆりと爯児、義子がその真ん中に立っている。まだ園長と顔を合わせたことがない一年生は、高いところによじ登ってずり落ちんばかりにして道を見ようとし、先生方から厳しい注意を受けていた。

「道先生、お帰りなさーい」

「私たち、一時間前からずっとここで待っていたんですよ」

最近、よく母の夢を見る。帰りの飛行機の中でも、伊勢時代の母がおやつを作ってくれたり、遊んでくれた夢を見た。母が亡くなった時、自分にはもう帰る場所などどこにもないのだ、と絶望した。でも、この小さな学園が今の道にとってのホームだった。ゆりが支えてくれたおかげで、道が作った世界でたった一つのホームだった。

「ただいま、みなさん。素敵なお迎えをありがとう。お礼にハワイのダンスを踊って差し上げるわ」

道がおどけてくねくねと、花を揺らして見よう見真似のフラダンスを踊ってみせた。わあ、それはなんですか？　と全校生徒が笑い出し、学園全体が揺れたようになった。

12

「こんなに面白い小説、私、読んだことはないわ」

道は「赤毛のアン」を読み終えるなり、花子を河井寮の応接室に招いて、賛辞の言葉を伝えた。昭和二十七（一九五二）年五月の出来事だった。

「これまで花子さんが訳した小説はどれも好きだけど、これはずば抜けている。生徒全員、いいえ、全ての日本の少女に読んでもらいたいわ」

道とアンの境遇は何もかも違うけれど、なんだか自分の北海道での少女時代というものが蘇ってくるのだった。二人のもとに運ばれてきたのは、寄宿生たちが「赤毛のアン」をイメージして自分たちの手で作った料理で、花子を大いに喜ばせた。赤く澄みきった「いちご水」を一口飲み、道は首を傾げた。続けてサンドイッチを齧ってみる。鶏肉のコンソメゼリー寄せもつついてみる。まずいわけではない。でも、なんだかおかしいなと思ったが、寄宿生たちがわくわくとした表情で味の感想を待っているので、絶対に顔に出すまいとした。小説のように、アルコールや痛み止めが混入されているわけではあるまい。実際、目の前の花子は美味しそうに食べている。

「でも……、正直なところ、気に入らないところもありますよ。タイトルはもっとロマンチックにしたかったし、表紙の絵もありものの使い回しなんです。価格も高すぎて、これじゃ、多くの読者にシェアできないんじゃないかと不安ですの」

花子は用心深く答えているものの、アンには似ても似つかない金髪の少女が表紙を飾る本に向けられたその眼差しには、深い愛情が滲んでいる。確かに、まだまだ紙は貴重品であるためか、一般人に手が出る値段とはとても言えなかった。

「でも、うちの図書館の貸し出し人気は一番ですのよ」

「そうか、図書館で借りてもらえばいいですね……」

花子は急に何かひらめいたように目を輝かせた。

「カナダを知らない少女でも、アヴォンリーでの暮らしが隅々まで想像できるような翻訳ね。花子さんが東洋英和で過ごした、カナダの先生に学んだ日々が細かい描写に生きているせいかしら」

そんなことを話し込んでいると、

「あのう、もしご迷惑でなかったら、ぜひ、サインしてください」

寄宿生たちが待ちきれないように「赤毛のアン」を花子に差し出した。

「私たち、アンが大好きなんです。アンはこれからどうなるの？　知りたいことがいっぱいです」

「ええ、アンの物語はこれからどんどん続きます。少女時代で終わるわけではないですよ。大人になってもまだまだ話は終わらないの。この本が評判になれば、すぐにまた続編が出るわ」

花子が歌うように告げると、応接室は大きな拍手と歓声で包まれた。

「花子先生は白蓮先生と仲良しでいらっしゃるんでしょう？　白蓮先生が残してくださった短歌は私たちの宝物なんですよ」

一人の寄宿生が得意そうに言い、壁を指し示した。額縁に囲まれた白蓮の色紙の隣には、去年死んだイナゾウの剝製が飾られている。

「ええ、今も大の親友よ。でも、確か、燁さまは退職されたんじゃなかったでしたっけ……」

「残念なことですわ。ぜひ、また戻ってきてほしいんですが。平和運動もお忙しそうで、引き止めることができませんでした」

学園を去ることを決めた白蓮は最後の日に、自身の歌を書いた色紙を生徒一人一人に贈ったのだった。

「夢をうつつ　現をゆめと見る人よ　おもいでの日ようつくしくあれ」

その夢という字はひときわ大きく書いてあった。それは生徒たちの胸にじんわりと染みていったに違いない。色紙を見つめていた花子は微笑んだ。

「夢か……。燁さまらしいわ」

彼女はそう言うと、窓の外に目をやり、校庭を駆け回っている中学校の生徒たちを眺めた。

「道先生に御殿場で最初にお目にかかった時、なんて暢気で夢見がちな人なんだろうって、正直なところ、ちょっと呆れていたんですよ」

見れば、あの御殿場の森と同じような濃い緑が、少女たちの頰に木漏れ日を落としていた。

「まあ、失礼ですね！　あの頃まだあなたはほんの女の子みたいなものだったのに、随分辛辣《しんらつ》な目で私を眺めていたんですね」

道がすぐにお冠になると、花子はくすくす笑って肩をすくめた。

「ごめんなさい。でも、今にして思えば、先生がおっしゃったことは全て現実になっていますね。あ、そうそう。私、東洋英和時代、徳冨愛子さんと知り合って、その時は親しくなれなかったけれど……。徳冨蘆花先生がお亡くなりになったあと、偶然、愛子さんと再会し、とても仲良くお付き合いさせていただいたんですよ」

まあ、と思わず道は目を細めた。かつて蘆花に虐げられていた彼女の面影がずっと心に引っかかっていたのだ。夫から解放された後は、かつての仲間と幸せに過ごせたらしいと聞いて長年のつかえが消えていくようだった。花子がつぶやいた。

「女の子たちが……、女性が夢見がちでいられる世界が本来のあるべき姿なんですよ」

その夏、花子は大森の自宅で亡き息子の名前を冠した小さな図書館を始め、それはやがて一つの動きとなって全国へと広がっていく。そこに賛同を示した文学者の中には、五・一五事件の数日前、犬養毅邸で道が出会った石井桃子の名もあった。

しかし、この日が、村岡花子と道が言葉を交わした最後になった。食べ物が喉を通りにくくなっていることに真っ先に気が付いたゆりの勧めで、道が東京大学附属病院に通うようになり、ついに入院することになったのは、その年の秋である。

13

日差しが眩しい美術室で、八人の少女は学芸会「ふたりのロッテ」の練習中だった。

「信じられない、あなたと私ってなんてよく似ているのかしら？」

「鏡の前に立ってみましょう。髪型を変えたら、お父様もお母様も私があなたで、あなたが私だなんてわからないんじゃなくて？」

昭和二十七（一九五二）年九月のことである。離婚した両親それぞれの手で育てられていた正反対の性格のふたごの少女がサマーキャンプで出会い、相手になりすまして、入れ替わる。同じ学年に背格好から顔立ちまでそっくりな少女、恵子と京子がたまたまいたことから、誰ともなしにひらめいた演目だった。でも、こうしていざ台詞を言ってみると、恵子も京子も自信がなくなってきて顔を見合わせた。そこまで私たちは似ているのだろうか——。二人が不安を口にすると、

「大丈夫よ。遠くから見たら、そっくりに見えるように髪やお化粧を工夫するから」

衣装係の智子がそう言った。脚本担当の八重も頷いた。

「そうそう。道先生もおっしゃってたじゃない。恵子さんと京子さんが主演なら、お芝居はもう成功したも同然ねって」

ご体調がすぐれないという噂はあるが、道先生は学芸会の練習を見に来ては、ああすればいい、こうすればいい、とご意見をおっしゃる。その姿は、演者以上に活力に満ちていた。

「それにしても、うちの学校はお芝居やら合唱コンクールやら、行事が多いわね」

布美枝がぼやくと、八重は脚本に赤い線を引きながら言った。

「それ戦争前からの伝統らしいわ。戦争中もこんな風に外国のお芝居をしていたんでしょう」

「その時は、『対話』の授業と言い換えて乗り切っていたって、おねえちゃんが言っていた。『あしながおじさん』を上演したらしいの。あなたたちは本当に自由な時代で羨ましいわって」

卒業生の姉を持つ絵里子が言うと、

「お芝居が対話？　それじゃ、何だっていいみたい」

と京子がおどけた顔で言い、みんな声に出して笑う。

「でも、ほんのちょっと前はこんなお芝居するだけで捕まっていたんだね」

恵子がぽつりと言って、誰もが口をつぐんだ。

折しも、朝鮮戦争が始まり、戦いに幕を下ろす気配が一向にない。道先生が朝の礼拝でよくお話をされる「日本は戦争を一度ちゃんと反省する必要があります。すぐにまた、同じ時代がやってきますよ。音もなくそれはいつも静かに始まるのです」という警告の言葉を思い出し、少女たちはしばし黙り込んだ。

「まあ、なんてそっくりなこと、まるで双子そのものですよ！」

ドアのところから声がして振り向くと、そこには病気など嘘のようにお元気な道先生が差し入れのお菓子を抱えて立っていた。あら、あなたが恵子さんかしら、などとふざけて京子に話しかけ、物語の舞台となるドイツでの思い出を愉快に話してくれるので、みんなその場に座り込み、夢中になって聞き入ってしまった。

窓から入ってくる風は、早くも乾いた草と冷たい空のにおいがした。


さて、その頃、一色家は揃ってアメリカにいた。

学習院大学を卒業した義子のアーラム大学への留学が決まると同時に、卒業生のゆりまでもが、国際親善に貢献した褒状を同窓会大会で受けることになった。甬児もゆりの青春の足跡を一度見ておきたいと言い出して一家全員での一年間の長期滞在を決めたのだった。道の容体が今は安定していること、そして御殿場で四人揃って楽しい夏休みを過ごしたことが、最後まで迷っていたゆりを決断させた。

——義子ちゃんは私に構うことなんてないのよ。あなた、ただでさえ両親が高齢で、重い荷物を背負わされているんだから、私のことなんて忘れていいのよ。

道は最後までユーモアを忘れなかった。義子はこの夏、道の栄養剤皮下注射を引き受けるようにさえなっていて、いまや小さな看護師だった。

——まあ、こうなったら、二人も三人も同じです！

義子が切り返すと、あら、十把一絡《じっぱひとから》げにするのね、たまらないわ、と道はお腹を抱えて大笑いしたのだった。

「ここがママの学んだ校舎なのね……」

両親と一緒にキャンパスを歩くのが、このところ義子の日課だった。ここがママがフェラーズさんを投げ飛ばした場所……。アーラム・ハートと名付けられた芝生を見て、義子はくすりと笑った。続いて、フェラーズさんとダンスを踊ったホールも母に案内してもらう。その間も道からの手紙はひっきりなしに届いていた。「私は元気です！」といつも記されていたので、一色家は心おきなく海外生活を楽しむことができた。

「私はアメリカに来る時、大山捨松さんにダンスを習ったのよ」

母がここにいた時は、最初の日本人学生である上、唯一のアジアからの留学生だったというが、義子の学年には、韓国や台湾からの留学生も大勢いる。それは喜ばしいことであると同時に、母の時代にはなかった新たな課題を義子に与えてもいた。

「秀吉の時代から、君たちは我が国から奪うことばかり考えていたね」

留学生会で知り合った韓国人の崔智昊《チエジホ》は、初対面から鋭い目でこちらを見ていた。

「あのう、ええと」

懇親会の間中、彼に日本の侵略の歴史を批判され、義子は黙り込んでしまった。許しを乞いたいけど、なんと言っていいのかわからない。これから、日本人の自分がここで背負うべき責任について考え、眠れない夜を過ごしたのだった。崔智昊はキャンパスですれ違っても、こちらを無言で見やるのみだ。

今や学長になったトム・ジョーンズさんとはキャンパス散策中に知り合った。義子を見て、若い頃のゆりに瓜二《うりふた》つだと驚いた顔をした。前後して、かつてゆりが恋のキューピッドを務めたというエドナさん夫妻から連絡が来て、ぜひ家族で、とさっそく食事に招待された。

——ジョーンズさんは私たちの憧れの人だったのよねえ。エドナも私もそりゃ夢中だったの。

そう言ってくすくす笑う母は、六十代にはとても見えず、なんだか同世代の女の子のようだった。まだ共学なんて日本では到底考えられなかった時代。母はなんて稀有《けう》な冒険をしたのだろう。

「ねえ、あの私……」

ある日、義子は勇気を出して自分から崔智昊に話しかけてみた。

「あなたの言う通りだと思う。日本がしてきた行い……。本当に申し訳なく思うわ。あのね、私の母はね、大親友でもある恩師のおかげで四十年前に、この大学で学ぶことができたの。二人は私にとっての目標よ。でも、母やその人のようになれたらってそればかりで、私、自分の頭でちゃんと考えたことがなかったのかもしれない。ここに来たのも彼女たちの影響だもの」

義子は大戦中の恵泉での様子を思い出していた。軍用機献納事業の時に講堂に貼られた手作りの成果表。

「お母さんもその人も、大戦中、見えていなかった部分があるのは本当……。私、もっと学びたい。前の世代の過ちを持ち越したくない。あなたにああいう風に話してもらえて……、どうもありがとう」

「ふん、随分、気楽な物言いだなあ。まるで貴族のお姫様みたいだ。こちらの痛みなんて少しも理解していないように思えるよ」

彼は冷たく言い放つとさっさと立ち去ってしまった。それでも、その日以来、目が合えば、そっけなくだが会釈を返してくれるようになった。

森久保ひささんから「河井先生が手術をすることになりました」というエアメールが東京から届いたのは、一家がようやく荷ほどきをして、新生活のスタートを本格的に切ろうという時だった。義子も父もただ、おろおろするばかりだった。

道先生が具合を悪くしたのは、学芸会「ふたりのロッテ」の練習見学中だったという。

母の決断には迷いがなかった。夫と娘を置いて、褒状の授与式出席も諦め、渡航費をかき集めると、すぐさま飛行機に飛び乗った。父も「それがいい。すぐに帰るべきだ」と送り出し、義子と一緒にあとから船で追いかけることを選んだ。父娘で話し合った末、道の介護が長引くことを考え、アーラム大入学への奨学金を返金し、大学を去ることに決めた。突然のことで寂しさを感じる間もなかったが、崔智昊だけは義子の寮までやってきて、

「必ず帰ってきてくれよ。キミとの議論はまだ終わっていないんだ」

わざわざ別れを言いに来てくれた。


十月十八日、ゆりは単身帰国し、東京大学附属病院に入院した道のもとに駆けつけた。どれほど衰弱しているかと思ったが、道は元気そのもので、薄化粧をして寝巻の上にちゃんと洋服を羽織って庭を歩いていた。

「本当によく帰ってきてくれたわね。ゆりさん、ありがとう」

担当医によれば食道癌《がん》であるという診断だった。危険を伴う手術と聞いても、道は全く怖がる様子もなく、手術日が決まると「バンザーイ！」と両手を上げさえした。

「大丈夫です。手術は絶対に成功しますよ」

ゆりは断言した。その日から道が亡くなるまでの四ヶ月間、一度も家に帰ることなく、病院に泊まり込んだ。遅れて日本に帰ってきた義子と俤児は、そんなゆりに食べ物や着替えを届け、看病生活を懸命に支えた。飛行機の中で、ゆりは前向きでいようと決めていた。関東大震災で家族と離れ離れになった時、夫が倒れた時、道はいつだって希望に満ちた態度を崩さなかった。それは決して無責任なのではなく、心のそこからそうであれ、と願っているためだった。そのことにどれほど救われてきただろう。結局、癒着が進んでいたため手術はできなかったが、ゆりは、悲観的なことは決して口にしなかった。喉には一時的に痰《たん》をとるための穴が開けられたせいで、道はひゅうひゅうという息を吐くような声しか出せなくなった。二人の会話はしばらく筆談となった。それでも、病室は花で溢れ、見舞客が後をたたない。道は驚くほど気丈に振る舞った。

少しずつ道に変化が現れたのは、十一月になってからのことだった。皇后から果物が届いても、

「何かのお間違いでしょう」

と、ただ静かに言った。「だっこ」を義子にしきりにねだるようになった。上半身を起こす時ふらつくようになり、ゆりが咄嗟に支えたのだが、道は両手で抱きしめられるとほっとするようで、すっかりこれが気に入った様子だった。胃に管を通して栄養補給するための小手術をしてからは、食事は全て流動食になった。「うなぎがまた、食べられるようになるかしら」と、悲しそうに言っていた。その頃から道は時々、うわ言を口にするようになった。

「あのね、あの時、信仰がないなんて言って、あの人に言って、私は傲慢《ごうまん》だった。なんにもわかっていなかったわ。私、あの時、取り返しのつかない判断をしたのかもしれない」

もちろん、それが有島武郎とのやりとりのことだとは、ゆりにも俤児にもわからず、意識が混濁しているのではないか、と不安になった。

癌の進行を少しでも遅らせるためにラジウム照射を行うことが決まった。道は寝台車で、明石

町にある癌研究病院に転院することになった。

日が落ちるのが早くなっていく。ただでさえ全体的に薄暗い病棟が不安なのか、十二月になってからというもの、道はより一層ゆりに甘えるようになった。

「だっこして頂戴、ゆりさん」

そうかと思うと、ふと我に返ったように、こちらを気遣った。

「ごめんなさいね。私は大きくて重いでしょう。あなたが潰れてしまうわね」

お母さん、と眠りにつく前に、道はそうつぶやいて、涙をこぼした。

ゆりはやっと気付いた。道は死ぬのが怖いのだ。衰弱しても賛美歌も祈りも欠かさない、これほど信仰の篤い彼女が、死を目前にして怯えていることが、ゆりには衝撃だった。思えば、彼女と暗闇は出会った時からずっと隣り合わせだった。暗闇に負けまいと必死に藻掻いているのが、道という人間の正体だったのではないか。

乕児がその様子を見てぽつりと言った。

「もう、僕らの知る道先生じゃないのかもしれない」

ふと、窓の外に目をやった。その時、ゆりは突然三十年以上前のことを思い出していた。女子英学塾で話題になった徳冨蘆花と道の応酬だ。

——女がやりたいことをやって、男の庇護《ひご》も得ずに幸せで長生きするなんて、三文小説もいいところだ。

と彼は息巻いていたという。道はその時「私は、女の人がやりたいことをやって、恋愛や結婚をしなくても、友だちに恵まれて夢を叶えて、うんと長生きするような幸福な話が読みたい」と言い切った。その噂を女子英学塾で聞いた時、道先生ってば、なんておかしなことを言うんだろう、とゆりも吹き出したほどだ。そういえば、「もう、婦人なんぞに——生まれはしませんよ」

と「不如帰」のヒロイン、浪子は叫んで息絶えた。少女だったゆりは、深くものを考えることもなく、そんな小説が素晴らしいと、涙さえ流していた。だってあの頃は「青鞜」も「赤毛のアン」も存在しなかったのだから。

明治時代は、道の言うような物語も生き方も、ありえないものだった。でも、今、周りを見渡してみれば、なんて多くの女性が、自分の意思をはっきり口に出し、日々を前向きに生きていることだろう。それは津田梅子先生が先に切り拓き、道があとから石や木を退け、作ってきたものだった。いや、梅子さんの生まれる、もっともっと前から、それは始まっていた流れなのかもしれない。

誰が上も下もない。どの女性、一人欠けても、今という時代はありえない。

道の数々の言動は、周囲を呆れさせたが、今にして思えば、非常に納得がいく、時代を先取りしたものだった。だとしたら、今、ゆりは泣いている場合ではないのではないか。みんなに不謹慎だ、非常識だと思われても、終わっていく道の人生をこのままにしておく訳にはいかない。

「道先生の入院生活は、私が絶対楽しいものにします。最後まで奇跡を信じましょう」

ゆりはそう口にすると、ハンカチで涙を拭い、夫や医師たちに向かってにっこりした。

「この病室でクリスマスパーティーを開きましょうよ」

「何を言ってるんだ。道先生はもう楽しめる状態にはないのに……」

厢児が驚いたようにこちらを見た。そこにいるのは、出会った頃とそっくりのゆりだった。明るく陽気で、自分には全く予想もつかない、目を離しているとどこかに飛んでいってしまいそうなゆり。自分の一生とは、ゆりを夢中で追いかけ、心を摑もうと必死で背伸びをした日々だったのかもしれない。

「道先生は暗闇が大の苦手です。できるだけこの病室を明るく、楽しくしてさしあげましょうね。

そうだ。学園に連絡して、ありったけのポインセチアを病室に運んでください。キャンドルも必要です。小さいツリー、そしてリースもたくさん。山口先生にご相談なさってください。聖歌隊も最少人数をよこすように」

最初に出会った日、道はゆりを街灯のように照らしてくれた。今度は自分が光をともす番だ。

病室にツリーとリースが運び込まれると、道の顔に小さく笑みが浮かんだ。宿り木ともみの木の香ばしいにおいが、りんごの香りが、朦朧《もうろう》とした頭をほんの一瞬、はっきりさせた。それは北海道のサラ・クララ・スミス女学校で嗅いだものにも、ロックフェラー家に漂っていたものにも似ていた。病室は緑と赤とキャンドルの光で彩られた。

「神から生まれた人はみんな、世に勝つからです。世に勝つ勝利、それは私たちの信仰です……。本当に先生の一生は勝利の一生ね」

ゆりは聖句を引用して笑って囁き、手を強く握った。不思議なことに、楽しい記憶しか思い出せなくなる。「だっこ」と道がつぶやいた。少しでも痛みが減るように、すっかり小さくなった道を抱き上げ、包み込むように上半身を優しくかぶせた。聖歌隊の少女たちがぞろぞろと病室に入ってきた。

「あったかい。ゆりさん、あなた、生きているお布団みたい」

道はかすれた声で囁いた。

「生徒からのプレゼントです。メサイアを歌いましょう、さん、はい」

ハレルヤ、ハレルヤ、という少女たちの澄んだ歌声が、病室いっぱいに広がり、それは他の部屋の患者たちにも届いていた。その日は、身体を揺らしたり、覚えたてのメロディーを口ずさむ癌患者が後をたたなかった。

「病人が興奮してはいけないので、少しお静かに……」

と、医師がすぐに注意しに来たが、少女たちは笑顔のまま声を張り上げた。

クリスマスパーティーはまだ始まったばかりだ。ゆりも道も寄り添ったまま、くすくす笑っていた。お開きにしようという気持ちには全くならなかった。

この物語は史実に基づくフィクションです。たくさんの方に支えられて書き上げました。この物語のアイデアをくださった、そして書くことを許してくださった恩師の一色義子先生、一色家の皆さまに心より感謝申し上げます。恵泉女学園史料室様、恵泉女学園関係者様、ＯＧの皆様、公益財団法人日本キリスト教婦人矯風会の皆様には最後まで本当にお世話になりました。また、見ず知らずの私に貴重な史料をくださった、井上理津子様、松村由利子様、どうもありがとうございます。当時の講談についてご教示いただきました冬夏株式会社の古舘理沙様、株式会社白洋舎様、津田塾大学津田梅子資料室様にもこの場を借りてお礼申し上げます。

参考文献

『わたしのランターン』河井道／恵泉女学園
『スライディング・ドア』河井道著／中村妙子訳／恵泉女学園
『河井道と一色ゆりの物語　恵みのシスターフッド』一色義子／キリスト新聞社
『戦時下の恵泉』恵泉女学園史料室
『河井道子先生　愛の人』一色義子／創元社
『河井道の生涯　光に歩んだ人』木村恵子／岩波書店
『河井道の生涯』関根文之助／新教出版社
『恵泉女学園五十年の歩み』恵泉女学園
『「恵泉」巻頭言集』河井道／恵泉女学園
『証言集　河井道　―人・信仰・教育―』恵泉女学園
『追憶―時を超えて　河井道歿後60年―』恵泉女学園史料室

第一部

『マルタとマリア　イエスの世界の女性たち』山口里子／新教出版社
『明治・大正　庶民生活史』日本図書センター
『明治大正昭和の文化』東京都新聞社
『天璋院篤姫〈上・下〉』宮尾登美子／講談社文庫
『サラ・スミスと女性宣教師　北星学園を築いた人々』学校法人北星学園
『札幌農学校とキリスト教』大山綱夫／ＥＤＩＴＥＸ
『新渡戸稲造ものがたり』柴崎由紀／銀の鈴社
『いつか読んでみたかった日本の名著シリーズ２　武士道』新渡戸稲造著／夏川賀央訳／致知出版社
『新渡戸稲造　人格論と社会観』谷口稔／鳥影社
『津田梅子』吉川利一／中公文庫
『センチュリーブックス人と思想116　津田梅子』古木宜志子／清水書院
『津田梅子』大庭みな子／朝日文庫
『鹿鳴館の貴婦人 大山捨松　日本初の女子留学生』久野明子／中公文庫
『少女たちの明治維新　ふたつの文化を生きた30年』ジャニス・Ｐ・ニムラ著／志村昌子・藪本多恵子訳／原書房
『広岡浅子と女たち　幕末・明治・大正　新時代のヒロイン全集』ファミマ・ドット・コム
『小説　土佐堀川　広岡浅子の生涯』古川智映子／潮文庫
『人物叢書　成瀬仁蔵』中嶌邦／吉川弘文館
『野口英世の生きかた』星亮一／ちくま新書
『センチュリーブックス人と作品35　徳富蘆花』岡本正臣／福田清人編／清水書院
『不如帰』徳冨蘆花／岩波書店
『蘆花の妻、愛子　阿修羅のごとき夫なれど』本田節子／藤原書店
『センチュリーブックス人と作品17　有島武郎』高原

二郎／福田清人編／清水書院
『作家の自伝（63）　有島武郎』日本図書センター
『或る女』有島武郎／新潮文庫
『センチュリーブックス人と思想71　平塚らいてう』小林登美枝／清水書院
『元始、女性は太陽であった〈上〉平塚らいてう自伝』平塚らいてう／大月書店
『平塚らいてう評論集』平塚らいてう／小林登美枝他編／岩波文庫
『「青鞜」の冒険　女が集まって雑誌をつくるということ』森まゆみ／集英社文庫
『「青鞜」女性解放論集』堀場清子編／岩波文庫
『神近市子自伝　わが愛わが闘い』講談社
『わが青春の告白』神近市子／毎日新聞社
『おんな二代の記』山川菊栄／岩波文庫
『山川菊栄評論集』鈴木裕子編／岩波文庫
『イヌとからすとうずらとペンと　山川菊栄・山川均写真集』山川菊栄記念会・労働者運動資料室編／同時代社
『山川菊栄研究　過去を読み未来を拓く』伊藤セツ／ドメス出版
『新装増補　山川菊栄集　評論篇　第七巻』鈴木裕子編／岩波書店
『わが住む村』山川菊栄／岩波文庫
『花を投げた女たち　その五人の愛と生涯』永畑道子／文藝春秋
『博愛社が来た道　創立120周年』社会福祉法人博愛社
『涙とともに蒔くものは　林歌子の生涯』高見澤潤子／主婦の友社
『われ弱ければ　矢嶋楫子伝』三浦綾子／小学館文庫
『日本のフェミニズム』北原みのり責任編集／河出書房新社
『お嬢さん、空を飛ぶ　草創期の飛行機を巡る物語』松村由利子／NTT出版
『日記から』アート・スミス著／佐々木弦雄編／新橋堂
『さいごの色街　飛田』井上理津子／筑摩書房
『矢島楫子伝』久布白落実編／不二家書房

第二部

『アンのゆりかご』村岡恵理／新潮文庫
『村岡花子の世界』村岡恵理監修／河出書房新社
『柳原白蓮の生涯』宮崎蕗苳監修／河出書房新社
『一泊二日 観光ホテル旅案内』甲斐みのり／京阪神エルマガジン社
『市川房枝自伝　戦前編』市川房枝／新宿書房
『市川房枝　女性解放運動から社会変革へ』筑摩書房
『ゆめはるか吉屋信子　秋灯机の上の幾山河〈上・下〉』朝日文庫
『ロックフェラー回顧録〈上・下〉』D・ロックフェラ

ー著／楡井浩一訳／新潮文庫
『ロックフェラー家と日本　日米交流をつむいだ人々』加藤幹雄／岩波書店
『窓の女竹中繁のこと　東京朝日新聞最初の婦人記者』香川敦子／新宿書房
『関東大震災』鈴木淳／講談社学術文庫
『東京市交通調査統計表（大正14年6月3日調査）』東京市
『地図で見る東京の変遷』日本地図センター
『淵澤能恵の生涯　海を越えた明治の女性』村上淑子／原書房
『ひみつの王国　評伝石井桃子』尾崎真理子／新潮社
『白洲正子自伝』白洲正子／新潮文庫
『別冊太陽159「太宰治」』平凡社
『太宰治全集　4』ちくま文庫
『晩年』太宰治／新潮文庫
『屋根をかける人』門井慶喜／角川書店

第三部

『フェミニズムと戦争』鈴木裕子／マルジュ社
『戦争中の暮しの記録』暮しの手帖編
『資料が語る　戦時下の暮らし』羽島知之編／麻布プロデュース
『戦下のレシピ　太平洋戦争下の食を知る』斎藤美奈子／岩波現代文庫
『暮らしの中の太平洋戦争　欲シガリマセン勝ツマデハ』山中恒／岩波新書
『戦争の時代の子どもたち　瀬田国民学校五年智組の学級日誌より』吉村文成／岩波ジュニア新書
『夕あり朝あり』三浦綾子／新潮文庫
『天皇家の密使たち』高橋紘・鈴木邦彦／徳間書店
『加藤シヅエ　凛として生きる　104歳の人生が遺したもの』加藤シヅエ・加藤タキ／大和書房
『1945年のクリスマス』ベアテ・シロタ・ゴードン著／平岡磨紀子構成・文／柏書房
『女性解放をめぐる占領政策』上村千賀子／勁草書房
『覚書・戦後の市川房枝』児玉勝子／新宿書房
『戦後教育のジェンダー秩序』小山静子／勁草書房
『伝記・星野あい　小伝』星野あい／大空社
『女は胆力』園田天光光／平凡社
『皇太子の窓』E・G・ヴァイニング著／小泉一郎訳／文藝春秋
『天皇とわたし』E・G・ヴァイニング著／秦剛平・秦和子訳／山本書店
『アメリカ教育使節団報告書』村井実全訳解説／講談社学術文庫
『教育刷新委員会教育刷新審議会　会議録　第六巻　第一特別委員会、第二特別委員会』岩波書店
『教育行政　戦後日本の教育改革3』鈴木英一／東京大学出版会
『風の男　白洲次郎』青柳恵介／新潮文庫

本書は第一部（「きらら」２０２０年７月号〜10月号）、第二部（「ＷＥＢきらら」２０２１年３月号〜８月号）を大幅に加筆改稿して、第三部を書き下ろしたものになります。

柚木麻子（ゆずき・あさこ）

1981年東京都生まれ。立教大学卒業後、2008年にオール讀物新人賞を受賞。10年『終点のあの子』でデビュー。15年『ナイルパーチの女子会』で山本周五郎賞受賞、16年同作で高校生直木賞受賞。近著に『BUTTER』『さらさら流る』『マジカルグランマ』など。本作に登場する恵泉女学園は、著者の母校でもある。

らんたん

二〇二一年十一月一日　初版第一刷発行
二〇二三年三月十二日　第五刷発行

著者　柚木麻子
発行者　石川和男
発行所　株式会社小学館
〒一〇一－八〇〇一　東京都千代田区一ツ橋二－三－一
編集　〇三－三二三〇－五七二〇　販売　〇三－五二八一－三五五五
DTP　株式会社昭和ブライト
印刷所　萩原印刷株式会社
製本所　株式会社若林製本工場

　ISBN 978-4-09-386624-8